CW00926521

Galleria

Andrea Camilleri

Altri casi
per il commissario Montalbano

Il giro di boa
La pazienza del ragno
La luna di carta

Con una nota dell'autore

Sellerio editore
Palermo

2011 © *Sellerio editore via Siracusa 50 Palermo*
e-mail: info@sellerio.it
www.sellerio.it

Il giro di boa
2003 *Prima edizione «La memoria»*

La pazienza del ragno
2004 *Prima edizione «La memoria»*

La luna di carta
2005 *Prima edizione «La memoria»*

Camilleri, Andrea <1925>

Altri casi per il commissario Montalbano / Andrea Camilleri. - Palermo : Sellerio, 2011.
(Galleria)
EAN 978-88-389-2599-3.
853.914 CDD-22   SBN Pal0237909

CIP - *Biblioteca centrale della Regione siciliana «Alberto Bombace»*

Nota

di

Andrea Camilleri

Il giro di boa *venne scritto sotto impulso di due avvenimenti distanti tra loro, ma che mi colpirono e m'indignarono in modo particolare.*

Il primo fu il G8 di Genova e il comportamento non certo esemplare di una parte delle Forze dell'ordine in quelle terribili giornate. Mi mise fortemente a disagio anche una curiosa discrasia tra l'informazione ufficiale, quella dei quotidiani e delle TV, e l'informazione ufficiosa, vale a dire le centinaia e centinaia di riprese fatte dagli stessi manifestanti che documentavano una realtà assai diversa da quella alla quale ci volevano convincere.

Ma era evidente a tutti lo spazio di libertà d'azione che era stato concesso ai più violenti mentre i manifestanti più pacifici erano stati duramente manganellati. Non c'erano che due spiegazioni possibili: o si trattava d'insipienza, d'incapacità, il che era grave, o si trattava di complicità, il che era gravissimo.

La cosa m'impressionò talmente che, prima ancora del romanzo, scrissi un articolo in cui accennavo alla possibilità che si fosse trattato di una sorta di prova generale di un golpe fortunatamente andata a male. E che le successive violenze alla Diaz e a Bolzaneto fossero un'esplosione di rabbia per il fallimento di quella prova.

Il secondo avvenimento fu la scoperta che alcuni trafficanti di carne umana avevano sbarcato sulle nostre coste dei bambini per venderli.

Il fatto che il mio personaggio, il commissario Montalbano, si sentisse offeso per le poco onorevoli gesta dei suoi colleghi prima alla scuola Diaz («una macelleria messicana», la definì un funzionario di P.S. davanti ai giudici) e poi alla caserma di Bolzaneto, suscitò contrastanti reazioni tra molti miei lettori, la maggior parte dei quali si trovò d'accordo con Montalbano, mentre una minoranza ab-

boccò all'amo delle finte prove create dalla polizia stessa, quali le bombe molotov o il giubbotto di un agente lacerato da una coltellata, per accusare Montalbano di essere diventato poco meno che un eversore.

Fu allora che un sindacato di polizia, il SILP, prese una singolare, quanto opportuna, iniziativa.

Organizzò un incontro, aperto anche agli altri sindacati, presso il Piccolo Eliseo di Roma, per discutere del mio romanzo, alla mia presenza e alla presenza di Sergio Cofferati, al quale, l'indomani, sarebbe scaduto il mandato di Segretario generale della CGIL.

Il teatro era gremito all'inverosimile, erano presenti anche agenti e funzionari venuti da tutta Italia e persino da Genova, dalla caserma di Bolzaneto.

Si arrivò a due conclusioni assai interessanti.

La prima era che la difesa corporativa, disposta persino a negare l'evidenza dei fatti, otteneva sempre il risultato di lasciare le mele marce al loro posto col rischio di fare estendere il marciume rapidamente a tutto il paniere.

La seconda era che, indossando una divisa che dava potere, la manutenzione della democrazia all'interno del Corpo diventava un esercizio quotidiano indispensabile.

Un buon risultato, mi pare, per un romanzo. Ma non finisce qui.

Nel mese di giugno del 2011 mi è pervenuta una lettera dell'ONU e precisamente dal direttore generale di una particolare organizzazione che opera a favore delle vittime dei trafficanti di carne umana. Il direttore, nell'invitarmi a collaborare con questa organizzazione, citava due miei romanzi che l'avevano invogliato a scrivermi. Uno era appunto Il giro di boa e l'altro Le ali della sfinge.

La pazienza del ragno invece mi è stato letteralmente suggerito dall'aver visto un ragno tessere la sua tela tra un ramo e l'altro di un castagno ultracentenario.

Sono rimasto immobile per qualche ora, affascinato dalla sua ostinazione, dalla sua pazienza, dal suo rigore.

E fu proprio mentre l'osservavo che nacque in me, prima oscuramente, poi in modo via via più chiaro, il progetto di un romanzo la cui idea portante fosse appunto la tessitura di una sorta di te-

la di ragno appositamente congegnata per farvi intrappolare la vittima designata.

Mi proposi cioè di scrivere un romanzo poliziesco senza omicidi o fatti di sangue, ma con la distruzione sociale di un individuo raggiunta attraverso una macchinazione di raffinata intelligenza. Poi, scrivendolo, il romanzo è diventato anche una storia di amore-odio allo stato incandescente. E Montalbano, una volta scoperta la verità, la terrà per sé solo, quasi in omaggio all'intensità e alla «purezza» di quei sentimenti.

L'idea di La luna di carta *mi venne in mente dopo un incontro fortuito con un amico che non vedevo da trent'anni il quale mi raccontò d'avere scoperto un giorno che tanto Anna, sua moglie, quanto Giulia, la giovane amante, non solo avevano fatto conoscenza ed erano diventate amiche, non solo lo tradivano sistematicamente con altri, ma l'ingannavano quotidianamente mentendo su tutto, anche sulle cose più ovvie, così, per il puro piacere di ridere poi alle sue spalle.*

«Sono stato il loro zimbello!» concluse sconsolato.

«E ora con chi stai?» domandai.

Mi guardò sorpreso.

«E con chi devo stare? Con Anna e Giulia. Si sono ravvedute. M'hanno solennemente promesso di dirmi sempre la verità».

Allora mi chiesi: e se mettessi il commissario Montalbano nella condizione di trovarsi in mezzo a due donne egualmente astute e dalle quali si sente fortemente attratto?

Finirebbe anche lui col diventare uno zimbello come si autodefiniva il mio amico?

L'ho messo, di proposito, in una situazione critica. E gli ho dato inoltre una sorta d'aggravante che lo rende in qualche modo più vulnerabile, più fragile: la consapevolezza degli anni che avanzano e la perturbante idea della morte.

Sicché l'aver creduto che la luna fosse di carta forse alla fine non sarà stato solo ingenuità o sprovvedutezza, ma anche un volersi autoilludere, rimasto però inespresso, non fatto pienamente affiorare alla coscienza.

ANDREA CAMILLERI

11

Altri casi
per il commissario Montalbano

Il giro di boa

Uno

Nuttata fitusa, 'nfami, tutta un arramazzarsi, un votati e rivotati, un addrummisciti e un arrisbigliati, un susiti e un curcati. E non per colpa di una mangiatina eccessiva di purpi a strascinasali o di sarde a beccafico fatta la sira avanti, perché almeno una scascione di quell'affannata insonnia ci sarebbe stata, invece, nossignore, manco questa soddisfazione poteva pigliarsi, la sira avanti aviva avuto lo stomaco accussì stritto che non ci sarebbe passato manco un filo d'erba. Si era trattato dei pinsèri nìvuri che l'avevano assugliato doppo avere sentito una notizia del telegiornale nazionale. «All'annigatu, petri di 'ncoddru» era il detto popolare che veniva esclamato quando una insopportabile serie di disgrazie s'abbatteva su qualche sbinturato. E per lui, che già da qualche mese nuotava alla disperata in mezzo a un mare in timpesta, e si sentiva a tratti perso come un annegato, quella notizia era stata uguale a una vera e propria pitrata tiratagli addosso, anzi una pitrata che l'aviva pigliato preciso 'n testa, tramortendolo e facendogli perdere le ultime, debolissime forze.

Con un'ariata assolutamente indifferente, la giornalista del tg aveva detto che la Procura di Genova, in merito all'irruzione della polizia alla scuola Diaz nel corso del G8, si era fatta pirsuasa che le due bombe molotov, trovate nella scuola, erano state portate lì dagli stessi poliziotti per giustificare l'irruzione. Questo faceva seguito – aveva continuato la giornalista – alla scoperta che l'agente il quale aveva dichiarato di essere stato vittima di un tentativo di accoltellamento da parte di un no-global, sempre nel corso di quell'irruzione, aveva in realtà mentito: il taglio alla divisa se l'era fatto lui stesso per dimostrare la pericolosità di quei ragazzi che invece, a quanto si andava

17

via via svelando, nella scuola Diaz stavano pacificamente dormendo. Ascutata la notizia, per una mezzorata Montalbano era restato assittato sulla poltrona davanti al televisore, privo della capacità di pinsari, scosso da un misto di raggia e di vrigogna, assammarato di sudore. Non aveva manco trovato la forza di susirisi per rispondere al telefono che stette a squillare a longo.

Bastava ragionare tanticchia supra quelle notizie che venivano date col contagocce e con governativa osservanza dalla stampa e dalla televisione per farsi preciso concetto: i suoi compagni e colleghi, a Genova, avevano compiuto un illegale atto di violenza alla scordatina, una specie di vendetta fatta a friddo e per di più fabbricando prove false. Cose che facevano tornare a mente episodi seppelluti della polizia fascista o di quella di Scelba. Poi s'arrisolse ad andare a corcarsi. Mentre si susiva dalla poltrona, il telefono ripigliò la camurria degli squilli. Senza manco rendersene conto, sollevò la cornetta. Era Livia.

«Salvo! Dio mio, quanto ti ho chiamato! Stavo cominciando a preoccuparmi! Non sentivi?».

«Ho sentito, ma non avevo voglia di rispondere. Non sapevo che eri tu».

«Che facevi?».

«Niente. Pensavo a quello che hanno detto in televisione».

«Sui fatti di Genova?».

«Sì».

«Ah. Anch'io ho visto il telegiornale».

Pausa. E poi:

«Vorrei essere lì con te. Vuoi che domani prendo un aereo? Possiamo parlarne assieme, con calma. Vedrai che...».

«Livia, ormai c'è poco da dire. In questi ultimi mesi ne abbiamo parlato e riparlato. Stavolta ho preso una decisione seria».

«Quale?».

«Mi dimetto. Domani vado dal Questore e gli presento le dimissioni. Bonetti-Alderighi ne sarà felicissimo».

Livia non reagì subito, tanto che Montalbano ebbe l'impressione che fosse caduta la linea.

18

«Pronto, Livia? Sei lì?».

«Sono qui. Salvo, a mio parere, tu commetti un errore gravissimo ad andartene così».

«Così come?».

«Arrabbiato e deluso. Tu vuoi lasciare la Polizia perché ti senti come chi è stato tradito dalla persona nella quale aveva più fiducia e allora...».

«Livia, io non mi *sento* tradito. Io *sono stato* tradito. Non si tratta di sensazioni. Ho sempre fatto il mio mestiere con onestà. Da galantomo. Se davo la mia parola a un delinquente, la rispettavo. E perciò sono rispettato. È stata la mia forza, lo capisci? Ma ora mi siddriai, m'abbuttai».

«Non gridare, ti prego» fece Livia con la voce che le tremava.

Montalbano non la sentì. Dintra di lui c'era una rumorata stramma, come se il suo sangue fosse arrivato al punto di bollitura. Continuò.

«Manco contro il peggio delinquente ho fabbricato una prova! Mai! Se l'avessi fatto mi sarei messo al suo livello. Allora sì che il mio mestiere di sbirro sarebbe diventato una cosa lorda! Ma ti rendi conto, Livia? Ad assaltare quella scuola e a fabbricare prove false non è stato qualche agente ignorante e violento, c'erano questori e vicequestori, capi della Mobile e compagnia bella!».

Solo allora capì che a fare quel suono che sentiva nella cornetta erano i singhiozzi di Livia. Respirò profondamente.

«Livia?».

«Sì».

«Ti amo. Buonanotte».

Riattaccò. Si curcò. Ed ebbe inizio la nuttata 'nfami.

La vera virità era che il comincio del disagio di Montalbano risaliva a tempo prima, a quando la televisione aveva fatto vidiri il Presidente del consiglio che se la fissiava avanti e narrè per i carrugi di Genova sistemando fioriere e ordinando di togliere le mutanne stese ad asciugare su balconi e finestre mentre il suo ministro dell'Interno pigliava misure di sicurezza assai più adatte a una guerra civile imminente che a una riunione di capi di governo: reti d'acciaio che im-

pedivano l'accesso a certe strade, piombatura dei tombini, chiusura delle frontiere e di alcune stazioni, pattugliamento del mare e persino l'installazione di una batteria di missili. C'era – pinsò il commissario – un eccesso di difesa tanto ostentato da costituire una specie di provocazione. Doppo era successo quello che era successo: certo, c'era scappato il morto tra i dimostranti, ma forse la cosa più grave era stato il comportamento di alcuni reparti della polizia che avevano preferito sparare lacrimogeni su pacifici manifestanti lasciando liberi di fare e disfare i più violenti, i cosiddetti black bloc. E appresso c'era stata la laida facenna della scuola Diaz che assomigliava non a un'operazione di polizia, ma a una specie di trista e violenta sopraffazione per sfogare istinti di vendetta repressi.

Tri jorna doppo il G8, mentre infuriavano le polemiche in tutta Italia, Montalbano era arrivato tardo in ufficio. Appena fermò la macchina e scinnì, s'addunò che due imbianchini stavano passando una mano di calce su un muro laterale del commissariato.

«Ah dottori dottori!» fece Catarella vedendolo trasire. «Vastasate ci scrissero stanotti!».

Montalbano non capì di subito:

«Chi ci ha scritto?».

«Non sono a canoscenza di chi fu che scrisse di pirsona pirsonalmenti».

Ma che minchia voleva dire, Catarella?

«Era una lettera anonima?».

«Nonsi dottori, non era gnonima, dottori, murale era. Fu proprio a scascione di questa muralità che Fazio stamatina di presto mandò a chiamari i pittura per scancillari».

E finalmente il commissario si spiegò la presenza dei due imbianchini.

«Che c'era scritto?».

Catarella arrussicò violentemente e tentò un diversivo.

«Con le bombololette spraghi nivure le avevano scrivute le parolazze».

«Va bene, che c'era scritto?».

«Sbirri farrabuti» arrispunnì Catarella tenendo l'occhi vasci.

«E basta?».

«Nonsi. Macari asasini c'era scrivuto. Farrabuti e asasini».

«Catarè, ma perché te la stai pigliando tanto?».

Catarella parse sul punto di mittirisi a chiangiri.

«Pirchì ccà dintra nisciuno è farrabuto o asasino, a cominzare da vossia, dottori, e a finiri a mia ca sono l'urtima rota del carretto».

Montalbano gli posò a conforto una mano sulla spalla e si avviò verso la sò càmmara. Catarella lo richiamò.

«Ah, dottori! Mi scordai: grannissimi cornuti c'era macari scrivuto».

Figurarsi se in Sicilia, in una scritta offensiva, poteva mancare la parola cornuto! Quella parola era un marchio doc, un modo tipico d'espressione della cosiddetta sicilitudine. Si era appena assittato che trasì Mimì Augello. Era frisco come un quarto di pollo, la faccia distesa e sirena.

«Ci sono novità?» spiò.

«Hai saputo quello che ci hanno scritto sul muro stanotte?».

«Sì, me l'ha contato Fazio».

«E non ti pare una novità?».

Mimì lo taliò imparpagliato.

«Babbii o dici sul serio?».

«Dico sul serio».

«Beh, rispondimi mettendoti la mano supra 'u cori. Pensi che Livia ti metta le corna?».

A taliare strammato Mimì stavolta fu Montalbano.

«Che minchia ti passa per la testa?».

«Quindi non sei cornuto. E manco io penso di esserlo da parte di Beba. Passiamo ora a un'altra parola, farabutto. A mia due o tre fìmmine me l'hanno detto che sono un farabutto. A tia non credo che te l'abbia mai detto nessuno e quindi tu non sei compreso in questa parola. Assassino, manco a parlarne. E allora?».

«Ma quanto sei spiritoso, Mimì, con questa tua logica da Settimana enigmistica!».

«Scusami, Salvo, che è la prima volta che ci chiamano bastardi, figli di buttana e assassini?».

«Solo che stavolta, almeno in parte, hanno ragione».

«Ah, tu accussì la pensi?».

«Sissignore. Spiegami perché abbiamo agito in questo modo a Genova dopo anni e anni che non capitava niente di simile».

Mimì lo taliò con le palpebre quasi completamente calate e non raprì vucca.

«Eh, no!» disse il commissario. «Rispondimi a parole, non con questa tua taliata di sbirro».

«E va bene. Però voglio fare una premessa. Non ho nessuna 'ntinzioni di sciarriarmi cu tia. D'accordo?».

«D'accordo».

«Ho capito quello che ti rode. Il fatto che tutto questo sia capitato con un Governo che suscita la tua diffidenza, la tua contrarietà. Pensi che i governanti di oggi in questa facenda ci abbiano bagnato il pane».

«Scusa, Mimì. Hai letto i giornali? Hai sentito la televisione? Hanno detto, più o meno chiaramente, che nelle sale operative genovesi in quei giorni c'era gente che non ci doveva stare. Ministri, deputati e tutti dello stesso partito. Quel partito che si è sempre appellato all'ordine e alla legalità. Ma bada bene, Mimì: il loro ordine, la loro legalità».

«E questo che significa?».

«Significa che una parte della Polizia, la più fragile macari se si crede la più forte, si è sentita protetta, garantita. E si è scatenata. Questo nella migliore delle ipotesi».

«Ce n'è una peggiore?».

«Certo. Che noi siamo stati manovrati, come pupi nell'opira dei pupi, da persone che volevano fare una specie di test».

«Su cosa?».

«Su come avrebbe reagito la gente ad un'azione di forza, quanti consensi, quanti dissensi. Fortunatamente non gli è andata tanto bene».

«Mah!» fece Augello dubitoso.

Montalbano decise di cangiare discorso.

«Come sta Beba?».

«Non tanto bene. Ha una gravidanza difficile. Deve stare più corcata che susuta, ma il dottore dice che non c'è da preoccuparsi».

A forza di chilometri e chilometri di passiate solitarie lungo il molo, a forza di lunghe assittatine sullo scoglio del pianto a ragionare sopra i fatti ginovisi fino a farsi fumare il ciriveddro, a forza delle mangiatine di càlia e simenza che assommarono a una quintalata, a forza di telefonate notturne con Livia, la ferita che il commissario si portava dintra principiava a cicatrizzarsi quanno si ebbe improvvisa notizia di un'altra bella alzata d'ingegno della Polizia, stavolta a Napoli. Una maniata di poliziotti era stata arrestata per avere prelevato presunti manifestanti violenti da uno spitale dove si trovavano ricoverati. Portati in caserma, erano stati trattati a càvuci e a cazzotti in mezzo a uno sdilluvio di parolazze, offise, insulti. Ma quello che soprattutto sconvolse Montalbano fu la reazione di altri poliziotti alla notizia dell'arresto: alcuni si incatenarono al cancello della Questura per solidarietà, altri organizzarono manifestazioni di piazza, i sindacati fecero voci, un vicequestore che a Genova aveva pigliato a càvuci un manifestante caduto a terra venne a Napoli acclamato come un eroe. Gli stessi politici che si trovavano a Genova durante il G8 capeggiarono quella curiosa (ma poi non tanto curiosa per Montalbano) mezza rivolta di una parte delle forze dell'ordine contro i magistrati che avevano deciso l'arresto. E Montalbano non ce la fece più. Quest'altro vuccuni amaro non arriniscì ad agliuttirlo. Una matina, appena trasuto in ufficio, telefonò al dottor Lattes, capo di gabinetto alla Questura di Montelusa. Dopo una mezzorata, Lattes, tramite Catarella, fece sapere a Montalbano che il Questore era disposto a riceverlo a mezzojorno spaccato. L'òmini del commissariato, che avevano imparato a capire l'umore del loro capo già da come caminava quanno al matino s'arricampava in ufficio, si erano di subito fatti persuasi che non era cosa. Perciò il commissariato, dalla càmmara di Montalbano, pariva deserto, non una voce, non una rumorata qualisisiasi. Catarella, di guardia alla porta d'ingresso, appena vidiva comparire uno, sgriddrava l'occhi, portava l'indice al naso e intimava:

«Sssssstttttt!».

E tutti trasivano in commissariato con l'ariata di chi sta andando a vegliare un morto.

Verso le deci, Mimì Augello, dopo avere discretamente tuppiato e ottenuto il permesso, s'appresentò. Aveva la faccia scurusa. E Montalbano, al primo vederlo, s'appreoccupò.

«Come sta Beba?».

«Bene. Posso assittarmi?».

«Certo».

«Posso fumare?».

«Certo, ma non farti vidiri dal ministro».

Augello s'addrumò una sigaretta, inspirò, tenne il fumo a longo. «Guarda che puoi espirare» fece Montalbano. «Te ne do il permesso».

Mimì lo taliò imparpagliato.

«Eh, sì» continuò il commissario «stamatina mi pari un cinese. Mi domandi il permesso per qualisisiasi minchiata. Che c'è? Ti viene difficile dirmi quello che vuoi dirmi?».

«Sì» ammise Augello.

Astutò la sigaretta, s'assistimò meglio sulla seggia, tirò un respiro e attaccò:

«Salvo, tu sai che io ti ho sempre considerato mio padre...».

«Chi te l'ha detto?».

«Cosa?».

«Questa storia che io sono tuo padre. Se te l'ha detto tua madre, ti ha contato una farfantaria. Tra me e te ci sono quindici anni di differenza e, per quanto io sia stato precoce, a quindici anni non...».

«Ma, Salvo, io non ho detto che sei mio padre, ho detto che ti considero come mio padre».

«E sei partito col piede sbagliato. Lassa perdiri sti minchiate di patri, figliu e spiritu santu. Dimmi quello che mi devi dire e levati dai cabasisi che oggi non è jornata».

«Perché hai domandato d'essere ricevuto dal Questore?».

«Chi te l'ha detto?».

«Catarella».

«Poi me la vedo io con lui».

«Tu non te la vedi con lui, semmai te la vedi con me. Sono stato io a ordinare a Catarella di riferirmi se ti mettevi in contatto con Bonetti-Alderighi. Me l'aspettavo che prima o poi l'avresti fatto».

«Ma che c'è di strammo se io, che sono un commissario, mi voglio incontrare col mio superiore?».

«Salvo, tu a Bonetti-Alderighi non lo puoi sopportare, non lo reggi. Se fosse un parrino venuto a darti l'assoluzione in punto di morte, ti alzeresti dal letto e lo cacceresti via a pedate. Parlo latino, va bene?».

«Parla come minchia vuoi».

«Tu vuoi andartene».

«Tanticchia di vacanza mi farebbe bene».

«Salvo, sei penoso. Tu vuoi dimetterti».

«Non sono libero di farlo?» scattò Montalbano, mittendosi in punta della seggia, pronto a satare addritta.

Augello non si lasciò impressionare.

«Liberissimo, sei. Ma prima devo finire con te un discorso. Ti ricordi quando ammettesti di avere un sospetto?».

«Quale?».

«Che i fatti di Genova erano stati provocati a bella posta da una parte politica che in qualche modo si era fatta garante delle male azioni della polizia. Te lo ricordi?».

«Sì».

«Ecco: vorrei farti presente che quello che è capitato a Napoli è capitato mentre c'era un governo di centrosinistra, prima del G8 dunque. Solo che si è saputo dopo. Allora come la metti?».

«La metto peggio di prima. Credi che non ci abbia riflettuto, Mimì? Vuol dire che tutta la facenna è assai più grave».

«Cioè?».

«Che questa lurdia è dintra di noi».

«E fai questa bella scoperta solo oggi? Tu che hai leggiuto tanto? Se te ne vuoi andare, vattene. Ma non ora. Vattene per stanchizza, per raggiunti limiti d'età, perché ti fanno male le emorroidi, pirchì il ciriveddro non ti funziona più, ma non ora come ora».

«E pirchì?».

«Pirchì ora sarebbe un'offisa».

«A chi?».

«A mia, per esempio. Che sono fimminaro sì, ma pirsona pirbene. A Catarella, che è un angilu. A Fazio, che è un galantomo. A tutti, dintra al commissariato di Vigàta. Al Questore Bonetti-Alderighi, che è camurriusu e formalista, ma è una brava pirsona. A tutti i tuoi colleghi che stimi e che ti sono amici. Alla stragrande maggioranza di gente che sta nella polizia e che niente ha a che fare con alcuni mascalzoni tanto di basso quanto di alto grado. Tu te ne vai sbattendoci la porta in faccia. Riflettici. Ti saluto».

25

Si susì, raprì la porta, niscì. Alle unnici e mezza Montalbano si fece dare da Catarella la Questura e comunicò al dottor Lattes che non sarebbe andato dal signor Questore, tanto la cosa che voleva dirgli non aveva importanza, proprio nessuna.
Fatta la telefonata, sentì bisogno d'aria di mare. Passando davanti al centralino, disse a Catarella:
«E ora corri a fare la spia col dottor Augello».
Catarella lo taliò con occhi di cane perso.
«Pirchì mi voli offinnìri, dottori?».
Offendere. Tutti si sentivano offisi da lui e lui non aviva il diritto di sintirisi offiso da nisciuno.

Tutto 'nzemmula non ce la fece più a restare corcato pistiando e ripistiando sulle parole scangiate con Mimì nei giorni passati. Non aveva comunicato la sua decisione a Livia? Oramà era fatta. Taliò verso la finestra, filtrava scarsa luce. Il ralogio segnava quasi le sei. Si susì, raprì le imposte. A livante la chiarìa del sole che stava per spuntare disegnava arabeschi di nuvole leggere, non da pioggia. Il mare si cataminava tanticchia per la brezza matutina. Si inchì i purmuna d'aria, sentendo che ogni respiro si portava via un pezzo della nuttata 'nfami. Andò in cucina, priparò il cafè e, aspettando il vuddru, raprì la verandina.

La spiaggia, almeno fino a dove si poteva vedere a malgrado del grigiore, pareva deserta d'òmini e vestie. Si vippi dù tazze di cafè una appresso all'altra, si mise i pantaloncini da bagno e scinnì in spiaggia. La rena era vagnata e compatta, forse nella prima sirata aveva chiuvuto a leggio. Arrivato a ripa di mare, allungò un piede. L'acqua gli parse assà meno ghiazzata di quanto aveva pinsato. Avanzò cautamente, patendo di tanto in tanto lungo la schina addrizzoni di friddo. Ma pirchì, si spiò a un certo momento, a cinquant'anni passati mi viene gana di fare queste spirtizze?

Capace che mi piglio uno di quei raffreddori che po' me ne devo stare una simanata a stranutare con la testa 'ntrunata. Principiò a nuotare a bracciate lente e larghe. Lo sciauro del mare era violento, trasiva pungente nelle narici, pareva sciampagna.

E Montalbano squasi s'imbriacò, perché continuò a nuotare e a nuotare, la testa finalmente libera da ogni pinsèro, compiacendosi d'essere addiventato una specie di pupo meccanico. A farlo tornare di colpo omo fu il crampo improvviso che l'azzannò al polpaccio della gamba mancina. Santiando, si voltò sulla schina mettendosi a fare il morto. Il dolore era tanto forte che l'obbligò a stringere i denti, prima o poi però sarebbe lentamente passato. Sti mallitti crampi si erano fatti più frequenti negli ultimi dù-tri anni. Avvisaglie della vicchiaia appostata darrè l'angolo? La corrente lo portava pigramente. Il dolore stava principiando ad abacare, tanto di permettergli di dare due bracciate all'indietro. Alla seconda bracciata, la mano dritta sbatté contro qualcosa.

In una frazione di secondo, Montalbano capì che quel qualcosa era un piede umano. Qualcuno stava facendo il morto appena davanti a lui e non se ne era addunato.

«Mi scusi» disse precipitoso rimettendosi a panza sotto e taliando.

L'altro davanti a lui non arrispunnì perché non stava facendo il morto. Era veramente morto. E, a stimare da come s'apprisintava, lo era da parecchio.

Due

Montalbano, strammato, si mise a firriare torno torno al catafero cercando di non fare scarmazzo con le bracciate. Ora c'era bastevole luce e il crampo gli era passato. Quel morto certamente non era frisco, da tempo che doveva trovarsi in acqua, perché carne attaccata alle ossa ne restava picca e la testa era addivintata praticamente un teschio. Un teschio con una capigliatura d'alghe. La gamba dritta si stava staccando dal resto del corpo. I pisci e il mare avivano fatto minnitta del povirazzo, un naufrago o un extracomunitario che per fame, per disperazione aveva tentato d'emigrare clandestinamente ed era stato gettato in mare da qualche mercante di schiavi più fituso e carogna degli altri. Quel catafero doveva arricamparsi da lontano assà. Possibile che per tutte quelle jornate che era stato a galleggiare manco un motopeschereccio, una barca qualisisiasi non si fosse addunata di quel relitto? Difficile. Sicuramente c'era chi l'aveva visto, ma si era prontamente adeguato alla nuova morale corrente, quella per la quale se investi qualcuno per la strata devi tirare di longo senza dargli aiuto: ora figurarsi se un peschereccio si fermava per una cosa inutile come un morto. Del resto, non c'erano stati dei pescatori che, avendo trovato tra le reti dei resti umani, li avevano prontamente rigettati in mare per evitare camurrie burocratiche? «Pietà l'è morta», diceva profeticamente una canzone, o quello che era, di parecchio tempo avanti. E via via stavano agonizzando macari la compassione, la fraternità, la solidarietà, il rispetto per i vecchi, per i malati, per i picciliddri, stavano morendo le regole della...

«Non fare il moralista di merda» disse Montalbano a Montalbano. «Cerca piuttosto di tirarti fora da questi lacci».

Si scosse dai pinsèri, taliò verso la riva. Matre santa, quant'era lontana! E come aveva fatto ad andare a finire tanto al largo? E come minchia avrebbe potuto fare per portare a terra il catafero? Il quale catafero intanto si era allontanato di qualche metro, trascinato dalla corrente. Aveva gana di sfidarlo a una gara di nuoto? E fu in questo momento che trovò la soluzione del problema. Si sfilò il costume da bagno che, oltre all'elastico, aveva torno torno alla vita un cordone bastevolmente longo che non serviva a nenti, era lì solo per billizza. Con due bracciate si mise allato al catafero e, doppo averci pinsato tanticchia, gli infilò il costume nel braccio mancino, glielo raccolse all'altezza del polso, glielo arravugliò stritto stritto, lo legò con un capo del cordone. L'altro capo lo strinse con due nodi al collo del suo piede mancino. Se il braccio del morto non si fosse staccato durante il traino, cosa possibilissima, tutta la facenna sarebbe andata in porto, era proprio il caso di dirlo, tranquillamente, macari se a costo di una grossa faticata. Principiò a natare. E natò a longo lentamente, adoperando di necessità solamente le braccia, fermandosi di tratto in tratto, ora per ripigliare sciato ora per controllare se il catafero era sempre attaccato a lui. A poco più di metà strata ebbe necessità di una fermata più longa, il suo sciato era diventato quello di un mantice. Si voltò sul dorso per fare il morto e il morto, quello vero, si girò a faccia sotto a causa del movimento trasmessogli attraverso il cordone.

«Porta pacienza» si scusò Montalbano.

Quanno sentì che ansimava di meno, si rimise in marcia. Doppo un tempo che gli parse non passare mai, capì che era arrivato a un punto dove si toccava. Sciolse il cordone dal piede e tenendone sempre in mano il capo, si mise addritta. L'acqua gli arrivava al naso. Saltellando sulle punte dei pedi si spostò di qualche metro e finalmente poté posare le piante sulla rena. A questo punto, sentendosi oramà al sicuro, volle dare il primo passo.

Lo diede, ma non si cataminò. Ci riprovò. Niente. Oddio, era addiventato paralitico! Stava come un palo chiantato in mezzo all'acqua, un palo al quale era ormeggiato un catafero. Sulla spiaggia non si vedeva anima criata alla quale spiare aiuto. Vuoi vedere che era tutto un sogno, un incubo?

«Ora m'arrisbiglio» si disse.

Ma non s'arrisbigliò. Dispirato, ittò la testa narrè e fece un urlo tanto potente che lui stesso s'intronò. L'urlo ebbe due effetti immediati: il primo fu che una para di gabbiani che volteggiavano supra la sò testa e stavano a godersi la farsa se ne scapparono scantati; il secondo fu che i muscoli, i nervi, insomma il fasciame del suo corpo si rimise in movimento sia pure con estrema difficoltà. Dalla riva lo separavano una trentina di passi, ma furono una vera e propria viacruci. Sulla battigia, si lasciò cadiri 'n terra di culo e a longo arristò accussì, sempre col capo del cordone in mano. Pareva un piscatore che non arrinisciva a tirare a riva il pisci troppo grosso che aveva pigliato. S'accunsolò pinsando che il peggio era passato.

«Mani in alto!» fece una voce alle sue spalle.

Ammammaloccuto, Montalbano girò la testa a taliare. Quello che aveva parlato, e che lo teneva sotto punteria con un revorbaro che doveva avere fatto la guerra italo-turca (1911-12), era un ultrasittantino sigaligno, nirbùso, con l'occhi spirdati e i pochi capelli ritti come fili di ferro. Allato a lui c'era una fìmmina, macari lei ultrasittantina, con un cappello di paglia, armata di una sbarra di ferro che agitava non si capiva bene se per minaccia o per Parkinson avanzato.

«Un momento» fece Montalbano. «Io sono...».

«Sei un assassino!» fece la fìmmina a voce tanto alta e stridula che i gabbiani, i quali si erano intanto avvicinati per godersi il secondo tempo della farsa, schizzarono lontano stridendo.

«Ma signora, io...».

«Non negare, assassino, è da due ore che sto a guardarti col binocolo!» fece voci ancora più forti la vecchia.

Montalbano si sentì completamente pigliato dai turchi. Senza pinsare a quello che stava facendo, mollò il cordone e si susì voltandosi.

«Oddio! È nudo!» gridò la vecchia arretrando di due passi.

«Vile! Sei morto!» gridò il vecchio arretrando di due passi.

E sparò. Il colpo, assordante, passò a una ventina di metri dal commissario, atterrito più che altro dal botto. Il vecchio, che dal rinculo era stato spostato di altri due passi narrè, ripigliò, tistardo, la mira.

«Ma che fa? È pazzo? Sono il...».

«Zitto e non ti muovere!» intimò il vecchio. «Abbiamo avvertito la polizia. A momenti sarà qui».

Montalbano non si cataminò. Con la coda dell'occhio vide il catafero che lentamente pigliava il largo. Appresso, quanno a 'u Signuruzzu ci parse e piacque, due auto arrivarono a velocità sulla strata e si fermarono. Dalla prima Montalbano vitti scinniri di corsa Fazio e Gallo, tutti e due in borghese. Si sentì rianimare, ma fu cosa di breve durata perché dalla seconda macchina scinnì un fotografo che principiò a sparare foto a mitraglia. Fazio, riconosciuto di subito il commissario, si mise a fare voci al vecchio:

«Polizia! Non spari!».

«Chi me lo dice che non siete suoi complici?» fu la risposta dell'omo.

E puntò il revorbaro contro Fazio. Ma per farlo distolse la sua attenzione da Montalbano. Il quale, essendosi rotto i cabasisi, scattò in avanti, aggguantò il polso del vecchio e lo disarmò. Ma non poté evitare una gran botta in testa che la vecchia gli ammollò con la sbarra di ferro. Di colpo vitti neglia, si piegò sulle ginocchia e sbinni.

Sicuramente era passato dallo sbinimento al sonno perché quanno si arrisbigliò nel suo letto e taliò il ralogio erano le unnici e mezza. La prima cosa che fece fu uno stranuto, doppo un altro e appresso un altro ancora. Si era arrifriddato e la testa gli doleva assà. Dalla cucina sentì la voce di Adelina, la cammarera.

«Viglianti è, dutturi?».

«Sì, ma mi fa male la testa. Vuoi vidiri che la vecchia me l'ha rotta?».

«A vossia la testa nun ci la rumpinu mancu i cannunati».

Sentì squillare il telefono, provò a susirisi, ma una specie di virtigine lo fece ricadere sul letto. E quanta forza aveva nelle

vrazza quella vecchia mallitta? Adelina aveva intanto risposto.
Sentì che diceva:

«Ora ora s'arrisbigliò. Va beni, ci lo dico».

Apparse con una tazza di cafè fumante.

«'U signor Fazziu era. Dici accussì ca massimu massimu una mezzurata lu veni a truvari».

«Adelì, tu quanno sei arrivata?».

«Alle novi, comu di sempri, dutturi. A vossia l'avivano curcatu e c'era ristatu 'u signor Gallu a daricci adenzia. Iu allura ci dissi ca ora c'ero iu pi abbadari a vossia e lui sinni ì».

Niscì dalla càmmara e tornò doppo tanticchia, un bicchiere in una mano e una pinnula nell'altra.

«'A spirina ci purtai».

Montalbano la pigliò, bidiente. Susuto a mezzo del letto, ebbe qualche addrizzone di friddo. Adelina se ne addunò, raprì murmuriandosi l'armuàr, afferrò un plaid e lo stese sul linzolo.

«All'età ca avi vossia, certe spirtizze nun l'avi cchiù a fari».

Montalbano la odiò. S'incuponò fino a sopra la testa e chiuse l'occhi.

Sentì sonare il telefono a longo. Come mai Adelina non rispondeva? Si susì variando, andò nell'altra càmmara.

«Brondo?» fece con voce nanfarosa.

«Dottore? Sono Fazio. Purtroppo non posso venire, c'è un contrattempo».

«Serio?».

«Nonsi, una minchiata. Passo nel doppopranzo. Pensi a curarsi il raffreddore».

Riattaccò, andò in cucina. Adelina era andata via, sul tavolo c'era un suo biglietto.

«Vosia durmivva e nun voghliu arisbighliarilla. Tantu ora s'aricampa sighnor Fazziu. Ci priparai in frighirifferu. Adelina».

Non ebbe gana di raprire il frigorifero, non aviva pititto. S'addunò che stava caminando casa casa in costume adamitico, modo di dire che piace ai giornalisti e a quelli che si credono spiritosi. S'infilò una cammisa, un paro di mutanne, i pantaloni e s'assittò sulla solita poltrona davanti al televisore. Si era fatta l'una meno un quarto, l'ora del primo notiziario di «Televigàta», emittente filogovernativa per vocazione, sia che al governo ci fosse l'estrema sinistra sia che ci fosse l'estrema destra. La prima immagine che vitti fu la sò. Era completamente nudo, la bocca spalancata, l'occhi strammati, le mano a coppa a cummigliarsi le vrigogne. Pareva una casta Susanna in là negli anni e assai più pelosa. Apparse una didascalia indove che c'era scritto:

«Il commissario Montalbano (nella foto) salva un morto». Montalbano pinsò al fotografo che era arrivato appresso a Fazio e a Gallo e gli inviò, mentalmente, i più sinceri e cordiali auguri di lunga vita e fortuna. Sullo schermo apparse la faccia a culo di gallina del giornalista Pippo Ragonese, nemico giurato del commissario.

«Questa mattina poco dopo l'alba...».

Sullo schermo, per chi non l'avesse capito, apparse un'alba qualsiasi.

«... il nostro eroe commissario Salvo Montalbano è andato a farsi una bella nuotata...».

Apparse un pezzo di mare con un tale, lontanissimo e irriconoscibile, che natava.

«Voi vi direte che non solo non è ancora stagione di bagni ma soprattutto che quella non è un'ora tra le più adatte. Ma che ci volete fare? Il nostro eroe è così, forse ha sentito la necessità di quel bagno per far evaporare dal suo cervello certe idee balzane delle quali è spesso vittima. Nuotando al largo, si è imbattuto nel cadavere di uno sconosciuto. Invece di telefonare a chi di dovere...».

«... col telefonino incorporato nella minchia» continuò per lui, arraggiato, Montalbano.

«... il nostro commissario ha deciso di portare il cadavere a terra senza l'aiuto di nessuno, legandolo a un suo piede col costume che indossava. Faccio tutto io, è il suo motto. Queste manovre non sono sfuggite alla signora Pina Bausan che si era messa a osservare il mare con un binocolo».

Spuntò la faccia della signora Bausan, quella che gli aveva scassato la testa con la sbarra di ferro.

«Di dov'è lei, signora?».

«Io e mio marito Angelo siamo di Treviso».

Allato alla faccia della fìmmina comparse quella del marito, lo sparatore.

«Vi trovate in Sicilia da molto?».

«Da quattro giorni».

«In vacanza?».

«Ma quale vacanza! Io soffro d'asma e allora il medico m'ha detto che l'aria di mare mi avrebbe fatto bene. Mia figlia Zina che è sposata con un siciliano che lavora a Treviso...».

Il racconto venne interrotto da un lungo sospiro di pena della signora Bausan alla quale la sorte maligna aveva dato un siciliano come genero.

«... mi ha detto di venire a passare qualche tempo qua, nella casa di suo marito che loro adoperano solo un mese d'estate. E ci siamo venuti».

Il sospiro di pena stavolta fu assai più forte: vita dura e pericolosa, su quell'isola selvaggia!

«Mi dica, signora: perché scrutava il mare a quell'ora?».

«Mi alzo presto, devo pur fare qualcosa, no?».

«E lei, signor Bausan, porta sempre quell'arma con sé?».

«No. Non ho armi. Il revolver me lo sono fatto prestare da un mio cugino. Capirà che dovendo venire in Sicilia...».

«Lei ritiene che si debba venire in Sicilia armati?».

«Se qui la legge non esiste, mi pare logico, no?».

Riapparse la faccia a culo di gallina di Ragonese.

«E da qui è nato il grottesco equivoco. Credendo...».

Montalbano astutò. Era arraggiato contro Bausan non perché gli aveva sparato, ma per quello che aveva detto. Pigliò il telefono.

«Brondo, Cadarella?».

«Sentimi, gran curnutu e figliu di buttana...».

«Cadarè, non mi riconosci? Montalbano zono».

«Ah, vossia è, dottori? Raffriddato è?».

«No, Cadarè, mi spercia di parlare accussì. Pazzami Fazio».

«Di subito, dottori».

«Mi dica, dottore».

«Fazio, ghe fine ha fatto il revolver del vecchio?».

«Di Bausan, dice? L'ho ridato a lui».

«Ha il bordo d'armi?».

Ci fu una pausa imbarazzata.

«Non lo so, dottore. In quel casino, mi passò di mente».

«Va bene. Cioè va male. Ora stezzo vai da quezto zignore e vedi come zta combinato. Ze non è in regola, agizci zecondo la legge. Non zi può lazdiare libero un vecchio rimbambito che zpara a porci e a cani».

«Capito, dottore».

Ecco fatto. Così il signor Bausan e la sua amabile signora avrebbero imparato che macari in Sicilia c'era tanticchia di legge. Tanticchia, ma c'era. Stava tornando a corcarsi che sonò il telefono.

«Brondo?».

«Salvo, amore, perché hai questa voce? Dormivi o sei raffreddato?».

«La zeconda che hai detto».

«Ti ho chiamato in ufficio, ma mi hanno risposto che eri a casa. Dimmi come è andata».

«Ghe vuoi ghe ti dica? È ztata una coza comica. Io ztavo nudo e lui mi ha zparato. E cozì mi zono raffreddato».

«Tu tu ti ti...».

«Ghe zignifica tututiti?».

«Tu... tu ti sei messo nudo davanti al Questore e quello ti ha sparato?».

Montalbano strammò.

«Livia, perché mi dovevo mettere nudo davanti al Questore?».

«Perché tu ieri sera mi hai detto che stamattina, cascasse il mondo, saresti andato a presentare le tue dimissioni!».

Con la mano libera, Montalbano si diede una gran manata sulla fronte. Le dimissioni! Se ne era completamente scordato!

«Vedi, Livia, damattina, mentre fazevo il morto, c'era un morto che...».

«Ciao» l'interruppe Livia arraggiata. «Devo andare in ufficio. Quando ti torna l'uso della parola, mi chiami».

L'unica era pigliarisi un'altra spirina, incuponarsi e sudare alla dannata.

Prima d'inoltrarsi nel paese del sonno, gli capitò di fare, del tutto involontariamente, una specie di ripasso del suo incontro col catafero.

Arrivato al punto nel quale gli sollevava il braccio per infilarvi il costume e mentre gliele arravugliava attorno al polso la sua pellicola mentale s'arrestò e tornò narrè, come in un tavolo di montaggio. Braccio sollevato, costume infilato, costume arravugliato... Stop. Braccio sollevato, costume infilato... E qui il sonno ebbe la meglio.

Alle sei di sira era addritta, aveva durmuto come un picciliddro e sentiva che la botta di raffreddore gli era quasi passata. Bisognava però per quel giorno portare pacienza e starsene a casa.

Provava ancora tanticchia di stanchizza, ma ne capiva la scascione: era la somma della notte 'nfami, della nuotata, della faticata per portare a terra il morto, del colpo di sbarra in testa e, soprattutto, della caduta di tensione per non essere andato dal Questore. Si chiuse in bagno, si fece una doccia lunghissima, si rasò accuratamente, si vestì come se dovesse andare in ufficio. Invece, deciso e tranquillo, telefonò alla Questura di Montelusa.

«Pronto? Il commissario Montalbano sono. Vorrei parlare col signor Questore. È urgente».

Dovette aspettare pochi secondi.

«Montalbano? Sono Lattes. Come sta? Come sta la famiglia?».

Bih, che camurria! Il dottor Lattes, capo di gabinetto, detto «Lattes e miele» per l'untuosità, era uno che leggeva «L'Avvenire» e «Famiglia cristiana». Era pirsuaso che ogni omo stimabile dovesse avere moglie e numerosa prole. E siccome stimava a modo suo Montalbano, nisciuno arriniscìva a levargli dalla testa che il commissario non era maritato.

«Tutti bene, ringraziando la Madonna» fece Montalbano.

Oramà aveva imparato che quel «ringraziando la Madonna» provocava la disponibilità massima di Lattes.

«Posso esserle utile?».

«Vorrei conferire col signor Questore».

Conferire! Montalbano si disprezzò. Ma quando si aveva a che fare coi burocrati la meglio era parlare come loro.

«Ma il signor Questore non c'è. È stato convocato da *(pausa)* Sua Eccellenza il Ministro, a Roma».

La pausa, e Montalbano ne ebbe chiara la visione, era stata provocata dalla rispettosa susuta addritta del dottor Lattes dovendo nominare, sia pure non invano, Sua Eccellenza.

«Ah!» fece Montalbano sentendosi ammosciare. «E sa quanto tempo resterà fuori?».

«Ancora due o tre giorni, credo. Posso esserle utile io?».

«La ringrazio, dottore. Aspetterò che torni».

«... *e passeranno i giorni...*» canticchiò tra sé con raggia mentre sbatteva il ricevitore.

Ora aveva la 'mpressione d'essere un palloncino sgonfiato. Appena decideva di dare, anzi rassegnare, così abbisognava dire, le dimissioni, qualichi cosa si metteva di traverso. S'addunò che, a malgrado della stanchizza aggravata dalla telefonata, gli era smorcato un pititto lupigno.

Erano le sette e dieci, ancora non era ora di cena. Ma chi l'ha detto che uno deve mangiare a orario stabilito? Andò in cucina, raprì il frigorifero. Adelina gli aveva preparato un piatto da malati: merluzzi bolliti. Solo che erano enormi, freschissimi e in numero di sei. Non li quadiò, gli piacevano friddi conditi con oglio, poche gocce di limone e sale. Il pane Adelina l'aveva accattato in matinata: una scanata cummigliata di giuggiulena, quei semi di sesamo meravigliosi a mangiarseli raccogliendoli a uno a uno, quando cadono sulla tovaglia, facendoli appicciare all'indice leggermente bagnato di saliva. Conzò la tavola sulla verandina e se la scialò assaporando ogni boccone come se fosse l'ultimo della sua esistenzia.

Quanno sparecchiò, erano di picca passate le otto. E ora come spardava il tempo fino a quanno si faciva notti? Di primo acchitto il problema glielo arrisolse Fazio che tuppiò alla porta.

«Bonasira, dottore. Vengo a riferirle. Come si sente?».

37

«Molto meglio, grazie. Accomodati. Che hai fatto con Bausan?».

Fazio s'assistimò meglio sulla seggia, tirò fora dalla sacchetta un pizzino, principiò a leggerlo.

«Bausan Angelo fu Angelo e fu Crestin Angela, nato a...».

«Tutti angeli, da quelle parti» l'interruppe il commissario. «E ora scegli. O ti rimetti quel pizzino in sacchetta o ti piglio a pidate».

Fazio soffocò il suo «complesso dell'anagrafe», come lo chiamava il commissario, si rimise dignitosamente il pizzino in sacchetta e disse:

«Dottore, dopo la sua telefonata, mi sono immediatamente portato nella casa dove abita questo Bausan Angelo. L'abitazione, che dista da qua qualche centinaro di metri, appartiene a suo genero, Rotondò Maurizio. Bausan non ha porto d'armi. Per farmi consegnare il revolver, lei non ha idea di quello che ho dovuto passare. Tra l'altro, mi sono pigliato una botta in testa che m'ha dato sò mogliere con la scopa. La scopa della signora Bausan è un'arma impropria e la vecchia ha una forza... Lei ne sa qualcosa».

«Perché non ti voleva dare il revolver?».

«Perché secondo lui doveva riconsegnarlo all'amico che glielo aveva prestato. Quest'amico si chiama Pausin Roberto. Ho trasmesso le sue generalità alla Questura di Treviso. Il vecchio l'ho portato in carcere. Ora a lui ci penserà il gip».

«Novità sul cadavere?».

«Quello che lei ha trovato?».

«E quale sennò?».

«Guardi, dottore, che mentre lei se ne stava qua, a Vigàta e dintorni sono stati trovati altri due morti».

«A me interessa quello che ho trovato io».

«Nessuna novità, dottore. Sicuramente si tratta di qualche extracomunitario annegato durante la traversata. Comunque, a quest'ora, il dottor Pasquano avrà fatto l'autopsia».

Manco a farlo apposta, sonò il telefono.

«Rispondi tu» disse Montalbano.

Fazio allungò una mano, sollevò la cornetta.

«Casa del dottor Montalbano. Chi sono io? Sono l'ispettore Fazio. Ah, è lei? Mi scusi, non l'avevo riconosciuta. Glielo passo subito».

Pruì il ricevitore al commissario.

«È il dottor Pasquano».

Pasquano?! E quanno mai era capitato che il dottor Pasquano gli avesse fatto una telefonata? Cosa grossa doveva essere.

Tre

«Pronto? Montalbano sono. Mi dica, dottore».

«Me la spiega una cosa?».

«Agli ordini».

«Com'è che tutte le altre volte, quando mi ha fatto gentilmente pervenire un cadavere, mi ha scassato i cabasisi per avere immediatamente i risultati dell'esame autoptico e questa volta invece se ne è stracatafottuto?».

«Vede, è capitato che...».

«Glielo dico io che cosa è capitato. Lei si è fatto convinto che quel morto che è venuto a farsi recuperare da lei fosse un povirazzo di extracomunitario vittima di un naufragio, uno di quei cinquecento e passa morti che galleggiano nel Canale di Sicilia, che a momenti si potrà andare in Tunisia a piedi, camminandoci di sopra. E se ne è lavato le mani. Tanto, uno più uno meno che conta?».

«Dottore, se ha gana di sfogarsi sopra di me per qualcosa che le è andato storto, faccia pure. Ma lei sa bene che non la penso così. E inoltre, stamattina...».

«Ah, sì! Stamattina lei era impegnato a esibire i suoi attributi virili al concorso per "Mister commissario". L'ho vista a "Televigàta". Mi dicono che ha avuto quella cosa lì, come si chiama, un'audience altissima. Complimenti, ad majora».

Pasquano era fatto accussì, era grevio, 'ntipatico, aggressivo, indisponente. Il commissario sapeva però che si trattava di una forma istintiva ed esasperata di difesa da tutto e da tutti. Passò al contrattacco, usando il tono che ci voleva.

«Dottore, posso sapere perché mi viene a rompere a casa mia a quest'ora?».

Pasquano apprezzò.

«Perché le cose penso che non stiano come sembrano».

«E cioè?».

«Intanto il morto è nostrano».

«Ah».

«E poi, secondo me, l'hanno ammazzato. Ho fatto solo una ricognizione superficiale, badi bene, non ho aperto».

«Ha trovato ferite da arma da fuoco?».

«No».

«Da taglio?».

«No».

«Da esplosione atomica?» fece Montalbano che si era stuffato. «Dottore, che è, un quiz? Si vuole spiegare?».

«Domani pomeriggio venga qui e il mio illustre collega Mistretta, che eseguirà l'autopsia, le riferirà la mia opinione che però, badi bene, lui non condivide».

«Mistretta? Perché, lei non c'è?».

«No, io no. Parto domani mattina presto, vado a trovare mia sorella che non sta tanto bene».

Allora Montalbano capì perché Pasquano gli aveva telefonato. Era un gesto di cortesia, d'amicizia. Il dottore sapeva quanto Montalbano detestava il dottor Mistretta, omo supponente e pretenzioso.

«Mistretta» proseguì Pasquano «come le ho già detto, non è d'accordo con me su questo caso. Ecco perché ho voluto dirle, privatamente, quello che ne pensavo».

«Arrivo» disse Montalbano.

«Dove?».

«Da lei, in ufficio».

«Non sono in ufficio, sono a casa mia, stiamo preparando le valigie».

«Vengo a casa sua».

«No, guardi, c'è troppo disordine. Vediamoci al primo bar di viale Libertà, d'accordo? Non mi faccia perdere troppo tempo perché mi devo alzare presto».

Liquidò Fazio che si era messo di curiosità e insisteva per saperne di più, si diede una rapida rilavata, si mise in macchina e partì per Montelusa. Il primo bar di viale Libertà inclinava allo squallido, Montalbano c'era stato una sola volta e gli era bastato e superchiato. Trasì e vitti subito il dottor Pasquano assittato a un tavolino.

S'assittò macari lui.

«Che piglia?» spiò Pasquano che si stava bevendo un cafè.

«Quello che ha pigliato lei».

Stettero in silenzio fino a quando non arrivò il cammareri con la seconda tazzina.

«Allora?» attaccò Montalbano.

«Ha visto in che condizioni era il cadavere?».

«Beh, mentre lo rimorchiavo avevo scanto che gli si staccava il braccio».

«Se lo trainava ancora un po', sarebbe capitato» fece Pasquano. «Quel poveraccio è stato in acqua più di un mese».

«Quindi la morte risalirebbe al mese passato?».

«Pressappoco. Dato lo stato del cadavere mi viene difficile...».

«Aveva ancora segni particolari?».

«Gli hanno sparato».

«Allora perché mi ha detto che non...».

«Montalbano, mi lascia finire? Aveva una vecchia ferita d'arma da fuoco alla gamba mancina. Il proiettile gli ha scheggiato l'osso. È una cosa che risale a qualche anno fa. Me ne sono accorto perché la gamba era stata scarnificata dal mare. Forse zoppicava leggermente».

«Secondo lei che età aveva?».

«Approssimativamente, una quarantina d'anni. E sicuramente non è un extracomunitario. Però sarà difficile identificarlo».

«Niente impronte digitali?».

«Scherza?».

«Dottore, perché si è fatto persuaso che si tratta di un omicidio?».

«È una mia opinione, badi bene. Vede, il corpo è pieno di ferite causate dagli scogli contro i quali è andato a sbattere ripetutamente».

«Non ci sono scogli dalle parti dove l'ho raccolto».

«E che ne sa da dove viene? Ha navigato a lungo prima di venirsi a offrire a lei. Tra l'altro è stato mangiato dai granchi, ne aveva ancora due in gola, morti... Dicevo che è pieno di ferite naturalmente asimmetriche, tutte post mortem. Ma ce ne sono quattro che sono simmetriche e perfettamente definite, circolari».

«Dove?».

«Ai polsi e alle caviglie».

«Ecco che era!» esclamò Montalbano sobbalzando.

Prima di addormentarsi nel doppopranzo gli era tornato a mente un particolare che non aveva saputo decifrare: il braccio, il costume arravugliato attorno al polso...

«Era un taglio tutto torno torno al polso mancino» disse lentamente.

«L'ha notato macari lei? E c'era pure attorno all'altro polso e alle caviglie. Questo, a mio parere, significa una sola cosa...».

«Che lo tenevano legato» concluse il commissario.

«Esattamente. Ma sa con che cosa l'avevano legato? Col filo di ferro. Stringendolo tanto da segargli la carne. Se si fosse trattato di corda o di nylon le ferite non sarebbero state tanto profonde da arrivare quasi all'osso e inoltre sicuramente ne avremmo trovato tracce. No, prima di annegarlo, il filo di ferro glielo hanno levato. Volevano far credere a un normale annegamento».

«Non c'è speranza di riuscire ad avere qualche prova scientifica?».

«Ci sarebbe. E dipende dal dottor Mistretta. Bisognerebbe ordinare delle analisi speciali a Palermo per vedere se lungo le ferite circolari ai polsi e alle caviglie siano rimaste tracce di metallo o di ruggine. Ma è cosa lunga. E questo è quanto. Sto facendo tardi».

«Grazie di tutto, dottore».

Si strinsero la mano. Il commissario si rimise in macchina e partì, perso nei sò pinsèri, caminando lentamente. Una macchina si mise darrè e lampeggiò a rimprovero della lentezza. Montalbano si spostò di lato e l'altra auto, una sorta di siluro argentato, lo sorpassò e si fermò di colpo. Santiando, il commissario frenò. Alla luce dei fari, vitti nesciri dal finestrino del siluro una mano che gli fece le corna. Fora dalla grazia di Dio, scinnì per attaccare turilla. Macari il pilota del siluro scinnì. E Montalbano si bloccò. Era Ingrid che gli sorrideva allargando le braccia.

«Ho riconosciuto la macchina» disse la svidisa.

Da quanto tempo non si vedevano? Da almeno un anno, sicuro. S'abbrazzarono con forza, Ingrid lo baciò, poi stese le vrazza e l'allontanò per osservarlo meglio.

«Ti ho visto nudo in televisione» disse ridendo. «Sei ancora un gran fico».

«E tu sei ancora più bella» disse, sincero, il commissario. Ingrid l'abbrazzò di nuovo.

«Livia è qua?».

«No».

«Allora verrei a sedermi un pochino sulla verandina».

«D'accordo».

«Aspetta che mi libero da un impegno».

Parlottò al telefonino, poi spiò:

«Whisky ne hai?».

«Una bottiglia non ancora aperta. Ecco, Ingrid, pigliati le chiavi di casa mia e vai avanti. Non ce la faccio a stare dietro a te».

La svidisa rise, pigliò le chiavi ed era già scomparsa mentre ancora il commissario tentava di mettere in moto. Era contento di quell'incontro che gli avrebbe consentito, a parte il piacere di passare qualche orata con una vecchia amica, di mettere la distanza necessaria a ragionare, con la mente fridda, supra a quello che gli aveva rivelato il dottor Pasquano.

Quando arrivò a Marinella, Ingrid gli si fece incontro, l'abbracciò, se lo tenne stritto.

«Sono autorizzata» gli disse all'orecchio.

«Da chi?».

«Da Livia. Appena sono arrivata ho risposto al telefono che squillava. Non avrei dovuto farlo, lo so, ma mi è venuto spontaneo. Era lei. Le ho detto che saresti arrivato a momenti, ma ha risposto che non avrebbe richiamato. Mi ha detto che non sei stato tanto bene e che, come infermiera, ero autorizzata a curarti e a confortarti. E io so curare e confortare solo in questo modo».

Minchia! Livia doveva essersi abbuttata seriamente. Ingrid non aveva capito, o faceva finta di non capire, l'ironia velenosa di Livia. «Scusami» disse Montalbano liberandosi dall'abbraccio.

Formò il numero di Boccadasse, ma risultò occupato. Sicuramente aveva staccato il ricevitore. Riprovò, mentre Ingrid si muoveva casa casa, era andata a pigliare la bottiglia di whisky, aveva tirato fora dal freezer i cubetti di ghiaccio ed era nisciuta assistimandosi sulla verandina. Il telefono dava sempre occupato e il commissario s'arrinnì, andandosi a mettere allato a Ingrid sulla panchetta. Era una notte delicata, c'era qualche nuvola leggera, sfilata, e dal mare arrivava lo scruscio di una carezzevole risacca. Un pinsèro, anzi una domanda s'appresentò nella testa del commissario e lo fece sorridere. Quella notte sarebbe stata ugualmente idilliaca, l'avrebbe vista ugualmente accussì se non avesse avuto Ingrid al suo fianco, Ingrid che, dopo avergli preparato una dose generosa di whisky, ora se ne stava con la testa appuiata supra la sò spalla? Doppo, la svidisa si mise a parlare di sé e finì tre ore e mezzo appresso, quanno alla bottiglia mancavano quattro dita per essere ufficialmente dichiarata defunta. Disse di sò marito ch'era il solito strunzo e col quale era oramà separata in casa, contò d'essere andata in Svezia perché le era venuto spinno di famiglia («voi siciliani mi avete contagiata»), spiegò che aveva avuto due storie. La prima con un deputato di stretta osservanza chiesastra, che di nome faciva Frisella o Grisella, il commissario non capì bene, il quale avanti di mettersi a letto con lei s'agginucchiava 'n terra e addumannava a Dio perdono per il piccato che stava per commettere; la seconda, con un comandante di petroliere andato precocemente in pensione per una eredità ricevuta, poteva addiventare una cosa seria, ma lei aveva voluto troncarla. Quell'omo, che di nome faceva Lococo o Lococco, il commissario non capì bene, la squietava, la metteva a disagio. Ingrid aveva una straordinaria capacità di cogliere l'aspetto comico o grottesco dei suoi òmini e Montalbano s'addivirtì. Fu una serata rilassante meglio di un massaggio.

A malgrado di una doccia eterna e di quattro cafè vivuti uno appresso all'altro, quanno si mise in macchina aveva la testa ancora 'ntrunata a causa del troppo whisky della sera avanti. Per il resto, si sentiva completamente aggiustato.

«Dottori, s'arripigliò dal distrubbo?» gli spiò Catarella.

«M'arripigliai, grazie».

«Dottori, lo vitti in televisione. Matre santa che corporazione che tiene!».

Trasuto nella sò càmmara, chiamò Fazio il quale si apprecipitò, mangiato dalla curiosità di sapiri cosa aveva detto il dottor Pasquano. Però non spiò, non raprì vucca, sapeva benissimo che quelle erano jornate nìvure per il commissario, abbastava un biz per farlo addrumare come un cerino. Montalbano aspittò che si fosse assittato, fece finta di taliare delle carte per pura e semplice carognaggine perché vedeva benissimo la domanda addisegnata nella curvatura delle labbra di Fazio, ma voleva tanticchia lasciarlo cuocere. Tutto 'nzemmula disse, senza isare l'occhi dalle carte:

«Omicidio».

Pigliato alla sprovista, Fazio satò sulla seggia.

«Gli spararono?».

«Nze».

«L'accoltellarono?».

«Nze. L'annegarono».

«E come ha fatto il dottor Pasquano a...».

«Pasquano ha dato solamente una taliata al morto e si è fatto un'opinione. Ma è difficile assà che Pasquano sgarri».

«E su che cosa si basa, il dottore?».

Il commissario gli contò tutto. E aggiunse:

«Il fatto che Mistretta non sia d'accordo con Pasquano ci aiuta. Mistretta nel suo rapporto, alla voce: "causa del decesso", sicuramente scriverà: "annegamento", naturalmente adoperando parole scientifiche. E questo ci metterà al coperto. Potremo travagliare in pace senza rotture da parte del Questore, della Mobile e compagnia bella».

«E io che devo fare?».

«Per prima cosa, ti fai mandare una scheda segnaletica, altezza del morto, colore dei capelli, età, cose accussì».

«Macari una fotografia».

46

«Fazio, l'hai visto come era ridotto, no? Secondo te quella era una faccia?».

Fazio fece un'espressione sdillusa.

«Ti posso dire, se la cosa ti conforta, che probabilmente zuppiava, tempo fa gli avevano sparato a una gamba».

«Sempre difficile viene identificarlo».

«E tu provaci. Vedi macari le denunzie di scomparsa, Pasquano dice che il morto da almeno un mese era in crociera».

«Ci provo» disse dubitoso Fazio.

«Io nescio. Starò fora un due ore».

Si diresse al porto, fermò, scinnì e si avviò verso la banchina indovi ci stavano ormeggiati 'na para di pescherecci, gli altri erano già da tempo in mare. Ebbe un colpo di fortuna, il *Madre di Dio* era lì, stavano revisionandogli il motore. S'avvicinò e vitti il capitano-proprietario, Ciccio Albanese, che stava in coperta a sorvegliare le operazioni.

«Ciccio!».

«Commissario, lei è? Arrivo subito».

Da tempo che si accanoscevano e si facivano sangue. Albanese era un sissantino mangiato dalla salsedine, stava sui pescherecci da quanno aveva sei anni e di lui si diceva che nisciuno poteva stargli a paro in quanto a canuscenza del mare tra Vigàta e Malta, tra Vigàta e la Tunisia. Era capace di correggere carte nautiche e portolani. Si sussurrava in paìsi che in tempi di scarso travaglio non aveva disdegnato il contrabbando di sigarette.

«Ciccio, ti disturbo?».

«Nonsi, commissario. Pi vossia questo e altro».

Montalbano gli spiegò quello che voleva da lui. Albanese si limitò a spiare quanto tempo ci sarebbe voluto. Il commissario glielo disse.

«Picciotti, fra un due orate sono di ritorno».

E seguì Montalbano che andava verso la sua macchina. Fecero il viaggio in silenzio. La guardia all'obitorio disse al commissario che il dottor Mistretta non era ancora arrivato, che c'era solo Jacopello, l'assistente. Montalbano si sentì sollevato, l'eventuale incontro con Mistretta gli avrebbe rovinato il resto della jornata. Jacopello, che era un fedelissimo di Pasquano, a vedere il commissario s'illuminò.

«La billizza!».

Con Jacopello, il commissario sapeva di poter giocare allo scoperto.

«Questo è il mio amico Ciccio Albanese, omo di mare. Se c'era Mistretta, gli avremmo detto che il mio amico voleva vedere il morto perché temeva fosse un suo marinaio caduto in acqua. Ma con te non c'è bisogno di fare teatro. Se quando arriva Mistretta ti fa domande, tu hai la risposta pronta, d'accordo?».

«D'accordo. Seguitemi».

Il catafero era addivintato nel frattempo ancora più pàllito. La sua pelle pareva una spoglia di cipolla posata supra a uno scheletro con pezzi di carne attaccati qua e là alla sanfasò. Mentre Albanese l'esaminava, Montalbano spiò a Jacopello:

«Tu la conosci l'idea del dottor Pasquano su come hanno fatto morire questo povirazzo?».

«Certo. Ero presente alla discussione. Ma Mistretta torto ha. Taliasse vossia stesso».

I solchi circolari e profondi attorno ai polsi e alle caviglie avevano oltretutto assunto una specie di coloritura grigiastra.

«Jacopè, ci arrinesci a convincere Mistretta a far fare quella ricerca sui tessuti che voleva Pasquano?».

Jacopello si fece una risata.

«Ci scommette che ci arrinescio?».

«Scommettere cu tia? Mai».

Jacopello era accanosciuto come un patito della scommissa. Scommetteva su tutto, dalle previsioni del tempo a quante pirsone sarebbero decedute di morte naturale in una simana, e il bello era che perdeva di rado.

«Gli dirò che, per il sì e per il no, quest'analisi è meglio farla. Che figura ci fa se poi il commissario Montalbano viene a scoprire che non è stata una disgrazia ma un omicidio? Mistretta preferisce perdere il culo ma non la faccia. Però l'avverto, commissario, si tratta di esami longhi».

Solo sulla strata del ritorno Albanese s'addecise a nesciri dalla mutangheria. Raprì la vucca e murmuriò:

«Mah!».

«Ma come?» fece urtato il commissario. «Stai mezzora a taliare il morto e po' mi dici solo mah?».

«È tutto strammo» disse Albanese. «E dire che ne ho vedu-
ti di morti annegati. Ma questo è...».

S'interruppe, pigliato da un pinsèro.

«Secondo il dottore da quanto tempo era in acqua?».

«Da una mesata».

«Nonsi, commissario. Minimo minimo dù misate».

«Ma doppo due mesate non avremmo più trovato il cadavere, solo pezzi».

«E questo è lo strammo della cosa».

«Spiegati meglio, Ciccio».

«Il fatto è che non mi piace dire minchiate».

«Se sapessi quante ne dico e ne faccio io! Coraggio, Ciccio!».

«Ha visto le ferite provocate dagli scogli?».

«Sì».

«Sono superficiali, dottore. Il mese passato abbiamo avuto mare grosso per deci giorni di fila. Se il catafero andava a sbattere contro uno scoglio non avrebbe avuto questo tipo di ferite.
Capace che gli si staccava la testa, gli si scassavano le costole,
uno spunzone lo trapassava».

«E allora? Forse il corpo, in quelle male giornate che dici tu,
si trovava a mare aperto e non ha incontrato scogli».

«Commissario, ma vossia l'ha trovato in una zona di mare indovi che le correnti vanno arriversa!».

«Cioè?».

«Lei l'ha trovato davanti a Marinella?».

«Sì».

«Là ci sono correnti che o portano al largo o procedono pa-
rallelamente alla costa. Bastavano due giorni e il catafero sarebbe arrivato a capo Russello. Vossia ci può mettere la mano sul foco».

Montalbano s'azzittì, riflettendo. Doppo disse:

«Questa facenna delle correnti dovresti spiegarmela meglio».

«Quanno vole vossia».

«Stasera sei libero?».

«Sissi. Pirchì non viene a mangiari a la mè casa? Mè mogliere ci pripara triglie di scoglio come sapi fare lei».

Di subito, la lingua di Montalbano annegò nella saliva, altro che acquolina!

«Grazie. Ma tu, Ciccio, che idea hai?».

«Pozzo parlari liberamenti? In primisi, gli scogli non lassano firute come quelle che il morto aviva torno torno ai polsi e alle caviglie».

«D'accordo».

«A quell'omo l'hanno annigato doppo averlo legato mani e pedi».

«Usando filo di ferro, secondo Pasquano».

«Giusto. Appresso hanno pigliato il catafero e l'hanno messo a macerare in acqua di mare, in un posto in qualichi modo arriparato. Quanno gli è parso che era arrivato al punto giusto di salamoria, l'hanno varato».

«E perché avrebbero aspettato tanto?».

«Commissario, quelli volevano fari cridiri che il morto veniva da luntano».

Montalbano lo taliò ammirativo. E così Ciccio Albanese, omo di mare, non solo era arrivato alle stesse conclusioni di Pasquano, omo di scienza, e di Montalbano, omo di logica sbirresca, ma aviva fatto un gran passo avanti.

Quattro

Ma era scritto che delle triglie di scoglio priparate dalla mogliere di Ciccio Albanese il commissario non ne avrebbe sentito manco il sciauro alla lontana. Verso le otto di sira, quanno già si stava priparanno per nesciri dall'ufficio, gli arrivò una telefonata del Vicequestore Riguccio. Si conoscevano da anni e, pur facendosi simpatia, avevano solo rapporti di lavoro. Bastava picca per passare all'amicizia, ma non si decidevano.

«Montalbano? Scusami, c'è qualcuno lì da voi in commissariato che porta occhiali da miope da tre e tre?».

«Boh» arrispose il commissario. «Qui ci stanno due agenti con gli occhiali, Cusumano e Torretta, ma non so le diottrie. Perché me lo domandi? È un censimento voluto dal tuo caro e amato ministro?».

Le idee politiche di Riguccio, assai vicine al nuovo governo, erano canosciute.

«Non ho tempo di babbiare, Salvo. Vedi se qualche paio può andare bene e me lo mandi prima possibile. I miei si sono rotti ora ora e io senza occhiali mi sento perso».

«Non ne hai un paro di ricambio in ufficio?» spiò Montalbano mentre chiamava Fazio.

«Sì, ma a Montelusa».

«Perché, tu dove sei?».

«Qua a Vigàta, sul porto. Servizio turistico».

Il commissario spiegò a Fazio la facenna.

«Riguccio? Ho mandato a vedere. Quanti sono stavolta i turisti?».

«Almeno centocinquanta, su due motovedette nostre. Navigavano su due barconi che imbarcavano acqua e stavano andando a sbattere sugli scogli di Lampedusa. Gli scafisti, a quanto ho capito, li hanno abbandonati in mare e se ne sono scappati con un gommone. A momenti sti povirazzi annegavano tutti. La sai una cosa, Montalbà? Non ne posso più di vedere tutti sti disgraziati che...».

«Dillo ai tuoi amichetti del governo».

Tornò Fazio con un paro d'occhiali.

«L'occhio mancino è tre, l'occhio di dritta due e mezzo».

Montalbano riferì.

«Perfetto» disse Riguccio. «Me li mandi? Le motovedette stanno attraccando».

Vai a sapiri pirchì, Montalbano addecise che glieli avrebbe portati lui, di pirsona pirsonalmenti, per dirla alla Catarella. Riguccio, tutto sommato, era un gran galantomo. E pacienza se arrivava con tanticchia di ritardo a casa di Ciccio Albanese.

Era contento di non trovarsi al posto di Riguccio. Il Questore si era messo d'accordo con la Capitaneria la quale comunicava direttamente alla Questura di Montelusa ogni arrivo di extracomunitari. E allura Riguccio si partiva verso Vigàta con una teoria di pullman requisiti, automezzi carrichi di poliziotti, ambulanze, jeep. E ogni volta, tragedie, scene di chianti e di duluri. C'era da dare adenzia a fìmmine che stavano partorendo, a picciliddri scomparsi nella confusione, a pirsone che avivano perso la testa o che erano addiventate malate durante viaggi interminabili passati sopracoperta all'acqua e al vento. Quanno sbarcavano, l'aria frisca del mare non arrinisciva a disperdere l'odore insopportabile che si portavano appresso, che non era feto di gente mala lavata, ma feto di scanto, d'angoscia, di sofferenza, di disperazione arrivata a quel limite oltre il quale c'è sulamenti la spiranza della morti. Impossibile restare indifferenti e per questo Riguccio gli aveva confessato che non reggeva più.

Quanno arrivò sul porto, il commissario vitti che la prima motovedetta aviva già calato la passerella. I poliziotti si erano disposti su due file a formare una specie di corridoio umano fino al primo pullman che aspittava col motore addrumato. Riguccio, che era ai pedi della passerella, ringraziò appena Montalbano e inforcò gli occhiali. Il commissario ebbe l'impressione che il suo collega manco l'avesse raccanosciuto, tanto era attento a controllare la situazione.

Doppo, Riguccio desi il via allo sbarco. La prima a scinniri fu una fìmmina nìvura con una panza accussì grossa che pariva dovisse sgravarsi da un momento all'altro. Non ce la faceva a dari un passo. L'aiutavano un marinaro della motovedetta e un altro omo nìvuro. Arrivati all'ambulanza, ci fu turilla pirchì il nìvuro vuliva acchianarci 'nzemmula alla fìmmina. Il marinaro tentò di spiegare ai poliziotti che sicuramente quello era il marito, pirchì durante la traversata era stato sempre abbrazzato a lei. Non ci fu verso, non era possibile. L'ambulanza se ne partì a sirena addrumata. Allura il marinaro pigliò sottovrazzo il nìvuro che si era messo a chiangiri e l'accompagnò al pullman, parlandogli fitto fitto. Pigliato di curiosità, il commissario s'avvicinò. Il marinaro gli discurriva in dialetto, doviva essiri veneziano o di quelle parti, e il nìvuro non ci capiva nenti, ma si sintiva confortato l'istisso dal sono amico delle parole.

Montalbano aviva appena addeciso di tornarsene verso la sò macchina quanno vitti sbandare, variare come se fosse fatto di 'mbriachi, un gruppo di quattro extracomunitari che erano arrivati alla fine della passerella. Per un attimo, non si capì quello che stava succedendo. Doppo si vitti sbucare d'in mezzo alle gambe dei quattro un picciliddro che poteva aviri massimo massimo sei anni. Comparso all'improvviso, altrettanto improvvisamente spirì superando in un vidiri e svidiri lo schieramento degli agenti. Mentre due poliziotti pigliavano a correre all'inseguimento, Montalbano 'ntravitti il picciliddro che, con l'istinto di un armàlo braccato, si stava dirigendo verso la zona meno illuminata della banchina, dove c'erano i resti di un vecchio silos che, per sicurezza, era stato circondato torno torno da un muro. Non seppe mai cosa lo spinse a gridare:

«Fermi! Il commissario Montalbano sono! Tornate indietro! Vado io!».

I poliziotti obbedirono.

Ora il commissario aveva perso di vista il picciliddro, ma la direzione che aveva pigliato non lo poteva portare che in un solo posto e quel posto era un loco chiuso, una specie di vicolo cieco tra la parete posteriore del vecchio silos e il muro di recinzione del porto, che non permetteva altre strate di fuitina. Oltretutto lo spazio era ingombro di taniche e buttiglie vacanti, di centinara di cassette rotte di pisci, di almeno dù o tri motori scassati di pescherecci. Difficile cataminarsi in quel cafarnao di giorno, figurarsi alla splapita luce di un lampione! Sicuro che il picciliddro lo stava taliando, se la pigliò fintamente commoda, caminò con lintizza, un pedi leva e l'altro metti, s'addrumò persino una sigaretta. Arrivato all'imbocco di quel vudeddru si fermò e disse a voce vascia e quieta:

«Veni ccà, picciliddru, nenti ti fazzu».

Nisciuna risposta. Ma, attisando le grecchie, al di là della rumorata che arrivava dalla banchina, come una risaccata fatta di vociate, chianti, lamenti, biastemie, colpi di clacson, sirene, sgommate, nitidamente percepì l'ansimo sottile, l'affanno del picciliddro che doviva trovarsi ammucciato a pochi metri.

«Avanti, veni fora, nenti ti fazzu».

Sentì un fruscio.Veniva da una cascia di ligno proprio davanti a lui. Il picciliddro certamente vi si era raggomitolato darrè. Avrebbe potuto fare un salto e agguantarlo, ma preferì restarsene immobile. Poi vitti lentamente apparire le mano, le vrazza, la testa, il petto. Il resto del corpo restava cummigliato dalla cascia. Il picciliddro stava con le mano in alto, in segno di resa, l'occhi sbarracati dal terrore, ma si sforzava di non chiangiri, di non dimostrare debolezza.

Ma da quale angolo di 'nfernu viniva – si spiò improvvisamente sconvolto Montalbano – se già alla sò età aveva imparato quel terribile gesto delle mano isate che certamente non aviva visto fare né al cinema né alla televisione?

Ebbe una pronta risposta, pirchì tutto 'nzemmula nella sò testa ci fu come un lampo, un vero e proprio flash. E dintra a quel lampo, nella sò durata, scomparsero la cascia, il vicolo, il porto, Vigàta stessa, tutto scomparse e doppo arricomparse ricomposto nella grannizza e nel bianco e nero di una vecchia fotografia, vista tanti anni prima ma scattata ancora prima, in guerra, avanti che lui nascesse, e che mostrava un picciliddro ebreo, o polacco, con le mano in alto, l'istessi precisi occhi sbarracati, l'istissa pricisa volontà di non mittirisi a chiangiri, mentri un sordato gli puntava contro un fucile.

Il commissario sentì una violenta fitta al petto, un duluri che gli fece ammancari il sciato, scantato serrò le palpebre, li raprì nuovamente. E finalmente ogni cosa tornò alle proporzioni normali, alla luce reale, e il picciliddro non era più ebreo o polacco ma nuovamente un picciliddro nìvuro. Montalbano avanzò di un passo, gli pigliò le mano agghiazzate, le tenne stritte tra le sue. E arristò accussì, aspittanno che tanticchia del suo calore si trasmettesse a quelle dita niche niche. Solo quanno lo sentì principiare a rilassarsi, tenendolo per una mano, fece il primo passo. Il picciliddro lo seguì, affidandosi docilmente a lui. E a tradimento a Montalbano tornò a mente François, il piccolo tunisino che sarebbe potuto diventare suo figlio, come voleva Livia. Arriniscì a tempo a bloccare la commozione a costo di muzzicarsi quasi a sangue il labbro di sutta. Lo sbarco continuava.

A distanza vitti una fìmmina chiuttosto picciotta che faciva come una maria, con dù picciliddri attaccati alle sò gonne, urlava parole che non si capivano, si tirava i capiddri, battiva i pedi 'n terra, si strappava la cammisetta. Tri agenti tentavano di farla stare carma, ma non ce la facivano. Doppo, la fìmmina s'addunò del commissario e del picciliddro e allura non ci fu verso, ammuttò con tutta la forza gli agenti, s'apprecipitò a vrazza tese verso la coppia. In quel momento capitarono dù cose. La prima fu che distintamente Montalbano avvertì che il picciliddro, a vedere la matre, s'irrigidiva, pronto a scappari nuovamente. Pirchì faciva accussì invece di andarle incontro? Montalbano lo taliò e s'addunò, con stupore, che il picciliddro taliava a lui, non la matre, con una dispirata domanda nell'occhi. Forse voleva essere lasciato libero di scapparsene, perché certamente la matre l'avrebbe vastoniato per la fuitina. La secunna cosa che capitò fu che la fìmmina, nella sò cursa, mise un pedi in fallo e cadì 'n terra. Gli agenti tentarono di farla susiri, ma non ci arriniscero pirchì quella non ce la faceva, si lamentiava, si toccava il ginocchio mancino. E intanto faceva 'nzinga al commissario di avvicinarle il figlio. Appena il picciliddro le fu a paro, l'abbrazzò, lo subissò di vasate. Però non era proprio capace di stare addritta. Si sforzava, ma ricadeva. Allora qualcuno chiamò l'ambulanza. Dalla macchina scinnero dù 'nfirmeri, uno sicco sicco coi baffi si calò sulla fìmmina, le toccò la gamma.

«Deve essersela rotta» disse.

La caricarono sull'ambulanza coi tre figli e partirono. Ora stavano principiando a scinniri quelli della secunna motovedetta, ma il commissario oramà aviva addeciso di tornarsene a Marinella. Taliò il ralogio: erano quasi le deci, inutile appresentarsi in casa di Ciccio Albanese. Addio triglie di scoglio. A quest'ora non l'aspittavano più. E inoltre, a essiri sinceri, gli si era chiuso lo stomaco, il pititto gli era completamente passato.

Appena arrivato a Marinella, telefonò. Ciccio Albanese gli disse che l'aviva aspittato a longo, ma doppo aviva capito che non sarebbe più arrivato.

«Resto sempri a disposizioni per la facenna delle correnti».

«Grazie, Ciccio».

«Se voli, datosi che dumani non nescio col peschereccio, posso passare da vossia, in commissariato, in matinata. Porto cu mia i scartafacci».

«D'accordo».

Sotto la doccia ci stette assà, a lavarsi le scene che aviva visto e che se le sentiva trasute, ridotte a invisibili frammenti, fin dintra i pori. Si rivestì col primo paro di pantaloni che gli capitò a tiro e andò nella càmmara di stare per parlare con Livia. Allungò la mano e il telefono squillò per i fatti suoi. Ritirò di scatto la mano come se avesse toccato il foco. Una reazione istintiva e incontrollata, certo, ma stava a dimostrare che, a malgrado la doccia, il pinsèro di quello che aveva visto sulla banchina del porto ancora travagliava dintra di lui e lo faciva essiri nirbùso.

«Ciao, amore. Stai bene?».

Di colpo sentì il bisogno di aviri Livia allato, di abbrazzarla, di farsi confortare da lei. Ma siccome era fatto com'era fatto, arrispose solamente:

«Sì».

«Passato il raffreddore?».

«Sì».

«Completamente?».

Avrebbe dovuto capire che Livia gli stava priparanno un trainello, ma era troppo nirbùso e con la testa appresso ad altre cose.

«Completamente».

«Quindi Ingrid deve averti curato bene. Dimmi che t'ha fatto. Ti ha messo a letto? Ti ha rimboccato le coperte? Ti ha cantato la ninna nanna?».

C'era caduto come un fissa! L'unica era contrattaccare.

«Senti, Livia, ho avuto una giornata veramente pesante. Sono molto stanco e non ho nessuna voglia di...».

«Sei proprio tanto stanco?».

«Sì».

«Perché non chiami Ingrid per farti tirare su?».

Con Livia avrebbe perso tutte le guerre d'aggressione. Forse con una guerra difensiva sarebbe andata meglio.

«Perché non vieni tu?».

Era partito per dire una battuta tattica, ma invece la disse con tale sincerità che Livia dovette imparpagliarsi.

«Dici sul serio?».

«Certo. Oggi che è, martedì? Bene, domani vai in ufficio e ti fai anticipare qualche giorno di ferie. Poi pigli un aereo e vieni».

«Quasi quasi...».

«Niente quasi».

«Salvo, se dipendesse solo da me... Abbiamo molto lavoro in ufficio. Comunque ci provo».

«Tra l'altro, ti voglio raccontare una cosa che mi è successa stasera».

«Raccontamela ora, dai».

«No, ti voglio taliare, scusami, guardare negli occhi mentre parlo».

Restarono al telefono una mezzorata. E avrebbero voluto restarci di più.

La telefonata però gli aviva fatto perdiri il notiziario di «Retelibera».

Addrumò lo stisso la televisione sintonizzandosi su «Tele-vigàta».

La prima cosa che dissero fu che mentre centocinquanta ex-tracomunitari venivano fatti sbarcare a Vigàta, era capitata una tragedia a Scroglitti, nella parte orientale dell'isola. Lì c'era ma-lo tempo e un barcone accalcato di aspiranti immigrati era an-dato a sbattere sugli scogli. Quindici i corpi al momento recu-perati.

«Ma il bilancio delle vittime è destinato a salire» disse un gior-nalista usando una frase, ahimè, fatta.

Intanto si vedevano immagini di corpi d'annegati, di vrazza che pinnuliavano inerti, di teste arrovesciate narrè, di picciliddri avvolti in inutili coperte che non avrebbero più potuto da-re calore alla morte, di volti stravolti di soccorritori, di corse convulse verso ambulanze, di un parrino inginocchiato che pre-gava. Sconvolgenti. Sì, ma sconvolgenti per chi? – si spiò il com-missario. A forza di vederle, quelle immagini così diverse e co-sì simili, lentamente ci si abituava. Uno le taliava, diceva «po-virazzi» e continuava a mangiarsi gli spaghetti con le vongole.

Su queste immagini, apparse la faccia a culo di gallina di Pip-po Ragonese.

«In casi come questi» disse il notista principe della rete «è assolutamente necessario far ricorso alla freddezza della ragio-ne senza lasciarsi sopraffare dall'istintività dei sentimenti. Bi-sogna riflettere su un fatto elementare: la nostra civiltà cristia-na non può essere snaturata sin dalle fondamenta da orde in-controllate di disperati e di delinquenti che quotidianamente sbar-cano sulle nostre coste. Questa gente rappresenta un autentico pericolo per noi, per l'Italia, per tutto il mondo occidentale. La legge Cozzi-Pini, recentemente varata dal nostro governo, è, chec-ché ne dica l'opposizione, l'unico, vero baluardo all'invasione. Ma sentiamo il parere in proposito di un illuminato uomo po-litico, l'onorevole Cenzo Falpalà».

Falpalà era uno che tentava di fare la faccia di chi avverte che a lui nisciuno al mondo sarebbe arrinisciuto a pigliarlo per il culo.

«Ho solo una breve dichiarazione da fare. La legge Cozzi-Pi-ni sta dimostrando di funzionare egregiamente e se gli immigrati muoiono è proprio perché la legge fornisce gli strumenti per perseguire gli scafisti che, in caso di difficoltà, non si fanno scrupoli di buttare a mare i disperati per non rischiare di essere arrestati. Inoltre vorrei dire che...».

Montalbano, di scatto, si susì e cangiò canale, più che arraggiato, avvilito da quella presuntuosa stupidità. Si illudevano di fermare una migrazione epocale con provvedimenti di polizia e con decreti legge. E s'arricordò che una volta aveva veduto, in un paese toscano, i cardini del portone di una chiesa distorti da una pressione accussì potente che li aveva fatti girare nel senso opposto a quello per cui erano stati fabbricati. Aveva domandato spiegazioni a uno del posto. E quello gli aveva contato che, al tempo della guerra, i nazisti avevano inserrato gli òmini del paese dintra alla chiesa, avevano chiuso il portone, e avevano cominciato a gettare bombe a mano dall'alto. Allora le pirsone, per la disperazione, avevano forzato la porta a raprirsi in senso contrario e molti erano arrinisciuti a scappare.

Ecco: quella gente che arrivava da tutte le parti più povere e devastate del mondo aveva in sé tanta forza, tanta disperazione da far girare i cardini della storia in senso contrario. Con buona pace di Cozzi, Pini, Falpalà e soci. I quali erano causa ed effetto di un mondo fatto di terroristi che ammazzavano tremila americani in un botto solo, di americani che consideravano centinara e centinara di morti civili come «effetti collaterali» dei loro bombardamenti, di automobilisti che scrafazzavano pirsone e non si fermavano a soccorrerle, di matri che ammazzavano i figli in culla senza un pirchì, di figli che scannavano matri, patri, fratelli e sorelle per soldi, di bilanci falsi che a norma di nuove regole non erano da considerarsi falsi, di gente che avrebbe dovuto da anni trovarsi in galera e invece non solo era libera, ma faciva e dettava liggi.

Per sbariarsi, per carmare tanticchia il nirbùso che gli era venuto, continuò a passare da un canale all'altro fino a quando non si fermò sull'immagine di due barche a vela, velocissime, che stavano disputando una gara.

«L'atteso, duro ma sportivissimo confronto tra le due barche da sempre rivali, la *Stardust* e la *Brigadoon*, volge ormai al termine. E ancora non riusciamo a pronosticare chi sarà la vincitrice di questa magnifica competizione. Il prossimo giro di boa sarà indubbiamente risolutivo» disse il commentatore.

Ci fu una panoramica da un elicottero. Appresso alle due di testa, arrancavano una decina di altre barche.

«Siamo alla boa» gridò il commentatore.

Una delle due barche manovrò, virò con estrema eleganza, girò torno torno alla boa, principiò a percorrere narrè la strata già fatta.

«Ma che succede alla *Stardust*? Qualcosa non va» fece agitato il commentatore.

Curiosamente, la *Stardust* non aveva accennato a nisciuna manovra, filava dritta più forte di prima, col vento in poppa, era proprio il caso di dirlo. Possibile che non si fosse addunata della boa? E allura capitò una cosa mai vista. La *Stardust*, evidentemente fuori controllo, forse col timone ingovernabile, andò a speronare con violenza una specie di piscariggio che si attrovava fermo sulla sua rotta.

«È incredibile! Ha preso in pieno la barca dei commissari di gara! Le due imbarcazioni stanno affondando! Ecco che affluiscono i primi soccorsi! Incredibile! Pare che non ci siano feriti. Credetemi, amici, in anni e anni di gare veliche non avevo mai visto una cosa così!».

E qui al commentatore venne da ridere. Macari Montalbano rise astutando il televisore.

Dormì malamente, facendo brevi sogni dai quali ogni volta s'arrisbigliava 'ntrunato. Uno lo colpì particolarmente. Si trovava col dottor Pasquano che doviva eseguire l'autopsia a un polipo.

Nessuno s'ammeravigliava, Pasquano e i suoi assistenti trattavano la facenna come un fatto di normalissima amministrazione. Solo a Montalbano la situazione pareva stramma.

«Scusi, dottore» spiava «ma da quando in qua si fa l'autopsia ai polipi?».

«Non lo sa? È una nuova disposizione del ministero».

«Ah. E dopo che ve ne fate dei resti?».

60

«Vengono distribuiti ai poveri che se li mangiano».
Ma il commissario non si faciva capace.
«Non arrinescio a capire il perché di questa disposizione».
Pasquano lo taliava a longo e doppo diceva:
«Perché le cose non stanno come sembrano».
E Montalbano s'arricordava che quella istissa frase il dottore gliela aveva detta a proposito del catafero da lui trovato.
«Vuol vedere?» spiava Pasquano isando il bisturi e calandolo.
E di colpo il polipo si cangiava in un picciliddro, un picciliddro nìvuro. Morto, certo, ma ancora con l'occhi sbarracati.

Mentri si faciva la varba, gli tornarono in testa le scene della sera avanti sulla banchina. E principiò ad avvertire, via via che a mente fridda gli passavano davanti, un senso di fastiddio, di disagio. C'era qualichi cosa che non quatrava, un dettaglio fora di posto.
S'incaponì a ripassare le scene, a metterle meglio a foco. Nenti. S'avvilì. Questo era un signo certo di vicchiaia, una volta avrebbe saputo trovare con certezza dov'era lo sfaglio, il particolare stonato nel quatro d'insieme.
Meglio non pinsarci più.

Cinque

Appena trasuto in ufficio, chiamò Fazio.

«Ci sono novità?».

Fazio fece la faccia ammaravigliata.

«Dottore, c'è stato troppo picca tempo. Sono ancora al carissimo amico. Certo, ho controllato le denunzie di scomparsa tanto di qua quanto di Montelusa...».

«Ah. Bravo!» fece il commissario con ariata grevia.

«Dottore, perché mi sfotte?».

«Tu pensi che quel morto si stava arricampando a la sò casa nuotando di primo matino?».

«Nonsi, ma non potevo trascurare di taliare macari qua. Poi ho spiato in giro, ma pare che nessuno lo conosce».

«Ti sei fatto dare la scheda?».

«Sissi. Età una quarantina d'anni, altezza 1 e 74, nero di pilo, occhi marroni. Corporatura robusta. Segni particolari: vecchia cicatrice alla gamba mancina poco sotto il ginocchio. Probabile zoppia. E questo è quanto».

«Non c'è da scialari».

«Già. Per questo ho fatto una cosa».

«Che hai fatto?».

«Beh, visto e considerato che vossia proprio non si piglia col dottor Arquà sono andato alla Scientifica e ho domandato un favore a un amico».

«Cioè?».

«Se mi faceva al computer la probabile faccia che il morto aveva da vivo. Stasira stessa dovrebbe farmela avere».

«Guarda che io un favore ad Arquà non glielo spio manco scannato».

«Non si preoccupi, dottore, resterà una cosa tra me e il mio amico».

«Intanto che pensi di fare?».

«Il commesso viaggiatore. Ora ho qualichi camurria da sbrigare, ma più tardi mi piglio la machina, la mia, e comincio a firriare i paesi sulla costa, tanto quelli di levante quanto quelli di ponente. Alla prima novità che viene fora, l'informo subito».

Appena nisciuto Fazio, la porta venne sbattuta violentemente contro il muro. Ma Montalbano manco si cataminò, sicuramente era Catarella. Oramà ci aviva fatto il caddro a queste trasute. Che fare? Sparargli?

Tenere la porta dell'ufficio sempre aperta? L'unica era portare pacienza.

«Dottori, mi scusasse, la mano mi sciddricò».

«Vieni avanti, Catarè».

Frase che, come intonazione, perfettamente corrispondeva al leggendario «vieni avanti, cretino» dei fratelli De Rege.

«Dottori, siccome che stamatina di prima matina tilifonò un giornalista spiando di lei di pirsona pirsonalmente, io ci voliva fare avvertenzia che disse accussì che lui rintinnifolerà».

«Ha detto come si chiamava?».

«Ponzio Pilato, dottori».

Ponzio Pilato?! Figurarsi se Catarella era capace di riferire esattamente un nome e un cognome!

«Catarè, quando Ponzio Pilato ritelefona digli che sono in una riunione urgente con Caifa, al Sinedrio».

«Caifa disse, dottori? Assicurato che non me lo sdimentico».

Ma non si schiovava dalla porta.

«Catarè, c'è cosa?».

«Aieri di sira siralmente tardo in televisore lo viditti a vossia».

«Catarè, ma tu passi il tuo tempo libero a guardarmi in televisione?».

«Nonsi, dottori, caso fu».

«Cos'era, una replica di quand'ero nudo? Si vede che ho fatto audience!».

«Nonsi, dottori, vistuto era. Lo viditti a menzanotti passata su "Retelibera". Era in di sulla panchina e diciva a dù dei nostri di tornare indietro narrè che ci averebbe pinsato a tutto vossia. Maria, quant'era comandevole, dottori!».

«Va bene, Catarè. Grazie, puoi andare».

Catarella lo prioccupava assà. Non perché aveva dubbi sulla sua normalità sessuale, ma perché se dava le dimissioni, come aviva oramà deciso, sicuramente quello avrebbe sofferto animalescamente, come un cane abbannunato dal patrone.

Ciccio Albanese s'appresentò verso le unnici a mani vacanti.

«Non hai portato i scartafacci che avevi detto?».

«Se ce le facevo vidiri le carte nautiche vossia le capiva?».

«No».

«E allura che le portavo a fari? Meglio che mi spiego a voce».

«Levami una curiosità, Ciccio. Voi comandanti di pescherecci usate tutti le carte?».

Albanese lo taliò ammammaloccuto.

«Vuole babbiare? Per il travaglio che facciamo, quel pezzo di mari che ci serve lo sapemo a mimoria. Tanticchia ce l'hanno imparato i nostri patri e tanticchia l'abbiamo imparato a spisi nostre. Per le novità, ci aiuta il radar. Ma il mari sempre l'istisso è».

«E allora tu perché le adoperi?».

«Io non le adopiro, dottore. Le talìo e le studdio pirchì è cosa che mi piaci a mia. Le carte non me le porto a bordo. Mi fido chiossà della pratica».

«Allora, che mi puoi dire?».

«Dottore, in primisi ci devo diri che stamatina, prima di viniri qua, andai a trovari 'u zù Stefanu».

«Scusami, Ciccio, ma io non...».

«Stefano Lagùmina, ma tutti noi lo chiamamu 'u zù Stefanu, tiene novantacinque anni, ma avi una testa lucita che nun ce n'è. 'U zù Stefano ora non va cchiù pi mari, ma è il più vecchio piscatori di Vigàta. Prima aviva una paranza, doppo un piscariggio. Quello che lui dice, vangelo è».

«Hai voluto consultarti, insomma».

«Sissi. Io vuliva essiri sicuro di quello ca pinsavo. E 'u zù Stefanu è d'accordo con mia».

«E quali sono le vostre conclusioni?».

«Ora vegnu e mi spiegu. Il morto è stato purtato da una currenti superficiali che procedi a velocità sempre uguali da est a ovest e che noi accanosciamo beni. Indovi vossia ha incrociato il catafero, davanti a Marinella, quello è il punto che la correnti si viene a truvari più vicina alla costa. Mi spiegai?».

«Perfettamente. Vai avanti».

«Questa correnti è lenta. Lo sapi quanti nodi fa?».

«No, e manco lo voglio sapiri. E detto proprio in confidenza, non so a quanto corrisponde un nodo o un miglio».

«Il miglio a milliottocentocinquantuno metri e ottantacinco. In Italia. Pirchì invece in Inghilterra...».

«Lascia perdiri, Ciccio».

«Come voli vossia. Questa correnti veni da luntano e non è cosa nostrana. Bastisi diri che la truvamo già davanti a capo Passero. È da lì che trase nelle nostre acque e si fa tutta la costa fino a Mazara. Doppo, va avanti per i fatti sò».

E buonanotte! Questo veniva a significare che quel corpo poteva essere stato gettato in mare da un punto qualisisiasi della mezza costa meridionale dell'isola! Albanese liggì lo scoramento sulla faccia del commissario e gli venne in aiuto.

«Io lo saccio quello che vossia sta pinsando. Però ci devo diri una cosa 'mpurtanti. Questa correnti, tanticchia prima di Bianconara, viene tagliata da un'altra correnti più forti che camina arriversa. Per cui un catafero che si trova portato da Pachino verso Marinella, a Marinella non ci arrivirebbe mai pirchì la seconda correnti lo manderebbi nel golfo di Fela».

«Quindi questo significa che il fatto del mio morto è successo sicuramente dopo Bianconara».

«Preciso, dottore! Vossia capì tutti i cosi».

E perciò l'eventuale campo di ricerche s'arridduciva a una sittantina di chilometri di costa.

«E ora ci devo diri» proseguì Albanese «che parlai cu 'u zù Stefanu macari della condizione nella quale era arridotto il morto quanno lei lo trovò. Io lo vitti: l'omo era catafero da almeno dù misi. È d'accordo?».

«Sì».

«Allura io ci dico: un catafero non ci mette dù misi a fari la distanza tra Bianconara e Marinella. Massimo massimo c'impiega deci-quinnici jorna, calcolanno la velocità della correnti».

«E allora?».

Ciccio Albanese si susì, pruì la mano a Montalbano.

«Dottore, dari una risposta a questa dimanda non è cosa mia che sono marinaro, è cosa sò, che è commissario».

Perfetto gioco delle parti. Ciccio non voleva spingersi in un campo che non era il suo. A Montalbano non restò che ringraziarlo e accompagnarlo alla porta. Qui si fermò e chiamò Fazio.

«Ce l'hai una carta della provincia?».

«La trovo».

Quanno Fazio gliela portò, la taliò un momento e doppo disse:

«Ti do parte e consolazione che, in base a notizie che mi ha dato Ciccio Albanese, il morto da identificare sicuramente ha bazzicato tra Bianconara e Marinella».

Fazio lo taliò ammammaloccuto:

«Embè?».

Il commissario s'arrisentì.

«Che significa embè? Questo riduce d'assà le ricerche!».

«Dottore, ma se lo sanno porci e cani, a Vigàta, che quella corrente si parte da Bianconara! Io mai sarei andato a spiare informazioni fino a Fela!».

«D'accordo. Resta il fatto che ora sappiamo che si tratta solamente di cinque paìsi da visitare».

«Cinque?».

«Cinque, sissignore! Vienili a contare sulla carta».

«Dottore, i paìsi otto sono. Ai cinque ci deve aggiungere Spigonella, Tricase e Bellavista».

Montalbano calò la testa sulla carta, la isò nuovamente.

«Questa carta è dell'anno passato. Com'è che non compaiono?».

«Sono paìsi abusivi».

«Paìsi! Saranno quattro case che...».

Fazio l'interruppe facendo 'nzinga di no.

«Nonsi, dottore. Paìsi veri e propri sono. I proprietari di quelle case pagano l'Ici al comune più vicino. Hanno fogne, acqua, luce, telefono. E ogni anno diventano più grandi. Tanto lo sanno benissimo che quelle case non saranno mai abbattute, nessun politico vuole perdere i voti. Mi spiegai? Doppo arriva una sanatoria, un condono e campano tutti felici e contenti. E non le dico la quantità di ville e villette costruite sulla spiaggia! Quattro o cinque hanno addirittura una specie di porticello privato».

«Sparisci!» ordinò Montalbano arraggiato.

«Dottore, vidissi che non è corpa mia» fece Fazio niscendo.

Nella tarda matinata gli arrivarono dù telefonate destinate a fargli peggiorare l'umore malo. La prima fu di Livia che gli disse di non essere arrinisciuta ad avere un anticipo delle ferie. La seconda fu di Jacopello, l'assistente di Pasquano.

«Commissario» esordì in un soffio. «Vossia è?».

«Sì, sono io» fece Montalbano abbassando istintivamente la voce.

Parevano due congiurati.

«Mi scusasse se parlo accussì, ma non mi voglio fare sentiri dai colleghi. Ci voleva diri che il dottor Mistretta anticipò a stamatina l'autopsia e che per lui si tratta d'annegamento. E questo viene a dire che non farà fare quelle analisi che voleva il dottor Pasquano. Io cercai di persuaderlo, ma non ci fu verso. Se lei faciva quella scummissa cu mia, la vinciva».

E ora? Come faciva a cataminarsi ufficialmente? Il rapporto di quella testa di minchia di Mistretta, escludendo l'omicidio, chiudeva le porte a ogni possibile indagine. E il commissario non aveva in mano manco una denunzia di scomparsa. Nessuna copertura. Al momento, quel morto era un nuddru ammiscatu cu nenti, un nulla mischiato col niente. Ma come diceva Eliot nella poesia «Morte per acqua», a proposito di Fleba, un fenicio morto annegato: «Gentile o Giudeo, / o tu che giri la ruota e guardi la direzione del vento, / pensa a Fleba…» lui a quel morto senza nome avrebbe continuato a pinsarci. Era un impegno d'onuri pirchì era stato il morto istisso, in una fridda prima matina, a venirlo a circari.

Si era fatta l'ora di andare a mangiare. Sì, ma dove? La conferma che il suo mondo aveva cominciato ad andare a scatafascio il commissario l'aviva avuta appena una misata appresso il G8, quanno alla fine di una mangiata di tutto rispetto, Calogero, il proprietario-coco-cammareri della trattoria «San Calogero», gli aviva annunziato che, sia pure di malavoglia, si ritirava.

«Stai cugliunanno, Calò?».

«Nonsi, dottore. Come vossia sapi, io ho dù bipass e sittantatri anni sunati. 'U medicu non voli cchiù che continuo a travagliari».

«E io?!» gli era scappato di dire a Montalbano.

Di colpo si era sentito infilici come un pirsonaggio dei romanzi popolari, la sedotta e abbandonata cacciata fora di casa col figlio della colpa in grembo, la piccola fiammiferaia sotto la neve, l'orfano che cerca nella munnizza qualichi cosa da mangiari...

Calogero, a risposta, aviva allargato le vrazza sconsolato. E doppo era arrivato il tirribili jorno nel quale Calogero gli aviva sussurrato:

«Dumani nun vinissi. È chiuso».

Si erano abbrazzati squasi chiangenno. Ed era principiata la viacruci. Tra ristoranti, trattorie, osterie ne provò, nei giorni appresso, una mezza duzzina, ma non erano cosa. Non che, in cuscienza, si poteva diri che cucinavano mali, il fatto era che a tutti gli mancava l'indefinibile tocco dei piatti di Calogero. Per un certo periodo, addecise di divintari casalingo e tornare a Marinella invece che in trattoria. Adelina un pasto al giorno glielo priparava, ma questo faciva nasciri un problema: se quel pasto se lo mangiava a mezzojorno, la sira doviva addubbare con tanticchia di cacio o aulive o sarde salate o salami; se viceversa se lo mangiava la sira, veniva a dire che a mezzojorno aviva addubbato con cacio, aulive, sarde salate, salami. A lungo andare, la cosa addivintava scunsolante. Si mise nuovamenti a caccia. Un ristorante bono l'attrovò nei paraggi di capo Russello. Stava proprio sulla spiaggia, le pietanze erano cosa civile e non si pagava assà. Il problema era che tra andare, mangiare e tornare ci volevano minimo minimo tri ore e lui tutto questo tempo non sempre ce l'aviva.

Quel giorno decise di provare una trattoria che gli aviva indicato Mimì.

«Tu ci hai mangiato?» gli spiò sospettoso Montalbano che non nutriva nessuna stima del palato di Augello.

«Io no, ma un amico che è più camurrioso di tia me ne ha detto bene».

Datosi che la trattoria, che si chiamava «da Enzo», si trovava nella parte alta del pàisi, il commissario si rassegnò a pigliari l'auto. Da fora, la sala della trattoria s'appresentava come una costruzione in lamiera ondulata, mentre la cucina doviva trovarsi dintra una casa che c'era allato. C'era un senso di provisorio, di arrangiato, che piacque a Montalbano. Trasì, s'assittò a un tavolo libero. Un sissantino asciutto, gli occhi chiari chiari, che sorvegliava i movimenti dei dù cammareri, gli si avvicinò e gli si chiantò davanti senza rapriri vucca manco per salutarlo. Sorrideva.

Montalbano lo taliò interrogativo.

«Io lo sapiva» disse l'omo.

«Che cosa?».

«Che doppo tanto firriari sarebbe vinuto qua. L'aspittavo».

Evidentemente in pàisi si era sparsa la voci della sua viacruci in seguito alla chiusura della trattoria abituale.

«E io qua sono» fece asciutto il commissario.

Si taliarono occhi nell'occhi. La sfida all'ok corral era lanciata. Enzo chiamò un cammareri:

«Apparecchia per il dottor Montalbano e stai attento alla sala. Io vado in cucina. Al commissario ci penso io pirsonalmente».

L'antipasto fatto solo di polipi alla strascinasali parse fatto di mare condensato che si squagliava appena dintra alla vucca. La pasta col nìvuro di siccia poteva battersi degnamente con quel-

69

la di Calogero. E nel misto di triglie, spigole e orate alla griglia il commissario ritrovò quel paradisiaco sapore che aveva temuto perso per sempre. Un motivo principiò a sonargli dintra la testa, una specie di marcia trionfale. Si stinnicchiò, beato, sulla seggia. Appresso tirò un respiro funnuto.

Doppo lunga e perigliosa navigazione, Ulisse finalmenti aviva attrovato la sò tanto circata Itaca.

Riconciliato in parte con l'esistenzia, si mise in machina dirigendosi verso il porto. Era inutile passare dalla putìa di càlia e simenza, a quell'ora era chiusa. Sulla banchina lasciò l'auto e principiò a caminare lungo il molo. Incontrò il solito piscatore di lenza che lo salutò con la mano.

«Abboccano?».

«Manco se li paghi».

Arrivò allo scoglio sotto al faro e s'assittò. S'addrumò una sigaretta e se la godette. Quanno l'ebbe finita, la gettò in mare. Lo scramuzzone, smosso leggermente dal movimento dell'acqua, andava a sfiorare ora lo scoglio sul quale lui stava assittato, ora un altro che gli stava a ridosso. Montalbano ebbe un pinsèro fulmineo. Se al posto dello scramuzzone ci fosse stato un corpo umano, quel corpo certamente sarebbe andato non a sfiorare, ma a sbattere sugli scogli, macari se non con violenza. Proprio come aveva detto Ciccio Albanese. Isando l'occhi, vitti a distanza la sò machina sulla banchina. Taliandola, si addunò che l'aveva messa nell'istisso intifico posto indovi, durante lo sbarco, si era fermato col picciliddro nìvuro mentri sò matri faciva tanto catunio sino a rompersi la gamba. Si susì, tornò narrè, gli era vinuta gana di sapiri com'era andata a finiri la facenna. Sicuramente la matri stava nello spitali con la gamba 'ngissata. Trasì nel suo ufficio e telefonò subito a Riguccio:

«Oddio, Montalbà, che figura che sto facendo!».

«Quale figura?».

«Ancora non vi ho restituito gli occhiali. Me ne sono completamente scordato! Qua c'è un casino che...».

«Rigù, non ti telefonavo per gli occhiali. Volevo spiarti una cosa. I feriti, i malati, le femmine prene, in quale ospedali vanno?».

«Almeno tre ospedali di Montelusa, uno di...».

«Aspetta, m'interessano solo quelli sbarcati aieri a sira».

«Dammi un attimo».

Riguccio dovette evidentemente scartabellare tanticchia prima di rispondere:

«Qua, al San Gregorio».

Montalbano avvertì Catarella che sarebbe stato fora un'orata, si mise in machina, si fermò davanti a un bar, accattò tri tavolette di cioccolato, ripartì per Montelusa. Lo spitale San Gregorio era allocato fora città, ma da Vigàta ci si arrivava facili. Ci mise una vintina di minuti. Posteggiò, s'informò indovi era il reparto che aggiustavano l'ossa. Pigliò l'ascensore, acchianò sino al terzo piano e parlò con la prima 'nfirmera che incontrò.

Le disse che cercava un'extracomunitaria che la sira avanti si era rumputa una gamba sbarcando a Vigàta. Aggiunse, a migliore identificazione, che la fìmmina si portava appresso tri picciliddri. La 'nfirmera parse tanticchia imparpagliata.

«Vuole aspettare qui? Faccio un controllo».

Tornò doppo una decina di minuti.

«È come pensavo. Non c'è ricoverata nessuna extracomunitaria per frattura a una gamba. Ne abbiamo una che si è fratturata un braccio».

«Posso vederla?».

«Scusi, ma lei chi è?».

«Il commissario Montalbano sono».

La 'nfirmera gli desi una taliata. Dovette farsi pirsuasa che la pirsona che le stava davanti aviva proprio una faccia da sbirro perché disse solo:

«Mi segua».

L'extracomunitaria col vrazzo rotto in primisi non era nìvura, ma pariva che avesse pigliato la tintarella; in secundisi era graziusa, sicca e picciotta.

«Vede» fece Montalbano tanticchia in confusione «il fatto è che ho visto io stesso ieri sera gli infermieri che la portavano via in ambulanza...».

«Perché non prova a domandare al pronto soccorso?».

Eh, già. Era possibile che l'infirmeri si fosse sbagliato dia-

gnosticando una frattura. Capace che la fìmmina si era pigliata solo una storta, e non c'era stato abbisogno di ricovero.

Al pronto soccorso, dei tre ch'erano in servizio la sira avanti, nisciuno s'arricordò d'aviri viduto una fìmmina nìvura con
la gamba rotta e tri picciliddri al seguito.

«Chi era il medico di servizio?».

«Il dottor Mendolìa. Ma oggi è di riposo».

Faticanno e santianno, arriniscì ad aviri il suo numero di telefono. Il dottor Mendolìa fu cortese, ma deciso: non aveva visto nessuna extracomunitaria con una frattura alla gamba. No,
nemmeno con una storta. E con ciò, tanti saluti e sono.

Appena nisciuto sul piazzale dello spitale, vitti 'na poco d'ambulanze ferme. Poco distante, alcune pirsone in cammisi bianco parlavano tra di loro. S'avvicinò e subito arriconoscì l'infirmeri sicco sicco coi baffi. Macari l'altro l'arriconoscì.

«Lei ieri sera non era?...».

«Sì. Il commissario Montalbano sono. Dove ha portato quella fìmmina con la gamba rotta e i tre bambini?».

«Qua, al pronto soccorso. Però non aveva la gamba rotta, mi
ero sbagliato. Tant'è vero che è scesa da sola, sia pure faticando. Io l'ho vista entrare al pronto soccorso».

«Perché non l'ha accompagnata personalmente?».

«Commissario mio, ci stavano chiamando per andare di corsa a Scroglitti. Lì c'era un macello. Perché, non la trova?».

Sei

Riguccio, visto alla luce del giorno, aviva la faccia giarna, le borse sotto all'occhi, la varba longa. Montalbano s'impressionò.

«Stai male?».

«Sono stanco. Io e i miei uomini non ce la facciamo più. Ogni sera c'è uno sbarco e ogni volta si tratta da un minimo di venti a un massimo di centocinquanta clandestini. Il Questore è andato a Roma proprio per spiegare la situazione e per chiedere altri uomini. Ma figurati! Tornerà accompagnato da tante belle parole. Che vuoi?».

Quanno Montalbano gli ebbe contato la scomparsa dell'extracomunitaria e dei tri picciliddri, Riguccio non disse né ai né bai. Si limitò a isare l'occhi dalle carte ammassate sulla scrivania e a taliarlo.

«Te la pigli commoda» sbottò il commissario.

«E che dovrei fare secondo te?» ribatté Riguccio.

«Mah, che so, far fare delle ricerche, mandare fonogrammi…».

«Ma tu ce l'hai con questi disgraziati?».

«Io?!».

«Eh, sì. Mi pare che tu ti vuoi accanire».

«Accanire io?! Sei tu che vai d'accordo con questo governo!».

«Non sempre. Certe volte sì e certe volte no. Montalbà, a farla breve, io sono uno che la domenica va a messa perché ci crede. Chiuso. Ora ti dico come sono andate le cose, ci sono dei precedenti. Vedi, quella fìmmina ha pigliato per il culo te, gli infermieri…».

«Ha fatto finta di cadere?».

«Sissignore, teatro. A lei interessava essere portata al pronto soccorso, dove è facile trasiri e nesciri a volontà».

«Ma perché? Aveva qualcosa da nascondere?».

«Probabilmente sì. Secondo me si tratta di un ricongiungimento familiare fatto al di fuori della legge».

«Spiegati meglio».

«Quasi certamente suo marito è un clandestino che però ha trovato dalle parti nostre un lavoro in nero. E ha richiamato la famiglia, servendosi di gente che con queste storie ci guadagna. Se la donna avesse fatto le cose in regola, avrebbe dovuto dichiarare che il marito è clandestino in Italia. E con la nuova legge si sarebbero trovati tutti nuovamente gettati fuori. Così hanno fatto ricorso a un accurzo, a una scorciatoia».

«Ho capito» disse il commissario.

Cavò dalla sacchetta le tre tavolette di cioccolato e le posò sul tavolo di Riguccio.

«Le avevo accattate per quei picciliddri» murmuriò.

«Le do al mio» fece Riguccio intascandole.

Montalbano lo taliò imparpagliato. Sapeva che il collega, maritato da sei anni, ci aveva perso le spranze di aviri un figlio. Riguccio accapì quello che gli stava passando per la testa.

«Teresa e io siamo riusciti ad adottare un picciliddro del Burundi. Ah, a momenti mi scordavo. Eccoti gli occhiali».

Catarella era inchiffarato al computer, ma appena vitti il commissario, lassò perdiri tutto e gli corse incontro.

«Ah dottori dottori!» principiò.

«Che stavi facendo al computer?» gli spiò Montalbano.

«Ah, quello? Trattasi di un'intintificazione che me l'addimannò Fazio. Di quel morto natante che attrovò vossia mentri che macari vossia natava».

«Va bene. Che mi volevi dire?».

Catarella s'imparpagliò, si taliò la punta delle scarpe.

«Beh?».

«Domando pirdonanza, ma me lo sdimenticai, dottori».

«Non ti preoccupare, quando ti torna a mente me lo…».

«Mi tornò, dottori! Di novo novamenti Ponzio Pilato tilifonò! Io ci dissi come vossia mi aveva detto di dire di dirci, che vossia era arreunito col signor Caifa e il signor Sinedrio, ma lui non si ne fece intiso, disse accussì di dire di dirci a vossia che ci deve dire una cosa».

«Va bene, Catarè. Se ritelefona, digli di dirti quello che mi deve dire e doppo me lo dici».

«Dottori, mi scusasse, sono pigliato di curiosità. Ma Ponzio Pilato non fu quello?».

«Quello chi?».

«Quello che nei tempi antichi si lavò le mano?».

«Sì».

«Allora questo che tilifona sarebbe un addiscendente?».

«Quando telefona, domandaglielo tu stesso. C'è Fazio?».

«Sissi, dottori. Ora ora tornò».

«Mandamelo».

«Permette che m'assetto?» spiò Fazio. «Rispetto parlanno, ho i pedi che mi fumano, tanto camminai. E ancora sono al principio».

S'assittò, cavò dalla sacchetta un mazzetto di fotografie, le pruì al commissario.

«Il mio amico della Scientifica me le ha fatto avere per tempo».

Montalbano le taliò. Rappresentavano la faccia di un quarantino qualisisiasi, in una era coi capelli lunghi, in un'altra coi baffi, in una terza coi capelli molto corti e via di questo passo. Ma erano, come dire, tutte assolutamente anonime, inerti, non erano personalizzate dalla luce dell'occhi.

«Sempre morto pare» disse il commissario.

«E che voleva, che lo facessero diventare vivo?» scattò Fazio. «Meglio di così non potevano. Se la ricorda com'era ridotta la faccia di quello? A mia saranno di grosso aiuto. Ne ho dato copia a Catarella per i riscontri d'archivio, ma sarà facenna longa, una gran bella camurria».

«Non ne dubito» disse Montalbano. «Ma ti vedo tanticchia nirbùso. C'è cosa?».

«Dottore, c'è che forse il travaglio che ho fatto e quello che mi resta da fare è inutile».

«Perché?».

«Noi stiamo cercando nei paesi a ripa di mare. E chi ci dice che quest'omo non sia stato ammazzato in un qualisisiasi paese dell'interno, messo in un portabagagli, portato su una spiaggia e gettato a mare?».

«Non credo. In genere, quelli che vengono ammazzati in campagna o in un paese dell'interno finiscono dintra a un pozzo o sprofunnati in un chiarchiaro. Comunque, chi ci vieta di cercare prima di tutto nei paesi a ripa di mare?».

«I poveri pedi miei ce lo vietano, dottore».

Prima di andarsi a corcare, telefonò a Livia. La trovò d'umore nìvuro perché non aveva avuto la possibilità di partire per Vigàta. Saggiamente, Montalbano la lasciò sfogare, di tanto in tanto facendo un «ehm» che serviva a certificare la sua attenzione. Poi Livia, senza soluzione di continuità, spiò:

«Che mi volevi dire?».

«Io?».

«Dai, Salvo. L'altra sera mi hai detto che mi avresti raccontato una cosa, ma che preferivi farlo di presenza. Io non posso essere presente e perciò ora mi dici tutto per telefono».

Montalbano maledì la sua lingua longa. Se Livia fosse stata davanti a lui mentre le faceva il racconto della scappatina del picciliddro durante lo sbarco, avrebbe opportunamente potuto dosare parole, toni e gesti per evitare che lei s'immalinconisse al ricordo di François. A un minimo cangiamento dell'espressione di lei avrebbe saputo come modificare il colore del discorso, ma così invece... Tentò una difesa estrema.

«Ma lo sai che proprio non mi ricordo che ti volevo dire?».

E subito si muzzicò le labbra, aveva fatto una minchiata. Macari a diecimila chilometri di distanza Livia, al telefono, dal tono della voce avrebbe immediatamente capito che le stava contando una farfantaria.

«Salvo, non ci provare. Avanti, dimmi».

Per i deci minuti che parlò, a Montalbano parse di caminare supra un campo minato. Livia non l'interruppe mai, non fece nessun commento.

«... e quindi il mio collega Riguccio è convinto che si è trattato di un ricongiungimento familiare, come lo chiama lui, felicemente riuscito» concluse asciucandosi il sudore.

Manco il lieto fine della storia fece reagire Livia. Il commissario s'appreoccupò.

«Livia, sei ancora lì?».

«Sì. Sto riflettendo».

Il tono era fermo, non c'era incrinatura nella voce.

«Su cosa? Non c'è niente da riflettere, è una storiellina senza nessuna importanza».

«Non dire cretinate. Ho capito anche perché avresti preferito raccontarmela di presenza».

«Ma che ti salta in testa, io non...».

«Lascia perdere».

Montalbano non sciatò.

«Certo che è strano» fece Livia doppo tanticchia.

«Che cosa?».

«A te sembra normale?».

«Ma se non mi dici cosa!».

«Il comportamento del bambino».

«Ti è parso strano?».

«Certo. Perché ha tentato di scappare?».

«Livia, cerca di renderti conto della situazione! Quel bambino doveva certamente essere in preda al panico».

«Non credo».

«E perché?».

«Perché un bambino in preda al panico, se ha la madre vicino, si aggrappa alla sua gonna con tutte le forze, come mi hai detto che facevano gli altri due più piccoli».

«Vero è» si disse nella sò testa il commissario.

«Quando si è arreso» continuò Livia «non si è arreso al nemico che eri tu in quel momento, ma alle circostanze. Con lucidità si è reso conto che non aveva più vie di fuga. Altro che panico!».

«Fammi capire» disse Montalbano. «Tu insomma supponi che quel bambino stava approfittando della situazione per scappare via da sua madre e dai suoi fratelli?».

«Se le cose stanno come me le hai raccontate, penso proprio di sì».

«Ma perché?».

«Questo non lo so. Forse non vuole rivedere suo padre, potrebbe essere una spiegazione logica».

«E preferisce andarsene alla ventura in un paese sconosciuto del quale non sa la lingua, senza un soldo, senza un appoggio, senza niente? Era un bambino di sì e no sei anni!».

«Salvo, avresti ragione se si fosse trattato di uno di noi, ma quei bambini là... Quelli sembrano avere sei anni, ma in quanto a esperienza sono già uomini fatti. Con la fame, la guerra, le stragi, la morte, la paura si fa presto a maturare».

«E macari questo è vero» si disse Montalbano nella sò testa.

Con una mano sollevò il linzolo, con l'altra s'appuiò al letto, isò la gamba mancina e restò accussì, folgorato.

Di colpo, si sentì agghiazzare. Perché gli era tornato tutto 'nzemmula a mente la taliata del picciliddro mentre lo teneva per una mano e sò matre correva per ripigliarselo. Allora non l'aveva capita, quella taliata; ora, doppo quello che aveva detto Livia, sì. L'occhi del picciliddro lo supplicavano. Gli dicevano: per carità, lasciami andare, lasciami scappare. E di non avere saputo di subito leggere il senso di quello sguardo s'incolpò amaramente mentre ripigliava a corcarsi. Perdeva colpi, era difficile ammetterlo, ma era accussì. Come aveva fatto a non addunarisi, per usare le parole del dottor Pasquano, che le cose non stavano come gli erano parse?

«Dottori? C'è al tilifono una 'nfermeria dello spitali di Montelusa, il San Gregorio...».

Che capitava a Catarella? Aviva detto giusto il nome dello spitali!

«E che vuole?».

«Vole parlari con lei di pirsona pirsonalmente. Dice che si chiama Militello Agata. La passo?».

«Sì».

«Commissario Montalbano? Sono Agata Militello e...».

Miracolo! Si chiamava veramente accussì. Che stava succedendo se Catarella aviva inzertato dù nomi di seguito?

«... sono infermiera al San Gregorio. Ho saputo che lei ieri è venuto qua per avere notizie di un'extracomunitaria con tre bambini e che non l'ha trovata. Io quella donna e i suoi tre figli li ho visti».

«Quando?».

«L'altra sera. Siccome stavano cominciando ad arrivare i feriti da Scroglitti, mi hanno chiamato dall'ospedale per riprendere servizio. Era il mio turno di riposo. Casa mia non dista molto, a lavorare ci vado a piedi. E così, arrivata nei paraggi dell'ospedale, ho visto questa donna che veniva verso di me di corsa trascinandosi appresso i tre bambini. Quando era quasi alla mia altezza, è arrivata una macchina che si è fermata di colpo. L'uomo che stava al volante ha chiamato la donna. Appena sono tutti saliti, è ripartito a velocità».

«Senta, le faccio una domanda che le sembrerà strana, ma la prego di pensarci bene prima di rispondere. Ha visto qualcosa che l'ha colpita?».

«In che senso?».

«Beh, non so... Per caso, il bambino più grande ha cercato di scappare prima di salire sull'auto?».

Militello Agata ci pinsò supra coscienziosamente.

«No, commissario. Il bambino più grande è salito per primo, spinto dalla madre. Poi gli altri due piccoli, la donna per ultima».

«È riuscita a vedere la targa?».

«No. Non mi è venuto in mente di farlo. Non ce n'era motivo».

«Infatti. La ringrazio».

E questa testimonianza veniva a chiudere definitivamente la facenna. Riguccio aveva ragione, si era trattato di un ricongiungimento familiare. Macari se il picciliddro più grande, su quel ricongiungimento, aveva pinione e sentimenti diversi.

La porta sbatté con violenza, Montalbano satò sulla seggia, un pezzetto d'intonaco si staccò a malgrado che fosse stato rifatto meno di un mese avanti. Isando l'occhi, il commissario vitti a Catarella fermo sulla soglia, stavolta non si era manco degnato di dire che gli era scappata la mano. Aveva un'ariata tale che una marcia trionfale sarebbe stata il sottofondo ideale.

«Beh?» spiò Montalbano.

Catarella gonfiò il petto e lanciò una specie di barrito. Dalla càmmara allato s'apprecipitò allarmato Mimì.

«Che successe?».

«L'attrovai! L'intintificazioni feci!» urlò Catarella avanzando e posando sulla scrivania una foto ingrandita e una scheda stampata dal computer.

Tanto la foto grande quanto quella, assai più piccola, in alto a sinistra nella scheda parevano rappresentare l'istisso omo.

«Mi spiegate?» fece Mimì Augello.

«Certo, dottori» disse orgoglioso Catarella. «Chista fotorafia grandi mi la dette Fazio e rapprisenta l'omo morto che natava l'altra matina col dottori. Chista scheta invece l'intintificai io. Taliasse, dottori. Non sono una stampa e una figura?».

Mimì girò darrè la scrivania, si mise alle spalle del commissario, si calò a taliare. Doppo, emise il verdetto:

«Si assomigliano. Ma non sono la stessa persona».

«Dottori, ma vossia devi considerari una considerazioni» replicò Catarella.

«E quale?».

«Che la fotorafia granni non è una fotorafia ma un disigno fotorafato di una probbabili facci di morto. Disigno è. Errori può starci».

Mimì sinni niscì dall'ufficio, intestato:

«Non sono la stessa persona».

Catarella allargò le vrazza, taliò il commissario rimettendo a lui il suo destino. O nella polvere o sull'altar. Una certa somiglianza esisteva, questo era innegabile. Tanto valeva fare una prova. L'omo si chiamava Errera Ernesto, aveva un elenco di reati, tutti commessi a Cosenza e dintorni, che andavano dal furto con scasso alla rapina a mano armata ed era latitante da oltre due anni. Per risparmiare tempo, era meglio non seguire la procedura.

«Catarè, vai dal dottor Augello e fatti dire se abbiamo qualche amico alla Questura di Cosenza».

Catarella niscì, tornò, raprì la bocca e disse:

«Vattiato, dottori. Si chiama accussì».

Era vero. Per la terza volta, in un breve lasso di tempo, Catarella era tornato a inzertarci. Forse la fine del mondo era prossima?

«Telefona alla Questura di Cosenza, fatti dare il commissario Vattiato e passamelo».

Il collega di Cosenza era omo di malo carattere. Manco stavolta si smentì.

«Che c'è, Montalbano?».

«Forse avrei trovato un vostro ricercato, tale Errera Ernesto».

«Davvero?! L'hai arrestato? Ma non mi dire!».

Pirchì s'ammaravigliava tanto? Montalbano sentì feto d'abbrusciato.

S'inquartò a difesa.

«Ma quando mai! Semmai, ne avrei trovato il cadavere».

«Ma va'! Errera è morto quasi un anno fa ed è stato sepolto nel nostro cimitero. Così ha voluto la moglie».

Montalbano arraggiò per la vrigogna.

«Ma la sua scheda non è stata annullata, cazzo!».

«Noi abbiamo comunicato il decesso. Se poi quelli dello schedario non provvedono perché te la pigli con me?».

Riattaccarono contemporaneamente, senza salutarsi. Fu, per un attimo, tentato di chiamare Catarella e fargli pagare la malafiura fatta con Vattiato. Doppo ci ripensò. Che colpa ne aviva quel povirazzo di Catarella? Era colpa sua semmai se non si era lasciato persuadere da Mimì a lasciare perdere e aveva voluto insistere. E subito appresso un altro pinsèro lo ferì. Qualche anno avanti sarebbe stato capace di distinguere tra chi aveva torto e chi aveva ragione? Avrebbe ammesso con la stessa tranquillità d'oggi l'errore commesso? E non era macari questo un segno di maturità o, per dirla tutta, di vicchiaia?

«Dottori? Ci sarebbi al tilifono il dottori Latte con la esse in funno. Che faccio, lo passo?».

«Certo».

«Dottor Montalbano? Come sta? Tutto bene in famiglia?».

81

«Non mi posso lamentare. Mi dica».

«Il signor Questore è appena arrivato da Roma e ha indetto una riunione plenaria per domani pomeriggio alle quindici. Ci sarà?».

«Naturalmente».

«Ho significato al signor Questore la sua richiesta di udienza. L'ascolterà domani stesso in coda alla riunione».

«La ringrazio, dottor Lattes».

E accussì era fatta. Il giorno appresso avrebbe presentato le dimissioni. E con tanti saluti, tra gli altri, macari al morto natante, come lo chiamava Catarella.

La sira, da Marinella, contò a Livia della testimonianza della 'nfirmera. A conclusione, quanno il commissario pinsava di averla completamente rassicurata, Livia se ne venne fora con un «mah!» assà dubitativo.

«Ma santo Dio!» scattò Montalbano. «Ti sei proprio intestardita! Non ti vuoi arrendere all'evidenza!».

«E tu ti ci arrendi troppo facilmente».

«Che vuol dire?».

«Vuol dire che in altri tempi avresti fatto dei riscontri sulla verità di quella testimonianza».

Montalbano arraggiò. «Altri tempi!». E che era, vecchio come 'u cuccu? Come Matusalemme?

«Non ho fatto i riscontri perché, come ti ho già detto, è una storia senza importanza. E poi...».

S'interruppe, sentì dintra al suo ciriveddro gl'ingranaggi stridere per la brusca frenata.

«E poi?» incalzò Livia.

Tergiversare? Inventarsi una minchiata qualisisiasi? Ma figurati! Livia avrebbe capito subito. La meglio era dirle la verità.

«E poi domani pomeriggio vedo il Questore».

«Ah».

«Gli presenterò le dimissioni».

«Ah».

Pausa orrenda.

«Buonanotte» disse Livia.

E riattaccò.

82

Sette

S'arrisbigliò alle sett'albe, ma restò corcato, l'occhi aperti a taliare il soffitto che lentissimamente schiariva con il cielo. La splapita luce che trasiva dalla finestra era netta e fissa, non aveva le variazioni d'intensità dovute al passaggio delle nuvole. S'apprisentava una bella giornata. Meglio accussì, il tempo tinto non l'aiutava. Sarebbe stato più fermo e deciso nello spiegare al Questore le ragioni delle dimissioni. E a questa parola, gli tornò a mente un episodio che gli era capitato quanno, trasuto nella Polizia, ancora non era a Vigàta. Appresso si arricordò di quella volta che... E di quell'altra volta che... E tutto 'nzemmula il commissario capì il perché di quell'affollarsi di ricordi: dicono che quando uno è in punto di morte, gli passino davanti, come in una pellicola, le cose più importanti della sua vita. Stava capitando lo stesso a lui? Dentro di sé considerava le dimissioni come una vera e propria morte? Si riscosse sentendo lo squillo del telefono. Taliò il ralogio, si erano fatte le otto e non se ne era addunato. Matre santa, quanto era stato longo il film della sò vita! Pejo di «Via col vento!». Si susì, andò a rispondere.

«Buongiorno, dottore. Sono Fazio. Sto ripartendo per continuare quella ricerca...».

Stava per dirgli di lasciar perdiri, ma sinni pintì.

«... e siccome ho saputo che oggi doppopranzo deve vedere il Questore, le ho preparato le carte da firmare e le altre sulla sua scrivania».

«Grazie, Fazio. Novità?».

«Nessuna, dottore».

Dato che doveva andare in Questura nelle prime ore del pomeriggio e non avrebbe perciò avuto il tempo di tornare a Marinella per cangiarsi, dovette vestirsi di tutto punto. La cravatta però preferì infilarsela in sacchetta, se la sarebbe messa a tempo debito. Lo distrubbava assà andare in giro col cappio al collo fin dalla prima matina.

La pila di carte sulla scrivania era in equilibrio instabile. Se fosse trasuto Catarella sbattendo la porta al modo sò, si sarebbe riverificato il crollo della torre di Babele. Firmò per oltre un'orata senza mai isare gli occhi, doppo sentì il bisogno d'arriposarsi tanticchia. Decise d'andarsi a fumare una sigaretta fora. Niscì e, sul marciapiede, si mise una mano in sacchetta per pigliare pacchetto e accendino. Nenti, se li era scordati a Marinella. In compenso, al loro posto, ci stava la cravatta che aveva scelto, verde a pallini rossi. La fece scomparire di subito, taliandosi torno torno come fa un latro con un portafoglio appena borseggiato. Gesù! Com'era capitata quella cravatta ignobile tra le sue? E non si era addunato dei colori quando se l'era messa in sacchetta? Tornò dintra.

«Catarè, vedi se qualcuno può prestarmi una cravatta» disse passando per andare nel suo ufficio.

Catarella s'appresentò doppo cinco minuti con tri cravatti.

«Di chi sono?».

«Di Torretta, dottori».

«Quello stesso che ha prestato gli occhiali a Riguccio?».

«Sissi, dottori».

Scelse quella che faceva meno a botte col suo vestito grigio. Con un'altra orata e mezza di firme ce la fece a finire la pila. Si mise a cercare la borsa dintra alla quale infilava le carte quanno andava a rapporto. Mise santianno sottosopra l'ufficio, ma non ci fu verso di trovarla.

«Catarella!».

«Comandi, dottori!».

«Hai per caso visto la mia borsa?».

«Nonsi, dottori».

Quasi certamente se l'era portata a Marinella scordandosela lì.

«Vedi se qualcuno in ufficio…».

«Faccio subito provvidenza, dottori».

84

Tornò con due borse quasi nove, una nìvura, l'altra marrone. Montalbano sciglì la nìvura.

«Chi te le ha date?».

«Torretta, dottori».

Vuoi vedere che questo Torretta aveva aperto un emporio dintra al commissariato? Per un momento pinsò di andare a trovarlo nella sua càmmara, doppo rifletté che tanto della facenna oramà non gliene importava più niente. Trasì Mimì Augello.

«Dammi una sigaretta» fece Montalbano.

«Non fumo più».

Il commissario lo taliò ammammaloccuto.

«Te l'ha proibito il medico?».

«No. Per mia decisione».

«Ho capito. Sei passato alla coca?».

«Ma che minchiate dici?».

«Non è poi tanto una minchiata, Mimì. Oggi stanno facendo leggi severissime e quasi persecutorie contro i fumatori, seguendo macari in questo l'americani, mentre verso i cocainomani c'è maggiore tolleranza, tanto la pigliano tutti, sottosegretari, uomini politici, manager... Il fatto è che se ti fumi una sigaretta, quello che ti è allato può accusarti che lo stai avvelenando col fumo passivo, mentre non esiste la cocaina passiva. Insomma, la cocaina fa meno danno sociale rispetto al fumo. Quante piste sniffi al giorno, Mimì?».

«Oggi sei insistato sull'agro, mi pare. Ti sei sfogato?».

«Abbastanza».

Ma che cavolo stava succedendo? Catarella c'inzertava coi nomi, Mimì diventava virtuoso... In quel microcosmo ch'era il commissariato qualichi cosa stava cangiando, e questi erano altri segni che era arrivata l'ora di andarsene.

«Doppopranzo sono a rapporto dal Questore con gli altri colleghi. Ho domandato di parlargli in privato. Gli dirò delle mie dimissioni. Tu sei il solo a saperlo. Se il Questore le accetta subito, in serata do la notizia a tutti».

«Fai come ti pare» disse sgarbato Mimì susendosi e avviandosi alla porta.

Qui si fermò, si voltò.

«Sappi che ho deciso di non fumare più perché a Beba e al picciliddro che deve nascere può fare male. E in quanto alle dimissioni, forse fai bene ad andartene. Ti sei ingrigito, hai perso smalto, ironia, agilità mentale e persino carognaggine».

«Vaffanculo e mandami Catarella!» gli gridò appresso il commissario.

Abbastarono due secondi perché Catarella si materializzasse.

«Comandi, dottori».

«Vedi se Torretta ha un pacchetto di Multifilter rosse morbide e un accendino».

Catarella non parse strammato dalla richiesta. Scomparse e ricomparse con sigarette e accendino. Il commissario gli diede i soldi e niscì, spiandosi se nell'emporio Torretta avrebbe potuto trovare dei calzini che cominciavano a fagliargli. Appena sulla strata, gli venne spinno di un cafè fatto comu 'u Signuruzzu cumanna. Nel bar vicino al commissariato la televisione era, come sempre, addrumata. Era mezzojorno e mezzo, stavano trasmettendo la sigla del notiziario di «Televigàta». Spuntò il mezzobusto di Carla Rosso, una giornalista, che elencò le notizie secondo un ordine d'importanza che teneva conto dei gusti della gente. Per prima, annunziò la cronaca di un dramma della gelosia, un marito ottantino aveva ammazzato a coltellate la mogliere sittantina. E di seguito: violento scontro tra un'auto sulla quale viaggiavano tre persone, tutte decedute, e un tir; rapina a mano armata in una filiale del Credito a Montelusa; carretta con un centinaio di clandestini avvistata al largo; nuovo atto di pirateria della strada: bambino extracomunitario, al quale non è stato possibile dare un nome, travolto e ucciso da auto che si è data alla fuga.

Montalbano si vippi in santa paci il cafè, pagò, salutò, niscì, addrumò la sigaretta, se la fumò, l'astutò sulla soglia del commissariato, salutò Catarella, trasì nella sò cammara, s'assittò e di colpo, sulla parete di fronte, apparse il televisore del bar, e dintra al televisore il mezzobusto di Carla Rosso che rapriva e chiudiva la vucca senza parole, pirchì le parole il commissario le sentiva dintra la sò testa:

«Bambino extracomunitario al quale non è stato possibile dare un nome…».

S'arritrovò addritta, che rifaceva di corsa la strata fatta e quasi quasi non sapiva pirchì. O almeno il pirchì lo sapiva, ma non voleva ammetterlo, la latata razionale del suo ciriveddro rifiutava quello che la latata irrazionale stava in quel momento cumannando di fare al resto del corpo, vale a dire ubbidire a un assurdo presentimento.

«Si scordò cosa?» spiò il barista vedendolo trasire sparato.

Manco gli rispose. Avevano cangiato canale, si vedeva il logo di «Retelibera» che stava trasmettendo una scenetta comica.

«Rimetti subito "Televigàta". Subito!» fece il commissario con una voce tanto fridda e vascia che il barista aggiarniò precipitandosi.

Era arrivato a tempo. La notizia era di così scarsa importanza che non venne manco accompagnata dalle immagini. Carla Rosso contò che un contadino, mentre di prima mattina si stava recando a lavorare nel suo campo, aveva visto un bambino extracomunitario che veniva travolto da un'auto rimasta sconosciuta. Il contadino aveva dato l'allarme, ma il bambino era arrivato privo di vita all'ospedale di Montechiaro. Quindi Carla Rosso, con un sorriso che le spaccava la faccia, augurò buon pranzo a tutti e scomparse.

Ci fu una specie di lotta tra le gambe del commissario che volevano andare di prescia e il suo ciriveddro che invece imponeva passo normale e disinvolto. Evidentemente addivennero a un compromesso e la conseguenza fu che Montalbano si mise a caminare fino al commissariato come uno di quei pupi meccanici ai quali si sta scaricando la corda e vanno tanticchia di corsa e tanticchia al rallentatore. Si fermò sulla porta e gridò verso l'interno:

«Mimì! Mimì!».

«Oggi c'è la Bohème?» s'informò Augello comparendo.

«Sentimi bene. Non posso andare a rapporto dal Questore. Vacci tu. Sul mio tavolo ci sono le carte da fargli vedere».

«Che ti capitò?».

«Niente. E poi domandagli scusa per conto mio. Digli che della mia faccenda personale gli parlerò un'altra volta».

«E che scusa trovo?».

«Una di quelle scuse di cui sei maestro quando non vieni in ufficio».

«Posso sapere dove stai andando?».

«No».

Prioccupato, Augello restò sulla porta a vederlo partire.

Ammettendo che le gomme oramà lisce come il culo di un neonato ancora tenessero la strata; ammettendo che il serbatoio della benzina non si spirtusasse definitivamente; ammettendo che il motore reggesse a una velocità superiore agli ottanta orari; ammettendo che ci fosse scarso traffico, Montalbano calcolò che in un'orata e mezza ce l'avrebbe dovuto fare ad arrivare allo spitale di Montechiaro.

Ci fu un momento, mentre curriva a retini stise rischiando di andare a sbattere contro un'altra machina o un àrbolo, pirchì bravo guidatore mai lo era stato, che si sentì assugliare da un senso di ridicolaggine. Ma su quali basi stava facendo quello che faceva? Picciliddri extracomunitari in Sicilia dovivano essercene a centinara, che cosa l'autorizzava a sospettare che il nicareddro morto scrafazzato fosse quello che aveva pigliato per mano sulla banchina qualche sira avanti? Di una cosa era però certo: per mettersi in pace la cuscenza quel bambino lo doviva assolutamente vidiri, altrimenti il sospetto gli sarebbe rimasto dintra a maciriarlo, a tormentarlo. E se per caso non era lui, tanto meglio.

Significava che il ricongiungimento familiare, come diceva Riguccio, era perfettamente arrinisciuto.

Allo spitale di Montechiaro lo fecero parlare col dottor Quarantino, un picciotto affabile e cortese.

«Commissario, il bambino quando è arrivato qui era già morto. Penso che sia deceduto sul colpo. Che è stato molto, molto violento. Tanto da spezzargli la schiena».

Montalbano si sentì avvolgere come da una vintata fridda.

«L'hanno investito di schiena, dice?».

«Certamente. Forse il bambino era fermo al bordo della strada e l'auto, che arrivava alle sue spalle a forte velocità, deve avere sbandato» ipotizzò il dottor Quarantino.

«Sa chi l'ha portato qui?».

«Sì, una nostra ambulanza chiamata dalla Polizia stradale che è accorsa subito sul luogo dell'incidente».

«La Polizia stradale di Montechiaro?».

«Sì».

E finalmente s'arrisolse a fare la domanda che ancora non era arrinisciuto a fare perché non ci aviva la forza.

«Il bambino è ancora qui?».

«Sì, nella nostra camera mortuaria».

«Potrei... potrei vederlo?».

«Certo. Venga con me».

Fecero un corridoio, pigliarono un ascensore, andarono sottoterra, imboccarono un altro corridoio, assai più squallido del primo, e finalmente il dottore si fermò davanti a una porta.

«È qua».

Una càmmara piccola, gelida e di luce splapita. Un tavolino, due seggie, uno scaffale di metallo. Pure di metallo era una parete, in realtà si trattava di una serie di cellette frigorifere a cassetto. Quarantino ne fece scorrere uno. Il corpicino era cummigliato da un linzolo. Il dottore cominciò a sollevarlo con delicatezza e Montalbano vitti in prima l'occhi sbarracati, l'istessi occhi coi quali il picciliddro sulla banchina l'aviva supplicato di lasciarlo correre via, di scappare. Non c'era dubbio.

«Basta così» disse a voce tanto vascia da parere un soffio.

Capì, dalla taliata che gli lanciò Quarantino, che qualcosa si era stracangiato sulla sua faccia.

«Lo conosceva?».

«Sì».

Quarantino richiuse il cassetto.

«Possiamo andare?».

«Sì».

Ma non arriniscì a cataminarsi. Le sue gambe s'arrefutavano di mettersi in moto, erano due pezzi di ligno. A malgrado del friddo che c'era nella cammareddra, sentì d'aviri la cammisa vagnata di sudore. Fece uno sforzo che gli costò un giramento di testa e finalmente pigliò a caminare.

Alla Stradale gli spiegarono dove era capitato l'incidente: a quattro chilometri da Montechiaro, sulla strada abusiva non asfaltata che collegava un villaggio abusivo sul mare chiamato Spigonella con un altro villaggio sul mare, e altrettanto abusivo, chiamato Tricase. Questa strada non procedeva in linea retta, ma faceva un lungo giro campagne campagne per favorire altre case abusive abitate da chi all'aria di mare preferiva l'aria di collina. Un ispettore spinse la sua cortesia sino a fare un disegno assai preciso della strata che il signor commissario doveva percorrere per arrivare al posto giusto.

La strata non solo non era una strata asfaltata, ma si vedeva chiaramente che si trattava di una vecchia trazzera le cui innumerevoli buche erano state malamente ricoperte in parte. Come aveva potuto una macchina corrervi a grande velocità senza rischiare di scassarsi? Forse pirchì era assicutata da un'altra auto? Passata una curva, il commissario capì d'essere arrivato al punto giusto. Alla base di una montagnola di pirciale allato al bordo di dritta della trazzera c'era un mazzetto di sciuri di campo. Fermò la macchina, scinnì per taliare meglio. La montagnola appariva sformata, come colpita forte da qualcosa. Il pirciale era macchiato da larghe chiazze scure di sangue asciucato. Da quel punto non si vedevano case, c'erano solo terreni arati. Più in basso rispetto alla trazzera, a un centinaro di metri, un viddrano azzappava. Montalbano si diresse verso di lui, faticando a caminare sulla terra molle. Il viddrano era un sissantino sicco e storto che non sollevò manco l'occhi.
«Bongiorno».
«Bongiorno».
«Sono un commissario di Polizia».
«L'accapìu».
Come aveva fatto a capirlo? Meglio non insistere sull'argomento.

«Avete messo voi quei fiori nel perciale?».

«Sissi».

«Conoscevate quel bambino?».

«Mai signuri».

«Allora perché avete sentito il bisogno di mettere quei fiori?».

«Criatura era, unn'era armàlu».

«Avete visto com'è successo l'incidente?».

«Vitti e nun vitti».

«In che senso?».

«Vinisse ccà, appressu a mia».

Montalbano lo seguì. Fatti una decina di passi, il viddrano si fermò.

«Iu stamatina a li setti eru ca azzappavu in questo postu priciso. Tutto 'nzemmula intisi 'na vuci ca mi parsi dispirata. Isai l'occhi e vitti un picciliddru ca sbucava currennu da la curva. Curriva comu un lepru e faciva voci».

«Avete capito che gridava?».

«Nonsi. Quannu fu all'altizza di quel carrubbo, arrivò dalla curva 'na machina ca viaggiava forti assà. 'U picciliddru si votò a taliarla e allura circò di nesciri dalla strata. Forsi vuliva viniri versu di mia. Però iu lu persi di vista pirchì era ammucciatu dalla muntagnola di pirciali. La machina stirzò appressu a iddru. Iu nun vitti cchiù nenti. Sintii una speci di bottu. Doppu la machina ingranò la marcia indietro, si rimisi sulla strata e scumparse all'autra curva».

Non c'era possibilità d'equivoco, eppure Montalbano volle esser ancora più sicuro.

«Quella macchina era inseguita da un'altra?».

«Nonsi. Sula era».

«E dite che sterzò apposta darrè il bambino?».

«Nun sacciu si lo fici apposta, ma di stirzari, stirzò».

«Siete riuscito a vedere il numero di targa?».

«Ma quannu mai! Taliasse vossia stissu se da ccà è possibili pigliari 'u numaru d'a targa».

In effetti non era possibile, tra il campo e la trazzera c'era troppo dislivello.

91

«E dopo che avete fatto?».

«Mi misi a curriri versu la muntagnola. Quannu arrivai, capii di subitu ca 'u picciliddru era mortu o stava murennu. Allura sempri currennu arrivai a la mè casa ca di ccà nun si vidi e telefonai a Montechiaro».

«Avete detto a quelli della Stradale quello che avete detto a me?».

«Nonsi».

«E perché?».

«Pirchì non me lo spiarono».

Logica ferrea: a nessuna domanda, nessuna risposta.

«Io invece ve lo domando espressamente: credete che l'abbiano fatto apposta?».

Sulla facenna il viddrano doviva averci ragionato a longo. Rispose con una domanda:

«Non poté essiri che la machina sbandò senza vuliri pirchì aviva truvatu 'na petra?».

«Può essere. Ma voi, dentro di voi, che ne pensate?».

«Iu nun pensu, signuri miu. Iu nun vogliu cchiù pinsari. Troppu tintu è addivintatu lu munnu».

L'ultima frase era stata risolutiva. Era chiaro che il viddrano si era fatto preciso concetto. Il picciliddro era stato travolto apposta. Massacrato per una ragione inspiegabile. Ma subito dopo il viddrano quel concetto l'aveva voluto cancellare. Troppo cattivo era diventato il mondo. Meglio non pensarci.

Montalbano scrisse il numero del commissariato su un pezzetto di carta, lo pruì al viddrano.

«Questo è il numero telefonico del mio ufficio a Vigàta».

«E chi minni fazzu?».

«Niente. Lo tenete. Se per caso viene la madre o il padre o qualche parente del picciliddro, vi fate dire dove abitano e me lo comunicate».

«Comu voli vossia».

«Bongiorno».

«Bongiorno».

La risalita verso la strata fu più dura della scinnuta. Gli era venuto l'affanno. Finalmente arrivò alla macchina, raprì lo sportello, trasì e invece di mettere in moto restò fermo, le vrazza sul volante, la testa appuiata sulle vrazza, l'occhi inserrati a escludere, a negare il mondo. Come il viddrano che aveva ripigliato a zappare e avrebbe continuato accussì fino a quanno non calava lo scuro. Di colpo, nella testa, gli trasì un pinsèro, una lama ghiazzata che doppo avergli spaccato il ciriveddro, scinnì e si fermò, devastante trafittura, in mezzo al petto: il valente, brillante commissario Salvo Montalbano aviva pigliato per la manina quel picciliddro e, volenteroso aiutante, l'aviva consegnato ai sò carnefici.

Otto

Ancora era troppo presto per intanarsi a Marinella, ma preferì andarci lo stisso senza passare prima dall'ufficio. La vera e propria raggia che gli schiumava dintra gli faceva vuddriri il sangue e sicuramente gli aveva portato qualche linea di febbre. Era meglio se trovava modo di sfogarsela da solo, questa raggia, senza farla ricadere supra i sò òmini del commissariato cogliendo a volo il minimo pretesto. La prima vittima fu un vaso da fiori che qualcuno gli aviva arrigalato e che di subito gli era vinuto a colossale 'ntipatia. Levato in alto a due mani, il vaso venne scagliato 'n terra con soddisfazione e con l'accompagno di un vigoroso santione. Doppo la gran botta, strammato, Montalbano dovette constatare che il vaso non era stato minimamente scalfito.

Possibile? Si calò, lo pigliò, lo sollevò, lo rilanciò con tutta la forza che aviva. Nenti. E non solo: una piastrella del pavimento si lineò. Poteva rovinarsi la casa per distruggere quel mallitto vaso? Andò alla machina, raprì il cruscotto, tirò fora la pistola, tornò dintra la casa, niscì sulla verandina doppo avere pigliato il vaso, caminò sulla spiaggia, arrivò a ripa di mare, posò il vaso sulla rena, arretrò di una decina di passi, scocciò l'arma, mirò, sparò e sbagliò.

«Assassino!».

Era una voce fimminina. Si voltò a taliare. Dal balcone di una villetta lontana due figure si sbracciavano verso di lui.

«Assassino!».

Ora era stata una voce masculina. Ma chi cavolo erano? E tutto 'nzemmula s'arricordò: i coniugi Bausan di Treviso! Quelli che gli avivano fatto fare la gran malafiura di comparire nudo in televisione. Mandandoli mentalmente a fare in quel posto, pigliò accuratamente la mira e sparò. Stavolta il vaso esplose. Tornò appagato verso casa accompagnato da un coro sempre più distante di «Assassino! Assassino!».

Si spogliò, si mise sutta la doccia, si fece pure la varba, si cangiò di vestito come se dovesse nesciri e vidiri pirsone. Invece doveva incontrare solamente se stesso e voleva presentarsi bene. Andò ad assittarsi sulla verandina a ragionare. Perché, macari se non l'aveva fatta a parole o col pinsèro, una sullenne promissa l'aveva di sicuro formulata a quel paro di piccoli occhi sbarracati che lo taliavano dal cassetto frigorifero. E gli tornò a mente un romanzo di Dürrenmatt dove un commissario consuma la sua esistenza per tenere fede alla promissa fatta ai genitori di una picciliddra ammazzata di scoprire l'assassino... Un assassino che intanto è morto e il commissario non lo sa. La caccia a un fantasima. Solo che nel caso del picciliddro extracomunitario macari la vittima era un fantasima, non ne conosceva la provenienza, il nome, nenti. Come del resto non conosceva nenti dell'altra vittima del primo caso di cui si stava occupando: un quarantino sconosciuto fatto annegare. E oltre tutto non si trattava di vere e proprie inchieste, non c'erano fascicoli aperti: lo sconosciuto era, per usare il linguaggio burocratico, deceduto per annegamento; il picciliddro era l'ennesima vittima di un pirata della strada. Ufficialmente, che c'era da indagare? Il resto di nenti. Nada de nada.

«Ecco» rifletté il commissario. «Questo è il tipo d'indagini che potrebbe interessarmi quando andrò in pensione. Se me ne occupo ora, significa che già mi ci comincio a sentire in pensione?».

E l'assugliò una gran botta di malinconia. La malinconia il commissario aviva due sistemi comprovati per combatterla: il primo consisteva nel cafuddrarsi a letto incuponandosi fin supra la testa; il secondo nel farsi una gran mangiata. Taliò il ralogio, troppo presto per corcarsi, capace che se pigliava sonno si sarebbe arrisbigliato verso le tre del matino e allura sì che ci sarebbe stato da impazzire a tambasiare casa casa! Non restava che la mangiata, del resto s'arricurdò che a mezzojorno non ne aveva avuto il tempo. Andò in cucina e raprì il frigorifero. Va

95

a sapiri pirchì, Adelina gli aviva priparato involtini di carne. Non erano cosa. Niscì, pigliò la machina e andò alla trattoria «da Enzo». Al primo piatto, spaghetti al nìvuro di siccia, la malinconia cominciò ad arretrare. Alla fine del secondo, calamaretti fritti croccanti, la malinconia, in rotta precipitosa, era scomparsa all'orizzonte. Di ritorno a Marinella si sentì gli ingranaggi del ciriveddro oleati, scorrevoli, come nuovi. Tornò ad assittarsi sulla verandina.

In primisi, bisognava dare atto a Livia di averci visto giusto e cioè che il comportamento del picciliddro, al momento dello sbarco, era stato strammo assà. Il picciliddro, evidentemente, stava cercando d'approfittare della confusione del momento per scomparire. Non ce l'aveva fatta perché lui, il sublime, l'intelligentissimo commissario Montalbano, glielo aveva impedito. Allora, ammettendo macari che si trattava di un contrastato ricongiungimento familiare, secondo la pinione di Riguccio, per quale motivo il picciliddro era stato accussì brutalmente ammazzato? Perché aviva il vizio di scappare da qualisisiasi posto si trovava? Ma quanti sono nel mondo i picciliddri di tutti i colori, bianchi, nìvuri, gialli, che si allontanano da casa seguendo una loro fantasia? Centinaia di migliaia, certo. E vengono per questo puniti con la vita? Stronzate. E allura? Era stato forsi massacrato pirchì era squieto, dava rispostazze, non ubbidiva a papà o si refutava di mangiarsi la minestrina? Ma via! Alla luce di quell'ammazzatina, la tesi di Riguccio diventava ridicola. C'era altro, c'era sicuramente un carrico da undici che il picciliddro si portava addosso già fin dalla partenza, quale che fosse il pàisi dal quale proveniva.

La meglio era ricominciare dal principio, senza trascurare dettagli che a prima taliata putivano pariri assolutamente inutili. E procedendo macari per sezioni, per segmenti senza affastellare troppe informazioni. Allora, principiamo. Lui quella sira se ne stava assittato nell'ufficio sò aspittanno che si facesse l'ora di andare a casa di Ciccio Albanese per avere notizie sulle correnti marine e, cosa assolutamente non secondaria, sbafarsi le triglie di scoglio della signora Albanese. A un certo momento telefona in commissariato il Vicequestore Riguccio: si trova al porto per accogliere centocinquanta emigrati clandestini, ha rotto gli occhiali e ne domanda un paio che possano andargli bene. Lui glieli procura e decide di portarglieli lui stesso. Arriva alla banchina che da una delle due motovedette hanno calato la passerella. Per prima scende una fìmmina grassa e prena che viene portata direttamente a un'ambulanza. Poi scendono quattro extracomunitari i quali, arrivati quasi alla fine della passerella, barcollano pirchì un picciliddro si è intrufolato quasi in mezzo alle loro gambe. Il picciliddro riesce a evitare gli agenti e si mette a correre verso il vecchio silos. Lui si precipita all'inseguimento e intuisce la presenza del nicareddro in una specie di vicolo stracolmo di rifiuti. Il picciliddro capisce di non avere più vie di fuga e si arrende, letteralmente. Lui lo piglia per una mano e lo sta riportando verso il posto dove avviene lo sbarco quando scopre una donna, piuttosto picciotta, che si sta disperando con altri due picciliddri attaccati alle gonne. La fìmmina, appena vede lui con il picciliddro, si mette a correre verso di loro, è evidentemente la matre. A questo punto il picciliddro lo talìa (meglio sorvolare su questo particolare), la matre inciampica e cade. Gli agenti provano a farla rialzare e non ci riescono. Qualcuno chiama un'ambulanza...

Stop. Un attimo. Pensiamoci supra un momento. No, in realtà lui non ha visto nessuno che chiamava l'ambulanza. Ne sei certo, Montalbano? Ripassiamo ancora una volta la scena. No, ne sono sicuro. Mettiamola accussì: qualcuno deve avere chiamato l'ambulanza. Dalla macchina scinnino due infirmeri e uno, quello sicco sicco coi baffi, toccata una gamba della fìmmina, dice che probabilmente si è rotta. La fìmmina e i tre picciliddri vengono caricati e l'ambulanza se ne parte alla volta di Montelusa.

Torniamo narrè per sicurezza. Occhiali. Banchina. Sbarco fìmmina prena. Picciliddro compare tra le gambe di quattro extracomunitari. Picciliddro scappa. Lui insegue. Picciliddro si arrende. Tornano verso il punto di sbarco. Matre li vede e principia a curriri verso di loro. Picciliddro lo talìa. Matre inciampica, cade, non può più rialzarsi. Arriva ambulanza. Infirmeri

97

coi baffi dice gamba rotta. Fìmmina e picciliddri sull'ambulanza. La machina parte. Fine del primo segmento.

In conclusione: quasi certo che l'ambulanza non l'ha chiamata nisciuno. È sopraggiunta da sola. Pirchì? Pirchì aviva visto la scena della matre caduta a terra? Possibile. E poi: l'infirmeri diagnostica gamba rotta. E queste sue parole autorizzano il trasporto in ambulanzo. Se l'infirmeri fosse rimasto in silenzio, qualche agente avrebbe chiamato il medico che, come sempre, era lì con loro. Perché il medico non è stato consultato? Non è stato consultato perché non ce n'è stato tempo: il tempestivo arrivo dell'ambulanza e la diagnosi dell'infirmeri hanno fatto correre le cose nel senso voluto dal regista. Sissignore. Regista. Quella era stata una scena di tiatro predisposta con molta intelligenza.

A malgrado dell'ora, s'attaccò al telefono.

«Fazio? Montalbano sono».

«Dottore, non ci sono novità, se le avessi avute io...».

«Sparagna il sciato. Ti voglio domandare un'altra cosa. Domani mattina avevi l'intenzione di ripartire per le ricerche?».

«Sissi».

«Prima devi sbrigarmi un'altra cosa».

«Agli ordini».

«All'ospedale San Gregorio c'è un infermiere molto magro coi baffi, un cinquantino. Voglio sapere tutto di lui, il cognito e lo scognito, mi spiegai?».

«Sissi, perfettamente».

Riattaccò e chiamò il San Gregorio.

«C'è l'infermiera Agata Militello?».

«Un attimo. Sì, c'è».

«Vorrei parlarle».

«È in servizio. Abbiamo l'ordine di...».

«Senta, il commissario Montalbano sono. È una cosa seria».

«Aspetti che la cerco».

Quanno stava per perderci le spranze, sentì la voce della 'nfirmera.

«Commissario, è lei?».

«Sì. Mi perdoni se...».

«Di niente. Mi dica».

«Avrei bisogno di vederla e di parlarle. Prima che può».

«Senta, commissario. Faccio il turno di notte e domani mattina vorrei dormire un pochino. Possiamo incontrarci alle undici?».

«Certo. Dove?».

«Ci possiamo vedere davanti all'ospedale».

Stava per dire di sì, ma ci ripensò. E se per un caso sfortunato l'infermiere dell'ambulanza li vedeva 'nzemmula?

«Preferirei sotto il portone di casa sua».

«Va bene. Via della Regione 28. A domani».

Durmì comu un angiluzzu 'nnuccenti che non ha pinsèri o problemi. Gli capitava sempre accussì quanno, al principio di un'inchiesta, capiva d'essiri partutu giustu. Arrivato in ufficio frisco e sorridenti, trovò sulla scrivania una busta a lui indirizzata, portata a mano. Non c'era scritto il nome del mittente.

«Catarella!».

«Comandi, dottori!».

«Chi l'ha portata questa lettera?».

«Ponzio Pilato, dottori. Aieri a sira la portò».

Se la mise in sacchetta, l'avrebbe letta appresso. O forse mai. Mimì Augello s'appresentò poco dopo.

«Com'è andata col Questore?».

«M'è parso giù, non aveva la solita baldanza. Evidentemente da Roma ha riportato solo chiacchiere e tabbaccheri di ligno. Ci ha detto che è chiaro che il flusso migratorio clandestino dall'Adriatico si è spostato nel Mediterraneo e sarà perciò più difficile fermarlo. Ma questa evidenza, a quanto pare, tarda ad essere riconosciuta da chi di dovere. D'altra parte chi di dovere tarda a riconoscere che i furti sono in aumento, le rapine pure... Insomma, loro cantano in coro "Tutto va ben, mia nobile marchesa" e noi dobbiamo continuare ad andare avanti con quello che abbiamo».

«Ti sei scusato con lui per la mia assenza?».

«Sì».

«E che ha detto?».

«Salvo, che volevi? Che si mettesse a piangere? Ha detto: va bene. Punto. E ora me lo spieghi che ti pigliò ieri?».

99

«Un contrattempo ebbi».

«Salvo, a chi vuoi cugliuniare? Tu prima mi dici che devi vedere il Questore per presentargli le dimissioni e un quarto d'ora appresso cangi idea e mi dici che dal Questore ci devo andare io. Che contrattempo è stato?».

«Se proprio lo vuoi sapere...».

E gli contò tutt'intera la storia del picciliddro. Alla fine, Mimì se ne restò in silenzio, pinsoso.

«C'è qualcosa che non ti torna?» spiò Montalbano.

«No, mi torna tutto, ma fino a un certo punto».

«E cioè?».

«Tu metti in diretta relazione l'ammazzatina del picciliddro col tentativo di fuitina che aveva fatto al momento dello sbarco. E questo può essere sbagliato».

«Ma va', Mimì! Perché l'avrebbero fatto, allora?».

«Ti conto una cosa. Un mese fa, un mio amico è andato a New York ospite di un suo amico americano. Un giorno vanno a mangiare. Al mio amico servono una bistecca enorme con patate. Non riesce a sbafare tutto e lo lascia nel piatto. Poco dopo un cameriere gli consegna un sacchetto con dentro quello che non ha mangiato. Il mio amico lo piglia e quando esce dal ristorante si avvicina a un gruppo di barboni per dare loro il sacchetto con i resti del mangiare. Ma l'amico americano lo ferma e gli dice che i barboni non lo accetteranno. Se proprio vuole fare l'elemosina, dia loro mezzo dollaro. "Perché non vogliono il sacchetto con la mezza bistecca?" domanda il mio amico. E l'altro: "Perché qui c'è gente che offre loro cibo avvelenato, come si fa per i cani randagi". Hai capito?».

«No».

«Capace che quel picciliddro, sorpreso mentre camminava sulla strada, è stato volontariamente investito da qualcuno, un garruso figlio di buttana, per puro divertimento o per un attacco di razzismo. Un qualcuno che non aveva niente a che fare con l'arrivo del picciliddro qua».

Montalbano cacciò un sospiro funnuto.

«Macari! Se le cose sono andate come dici tu, io mi sentirei

100

meno in colpa. Ma purtroppo mi sono fatta opinione che tutta la facenna ha una sua precisa logica».

Agata Militello era una quarantina tutta alliffata, di personale gradevole, ma pericolosamente tendente al grasso. Era di sciolta parola e difatti parlò quasi sempre lei in quell'orata che stette col commissario. Disse che quella matina era di umore nìvuro per via che suo figlio, studente universitario («Sa, commissario, ebbi la sfortuna d'innamorarmi a diciassett'anni di un disgraziatazzo cornuto che appena seppi che aspittavo mi lassò»), si voleva fare zito («ma io dico, non potete aspittare? Che prescia avite a maritarvi? Intanto fate i comodazzi vostri e doppo si vede»). Disse macari che allo spitali erano una gran manica di figli di buttana che s'approfittavano di lei, sempre pronta a curriri a ogni chiamata straordinaria pirchì aviva un cori granni come una casa.

«Fu qua» fece a un tratto fermandosi.

Si trovavano in una strata curta, senza porte d'abitazione o negozi, costituita praticamente dal retro di due grandi palazzi.

«Ma qua non c'è manco un portone!» fece Montalbano.

«Accussì è. Noi ci troviamo nella parte di darrè dello spitale, che è questo palazzo a mano dritta. Io faccio sempre questa strata perché traso dal pronto soccorso che è il primo portone a dritta girato l'angolo».

«Quindi quella donna coi tre bambini, uscita dal pronto soccorso, ha girato a mancina, ha imboccato questa strada e qui è stata raggiunta dall'auto».

«Preciso accussì».

«Lei ha visto se la macchina veniva dalla parte del pronto soccorso o da quella opposta?».

«Nonsi, non l'ho visto».

«Quando l'auto si è fermata, ha potuto vedere quante persone c'erano a bordo?».

«Prima che acchianasse la fìmmina coi picciliddri?».

«Sì».

«Solamente quello che guidava c'era».

«Ha notato qualche particolarità nell'uomo che guidava?».

«Commissario mio, e come faciva? Quello sempre assittato dintra la machina ristò! Nìvuro non era, ecco».

«Ah, no? Era uno come noi?».

«Sissi, commissario. Ma lo sapi distinguere vossia un tunisino da un siciliano? Una vota a mia capitò che...».

«Quante ambulanze avete?» tagliò il commissario.

«Quattro, ma non abbastano cchiù. E mancano i piccioli per accattarne almeno almeno un'altra».

«Quanti uomini ci sono a bordo quando l'ambulanza fa servizio?».

«Due. C'è scarsizza di pirsonale. Un infirmeri e uno che guida e aiuta».

«Lei li conosce?».

«Ca certo, commissario».

Voleva spiargli dell'infirmeri sicco sicco e coi baffi, ma non lo fece, quella fìmmina parlava assà. Capace che subito doppo curriva dall'infirmeri dell'ambulanza e gli andava a dire che il commissario aviva spiato di lui.

«Ci andiamo a pigliare un cafè?».

«Sissi, commissario. Macari se io non dovrei busarne. Pinsassi che una vota che mi vippi quattro cafè di fila...».

Al commissariato l'aspittava Fazio, impaziente di ripigliare le ricerche sullo sconosciuto trovato morto in mare. Fazio era un cane che quanno puntava non mollava la punta fino a quanno non scugnava la serbaggina.

«Dottore, l'infermiere dell'ambulanza di nome fa Marzilla Gaetano».

E si fermò.

«Beh? Tutto qua?» spiò sorpreso Montalbano.

«Dottore, possiamo fare un patto?».

«Che patto?».

«Vossia mi lascia tanticchia sfogare col mio complesso dell'anagrafe, come lo chiama lei, e doppo le dico che cosa ho saputo su di lui».

«Patto fatto» disse il commissario rassegnato.

L'occhi di Fazio sbrilluccicarono di cuntintizza. Tirò fora dalla sacchetta un foglietto e principiò a leggiri.

«Marzilla Gaetano, nato a Montelusa il 6 ottobre 1960, fu Stefano e di Diblasi Antonia, residente a Montelusa, via Francesco Crispi 18. Sposato con Cappuccino Elisabetta, nata a Ribera il 14 febbraio 1963, fu Emanuele e di Ricottilli Eugenia la quale...».

«Basta così o ti sparo» disse Montalbano.

«Va bene, va bene. M'abbastò» fece Fazio soddisfatto rimettendosi il foglio in sacchetta.

«Allora, vogliamo parlare di cose serie?».

«Certo. Questo Marzilla, da quando si è diplomato infermiere, travaglia all'ospedale. Sua moglie ha avuto come dote dalla madre un modesto negozio di articoli da regalo, negozio che tre anni fa è stato distrutto da un incendio».

«Doloso?».

«Sì, ma non era assicurato. Corre voce che il negozio sia stato incendiato perché Marzilla si era a un certo punto stancato di pagare il pizzo. E lo sa che ha fatto Marzilla?».

«Fazio, questo tipo di domande mi fanno incazzare. Io non so una minchia, sei tu che devi farmi sapere le cose!».

«Marzilla ha capito la lezione e sicuramente si è messo in regola col pizzo. Sentendosi sicuro, ha accattato un magazzino attiguo al negozio e ha ingrandito e rinnovato tutto. A farla breve, si è cummigliato di debiti e dato che gli affari vanno male, le malelingue dicono che oramà è tenuto stritto al collo dagli usurai. Il povirazzo ora è costretto a circare piccioli a dritta e a manca come un disperato».

«Io a quest'omo devo assolutamente parlarci. E prima possibile» disse Montalbano doppo essersene per un pezzo restato mutanghero.

«E come facciamo? Certo che non possiamo arrestarlo!» fece Fazio.

«No, e chi parla d'arrestarlo? Però...».

«Però?».

«Se gli arrivasse all'orecchio...».

«Che cosa?».

«Nenti, mi passò un pinsèro. Tu lo sai l'indirizzo del negozio?».

«Certo, dottore. Via Palermo 34».

«Grazie. Tornatene alle tue scarpinate».

Nove

Nisciuto Fazio, stette tanticchia a pinsarisilla su quello che doviva fare fino a quanno non l'ebbe chiaro in testa. Chiamò Galluzzo.

«Senti, vai alla tipografia Bulone e fatti fare 'na poco di biglietti da visita».

«Miei?!» spiò Galluzzo strammato.

«Gallù, che ti metti a fare Catarella? Miei».

«E che ci devo fare scrivere?».

«L'essenziale. Dott. Salvo Montalbano e sotto Commissariato di Polizia di Vigàta. A mancina, in basso, ci fai mettere il nostro numero di telefono. Me ne bastano una decina».

«Dottore, dato che ci siamo...».

«Vuoi che me ne faccia fare una migliarata? Accussì mi ci posso tappezzare il cesso? Una decina bastano e superchiano. Li voglio su questa scrivania entro le quattro di oggi doppopranzo. Non sento ragioni. Corri, prima che chiudono».

Si era fatta l'ora di mangiare, le pirsone dovivano trovarsi a casa, quindi tanto valeva tentare.

«Brontu? Ghi balla?» fece una voce fimminina che minimo minimo viniva dal Burkina Faso.

«Il commissario Montalbano sono. C'è la signora Ingrid?».

«Tu speta».

Era oramà tradizione: quanno telefonava a Ingrid, rispondeva sempre una cammarera arrivata da pàisi introvabili persino sulla carta geografica.

«Ciao, Salvo. Che succede?».

«Avrei bisogno di un tuo piccolo aiuto. Oggi pomeriggio sei libera?».

«Sì, ho un impegno verso le sei».

«Mi basta. Ci possiamo vedere a Montelusa davanti al bar della Vittoria alle quattro e mezza?».

«Certo. A più tardi».

A Marinella, dintra al forno trovò una tenera e maliziosa pasta 'ncasciata (pativa di improprietà d'aggettivazione, non seppe definirla meglio) e se la scialò. Doppo si cangiò d'abito, si mise un doppiopetto grigio, camicia azzurrina, cravatta rossa. Doveva avere un aspetto tra l'impiegatizio e l'equivoco. Doppo ancora s'assittò sulla verandina e si pigliò il cafè fumandosi una sigaretta.

Prima di nesciri, circò un cappello virdastro tanticchia alla tirolese praticamente mai usato e un paro d'occhiali con le lenti non graduate che una volta gli erano sirbuti e non s'arricordava manco pirchì. Alle quattro, quanno tornò in ufficio, trovò sulla scrivania la scatolina con i biglietti da visita. Ne pigliò tri e se li mise nel portafoglio. Niscì nuovamente, raprì il bagagliaio della machina indovi teneva un impermeabile alla Bogart, l'indossò, si mise cappello e occhiali e partì.

A vidirisillo compariri davanti parato in quella manera, Ingrid ebbe una tale botta di risate che prima si mise a lacrimiare e doppo fu costretta a trasire nel bar per chiudersi nel gabinetto.

Ma quanno niscì dal bar, venne assugliata ancora dalla risata. Montalbano fece la faccia dura.

«Sali che non ho tempo da perdere».

Ingrid ubbidì, evidentemente facendo sforzi enormi per trattenere le risate.

«Tu lo conosci un negozio di articoli da regalo che si trova in via Palermo al numero 34?».

«No. Perché?».

«Perché dobbiamo andare proprio lì».

«A fare che?».

«A scegliere un regalo per una nostra amica che si sposa. E guarda che mi devi chiamare Emilio».

Ingrid parse scoppiare, letteralmente. La sua risata fu una specie di botto. Si pigliò la testa tra le mano e non si capiva se ridiva o chiangiva.

«Va bene, ti riporto a casa» fece il commissario 'nfuscato.

«No, no, aspetta un momento, dai».

Si soffiò il naso due volte, s'asciucò le lagrime.

«Dimmi che devo fare, Emilio».

Montalbano glielo spiegò.

L'insegna del negozio diceva: Cappuccino, scritto grosso, e sutta, a caratteri più piccoli, argenteria, regali, liste di nozze. Nelle vetrine, indubbiamente eleganti, erano esposti oggetti sparluccicanti di un gusto pacchiano. Montalbano tentò di raprire la porta, ma era chiusa. Scanto di rapine, evidentemente. Premette un pulsante e la porta venne aperta dall'interno. Dintra c'era solamente una fìmmina quarantina, minuta e ben vistuta, ma come inquartata a difesa, chiaramente nirbùsa.

«Buongiorno» disse senza manco fare il solito sorriso di benvenuto ai clienti. «Desiderano?».

Montalbano ebbe la cirtizza che fosse non una commissa, ma la signora Cappuccino in pirsona.

«Buongiorno» arrispunnì Ingrid. «C'è una nostra amica che si sposa e io ed Emilio vorremmo regalarle un piatto d'argento. Potrei vederne qualcuno?».

«Certo» fece la signora Cappuccino.

E principiò a tirare fora dalle scaffalature piatti d'argento, uno più disgustoso dell'altro, e a posarli sul banco. Intanto Montalbano si taliava torno torno «con evidente fare sospetto», come si scrive nei giornali e nei rapporti di polizia. Finalmente Ingrid lo chiamò.

«Vieni, Emilio».

Montalbano s'avvicinò e Ingrid gli fece vedere due piatti.

«Sono indecisa tra questi due. A te quale piace?».

Mentre faciva finta d'essere incerto, il commissario notò che la signora Cappuccino lo taliava di sottocchio appena poteva. Forse, come lui sperava, l'aviva raccanosciuto.

«Su, Emilio, deciditi» l'incoraggiò Ingrid.

E finalmente Montalbano s'addecise. Mentre la signora Cappuccino incartava il piatto, Ingrid sinni niscì con un'alzata d'ingegno.

«Emilio, guarda quant'è bella questa coppa! Non starebbe bene a casa nostra?».

Montalbano la fulminò con una taliata e disse qualichi cosa che non si capì.

«Dai, Emilio, compramela. Mi piace tanto!» insistette Ingrid con l'occhi sparluccicanti per lo sgherzo che gli stava facendo.

«La prende?» spiò la signora Cappuccino.

«Un'altra volta» fece risoluto il commissario.

Allora la signora Cappuccino si spostò alla cassa e principiò a battere lo scontrino. Montalbano tirò fora dalla sacchetta posteriore dei pantaloni il portafoglio, ma il portafoglio intoppò e lasciò cadere fora tutto il suo contenuto. Il commissario si calò a raccogliere soldi, carte, tessere varie.

Doppo si susì e col piede avvicinò alla base del mobile che reggeva la cassa uno dei tre biglietti da visita che aveva lasciato apposta 'n terra. La messinscena era stata perfetta. Niscirono.

«Sei stato proprio cattivo, Emilio, a non comprarmi la coppa!» fece fingendosi di malumore Ingrid appena furono in macchina. E doppo, cangiando tono:

«Sono stata brava?».

«Bravissima».

«E del piatto che ne facciamo?».

«Te lo tieni».

«E credi di cavartela così? Stasera andiamo a cena. Ti porto in un posto dove cucinano il pesce splendidamente».

Non era il caso. Montalbano era certo che il tiatro che aviva fatto avrebbe dato risultati subitanei, meglio starsene in ufficio.

«Possiamo fare domani sera?».

«D'accordo».

«Ah dottori dottori!» si lamentiò Catarella appena Montalbano trasì in commissariato.

«Che fu?».

«Tutto l'archivio mi passai, dottori. La vista mi persi, l'occhi mi fanno pupi pupi. Non c'è altrui che è assimigliante di simiglianza al morto natante. L'unico fu Errera. Dottori, non è possibile la possibilità che è propiamenti Errera?».

«Catarè, ma se da Cosenza ci hanno detto che Errera è morto e sepolto!».

«Va beni, dottori, ma non è possibili che il morto addivintò vivendi e appresso morse nuovamenti addivintando natante?».

«Catarè, vuoi farmi viniri 'u duluri di testa?».

«Dottori, 'nzamai! Che minni fazzo di queste fotorafie?».

«Lasciamele qua sul tavolo. Poi le diamo a Fazio».

Doppo un due orate di aspittatina a vacante gli principiò una botta di sonno irresistibile. Si fece largo tra le carte, appuiò le vrazza incrociate sulla scrivania, supra ci posò la testa e in un vidiri e svidiri si trovò addrummisciuto. Tanto profondamente che quanno squillò il telefono e raprì l'occhi, per qualche secondo non s'accapacitò di dove s'attrovava.

«Pronti, dottori. C'è uno che voli parlare con lei di pirsona pirsonalmente».

«Chi è?».

«Chisto è il busisilli, dottori. Il nomi suo di lui dice che non lo voli dire».

«Passamelo».

«Montalbano sono. Chi parla?».

«Commissario, lei oggi doppopranzo è venuto con una signora nel negozio di mia moglie».

«Io?!».

«Sissignore, lei».

«Scusi, mi vuol dire come si chiama?».

«No».

«Beh, allora arrivederci».

E riattaccò. Era una mossa pericolosa, capace che Marzilla aveva esaurito tutto il suo coraggio e non avrebbe trovato la forza di una nova telefonata. Invece si vede che Marzilla era così saldamente agganciato all'amo che gli aveva lanciato il commissario da ritelefonare quasi subito.

«Commissario, mi scusi per poco fa. Ma lei cerchi di capirmi. È venuto nel negozio di mia moglie la quale l'ha riconosciuta subito. Però lei si era travestito e si faceva chiamare Emilio. Inoltre mia moglie ha ritrovato un suo biglietto da visita che le era caduto. Lei ammetterà che c'è da essere nervosi».

«Perché?».

«Perché è chiaro che lei sta indagando su qualcosa che mi riguarda».

«Se è per questo, può stare tranquillo. Le indagini preliminari sono concluse».

«Ha detto che posso stare tranquillo?».

«Certamente. Almeno per stanotte».

Sentì il respiro di Marzilla fermarsi di colpo.

«Che... che viene a dire?».

«Che da domani passo alla seconda fase. Quella operativa».

«E... e cioè?».

«Sa come vanno queste cose, no? Arresti, fermi, interrogatori, pm, giornalisti...».

«Ma io in questa storia non c'entro!».

«Quale storia, scusi?».

«Ma... ma... ma... non so... la storia che... Ma allora perché è venuto nel negozio?».

«Ah, quello? Per accattare un regalo di nozze».

«Ma perché si faceva chiamare Emilio?».

«Alla signora che m'ha accompagnato piace chiamarmi così. Senta, Marzilla, è tardi. Me ne torno a casa a Marinella. Ci vediamo domani».

E riattaccò. Più carogna d'accussì? Ci scommetteva i cabasisi che al massimo dintra un'orata Marzilla avrebbe tuppiato alla porta. L'indirizzo se lo poteva procurare facilmente taliando l'elenco telefonico. Come aviva sospettato, nella storia capitata durante lo sbarco l'infirmeri ci stava calato fino al collo. Qualcuno doviva avergli ordinato di fare in modo che la fimmina coi tre picciliddri venisse carricata sull'ambulanza e doppo lasciata sulla porta del pronto soccorso dello spitali. E lui aviva obbedito.

Si mise in machina e partì con tutti i finestrini aperti. Aviva bisogno di sintirisi sulla faccia bona, sana aria di mare notturno.

Un'orata appresso, come aviva lucidamente previsto, una machina si fermò nello spiazzo davanti alla porta, uno sportello

sbattì, il campanello sonò. Andò a raprire. Era un Marzilla diverso da quello che aviva visto nel parcheggio dello spitale. La varba longa, aviva un'ariata di malatizzo.

«Mi scusi se...».

«L'aspettavo. S'accomodi».

Montalbano aviva deciso di cangiare tattica e Marzilla parse strammato dall'accoglienza. Trasì incerto, e più che assittarsi, s'accasciò sulla seggia che il commissario gli offriva.

«Parlo io» disse Montalbano. «Accussì perdiamo meno tempo».

L'omo fece una sorta di gesto di rassegnazione.

«L'altra sera, al porto, lei sapeva già che un'extracomunitaria con tre bambini, sbarcando, avrebbe fatto finta di cadere facendosi male a una gamba. Il suo compito era quello di stare lì con l'ambulanza pronta cercando di non farsi incastrare per un altro servizio e quindi avvicinarsi, diagnosticare la frattura della gamba, prima dell'arrivo del medico, caricare la donna e i tre bambini e quindi partirsene alla volta di Montelusa. È così? Risponda solo sì o no».

Marzilla arriniscì a rispunniri solo doppo avere agliuttuto ed essersi passato la lingua sulle labbra.

«Sì».

«Bene. Arrivato all'ospedale di San Gregorio lei doveva lasciare la donna e i bambini sulla porta del pronto soccorso senza accompagnarli dentro. E così ha fatto. Ha avuto anche la fortuna di essere chiamato d'urgenza a Scroglitti, il che le ha fornito una buona ragione per il suo modo d'agire. Risponda».

«Sì».

«L'autista dell'ambulanza è suo complice?».

«Sì. Io gli passo cento euro a volta».

«Quante volte l'ha fatto?».

«Due volte».

«E tutt'e due le volte con gli adulti c'erano dei bambini?».

Marzilla agliuttì due o tre volte prima d'arrispunniri.

«Sì».

«Durante questi viaggi dove sta seduto?».

«A seconda. Allato all'autista oppure dentro con quelli da portare».

«E nel viaggio che m'interessa dove stava?».

«Per un certo tratto davanti».

«E poi è passato darrè?».

Marzilla stava sudando, era in difficoltà.

«Sì».

«Perché?».

«Vorrei tanticchia d'acqua».

«No».

Marzilla lo taliò scantato.

«Se non vuole dirmelo lei, glielo dico io. Lei fu costretto a passare darrè pirchì uno dei picciliddri, quello di sei anni, il più granni, voliva scinniri a tutti i costi, voliva essiri lassato libero. È accussì?».

Marzilla fece 'nzinga di sì con la testa.

«Allora lei che ha fatto?».

L'infirmeri disse qualichi cosa a voce tanto vascia che il commissario, più che sintiri, intuì.

«Un'iniezione? Sonnifero?».

«No. Calmante».

«E chi lo teneva il picciliddro?».

«Sua madre. O quello che era».

«E gli altri picciliddri?».

«Piangevano».

«Macari il picciliddro al quale lei faciva l'iniezione?».

«No, lui no».

«Che faceva?».

«Si muzzicava a sangue le labbra».

Montalbano si susì con lintizza, nelle gambe si sintiva tutto un furmiculìo.

«Mi guardi, per favore».

L'infirmeri isò la testa e lo taliò. Il primo pagnittuni sulla guancia mancina fu di tale violenza da fargli firriare quasi completamente la testa, il secunno lo pigliò appena tornò a voltarsi e gli scugnò il naso facendogli nesciri un fiotto di sangue. L'omo non tentò manco d'asciucarisi, lassò che il sangue gli macchiasse la cammisa e la giacchetta. Montalbano s'assittò nuovamente.

«Mi sta allordando il pavimento. In fondo a destra c'è il bagno. Vada a lavarsi. Di fronte c'è la cucina, apra il frigorifero, ci dev'essere del ghiaccio. Del resto lei, oltre che a essere un torturatore di picciliddri, è macari un infirmeri e sa quello che deve fare».

Durante tutto il tempo che l'omo armiggiò in bagno e in cucina, Montalbano si sforzò di non pinsari alla scena che Marzilla gli aviva appena contata, a tutto quell'inferno condensato nel piccolo spazio dell'ambulanza, allo scanto di quell'occhi sbarracati sulla violenza...

Ed era stato lui a pigliare per mano quella criatura e a portarla verso l'orrore. Non ce la faceva a perdonarsi, era inutile ripetersi che lui anzi aviva creduto di agire per il meglio... non doviva pinsarci, non doviva lassarsi sopraffare dalla raggia se voleva continuare l'interrogatorio. Marzilla tornò. Aviva fatto una specie di sacchetto per il ghiazzo col suo fazzoletto e lo reggeva sul naso con una mano, la testa leggermente piegata all'indietro. S'assittò davanti al commissario senza dire né ai né bai.

«E ora le dico perché si è scantato tanto quando io sono venuto al negozio. Tu...».

Marzilla sussultò. Il brusco passaggio dal lei al tu fu per lui come una pistolettata.

«... tu sei venuto a sapere che quel picciliddro, quello al quale avevi fatto l'iniezione, l'hanno dovuto abbattere come si fa con una vestia serbaggia. È così?».

«Sì».

«E quindi ti sei scantato. Pirchì tu sei un delinquente da quattro soldi, un miserabile, una merda, ma non hai la forza di essere complice in un assassinio. Come l'hai saputo, e cioè che il picciliddro col quale avevi avuto a che fare era lo stesso che hanno scrafazzato con l'automobile, me lo dici dopo. Ora parla tu. E ti risparmio tanticchia di sciato dicendoti che so che tu sei cummigliato dai debiti e che hai bisogno di soldi, e tanti, per pagare gli strozzini. Continua».

Marzilla attaccò a contare. I due pagnittuna del commissario dovivano averlo intronato, ma gli avivano macari calmato in parte l'agitazione, oramà quello che era fatto era fatto.

«Quando le banche non mi vollero più fare credito, per non perdere tutto, domandai in giro a chi mi potevo rivolgere per avere una mano d'aiuto. Mi fecero un nome e io ci andai. E così principiò una rovina peggio del fallimento. Quello i soldi me li prestò, ma a un interesse che persino mi vrigogno a dirglielo. Tirai avanti per un pezzo, e poi non ce la feci più. Allora questo signore, cosa che capitò un due mesi fa, mi fece una proposta».

«Dimmi il nome».

Marzilla scosse la testa che teneva ancora calata narrè.

«Mi scanto, commissario. È capace di fare ammazzare a mia e a mè mogliere».

«Va bene, vai avanti. Che proposta ti fece?».

«Mi disse che aveva bisogno d'aiutare qualche famiglia di extracomunitari a riunirsi qua da noi. Si dava il caso che i mariti avevano trovato lavoro, ma dato che erano clandestini, non potevano far venire mogli e figli. In cangio del mio aiuto, mi avrebbe abbuonato una parte dell'interesse».

«Una percentuale fissa?».

«No, commissario. Se ne doveva parlare di volta in volta».

«Come faceva ad avvertirti?».

«Mi telefonava il giorno avanti lo sbarco. Mi descriveva chi avrebbe fatto in modo di farsi caricare sull'ambulanza. La prima volta tutto andò liscio, era un'anziana con due picciliddri. La seconda volta invece capitò quello che le dissi, che il picciliddro più grande s'arribellò».

Marzilla si fermò, tirò un sospiro funnuto.

«Mi deve credere, commissario. Non ci dormii. Avevo davanti agli occhi la scena, la fìmmina che lo teneva, io con la siringa, gli altri picciliddri che piangevano, e non arrinisciva a pigliare sonno. L'altra mattina andai a trovare questo signore, erano le dieci circa, per concordare la percentuale da abbuonare. E lui mi disse che stavolta non mi avrebbe scalato niente, l'affare era andato storto, la merce era avariata. Disse proprio così. E mi liquidò facendomi sapere che avrei potuto recuperare dato che c'era in vista un nuovo arrivo. Tornai a casa avvilito. Poi sentii al telegiornale che un picciliddro extracomunitario era stato

114

ammazzato da un pirata della strada. E fu allora che capii che intendeva forse dire quel signore dicendo che la merce era avariata. Poi arrivò lei nel negozio, e già prima all'ospedale aveva spiato... insomma, mi feci persuaso che dovevo a tutti i costi tirarmi fora».

Montalbano si susì, niscì sulla verandina. Il mare si sentiva appena, come il respiro di un picciliddro. Ci stette tanticchia e doppo tornò dintra, assittandosi.

«Senti. Tu il nome di questo, si fa per dire, signore, non vuoi farmelo conoscere...».

«Non è che non voglio, non posso!» gridò quasi l'infirmere.

«Va bene, stai calmo, non ti agitare, masannò ti nesce nuovamente il sangue dal naso. Facciamo un patto».

«Che patto?».

«Tu lo capisci che io posso mandarti in galera?».

«Sì».

«E sarebbe la tua rovina. Perdi il posto all'ospedale e tua mogliere si deve vendere il negozio».

«L'ho capito».

«Allora, se ti resta ancora tanticchia di ciriveddro in testa, tu devi fare solo una cosa. Avvertirmi subito appena quello ti telefona. E basta. A tutto il resto ci pensiamo noi».

«E a me mi tiene fuori?».

«Questo non posso garantirtelo. Ma posso limitare i danni. Hai la mia parola. E ora levati dai cabasisi».

«Grazie» fece Marzilla susendosi e avviandosi verso la porta con le gambe di ricotta.

«Non c'è di che» ricambiò Montalbano.

Non si corcò subito. Trovò una mezza bottiglia di whisky e se l'andò a scolare sulla verandina. E prima di dare un sorso, ogni volta alzava la bottiglia in aria. Un brindisi a un piccolo guerriero che aveva combattuto fino a quando aveva potuto, ma non ce l'aveva fatta.

Dieci

Matinata vintusa e fitusa, sole splapito e spisso cummigliato da veloci nuvolastre grigioscure: bastava e superchiava per mettere il carrico da undici all'umore già di per sé nìvuro del commissario. Andò in cucina, si priparò il cafè, se ne vippi una prima tazzina, si fumò una sigaretta, fece quello che doviva fare, s'infilò sotto la doccia, si tagliò la varba, si rivestì con l'istisso abito che portava da dù jorna. Prima di nesciri, tornò in cucina con l'intinzioni di pigliarisi un altro cafè, ma arriniscì a riempire solo mezza tazza pirchì l'altra mezza se la rovesciò supra i pantaloni. Improvvisamente la mano, di sua iniziativa, gli aviva fatto uno scarto. Un altro signali di vicchiaia prossima ventura? Santianno come a un plotone di turchi messi in fila, si spogliò lasciando il vestito supra una seggia perché Adelina glielo puliziasse e glielo stirasse. Dalle sacchette tirò fora tutte le cose che contenevano per trasferirle nel vestito che si sarebbe messo e con sorpresa scoprì nel mucchietto una busta chiusa. La taliò imparpagliato. Da dove spuntava? Doppo s'arricordò: era la littra che Catarella gli aveva consegnato dicendo che l'aviva portata il giornalista Ponzio Pilato. Il suo primo moto fu quello di ittarla nella munnizza, ma invece, vai a sapiri pirchì, decise di leggerla, tanto avrebbe potuto sempre non rispondere. L'occhi gli corsero alla firma: Sozio Melato, facilmente traducibile in Ponzio Pilato secondo il linguaggio catarellesco. Era brevissima, e questo costituiva già un punto a favore di chi l'aveva scritta.

Caro commissario Montalbano,
sono un giornalista che non appartiene stabilmente a nessuna grossa testata, ma che collabora e continua a collaborare a quotidiani e riviste.

116

Un free-lance, come si usa dire. Ho fatto delle inchieste abbastanza importanti sulla mafia del Brenta, sul contrabbando d'armi dai paesi dell'est e, da qualche tempo, mi dedico a un particolare aspetto dell'immigrazione clandestina nell'Adriatico e nel Mediterraneo.

L'altra sera l'ho intravista sulla banchina del porto durante uno dei consueti arrivi di clandestini. La conosco di fama e ho pensato che forse ci sarebbe reciprocamente utile uno scambio d'opinioni (non un'intervista, per carità: so che lei le detesta).

Le scrivo in calce il numero del mio cellulare.

Mi tratterrò nell'isola ancora due giorni.

Mi creda, suo Sozio Melato.

Il tono asciutto di quelle parole gli piacì. Decise che avrebbe chiamato il giornalista, sempre che quello fosse ancora nei paraggi, appena arrivato in ufficio. Andò a circarsi un altro vistito.

La prima cosa che fece, trasenno in commissariato, fu di chiamare Catarella alla prisenza di Mimì Augello.

«Catarella, stammi a sentire con attenzione estrema. Deve telefonarmi un certo Marzilla. Appena telefona...».

«Scusasse, dottori» l'interruppe Catarella. «Comu disse che fa di nomu questo Marzilla? Cardilla?».

Montalbano si sentì rassicurato. Se Catarella ripigliava a ripetere i nomi a minchia, veniva a dire che la fine del mondo era ancora lontana.

«Ma, beata vergine Maria, perché deve chiamarsi Cardilla se tu stesso l'hai chiamato ora ora Marzilla?!».

«Davero?» fece esterrefatto Catarella. «Ma allura com'è che si chiama stu biniditto omo?».

Il commissario pigliò un foglio di carta, ci scrisse a caratteri cubitali con un pennarello rosso MARZILLA e lo pruì a Catarella.

«Leggi».

Catarella lo liggì giusto.

«Benissimo» fece Montalbano. «Questo foglietto l'impicchi allato al centralino. Appena chiama, tu mi devi mettere in comunicazione con lui, sia che io mi trovi qua sia che mi trovi in Afganistan. D'accordo?».

«Sissi, dottori. Andasse tranquillo in Agfastan che io ci lo passo».

«Perché m'hai fatto assistere a questa scenetta d'avanspettacolo?» spiò Augello quanno Catarella sinni niscì.

«Perché tu, tre volte al matino e tre volte nel doppopranzo, devi domandare a Catarella se ha telefonato Marzilla».

«Si può sapere chi è questo Marzilla?».

«Te lo dirò se sei stato bravo con papà e hai fatto i compiti».

Per tutto il resto della matinata, non capitò nenti di nenti. O almeno successero cose di normale amministrazione: una richiesta d'intervento per una violenta azzuffatina familiare che si trasformò in aggressione, da parte di tutta la famiglia di colpo ricompattata, contro Gallo e Galluzzo colpevoli di cercare di mettere pace; la denunzia del vicesindaco, giarno come un morto, che aviva trovato un coniglio scannato appiso alla porta di casa; la sparatoria, da parte degli occupanti di una macchina in corsa, contro un tale fermo a un distributore di benzina il quale era rimasto illeso e quindi, risalito nella sua auto, si era velocemente dileguato nel nulla senza che il benzinaro avesse avuto il tempo di pigliare il numero di targa; la quasi quotidiana rapina a un supermercato. Il cellulare del giornalista Melato risultò pervicacemente astutato. Insomma: Montalbano se non si stuffò, picca ci mancò. Si ripagò alla trattoria «da Enzo».

Verso le quattro del doppopranzo si fece vivo Fazio per telefono. Chiamava col cellulare da Spigonella.

«Dottore? Ho qualche novità».

«Dimmi».

«Almeno due persone di qua credono di avere visto il morto che lei trovò, l'hanno riconosciuto nella fotografia coi baffi».

«Sanno come si chiama?».

«No».

«Abitava lì?».

«Non lo sanno».

«Sanno che ci faceva da quelle parti?».

118

«No».

«E che minchia sanno?».

Fazio preferì non rispondere direttamente.

«Dottore, non può venire qua? Così si rende conto di persona della situazione. Può fare o la litoranea, che però è sempre traficata, o può passare da Montechiaro, pigliare la...».

«Questa strada la conosco».

La strada che aveva fatto quanno era andato a vidiri il posto dove era stato ammazzato il picciliddro. Telefonò a Ingrid con la quale doveva andare a cena. La svidisa si scusò immediatamente: non potevano vedersi perché suo marito aveva, a sua insaputa, invitato degli amici e lei avrebbe dovuto perciò recitare la parte della padrona di casa. Si misero d'accordo che lei sarebbe passata dal commissariato verso le otto e mezzo della sira appresso. Se lui non c'era, lei avrebbe aspittato. Riprovò col giornalista e stavolta Sozio Melato arrispunnì.

«Commissario! Pensavo non mi avrebbe più chiamato!».

«Senta, possiamo vederci?».

«Quando?».

«Anche subito, se vuole».

«Mi verrebbe difficile. Son dovuto correre a Trieste, ho passato l'intera giornata tra aeroporti e aerei in ritardo. Fortunatamente, mamma non stava così male quanto mia sorella aveva voluto farmi credere».

«Mi fa piacere. Allora?».

«Facciamo così. Se tutto va bene, spero domattina di prendere un aereo per Roma e poi proseguire. Le farò sapere».

Passata Montechiaro e pigliata la strata per Spigonella, a un certo momento si venne a trovare davanti al bivio per Tricase. Esitò un attimo, poi s'addecise: al massimo avrebbe perso una decina di minuti. Passò la curva: il viddrano non era a travagliare nel suo campo, manco l'abbaiare di un cane rompeva il silenzio. Alla base della montagnola di pirciale, il mazzetto di sciuri di campo era già appassito.

Dovette impiegare tutta la sua scarsa abilità per fare marcia indietro su quella terremotata ex trazzera e ritornare verso Spigonella. Fazio l'aspittava addritta allato alla sò machina, ferma davanti a una villetta bianca e rossa, a due piani, evidentemente disabitata. Il rumore del mare agitato arrivava forte.

«Da questa villetta comincia Spigonella» disse Fazio. «È meglio che lei venga in macchina con me».

Montalbano acchianò e Fazio, mettendo in moto, principiò a fargli da guida.

«Spigonella sta su un altipiano roccioso, per arrivare al mare bisogna salire e scendere gradini scavati nella pietra, una cosa che d'estate deve far venire l'infarto. Il mare lo si può raggiungere macari con la macchina, ma bisogna fare la strada che lei ha fatto, deviare verso Tricase e da lì tornare verso qua. Mi spiegai?».

«Sì».

«Tricase invece è proprio a ripa di mare, ma è abitata diverso».

«In che senso?».

«Nel senso che qua, a Spigonella, si sono fatta la villa gente che ha i soldi, avvocati, medici, commercianti, mentre a Tricase ci sono casuzze una appresso all'altra, tutte abitate da gente minuta».

«Ma tanto le ville quanto le casuzze sono tutte abusive, no?».

«Certamente, dottore. Volevo solo dire che qua ogni villa è a parte, non lo vede lei stesso? Muri altissimi di recinzione, cancellate che hanno darrè piante fitte... Difficile vidiri da fora quello che succede dintra. Mentre a Tricase le casuzze si danno cunfidenza, pare che parlano tra loro».

«Sei diventato poeta?» spiò Montalbano.

Fazio arrussicò.

«Ogni tanto mi capita» confessò.

Ora erano arrivati all'orlo dell'altipiano. Scinnero dalla machina. Sotto lo sbalanco, il mare diventava bianco di spuma sbattendo contro un gruppo di scogli, tanticchia più in là aveva completamente invaso una spiaggetta. Era una riva insolita, alternava tratti irti di scogli ad altri piatti di sabbia. Una villa solitaria era stata costruita proprio in pizzo in pizzo a un piccolo promontorio. Il suo grandissimo terrazzo stava addirittura come sospeso sul mare. Il tratto di costa sottostante era un ammasso di alti scogli, quasi dei faraglioni, ma era stato, come sempre abusivamente, recintato per ricavarne uno spazio privato. Non c'era altro da vedere. Si rimisero in macchina.

«Ora la porto a parlare con uno che…».

«No» disse il commissario. «È inutile, mi conti tu quello che ti hanno detto. Torniamo indietro».

Durante tutto il tragitto d'andata e durante tutto il tragitto di ritorno, non incontrarono un'automobile qualisisiasi. E manco ce n'erano parcheggiate.

Davanti a una villa decisamente lussuosa, assittato su una seggia di paglia, c'era un omo che fumava un sicarro.

«Questo signore» fece Fazio «è uno dei due che hanno detto d'avere visto l'omo della foto. Fa il guardiano. Mi contò che un tre mesi fa, mentre sinni stava assittato accussì com'era ora, vitti arrivari dalla mano manca un'automobile che marciava a sussulti. L'auto si fermò proprio davanti a lui e scinnì un omo, l'istisso della foto. Era restato in panne di benzina. Allora il guardiano si offrì di andargliene a prendere una tanica dal distributore che c'è sotto Montechiaro. Quando tornò, quell'uomo gli dette cento euro di mancia».

«Quindi non ha visto da dove veniva».

«No. E non l'aveva mai incontrato prima. Al secondo uomo che l'ha riconosciuto ho potuto parlare di prescia. Fa il pescatore. Aviva una cesta di pisci da andare a vendere a Montechiaro. Mi ha detto di avere visto l'omo della fotografia un tri-quattro misi passati, sulla spiaggia».

«Tre o quattro mesi fa? Ma eravamo in pieno inverno! Che ci faceva quello?».

«È la stessa cosa che si spiò il pescatore. Aveva appena tirato la barca a riva quanno vitti, supra allo scoglio vicino, l'omo della fotografia».

«Supra uno scoglio?».

«Sissignore. Uno scoglio di quelli che stanno sotto alla villa col grande terrazzo».

«E che faceva?».

«Nenti. Taliava il mare e parlava a un telefonino. Il piscatore vitti bene l'omo pirchì quello, a un certo punto, si voltò a taliarlo. Ebbe l'imprissione che l'omo sullo scoglio gli stava dicendo qualichi cosa con l'occhi».

«E cioè?».

«Levati subito dai cabasisi. Che faccio?».

«Non ho capito. Che devi fare?».

«Continuo a circari o mi fermo?».

«Bah, mi pare inutile farti perdere altro tempo. Torna a Vigàta».

Fazio sospirò sollevato. Quella ricerca gli era andata di traverso fin dal primo momento.

«E lei non viene?».

«Io ti vengo appresso, ma mi devo fermare tanticchia a Montechiaro».

Era una pura e semplici farfantaria, non aveva nenti da andare a fare a Montechiaro. Infatti per un pezzo seguì la macchina di Fazio, doppo, quanno la perse di vista, fece una curva a U e tornò narrè. Spigonella l'aviva 'mprissionato. Possibile che in tutto quell'agglomerato, macari se si era fora tempo, non c'era altra anima criata all'infora del guardiano che fumava il sicarro? Non aviva visto manco un cane opuro un gatto reso sarbaggisco dalla solitudine. Era il loco ideale per chi voliva venire a farsi i commodi sò, come portarsi ammucciuni una fìmmina, organizzare una bisca, un'orgetta, una sniffata colossale. Bastava fare accura a inserrare le finestre con le persiane in modo che da fora non trapelasse manco un filo di luce e nisciuno sarebbe stato capace di capire quello che stava succedendo dintra. Ogni villa aviva tanto spazio torno torno che sicuramente le machine potevano trasire e stare tutte all'interno della cancellata o del muro. Una volta chiuso il cancello era come se quelle machine non fossero mai arrivate. Mentre firriava con l'auto, gli venne un pinsèro improvviso. Frenò, scinnì, si mise a passiare assorto, ogni tanto dava piccoli cavuci a certe petruzze bianche che si trovavano sulla strata.

La lunga fuitina del picciliddro, iniziata sulla banchina del porto di Vigàta, era finita nelle vicinanze di Spigonella. E quasi certamente lontano da Spigonella stava scappando quanno era stato scrafazzato dall'automobile.

Il morto senza nome, che lui aviva attrovato natanno, a Spigonella era stato visto. E molto probabilmente a Spigonella era stato ammazzato. I due fatti pareva che caminavano paralleli e invece non doviva essere accussì. E gli tornò a mente la celebre espressione di un omo politico assassinato dalle BR, quella delle «convergenze parallele». Allora il punto ultimo della convergenza era proprio il paìsi fantasima di Spigonella? E perché no?

Ma da dove cominciare? Cercare di sapere i nomi dei proprietari delle ville? L'impresa gli parse di subito impossibile. Essendo quelle costruzioni tutte rigorosamente abusive era inutile andare al catasto o al municipio. Scoraggiato, s'appuiò a un palo della luce. Appena toccò con le spalle il ligno del palo, se ne scostò come se avesse pigliato la scossa. La luce, certo! Tutte le ville dovevano essere dotate di energia elettrica e quindi i proprietari avevano fatto richiesta firmata di allacciamento! Fu un entusiasmo di breve durata. Prevedeva la risposta della società: le bollette relative a Spigonella, non esistendo a Spigonella vie con nome e numero civico e non esistendo in definitiva nemmeno Spigonella, venivano inviate agli indirizzi abituali dei proprietari. La cernita di questi proprietari sarebbe stata operazione certamente longa e difficoltosa. E se Montalbano si fosse spinto a spiare quanto longa, la risposta sarebbe stata d'una vaghezza quasi poetica. E provare con la società dei telefoni? Ma via!

A parte che la risposta della società dei telefoni avrebbe avuto molti punti di contatto con quella data dalla società dell'energia elettrica, come la metteva con i telefonini? E del resto uno dei testimoni, il piscatori, non aviva riferito che il morto anonimo quanno lui lo vitti stava proprio a parlare con un cellulare? Nenti, dove si voltava voltava, sbattiva contro a un muro. Gli venne di fari una pinsata. Acchianò in machina, mise in moto e partì. Non gli fu facile trovari la strata, due o tre volte

123

passò e ripassò davanti alla stessa villa, doppo, finalmente, in lontananza vitti quello che circava. Il guardiano stava sempre assittato supra la stessa seggia di paglia, il sicarro astutato in bocca. Montalbano fermò, scinnì, gli si avvicinò.

«Buongiorno».

«Se a vossia ci pari bono... Bongiorno».

«Sono un commissario di polizia».

«L'accapii. Vossia passò con l'altro poliziotto, quello che mi fici vidiri la fotografia».

Occhio fino, il signor guardiano.

«Le volevo domandare una cosa».

«Facissi».

«Se ne vedono extracomunitari da queste parti?».

Il guardiano lo taliò ammammaloccuto.

«Extracomunitari? Signore mio, qua non si vidino né comunitari né extra. Qua si vidino solo quelli che ci abitano quanno che vengono. Extracomunitari! Bah!».

«Scusi, perché le pare tanto assurdo?».

«Pirchì qua, signore mio, ogni dù ore passa la machina della vigilanza privata. E quelli, se vidissero un extracomunitario, a forza di cavuci 'n culu lo rispedirebbero al pàisi sò!».

«E come mai oggi questi vigilanti non si vedono?».

«Pirchì oggi fanno mezza jornata di sciopiro».

«Grazie».

«No, grazie a lei ca mi fici passari tanticchia di tempo».

Si rimise in machina e ripartì. Ma arrivato all'altizza della villetta bianca e rossa davanti alla quale si era incontrato con Fazio, tornò narrè. Sapiva che non c'era nenti da scoprire, ma non arrinisciva ad allontanarsi da quel posto. Tornò a fermarsi sull'orlo dello sbalanco. Stava scurando. In controluce, la villa dal terrazzo grandissimo era spettrale. A malgrado delle costruzioni lussuose, degli alberi curatissimi che sormontavano le recinzioni, di tutto il verde che c'era in ogni parte, Spigonella era una terra disolata, tanto per citare Eliot. Certo, tutti i pàisi di mare, soprattutto quelli che campano di villeggianti, fora stascione parino morti. Ma Spigonella doviva essere già morta al momento

124

di nasciri. Nel suo principio c'era la sua fine, tanto per storpiare ancora Eliot. Stavolta, riacchianando in machina, se ne tornò davero a Vigàta.

«Catarè, si fece vivo Marzilla?».

«Nonsi, dottori. Lui non tilifonò, tilifonò invece Ponzio Pilato».

«Che disse?».

«Disse che domani non ci la fa a pigliare l'arioplano, ma doppodomani sì epperciò doppopranzo di doppodomani veni qua».

Trasì nel suo ufficio e manco s'assittò. Fece subito una telefonata. Voleva controllare se era possibile fare una cosa che gli era passata per la testa poco prima, mentre stava parcheggiando nel commissariato.

«Signora Albanese? Buonasera, come sta? Il commissario Montalbano sono. Mi sa dire a che ora rientra col peschereccio suo marito? Ah, oggi non è uscito. È a casa? Me lo può passare? Ciccio, come mai sei a casa? Una botta d'influenza? E ora come stai? Passato tutto? Bene, sono contento. Senti, ti volevo spiare una cosa... Come dici? Perché non vengo da voi a cena così ne parliamo di persona? Veramente non vorrei approfittare, portare fastidio alla tua signora... Che hai detto? Pasta cu 'a ricotta frisca? E per secondo fragaglia? Tra una mezzorata al massimo sono da voi».

Per tutta la durata della cena non arriniscì a parlare. Ogni tanto Ciccio Albanese si azzardava a spiare:

«Che mi voleva domandare, commissario?».

Ma Montalbano manco gli arrispunniva, roteava l'indice della mano mancina in quel gesto che viene a significare «dopo, dopo». Pirchì o aveva la vucca china o non la voleva raprire nello scanto che l'aria, trasendogli dintra, gli portasse via il sapore gelosamente custodito tra lingua e palato.

Quanno arrivò il cafè, si decise a parlare di quello che voleva, ma solo doppo essersi complimentato con la mogliere di Albanese per la sò cucina.

«Avevi ragione tu, Ciccio. Il morto è stato visto un tre mesi fa a Spigonella. Le cose devono essere andate come dicevi:

125

l'hanno ammazzato e poi gettato in acqua a Spigonella o nei paraggi. Sei proprio bravo come dicono tutti».

Ciccio Albanese incassò l'elogio senza fare un biz, come cosa dovuta.

«E in che la posso serbire ancora?» si limitò a spiare.

Montalbano glielo disse. Albanese stette a pinsarci supra tanticchia, doppo s'arrivolse alla mogliere.

«Lo sai se Tanino è a Montelusa o a Palermo?».

«Stamatina mè soro mi disse che era ccà».

Prima di telefonare a Montelusa, Albanese si sentì in dovere di spiegare.

«Tanino è figlio di una soro di mè mogliere. Studia liggi a Palermo. Sò patre ha una casuzza a Tricase e Tanino ci va spisso. Ha un gommone e gli piaci fari il sub».

La telefonata non durò più di cinco minuti.

«Dumani a matina alle otto Tanino l'aspetta. E ora ci spiego comu ci si arriva».

«Fazio? Scusami se ti disturbo a quest'ora. Mi pare di avere visto, l'altro giorno, uno dei nostri con una piccola telecamera che...».

«Sissi, dottore. Era Torrisi. Se l'era appena accattata, gliela aveva venduta Torretta».

E figurati! Torretta doveva avere traslocato il bazar di Zanzibar allocandolo nel commissariato di Vigàta!

«Mandami Torrisi subito a Marinella, con la telecamera e tutto quello che serve a farla funzionare».

Undici

Quanno raprì la persiana, gli venne 'u cori. La matinata s'appresentava felice d'essere quella che era, viva di luce e colori. Sotto la doccia Montalbano si provò persino a cantare, come faciva di rado, ma essendo tanticchia stonato, si limitò a murmuriare il motivo. Non era in ritardo, ma s'addunò che faciva le cose di prescia, era impaziente di lasciare Marinella per Tricase. Tant'è vero che in machina, a un certo momento, si rese conto che stava guidando troppo veloce. Al bivio Spigonella-Tricase girò a mancina e doppo la solita curva si trovò all'altizza della montagnola di pirciale. Il mazzetto di sciuri non c'era più, un operaio, con una pala, riempiva di pirciale una carriola. Tanticchia più avanti, altri due operai travagliavano alla strata. Tutto sparito di quel minimo che ricordava la morte e la vita del picciliddro, a quest'ora il corpicino doviva essere stato seppelluto, anonimo, nel cimitero di Montechiaro. Arrivato a Tricase seguì attentamente quello che gli aviva detto Ciccio Albanese e, quasi sulla riva, si venne a trovare davanti a una casuzza gialla. Sulla porta c'era un picciotto vintino, in pantaloncini e pedi nudi, dall'ariata simpatica. Un gommone si dondolava poco distante. Si strinsero le mano. Tanino taliò con una certa curiosità il commissario il quale solo in quel momento si rese conto d'essere parato come un vero turista: infatti, oltre alla telecamera che teneva in mano, portava a tracolla macari un binocolo.

«Possiamo andare?» fece il picciotto.

«Certo. Ma prima vorrei spogliarmi».

«Si accomodi».

Trasì nella casuzza e niscì in costume da bagno. Tanino chiuì a chiave la porta e acchianarono sul gommone. Solo allura il picciotto spiò:

«Dove dobbiamo andare?».

«Tuo zio non ti ha spiegato?».

«Mio zio mi ha solo detto di mettermi a disposizione».

«Voglio fare delle riprese della costa di Spigonella. Però non dobbiamo farci notare».

«Commissario, e chi ci deve notare? A Spigonella ora come ora non c'è anima viva!».

«Tu fai come ti dico».

Doppo manco una mezzorata che correvano, Tanino rallentò.

«Quelle laggiù sono le prime ville di Spigonella. Le va bene questa velocità?».

«Benissimo».

«Mi avvicino di più?».

«No».

Montalbano pigliò in mano la telecamera e, con orrore, si fece pirsuaso che non sapiva come usarla. Le istruzioni che la sira avanti gli aviva dato Torrisi erano come una pappetta informe nel suo ciriveddro.

«Matre santa! Tutto mi scordai!» gemette.

«Vuole che faccia io? A casa ne ho una eguale, so come usarla».

Cangiarono di posto, il commissario si mise al timone. Con una mano lo reggeva e con l'altra teneva il binocolo davanti all'occhi.

«E qua finisce Spigonella» disse a un certo momento Tanino voltandosi a taliare il commissario.

Montalbano non arrispunnì, pariva perso darrè un pinsèro. Il binocolo gli pinnuliava sul petto.

«Commissario?».

«Eh?».

«Ora che facciamo?».

«Torniamo indietro. Se possibile, un poco più vicini e meno veloci».

«È possibile».

«Un'altra cosa: quando siamo all'altezza della villa con la terrazza grande, puoi zumare su quella specie di faraglioni che ci sono sotto?».

128

Rifecero la passiata, si lasciarono Spigonella alle spalle.

«E ora?».

«Sei sicuro che le riprese sono venute bene?».

«La mano sul foco».

«Bene, allora torniamo. Lo sai a chi appartiene la villa col terrazzo?».

«Sissi. Se la fece fabbricare un americano, io dovevo ancora nascere».

«Un americano?!».

«Mi spiego meglio, un figlio di emigranti di Montechiaro. Lui ci è venuto qualche volta ai primi tempi, almeno così mi hanno detto. Poi non si è più visto. Correva voce che è stato arrestato».

«Da noi?».

«Nonsi, in America. Per contrabbando».

«Droga?».

«E sigarette. Dicono che c'è stato un periodo che l'americano, da qua, dirigeva tutto il traffico nel Mediterraneo».

«Tu l'hai vista da vicino la scogliera che c'è davanti?».

«Commissario, qua ognuno si fa i fatti sò».

«La villa è stata abitata di recente?».

«Di recente, no. L'anno scorso, sì».

«Quindi l'affittano?».

«Evidentemente».

«Se ne occupa un'agenzia?».

«Commissario, non ne so niente. Se vuole, posso informarmi».

«No, ti ringrazio, ti sei già disturbato abbastanza».

Arrivò sulla piazza di Montechiaro che il ralogio comunale batteva le undici e mezza. Fermò, scinnì e si avviò verso una porta a vetri sormontata dalla scritta «AGENZIA IMMOBILIARE». Dintra c'era solo una picciotteddra graziusa e gentile.

«No, dell'affitto di questa villa di cui lei parla non ci occupiamo noi».

«Sa chi se ne occupa?».

«No. Ma, vede, è difficile che i proprietari di queste ville di lusso, almeno dalle nostre parti, si rivolgano alle agenzie».

«E come fanno, allora?».

«Ma sa, è tutta gente ricca, si conoscono tra di loro... fanno circolare la voce nel loro ambiente...».

«Macari i delinquenti fanno circolare la voce nel loro ambiente» pinsò il commissario.

Intanto la picciotta lo taliava e taliava il binocolo, la telecamera.

«Lei è un turista?».

«Come l'ha indovinato?» fece Montalbano.

La passiata marina gli aviva fatto smorcare un pititto irresistibile, se lo sentiva tracimare dintra come un fiume in piena. Dirigere sulla trattoria «da Enzo» avrebbe significato andare a colpo sicuro, invece doveva correre il rischio di raprire il frigorifero o il forno di Marinella perché aviva necessità di vedere subito il materiale girato. Appena a casa, si precipitò a scoprire con una certa emozione quello che l'estro di Adelina gli aviva priparato: dintra al forno trovò un inatteso, quanto agognato, coniglio alla cacciatora. Mentre lo faciva quadiare, s'attaccò al telefono.

«Torrisi? Montalbano sono».

«Andò tutto bene, dottore?».

«Mi pare di sì. Puoi fare un salto da me tra un'orata?».

Quando uno mangia da solo si lascia andare a fare cose che mai s'azzarderebbe in compagnia. Qualcuno si mette a tavola in mutande, qualche altro sbafa corcato o assistimato davanti al televisore. Spisso e volentieri, il commissario mangiava con le mano. E accussì fece col coniglio alla cacciatora. Doppo dovette stare mezzora con le mano sotto il cannolo nel tentativo di puliziarle dal grasso e dall'untume. Sonarono alla porta. Andò a raprire, era Torrisi.

«Fammi vedere quello che è stato registrato».

«Commissario, si fa così, guardi. Si leva la scat e si...».

Parlando, eseguiva e Montalbano manco lo sentiva. Per queste cose era completamente negato. Sul televisore apparsero le prime immagini che Tanino aveva girato.

«Commissario» fece ammirativo Torrisi «ma lo sa che sono

immagini veramente belle? Lei è proprio bravo! Le è bastata una sola lezione teorica aieri sera e...».

«Beh» fece modesto Montalbano «non è stato difficile...».

Gli scogli sottostanti alla villa, nella ripresa fatta all'andata, apparivano disposti come i denti inferiori di una bocca, ma irregolari, uno più avanti e l'altro più indietro, uno più basso e uno più alto, uno messo di traverso e uno posizionato più regolarmente. Gli stessi scogli, ripresi durante il ritorno e con lo zoom, rivelavano la mancanza di un dente, un varco non molto largo certo, ma bastevole perché ci potesse passare un gommone o un piccolo motoscafo.

«Stoppa qui».

Montalbano studiò attentamente l'immagine. C'era qualichi cosa che non lo persuadeva in quel varco, era come se l'acqua del mare, al momento di trasire in quell'accesso, avesse un momento di esitazione. Pareva, a tratti, che volesse tornare narrè.

«Puoi ingrandire?».

«No, dottore».

Ora che Tanino non zumava più, si vedeva la ripidissima scala scavata nella roccia che dalla villa portava al porticciolo naturale formato dagli scogli.

«Torna indietro, per favore».

E stavolta vitti che un'alta rete metallica, saldata a pali di ferro infissi negli scogli, impediva a chiunque d'arrampicarsi sino a poter vedere quello che succedeva all'interno del porticciolo. E dunque non solo la villa era abusiva, ma abusivamente il litorale era stato interrotto: impossibile percorrerlo a piedi per tutta la sua lunghezza macari arrampicandosi sopra gli scogli, a un certo punto ci si trovava davanti a un insormontabile sbarramento di reti metalliche. E macari questa seconda volta non arriniscì a capire pirchì il mare si comportasse in quel modo strammo davanti al dente mancante.

«Va bene, grazie Torrisi. Puoi riprenderti la telecamera».

«Dottore» fece l'agente «un modo d'ingrandire l'immagine che la interessa ci sarebbe. Io piglio il fotogramma, lo stampo, lo passo a Catarella che col computer...».

«Va bene, va bene, fai tu» tagliò Montalbano.

«E ancora complimenti per le belle riprese» fece Torrisi niscenno.

«Grazie» disse il commissario.

E, da faccia stagnata come sapiva essiri in certe occasioni, Montalbano l'usurpatore manco arrussicò.

«Catarè, si è fatto vivo Marzilla?».

«Nonsi, dottori. Ah, ci voliva diri che stamatina arrivò una littra di posta priora per vossia pirsonalmenti».

La busta era comunissima, senza intestazioni. Il commissario la raprì e ne tirò fora un ritaglio di giornale. Taliò meglio dintra la busta, ma non c'era nient'altro. Si trattava di un breve articolo datato Cosenza, 11 marzo. Il titolo era «RITROVATO IL CORPO DEL LATITANTE ERRERA». E proseguiva:

Ieri, verso le sei del mattino, un pastore, tale Antonio Jacopino, che portava il suo gregge al pascolo, nell'attraversare la strada ferrata nei pressi di Paganello, scopriva con orrore resti umani disseminati lungo le rotaie. Dai primi rilievi della Polizia prontamente accorsa risultava evidente trattarsi di una disgrazia: l'uomo doveva essere scivolato dalla scarpata, resa viscida dalle recenti piogge, mentre sopraggiungeva il rapido delle 23 diretto a Cosenza. I macchinisti, interrogati, hanno dichiarato di non essersi accorti di niente. È stato possibile identificare la vittima dell'incidente attraverso i documenti che erano nel portafoglio e un anello matrimoniale. Si tratta di Ernesto Errera, già condannato dal Tribunale di Cosenza per rapina a mano armata e da qualche tempo datosi alla latitanza. Le ultime voci circolanti sul suo conto lo davano operante a Brindisi perché da qualche tempo aveva cominciato a interessarsi d'immigrazione clandestina in stretto contatto con la malavita albanese.

Tutto qua. Senza una firma, senza un rigo di spiegazione. Taliò il timbro postale: era di Cosenza. Ma che cavolo veniva a significare? Forse una spiegazione c'era: si trattava di una vendetta interna. Molto probabilmente il collega Vattiato aveva contato della malafiura fatta dal commissario Montalbano il quale gli aveva comunicato d'avere trovato a uno che invece risultava morto e sepolto. E qualcuno dei presenti, al quale evidentemente Vattiato stava sui cabasisi, gli aveva allora, ammucciuni, mandato il ritaglio. Perché quelle righe, se leggiute nel modo giusto, in qualche modo intaccavano le sicurezze di Vattiato. L'anonimo che aveva mandato il ritaglio in realtà poneva una sola, semplicissima domanda: se il morto dilaniato dal treno è stato riconosciuto come Ernesto Errera dai documenti d'identità e da un anello al dito, come si fa a essere assolutamente certi che quei resti siano proprio di Errera? E di conseguenza: non può essere stato lo stesso Errera ad ammazzare uno che lontanamente gli somigliava, mettergli il portafoglio in tasca, l'anello al dito e sistemarlo sui binari nel modo più acconcio perché il treno, passando, lo rendesse irriconoscibile? E perché l'avrebbe fatto? Ma qui la risposta era ovvia: per far terminare le ricerche di Polizia e Carabinieri su di lui e travagliare, con una certa tranquillità, a Brindisi. Ma queste considerazioni, una volta fatte, gli parsero troppo cosa di romanzo.

Chiamò Augello. Mimì arrivò con una faccia scurusa.

«Non stai bene?».

«Lasciami perdere, Salvo. Stanotte l'ho passata vigliante a dare adenzia a Beba. Questa gravidanza è difficile assà. Che volevi?».

«Un consiglio. Ma prima senti una cosa. Catarella!».

«Ai comandi, dottori!».

«Catarè, ripeti qua al dottor Augello l'ipotesi che hai fatto e detto a me su Errera».

Catarella fece la faccia d'importanza.

«Io ci dissi al signori dottori che forsi forsi era possibili che il morto addivintò vivendi e appresso morse nuovamenti addivintando natante».

«Grazie, Catarè. Puoi andare».

Mimì stava a taliarlo con la vucca aperta.

«Beh?» lo sollecitò Montalbano.

«Senti, Salvo. Fino a un momento fa pensavo che le tue dimissioni sarebbero state una tragedia per tutti noi, ma ora, considerato il tuo stato di salute mentale, penso che prima te ne vai, meglio è. Ma come?! Adesso ti metti a sentire le minchiate che passano per la testa di Catarella? Vivendi, morendi e natanti?».

133

Senza dire una parola, Montalbano gli allungò il ritaglio di giornale.

Mimì se lo liggì due volte. Doppo lo posò sulla scrivania.

«Secondo te che viene a significare?» spiò.

«Che qualcuno ha voluto avvertirmi che esiste la possibilità – remota, d'accordo – che il cadavere sepolto a Cosenza non sia quello di Ernesto Errera» fece Montalbano.

«Il pezzo che mi hai fatto leggere» disse Mimì «è stato scritto da un giornalista due o tre giorni dopo il ritrovamento dei resti. E non dice se i nostri colleghi di Cosenza hanno fatto altre e più serie ricerche per arrivare a una identificazione certa. Sicuramente l'avranno fatto. E se tu ti muovi, se ti catamini per saperne di più sulla facenna, rischi di cadere nel trainello che ti hanno preparato».

«Ma che dici?!».

«Hai un'idea su chi ti ha spedito il ritaglio?».

«Forse qualcuno della Questura di Cosenza che, sentendo Vattiato che mi sfotteva, ha voluto offrirmi...».

«Salvo, tu lo conosci a Vattiato?».

«Non bene. È un omo burbero che...».

«Io ci ho travagliato insieme prima di venire qua. È una carogna».

«Ma perché mi avrebbe mandato l'articolo?».

«Per stuzzicare la tua curiosità e invogliarti a fare altre domande su Errera. Così tutta la Questura di Cosenza può ridere alle tue spalle».

Montalbano si susì a mezzo dalla seggia, cercò tra le carte ittate alla sanfasò sulla scrivania, trovò la scheda e le foto di Errera.

«Talìale ancora una volta, Mimì».

Augello, tenendo nella mano mancina la scheda con la foto di Errera, con la mano dritta pigliò a una a una le ricostruzioni della faccia del morto e diligentemente le confrontò. Doppo scosse la testa.

«Mi dispiace, Salvo. Rimango del mio parere: si tratta di due persone diverse, anche se si assomigliano assai. Hai altro da dirmi?».

134

«No» fece brusco il commissario.

Augello s'irritò.

«Salvo, io sono già nirbùso per i fatti miei, non ti ci mettere macari tu».

«Spiegati meglio».

«Certo che mi spiego! Ti sei incazzato pirchì io continuo a sostenere che il tuo morto non è Errera. Ma lo sai che sei un personaggio? Ti devo dire di sì, che sono la stessa pirsona per farti piacere?».

E sinni niscì sbattendo la porta.

La quale porta, doppo manco cinque minuti, si raprì violentemente, urtò contro la parete e, per il contraccolpo, si richiuse.

«Mi scusasse, dottori» fece la voce di Catarella da darrè la porta.

Quindi il battente principiò a raprirsi lentissimamente fino a quanto bastò perché Catarella avesse lo spazio minimo per trasire.

«Dottori, ci portai quello che mi desi Torrisi che mi disse che l'intirissava di pirsona pirsonalmenti».

Era un'immagine molto ingrandita di un particolare della scogliera sotto la villa di Spigonella.

«Dottori, migliori d'accussì meglio non veni».

«Grazie, hai fatto un ottimo lavoro».

Gli bastò un'occhiata per capacitarsi d'avere visto giusto.

Dall'uno all'altro dei due alti scogli che formavano la stretta imboccatura del minuscolo porto naturale, massimo massimo tre centimetri sopra il pelo dell'acqua correva una linea dritta e scura contro la quale la risacca si rompeva. Doveva essere una sbarra di ferro manovrabile dall'interno della villa che impediva agli estranei l'accesso al porticciolo con un natante qualisisiasi. Questo poteva non significare niente di sospetto, massimo massimo veniva a dire che le visite improvvise via mare non erano gradite. Taliando meglio gli scogli notò su di essi, a un metro d'altizza dall'acqua, qualichi altra cosa che l'incuriosì. Taliò e ritaliò fino a quanno l'occhi gli fecero pupi pupi.

«Catarella!».

135

«Comandi, dottori!».

«Fatti prestare da Torretta una lente d'ingrandimento».

«Subito, dottori».

Ci aveva inzertato: Catarella infatti tornò con una grande lente che pruì al commissario.

«Grazie, puoi andare. E non lasciare la porta aperta».

Non gli piaceva farsi sorprendere da Mimì o da Fazio in un atteggiamento tipico di Sherlock Holmes.

Con la lente arriniscì a capire di cosa si trattava: erano due faretti che, addrumati quanno faciva scuro o in caso di scarsa visibilità, delimitavano con precisione l'imboccatura, evitando accussì a chi manovrava per trasire, il rischio di andare a sbattere sugli scogli. L'installazione di certo doveva essere stata fatta dal primo proprietario, l'americano contrabbandiere, al quale tutto quell'armamentario doveva essere stato utile assà; ma macari i successivi inquilini l'avevano tenuto funzionante. Restò a longo a ragionare. Lentamente principiava a farsi strata nella sò testa la pinsata che forse era necessario andarci a dare un'occhiata più da vicino, possibilmente venendo dalla parte di mare. E, soprattutto, andarci a taci maci, senza avvertire nisciuno.

Taliò il ralogio, Ingrid stava per arrivare. Cavò il portafoglio dalla sacchetta per controllare se aviva dinaro bastevole per la cena. In quel momento, sul vano della porta apparse Catarella affannato:

«Ah dottori! Fora c'è la signorina Inghirighid che l'aspetta!».

Ingrid volle che il commissario acchianasse nella sò machina.

«Con la tua non arriveremo mai e ce n'è strada da fare».

«Ma dove mi porti?».

«Vedrai. Una volta tanto puoi interrompere la monotonia dei tuoi piatti di pesce, no?».

Tra la parlantina di Ingrid e la velocità che la svidisa teneva, a Montalbano non parse di aviri caminato tanto quando la machina si fermò davanti a un casale in aperta campagna. Quello era veramente un ristorante o Ingrid si era sbagliata? La presenza di una decina di auto parcheggiate lo rassicurò. Appena trasuti, la svidisa salutò e venne salutata da tutti, era di casa. Il proprietario s'apprecipitò.

«Salvo, vuoi mangiare quello che mangio io?».

E accussì il commissario si godì un piatto di ditalini cu 'a ricotta, frisca e giustamente salata, con l'aggiunta di cacio picorino e pepe nìvuro. Piatto che chiamava a gran voce vino: richiesta che venne ampiamente esaudita. Per secondo si sbafò costi 'mbriachi, ossia coste di maiale annegate nel vino e nello stratto di pummadoro. Al momento di pagare il conto, il commissario aggiarniò: si era scordato il portafoglio sulla scrivania dell'ufficio. Pagò Ingrid. Quanno pigliarono la strata del ritorno, la machina ogni tanto faciva qualche giro di valzer. Davanti al commissariato, Montalbano pregò Ingrid di fermarsi, voleva recuperare il portafoglio.

«Vengo con te» fece la svidisa «non ho mai visto il posto dove lavori».

Trasirono nell'ufficio. Il commissario si avvicinò alla scrivania, Ingrid macari. Montalbano pigliò in mano il portafoglio e la svidisa inveci taliò le fotografie sul tavolino e ne pigliò in mano una.

«Perché tieni sulla scrivania le foto di Ninì?» spiò.

Dodici

Tutto si fermò per un attimo, per un attimo andò via macari il confuso sottofondo sonoro del mondo. Persino una mosca che stava decisamente puntando sul naso del commissario s'apparalizzò restando, le ali aperte, suspisa e ferma in aria. Non ricevendo risposta alla sua domanda, Ingrid isò l'occhi. Montalbano pariva una statua, stava col portafoglio infilato a mezzo nella sacchetta, la vucca spalancata e la taliava.

«Perché hai tutte queste foto di Ninì?» spiò nuovamente la svidisa pigliando in mano le altre che stavano sulla scrivania.

Una specie di libeccio furioso percorreva intanto a grandissima velocità tutti i giri e rigiri del cириveddro del commissario che non arriniscìva a ripigliarsi. Ma come?! Avivano circato dovunque, telefonato a Cosenza, spulciato l'archivio, interrogato possibili testimoni, esplorato Spigonella via terra e via mare nel tentativo di dare un nome al morto e ora se ne veniva Ingrid e, frisca come un quarto di pollo, lo chiamava persino con un diminutivo?

«Lo... co... co...».

Montalbano stava faticosamente articolando una domanda esclamativa «lo conosci?!» però Ingrid equivocò e l'interruppe.

«Lococo, appunto» disse. «Credo di avertene già parlato».

Vero era. Gliene aviva parlato quella sira che sulla verandina si erano scolata una bottiglia di whisky. Gli aveva detto che aviva avuto una storia con questo Lococo, ma che si erano lasciati perché... perché?

«Perché vi siete lasciati?».

«L'ho lasciato io. C'era qualcosa in lui che non mi faceva stare tranquilla, ero sempre in guardia... non riuscivo a rilassarmi... anche se non me ne dava motivo...».

«Aveva pretese... particolari?».

«A letto?».

«Sì».

Ingrid isò le spalle.

«Non più particolari di quelle di qualsiasi altro uomo».

Pirchì a quelle parole sentì un'assurda pungicatura di gilusia?

«E allora cos'era?».

«Guarda, Salvo, era una sensazione che non riesco a spiegare con le parole...».

«Cosa ti ha detto che faceva?».

«Era stato comandante di petroliere... Poi aveva ricevuto un'eredità... sostanzialmente non faceva niente».

«Come vi eravate conosciuti?».

Ingrid rise.

«Per caso. A un distributore di benzina. C'era la fila. Attaccammo discorso».

«Dove v'incontravate?».

«A Spigonella. Sai dov'è?».

«La conosco».

«Scusami, Salvo, ma mi stai facendo un interrogatorio?».

«Direi di sì».

«Perché?».

«Te lo spiego dopo».

«Ti dispiace se lo continuiamo in un altro posto?».

«Qui non ti va bene?».

«No. Qui dentro, mentre mi fai queste domande, mi sembri un altro».

«Come, un altro?».

«Sì, un estraneo, uno che non conosco. Possiamo andare a casa tua?».

«Come vuoi. Ma niente whisky. Almeno non prima d'avere finito».

«Agli ordini, signor commissario».

Andarono a Marinella ognuno con la propria machina e naturalmente la svidisa arrivò assà prima di lui.

Montalbano andò a raprire la porta finestra che dava sulla verandina.

139

La nuttata era dolcissima, forse tanticchia troppo. Aviva un sciauro misto di salsedine e di mentuccia. Il commissario respirò a fondo, i suoi polmoni se la scialarono.

«Ci mettiamo sulla verandina?» propose Ingrid.

«No, meglio dentro».

S'assittarono, l'uno di fronte all'altra, al tavolo di mangiare. La svidisa lo taliava e pareva perplessa. Il commissario si posò allato la busta con le fotografie di Lococo che si era portate dal commissariato.

«Posso sapere il perché di tutto questo interesse per Ninì?».

«No».

La svidisa ci restò male e Montalbano se ne addunò.

«Se te lo dicessi, molto probabilmente influenzerei le tue risposte. Mi hai detto che lo chiamavi Ninì. Diminutivo di Antonio?».

«No. Di Ernesto».

Era un caso? Quelli che si cangiavano generalità in genere conservavano le iniziali del nome e del cognome. Il fatto che tanto Lococo quanto Errera si chiamavano tutti e due Ernesto veniva a significare che erano la stissa pirsona? Meglio andarci piano, un pedi leva e l'altro metti.

«Era siciliano?».

«Non mi disse di dov'era. Solo una volta mi raccontò che si era sposato con una ragazza di Catanzaro e che la moglie era morta due anni dopo il matrimonio».

«Disse proprio Catanzaro?».

Ingrid parse esitare, tirò fora la punta della lingua.

«O forse Cosenza?».

Adorabili rughe le comparsero sulla fronte.

«Mi sono sbagliata. Disse proprio Cosenza».

E due! Il defunto signor Ernesto Lococo continuava a guadagnare punti di somiglianza con l'altrettanto defunto signor Ernesto Errera. Di scatto, Montalbano si susì e andò a baciare Ingrid all'angolo della bocca. Lei lo taliò ironica.

«Fai sempre così quando quelli che interroghi ti danno la risposta che volevi sentire?».

«Sì, soprattutto se sono mascoli. Dimmi una cosa: il tuo Ninì zoppicava?».

«Non sempre. Quando il tempo non era buono. Ma si notava appena».

Il dottor Pasquano aviva visto giusto. Solo che non si sapiva se macari Errera zuppiava o no.

«Quant'è durata la vostra storia?».

«Pochissimo, un mese e mezzo o poco più. Ma...».

«Ma?».

«È stata molto intensa».

Zac! Un'altra pungicata di gilusia immotivata.

«E quand'è finita?».

«Quasi due mesi fa».

Quindi poco prima che qualichiduno l'ammazzasse.

«Dimmi esattamente come hai fatto a lasciarlo».

«Io lo chiamai di mattina sul cellulare per avvertirlo che in serata sarei andata a trovarlo a Spigonella».

«Vi vedevate sempre di sera?».

«Di sera tardi, sì».

«Non andavate, che so, a un ristorante?».

«No. Fuori dalla villa di Spigonella non ci siamo mai incontrati. Pareva non volesse farsi vedere in giro, né con me né senza di me. E questa era un'altra cosa che mi turbava».

«Vai avanti».

«Dunque, lo chiamai per dirgli che sarei andata da lui quella sera. Ma lui mi rispose che proprio non potevamo vederci. Era arrivata una persona con la quale doveva parlare. Questo era già capitato due volte. Stabilimmo di vederci la sera dopo. Senonché io la sera dopo non ci andai. Di mia volontà».

«Ingrid, sinceramente non riesco a capire perché tu, di punto in bianco...».

«Salvo, provo a spiegarmi. Io arrivavo con la mia macchina. Trovavo il primo cancello aperto. Facevo la stradina privata che portava alla villa. Anche il secondo cancello era aperto. Mettevo la macchina in garage mentre Ninì, al buio, andava a chiudere i cancelli. Salivamo insieme la scala...».

«Quale scala?».

«La villa ha un piano terra e un primo piano, no? Al primo

piano, che era quello affittato da Ninì, si poteva salire da una scala esterna laterale».

«Fammi capire. Non aveva affittato tutta la villa?».

«No, solo il primo piano».

«E non c'era comunicazione tra il primo piano e il piano terra?».

«Sì. C'era, almeno così mi disse Ninì, una porta che dava su una scala interna. Ma le chiavi di quella porta ce l'aveva il padrone di casa».

«Quindi tu della villa conosci solo il primo piano?».

«Esattamente. Ti dicevo: salivamo la scala e andavamo direttamente in camera da letto. Ninì era un maniaco: ogni volta che accendevamo la luce in una camera si assicurava che non trapelasse all'esterno. Non solo le imposte erano chiuse, ma davanti a ogni finestra c'era una tenda pesante».

«Vai avanti».

«Ci spogliavamo e cominciavamo a fare l'amore. A lungo».

Zaaaaaaac. Non fu più pungicatura, ma coltellata vera e propria.

«Quella volta che non potei incontrarmi con lui, chissà perché cominciai a riflettere su quella storia. La prima cosa che notai fu che non mi era mai venuta voglia di dormire, di passare una notte con Ninì. Fumando la rituale sigaretta del dopo, io guardavo il soffitto, lui pure. Non parlavamo, non avevamo niente da dirci. Quelle sbarre alle finestre…».

«Ci sono le sbarre?».

«In tutte le finestre. Anche in quelle al piano terra. Quelle sbarre, che vedevo senza vederle al di là delle tende, mi davano la sensazione di essere in una specie di carcere… certe volte lui si alzava e andava a parlare alla radio…».

«Ma che dici?! Quale radio?».

«Era un radioamatore, così mi disse. Mi spiegò che la radio gli teneva molta compagnia quando navigava e che da allora… Aveva una grossa attrezzatura in salone».

«Hai sentito quello che diceva?».

«Sì, ma non capivo… Parlava spesso in arabo o una lingua simile. Io dopo un poco mi rivestivo e me ne andavo. Allora quel giorno ho cominciato a farmi delle domande e ho concluso che era una storia senza senso o che comunque era durata anche troppo. E non sono andata a trovarlo».

«Lui aveva il numero del tuo cellulare?».

«Sì».

«Ti telefonava?».

«Certo. Per avvertirmi di ritardare il mio arrivo o di anticiparlo».

«E non ti sei meravigliata del fatto che non ti abbia cercata dopo che non ti eri fatta vedere all'appuntamento?».

«Se devo essere sincera, sì. Ma dato che lui non mi telefonò, pensai che era meglio così».

«Senti, cerca di ricordare bene. Mentre stavi con lui, non hai mai sentito dei rumori nel resto della casa?».

«Che significa il resto della casa? Vuoi dire nelle altre stanze?».

«No, volevo dire il pianterreno».

«Che genere di rumori?».

«Mah, voci, suoni… una macchina in arrivo…».

«No. Il piano di sotto era disabitato».

«Gli telefonavano spesso?».

«Quando stavamo assieme, spegneva i cellulari».

«Quanti ne aveva?».

«Due. Uno era satellitare. Quando li riaccendeva, veniva chiamato quasi immediatamente».

«Parlava sempre in arabo o quello che era?».

«No, qualche volta in italiano. Ma in questo caso se ne andava in un'altra stanza. Del resto non è che a me importasse molto sapere quello che diceva».

«E che spiegazioni ti dava?».

«Di che?».

«Di tutte quelle telefonate».

«Perché avrebbe dovuto darmi spiegazioni?».

E macari questo era vero.

«Sai se aveva amici da queste parti?».

«Mai visti. Non credo. Non avere amicizie gli tornava comodo».

«Perché?».

«Una delle rare volte nelle quali mi parlò di sé, mi raccontò che nell'ultimo viaggio che aveva fatto la sua petroliera aveva provocato un grosso danno ecologico. C'era una causa in corso, la società armatrice l'aveva consigliato di sparire per un po'. E questo spiegava tutto, il suo starsene sempre a casa, la villa solitaria, eccetera».

Macari se prendiamo per vero tutto quello che ha contato a Ingrid – rifletté il commissario – non si riesce a capire perché Lococo-Errera abbia fatto la fine che ha fatto. Vogliamo pensare che il suo armatore, per non farlo testimoniare, abbia ordinato d'ammazzarlo? Ma via! Losche ragioni per quell'omicidio certamente esistevano, e la descrizione che Ingrid faceva di quell'omo non era quella di una pirsona che non ha nenti da ammucciare, ma le ragioni erano da cercare da altre parti.

«Credo di essermi meritata un po' di whisky, signor commissario» disse a questo punto Ingrid.

Montalbano si susì, andò a raprire l'armadietto. Fortunatamente Adelina aviva pinsato a fare rifornimento, c'era una bottiglia nova nova. Andò in cucina a pigliare due bicchieri, tornò, s'assittò, inchì a mità i bicchieri. Tutti e due lo vivivano liscio. Ingrid pigliò il suo, lo isò, taliò fissa il commissario.

«È morto, vero?».

«Sì».

«Assassinato. Altrimenti non te ne occuperesti tu».

Montalbano fece 'nzinga di sì con la testa.

«Quando è successo?».

«Credo che non ti abbia chiamato, dopo che tu non eri andata a trovarlo, perché non era più in condizione di farlo».

«Era già morto?».

«Non so se l'hanno ammazzato subito o l'hanno tenuto prima a lungo prigioniero».

«E... come?».

«L'hanno annegato».

«Tu come l'hai scoperto?».

«È lui che si è fatto scoprire».

«Non capisco».

144

«Ti ricordi che mi hai detto d'avermi visto in televisione nudo?».

«Sì».

«Il morto che ho incrociato nuotando era lui».

Solo allora Ingrid portò alle labbra il bicchiere e non le staccò fino a quando del whisky non ne rimase manco una goccia. Doppo si susì, andò alla verandina, niscì fora. Montalbano vippi il primo sorso e s'addrumò una sigaretta. La svidisa trasì, andò in bagno. Tornò con la faccia lavata, s'assittò nuovamente e nuovamente si inchì il bicchiere.

«Ci sono altre domande?».

«Ancora qualcuna. Nella villa di Spigonella c'è niente di tuo?».

«Non ho capito».

«Voglio dire: hai lasciato lì qualcosa?».

«Che avrei dovuto lasciare?».

«Che ne so? Biancheria di ricambio...».

«Mutandine?».

«Beh...».

«No, non c'è niente di mio. Ti ho detto che non ho mai provato il desiderio di passare una notte intera con lui. Perché me lo chiedi?».

«Perché prima o poi dovremo perquisire la villa».

«Vai tranquillo. Altre domande? Sono un poco stanca».

Montalbano tirò fora dalla busta le foto, le pruì a Ingrid.

«Qual è quella che gli somiglia di più?».

«Ma non sono sue fotografie?».

«Sono ricostruzioni al computer. La faccia del cadavere era ridotta assai male, irriconoscibile».

La svidisa le taliò. Doppo scelse quella coi baffi.

«Questa. Però...».

«Però?».

«Due cose non sono giuste. I baffi erano assai più lunghi, avevano un'altra forma, come dire, alla tartara...».

«E l'altra?».

«Il naso. Le narici erano più larghe».

Montalbano tirò fora dalla busta la scheda d'archivio.

«Come in questa foto?».

«Qui è proprio lui» disse Ingrid «anche se non ha i baffi».

Non c'era più alcun dubbio: Lococo ed Errera erano la stessa pirsona. La pazzesca teoria di Catarella si era rivelata concreta verità.

Montalbano si susì, porse le mano a Ingrid e la fece susiri. Quanno la svidisa fu addritta, l'abbrazzò.

«Grazie».

Ingrid lo taliò.

«Tutto qui?»

«Portiamoci bottiglia e bicchieri nella verandina» disse il commissario. «Ora comincia la ricreazione».

S'assistimarono sulla panchina vicini vicini. La notte ora sciaurava di salsedine, di mentuccia, di whisky e d'albicocca, che era propriamente il sciauro della pelle di Ingrid. Un miscuglio che manco un profumiere di razza avrebbe saputo inventare.

Non parlarono, soddisfatti di starsene accussì. Il terzo bicchiere la svidisa lo lassò a mità.

«Mi permetti di stendermi sul tuo letto?» murmuriò a un tratto.

«Non vuoi tornare a casa?».

«Non me la sento di guidare».

«Ti accompagno con la mia macchina. Poi domani...».

«Non voglio tornare a casa. Ma se a te proprio non va che resti qui, mi stendo solo pochi minuti. Poi me ne vado. D'accordo?».

«D'accordo».

Ingrid si susì, lo vasò sulla fronte, niscì dalla verandina. *Non voglio tornare a casa* – aveva detto. Che cosa rappresentava per Ingrid la casa sua e di suo marito? Forse un letto ancora più estraneo di quello dove in quel momento si era corcata? E se avesse avuto un figlio, la sua casa non gli sarebbe parsa diversa, più cavuda, più accogliente? Povera fìmmina! Quanta malinconia, quanta solitudine era capace d'ammucciare darrè la sua apparentemente superficiale gioia di vivere? Sentì dintra di sé montare una sensazione nuova verso Ingrid, un senso di struggente tenerezza. Vippi ancora qualche sorso di whisky e doppo, siccome cominciava a frisculiare, sinni trasì dintra con buttiglia e bicchieri. Dette un'occhiata alla càmmara di letto. Ingrid dormiva vistuta, si era solo levata le scarpe. S'assittò nuovamente al tavolo, voleva dare un'altra decina di minuti di sonno alla svidisa.

«Intanto facciamo un piccolo riassunto delle puntate precedenti» si disse.

Ernesto Errera è un delinquente abituale forse nato a Cosenza ma che comunque esercita da quelle parti. Ha un bel curriculum vitae che va dal furto con scasso alla rapina a mano armata. Ricercato, si butta latitante. E fino a questo punto, niente di diverso da centinara e centinara di altri sdilinquenti come lui. A un certo momento Errera ricompare a Brindisi.

Pare che abbia intrecciato ottimi rapporti con la malavita albanese e che ora si occupi di immigrazione clandestina. Come? In che veste? Non si sa.

La mattina dell'11 marzo dell'anno passato, un pastore delle parti di Cosenza scopre sui binari il corpo maciullato di un omo. Una disgrazia, il povirazzo è scivolato e non ha potuto scansarsi dal treno che sopraggiungeva. È ridotto tanto male che è possibile identificarlo solo dai documenti nel portafoglio e da un anello matrimoniale. La moglie lo fa seppellire nel camposanto di Cosenza. Passato qualche mese, Errera ricompare a Spigonella, in Sicilia. Solo che si fa chiamare Ernesto Lococo, vedovo, ex comandante di petroliere. Conduce una vita apparentemente solitaria, anche se ha frequenti contatti telefonici o addirittura attraverso una radio ricetrasmittente. Un brutto giorno qualcuno l'annega e lo tiene a marcire. Appresso, lo mette in acqua a navicare. E il catafero, navica che ti navica, va a incrociare proprio lui.

Domanda prima: che minchia era venuto a fare a Spigonella il signor Errera doppo essersi fatto passare ufficialmente per morto? Domanda seconda: chi e pirchì l'aveva reso non più ufficialmente ma concretamente cadavere?

Si era fatta l'ora di arrisbigliare a Ingrid. Trasì in càmmara di letto. La svidisa si era spogliata e si era infilata sutta il linzolo. Durmiva della bella. A Montalbano mancò il cori. Andò in bagno e appresso s'infilò macari lui sutta il linzolo adascio adascio. Subito gli arrivò alle nasche il sciauro d'albicocca della pelle di Ingrid, tanto forte che ebbe un leggerissimo giramento di testa. Chiuse l'occhi. Nel sonno Ingrid si cataminò, allungò una gamba, posò il suo polpaccio su quello di Montalbano. Doppo tanticchia, la svidisa s'assistimò meglio: ora era tutta la gamba a poggiare su di lui, a tenerlo imprigionato. Parole gli tornarono a mente, parole che aviva detto adolescente in una recita filodrammatica: *Ci sono... certe buone albicocche... si spaccano a metà, si premono con due dita, per lungo... come due labbra succhiose...*

Tutto vagnato di sudore, il commissario contò fino a deci, appresso, con una serie di movimenti quasi impercettibili, si liberò, scinnì dal letto e santianno si andò a corcare sul divano.

E che cavolo! Manco sant'Antonio ce l'avrebbe fatta!

Tredici

S'arrisbigliò tutto un duluri, da qualichi tempo durmiri sul divano veniva a significare che la matina appresso si susiva con l'ossa rotte. Supra il tavolino della càmmara di mangiare c'era un bigliettino di Ingrid.

«*Dormi come un angioletto e per non svegliarti vado a fare la doccia a casa mia. Ti bacio Ingrid. Chiamami*».

Stava per avviarsi verso il bagno che squillò il telefono. Taliò il ralogio: erano le otto scarse.

«Dottore, ho bisogno di vederla».

Non riconobbe la voce.

«Ma chi sei?».

«Marzilla, dottore».

«Vieni al commissariato».

«Nonsi, al commissariato no. Capace che mi vedono. La vengo a trovare, ora che è solo».

E come faciva a sapiri che prima era in compagnia e ora era solo? Stava a spiarlo ammucciato nelle vicinanze?

«Ma dove sei?».

«A Marinella, dottore. Quasi darrè la sua porta. Ho visto nesciri la fìmmina e le telefonai».

«Tra un minuto ti faccio entrare».

Si desi una rapita lavatina di faccia e andò a raprire. Marzilla stava addossato alla porta come se dovesse ripararsi da una pioggia che non c'era, trasì scostando il commissario. Al suo passaggio, una zaffata di sudore rancido colpì le nasche di Montalbano. Marzilla, addritta in mezzo alla càmmara, affannava che pareva avesse fatto una longa curruta, la faccia ancora più gialla, l'occhi spiritati, i capelli ritti.

«Sto morendo di scanto, dottore».

«Ci sarà uno sbarco?».

«Più di uno, contemporaneamente».

«Quando?».

«Dopodomani notti».

«Dove?».

«Non me lo dissero. Comunque mi hanno fatto sapere che sarà una cosa grossa che però non mi riguarda».

«Beh, allora perché sei scantato? Tanto tu non c'entri».

«Pirchì la pirsona che lei sa e che mi parlò di questo sbarco mi disse macari che io oggi devo darmi malato, devo restare a sua disposizione».

«Ti fece sapere quello che vuole?».

«Sissi. Stasira alle deci e mezza io, con una machina veloci che mi fanno trovare davanti alla casa, devo andare in un posto vicino a capo Russello, caricare delle persone e portarle dove uno di loro mi farà sapere».

«Quindi tu adesso non sai dove devi portarle».

«Nonsi, me lo dirà quando sarà acchianato in machina».

«A che ora l'hai ricevuta la telefonata?».

«Stamatina che manco erano le sei. Dottore, mi deve credere, ho cercato di rifiutarmi. Ho spiegato che fino a quando si trattava di travagliare con l'ambulanza... Ma non c'è stato verso. Mi ha detto e ripetuto che se io non ubbidivo o che se la facenna andava storta, mi faceva ammazzare».

E si mise a chiangiri crollando su una seggia. Un chianto che a Montalbano parse osceno, insopportabile. Quell'omo era una merda. Una merda trimolante come un budino. Doveva tenersi dalla voglia di satargli addosso, di cangiargli la faccia in un ammasso sanguinante di pelle, carne, ossa.

«Che devo fare, dottore? Che devo fare?».

Lo scanto gli faceva tirare fora una voce da galletto strangolato.

«Quello che ti hanno detto di fare. Però, appena ti portano la macchina sotto casa, mi devi far sapere marca, colore e, se possibile, targa. E ora levati dai cabasisi. Cchiù chiangi e cchiù mi veni gana di fracassarti a pidati le gengive».

Mai, manco se se lo vidiva davanti moribondo, gli avrebbe

pirdonato la gnizione al picciliddro dintra l'ambulanza. Marzilla si susì di scatto, atterrito, currì verso la porta.

«Aspetta. Prima spiegami il punto esatto dell'incontro».

Marzilla glielo spiegò. Montalbano non lo capì bene, ma siccome s'arricordò che Catarella gli aviva detto che un suo fratello abitava da quelle parti, si ripromise di spiarlo a lui. Doppo Marzilla disse:

«E vossia che intenzione ha?».

«Io? E che intenzione devo avere? Tu, stanotte, quando hai finito, mi telefoni e mi dici dove hai accompagnato queste persone e come sono fatte».

Stabilì – mentre si faciva la varba – di non informare nisciuno in commissariato di quello che gli aviva detto Marzilla. In fondo, quella sull'assassinio del picciliddro extracomunitario era un'indagine del tutto personale, un conto aperto che difficilmente, ne era pirsuaso, sarebbe arrinisciuto a chiudere. Sì, però almeno di una mano d'aiuto ne aviva di bisogno. Tra l'altro, Marzilla aviva contato che gli avrebbero fatto trovare davanti casa una macchina veloce. Il che veniva a significare che per lui, Montalbano, non era cosa. Date le sue ridotte attitudini alla guida, non ce l'avrebbe fatta a stare appresso a Marzilla che certamente si sarebbe messo a curriri. Gli venne un'idea, ma la scartò. Ostinata, l'idea gli tornò e lui con pari ostinazione la riscartò. L'idea assumò per la terza volta mentre si stava pigliando l'ultimo cafè prima di nesciri di casa. E questa volta cedette.

«Bronto? Ghi balla?».

«Il commissario Montalbano sono. C'è la signora?».

«Tu spetare, io vedere».

«Salvo! Che c'è?».

«Ho ancora bisogno di te».

«Ma sei insaziabile! Non ti è bastata la notte appena passata?» fece, maliziosa, Ingrid.

«No».

«Beh, se proprio non puoi resistere, arrivo subito».

«Non c'è bisogno che vieni ora. Se sei libera da altri impegni, puoi trovarti qua a Marinella verso le nove di stasera?».

«Sì».

«Senti, hai un'altra macchina?».

«Posso prendere quella di mio marito. Perché?».

«La tua dà troppo nell'occhio. Quella di tuo marito è veloce?».

«Sì».

«Allora a stasera. Grazie».

«Aspetta. In che veste?».

«Non ho capito».

«Ieri sera sono venuta da te come testimone. E stasera?».

«In veste di vicesceriffo. Ti darò la stella».

«Dottori, Marzilla non tilifonò!» fece Catarella scattando addritta.

«Grazie, Catarè. Ma stai sempre in campana, mi raccomando. Mi mandi il dottor Augello e Fazio?».

Come aveva deciso avrebbe parlato con loro solo degli sviluppi della facenna del morto natante. Il primo a trasire fu Mimì.

«Come sta Beba?».

«Meglio. Stanotte abbiamo potuto finalmente dormire tanticchia».

Appresso s'appresentò Fazio.

«Vi devo dire che, del tutto casualmente» attaccò il commissario «sono arrivato a dare un'identità al morto annegato. Tu, Fazio, sei stato bravo a scoprire che negli ultimi tempi era stato visto a Spigonella. Ci abitava. Aveva affittato la villa con un gran terrazzo sul mare. Te la ricordi, Fazio?».

«Certo».

«Diceva d'essere un comandante di petroliere e si faceva chiamare Ernesto, per gli amici Ninì, Lococo».

«Perché, come si chiamava veramente?» spiò Augello.

«Ernesto Errera».

«Madunnuzza santa!» fece Fazio.

«Come quello di Cosenza?» spiò ancora Mimì.

«Esattamente. Erano la stessa persona. Mi dispiace per te, Mimì, ma aveva ragione Catarella».

«Io vorrei sapere come ci sei arrivato tu a questa conclusione?» incalzò Augello, sostenuto.

Evidentemente la facenna non gli calava.

«Non ci sono arrivato io. È stata la mia amica Ingrid».

E contò loro tutta la storia. Quanno ebbe finito di parlare, Mimì si pigliò la testa tra le mani e ogni tanto la scuoteva.

«Gesù, Gesù» faciva a mezza voce.

«Perché ti meravigli tanto, Mimì?».

«Non mi meraviglio per la cosa in sé, ma per il fatto che Catarella, mentre noi ci rompevamo le corna, lui c'era arrivato da tempo, a questa precisa conclusione».

«Ma allora non hai mai capito chi è Catarella!» fece il commissario.

«No, chi è?».

«Catarella è un picciliddro, un bambino dentro al corpo di un omo. E perciò ragiona con la testa di uno che non ha manco sette anni».

«E con ciò?».

«Con ciò voglio dire che Catarella ha la fantasia, le alzate d'ingegno, le invenzioni di un picciliddro. Ed essendo picciliddro, queste sue cose le dice, senza ritegno. E spisso c'inzerta. Perché la realtà, vista con l'occhi nostri, è una cosa, mentre vista da un picciliddro è un'altra».

«In conclusione, ora che facciamo?» intervenne Fazio.

«Lo domando a voi» disse Montalbano.

«Dottore, se il dottore Augello me lo permette, piglio la parola. Voglio dire che la facenna non è tanto semplice. Ora come ora, questo morto ammazzato, Lococo o Errera non importa, non risulta da nisciuna parte ufficialmente come morto ammazzato, né presso la Questura né presso la Procura. Risulta essere uno annegato per disgrazia. Perciò mi domando e dico: a che titolo apriamo un fascicolo e continuiamo le indagini?».

Il commissario ci pinsò tanticchia.

«Facciamo quella della telefonata anonima» arrisolvette.

Augello e Fazio lo taliarono interrogativi.

«Funziona sempre. L'ho fatto altre volte, state tranquilli».

Pigliò dalla busta la foto di Errera coi baffi e la pruì a Fazio.

«Portala subito a "Retelibera", la devi dare manu cu manu a Nicolò Zito. Digli, a nome mio, che m'abbisogna un appello urgente col notiziario di stamatina. Deve dire che i familiari di Ernesto Lococo sono disperati perché non hanno sue notizie da oltre due mesi. Scappa».

Senza manco fare biz, Fazio si susì e niscì. Montalbano considerò Mimì attentamente come se si fosse addunato solo in quel momento che Augello era davanti a lui. Mimì, che conosceva quel tipo di taliata, si agitò sulla seggia a disagio.

«Salvo, che minchia ti sta passando per la testa?».

«Come sta Beba?».

Mimì lo taliò strammato.

«Me l'hai già domandato, Salvo. Sta meglio».

«Quindi è in grado di fare una telefonata».

«Certo. A chi?».

«Al pm, al dottor Tommaseo».

«E che gli deve dire?».

«Deve recitare una scena di tiatro. Una mezzorata doppo che Zito ha mandato in tv la fotografia, Beba deve fare una telefonata anonima, con voce isterica, al dottor Tommaseo dicendogli che lei ha visto quell'omo, l'ha perfettamente riconosciuto, di certo non si sbaglia».

«Come? Dove?» spiò urtato Mimì al quale la facenna di mettere in mezzo Beba proprio non quatrava.

«Ecco, deve contargli che un due mesi passati, mentre si trovava in macchina a Spigonella, ha visto quest'uomo mentre altri due lo massacravano di botte. A un certo momento l'uomo è riuscito a liberarsi dai due e ad avvicinarsi all'auto dove stava Beba, ma è stato nuovamente agguantato e portato via».

«E che ci faceva Beba in macchina?».

«Stava facendo cose vastase con uno».

«Ma va! Beba non lo dirà mai! E macari a mia scoccia!».

«E invece questo è fondamentale! Tu lo sai com'è fatto Tommaseo, no? In queste storie di sesso ci si pasce. Questa è l'esca giusta per lui, vedrai che abbocca. Anzi, se Beba si può inventare qualche particolare scabroso...».

«Ma sei nisciuto pazzo?».

«Una qualche cosuzza...».

«Salvo, tu hai una testa malata!».

154

«Ma pirchì t'incazzi? Io dicevo una fissaria qualsiasi, per esempio che dato che erano tutti e due nudi non sono riusciti a intervenire...».

«Va bene, va bene. E poi?».

«E poi quando Tommaseo ti telefona tu...».

«Scusa, perché dici che Tommaseo telefona a me e non a te?».

«Perché io oggi doppopranzo non ci sono. Tu devi dirgli che noi già abbiamo una traccia, perché la denunzia di scomparsa l'avevamo già ricevuta, e ci necessita un mandato di perquisizione in bianco».

«In bianco?!».

«Sissignore. Perché io questa villa di Spigonella so dove si trova, ma non so a chi appartiene e se ancora ci abita qualcuno. Sono stato chiaro?».

«Chiarissimo» fece Mimì di umore malo.

«Ah, un'altra cosa: fatti dare macari l'autorizzazione per intercettare le telefonate che fa o riceve Marzilla Gaetano che abita a Montelusa in via Francesco Crispi 18. Prima si mettono in ascolto meglio è».

«E che ci trase questo Marzilla?».

«Mimì, non ci trase in questa inchiesta. Mi può servire per una cosa che ho in mente. Ma ti rispondo con una frase fatta che ti farà felice: tento di pigliare due piccioni con una fava».

«Ma...».

«Mimì, se continui, io piglio quella fava che doveva servirmi per i piccioni e te la...».

«Ho capito, ho capito».

Fazio s'arricampò doppo manco un'orata.

«Fatto tutto. Zito manderà in onda la foto e l'appello col notiziario delle quattordici. La saluta».

E fece per andarsene.

«Aspetta».

Fazio si fermò, certo che il commissario avrebbe continuato dicendogli qualichi cosa. Invece Montalbano non parlò. Si limitava a squatrarlo. Fazio, che l'accanosceva, s'assittò. Il commissario continuò a squatrarlo. Ma Fazio sapiva benissimo che in

155

realtà quello non lo taliava: teneva sì l'occhi supra di lui, ma forse non lo vedeva pirchì aviva la testa persa chissà indovi. E difatti Montalbano andava spiandosi se non era il caso di farsi dare una mano d'aiuto da Fazio. Ma se gli avesse contato tutta la facenna del picciliddro extracomunitario, Fazio come l'avrebbe pigliata? Non avrebbe potuto rispondere che, a suo parere, si trattava di una fantasia del commissario, priva di qualsiasi fondamento? Forse però, contandogli la mezza messa, sarebbe arrinisciuto ad avere qualche informazione senza esporsi troppo.

«Senti, Fazio, tu sai se dalle parti nostre ci sono extracomunitari clandestini che travagliano in nero?».

Fazio non parse meravigliato della domanda.

«Ce ne sono tanti, dottore. Ma propriamente dalle parti nostre, no».

«E dove allora?».

«Dove ci sono serre, vigneti, pomodori, aranceti... Al nord l'impiegano nell'industria, qui da noi, che industrie non ce ne sono, travagliano nell'agricoltura».

Il discorso si stava facendo troppo generico. Montalbano decise di stringere il campo.

«In quali pàisi della nostra provincia ci sono queste possibilità per i clandestini?».

«Dottore, onestamente, non sono in grado di farle un elenco completo. Perché l'interessa?».

Era la domanda che più lo scantava.

«Mah... accussì... tanto per sapere...».

Fazio si susì, andò alla porta, la chiuì, tornò ad assittarsi.

«Dottore» fece «vuole avere la bontà di contarmi tutto?».

E Montalbano sbracò contandogli tutto di tutto, a partire dalla mallitta sira nella quale si era venuto a trovare sulla banchina fino all'ultimo incontro avuto con Marzilla.

«A Montechiaro ci sono le serre e ci travagliano più di un centinaro di clandestini. Può darsi che il picciliddro scappasse da lì. Il posto dove è stato scrafazzato dalla macchina dista sì e no cinco chilometri».

«Non potresti informarti?» azzardò il commissario. «Ma senza dire niente qua, in commissariato».

«Posso provare» disse Fazio.

«Hai un'idea?».

«Mah... potrei provare a fare un elenco di quelli che affittano le case... case!... quali case!... le stalle, i sottoscala, le fogne, ai clandestini. Vengono fatti stipare in deci in uno sgabuzzino senza finestra! Lo fanno in nero e si fanno pagare milioni. Ma forse posso farcela. Una volta avuto questo elenco m'informo se recentemente qualcuno di questi extracomunitari è stato raggiunto dalla mogliere... Non sarà una cosa facile, glielo dico subito».

«Lo so. E ti sono grato».

Ma Fazio non si susì dalla seggia.

«E per stasera?» spiò.

Il commissario capì a volo e fece la faccia di un angilu 'nnuccenti.

«Non ho capito».

«Dov'è che Marzilla va a pigliare quell'omo alle deci e mezza?».

Montalbano glielo disse.

«E lei che fa?».

«Io? Che devo fare? Niente».

«Dottore, non è che gli viene qualche alzata d'ingegno?».

«Ma no, stai tranquillo!».

«Mah!» fece Fazio susendosi.

Ancora sulla porta si fermò, si voltò.

«Dottore, guardi che se vuole stasera io sono libero e...».

«Bih, che camurria! Ma tu ti sei fissato!».

«Come se non lo conoscessi, a vossia» murmuriò Fazio raprendo la porta e niscenno.

«Addruma subito la televisione!» ordinò a Enzo appena trasuto nella trattoria.

Quello lo taliò ammaravigliato.

«Ma comu! Ogni volta che trase e la trova addrumata la voli astutata e ora ca la trova astutata la voli addrumata?».

«Puoi levarci l'audio» concesse Montalbano.

Nicolò Zito mantenne la promessa. A un certo punto del notiziario (due tir scontrati, una casa crollata, un omo con la testa spaccata che non si capiva che gli era capitato, una machina che pigliava foco, una carrozzina arrovesciata in mezzo alla strata, una fìmmina che si strappava i capelli, un operaio caduto da un'impalcatura, un tipo sparato dintra a un bar) spuntò la foto di Errera coi baffi. E questo significava il via libera alla scena che avrebbe dovuto recitare Beba. Però l'effetto di tutte quelle immagini fu che il pititto gli passò. Prima di tornare in ufficio, si fece una passiata consolatoria fino a sutta il faro.

La porta sbattì, l'intonaco cadì, Montalbano sobbalzò, Catarella spuntò. Rituale compiuto.

«E che minchia! Un giorno o l'altro farai crollare l'intero palazzo!».

«Domando compressione e pirdonanza, dottori, ma quando che mi vengo a trovari darrè la sò porta chiusa, mi moziono e la mano mi sciddrica».

«Ma che cosa ti emoziona?».

«Tutto quello che l'arriguarda, dottori».

«Che vuoi?».

«Ponzio Pilato arrivò».

«Fallo entrare. E non mi passare nessuna telefonata».

«Manco del signori e questori?».

«Manco».

«Manco della signorina Livia?».

«Catarè, non ci sono per nessuno, lo vuoi capire o te lo faccio capire io?».

«L'accapii, dottori».

Quattordici

Montalbano si susì per ricevere il giornalista e si fermò a mezzo, alluccuto. Perché sulla soglia si era appresentato quello che in prima gli era parso un grosso mazzo di giaggioli camminante. Invece si trattava di un omo, un cinquantino, tutto vistuto di sfumature varie di azzurro-violaceo, una specie di botolo tondo, faccia tonda, pancetta tonda, occhiali tondi, sorriso tondo. L'unica cosa non tonda era la bocca, le labbra erano accussì grosse e rosse che parevano finte, pittate. In un circo equestre sicuramente avrebbe potuto avere un grande successo come clown. Avanzò velocissimo, una trottola, pruì la mano al commissario. Il quale, per stringergliela, dovette stendersi di longo con la panza appoggiata sulla scrivania.

«Si accomodi».

Il mazzo di giaggioli s'assittò. Montalbano non credette alle sue nasche: quell'omo profumava macari di giaggiolo. Santiando dintra di sé, il commissario si priparò a perdere un'orata di tempo. O forse di meno, una scusa qualisisiasi per liquitarlo l'avrebbe trovata. Anzi, la meglio era priparare il terreno da subito.

«Lei mi scuserà, signor Pilato...».

«Melato».

Mallitto Catarella!

«... Melato, ma è capitato in una giornata veramente impossibile. Ho pochissimo tempo per...».

Il giornalista isò una manuzza che il commissario si stupì non fosse di colore violaceo, ma rosea.

«Capisco benissimo. Le ruberò poco tempo. Volevo iniziare con una domanda...».

«No, permetta che la domanda la faccia io: perché e di che vuole parlarmi?».

«Ecco, commissario, qualche sera fa mi trovavo sulla banchina del porto quando due motovedette della Marina stavano facendo sbarcare... E l'ho intravista lì».

«Ah, per quello?».

«Sì. E mi sono chiesto se per caso uno come lei, un investigatore di fama...».

Aviva sbagliato. A sentirsi fare un elogio, un complimento, Montalbano s'inquartava. Chiuso a riccio, addivintava una palla di spine.

«Senta, io ero lì proprio per caso. Una questione di occhiali».

«Occhiali?» sbalordì l'altro.

Subito appresso fece un sorrisetto furbo.

«Ho capito. Lei mi vuole depistare!».

Montalbano si susì.

«Le ho detto la verità e lei non ci ha creduto. Penso che andare avanti così sarebbe un'inutile perdita di tempo per me e per lei. Buongiorno».

Il mazzo di giaggioli si susì e parse di colpo appassito. La sua manuzza pigliò quella che il commissario gli pruiva.

«Buongiorno» esalò strisciando verso la porta.

A Montalbano, improvvisamente, fece pena.

«Se le interessa il problema degli sbarchi degli extracomunitari la posso far ricevere da un collega che...».

«Il dottor Riguccio? Grazie, ci ho già parlato. Ma lui vede solo il grosso problema degli sbarchi dei clandestini e basta».

«Perché, ci sarebbe da vedere un problema più piccolo dentro un problema così grosso?».

«Volendo, sì».

«E quale sarebbe?».

«Il commercio di bambini extracomunitari» fece Sozio Melato raprendo la porta e niscendo.

Come nei cartoni animati, priciso 'ntifico all'istisso modo, due parole che il giornalista aviva allura allura detto, commercio e bambini, si solidificarono, apparsero stampate in nìvuro nell'aria, pirchì la càmmara non c'era più, ogni cosa scomparsa dintra una specie di luce lattiginosa che le cummigliava, doppo un milionesimo di secondo le due parole si mossero, s'intrecciarono l'una all'altra, ora erano due serpenti che s'azzuffavano, si fusero, cangiarono colore, addivintarono un globo luminosissimo dal quale si partì una specie di fulmine che centrò Montalbano in mezzo all'occhi.

«Madonna!» invocò aggrappandosi alla scrivania.

In meno di un secondo tutti i pezzi sparsi del puzzle che firriavano nella sò testa si andarono a sistemare al posto giusto, perfettamente combaciando. Poi tutto tornò normale, ogni cosa ricomparse nella sua forma e colore, ma quello che non arrinisciva a tornare ad essere normale era proprio lui, pirchì non ce la faciva a cataminarsi e la sò vucca s'arrefutava ostinatamente di raprirsi per richiamare narrè il giornalista. Finalmente arriniscì ad aguantare il telefono.

«Ferma il giornalista!» ordinò, con voce arragatata, a Catarella.

Mentri s'assittava e s'asciucava il sudore dalla fronti, sentì che fora si stava scatinanno un burdellu. Qualichiduno faciva voci (doviva essere Catarella):

«Fèrmati, Ponzio Pilato!».

Un altro diciva (doviva essere il giornalista):

«Ma che ho fatto? Lasciatemi!».

Un terzo se ne apprufittava (chiaramente un cornuto di passaggio):

«Abbasso la Polizia!».

Finalmente la porta dell'ufficio si raprì con un botto che visibilmente atterrì il giornalista apparso sulla soglia riluttante, spinto da darrè da Catarella.

«Lo pigliai, dottori!».

«Ma che succede? Non capisco perché...».

«Mi scusi, signor Melato. Uno spiacevole equivoco, si accomodi».

E mentre Melato, più confuso che pirsuaso trasiva, il commissario intimò brusco a Catarella:

«Vai via e chiudi la porta!».

Il mazzo di giaggioli stava accasciato sulla seggia, era sfiorito a vista, al commissario venne gana di spruzzargli supra tanticchia d'acqua per rianimarlo. Ma forse la meglio era farlo parlare subito dell'argomento che l'interessava, come se non fosse successo niente.

«Mi stava dicendo di un certo commercio...».

Heri dicebamus. Funzionò alla perfezione. A Melato non gli passò manco per l'anticamera del ciriveddro di domandare spiegazioni per l'assurdo trattamento appena subito. Rifiorito, attaccò.

«Lei, commissario, non ne sa proprio niente?».

«Niente, glielo assicuro. E le sarei grato se...».

«Solo l'anno scorso, e le riferisco dati ufficiali, sono stati rintracciati in Italia poco meno di quindicimila minori non accompagnati da un parente».

«Mi sta dicendo che sono venuti da soli?».

«Così parrebbe. Di questi minori, tralasciamone almeno almeno più della metà».

«Perché?».

«Perché nel frattempo sono diventati maggiorenni. Bene, quasi quattromila, una bella percentuale, eh, provenivano dall'Albania, gli altri dalla Romania, dalla Jugoslavia, dalla Moldavia. Nel conto sono da mettere i mille e cinquecento dal Marocco e poi quelli dall'Algeria, dalla Turchia, dall'Iraq, dal Bangladesh e da altri paesi. È chiaro il quadro?».

«Chiarissimo. Età?».

«Subito».

Cavò dalla sacchetta un foglietto, se lo ripassò, se lo rimise in sacchetta.

«200 da 0 a 6 anni, 1.316 da 7 a 14 anni, 995 di 15 anni, 2.018 di 16 anni e 3.924 di 17 anni» recitò.

Taliò il commissario, sospirò.

«Ma questi sono i dati che conosciamo. Sappiamo per certo che centinaia e centinaia di questi bambini scompaiono una volta entrati nel nostro paese».

«Ma che fine fanno?».

«Commissario, ci sono organizzazioni criminali che li fanno arrivare apposta. Questi bambini valgono moltissimo. Sono anche roba da esportazione».

«Per cosa?».

Sozio Melato parse stupito.

«E me lo chiede? Recentemente un pm di Trieste ha raccolto una quantità enorme d'intercettazioni telefoniche che parlavano di compravendita di bambini extracomunitari per espianti d'organi. Le richieste di trapianti sono tante e in continuo aumento. Altri minori vengono messi a disposizione dei pedofili. Tenga presente che su un bambino così, solo, senza parenti, senza nessuno, si può, pagando cifre altissime, esercitare un certo tipo di pedofilia estrema».

«Cioè?» spiò Montalbano con la vucca arsa.

«Che comporta la tortura e la morte violenta della vittima procurando maggiore piacere al pedofilo».

«Ah».

«Poi c'è il racket dell'accattonaggio. Gli sfruttatori di questi bambini costretti a chiedere l'elemosina sono molto fantasiosi, sa? Ho parlato con un bambino albanese che era stato rapito e che il padre è riuscito a riprendersi. L'avevano reso zoppo, ferendolo profondamente al ginocchio e facendo di proposito infettare la ferita. Così impietosiva di più i passanti. A un altro hanno tagliato una mano, a un altro...».

«Mi scusi, devo lasciarla un attimo. Mi sono ricordato che dovevo fare una cosa» disse il commissario susendosi.

Appena chiusa la porta alle sue spalle, scattò. Catarella, completamente ammammaloccuto, si vitti passare davanti il commissario che correva come un centometrista, i gomiti isati all'altezza del petto, la falcata ampia e decisa. In un vidiri e svidiri Montalbano arrivò al bar vicino al commissariato e che era in quel momento vacante, s'appuiò al bancone.

«Dammi un whisky triplo e liscio».

Il barista non sciatò, servì. Il commissario se lo calumò in due sorsate, pagò e niscì.

Catarella era fermo impalato davanti alla porta della sua càmmara.

«Che fai qua?».

«Dottori, mi misi di guardia al cosiddetto» arrispunnì Catarella facendo 'nzinga con la testa verso l'ufficio. «Caso che mai al cosiddetto ci veni gana di scappari di nuovo nuovamenti».

«Va bene, ora puoi andare».

Trasì. Il giornalista non si era cataminato dal suo posto. Montalbano s'assittò darrè la scrivania. Si sentiva meglio, ora avrebbe avuto la forza di stare a sentiri nuovi orrori.

«Le ho domandato se questi bambini s'imbarcano da soli oppure se...».

«Commissario, le ho già detto che alle loro spalle c'è una potente organizzazione criminale. Alcuni, ma sono una minoranza, arrivano soli. Altri invece sono accompagnati».

«Da chi?».

«Da persone che si spacciano per essere i loro genitori».

«Dei complici?».

«Mah, non sarei così esplicito. Vede, il costo dell'imbarco è altissimo. I clandestini hanno fatto sacrifici enormi per ottenere il passaggio. Ora questo costo può essere dimezzato se qualcuno, assieme ai propri figli, introduce un minore che non appartiene alla famiglia. Ma oltre a questi accompagnatori, come dire, casuali, ci sono gli accompagnatori abituali, quelli che lo fanno per lucro. Si tratta di gente che a tutti gli effetti fa parte di questa vasta organizzazione criminale. E non sempre l'introduzione di un minore avviene facendolo confondere in un gruppo di clandestini. Ci sono altre strade. Le faccio un esempio. Un venerdì di qualche mese fa, attracca nel porto di Ancona la motonave che fa servizio merci e passeggeri con Durazzo. Ne sbarca una signora albanese poco più che trentenne, Giulietta Petalli. Al suo regolare permesso di soggiorno è attaccata la foto di un bambino, suo figlio, che tiene per mano. La signora arriva a Pescara, dove lavora, ma è sola, il bambino nel frattempo è scomparso. Gliela faccio breve: la Mobile di Pescara ha accertato che la dolce Giulietta, suo marito e un complice avevano introdotto in Italia cinquantasei bambini. Tutti svaniti nel nulla. Che ha, commissario, si sente male?».

Un flash. Montalbano, con un crampo che l'azzannò allo stomaco, per un attimo vide se stesso che teneva per mano il bambino, che lo riconsegnava a quella che credeva la madre... E quello sguardo, quell'occhi sbarracati che non sarebbe mai più arrinisciuto a scordare.

«Perché?» spiò facendo l'indifferente.

«È diventato pallido».

«Ogni tanto mi capita, è un fatto circolatorio, non si preoccupi. Mi dica piuttosto una cosa: se questo ignobile traffico si svolge nell'Adriatico, perché lei è venuto qua da noi?».

«Semplice. Perché i mercanti di schiavi in qualche modo sono stati costretti a cambiare rotta. Quella seguita per anni ora è troppo conosciuta, c'è stato un giro di vite, le intercettazioni sono diventate assai più facili. Tenga presente che già l'anno scorso, come le ho detto, erano arrivati dal Marocco milletrecentocinquantotto minori. Si è trattato quindi di ampliare le rotte preesistenti nel Mediterraneo. E questo è avvenuto da quando il tunisino Baddar Gafsa è diventato il capo indiscusso dell'organizzazione».

«Scusi, non ho capito. Come ha detto?».

«Baddar Gafsa, un personaggio, mi creda, da romanzo. Tra l'altro è soprannominato "lo sfregiato", pensi un po'. Più nobilmente, lo si potrebbe definire un vero cuore di tenebra. È un gigante che ama caricarsi di anelli, collane, braccialetti e che indossa sempre giacche di pelle. Poco più che trentenne, ha ai suoi ordini un vero e proprio esercito di assassini guidato dai tre luogotenenti Samir, Jamil e Ouled e una flottiglia di pescherecci, che non gli servono certo per pescare, infrattati nelle insenature di capo Bon al comando di Ghamun e Ridha, due espertissimi capitani che conoscono il canale di Sicilia come il loro lavandino. Ricercato da tempo, non è mai stato arrestato. Dicono che nei suoi rifugi segreti ci siano esposti decine di cadaveri di nemici da lui assassinati. Gafsa li tiene per un certo periodo bene in vista sia per scoraggiare possibili tradimenti sia per compiacersi della sua invincibilità. Trofei di caccia, mi spiego? Tra l'altro, è uno che viaggia molto per dirimere, a modo suo, le controversie tra i suoi collaboratori o per punire in modo esemplare chi non ubbidisce agli ordini. E così i suoi trofei aumentano».

A Montalbano pareva che Melato gli stava contando una pellicola troppo avventurosa e fantastica, di quelle che una volta si diceva che erano «americanate».

«Ma lei queste cose come le sa? Mi sembra bene informato».

«Prima di venire a Vigàta sono stato quasi un mese in Tunisia, da Sfax a Sousse e su su fino a El Haduaria. Mi ero procurato le entrature giuste. E guardi che ho abbastanza esperienza per saper scremare le leggende più o meno metropolitane dalla verità».

«Ancora però non mi ha chiarito perché è venuto proprio qua a Vigàta. Ha saputo qualcosa in Tunisia che l'ha spinta a venire da noi?».

La grande bocca di Sozio Melato si quadruplicò in un sorriso.

«Lei è proprio così intelligente come me l'avevano descritto, commissario. Ho saputo, non le dirò come perché sarebbe troppo complicato, ma le assicuro l'assoluta attendibilità della fonte, che Baddar Gafsa è stato visto a Lampedusa di ritorno da Vigàta».

«Quando?».

«Poco più di due mesi fa».

«E le hanno detto che cosa era venuto a fare?».

«Me l'hanno accennato. Anzitutto è bene che sappia che Gafsa ha qui una grossa base di smistamento».

«A Vigàta?».

«O nei dintorni».

«Che significa base di smistamento?».

«Un posto dove Gafsa fa convergere certi clandestini di valore oppure importanti...».

«Cioè?».

«Minori, appunto, o terroristi o informatori da infiltrare o persone già dichiarate indesiderabili. Li tiene lì prima di farli partire per le loro destinazioni definitive».

«Ho capito».

«Questa base di smistamento era sotto il controllo di un italiano, prima che Gafsa diventasse il capo dell'organizzazione. Il tunisino l'ha lasciato a dirigere la base per qualche tempo, poi l'italiano ha cominciato a fare di testa sua. Allora Gafsa è venuto e l'ha ammazzato».

«Lei sa con chi l'ha sostituito?».

«Con nessuno, a quanto pare».

«Allora la base è in disarmo?».

«Tutt'altro. Diciamo che non c'è un residente capo, ma dei responsabili di settore che vengono avvertiti a tempo debito di arrivi imminenti. Quando c'è da fare un'operazione grossa, si muove personalmente Jamil Zarzis, uno dei tre luogotenenti. Fa continuamente avanti e indietro tra la Sicilia e la laguna di Korba, in Tunisia, dove Gafsa ha il suo quartier generale».

«Lei mi ha detto una gran quantità di nomi di tunisini e non mi ha invece fatto il nome dell'italiano ammazzato da Gafsa».

«Non lo so, non sono riuscito a saperlo. So però come lo chiamavano gli uomini di Gafsa. Un soprannome privo di significato».

«Qual era?».

«Il morto. Lo chiamavano così da vivo. Non è assurdo?».

Assurdo?! Di scatto Montalbano si susì, ittò la testa narrè e nitrì. Un nitrito piuttosto forte, in tutto simile a quello che fa un cavallo quanno gli girano i cabasisi. Solo che al commissario i cabasisi non gli giravano, anzi. Tutto gli era addivintato chiaro, le parallele avevano finito per convergere. Intanto, atterrito, il mazzo di giaggioli era sciddricato dalla seggia, stava dirigendosi verso la porta. Montalbano gli corse appresso, lo placcò.

«Dove va?».

«Vado a chiamare qualcuno, lei si sente male» balbettarono i giaggioli.

Il commissario fece un ampio e rassicurante sorriso.

«Ma no, ma no, non è niente, sono piccoli disturbi come l'impallidimento di poco fa... Ne soffro da tempo, non è grave».

«Non si potrebbe aprire la porta? Mi manca l'aria».

Era una scusa, chiaramente il giornalista voleva assicurarsi una via di fuitina.

«Va bene, gliela apro».

Tanticchia rassicurato, Sozio Melato tornò ad assittarsi. Ma si vidiva che era ancora nirbùso. Si era messo in pizzo sulla seggia, pronto a scappare. Di sicuro stava a spiarsi se quello era il commissariato di Vigàta o il superstite manicomio provinciale.

E più d'ogni altra cosa forse lo squietava il sorriso amorevole che gli indirizzava Montalbano mentre lo taliava. E difatti il commissario era in quel momento sommerso da un'ondata di gratitudine verso quell'omo che pareva un clown e invece non lo era. Come sdebitarsi?

«Signor Melato, non ho capito bene i suoi spostamenti. Lei è venuto a Vigàta appositamente per parlare con me?».

«Sì. Purtroppo devo tornare subito a Trieste. Mamma non sta bene e io le manco. Siamo... siamo molto legati».

«Potrebbe trattenersi ancora due o tre giorni al massimo?».

«Perché?».

«Credo di poterle far avere, di prima mano, notizie interessanti».

Sozio Melato lo considerò a lungo, gli occhietti quasi scomparsi darrè le palpebre calate. Doppo s'arrisolvette a parlare.

«Lei mi ha detto, all'inizio del nostro colloquio, che non sapeva niente di questa storia».

«È vero».

«Ma se non ne sapeva niente, come fa, ora, a sostenere che è in grado in pochissimo tempo di...».

«Non le ho mentito, mi creda. Lei mi ha riferito cose che prima non sapevo, ma ho l'impressione che abbiano messo sulla giusta carreggiata un'inchiesta che sto conducendo».

«Beh... Io sono sceso al Regina di Montelusa. Altri due giorni credo di poter restare».

«Molto bene. Potrebbe descrivermi il luogotenente di Gafsa, quello che spesso viene qua... Come si chiama?».

«Jamil Zarzis. È un quarantenne basso, tarchiato... almeno così mi hanno detto... ah, sì, è quasi del tutto sdentato».

«Beh, se intanto si è fatto persuadere da un dentista, siamo fottuti» commentò il commissario.

Sozio Melato allargò le braccine, a significare che più di tanto non sapeva dire su Jamil Zarzis.

«Senta, lei mi ha detto che Gafsa provvede personalmente a eliminare i suoi avversari. È così?».

«È così».

«Una botta di kalashnikov e via oppure...».

«No, è un sadico. Trova sempre modi diversi. Mi hanno riferito che a uno l'ha appeso a testa in giù fino a quando è morto, a un altro l'ha letteralmente arrostito sulla brace, a un terzo ha legato i polsi e le caviglie con del fil di ferro e l'ha fatto lentamente annegare nella laguna, un quarto è stato...».

Il commissario si susì, Sozio Melato s'azzittì, preoccupato.

«Che c'è?» fece, pronto a satare dalla seggia e a mettersi a curriri.

«Mi consente di nitrire ancora?» gli spiò, cortesissimo, Montalbano.

Quindici

«Chi è quel tipo?» spiò Mimì taliando a Sozio Melato che s'allontanava nel corridoio.

«Un angelo» arrispunnì Montalbano.

«Ma via! Vistuto accussì?».

«Perché, secondo tia gli angeli devono sempre vestire come quelli di Melozzo da Forlì? Non hai mai visto quella pellicola di Frank Capra che si chiama... aspetta...».

«Lasciamo perdere» fece Mimì che era evidentemente nirbùso. «Ti voglio dire che Tommaseo ha telefonato, io ho risposto che ci saremmo occupati della facenna, ma lui non ha voluto darci l'autorizzazione a perquisire la villa e manco ha voluto far mettere sotto controllo il telefono di Marzilla. Quindi tutta la recita che hai organizzato non è servita a un cazzo».

«Pazienza, faremo da soli. Ma mi spieghi pirchì sei d'umore malo?».

«Lo vuoi sapiri?» sbottò Augello. «È perché ho sentito la telefonata che Beba ha fatto al pm Tommaseo e alle domande che quel porco le rivolgeva. Stavo con l'orecchio incollato a quello di Beba. Quando lei ha finito di contare quello che aveva visto, lui ha cominciato a spiare: "lei era sola in macchina?". E Beba, con un certo impaccio: "no, col mio ragazzo". E lui: "che facevate?". E Beba, fingendosi ancora più impacciata: "Beh, sa...". E il porco: "facevate l'amore?". Beba, con un filo di voce: "Sì...". E lui: "Rapporto completo?". Qui Beba ha avuto un attimo d'esitazione e il maiale le ha spiegato che erano dati che doveva conoscere per chiarire il quadro della situazione. E allora lei non si è fermata più. Ci ha pigliato gusto. Non ti dico i particolari che ha saputo tirare fuori! E più cose diceva, più quel maiale s'incaniava! Voleva che Beba andasse di persona in Pro-

170

cura! Voliva sapiri come si chiamava e com'era fatta. A fartela breve, quando ha riattaccato, è finita a sciarra tra noi due. Ma io mi domando e dico: dove è andata a trovare certi dettagli?».

«Ma dai, Mimì, non fare il picciliddro! Che fai, sei diventato giluso?».

Mimì lo taliò a longo.

«Sì» disse.

E niscì.

«Mandami Catarella!» gli gridò appresso il commissario.

«Ai comandi, dottori!» fece Catarella materializzandosi istantaneamente.

«Mi pare di ricordare che tu m'hai detto che vai spesso a trovare tuo fratello che ha una casa vicino a capo Russello».

«Sissi, dottori. In contrata Lampisa».

«Bene. Mi spieghi come si fa ad arrivarci?».

«Dottori, e che di bisogno ce n'è di spieco? Ci faccio io di pirsona l'accompagnamento!».

«Grazie, ma è una facenna che mi devo sbrogliare da solo, non te la prendere. Allora, me lo spieghi?».

«Sissi. Vossia piglia la strata per Montereale e la passa. Prosecue per una tri chilometri e a mano mancina vede una fleccia che c'è scritto capo Russello».

«Piglio questa?».

«Nonsi. Prosecue. Sempre a mano mancina trova un'altra fleccia che dice Punta rossa».

«La piglio?».

«Nonsi. Prosecue. Appresso veni una fleccia che dice Lampisa. E questa la piglia».

«Va bene, grazie».

«Dottori, quella fleccia che dice Lampisa dice Lampisa tanto per dire. Di arrivari a Lampisa non se ne parla se uno secue solamenti quella fleccia».

«Allora che devo fare?».

«Quanno che ha pigliato la strata per Lampisa, fatta un cinquecento metri a mano dritta si dovrebbi attrovare davanti a un granni cancello di ferro abbattuto che una vota c'era e ora comu ora non c'è più».

«E come faccio a vedere un cancello che non c'è?».

«Facili, dottori. Pirchì da indovi che c'era il cancello si partono due filere di guercie. Quella era la propietà del barone Vella, ora è propietà di nisciuno. Quanno arriva in funno in funno al viale, che davanti si viene a trovare la villa sdirrupata del barone Vella, gira ranto ranto all'ultima guercia a mancina. E a tricento metri scarsi si trova in contrata Lampisa».

«Questa è l'unica strada per arrivarci?».

«A secunno».

«A seconda di che?».

«Se ci deve andari a pedi o se ci deve andari in machina».

«In macchina».

«Allura l'unica è, dottori».

«Il mare quanto è distante?».

«Manco a cento metri, dottori».

Mangiare o non mangiare? Questo era il problema: era più saggio sopportare le fitte di un pititto vrigognoso oppure futtirisinni e andarsi a riempire la panza da Enzo? Il dilemma scespiriano gli si pose quanno, taliato il ralogio, s'addunò che si erano fatte quasi le otto. Se cedeva alla fame, avrebbe avuto un'orata assai scarsa da dedicare alla cena: il che veniva a significare che avrebbe dovuto dare ai suoi movimenti mangiatori un ritmo alla Charlot di «Tempi moderni». Ora una cosa era certa e cioè che mangiare di prescia non era mangiare, massimo massimo era nutrirsi. Differenza sostanziale, pirchì lui della necessità di nutrirsi come un armàlo o un àrbolo non ne sentiva in quel momento il bisogno. Lui aveva gana di mangiare godendo vuccuni appresso vuccuni e impiegandoci tutto il tempo che ci voleva. No, non era cosa. E, per non cadere in tentazione, una volta arrivato a Marinella non raprì né il forno né il frigorifero. Si spogliò nudo e se ne andò sotto la doccia. Doppo si rivestì con un paro di jeans e una cammisa da cacciatori canadisi di orsi. Pinsò che non sapiva come sarebbero andate le cose e gli venne un dubbio: armarsi o non armarsi? Forse la meglio era portarsi appresso la pistola. Allora sciglì un giubbotto marrone di pelle che aviva una sacchetta interna assai capace e se

172

lo mise. Non voleva scuitare Ingrid facendole vedere che andava a pigliare l'arma, meglio farlo subito. Niscì, andò alla machina, raprì il cruscotto, pigliò la pistola, l'infilò nella sacchetta del giubbotto, si calò a richiudere il cruscotto, l'arma sciddricò fora dalla sacchetta, cadì sul pavimento della machina, Montalbano santiò, si mise ginucchiuni pirchì la pistola era andata a finire sutta al sedile, la ricuperò, chiuì la machina, ritrasì in casa. Col giubbotto sintiva cavudo, se lo levò e lo posò sul tavolino della càmmara di mangiari. Stabilì che una telefonata a Livia ci stava bene. Sollevò la cornetta, compose il numero, sentì il primo squillo e contemporaneamente sonarono alla porta. Aprire o non aprire? Attaccò la cornetta, andò a raprire. Era Ingrid, leggermente in anticipo. Più bella del solito, se questo era possibile. Vasarla o non vasarla? Il dilemma venne risolto dalla svidisa che lo vasò.

«Come stai?».

«Mi sento tanticchia amletico».

«Non ho capito».

«Lascia perdere. Sei venuta con la macchina di tuo marito?».

«Sì».

«Cos'è?».

Domanda del tutto accademica: Montalbano non ci capiva un'amata minchia di marche d'automobili. E macari di motori.

«Una BMW 320».

«Di che colore?».

Questa domanda invece era interessata: conoscendo la stronzaggine del marito di Ingrid, capace che quello si era fatto pittare la carrozzeria a strisce rosse, verdi e gialle con palline blu.

«Grigio scuro».

Meno male: c'era qualche possibilità di non essere individuati e sparati a prima botta.

«Hai cenato?» spiò la svidisa.

«No. E tu?».

«Nemmeno io. Se resta tempo, dopo potremmo… A proposito, che cosa dobbiamo fare?».

«Te lo spiegherò strada facendo».

Squillò il telefono. Era Marzilla.

«Commissario, la macchina che mi hanno portato è una Jaguar. Tra cinque minuti nescio da casa» comunicò con la voce che gli trimava.

E riattaccò.

«Se sei pronta, possiamo andare» disse Montalbano.

Con un gesto disinvolto agguantò il giubbotto, senza addunarsi che l'aviva pigliato arriversa. Naturalmente la pistola sciddricò dalla sacchetta e cadì 'n terra. Ingrid fece un salto narrè, scantata.

«Hai intenzioni serie?» spiò.

Seguendo le istruzioni di Catarella, non sbagliarono una strata. Doppo una mezzorata ch'erano partiti da Marinella, mezzorata che servì a Montalbano per istruire a Ingrid, arrivarono davanti al viale delle querce. Lo percorsero e alla fine, alla luce dei fari, scorsero i ruderi di una grossa villa.

«Vai dritto, non seguire la strada e non girare a sinistra. Andiamo a nascondere la macchina dietro la villa» fece Montalbano.

Ingrid eseguì. Darrè la villa c'era campagna aperta e disolata. La svidisa astutò i fari, scinnero. La luna faciva jorno, il silenzio era tanto da pigliare scanto, manco i cani abbaiavano.

«E ora?» spiò Ingrid.

«Ora lasciamo la macchina qua e ce ne andiamo in un posto da dove si vede il viale. Così possiamo controllare le auto che passano».

«Ma quali auto?» disse Ingrid. «Qui non passano nemmeno i grilli».

Si avviarono.

«Ad ogni modo, possiamo fare come nei film» fece la svidisa.

«E come fanno?».

«Dai, Salvo, non lo sai? I due poliziotti, lui e lei, che devono fare un appostamento, si fingono innamorati. Stanno abbracciati, si baciano e intanto sorvegliano».

Ora erano arrivati davanti ai ruderi della villa, a una trentina di metri dalla quercia dove la strata girava per contrata Lampisa. Si assittarono sui resti di un muro, Montalbano si addrumò una sigaretta. Ma non fece a tempo a finirla. Una macchina aveva imboccato il viale, procedeva lenta, forse chi era alla guida non conosceva la strata. Di scatto, Ingrid si susì, pruì la mano al commissario, lo tirò addritta, gli si avvinghiò. La macchina veniva avanti lentissima. Per Montalbano fu come trasire tutt'intero all'interno di un àrbolo di albicocche, il profumo lo stordì, gli rimescolò il rimescolabile. Ingrid lo teneva stritto stritto. A un tratto gli murmuriò all'orecchio:

«Sento qualcosa che si muove».

«Dove?» spiò Montalbano che stava con il mento appuiato sulla spalla di lei, il naso annegato tra i suoi capelli.

«Tra te e me, in basso» disse Ingrid.

Montalbano si sentì arrussicare, tentò di tirare narrè il bacino, ma la svidisa gli si spalmò contro.

«Non essere scemo».

Per un istante i fari della macchina li pigliarono in pieno, doppo girarono a mancina dell'ultima quercia, scomparsero.

«Era la tua auto, una Jaguar» disse Ingrid.

Montalbano ringraziò il Signuruzzu che Marzilla fosse arrivato al tempo debito. Non ce l'avrebbe fatta a resistere un minuto di più. Si staccò dalla svidisa, aviva lo sciato grosso.

Non fu un inseguimento pirchì mai Marzilla e gli altri due che occupavano la Jaguar ebbero la sensazione che ci fosse una macchina che li seguiva. Ingrid era un pilota eccezionale, fino a quando non furono sulla provinciale per Vigàta, guidò a fari astutati aiutata dal chiarìo della luna. Li addrumò solo sulla provinciale pirchì poteva benissimo ammucciarsi nel traficu. Marzilla andava spedito, non velocissimo, e il pedinamento veniva facilitato. In fondo in fondo di questo infatti si stava trattando, di un pedinamento a motore. La Jaguar di Marzilla pigliò la strata per Montelusa.

«Mi pare di star facendo una noiosa passeggiata» disse Ingrid.

Montalbano non arrispunnì.

«Perché ti sei portato appresso la pistola?» insisté la svidisa. «Non ti sta servendo molto».

«Sei delusa?» spiò il commissario.

«Sì, speravo in qualcosa di più eccitante».

«Beh, ancora non è detto che non capiti, consolati».

Passata Montelusa, la Jaguar pigliò la strata per Monte-chiaro.

Ingrid sbadigliò.

«Uffa. Quasi quasi mi faccio scoprire che li sto seguendo».

«E perché?».

«Per movimentare la situazione».

«Ma non fare la stronza!».

La Jaguar passò Montechiaro e pigliò la strata che portava ver-so la costa.

«Guida un po' tu» fece Ingrid. «Io mi sono stufata».

«No».

«Perché?».

«Prima di tutto, perché tra poco la strada non sarà più fre-quentata da altre macchine e dovrai spegnere i fari per non far-ti notare. E io non so guidare al lume di luna».

«E poi?».

«E poi perché tu questa strada, soprattutto di notte, la co-nosci assai meglio di me».

Ingrid si voltò per un attimo a taliarlo.

«Tu lo sai dove stanno andando?».

«Sì».

«Dove?».

«Alla villa del tuo ex amico Ninì Lococo, come si faceva chia-mare».

La BMW sbandò, arrischiò d'andari a finiri in aperta campa-gna, Ingrid riagguantò subito la situazione. Non disse niente. Arrivati a Spigonella, invece di pigliare la strata che il commissario conosceva, Ingrid girò a mano dritta.

«Non è questa la...».

«Lo so benissimo» disse Ingrid. «Ma qui non possiamo an-dare appresso alla Jaguar. C'è una sola via che va al promonto-rio e quindi alla casa. Ci scoprirebbero, sicuramente».

«E allora?».

«Ti sto portando in un posto dal quale è possibile vedere la facciata della villa. E arriveremo un po' prima di loro».

Ingrid fermò la BMW proprio sull'orlo dello sbalanco, darrè a una specie di bungalow in stile moresco.

«Scendiamo. Da qui non possono scorgere la nostra macchina, mentre noi possiamo benissimo vedere quello che fanno loro».

Girarono torno torno al bungalow. A mano mancina si vedeva benissimo il promontorio con la stratina privata che portava alla villa. Doppo manco un minuto arrivò la Jaguar che si fermò davanti al cancello chiuso. Si sentirono due colpi brevissimi di clacson seguiti da uno lungo. Allora la porta del piano terra si raprì, controluce si vitti l'ùmmira di omo che andava a spalancare il cancello. La Jaguar trasì, l'omo tornò indietro lasciando il cancello aperto.

«Andiamo via» disse Montalbano. «Qua non c'è più niente da vedere».

Rimontarono in macchina.

«Ora metti in moto» fece il commissario «e a fari spenti andiamo a... Ti ricordi che all'inizio di Spigonella c'è una villetta a due piani bianca e rossa?».

«Sì».

«Bene, ci appostiamo lì. Per tornare verso Montechiaro bisogna per forza passarci davanti».

«E chi è che deve passarci davanti?».

«La Jaguar».

Ingrid ebbe appena il tempo di arrivare alla villetta bianca e rossa e fermare che, velocissima, sopravvenne la Jaguar, proseguì sbandando.

Evidentemente Marzilla voleva mettere la maggiore distanza possibile tra sé e gli òmini che aviva accompagnato.

«Che faccio?» spiò Ingrid.

«Qui si parrà la tua nobilitate» disse Montalbano.

«Non ho capito. Vuoi ripetere?».

«Valle dietro. Adopera il clacson, gli abbaglianti, incòllati all'altra macchina, fingi di speronarla. Devi terrorizzare l'uomo che è alla guida».

«Lascia fare a me» disse Ingrid.

Per un poco proseguì a fari spenti e a distanza di sicurezza, poi, appena la Jaguar scomparse darrè una curva, accelerò, addrumò tutti i fari possibili e immaginabili, superò la curva e si mise a sonare il clacson alla disperata.

Vedendo sopraggiungere quel siluro improvviso, Marzilla dovette atterrire.

La Jaguar prima zigzagò, doppo si buttò tutta a dritta e lasciò strata, credendo che l'altra macchina volesse superarlo. Ma Ingrid non lo superò. Quasi incollata alla Jaguar, ora addrumava e astutava gli abbaglianti, senza finire di sonare il clacson. Disperato, Marzilla accelerò, ma la strata non gli permetteva di correre più di tanto. Ingrid non lo mollava, la sua BMW pareva un cane arraggiato.

«E adesso?».

«Quando ti è possibile lo sorpassi, fai una curva a U e ti fermi in mezzo alla strada con gli abbaglianti accesi».

«Posso farlo anche ora. Mettiti la cintura».

La BMW fece un balzo, latrò, sorpassò, proseguì, si bloccò, sbandò e si girò su se stessa sfruttando la sbandata. A pochissimi metri macari la Jaguar si fermò, illuminata in pieno. Montalbano cavò la pistola, mise il vrazzo fora del finestrino, sparò un colpo in aria.

«Astuta i fari e scinni mani in alto!» gridò raprendo a mezzo la portiera.

I fari della Jaguar s'astutarono e appresso apparse Marzilla con le mano isate. Montalbano non si cataminò. Marzilla cimiava, pariva un àrbolo agitato dal vento.

«Si sta pisciando addosso» notò Ingrid.

Montalbano restò immobile. Lentamente, grosse lagrime pigliarono a scorrere sulla faccia dell'infirmere. Doppo fece un passo avanti, strascinando i pedi.

«Pi carità!».

Montalbano non arrispunnì.

«Pi carità, don Pepè! Chi voli di mia? Iu fici chiddru ca vossia vulìa!».

E Montalbano che non si cataminava! Marzilla cadì agginucchiuni, le mano stritte a prighera.

«Nun m'ammazzassi! Nun m'ammazzassi, signor Aguglia!».

E quindi l'usuraio, quello che gli telefonava dandogli ordini, era don Pepè Aguglia, noto costruttore edile. Non c'era stato bisogno d'intercettazioni per scoprirlo. Ora Marzilla stava rannicchiato, la fronti appuiata 'n terra, le mano a cummigliarsi la testa. Montalbano finalmente s'addecisi a scinniri dalla machina, lentissimo. L'infirmere lo sentì avvicinarsi e si rannicchiò ancora di più, singhiozzando.

«Talìami, strunzo».

«No, no!».

«Talìami!» ripeté Montalbano dandogli un cavucio tale nelle costole che il corpo di Marzilla venne prima sollevato in aria e doppo ricadì a panza all'aria. Ma ancora teneva l'occhi disperatamente inserrati.

«Montalbano sono. Talìami!».

Ci mise tempo Marzilla a capire che chi gli stava davanti non era don Pepè Aguglia, ma il commissario. Si susì a mezzo, restando appuiato con una mano 'n terra. Doveva essersi muzzicato la lingua, pirchì dalla vucca gli nisciva tanticchia di sangue. Faciva feto. Non solo si era pisciato, si era macari cacato.

«Ah... vossia è? Pirchì m'assicutò?» spiò maravigliato Marzilla.

«Io?!» fece Montalbano candido come un agniddruzzo. «Equivoco fu. Io vuliva che tu ti fermassi, ma tu invece ti sei messo a curriri! E iu allura pinsai che avivi intinzioni tinte».

«Chi... chi voli di mia?».

«Dimmi come parlavano i due che hai portato alla villa».

«Arabo, mi parse».

«Chi ti indicò le strate che dovevi pigliare e dove dovevi andare?».

«Sempri uno fu».

«Ti è parso che ci fosse già stato da queste parti?».

«Sissi».

«Me li sapresti descrivere?».

«Solo uno, quello che mi parlava. Era completamente senza denti».

Jamil Zarzis, il luogotenente di Gafsa, era dunque arrivato.

«Hai un telefonino?».

«Sissi. È nel sedile della macchina».

«Ti ha chiamato o hai chiamato qualcuno dopo che lasciasti i due?».

«Nonsi».

Montalbano s'avvicinò alla Jaguar, pigliò il telefonino e se lo mise in sacchetta. Marzilla non sciatò.

«Ora rimonta in macchina e tornatene a casa».

Marzilla tentò di susirisi, ma non ce la fece.

«T'aiuto io» disse il commissario.

L'agguantò per i capelli e con uno strappo lo mise addritta mentre l'omo faciva voci per il dolore. Poi con un cavucio violento nelle reni lo catafotté dintra la Jaguar. Cinque minuti boni ci mise Marzilla a partire, tanto gli trimavano le mano. Montalbano aspittò che le lucette rosse scomparissero per tornare ad assittarsi allato a Ingrid.

«Non sapevo che saresti stato capace di...» fece Ingrid.

«Di?...».

«Non so come dire. Di... tutta questa cattiveria».

«Nemmeno io» disse Montalbano.

«Ma che ha fatto?».

«Ha fatto... un'iniezione a un bambino che non voleva» non trovò di meglio da dire.

Ingrid lo taliò completamente pigliata dai turchi.

«E tu ti vendichi su di lui della paura delle iniezioni che avevi quando eri bambino?».

Psicoanalisi per psicoanalisi, Ingrid non poteva sapiri che malotrattando Marzilla in realtà lui voleva malotrattare se stesso.

«Metti in moto, và» disse il commissario. «Riaccompagnami a Marinella. Mi sento stanco».

Sedici

Era una farfantaria, di stanchizza non ne pativa, anzi si sintiva smanioso di principiare a fare quello che aviva in testa. Ma necessitava liberarsi prima possibile di Ingrid, non poteva perdere un minuto. Liquitò la svidisa senza tradire la prescia, le fece tanti ringraziamenti e baci e le promise che si sarebbero rivisti il sabato che veniva. Appena solo in casa a Marinella il commissario parse trasformarsi nel protagonista di un film comico a tempi accelerati, addivintò un furgaroni che zigzagava càmmare càmmare in una ricerca disperata: dove minchia era andata a finire la muta che aveva indossato l'ultima volta quanno era dovuto calare in mare alla cerca della machina del ragioniere Gargano, almeno due anni avanti? Mise la casa suttasupra e finalmenti l'attrovò in un cascione interno dell'armuàr, debitamente incartata nel cellophane. Ma la ricerca che lo fici veramenti incaniare fu quella di un fodero di pistola, praticamente mai usato, che puro doviva esserci da qualche parte. E infatti vinni fora che stava in bagno dintra alla scarpiera sutta a un paro di pantofole che non gli era mai passato per la testa di mettere. Sistemarlo lì doviva essere stata un'alzata d'ingegno d'Adelina. La casa ora pareva essere stata perquisita da una maniata di lanzichenecchi avvinazzati. L'indomani matina avrebbe fatto meglio a non incontrarsi con la cammarera Adelina che sarebbe stata di umore malo a dover rimettere tutto in ordine.

Si spogliò, indossò la muta, fece scorrere il passante del fodero nella cintura, si rimise solamente i jeans e il giubbotto. Gli venne di trovarsi davanti a uno specchio e di taliarsi: prima gli acchianò una risata, doppo s'affruntò di se stesso, pariva truccato e vistuto per una pellicola. E che era, cannalivari?

«Mi chiamo Bond. James Bond» disse alla sua immagine.

181

Si racconsolò pinsando che a quell'ora non avrebbe incontrato nisciuno di sua canoscenza. Mise la cafittera sul foco e quanno il cafè passò si scolò tri tazze una appresso all'altra. Prima di nesciri, taliò il ralogio. A occhio, per le dù di notte sarebbe stato nuovamente a Spigonella.

Era talmente lucido e determinato che a primo colpo inzertò la strata che aviva pigliato Ingrid per portarlo al punto da indovi si vidiva la facciata della villa. L'ultimo centinaro di metri lo fece a fari astutati, l'unico scanto che aviva era quello di andare a catafottersi con la machina in mare. Arrivato darrè il bungalow in stile moresco che stava proprio in pizzo allo sbalanco, fermò, pigliò il binocolo, scinnì. Si sporgì a taliare. Dalle finestre non passava luce, la villa pareva disabitata. Eppure dintra c'erano almeno tri òmini. Cautamente, strisciando 'n terra i pedi come fanno quelli che ci vidino picca, avanzò fino all'orlo dello sbalanco e taliò sutta. Non si vidiva nenti, si sintiva invece il mare che ora era tanticchia agitato. Col binocolo si sforzò di capiri se c'era movimento nel porticciolo della villa, ma a malappena si distinguevano le masse più scurose degli scogli.

A mano dritta, a una decina di metri, si partiva una scala stritta e ripida scavata nella parete che a farla con la luce del jorno sarebbe stata un'imprisa da alpino, figurarsi di notte funna. Ma non c'era da scegliere, non aviva altra strata per scinniri fino a riva. Tornò allato alla machina, si sfilò i jeans e il giubbotto dal quale levò la pistola, raprì la portiera, ci mise dintra la roba, agguantò la torcia impermeabile, pigliò le chiavi dal cruscotto, richiuse la portiera senza fare rumorata, ammucciò le chiavi forzandole sutta la rota posteriore destra. La pistola se l'infilò nel fodero della cintura, il binocolo se lo mise a tracolla, la torcia se la tenne in mano. Fermo sul primo graduni, volle farsi capace di com'era fatta la scala. Addrumò per un attimo la torcia e taliò. Si sentì sudare dintra la muta: i graduna se ne calavano abbascio quasi in verticale.

Addrumando e astutando rapidissimamente di tanto in tanto la torcia per vidiri se il suo pedi avrebbe toccato tirreno solido o se invece avrebbe incontrato il nenti, il vacante, santiando, esitando, variando, sciddricando, affirrandosi a qualche radice che sporgeva dalla parete, rimpiangendo di non essere uno stambecco, un capriolo e macari una lucertola, come 'u Signuruzzu volle a un certo momento sentì sutta le piante dei pedi la rena frisca. Era arrivato.

Si stinnicchiò a panza all'aria col sciato grosso a taliare le stiddre. E stette un pezzo accussì, sino a quanno il mantice che aviva al posto dei polmoni lentamente scomparse. Si susì addritta. Taliò col binocolo e gli parse di capire che le masse scurose degli scogli che interrompevano la spiaggia e che costituivano il porticciolo della villa si trovavano a una cinquantina di metri. Principiò a caminare, curvo, tenendosi ranto ranto alla parete. Ogni tanto si fermava, le orecchie appizzate, l'occhi aperti al massimo. Nenti, silenzio assoluto, tutto era fermo a parte il mare.

Arrivato quasi a ridosso degli scogli, isò l'occhi: della villa si vidiva solamente una specie di cancellatura rettangolare nello stellato, e cioè la latata di sutta della parte più sporgente del granni terrazzo. Ora per via terra non poteva andare avanti. Posò il binocolo sulla rena, agganciò la torcia impermeabile alla cintura, diede un passo e si trovò in acqua. Non s'aspittava che fosse accussì funnuta, di subito gli arrivò al petto. Ragionò che non poteva essere un fatto naturale, certamente avivano scavato la rena e ottenuto una sorta di fossato, in modo da aggiungere un altro ostacolo a chi, venendo dalla spiaggia, avesse avuto gana d'arrampicarsi sugli scogli. Si mise a natare a rana alla fimminina, lento, senza fare il minimo scarmazzo, seguendo la curvatura di quel braccio del porticciolo: l'acqua era fridda e via via che s'avvicinava all'imboccatura le onde si facevano sempre più consistenti e rischiavano di mandarlo a farsi friccicare contro qualche spunzone. Non essendoci più la nicissità di natare a rana, pirchì oramà qualisisiasi rumorata che avrebbe potuto fare si sarebbe confusa con quella del mare, in quattro bracciate raggiunse l'ultimo scoglio, quello che delimitava l'imboccatura. Vi si appoggiò con la mano mancina per pigliare tanticchia di sciato e a un'ondata più forte delle altre i suoi pedi andarono a sbattere contro una piccolissima piattaforma naturale. Ci acchianò supra, tenendosi con le due mano alla roccia. A ogni ondata rischiava di sciddricare, trascinato dal risucchio. Era una posizione perigliosa, ma prima di andare avanti doviva rendersi conto di alcune cose.

Secondo il ricordo delle immagini della ripresa, l'altro scoglio che delimitava l'imboccatura doviva essiri situato più addintra verso la riva pirchì il secondo braccio disegnava un gran punto interrogativo il cui ricciolo superiore terminava appunto con quello scoglio. Sporgendo la testa di lato, ne vitti l'ùmmira. Stette per un pezzo a taliare, voliva essere certo che dall'altra parte non ci fosse nisciuno a fare la guardia. Quanno ne fu sicuro, spostò i pedi centimetro appresso centimetro fino al limite della piattaforma e dovette ancora squilibrarsi tutto a dritta pirchì la sò mano fosse in grado di tastiare alla cieca alla cerca di qualcosa di metallico, il faretto che era arrinisciuto a scorgere nell'ingrandimento fotografico. Ci mise chiossà di cinco minuti a trovarlo, era allocato più in alto di quanto gli era parso nella foto. Ci passò, per prudenza, la mano davanti diverse volte. Non sentì nessun allarme sonare lontano, non era una cellula fotoelettrica, era proprio un faretto in quel momento astutato. Aspittò ancora tanticchia una qualisisiasi reazione e doppo, visto che non capitava nenti di nenti, si ributtò in acqua. Girato mezzo scoglio, di subito le sò mano incontrarono la sbarra di ferro che serviva a impedire l'arrivo a sorpresa nel porticciolo. Sempre tastiando, si fece capace che la sbarra scorreva lungo una guida verticale metallica e che tutta la manopera doviva essere comandata elettricamente dall'interno della villa.

Ora non gli restava altro da fare che trasire dintra. Si afferrò alla sbarra per sollevarsi al di sopra di essa e scavalcarla. Aveva già il pedi mancino passato al di là quanno la cosa capitò. La cosa, pirchì Montalbano non seppe rendersi conto di che si trattava. La fitta in mezzo al petto fu accussì improvvisa, lacerante, dulurusa e longa che il commissario, ricadendo a cavaddro della sbarra, ebbe la certezza che qualichiduno gli avesse sparato con un fucile da sub, centrandolo. E mentri pinsava a questo, contemporaneamente era cosciente che non si trattava della pinsata giusta. Si muzzicò le labbra pirchì gli vinni di fare un urlo disperato che macari macari gli avrebbe dato tanticchia di sollievo. E subito doppo si rese conto che quella fitta non viniva dall'esterno, come già oscuramente sapeva, ma dall'interno, da dintra il suo corpo indovi qualichi cosa si era rumputa o era arrivata al limite di rottura. Gli venne difficoltoso assà arrinesciri a tirare un filo d'aria e farlo passare tra le labbra serrate. Di colpo, accussì com'era vinuta, la fitta scomparse, lasciandolo indolenzito e intronato, ma non scantato. La sorpresa aviva avuto la meglio sullo scanto. Fece scivolare il culo lungo la sbarra fino a quanno non arriniscì ad appuiarsi con le spalle allo scoglio. Ora il suo equilibrio non era più accussì precario, avrebbe avuto modo e tempo d'arripigliarsi dal malessere che gli aviva lasciato l'incredibile botta di duluri. Invece non ebbe né modo né tempo, la seconda fitta arrivò implacabile, più feroce della prima. Cercò di controllarsi, ma non ce la fece. E allura curvò le spalle e si mise a chiangiri a occhi chiusi, un chianto di duluri e di malincunia, non distingueva quanno gli arrivava alla vucca il sapore delle lagrime da quello delle gocce d'acqua di mare che gli calavano dai capelli e mentre il dolore diventava una specie di trapano rovente nella carne viva, litaniò dintra di sé:

«Patre mio, patre mio, patre mio...».

Litaniava a sò patre morto e senza paroli gli addumannò la grazia che qualichiduno dalla terrazza della villa finalmente s'addunasse di lui e l'astutasse con una piatosa raffica di mitra. Ma sò patre non ascutò la priera e Montalbano continuò a chiangiri fino a quanno macari stavolta il dolore scomparse, però con estrema lintizza, squasi che gli dispiacesse lasciarlo.

Ma passò tempo assà prima che egli fosse in condizione di caminare una mano o un pedi, pareva che gli arti s'arrefutavano di ubbidire agli ordini che il ciriveddro gli mandava. Ma l'occhi li aviva aperti o ancora chiusi? C'era più scuro di prima o aviva la vista annigliata?

Si rassignò. Doviva accettare la facenna accussì com'era. Aviva fatto una minchiata ad andare da solo, era capitata una difficoltà e ora doviva pagare le conseguenze della sua spirtizza. L'unica era d'approfittare di questi intervalli tra una fitta e l'altra per calarsi in acqua, girare attorno allo scoglio e natare lentamente verso la riva. Non era cosa di proseguire oltre, tornare era l'unica, c'era solo da rimettersi in acqua, girare appena attorno alla boa...

Pirchì aviva detto boa e no scoglio? Fu allura che dintra alla sò testa si rappresentò la scena vista alla televisione, l'orgoglioso arrefuto di quella varca a vela che invece di fare il giro di boa e tornare narrè aviva preferito testardamente continuare ad andare avanti, fino a sfracellarsi 'nzemmula alla varca dei giudici... E seppe accussì che il suo essiri fatto in un certo modo non gli concedeva nessuna possibilità di scelta. Non sarebbe mai potuto tornare indietro.

Restò una mezzorata immobile, appuiato allo scoglio, in ascolto del suo corpo, in attesa del minimo signali dell'arrivo di una nuova fitta. Non capitò più niente. E non poteva più lasciar passare altro tempo. Si calò in mare al di qua della sbarra, principiò a natare a rana pirchì l'acqua era calma, le onde non avivano forza, si rompevano prima contro la sbarra. Dirigendosi a riva, capì che si attrovava dintra a una specie di canale con le sponde di cemento, largo minimo un sei metri. E difatti, mentre ancora i sò pedi non toccavano, a mano dritta vitti il biancore della rena all'altizza della sò testa. Appoggiò le dù mano sulla sponda più vicina e si isò.

Taliò davanti a sé e strammò. Il canale non finiva sulla spiaggia, ma proseguiva ancora tagliandola in due e andava a infilarsi dintra a una grutta naturale, assolutamente invisibile a chi passava davanti al porticciolo o a chi si sporgeva dalla cima dello sbalanco. Una grotta! A qualche metro dall'ingresso, a mano dritta, si partiva una scala scavata nella parete, come quella che aveva fatto prima di scinnuta, chiusa però da un cancello. Calato in due, s'avvicinò alla trasuta della grutta, ascutò. Nessun rumore, tranne lo sciabordio dell'acqua all'interno. Si buttò panza a terra, sganciò la torcia, l'addrumò per un secondo, astutò. Immagazzinò nel ciriveddro tutto quello che il lampo di luce gli aviva consentito di vidiri e ripeté l'operazione. Incamerò altri dettagli preziosi. Alla terza addrumata e astutata, sapeva quello che c'era dintra la grutta.

In mezzo al canale, si dondolava un grosso gommone, probabilmente uno Zodiac dal motore potentissimo. A mano dritta lungo il canale correva una banchina in cemento, larga poco più di un metro: a metà di questa banchina c'era una enorme porta di ferro, chiusa. Probabilmente darrè la porta c'era la rimessa indovi tenevano il gommone quanno non serviva e molto probabilmente c'era macari una scala interna che acchianava sino alla villa. O un ascensore, và a sapiri. La grutta si capiva che era ancora più profunna, ma il gommone impediva la vista di quello che c'era appresso.

E ora? Fermarsi qua? Andare avanti?

«Trenta e dù vintotto» si disse Montalbano.

Si susì e trasì nella grutta senza addrumari la torcia. Sentì sutta i pedi il cemento della banchina, avanzò, la sò mano dritta sfiorò il ferro arruggiato della porta. Ci accostò l'orecchio, nenti, silenzio assoluto. Lo tentò con la mano e sentì che cedeva, era appena accostata. Fece una pressione leggera, ma bastò perché si aprisse per qualche centimetro. I cardini dovevano essere ben lubrificati. E se c'era qualichiduno che l'aviva sentito e l'aspittava con un kalashnikov? Pacienza. Pigliò la pistola e addrumò la torcia. Nisciuno gli sparò, nisciuno gli disse bongiorno. Era la rimessa del gommone, piena di taniche. In fondo c'era un arco scavato nella roccia e si vedevano 'na poco di graduna. La scala che portava alla villa, come aveva supposto. Astutò la torcia, richiuse la porta. Proseguì allo scuro per altri tre passi e doppo fece luce. La banchina continuava ancora per qualche metro, doppo s'interrompeva di colpo diventando una specie di belvedere pirchì la parte posteriore della grutta era tutta un ammasso di scogli di varia grannizza, una disordinata catena montuosa in miniatura sotto la volta altissima. Astutò.

Ma com'erano fatti gli scogli? C'era qualichi cosa di strammo. Mentre cercava di capire pirchì gli scogli gli erano parsi strammi, Montalbano, nello scuro e nel silenzio, percepì un rumore che lo fece agghiazzare. C'era qualichi cosa di vivente nella grutta. Era un sono strisciante, continuo, picchiettato da colpi leggeri come di ligno su ligno. E notò che l'aria che stava respirando aviva un colore giallo marcito. Squieto, addrumò nuovamente la torcia e doppo l'astutò. Ma gli era stato bastevole per vidiri che gli scogli, verdi per il lippo a livello d'acqua, cangiavano colore nella parte di supra pirchì erano letteralmente cummigliati da centinara, da migliara di granchi di tutte le dimensioni e di tutti i colori che si muovevano continuamente, furmicoliavano, s'arrampicavano gli uni sugli altri sino a formare grosse pigne viventi e orride che per il peso si staccavano e cadevano in acqua. Uno spettacolo schifoso.

Montalbano notò macari che la parte posteriore della grutta era separata da quella anteriore da una rete metallica che s'alzava di un mezzo metro supra il pelo dell'acqua e che andava dal termine della banchina alla parete di fronte. A che poteva servire? A impedire che trasisse qualche grosso pisci? Ma che stronzaggini andava pinsanno? Forse arriversa, a impedire che qualichi cosa niscisse? Ma che cosa, se in quella parte di grutta non c'erano altro che scogli?

E tutto 'nzemmula capì. Che gli aviva detto il dottor Pasquano? Che il catafero era stato mangiato dai granci, che gliene avivano trovato dù in gola… Quello era il posto indovi Errera-Lococo, che evidentemente aveva troppo alzato la testa, era stato fatto affogare per punizione e a lungo Baddar Gafsa lì ne aviva tenuto esposto in acqua il catafero con i polsi e le caviglie legati col filo di ferro, mentre i granci a centinara se lo mangiavano, altro trofeo da mostrare agli amici e a tutti coloro che avrebbero potuto avere male intinzioni tradimentose. Doppo aviva dato l'ordine di gettarlo in mare aperto. E il catafero, navicanno navicanno, era arrivato fino a davanti a Marinella.

Che altro c'era da vidiri? Rifece la strata all'incontrario, niscì fora dalla grutta, si calò in acqua, natò, passò supra la sbarra, girò attorno allo scoglio e si sentì assugliare di colpo da una stanchizza mortale, infinita. Stavolta sì che si scantò. Gli mancava persino la forza di isare il vrazzo per dari la bracciata, si era scarricato di colpo. Si vede che l'aviva tenuto addritta solamenti la tensione nirbùsa e ora che aviva fatto quello che doviva fare non c'era più nenti dintra il suo corpo a dargli un minimo di spinta, d'energia. Allura si rivotò sul dorso e si mise a fare il morto, era l'unica, prima o doppo la corrente l'avrebbe portato a riva. A un certo punto gli parse d'arrisbigliarsi pirchì la schina gli strisciava contro qualichi cosa. Si era appinnicato? Possibile? Con quel mare e in quelle condizioni si era messo a durmiri come dintra a una vasca da bagno? Ad ogni modo, capì che era arrivato alla spiaggia, ma non arriniscì a susirisi, le gambe non lo tenevano. Si mise sulla panza e si taliò torno torno. La corrente era stata piatosa con lui, l'aviva portato vicinissimo al posto indovi aviva lasciato il binocolo. Non poteva lasciarlo lì. Ma come arrivarci? Doppo due o tri tentativi di mettersi addritta, si rassegnò a caminare a quattro zampe, come un armàlo. Ogni metro doviva fermarsi, gli mancava il sciato e sudava. Quanno arrivò all'altizza del binocolo, non arriniscì a pigliarlo, il vrazzo non s'allungava, s'arrefutava di assumere consistenza, pariva un budino trimoliante. Si rassegnò. Avrebbe dovuto aspettare. Ma non poteva perdere troppo tempo, alla prima luce del jorno quelli della villa l'avrebbero visto.

«Cinque minuti soli» disse a se stesso chiudendo l'occhi e rannicchiandosi su un fianco, come un picciliddro.

Ci mancava solamente che si metteva un dito in bocca ed era fatta. Ora come ora voleva dormire tanticchia, ripigliare forza, tanto così com'era arridutto quella scala terribile in salita non sarebbe stato capace di farla. Aviva appena chiuso l'occhi che sentì una rumorata vicinissima, una luce violenta gli perforò le palpebre, scomparse.

L'avevano scoperto! Ebbe la certezza della fine. Ma era accussì privo di forze, accussì cuntento di poter tenere l'occhi chiusi che non volle reagire, non si cataminò dalla sua posizione, stracatafottendosene di quello che certamente stava per capitargli.

«Sparami e vattela a pigliare nel culo» disse.

«E perché vuole che le spari?» spiò, soffocata, la voce di Fazio.

L'acchianata della scala se la fece praticamente fermandosi a ogni graduni, malgrado che Fazio, con una mano sulla schina, l'ammuttasse di darrè. Mancavano solamenti cinco graduna per arrivare in cima quanno venne necessitato d'assittarsi, il core gli era arrivato al cannarozzo, aviva la 'mpressioni che potesse di momento in momento scappargli fora dalla vucca. Fazio s'assittò macari lui, in silenzio. Montalbano non lo poteva vidiri in faccia, ma lo sintiva nirbùso e 'nfuscato.

«Da quand'è che mi vieni appresso?».

«Da aieri sira. Quando la signora Ingrid l'ha riaccompagnato a Marinella io ho aspettato tanticchia, non sono andato via subito, avevo la mezza idea che lei sarebbe uscito nuovamente. E così è stato. Sono riuscito a seguirla bene fino all'entrata di Spigonella, poi l'ho perso. E dire che la zona oramà la conosco. Per ritrovare la sua auto ci ho messo quasi un'ora».

Montalbano taliò sutta, il mare si era ingrossato al vento che già sentiva vicina l'alba. Se non era per Fazio, sicuramente sarebbe stato ancora mezzo sbinuto sulla spiaggia. Era stato Fazio a pigliare il mallitto binocolo, a farlo susire, a carricarselo quasi sulle spalle, a incitarlo a reagire. In una parola, a salvarlo. Tirò un respiro funnuto.

«Grazie».

Fazio non arrispunnì.

«Però tu qua con me non ci sei mai stato».

Manco stavolta Fazio parlò.

«Mi dai la tua parola?».

«Sì. Ma lei mi dà la sua?».

«Per cosa?».

«Che va da un medico a farsi taliare. Appena può».

Montalbano agliuttì amaro.

«Parola» disse susendosi.

Era pirsuaso che quella parola data l'avrebbe mantenuta. Non pirchì fosse scantato per la sò salute, ma pirchì non si può mancari la promissa fatta a un angilo custodi. E ripigliò l'acchianata.

Guidò senza difficoltà per le strate ancora deserte, tallonato dalla machina di Fazio che non c'era stato verso di convincerlo che poteva benissimo arrivare a Marinella da solo. Via via che il cielo schiariva si sentiva meglio, la jornata prometteva. Trasì in casa. «Madonna santa! I latri!» fece Fazio appena vitti com'erano arridotte le càmmare.

«Sono stato io, cercavo una cosa».

«La trovò?».

«Sì».

«E meno mali, masannò spurtusava le pareti!».

«Senti, Fazio, sono quasi le cinque. Ci vediamo in commissariato passate le dieci, d'accordo?».

«D'accordo, dottore. Si riposasse».

«Voglio vedere macari il dottor Augello».

Quanno Fazio se ne fu andato, scrisse un biglietto ad Adelina, in stampatello.

«ADELINA, NON TI SCANTARE, NON CI SONO STATI I LADRI IN CASA. RIMETTI IN ORDINE MA SENZA FARE RUMORATA PERCHÉ DORMO. PREPARAMI IL MANGIARE».

Raprì la porta di casa, ci appizzò il biglietto con una puntina da disegno in modo che la cammarera lo vidiva prima di trasire. Staccò il telefono, andò in bagno, si mise sutta la doccia, s'asciucò e si stinnicchiò sul letto. La botta atroce di dibolizza era miracolosamente scomparsa, anzi, a dire tutta la virità, si sentiva sì tanticchia stanco, ma non più del normale. Del resto era stata una nottatazza, non si poteva negare. Si passò una mano sul petto, come per controllare se le due atroci fitte avessero lasciato un qualche segno, una qualche cicatrice. Nenti, nessuna ferita, né aperta né rimarginata. Prima d'addrummiscirisi, ebbe un ultimo pinsèro con buona pace dell'angelo custode: ma c'era tutto questo bisogno di andare dal medico? No – concluse – non se ne vidiva proprio la nicissità.

Diciassette

S'appresentò in commissariato alle undici, tutto alliffato e, se non sorridente, almeno non era di umore ursigno. Le ore di sonno che si era fatto l'avivano addirittura ringiovanito, sentiva che tutti gli ingranaggi del suo corpo funzionavano al meglio. Delle due terribili fitte della notti avanti e della conseguente dibolizza, manco l'ùmmira. Proprio sul portone, quasi si scontrò con Fazio che stava niscenno e che, al vederlo, si bloccò e lo taliò a longo. Il commissario si lasciò taliare.

«Stamatina ha una bella faccia» fu il verdetto.

«Ho cangiato fondotinta» disse Montalbano.

«No, la virità è che lei, dottore, ha sette vite come i gatti. Torno subito».

Il commissario si piazzò davanti a Catarella.

«Come mi trovi?».

«E comi voli ca la trovi, dottori? Un dio!».

In fondo in fondo, questo tanto criticato culto della personalità non era poi accussì malvagio.

Macari Mimì Augello aviva un aspetto riposato.

«Beba ti ha lasciato dormire?».

«Sì, abbiamo passato una buona nuttata. Anzi, non voleva che venivo in commissariato».

«E perché?».

«Desiderava essere portata a spasso dato che la jornata è accussì bella. Mischina, negli ultimi tempi non nesci più da casa».

«Eccomi qua» disse Fazio.

«Chiudi la porta che cominciamo».

«Faccio un ricapitolo generale» principiò Montalbano «macari se alcuni di questi fatti già li conoscete. Se c'è qualcosa che non vi torna, ditemelo».

Parlò per una mezzorata senza essiri mai interrotto, spiegando come Ingrid avesse riconosciuto Errera e come la parallela inchiesta personale sul picciliddro extracomunitario lentamente era confluita nell'indagine sull'annegato senza nome. E qui contò quello che a sua volta gli aviva contato il giornalista Melato. Arrivato al punto dello scanto che si era pigliato Marzilla di ritorno dall'avere portato alla villa Jamil Zarzis e un altro omo, fu lui a interrompersi e a spiare:

«Ci sono domande?».

«Sì» disse Augello «ma prima devo pregare Fazio di nesciri dalla càmmara, contare lentamente fino a dieci e poi rientrare».

Senza dire né ai né bai, Fazio si susì, niscì, chiuì la porta.

«La domanda è questa» fece Augello. «Quando la finirai di fare lo stronzo?».

«In che senso?».

«In tutti i sensi, minchia! Ma chi credi di essere, il giustiziere notturno? Il lupo solitario? Tu sei un commissario! Te lo sei scordato? Rimproveri alla Polizia di non rispettare le regole e tu per primo non le rispetti! Ti fai addirittura accompagnare in un'impresa rischiosa non da uno di noi, ma da una signora svedese! Cose da pazzi! Di tutto questo tu dovevi informare i tuoi superiori o almeno tenere noi al corrente e non metterti a fare il cacciatore di taglie!».

«Ah, è per questo?».

«Non ti basta?».

«Non mi basta perché ho fatto di peggio, Mimì».

Augello spalancò la vucca, scantato.

«Di peggio?!».

«E dieci» fece Fazio comparendo.

«Ripigliamo» disse Montalbano. «Quando Ingrid bloccò la macchina di Marzilla, questi credette che si trattava di quello che gli dava gli ordini. E pensò che lo volevano liquidare, forse perché oramà sapiva troppe cose. Si pisciò addosso mentre supplicava di non essere ammazzato. Il nome che fece, senza manco rendersene conto, fu quello di don Pepè Aguglia».

«Il costruttore?» spiò Augello.

«Credo sia proprio lui» confermò Fazio. «In paìsi corre voce che presta soldi a strozzo».

«Di lui ci occuperemo da domani stesso, ma è bene che qualcuno lo tenga d'occhio già da ora. Non voglio lasciarmelo scappare».

«Ci penso io» fece Fazio. «Gli metto appresso Curreli che è bravo».

Ora veniva la parte difficile da contare, ma doviva farlo.

«Dopo che Ingrid m'ebbe accompagnato a Marinella, pensai di tornare a Spigonella per dare una taliata alla villa».

«Naturalmente da solo» fece sardonico Mimì agitandosi sulla seggia.

«Da solo sono andato e da solo sono tornato».

Questa volta ad agitarsi sulla seggia fu Fazio. Però non raprì vucca.

«Quando il dottor Augello ti ha fatto uscire dalla stanza» disse Montalbano rivolgendosi a lui «è perché non voleva farti sentire che mi diceva che sono uno stronzo. Me lo vuoi dire macari tu? Potreste fare un coretto».

«Non mi permetterei mai, dottore».

«Beh, allora, se non me lo vuoi dire, sei autorizzato a pensarlo».

Rassicurato sul silenzio e la complicità di Fazio, descrisse il porticciolo, la grutta, la porta di ferro con la scala interna. E parlò macari degli scogli coi granci che si erano spurpati il catafero di Errera.

«E questa è la parte passata» concluse. «E ora c'è da pensare a come dobbiamo muoverci. Se le notizie che ho avute da Marzilla sono giuste, stanotte ci saranno sbarchi e dato che si è scomodato Zarzis significa che arriva merce per lui. E noi dobbiamo trovarci là al momento dell'arrivo».

«D'accordo» fece Mimì «però, mentre tu sai tutto della villa, noi non sappiamo niente né della villa né del territorio circostante».

«Fatevi dare le riprese che ho fatto dal lato mare. Ce le ha Torrisi».

«Non basta. Ci vado io, vado a vedere di persona» risolvette Mimì.

«Non mi persuade» intervenne Fazio.

«Se ti vedono e si mettono in sospetto, mandiamo tutto a buttane» rincarò il commissario.

«Calmi. Ci vado con Beba che aveva gana d'aria di mare. Le faccio fare una bella passiata e intanto talìo quello che c'è da taliare. Non credo che si metteranno in allarme vedendo un omo e una fìmmina col pancione. Massimo massimo alle cinque di doppopranzo ci rivediamo qua».

«Va bene» disse Montalbano. E rivolto a Fazio:

«Guarda che voglio pronta la squatra stritta. Picca òmini, ma decisi e fidati. Gallo, Galluzzo, Imbrò, Germanà e Grasso. Augello e tu ne pigliate il comando».

«Perché, tu non ci sarai?» s'ammaravigliò Mimì.

«Ci sarò. Ma io sarò di sutta, al porticciolo. Se qualcuno tenta di scappare, lo blocco».

«La squadra la comanderà il dottor Augello perché io vengo con lei» disse secco Fazio.

Sorpreso dal tono, Mimì lo taliò.

«No» disse Montalbano.

«Dottore, guardi che...».

«No. È un fatto personale, Fazio».

Stavolta Mimì taliò Montalbano il quale taliava occhi nell'occhi Fazio che non abbassava i suoi. Pariva una scena di una pellicola di Quentin Tarantino, si puntavano l'occhi invece dei revorbari.

«Agli ordini» fece alla fine Fazio.

Per disperdere quel tanticchia di tensione che ancora c'era, Mimì Augello arrisolse una domanda:

«Come facciamo a sapere se stanotte ci saranno o non ci saranno sbarchi? Chi ce lo viene a dire?».

«Potrebbe informarsi lei col dottor Riguccio» suggerì Fazio al commissario. «In genere, verso le sei di doppopranzo alla Questura di Montelusa hanno un quadro abbastanza chiaro della situazione».

«No, a Riguccio ho già domandato troppe cose. Quello è uno sbirro vero, capace che s'insospettisce. No, forse c'è un'altra strada. La Capitaneria di porto. Lì arrivano tutte le informazioni, tanto da Lampedusa quanto dai pescherecci e dalle motovedette e loro le trasmettono alla Questura. Quello che si riesce a sapere, naturalmente, perché poi di molti sbarchi clandestini non si sa nenti di nenti. Tu ci conosci qualcuno alla Capitaneria?».

«Nonsi, dottore».

«Io sì» disse Mimì. «Fino all'anno scorso ho frequentato un sottotenente. È ancora qua, ci siamo incontrati casualmente domenica passata».

«Bene. Quando puoi andarci a parlare con questo sottotenente?».

«Questa sottotenente» corresse Mimì. E aggiunse:

«Ma non fate cattivi pinsèri. Io ci ho provato, ma non c'è stato verso. Siamo rimasti amici. Appena torno da Spigonella riaccompagno Beba a casa e la vado a trovare».

«Dottore, e di Marzilla che ne facciamo?» spiò Fazio.

«Quello ce lo cuociamo dopo Spigonella assieme al signor Aguglia».

Rapruto il frigorifero, ebbe un'amara sorpresa. Adelina gli aviva sì rimesso in ordine la casa, ma come mangiare gli aviva priparato solo mezzo pollo bollito. E che fitinzia era? Quello era un piatto da malati! Da oglio santo addirittura! E qui gli nacque un atroce sospetto e cioè che Fazio avesse comunicato alla cammarera che lui era stato male e che quindi abbisognava tenerlo leggero. Ma come aviva fatto a farglielo sapiri se il telefono era staccato? Con un piccione viaggiatore? No, quella era certamente una vendetta di Adelina, arraggiata per il disordine nel quale aveva trovato l'appartamento. Sul tavolo di cucina c'era un biglietto che non aviva notato quanno si era fatto il cafè:

«La càmmira di leto si l'arrizzeta vosia datosi che ci sta dormenno».

S'assittò sulla verandina e ingoiò il pollo lesso coll'aiuto di un intero barattolo di sottaceti. Proprio alla fine squillò il telefono. Si vede che Adelina aveva riattaccato la presa. Era Livia.

«Salvo, finalmente! Sono stata così in pensiero! Ieri sera ho telefonato una decina di volte, fino a mezzanotte. Dov'eri?».

«Scusami, ma c'era un appostamento da fare e…».

«Ti volevo dire una bella cosa».

«Cioè?».

«Domani arrivo».

«Davvero?!».

«Sì. Tanto ho fatto, tanto ho detto che mi hanno dato tre giorni».

Montalbano si sentì invadere da un'ondata di cuntintizza.

«Beh, non dici niente?».

«A che ora arrivi?».

«A mezzogiorno, a Punta Raisi».

«O vengo io o mando qualcuno a prenderti. Sono…».

«Beh? Ti costa tanto dirlo?».

«No. Sono felice».

Prima di andarsi a corcare, perché gli era venuta gana di una pennichella, dovette rimettere in ordine la càmmara di letto, altrimenti non sarebbe stato capace di chiudere occhio.

«Tu sei peggio che un uomo d'ordine» gli aviva una volta detto Livia risentita d'essere stata rimproverata di lasciare le sue cose alla sanfasò casa casa. «Perché sei anche un uomo ordinato».

Mimì Augello s'arricampò che erano le sei passate da un pezzo e appresso a lui trasì Fazio.

«Te la sei pigliata commoda, mi pare» lo rimproverò Montalbano.

«Però porto carrico».

«E cioè?».

«In primisi, queste».

E tirò fora dalla sacchetta una decina di fotografie fatte con la polaroid. In tutte c'era Beba col pancione che sorrideva e darrè di lei, da ogni angolazione possibile, la villa di Spigonella. In due o tre Beba addirittura stava appoggiata alle sbarre del cancello chiuso con una catena e un grosso catinazzo.

«Ma l'hai detto a Beba cos'eri andato a fare e chi ci sta in quella villa?».

«No. Che bisogno c'era? Accussì è venuta più naturale».

«Non s'è fatto vivo nessuno?».

«Macari stavano a sorvergliarci da dintra, ma fora non è comparso nessuno. Vogliono dare l'impressione che la casa è disabitata. Lo vedi il catinazzo? È tutta apparenza, perché infilando le mano tra le sbarre si può comodamente aprire anche dall'interno».

Sciglì un'altra foto, la pruì al commissario.

«Questa è la facciata destra. C'è la scala esterna che porta al primo piano e la porta grande sutta dev'essere quella del garage. Ingrid ti ha detto se c'è una comunicazione tra il garage e il resto della casa?».

«No. Il garage è una càmmara senza aperture a parte l'entrata. Una scala interna c'è invece tra il piano terra e il primo piano, anche se Ingrid non l'ha mai vista perché vi si accede da una porta della quale Errera diceva di non avere le chiavi. E sono certo che un'altra scala collega il piano terra con la grotta».

«A occhio, il garage può contenere due macchine».

«Una c'è di sicuro. Quella che ha scrafazzato il picciliddro. A proposito, mi raccomando: quando li abbiamo presi, la macchina dev'essere esaminata dalla Scientifica. Mi ci gioco i cabasisi che persino il sangue del picciliddro ci troveranno».

«Ma secondo lei com'è andata?» spiò Fazio.

«Semplice. Il picciliddro aveva capito, non so come, di andare incontro a qualche cosa di terribile. E ha cominciato a tentare di scappare appena è sbarcato. Per colpa mia, la prima volta non ci è riuscito. L'hanno portato a Spigonella. Lì deve avere scoperto la scala interna che portava alla grotta. Sicuramente è scappato da lì. Qualcuno se ne è accorto e ha dato l'allarme. Allora Zarzis ha pigliato la macchina e l'ha cercato fino a quando non l'ha trovato».

«Ma se questo Zarzis è arrivato aieri a sira!» fece Augello.

«A quanto m'è parso di capire, Zarzis fa avanti e narrè. È sempre presente quando deve smistare la merce e pigliare i soldi. Come ora. Lui è il responsabile di queste operazioni davanti al suo capo».

«Voglio parlare degli sbarchi» fece Mimì.

«Ne ha facoltà» disse Montalbano.

L'idea di aviri Zarzis a portata di mano gli dava un senso di benessere.

«La mia amica mi ha detto che si tratta di una vera e propria emergenza. Le nostre motovedette hanno intercettato quattro imbarcazioni stracariche e malridotte dirette rispettivamente a Seccagrande, Capobianco, Manfia e Fela. Sperano solo che le imbarcazioni riescano a toccare terra prima d'affondare e non se ne parla nemmeno di trasbordi o di cambiamenti di rotta. I nostri non possono fare altro che stargli appresso, pronti a raccogliere i naufraghi se dovesse capitare qualche disgrazia».

«Ho capito» disse pinsoso Montalbano.

«Che cosa hai capito?» spiò Mimì.

«Che questi quattro sbarchi sono stati organizzati in modo di essere un diversivo. Seccagrande e Capobianco si trovano a ovest della zona Vigàta-Spigonella, mentre Manfia e Fela sono a est. Il mare davanti al tratto Vigàta-Spigonella è dunque momentaneamente privo di sorveglianza, le coste macari. Un peschereccio che conosce l'esistenza di questo corridoio momentaneo può arrivare fino a sotto la nostra costa senza essere visto».

«E allora?».

«E allora, caro Mimì, viene a dire che Zarzis andrà a rilevare il suo carico in mare, col gommone. Non so se vi ho detto che al primo piano della villa c'è una ricetrasmittente, con quella possono tenersi continuamente in contatto e incontrarsi al punto giusto. La tua sottotenente...».

«Non è mia».

«... ti ha detto verso che ora sono previsti gli sbarchi?».

«Verso la mezzanotte».

«Allora bisogna che voi e la squatra siete pronti a Spigonella al massimo alle dieci. Si farà accussì. Su due scogli all'imboccatura del porticciolo della villa ci sono due faretti. Verranno addrumati al momento nel quale il gommone dovrà uscire e saranno riaccesi al ritorno. Questi faretti, e macari la sbarra mobile, credo che sono manovrati dal terzo omo, il guardiano della villa. Voi dovrete agire di fino e cioè neutralizzare il guardiano solo dopo, ripeto dopo, che ha addrumato i faretti per il rientro del gommone. Avrete a disposizione pochissimo tempo.

199

Quindi aspetterete che Zarzis e il suo aiutante entrino in casa e li piglierete di sorpresa. Ma attenzione: quelli hanno con loro dei picciliddri e sono capaci di tutto. Ora mettetevi d'accordo voi due. Vi saluto e figli mascoli».

«E tu dove vai?» spiò Augello.

«Passo un momento da Marinella e poi vengo a Spigonella. Ma ripeto: voi travagliate per i fatti vostri e io per i fatti miei».

Niscì dalla càmmara e passando davanti a Catarella gli spiò: «Catarè, sai se Torretta ha una tronchese e un paro di stivaloni di gomma alti, di quelli che arrivano a mezza coscia?».

L'aviva. Tronchese e gambali.

A Marinella si parò con un maglione nìvuro a girocollo, un paro di pantaloni di villuto nìvuro che infilò dintra agli stivaloni, una scazzetta di lana col giummo macari essa nìvura che si mise in testa. Ci mancava la pipetta torta nella vucca e sarebbe stato una stampa e una figura con un lupo di mare alla maniera delle pellicole americane di terz'ordine. Andò davanti allo specchio e si taliò. L'unica era riderci sopra.

«Avanti tutta, vecchio bucaniere!».

Arrivò alla villetta bianca e rossa di Spigonella che erano le deci, ma invece di pigliare la strata per il bungalow fece quella della prima volta, quando c'era stato con Fazio. L'ultimo tratto lo coprì a fari astutati. Il cielo era cummigliato e c'era un tale scuro che non si vidiva un'amata minchia a un passo di distanza. Scinnì dalla machina e si taliò torno torno. A mano dritta, a un centinaro e passa di metri, la massa scura della villa. Dei sò òmini, nenti, manco un suspiro. O non erano ancora arrivati o se erano arrivati si erano mimetizzati benissimo. Tronchese in mano e pistola in sacchetta, caminò sull'orlo dello sbalanco fino a che non individuò il comincio della scala che aviva notato quanno era stato lì. La scinnuta non fu accussì difficoltosa come con l'altra scala, o pirchì questa era scavata meno a pirpindicolo o pirchì il sapiri che i sò òmini erano nei paraggi lo confortava.

Era arrivato a metà quanno sentì rimbombare un motore. Capì subito che si trattava del gommone in partenza, il rumore era

amplificato dal silenzio e dalla grutta che faceva cassa di riso-
nanza. Si bloccò. Davanti all'imboccatura del porticciolo, l'acqua del mare di colpo si tingì di rosso. Montalbano, data la posizione nella quale si trovava, non poteva vidiri direttamente il
faretto addrumato pirchì era cummigliato dall'altro faraglione
che gli stava davanti, ma quel riflesso rosso non poteva significare altro. E dintra a quel riflesso vitti distintamente passare
la sagoma del gommone, macari se non arriniscì a capire quante pirsone c'erano a bordo. Subito doppo il riflesso scomparse,
la rumorata del motore s'allontanò, durò a longo cangiato nel
ronzio di un moscone, si perse. Tutto come aviva previsto.
Mentre ripigliava a scinniri i graduna, dovette tenersi dal mettersi a cantare a squarciagola, fino a questo momento non aviva sbagliato una mossa.
   Ma fu cuntintizza di breve durata pirchì la difficoltà di caminare sulla rina asciutta con quegli stivaloni s'appresentò subito. Sarebbero stati infatti bastevoli una decina di passi per spac-
cargli la schina e d'altra parte spostarsi di più verso la ripa fino a trovare la rina vagnata e compatta era periglioso assà, si
veniva a trovari troppo alla scoperto. S'assittò 'n terra e tentò
di levarsi il primo stivalone. Il quale stivalone scinnì tanticchia
lungo la coscia, ma s'arrefutò testardamente di oltrepassare il
ginocchio. Si susì e ripeté il tentativo addritta. Pejo di prima.
Principiò a sudare e a santiare. Finalmente arriniscì a incastrare un tacco tra dù petre che sporgevano dalla parete e s'alliberò.
Ripigliò a caminare a pedi nudi tenendo con una mano la tronchese e coll'altra gli stivaloni. Nello scuro non s'addunò di una
troffa d'erba sarbaggia ch'era tutta un ammasso di spine e ci acchianò di supra. Un centinaro di spine s'azzeccarono felici nelle piante dei pedi. Avvilì. No, doveva pigliarne atto, quelle im-
prise, per lui, non erano più cosa. Arrivato al margine del fossato, s'assittò e s'infilò gli stivaloni sudando friddo per il male
che gli facivano le decine di spine disturbate per la sfricatura
della gomma.
   Si calò lentamente dintra al fossato ed ebbe la soddisfazione di sapiri che aviva inzertato il calcolo giusto: l'acqua gli arrivò a mezza coscia, proprio un dito sutta a dove finiva la pro-

tezione degli stivaloni. Ora aviva davanti il primo dei faraglioni nani che formavano il porticciolo, nasciva praticamente dalla stessa parete. S'infilò nella cintura la tronchese e tastiando con le mano lo scoglio scoprì due appigli. Si isò con la forza delle vrazza. L'arrampicata gli venne facilitata dalle suole di gomma che facevano presa. Sciddricò una sola volta, ma arrinisci a tenersi con una mano sola. Aggrampandosi che pareva un grancio, arrivò alla rete metallica. Pigliò la tronchese e, principiando da dritta a vascio, tranciò il primo filo. Il secco zac metallico risonò nel silenzio come una revorberata, o almeno accussì gli parse. S'apparalizzò, non osando cataminare manco un dito. Non capitò nenti, nisciuno fece voci, nisciuno arrivò di cursa. E zac appresso zac, mettendo tra l'uno e l'altro zac una giusta pausa quatelosa, arrinisci in una mezzorata a troncare tutti i fili della rete saldata al palo di ferro che a sua volta era cementato nella parete. Non tranciò solo due fili nella parte alta, uno a dritta e l'altro a manca, che servivano a tenere la rete sospesa e a dare l'impressione che fosse ancora intatta. Quelli li avrebbe tagliati a tempo debito. Ora da lì doveva andarsene. Lasciò la tronchese sutta la rete e, tenendosi con le due mano aggrappato alla parte superiore dello scoglio, stinnicchiò il corpo, coi pedi alla ricerca di un appiglio. Gli parse d'averlo trovato, c'infilò la punta degli stivaloni e lasciò la presa. Fu un errore. L'appiglio era poco profondo e non resse il peso. Scivolò lungo lo scoglio, tentando di fermare la sciddricata con le dita ad artiglio. Gli parse di essere addiventato gatto Silvestro in uno dei suoi migliori momenti comici. Si spellò le mano e piombò addritta nel fossato. Pirchì non funzionò il principio d'Aristotele, anzi no, d'Archimede? Il principio diciva che un corpo immerso in un liquido riceve una spinta dal basso verso l'alto pari alla quantità di liquido spostato. Era accussì o no? Invece lui non ricevette nisciuna spinta, a riceverla fu l'acqua che gli arrivò a fontana fino a supra la testa, ricadde, gli assuppò il maglione, sguazzò allegramente tra i sò cabasisi, penetrò dintra gli stivaloni. E inoltre gli parse che la caduta avesse fatto l'istissa rumorata di una balena che si spiaggiava. Appizzò le orecchie, ancora una volta nenti, né una voce né una rumorata. Siccome il

202

mare era tanticchia mosso, forse il guardiano aviva pinsato a un'ondata contro gli scogli più forte delle altre. Risalì dal fossato, si stinnicchiò sulla rena.

E ora che fare? Contare da zero a un miliardo? Circari di ripassare a memoria tutte le poesie che conosceva? Farsi tornare a mente tutti i modi possibili di cucinare le triglie? Accominzari a pinsari alle giustificazioni da dare al Questore e al pm per avere travagliato a questa facenna a taci maci, senza «il permesso delli Superiori»? Improviso, gli venne di fare uno stranuto violento, tentò di tenerlo, non ci arriniscì, bloccò lo scruscio a livello di naso tappandolo con la mano. Sentiva d'avere dintra a ogni stivale una mezza litrata d'acqua. Ci mancava sulo sta gran camurria del raffreddore! Oltretutto, principiava a sintiri friddo. Si susì e si mise a passiare ranto ranto la parete, tanto peggio se all'indomani avrebbe avuto malo di schina. Fatti cento passi, tornò narrè. Arrivato al fossato, voltò le spalle e principiò una nova caminata. Fece avanti e narrè una decina di volte. Altro che friddo! Ora sintiva cavudo e sudava. Decise d'arriposarsi tanticchia e s'assittò 'n terra. Poi si stinnicchiò completamente. Passata una mezzorata, gli principiò una fastiddiosa sonnolenza. Chiuì l'occhi e li raprì, non seppe calcolare quanto tempo doppo, infastidito dal ronzio di un moscone.

Moscone?! Ma quello era il gommone che tornava! Di scatto, rotolò verso il fossato, vi trasì dintra addritta, ma standosene raggomitolato. Il ronzio divintò rumore e a sua volta il rumore divintò fracasso mentre il gommone arrivava a vista del porticciolo. Il fracasso cessò improvviso, di certo il gommone ora stava sfruttando l'abbrivio per percorrere il canale e trasire dintra alla grutta. Montalbano acchianò sullo scoglio senza problemi, a dargli forza e lucidità era la cirtizza che da lì a poco si sarebbe pigliata la soddisfazione tanto addesiderata. Appena arrivò con la testa all'altizza della rete vitti che un gran fascio di luce nisciva dall'ingresso della grutta. Sentì macari due voci arraggiate d'òmini e un chianto e un piagnucolio di picciliddri che gli muzzicò il cori e gli rivotò lo stomaco. Aspittò con le mano sudatizze e tremanti, non di tensione ma di raggia, fino a quanno non percepì più una voce o una rumorata provenire dalla grotta e quanno stava per tranciare il primo dei dù fili che restavano macari la luce s'astutò. Bon signo, veniva a significare che la grutta era sgombra. Tagliò i fili uno appresso all'altro senza precauzioni, fece sciddricare il grande quatrato di rete che gli restò in mano lungo lo scoglio e doppo lo lasciò cadiri nel fossato. Passò tra i dù pali di ferro e saltò sulla rena, allo scuro, dalla cima dello scoglio. Un savuto di oltre tri metri, e il Signuruzzu gliela mandò bona. In quei pochi momenti pariva aviri perso una decina e passa d'anni. Scocciò l'arma, mise il colpo in canna e trasì nella grutta. Scuro fitto e silenzio. Caminò sulla banchina stritta fino a quanno la sò mano sentì la porta di ferro mezzo aperta. Trasì nella rimessa e spedito, come se ci vidiva, arrivò fino all'arco, lo passò, acchianò sul primo graduni e qui si fermò. Come mai tutto era accussì tranquillo? Pirchì i sò òmini ancora non avivano principiato a fare quello che dovivano? Un pinsèro gli traversò la testa e lo fici sudare: vuoi vidiri che avivano avuto un contrattempo e non erano arrivati? E lui che se ne stava lì allo scuro, pistola in mano, vistuto da bucaniere come una testa di minchia! Ma pirchì non s'addecidevano? Gesù, ma volevano babbiare? E accussì il signor Zarzis e i suoi dù amicuzzi se la sarebbero passata liscia? Eh no, a costo d'acchianare nella villa da solo e fare un catunio.

E proprio in quel momento sentì, sia pure attutiti dalla lontananza, esplodere quasi contemporaneamente colpi di pistola, raffiche di mitra, voci alterate delle quali non si capivano le parole. Che fare? Aspittare lì o curriri in appoggio dei sò? Supra, la sparatina continuava, violenta e pariva essersi fatta più vicina. Tutto 'nzemmula una luce fortissima s'addrumò nelle scale, nella rimessa e dintra alla grutta. Qualichiduno si priparava a scappare. Sentì distintamente passi precipitosi sulla scala. Velocissimo, il commissario niscì dall'arco e gli si mise allato, spalle al muro. Un attimo appresso un omo ansante sbucò facendo una specie di balzo che parse 'ntifico un surci quanno nesci dalla fogna.

«Fermo! Polizia!» gridò Montalbano avanzando di un passo. L'omo non si fermò, si voltò appena, isò il vrazzo destro armato di un grosso revorbaro e sparò darrè di sé quasi all'urbigna. Il commissario sentì una mazzata violenta alla spalla sinistra, tanto violenta che tutta la parte superiore del suo corpo venne girata a mancina. Ma i pedi e le gambe no, restarono al posto loro, 'nchiuvati 'n terra. L'omo era arrivato alla porta della rimessa quanno il primo e unico colpo sparatogli da Montalbano lo pigliò in pieno in mezzo alle scapole. L'omo si bloccò, allargò le vrazza, mollò il revorbaro e cadì in avanti affacciabocconi. Il commissario, con lintizza, pirchì non ce la faciva a caminare spedito, gli si avvicinò e con la punta dello stivalone lo rivoltò.

Jamil Zarzis parse sorridergli con la sò vucca sdintata.

Una volta una pirsona gli aviva spiato se gli era mai capitato d'essiri contento d'aviri ammazzato a uno. E lui aviva risposto di no. E manco stavolta si sintiva contento, ma appagato sì. Appagato era la parola giusta.

Lentamente s'agginucchiò, aviva le gambe di ricotta e una gran gana di sonno. Il sangue nisciva a fontanella dalla ferita alla spalla e gli assuppava il maglione. Il colpo doviva aviri fatto un gran pirtuso.

«Commissario! Dio mio, commissario! Chiamo un'ambulanza!».

Teneva l'occhi inserrati e riconobbe Fazio dalla voce.

«Niente ambulanze. Perché ci avete messo tanto a principiare?».

«Abbiamo aspittato che mettessero i picciliddri dintra a una càmmara, così potevamo cataminarci meglio».

«Quanti sono?».

«Sette picciliddri. Pare un asilo infantile. Tutti salvi. Uno dei due òmini l'abbiamo ammazzato, l'altro si è arreso. Al terzo ha sparato lei. Il conto torna. E ora posso chiamare qualcuno che mi dia una mano d'aiuto?».

Ripigliò conoscenza che era dintra a una machina guidata da Gallo. Fazio era darrè con lui e lo tiniva abbrazzato dato che l'auto sobbalzava sulla strata tutta pirtusa pirtusa. Gli avivano levato il maglione e fatto una fasciatura provisoria. Non sintiva dolore per la ferita, forse sarebbe arrivato doppo. Tentò di parlari, ma a prima botta non ci arriniscì pirchì aviva le labbra arse.

«Stamatina... a Punta Raisi... a mezzojorno... arriva Livia».

«Non si preoccupi» disse Fazio. «Qualcuno di noi ci andrà sicuramente».

«Dove... mi state portando?».

«All'ospedale di Montechiaro. È il più vicino».

E qui capitò una cosa che fece spavento a Fazio. Pirchì capì che la rumorata che stava facendo Montalbano non era tosse o schiarimento di gola, ma risata. E che ci trovava da ridere in quella situazione?

«Perché ride, dottore?» spiò prioccupato.

«Io vuliva futtiri... all'angelo custode... e non andare dal medico... e invece lui... futtì a mia... facendomi finire allo spitali».

A quella risposta, Fazio atterrì. Il commissario evidentemente cominciava a delirare. Ma l'atterrì ancora di più l'urlo improvviso del ferito.

«Fermo!».

Gallo frenò, la machina sbandò.

«Quello... davanti a noi... è... il bivio?».

«Sissi, dottori».

«Piglia la strata per Tricase».

«Ma dottore...» intervenne Fazio.

«Vi ho detto di pigliare la strata per Tricase».

Gallo rimise in moto lentamente, svoltò a mano dritta e quasi subito Montalbano gli ordinò di fermarsi.

«Addruma gli abbaglianti».

Gallo eseguì e il commissario si sporse a taliare fora dal finestrino. La montagnola di perciale non c'era più, era servita a pianeggiare la trazzera.

«Meglio accussì» si disse.

Improvviso, fortissimo, l'assugliò il dolore della ferita.

«Andiamo all'ospedale».

Ripartirono.

«Ah, Fazio, un'altra cosa...» continuò con fatica passandosi inutilmente la lingua arida sulle labbra arse «ricordati... ricordati d'avvertire... a Ponzio Pilato... sta all'hotel Regina».

Madunnuzza santa! E da dovi nisciva fora Ponzio Pilato? Fazio fece la voce comprensiva, come si fa coi pazzi.

«Certo, certo, stia calmo, l'avvertiremo, la prima cosa che farò».

Troppa faticata a parlari, a spiegari. E Montalbano si lasciò andare, mezzo sbinuto. Allura Fazio, ch'era addivintato tutto un sudore per lo scanto che gli veniva a sintiri quelle cose per lui senza senso, si calò in avanti e sussurrò a Gallo:

«Curri, pi carità, curri. Non lo vedi che il dottore non ci sta più con la testa?».

Nota

I personaggi di questo romanzo, i loro nomi e le situazioni nelle quali si vengono a trovare e agiscono sono, naturalmente, frutto d'invenzione.

Appartengono invece alla realtà i dati sull'immigrazione clandestina dei minori tratti dall'inchiesta di Carmelo Abbate e Paola Ciccioli apparsa su «Panorama» del 19 settembre 2002, e le notizie sul capo dei negrieri e la sua organizzazione desunte da un articolo del quotidiano «La Repubblica» del 26 settembre 2002. Anche la storia del finto morto mi è stata suggerita da un fatto di cronaca («Gazzetta del Sud», 17, 20 e 25 agosto 2002).

A. C.

La pazienza del ragno

Uno

S'arrisbigliò di colpo, sudatizzo, col sciato grosso. Per quali-chi secondo non capì indovi s'attrovava, doppo fu il respiro leg-gero e regolare di Livia addrummisciuta allato a lui a riportar-lo alle dimensioni accanosciute e rassicuranti. Era nella sò càm-mara di letto a Marinella. A tirarlo fora dal sonno era stata una fitta gelida come una lama alla ferita della spalla mancina. Non ebbe bisogno di taliare il ralogio sul comodino per sapiri che era-no le tri e mezza di notte, per la precisione le tri, ventisette pri-mi e quaranta secondi. Gli capitava accussì da vinti jorni, tan-ti ne erano passati da quella nuttata che Jamil Zarzis, trafficante di picciliddri extracomunitari, gli aviva sparato ferendolo e lui aviva reagito ammazzandolo, vinti jorni, ma lo scorrere del tempo si era come inceppato a quel momento preciso. Tac avi-va fatto un ingranaggio in quella parte della sò testa indovi si misurava il passari delle ore e dei jorni, tac, e da allura se dor-miva s'arrisbigliava se invece era vigliante c'era come un mi-sterioso, impercettibile fermo immagine delle cose torno torno a lui. Sapiva benissimo che durante quel fulmineo duello non gli era manco passata per l'anticamera del ciriveddro l'idea di taliare che ora era, eppure, e questo se l'arricordava benissimo, nell'attimo che la pallottola sparata da Jamil Zarzis gli si con-ficcava nella carne, una voci dintra di lui, impersonale, una vo-ci di fìmmina, tanticchia metallica come quelle che si sentono nelle stazioni o nei supermercati, aviva detto: «sono le tre, ventisette primi e quaranta secondi».

«*Lei era col commissario?*».
«*Sì, dottore*».
«*Si chiama?*».

«Fazio, dottore».

«Da quand'è che è avvenuto il ferimento?».

«Mah, dottore, il conflitto c'è stato verso le tre e mezzo. Quindi poco più di una mezzorata fa. Dottore...».

«Sì?».

«È grave?».

Stava stinnicchiato senza cataminarsi, con l'occhi inserrati, e perciò tutti si erano fatti persuasi che era fora conoscenza e quindi potivano parlari apertamente. Invece sintiva e capiva ogni cosa, era a un tempo strammato e lucito, solo che gli ammancava la gana di raprire la vucca e arrisponniri lui stisso alle domande del dottore. Le gnizioni che gli avivano fatto per non fargli sintiri duluri si vede che facivano effetto in ogni parte del corpo.

«Ma non dica fesserie! Dovremo solo estrarre la pallottola che è rimasta dentro».

«O Madonna Santa!».

«Ma non si agiti così! È una sciocchezza! Oltretutto non credo proprio che abbia fatto molto danno; l'uso del braccio, con un po' di esercizi di riabilitazione, tornerà al cento per cento. Mi scusi, ma perché continua a essere così preoccupato?».

«Vede, dottore, qualche giorno fa il commissario se ne andò da solo a fare un sopraluogo...».

Macari ora, come allora, sta tenendo l'occhi inserrati. Ma non sente più le parole, cummigliate dalla rumorata forte della risacca. Dev'esserci vento, la persiana sutta alle folate trimolìa tutta, fa una specie di lamentìo. Meno male che è ancora in convalescenza, accussì può restarsene quanto voli sutta le coperte. A questo pinsèro si sente sollevato e s'addecide a raprire l'occhi a fessura.

Pirchì non sintiva più a Fazio che parlava? Raprì l'occhi a fessura. I dù si erano tanticchia allontanati dal letto, erano vicini alla finestra, Fazio parlava e il dottore in càmmisi bianco ascutava serio serio. E tutto 'nzemmula seppe che non aviva bisogno di sintiri le parole per sapiri quello che Fazio stava dicendo al dottore. L'amico sò Fazio, il sò omo fidato lo stava tradendo come Giuda, *stava evidentemente contando al dottore il fatto di quando era restato senza forze sulla spiaggia, doppo quel gran duluri al petto che gli era vinuto in mare… E ora figurati i medici a sintiri la bella novità! Prima di levargli quella pallottola mallitta gli faranno passari i guadolino, lo talieranno dintra e fora, lo spurtuseranno, gli solleveranno la pelle a pezzo a pezzo per vidiri quello che c'è sutta…*

La sò càmmara di letto è come sempre. No, non è vero. È diversa ma è sempre la stissa. Diversa pirchì sul tangèr ora ci stanno cose di Livia, la borsetta, le forcine, dù flaconcini. E sulla seggia che si trova dalla parte opposta ci sono una cammisetta e una gonna. E macari se non lo vidi sa che da qualichi parte vicino al letto c'è un paro di pantofole rosa. S'intenerisce. Si scioglie, ammoddra dintra, si liquefa. Da vinti jorni gli è venuta questa strofella nova alla quale non arrinesci a porre rimeddio. Che basta un nenti a portarlo, a tradimento, sull'orlo della commozione. E di questa situazione di fragilità emotiva si vrigogna, s'affrunta, è costretto a elaborare complesse difese pirchì gli altri non se ne addunino. Ma con Livia no, con lei non ce l'ha fatta. E Livia ha deciso d'aiutarlo, di dargli una mano trattandolo con una certa durezza, non vuole offrirgli pretesti di cedimenti. Ma è tutto inutile, pirchì macari questo amoroso atteggiamento di Livia lo porta a un misto di commozione e cuntintizza. Pirchì è contento che Livia si sia jocate tutte le vacanze per dargli adenzia e sa che macari la casa di Marinella è contenta che ci sia Livia. La sò càmmara di letto, a taliarla alla luce del sole, da quanno c'è lei è come se avesse ripigliato colore, come se le pareti fossero state ripittate di luminoso bianco. Dato che non c'è nisciuno a taliarlo, s'asciuca una lagrima con la punta del linzolo.

Tutto bianco e in quel bianco solo il marrone (una volta era rosa? Quanti secoli fa?) della sua pelle nuda. Bianca la sala indovi gli stanno facendo l'elettrocardiogramma. Il dottore talia la longa striscia di carta, scote la testa dubitevole. Montalbano, atterrito, s'immagina che il grafico che quello sta taliando sia preciso 'ntifico alla traccia lasciata dal sismografo durante il terremoto di Messina del

1908. Gli è capitato di vidirlo riprodotto su una rivista storica: un groviglio dispirato e insensato, come tracciato da una mano impazzita di scanto.

«Mi hanno scoperto!» pensa. «Si sono addunati che il mio cori funziona a corrente alternata, alla sanfasò, e che ho avuto minimo minimo tri infarti!».

Doppo, nella càmmara trase un altro medico, càmmisi bianco macari lui. Talia la striscia, talia Montalbano, talia il collega.

«Rifacciamolo» dice.

Forse non cridono ai loro occhi, non si fanno capaci come un omo con quell'elettrocardiogramma sia ancora in un letto di spitale e non supra un tavolo di marmaro d'obitorio. Taliano la nova striscia, stavolta con le teste vicine vicine.

«Facciamogli il telecuore» sentenziano, più confusi che pirsuasi.

Montalbano avrebbe gana di dire a loro che, stando accussì le cose, tanto vale manco estrargli la pallottola. Lo lascino moriri in pace. Però, mannaggia, non ha pinsato di fari testamento. La casa di Marinella, per esempio, deve andare sicuramente a Livia senza che si faccia avanti qualichi cugino di quarto grado a reclamare diritti.

Già, pirchì da qualichi anno la casa di Marinella è sò. Pinsava che non ce l'avrebbe fatta mai ad accattarisilla, costava troppo per lo stipendio che aviva e che gli consentiva scarsi risparmi. Po', un jorno, il socio di sò patre gli aviva scritto dicendogli che era pronto a liquitargli la quota paterna della casa di produzione vinicola che ammontava a una cifra considerevole. E accussì non solamente aviva avuto i soldi per accattarsi la casa, ma gliene erano restati assà da mettere in banca. Per la vicchiaia. E quindi era necessitato a fari testamento, datosi che, senza volerlo, era addivintato un signore che aviva delle proprietà. Ma ancora, una volta nisciuto dallo spitale, non si era addeciso ad andare dal notaro. Nel caso però che si fosse finalmente pirsuaso ad andarci, a Livia toccava la casa, questo era fora discussione. A François... a quel suo figlio che non era sò figlio, ma avrebbe potuto esserlo, sapiva benissimo cosa lassari. I soldi per accattarsi una bella machina. Vidiva già la facci sdignata di Livia.

Ma come? Lo vizii accussì? Sissignura. Un figlio che non è un figlio ma che avrebbe potuto (dovuto?) esserlo va viziato assà di più di un figlio che è figlio. Ragionamento a coda di porco, d'accordo, ma sempre ragionamento. E a Catarella? Pirchì di sicuro Catarella nel sò testamento doviva comparire. E che gli lassava? Libri di certo no. Tentò di farsi tornari a mente una vecchia canzuna d'alpini che si chiamava «Il testamento del capitano» o qualichi cosa di simile, ma non ci arriniscì. Il ralogio! Ecco, a Catarella avrebbe lassato il ralogio di sò patre che il socio gli aviva fatto pervenire. Accussì si sarebbe sintuto pirsona di famiglia. Il ralogio, era l'unica.

Il ralogio nella càmmara indovi ci stavano facenno il telecuore non arrinesce a leggerlo pirchì davanti all'occhi tiene una specie di velo grigiastro. I dù medici sono impignati a taliare una specie di televisore, attentissimi, ogni tanto spostano un mouse.

Uno, quello che lo doviva operare, si chiama Strazzera, Amedeo Strazzera. Stavolta dalla machina non viene fora una strisciolina di carta, ma una serie di fotografie, o qualichi cosa di simile. I dù medici taliano e ritaliano, alla fine suspirano come stremati da una caminata lunghissima. Strazzera s'avvicina a lui, mentre il collega s'assetta supra una seggia naturalmente bianca, e lo talia severo. Doppo si cala in avanti. Montalbano pensa che ora il dottore gli dirà:

«La deve finire di fingersi vivo! Si vergogni!».

Come faciva la poesia?

«Il pover'uom, che non se n'era accorto, / andava combattendo ed era morto».

Invece quello non parla e principia ad ascutarlo con lo stetoscopio. Come se non l'aviva fatto già una vintina di volte! Alla fine si raddrizza, talia il collega, spia:

«Che facciamo?».

«Io lo farei vedere a Di Bartolo» dice l'altro.

Di Bartolo! Una leggenda. Montalbano l'aviva accanosciuto tempo avanti. Oramà un vecchio ultrasittantino, sicco, varbetta bianca che gli faciva una facci di capra, incapace d'adattarsi alla convivenza civile, alle buone maniere. Pare che una volta aviva detto a uno accanosciuto come spietato usuraio, doppo averlo visitato a

modo sò, che non era in grado di dirgli nenti pirchì non era arrini-
sciuto a localizzare il cori. E un'altra volta, a un tale, mai visto avan-
ti, che si stava pigliando un cafè al bar: «lo sa che le sta venendo
un infarto?». E il bello è che a quello l'infarto gli era immediata-
mente vinuto, macari pirchì glielo aviva appena detto un lumina-
re come Di Bartolo. Ma pirchì quei due volivano chiamari a Di Bar-
tolo se non c'era più nenti da fare? Forse volivano far vidiri al vec-
chio maestro il fenomeno che lui era, uno che inspiegabilmente con-
tinuava a campare con il cori che pariva Dresda doppo il bombar-
damento dell'americani.

In attesa, decidono di riportarlo nella sò càmmara. Mentri raprono
la porta per far trasiri la barella, sente la voci di Livia che lo chia-
ma, dispirata:

«Salvo! Salvo!».

Non ha gana d'arrispunniri. Mischina! Era arrivata a Vigàta per
passari qualichi jorno con lui e invece ha attrovato questa bella sur-
prisa.

«Mi hai fatto proprio una gran bella sorpresa!» aviva detto
Livia il jorno avanti, quanno, di ritorno dallo spitale di Montelusa per una visita di controllo, si era arricampato reggendo
tra le mano un grosso mazzo di rose. E di subito era scoppiata
a chiangiri.

«Dai, non fare così!».

Tenendosi macari lui a stento.

«Perché non dovrei?».

«Ma se non l'hai mai fatto prima!».

«E tu quando mai, prima, mi hai regalato un mazzo di rose?».

Le posa, leggermente per non arrisbigliarla, la mano sul
fianco.

Se l'era scordato, o quanno l'aviva accanosciuto non ci aviva fat-
to caso, che il professor Di Bartolo, oltre all'aspetto, aviva macari
la voci caprigna.

«Buongiorno a tutti» bela trasenno seguito da una decina di
dottori rigorosamente in càmmisi bianco che si stipano nella càm-
mara.

«Buongiorno» rispondono tutti ossia il solo Montalbano datosi che, quanno il professore è comparso sulla soglia, dintra alla càmmara ci sta solo lui.

Il professore s'avvicina al letto e lo talia con interesse.

«Vedo con piacere che malgrado i miei colleghi lei è ancora in grado d'intendere e di volere».

Fa un gesto e allato a lui compare Strazzera che gli consegna i risultati degli esami. Il professore talia a malappena il primo foglio e lo jetta sul letto, il secunno l'istisso, il terzo idem, il quarto macari. In breve, la testa e il torso di Montalbano scompaiono sutta alle carte. Alla fine il commissario sente la voci del professore, non lo può vidiri pirchì propio supra all'occhi sono andate a finire le foto del telecuore:

«Posso sapere perché mi avete chiamato?».

Il belato è piuttosto irritato, la capra evidentemente sta principiando a incazzarsi.

«Vede, professore» fa la voci esitante di Strazzera «il fatto è che uno degli assistenti ci ha riferito che il commissario qualche giorno addietro ha avuto un serio episodio di...».

Di che? Non arrinesci a sintire Strazzera. Forse gli sta riassumendo la puntata all'orecchio. Puntata? Che c'entra la puntata? Non è un teleromanzo. Strazzera ha detto episodio. Ma non si chiama macari episodio una puntata di teleromanzo?

«Tiratemelo su» ordina il professore.

Gli levano le carte di supra, lo isano con dilicatizza. Un circolo di medici in bianco torno torno al letto, in religioso silenzio. Di Bartolo accomenza ad appuiare lo stetoscopio, doppo lo sposta di qualichi centimetro, doppo lo sposta ancora e si ferma. Vedendogli la facci accussì da vicino, il commissario s'adduna che il professore fa un movimento continuo con le mandibole come se masticasse chewing gum. Tutto 'nzemmula però capisce: sta ruminando. Di Bartolo è una vera capra. Che oramà da un sacco di tempo non si catamina. Immobile, ascuta. Che sentono le sue grecchie di quello che capita dintra al mè cori? si spia Montalbano. Crolli di palazzi? Fenditure che si raprono improvvisamente? Boati sotterranei? Di Bartolo ascuta interminabilmente, non si sposta di un millimetro dal punto che ha individuato. Ma non gli fa mali la schina a stari ca-

lato accussì? Il commissario principia a sudari di scanto. Doppo il professore si rimette dritto.

«*Basta così*».

Rimettono giù Montalbano.

«*Secondo me*» *è la conclusione del luminare* «*potete sparargli altri tre o quattro colpi e poi estrargli i proiettili senza anestesia. Il suo cuore reggerebbe sicuramente*».

E sinni va, senza salutari a nisciuno.

Deci minuti appresso è in sala operatoria, c'è una luce bianca intensa. Un tipo tiene in mano una specie di maschera, gliela posa sulla facci.

«*Inspiri profondamente*» *dice.*

Lui obbedisce. E non s'arricorda più di nenti.

«Come mai» si spia «non hanno ancora inventato una bomboletta che quanno non puoi propio pigliare sonno te l'infili dintra al naso, premi, nesci il gas o quello che è, e t'addrummisci di colpo?».

Sarebbe commoda, un'anestesia anti insonnia. Gli è venuta una botta di sete. Si susi adascio per non arrisbigliare Livia, va in cucina, si versa un bicchiere da una bottiglia di minerale già aperta. E ora? Addecide di fari tanticchia di esercizio col vrazzo, come gli ha insignato una 'nfirmera specializzata. Unu, dù, tri e quattru. Unu, dù, tri e quattru. Il vrazzo funziona bene, tanto che può guidare la machina tranquillamente.

Strazzera ci ha inzertato in pieno. Solo che certe volte gli si addrummisce, come avviene alle gambe quando si sta troppo fermi nell'istissa posizione, e si sente tutto l'arto spilli spilli. O formicole formicole. Si vivi un altro bicchiere d'acqua e torna a corcarsi. A sentirlo trasire sutta le coperte, Livia murmuria qualichi cosa, si gira, gli volta le spalle.

«*Acqua*» *supplica raprenno l'occhi.*

Livia gli versa un bicchiere, lo fa viviri tenendogli la testa sollevata con una mano darrè il cozzo. Doppo rimette il bicchiere sul comodino e spirisce dal campo visivo del commissario. Montalbano arrinesci a sollevarsi tanticchia. Livia è addritta davanti alla fi-

nestra e allato a lei c'è il dottor Strazzera che le sta parlando fitto fitto. Tutto 'nzemmula sente la risatina leggera di Livia. Ma quant'è spiritoso il dottor Strazzera! E pirchì sta accussì impiccicato a Livia? E pirchì quella non sente il doviri di spostarsi tanticchia? Ora vi faccio vidiri io.

«Acqua!» grida arraggiato.

Livia sussulta, scantata.

«Ma perché beve tanto?» spia Livia.

«Sarà effetto dell'anestesia» dice Strazzera. E aggiunge: «Guardi, Livia, che l'operazione è stata una sciocchezza. Tra l'altro ho fatto in modo che resti una cicatrice praticamente invisibile».

Livia lo talia con un sorriso grato che fa infuriare ancora chiossà il commissario.

Una cicatrice invisibile! Accussì potrà presentarsi senza problemi al prossimo concorso per Mister Muscolo.

A proposito di muscolo, o quello che è. Si sposta senza fare scarmazzo, fino a fare aderire il corpo sò alla schina di Livia. La quale pare apprezzare quel contatto, lo si capisce da una specie di mugolìo che fa nel sonno.

Montalbano allunga una mano a coppa, gliela posa supra una minna. Livia, come per un riflesso condizionato, mette la sò mano supra la mano di lui. E qui l'operazione si blocca. Pirchì Montalbano sa benissimo che se procedesse oltre Livia gli imporrebbe uno stop immediato. È già capitato la prima notte che sono tornati a Marinella.

«No, Salvo. Non se ne parla. Ho paura che ti faccia male».

«Ma dai, Livia, sono stato ferito a una spalla, non al...».

«Non essere volgare. Non lo capisci? Non mi sentirei a mio agio, avrei timore di...».

Ma il muscolo, o quello che è, questi timori non li capisce. Non ha ciriveddro, non è uso alla meditazione. Non sente ragioni. E se ne sta lì, gonfio di raggia e di desiderio.

Scanto. Timore. Questo accomenza a provare il secunno jorno appresso l'operazione, quanno, verso le novi del matino, la ferita piglia a fargli mali assà. Pirchì gli doli accussì? S'erano scordati, co-

me spissu capitava, un pezzo di garza dintra? E capace che non era garza, ma un bisturi di trenta centimetri. Livia se ne adduna subito e chiama a Strazzera. Il quali s'apprecipita, macari ha lassato a mezzo un'operazione a cori aperto. Ma oramà le cose stavano accussì: appena Livia chiamava, Strazzera curriva. Il dottore dice che è una facenna assolutamenti prevedibile, che non c'è ragione pirchì Livia si allarmi. E spara una gnizione a Montalbano. Non passano manco deci minuti che capitano dù cose. La prima è che il duluri principia a passargli, la secunna è che Livia dice:

« È arrivato il Questore ».

E sinni nesci. Nella càmmara trasino Bonetti-Alderighi e il sò capo di gabinetto, il dottor Lattes, il quale tiene le mano a prighera, squasi s'attrovava davanti al letto di un moribunno.

« Come va, come va? » spia il Questore.

« Come va, come va? » fa eco Lattes con una intonazione da litania.

E il Questore parla. Solo che Montalbano lo sente a tratti, come se un forte vento gli portasse via le parole che l'altro dice.

« ... e pertanto l'ho proposta per un encomio solenne... ».

« ... solenne... » ripete Lattes.

« Parapunzi ponzi nenne » fa una voci dintra la testa di Montalbano.

Vento.

« ... in attesa del suo rientro, il dottor Augello... ».

« Oh che bello oh che bello » fa la solita voci dintra la testa.

Vento.

Occhi a pampineddra che inesorabilmente si chiudono.

E ora i sò occhi sono a pampineddra. Capace che finalmente arrinesci ad addrummiscirisi. Accussì, contro il corpo caldo di Livia. Ma c'è quella gran camurria di persiana che continua a lamentarsi a ogni colpo di vento.

Che fare? Aprire la finestra e inserrare meglio la persiana? Manco a pinsarci, Livia si sarebbe di sicuro arrisbigliata. Forse un sistema c'è. Non costa nenti provarlo. Non cercare di contrastare il lamentìo della persiana, ma assecondarlo, inglobarlo nel ritmo del respiro sò.

«Iiiih!» fa la persiana.
«Iiiih!» fa lui solo a filo di labbra.
«Eeeeh!» fa la persiana.
«Eeeeh!» fa eco lui.
Ma stavolta non ha controllato bene il livello della voce. In un vidiri e svidiri, Livia ha aperto l'occhi, si è susuta a mezzo:
«Salvo! Ti senti male?».
«Perché?».
«Ti lamentavi!».
«Sarà stato nel sonno, scusami. Dormi».
Mallitta finestra!

Due

Dalla finestra spalancata trasi un gran friddo. Sempre accussì negli spitali: ti guariscono dall'appendicite e ti fanno cripari di polmonite. Lui sta assittato in poltrona, mancano solo dù jorni e doppo potrà finalmente tornarsene a Marinella. Ma è dalle sei del matino che plotoni di fimmine si dedicano a puliziare tutto, corridoi, càmmare, ripostigli, a lucitare i vitra delle finestre, le maniglie, i letti, le seggie. Pare che una folata di pazzia puliscitoria abbia investito ogni cosa, si cangiano linzola, federe, coperte, il bagno è accussì sparluccicante che abbaglia, ci si deve trasire con l'occhiali da sole.

«Ma che capita?» spia a una 'nfirmera vinuta ad aiutarlo a rimettersi corcato.

«Deve venire un pezzo grosso».

«Ma chi?».

«Non lo saccio».

«Senta, ma non potrei restarmene in poltrona?».

«Non si può».

Doppo un pezzo compare Strazzera, rimane deluso di non trovari a Livia.

«Forse farà una scappata più tardi» lo tranquillizza Montalbano.

Ma è una carognata, quel «forse» l'ha detto per tenere sulla corda il dottore. Livia ha assicurato che di sicuro sarebbe arrivata, ma con un po' di ritardo.

«Chi deve venire?».

«Petrotto. Il sottosegretario».

«E che viene a fare?».

«A congratularsi con lei».

Minchia! Solo questo ci mancava! L'avvocato onorevole Gianfranco Petrotto, ora sottosegretario agli Interni, ma una volta condannato per corruzione, un'altra volta per concussione, una terza volta reato prescritto. Ex comunista, ex socialista, trionfalmente adesso eletto nel partito di maggioranza.

«Non mi può fare una iniezione che mi faccia perdere i sensi per un tre ore?» supplica a Strazzera.

Quello allarga le vrazza e se ne va.

L'onorevole avvocato Gianfranco Petrotto s'appresenta preceduto da uno scroscio di battimano che rimbomba nel corridoio. Però fa trasire nella càmmara solo il Prefetto, il Questore, il primario e un deputato del seguito.

«Gli altri mi aspettino fuori!» intima con una vociata.

Quindi comincia a raprire e a chiuire la vucca. Parla. E parla. E parla. Non sa che Montalbano s'è stipato le grecchie con del cotone idrofilo fino a farsele scoppiare. E non è in grado di sintiri le minchiate che lui sta dicendo.

Da un pezzo non sente più il lamentìo della persiana. Ha appena il tempo di taliare il ralogio, le quattro e quarantacinque, che finalmente s'addrummisce.

Nel sonno, a malappena avvertì il telefono che squillava e risquillava.

Raprì un occhio, taliò il ralogio. Erano le sei. Aviva durmuto appena un'ora e un quarto. Si susì di prescia, voliva fermare gli squilli prima che arrivassero a Livia, nel fondo del suo sonno. Sollevò la cornetta.

«Dottori, che feci, l'arrisbigliai?».

«Catarè, le sei del matino sono, spaccate».

«Veramenti il mio ralogio assegna le sei e tri minuti».

«Viene a dire che va tanticchia avanti».

«Sicuro è dottori?».

«Sicurissimo».

«Allora lo metto tri minuti narrè. Grazie, dottori».

«Prego».

Catarella riattaccò, Montalbano macari e principiò a tornari in càmmara di letto. A mezza strata si fermò, santianno. Ma che minchia di telefonata era? Catarella lo chiamava alle sett'albe

225

solo per vidiri se il sò ralogio caminava giusto? In quel momento il telefono sonò nuovamente, il commissario fu lesto a isare la cornetta al primo squillo.

«Dottori, domando pirdonanza, ma la quistioni dell'ora che è mi fece scordari di diricci la scascione della tilifonata per cui le feci la suddetta tilifonata».

«Dimmela».

«Pare che hanno siquistrato il motorino a una picciotta».

«Rubato o sequestrato?».

«Siquistrato, dottori».

Montalbano arraggiò. Ma era obbligato ad assufficare le vociate che gli viniva di fare. «E tu m'arrisbigli alle sei del matino per dirmi che la Finanza o i Carrabinera hanno sequestrato un motorino? A mia lo vieni a contare? Io me ne catafotto, col tuo permesso!».

«Dottori, vossia per catafottersene non avi d'abbisogno del mio permesso» fece l'altro, rispettosissimo.

«E oltretutto non sono tornato in servizio, sono ancora in convalescenza!».

«Lo saccio, dottori, ma a fari il sequestro non fu né la Finanza e manco la Beneamata».

«La Benemerita, Catarè. E cu fu?».

«Questo è il busillisse, dottori. Non si sa, non s'acconosce. E propio pi quisto mi dissero di tilefonari a lei di pirsona pirsonalmenti».

«Senti, c'è Fazio?».

«Nonsi, sul loco è».

«E il dottor Augello?».

«Macari lui sul loco è».

«Ma in commissariato chi c'è restato?».

«Provvisoriamenti ci abbado io, dottori. Il signori e dottori Augello mi disse di fari le feci».

Matre santa! Un rischio, un pericolo da far finire al più presto, Catarella era capace di scatenare un conflitto nucleare partendo da un semplice scippo. Possibile che Fazio e Augello si erano scomodati per il banale sequestro di un motorino? E po': pirchì lo facivano chiamari?

«Senti, fai una cosa, mettiti in contatto con Fazio e digli di telefonarmi subito qui a Marinella».

Riattaccò.

«Ma questo è un mercato!» disse una voci alle sò spalle.

Si voltò. Era Livia, l'occhi sparluccicanti di raggia. Per susirisi non aviva pigliato la vistaglia, ma si era infilata la cammisa usata il jorno avanti da Montalbano. Il quale, a vidirla accussì, si sentì assugliare dalla gana d'abbrazzarla. Ma si tenne, sapiva che doviva arrivari da un momento all'altro la chiamata di Fazio.

«Livia, ti prego, il mio lavoro…».

«Il tuo lavoro dovresti svolgerlo in commissariato. E solo quando sei in servizio».

«Hai ragione, Livia. Ti prego, torna a letto».

«Ma che letto e letto! Ormai mi avete svegliata! Vado in cucina a preparare il caffè» fece Livia.

Squillò il telefono.

«Fazio, vuoi avere la bontà di spiegarmi che minchia sta succedendo?» spiò Montalbano ad alta voci, non c'era più bisogno di precauzioni, tanto Livia non solo si era arrisbigliata, ma si era macari incazzata.

«Non dire parolacce» gli gridò infatti Livia dalla cucina.

«Ma Catarella non glielo ha detto?».

«Catarella non mi ha detto un'amata minchia…».

«La vuoi finire sì o no?» fece Livia.

«… mi ha parlato solo del sequestro di un motorino, un sequestro che non è stato fatto né dai Carrabinera né dalla Finanza. E che minchia…».

«Finiscila, t'ho detto!».

«… venite a smurritiare a mia? Andate a vedere se sono stati i Vigili urbani!».

«No, dottore. Il sequestro semmai riguarda la proprietaria del motorino».

«Non ho capito».

«Dottore, c'è stato un sequestro di persona».

Un sequestro di persona?! A Vigàta?!

«Spiegami dove siete, vengo subito» disse senza pinsarci.

«Dottore è complicato assà arrivarci. Tra un'orata al massimo, se le va bene, alla porta troverà la macchina di servizio. Accussì non si stanca manco a guidare».

«D'accordo».

Andò in cucina. Livia aviva messo il cafè sul foco. E ora stava stinnenno la tovaglia sul tavolino della cucina. Per lisciarla, dovette calarsi tutta in avanti e la cammisa del commissario che indossava addivintò troppo curta.

Montalbano non arriniscì a tenersi. Fici dù passi avanti e l'abbrazzò stritta stritta di darrè.

«Ma che ti prende?» spiò Livia. «Dai, lasciami! Che vuoi fare?».

«Prova a indovinare».

«Ma può farti ma…».

Il cafè acchianò. Nisciuno astutò il foco. Il cafè carcariò. Il foco restò addrumato. Il cafè si mise a bollire. Nisciuno sinni prioccupò. Il cafè niscì dalla machinetta e s'arrovesciò astutando il fornello a gas. Il gas continuò a viniri fora.

«Non senti uno strano odore di gas?» spiò languidamente Livia, doppo un certo tempo, sciogliendosi dall'abbraccio del commissario.

«Non mi pare» disse Montalbano che aviva la nasche piene solo del sciauro della pelle di lei.

«Oh Dio!» sclamò Livia, correndo ad astutare il gas.

A Montalbano restarono venti minuti scarsi per farsi la varba e la doccia. Il cafè, rifatto, se lo pigliò a volo pirchì già sonavano alla porta. Livia manco gli spiò indovi andava e pirchì. Aviva rapruto la finestra e sinni stava a stinnicchiarsi, le vrazza tenute alte, a un raggio di sole.

Strata facenno, Gallo gli contò quello che sapiva della facenna. La picciotta rapita, pirchì sul fatto che era stata rapita pariva non esserci più dubbio, di nome faciva Susanna Mistretta, era molto bella, era iscritta a Palermo all'università e si stava priparanno a dari il primo esame. Abitava, col patre e con la matre, in una villa in campagna, quella indovi erano diretti, a cinco chilometri fora dal paìsi. Susanna, da una misata circa, an-

228

dava a studiare in casa di un'amica a Vigàta e doppo, verso le otto di sira, sinni tornava alla villa col motorino sò.

La sira avanti il patre, non vedendola comparire come al solito, aspittata ancora un'orata, aviva telefonato all'amica della figlia la quale gli aviva risposto che Susanna era andata via come sempre alle otto, minuto più, minuto meno. Allura aviva chiamato al telefono un picciotto del quale sò figlia si considerava zita e questi si era mostrato sorpreso pirchì lui si era visto con Susanna a Vigàta nel doppopranzo, prima che andasse a studiare con l'amica, e la picciotta gli aviva comunicato che quella sira non sarebbe andata al cinema con lui pirchì doviva tornare a casa a studiare.

A questo punto il patre si era prioccupato. Aviva già chiamato la figlia diverse volte al telefonino, ma il cellulare arrisultava sempre astutato. A un certo momento il telefono di casa aviva squillato e il patre si era precipitato pinsanno che era la figlia. Invece a chiamare era il fratello.

«Susanna ha un fratello?».

«Nonsi, figlia unica è».

«Allora fratello di chi?» spiò a questo punto esasperato Montalbano che, tra la velocità che teneva Gallo e la strata tutta scaffi che stavano percorrendo, si sintiva non solo intronare la testa, ma fargli tanticchia mali la ferita.

Il fratello in questione era il fratello del patre della picciotta rapita.

«Ma tutte queste persone non hanno un nome?» tornò a spiare il commissario, spazientuto, spirando che la canuscenza dei nomi gli permetteva di seguire meglio il racconto.

«Certo che ce l'hanno, per forza, ma a mia non me l'hanno detto» arrispunnì Gallo. E continuò:

«Il fratello del patre della rapita, che è medico...».

«Chiamalo lo zio medico» suggerì Montalbano.

Lo zio medico telefonava per aviri notizie della cognata. Cioè a dire la matre della rapita.

«E perché? Sta male?».

«Sissi, dottore, male male».

Allura il patre aviva informato lo zio medico...

«No, in questo caso devi dire il fratello».

Allura il patre aviva informato il fratello della scomparsa di Susanna e l'aviva prigato di raggiungerlo nella villa per dare adenzia alla malata, accussì lui potiva mettersi liberamente alla ricerca della figlia. Avanti di liquitare gli impegni che aviva, il medico era arrivato che erano le unnici passate.

Il patre si era messo in machina e aviva battuto a lento a lento la strata che Susanna abitualmente faciva per tornare a casa. A quell'ora d'invernu non si vidiva anima criata, le machine erano rare. Rifece avanti e narrè l'istisso percorso, sempre più dispirato. A un certo momento gli si affiancò un motorino. Era lo zito di Susanna che aviva telefonato alla villa e lo zio medico gli aviva risposto che ancora non c'erano notizie. Il picciotto disse al patre che aviva 'ntinzione di percorrere tutte le strate di Vigàta alla ricerca almeno del motorino che accanosceva bene. Il patre rifece altre quattro volte avanti e narrè dalla casa dell'amica della figlia alla sò villa fermandosi di tanto in tanto a taliare persino le macchie sull'asfalto. Ma non gli parse di notare nenti di strammo. Quanno abbandonò le ricerche e s'arricampò erano quasi le tri del matino. E qui suggerì al fratello medico di telefonare, qualificandosi, a tutti gli spitali di Montelusa e di Vigàta. Ebbero solo risposte negative, cosa che da un lato li tranquillizzò e dall'altro li allarmò chiossà. Perdettero accussì un'altra orata.

A questo punto del racconto, che da un pezzo erano in aperta campagna e caminavano supra a una trazzera di terra battuta, Gallo indicò una casa, a una cinquantina di metri avanti.

«Quella è la villa».

Montalbano non fece a tempo a taliarla pirchì Gallo firriò a mano dritta imboccando un'altra trazzera, questa sì assà malannata.

«Dove stiamo andando?».

«Dove hanno trovato il motorino».

A trovarlo era stato lo zito di Susanna. Per tornare alla villa, doppo aviri invano circato per le vie di Vigàta, aviva pigliato una strata che allungava assà il percorso. E qua, a un ducento metri dalla casa di Susanna, aviva visto il motorino abbannunato ed era corso ad avvertire il patre.

Gallo accostò, si fermò darrè l'altra machina di servizio. Montalbano scinnì e Mimì Augello gli si fece incontro.

«È una storia fitusa, Salvo. Per questo ti ho dovuto disturbare. Ma la cosa s'appresenta mala».

«Dov'è Fazio?».

«È nella villa, col patre. Caso mai i rapitori si fanno vivi».

«Si può sapere come si chiama il patre?».

«Salvatore Mistretta».

«E che fa?».

«Faciva il geologo. Ha girato mezzo mondo. Ecco il motorino».

Stava appuiato a un vascio muretto a sicco che recingeva un orto. In perfetto stato, non c'erano ammaccature, era solamente tanticchia impruvulazzato. Galluzzo era dintra all'orto e taliava se attrovava qualichi cosa. L'istisso facivano sulla trazzera Imbrò e Battiato.

«Lo zito di Susanna... a proposito, come si chiama?».

«Francesco Lipari».

«Dov'è?».

«L'ho mandato a casa. Era morto di stanchizza e di preoccupazione».

«Dicevo: questo Lipari non è che è stato lui a spostare il motorino? Macari l'avrà trovato 'n terra, in mezzo alla trazzera...».

«No, Salvo. Il motorino ha giurato e spergiurato che l'ha trovato accussì come lo vedi».

«Lascia uno di guardia. Che nessuno lo tocchi. Altrimenti quelli della Scientifica armano un casino della malavita. Trovato nenti?».

«Nenti di nenti. E dire che la picciotta aviva uno zainetto coi libri e con le cose sue, il cellulare, un portafoglio che teneva sempre nella sacchetta posteriore dei jeans, le chiavi di casa... Nenti. È come se avesse incontrato qualcuno che conosceva e avesse fermato il motorino appoggiandolo al muretto per parlare tanticchia con lui».

Ma Montalbano pariva non sentirlo. Mimì se ne addunò.

«Che c'è, Salvo?».

«Non lo so, ma c'è qualche cosa che proprio non mi quatra» murmuriò Montalbano.

E principiò a fare qualichi passo narrè, come fa uno quanno necessita di spazio per taliare meglio una cosa nel suo insieme, nella giusta prospettiva. Macari Augello arretrò con lui, ma meccanicamente, solo pirchì lo stava facenno il commissario.

«È messo arriversa» concluse a un certo momento Montalbano.

«Che cosa?».

«Il motorino. Talialo, Mimì. Accussì come lo vediamo da fermo, dovremmo pensare che la sua direzione di marcia era verso Vigàta».

Mimì taliò, scotì la testa.

«Vero è. Da quel lato però sarebbe andato contromano. Se si dirigeva verso Vigàta, avremmo dovuto trovarlo appoggiato al muretto di fronte».

«Ma figurati quanto gliene fotte a un motorino di trovarsi contromano! Quelli te li trovi sul pianerottolo di casa! Quelli ti passano macari in mezzo ai cabasisi! Lasciamo perdere. E invece, se la picciotta veniva da Vigàta, la ruota anteriore del motorino dovrebbe trovarsi direzionata in senso opposto. Ora mi domando e dico: perché il motorino è sistimato accussì?».

«Oddio, Salvo, le ragioni possono essere tante. Può darsi che per appoggiarlo al muro lei abbia fatto fare un giro su se stesso al motorino... o meglio, può darsi che sia tornata indietro di qualche metro avendo riconosciuto qualcuno...».

«Tutto può darsi» tagliò Montalbano. «Io vado alla villa. Quando avete finito di cercare qua, raggiungimi. E ricordati di lasciare a uno di guardia».

La villa, a dù piani, un tempo doviva essere stata bella assà, ma ora mostrava troppi segni d'incuria e di trascuratezza. E le case, quanno uno non ha più testa per loro, questo lo sentono e pare che lo fanno apposta a precipitare in una specie di vecchiaia precoce. Il robusto cancello di ferro battuto era accostato.

Il commissario trasì in un grande salone, arredato con mobili ottocenteschi, scuri e massicci, che però a prima botta gli parse un museo, tanto era chino di statuette di antiche civiltà sudamericane e di maschere africane. Ricordi di viaggio del geologo Salvatore Mistretta. In un angolo del salone ci stavano dù poltrone, un tavolinetto col telefono, un televisore. Fazio e un omo che doviva essiri Mistretta erano assittati sulle poltrone e non staccavano l'occhi dal telefono. Alla trasuta di Montalbano, l'omo taliò interrogativo a Fazio.

«È il signor commissario Montalbano. Questo è il signor Mistretta».

L'omo s'avvicinò con la mano tisa. Montalbano gliela strinse senza parlari. Il geologo era un sissantino sicco, la faccia cotta come quella delle statuette sudamericane, curvo di spalle, capelli bianchi spittinati, l'occhi chiari che gli vagavano da un punto all'altro della càmmara che parivano quelli di un drogato. Evidentemente la tensione interna se lo stava mangiando.

«Nessuna notizia?» spiò Montalbano.

Il geologo allargò le vrazza sconsolato.

«Vorrei parlarle. Possiamo andare in giardino?».

Va a sapiri pirchì era stato pigliato da una specie di mancanza d'aria, il salone era accupuso, non ci trasiva luce a malgrado dù granni porte-finestre. Mistretta esitò. Doppo si rivolse a Fazio.

«Se per caso sente suonare il campanello di sopra... può cortesemente avvertirmi?».

«Certo» disse Fazio.

Niscero. Il giardino, che correva torno torno alla villa, era stato completamente abbannunato, ora era quasi un campo di piante serbagge che tiravano a ingiallire macari loro.

«Da questa parte» disse il geologo.

E guidò il commissario verso un emiciclo di panchine di ligno, al centro di una specie di oasi di verde ordinato e curato.

«Qui Susanna ci viene a stu...».

Non arriniscì a proseguire, crollò su una panchina. Il commissario gli si assittò allato. Tirò fora il pacchetto di sicarette.

«Fuma?».

Che gli aviva raccomandato il dottor Strazzera?

«Cerchi di smettere di fumare, se può».

Ma ora come ora lui non poteva.

233

«Avevo smesso, ma in queste circostanze...» fece Mistretta.

Lo vedi, caro ed egregio dottor Strazzera, che certe volte non se ne può fare a meno?

Il commissario gliela pruì e gliela addrumò. Fumarono tanticchia in silenzio, doppo Montalbano spiò:

«Sua moglie è malata?».

«Sta morendo».

«Ha saputo del fatto?».

«No. È sotto tranquillanti e sonniferi. Mio fratello Carlo, che è medico, è stato stanotte con lei. È andato via da poco. Però...».

«Però?».

«... però mia moglie continua, macari in questo sonno indotto, a chiamare Susanna, come se oscuramente capisse che qualcosa...».

Il commissario si sintì sudare. Come faciva a parlari del rapimento della figlia a un omo al quale la mogliere stava morendo? L'unica possibilità forse stava nell'assumere un tono burocratico-ufficiale, quel tono che usa prescindere, per natura sò, da ogni forma d'umanità.

«Signor Mistretta, io devo avvertire chi di dovere di questo rapimento. Il giudice, il Questore, i miei colleghi di Montelusa... E, può starne certo, la notizia arriverà anche alle orecchie di qualche giornalista che si precipiterà qui con l'immancabile telecamera... Se sto tardando a farlo è perché desidero esserne sicuro».

«Di che?».

«Che si tratta di un rapimento».

Tre

Il geologo lo taliò strammato.

«E di che altro può trattarsi?».

«Voglio premettere che io sono costretto a fare delle supposizioni, macari sgradevoli».

«Capisco».

«Una domanda: sua moglie ha bisogno di molta assistenza?».

«Continua, giorno e notte».

«Chi ci bada?».

«Susanna e io, a turno».

«Da quando è in queste condizioni?».

«Si è aggravata da circa sei mesi».

«Non è possibile che il sistema nervoso di Susanna, così a lungo provato, abbia ceduto di colpo?».

«Che intende dire?».

«Non può essere che la ragazza, a vedere la madre in questo stato, stremata dalle notti in bianco e dallo studio, sia volontariamente fuggita via da una situazione che non era più in grado di reggere?».

La risposta arrivò immediata.

«Lo escludo. Susanna è forte, generosa. Non mi avrebbe fatto questo... male. Mai. E poi, dove sarebbe andata a nascondersi?».

«Aveva denaro con sé?».

«Mah! Al massimo, una trentina di euro».

«Non ha parenti, amici ai quali è affezionata?».

«Susanna frequentava, ma di rado, solo la casa di mio fratello. E poi s'incontrava con quel ragazzo che mi ha aiutato nelle ricerche. Andavano assieme al cinema o in pizzeria. Non c'erano altri coi quali avesse confidenza».

235

«E l'amica dalla quale andava a studiare?».

«Solo una compagna di studio, credo».

Ora si trasiva nel difficile e bisognava fare domande quatelose per non offendere di più quell'omo ferito. Montalbano tirò un respiro funnuto, l'aria del matino era, malgrado tutto, duci, profumata.

«Senta, il ragazzo di sua figlia... come si chiama?».

«Francesco. Francesco Lipari».

«Susanna andava d'accordo con Francesco?».

«A quanto mi risulta, sostanzialmente sì».

«Che vuol dire sostanzialmente?».

«Vuol dire che, al telefono, certe volte la sentivo litigare... ma sciocchezze, cose d'innamorati giovani».

«Non può darsi il caso che Susanna abbia incontrato qualcuno che la possa avere segretamente circuita, convinta a...».

«... a seguirlo, dice? Commissario, Susanna è sempre stata una ragazza leale. Se avesse iniziato una relazione con un altro certamente ne avrebbe informato Francesco e l'avrebbe lasciato».

«Quindi lei è sicuro che si tratta di un rapimento».

«Purtroppo sì».

Sulla porta della villa apparse Fazio.

«Che c'è?» spiò il geologo.

«Ho sentito suonare il campanello di sopra».

Mistretta si precipitò, Montalbano lo seguì a lento, pinsoso. Trasì nel salone e andò ad assittarsi nella poltrona libera davanti al telefono.

«Mischino» disse Fazio. «Questo povirazzo di Mistretta mi fa una pena, ma una pena!».

«Non ti pare strammo che i rapitori non hanno ancora telefonato? Sono quasi le dieci».

«Non sono pratico di sequestri di persona» disse Fazio.

«Manco io. E manco Mimì».

Come si usa dire? Pirsona trista, nominata e vista. Propio in quel momento trasì Mimì Augello.

«Non abbiamo trovato niente. E ora che facciamo?».

«Avverti del rapimento tutti quelli che sono da avvertire. Dammi l'indirizzo dello zito di Susanna e macari il nome e l'indirizzo della picciotta con la quale studiava».

«E tu?» spiò Mimì mentre scriveva su un pizzino quello che gli aviva domandato Montalbano.

«Io saluto il signor Mistretta appena torna e vado in ufficio».

«Ma non sei in convalescenza?» spiò Mimì. «Io ti ho fatto venire solo per un consiglio e non...».

«E tu te la senti di lasciare il commissariato in mano a Catarella?».

Non ci fu risposta, ma calò prioccupato silenzio.

«Se i rapitori si fanno vivi presto, come spero, avvertimi subito» disse in tono definitivo il commissario.

«Perché spera che i rapitori si facciano vivi presto?» spiò Fazio.

Prima di rispondere, il commissario liggì il pizzino che gli aviva pruiuto Augello e se lo mise in sacchetta.

«Perché così siamo certi che il rapimento è stato fatto a scopo di lucro. Parliamoci chiaro. Una picciotta come Susanna può essere stata rapita per due soli motivi: per fare soldi o per essere violentata. Gallo mi ha detto che si tratta di una picciotta molto bella. Nel secondo caso, le probabilità che sia stata ammazzata dopo la violenza sono molto alte».

Gelo. Nel silenzio si sentirono i passi strascicati del geologo che tornava. Vide Augello.

«Avete trovato qualche?...».

Mimì fece 'nzinga di no con la testa.

Mistretta ebbe una virtigine, traballiò, Mimì fu lesto a reggerlo.

«Ma perché l'hanno fatto? Perché?!» fece pigliandosi la faccia tra le mano.

«Come perché?» disse Augello pinsando di consolarlo con le sue parole. «Vedrà che le chiederanno un riscatto, il giudice molto probabilmente le consentirà di pagare e...».

«Con che pago? Come pago?» gridò l'omo disperato. «Non lo sanno tutti che noi campiamo con la mia pensione? E l'unica cosa che possediamo è questa casa?».

Montalbano era vicino a Fazio. Lo sentì sussurrare:
«Matre santa! E allura…».

Da Gallo si fici lasciare davanti all'abitazione della compagna di studio di Susanna che di nome faciva Tina Lofaro e stava nella strata principale del pàisi in una casa a tri piani, piuttosto vecchiotta. Come, del resto, tutte quelle del centro. Il commissario stava per sonare al citofono quanno il portone si raprì e niscì fora una signora cinquantina con un carrello della spisa vacante.
«Lasci pure aperto» disse Montalbano.
La signora parse per un attimo indecisa, un vrazzo stiso narrè a tenere rapruta l'anta che voliva richiudersi, combattuta tra la cortesia e la prudenza, ma doppo avirlo squatrato dalla testa ai pedi, s'arrisolse e s'allontanò. Il commissario trasì e chiuì il portone alle sò spalle. Non c'era ascensore, sulla cassetta delle littre l'abitazione dei signori Lofaro corrisponniva all'interno nummaro sei, il che veniva a significare, dato che a ogni piano c'erano dù appartamenti, che doviva farsi tri piani a pedi. Non aviva apposta preannunziato la visita, sapiva per spirenzia che l'apparizione improvvisa di un omo di liggi genera minimo minimo disagio macari nell'onestà fatta pirsona, la quali subito si addomanda: che ho fatto di mali? Pirchì tutte le pirsone oneste pensano sempre di aviri fatto qualichi cosa di mali, macari a loro insaputa. Quelle disoneste, invece, sono convinte di aviri agito sempre onestamente. E quindi, onesti o disonesti, provano disagio. E quello stato serve a scoprire varchi nella corazzatura difensiva di ognuno.
Sperò quindi, quanno sonò il campanello, che a raprire venisse propio Tina. Pigliata alla sprovista, la picciotta avrebbe certamente rivelato se Susanna le aviva confidato qualichi segretuzzo giovevole alle indagini. La porta si raprì e comparse una vintina laiduzza, di vascia statura, nìvura come un corvo, grassoccia e con l'occhiali spessi. Tina, di sicuro. E la pigliata alla sprovista funzionò. Ma funzionò arriversa.
«Il commissario Mon…».
«… talbano è!» fece Tina con un sorriso che le spaccava la facci da una grecchia all'altra. «Maria, che bello! Non ci spe-

ravo di conoscerla! Che bello! Tutta sudata sono per l'emozione! Che felicità!».

Montalbano parse addivintato un pupo senza fili, non arriniscíva a cataminarsi. Constatava, strammato, un fenomeno: la picciotta, davanti a lui, aviva principiato a evaporare, un vapore acqueo la stava contornando. Tina si stava squagliando come un panetto di burro esposto al sole d'estati. Doppo la picciotta stinnì una mano sudatizza, agguantò il commissario per un polso, lo tirò fino a quanno Montalbano non trasì dintra, chiuì la porta. Appresso restò davanti a lui estatica, muta, la facci russa come un'anguria matura, le mani congiunte a prighera, l'occhi sparluccicanti. Per un attimo, il commissario si sentì tali e quali la madonna di Pompei.

«Vorrei...» azzardò.

«Ma certo! Mi scusi! Venga!» fece Tina riscuotendosi dall'estasi e precedendolo verso il solito salotto. «Appena m'è comparso davanti in carne e ossa a momenti svenivo! Come sta? Si è rimesso? Che bello! Io la vedo sempre quando appare in televisione, sa? Io leggo molti romanzi gialli, sono un'appassionata, ma lei, commissario, è molto meglio di Maigret, di Poirot, di... Un cafè?».

«Chi?» spiò Montalbano intronato.

Siccome quella aviva parlato quasi senza interruzione, il commissario aviva sintuto «Tucafè», macari un poliziotto di uno scrittore sudamericano che lui non accanosceva.

«Un cafè, lo piglia?».

Forse ci voliva propio.

«Sì, se non le porta disturbo...».

«Ma quale! La mamà è uscita cinque minuti fa per la spesa e sono sola in casa, la cameriera stamattina non viene, ma glielo preparo in un attimo!».

Sparì. Erano soli in casa? Il commissario si squietò. Quella picciotta era capace della qualunque. Sentì venire dalla cucina rumorata di tazzine e una specie di murmuriata. Con chi parlava, se aviva ditto che non c'erano altre persone in casa? Parlava da sola? Si susì, niscì dal salotto, la cucina era la secunna porta a sinistra, s'accostò a pedi leggio. Tina stava parlanno al cellulare a voci vascia.

«... è qui da me ti dico! Non sto scherzando! M'è comparso davanti all'improvviso! Se vieni entro dieci minuti lo troverai sicuramente ancora qua. Ah, Sandra, senti, avverti Manuela che certamente vuole venire macari lei. Ah, porta la machina fotografica accussì ci facciamo tutte la foto con lui».

Montalbano tornò sui suoi passi. Questo solo ci mancava! Tri ventenni che l'assugliavano come un cantante rock! Decise di sbridugliarsi con Tina in meno di deci minuti. Si vippi il cafè bollente abbrusciannosi le labbra e iniziò con le domande. Ma l'effetto sorpresa non era arrinisciuto e quindi il commissario, da quella conversazione, ci guadagnò picca e nenti.

«Amiche proprio amiche direi di no. Ci siamo conosciute all'università. Abbiamo scoperto di abitare tutt'e due a Vigàta e abbiamo deciso di studiare assieme per il nostro primo esame e così lei da un mese o poco più ogni pomeriggio dalle cinque alle otto veniva a casa mia».

«Sì, credo che voglia molto bene a Francesco».

«No, non mi ha mai parlato di altri ragazzi».

«No, nemmeno di persone che le facevano la corte».

«Susanna è generosa, leale, ma non può dirsi una persona espansiva. È portata a tenere tutto dentro di sé».

«No, ieri sera è andata via come al solito. E ci siamo date appuntamento per oggi alle cinque».

«Negli ultimi tempi era come sempre. La salute della madre era una sua preoccupazione costante. Noi, verso le sette, interrompevamo lo studio per una pausa. E Susanna ne approfittava per telefonare a casa e sapere come stava sua madre. Sì, l'ha fatto macari ieri».

«Commissario, io non penso assolutamente a un sequestro. Per questo sto abbastanza tranquilla. Oh Dio che bello essere interrogata da lei! Vuole sapere qual è la mia opinione? Matre santa che felicità! Il commissario Montalbano vuole sapere la mia opinione! Ecco, credo che Susanna si sia allontanata volontariamente. Tornerà tra qualche giorno. Ha voluto pigliarsi un po' di riposo, non ce la faceva più a veder morire sua madre ogni giorno, ogni notte».

«Come, se ne va già? Non m'interroga più? Non può aspettare cinque minuti che ci facciamo una foto assieme? Non mi convoca in commissariato? No?».

Si susì di scatto vedendo susirisi il commissario. E fece un movimento che Montalbano interpretò erroneamente come un principio di danza del ventre. Atterrì.

«La convocherò, la convocherò» disse precipitandosi verso la porta.

A vedersi comparire all'improvviso il commissario per picca Catarella non cadì 'n terra sbinuto.

«Maria, chi alligrizza! Maria, chi contintizza a rivederla di bel nuovo nuovamenti in qua, dottori!».

Era appena trasuto nella sò càmmara che la porta sbattì violentemente contro il muro. Siccome ci aviva perso l'abitudine, si scantò.

«Che fu?».

Sulla soglia c'era Catarella ansimante.

«Nenti fu, dottori. La mano mi sciddricò».

«Che vuoi?».

«Ah dottori dottori! La felicitazione dell'arrivo sò me lo fici nesciri di testa! C'è il signori e questori che l'ha circato urgentissimamenti urgenti!».

«Va bene, chiamalo e passamelo».

«Montalbano? Anzitutto come sta?».

«Abbastanza bene, grazie».

«Mi sono permesso di cercarla a casa, ma la sua... la signora mi ha detto... e allora...».

«Mi dica, signor Questore».

«Ho saputo del sequestro. Brutta storia vero?».

«Bruttissima».

I superlativi, col Questore funzionavano sempre. Ma indovi voliva andare a parare con quella telefonata?

«Ecco... sono a pregarla di riprendere servizio, momentaneamente, s'intende, e sempre che lei sia in condizione di... Il dottor Augello dovrà prima o poi coordinare le ricerche sul campo e io non ho con chi sostituirlo a Vigàta... mi capisce?».

«Certamente».

«Bravo. La informo ufficialmente che dell'inchiesta sul sequestro si occuperà il dottor Minutolo, che essendo calabrese...».

Ma quanno mai, Minutolo era di Alì, in provincia di Messina.

«... essendo calabrese di rapimenti se ne intende».

Quindi, seguendo rigorosamente la logica del Questore Bonetti-Alderighi, abbastava che uno era cinese per intendersi di febbre gialla.

«Lei» proseguì il Questore «non invada al solito suo il campo altrui, mi raccomando. Si limiti a un'azione d'appoggio o, al massimo, svolga autonomamente qualche piccola indagine laterale che non la stanchi troppo e che possa confluire in quella principale del dottor Minutolo».

«Mi può fare qualche esempio pratico?».

«Di che?».

«Di come possa confluire col dottor Minutolo».

Lui s'addivirtiva a fare il cretino totale col Questore, il problema era che il Questore lo cridiva veramente un cretino totale. Bonetti-Alderighi sospirò accussì forte che Montalbano lo sentì. Forse era meglio non insistere col giochetto.

«Mi scusi, mi scusi, credo d'avere capito. Se l'inchiesta principale la conduce il dottor Minutolo, il dottor Minutolo sarebbe il Po e io la Dora, Riparia o Baltea non ha importanza. Giusto?».

«Giusto» fece stancamente il Questore. E riattaccò.

L'unica cosa positiva venuta fora dalla telefonata era che l'inchiesta era stata affidata a Filippo Minutolo, detto Fifì, pirsona intelligente con la quale si potiva ragionare.

Telefonò a Livia per dirle che era stato richiamato in servizio, sia pure con il compito di Dora Riparia (o Baltea). Livia non arrispunnì, sicuramente si era pigliata la machina e sinni era andata a tambasiare nella valle dei templi o al museo, come faciva ogni volta che viniva a Vigàta. La chiamò al cellulare, ma arrisultò astutato. Anzi, per la precisione, la voci registrata disse che la pirsona chiamata non era raggiungibile. E consigliava di riprovare doppo tanticchia. Ma come si fa a raggiungere l'irraggiungibile? Solo provando e riprovando doppo tanticchia? Al solito, quelli dei telefoni tiravano a praticare l'assurdo. Dicevano, per esempio: il numero da lei chiamato è inesistente... Ma come si permettevano un'affermazione accussì? Tutti i nummari che uno arrinisciva a pinsari erano esistenti. Se veniva a fagliare un nummaro, uno solo nell'ordine infinito dei nummari, tutto il mondo sarebbe precipitato nel caos. Se ne rendevano conto quelli dei telefoni, sì o no?

Comunque, all'ora che si era fatta, era inutile pinsari di andare a mangiare a Marinella. Né in frigo né in forno avrebbe trovato qualichi cosa priparata da Adelina. La cammarera, avvertita della prisenza di Livia, non si sarebbe fatta vidiri fino alla sò accertata partenza, le dù fimmine si facivano troppa 'ntipatia.

Si stava susenno per andare a mangiare alla trattoria «da Enzo» quanno Catarella gli disse che al tilefono c'era il dottori Minutolo.

«Novità, Fifì?».

«Niente, Salvo. Ti telefono a proposito di Fazio».

«Dimmi».

«Me lo puoi prestare? Sai, per quest'indagine il Questore non mi ha assegnato manco un omo, solo i tecnici che hanno messo il telefono sotto controllo e se ne sono andati. Ha detto che basto io».

«Perché sei calabrese e quindi esperto in fatto di sequestri, così m'ha spiegato il signor Questore».

Minutolo murmuriò una cosa che certo non sonava come lode spirticata per il suo superiore.

«Allora, me lo presti almeno fino a stasera?».

«Se non crolla prima. Senti, non ti pare strano che ancora i rapitori non si siano fatti vivi?».

«No, per niente. A me è capitato, in Sardegna, che si sono degnati di fare avere un messaggio dopo una settimana e un'altra volta...».

«Lo vedi che sei un esperto, come dice il signor Questore?».

«Ma andate affanculo, tu e lui!».

Montalbano approfittò indegnamente della libera uscita e del fatto che Livia era introvabile.

243

«Bentornato, dottore! Capita propio il giorno giusto!» fece Enzo.

Eccezionalmente, Enzo aviva priparato il cuscusu con otto tipi di pisci, ma solo per i clienti che gli facevano sangue. Tra questi c'era naturalmente il commissario che appena si vitti il piatto davanti, e ne sintì il sciauro, ebbe una botta di commozione irrefrenabile. Enzo se ne addunò, ma equivocò, fortunatamente.

«Commissario, avi l'occhi luciti! Pir caso tiene qualiche linea di frevi?».

«Sì» mentì senza ritegno.

Se ne scrofanò dù porzioni. Doppo, ebbe la facci tosta di dire che qualche trigliuzza l'avrebbe aggradita. Quindi la passiata fino a sutta al faro fu una nicissità digestiva.

Tornato in commissariato, chiamò Livia. Il cellulare disse ancora che la pirsona non era raggiungibile. Pacienza.

Arrivò Galluzzo a riferirgli di una facenna che arriguardava un furto in un supermercato.

«Scusami, ma non c'è il dottor Augello?».

«Sì, dottore, è di là».

«Allora vai di là e questa storia gliela conti a lui, prima che venga impegnato sul campo, come dice il signor Questore».

Non c'era d'ammucciarselo, ma la scomparsa di Susanna accomenzava seriamente a metterlo in pinsèro. Il suo vero scanto era quello che la picciotta fosse stata sequestrata da un maniaco sessuale. E forse era giusto suggerire a Minutolo d'organizzare subito le ricerche, piuttosto che aspittare una telefonata che probabilmente non sarebbe arrivata mai.

Pigliò dalla sacchetta il pizzino che gli aviva scritto Augello e compose il nummaro dello zito di Susanna.

«Pronto? Casa Lipari? Il commissario Montalbano sono. Vorrei parlare con Francesco».

«Ah, è lei? Sono io, commissario».

C'era una nota di delusione nella sua voci, evidentemente aviva sperato che a chiamarlo era Susanna.

«Senta, potrebbe passare da me?».

«Quando?».

«Anche ora».

«Ci sono novità?».

Stavolta alla delusione si era sostituita l'ansia.

«Nessuna, ma vorrei parlare un poco con lei».

«Arrivo subito».

Quattro

E infatti comparse che non erano manco passati deci minuti.

«Sa, col motorino si fa in fretta».

Un beddro picciotto, alto, elegante, lo sguardo chiaro e aperto. Ma si vidiva che era mangiato vivo dalla prioccupazione. S'assittò sulla seggia in pizzo in pizzo, i nerbi tisi.

«L'ha già interrogata il mio collega Minutolo?».

«Nessuno mi ha interrogato. Ho chiamato io in tarda mattinata il padre di Susanna per sapere se... ma purtroppo ancora...».

Si fermò, taliò dritto nell'occhi il commissario.

«E questo silenzio mi fa pensare le peggio cose».

«Cioè?».

«Che sia stata sequestrata da qualcuno che voleva abusare di lei. E quindi o è ancora nelle sue mani oppure quello l'ha già...».

«Cosa glielo fa pensare?».

«Commissario, qui lo sanno tutti che il padre di Susanna non ha un soldo. Una volta era ricco, ma ha dovuto vendere tutto».

«Per quale ragione? Gli affari gli sono andati male?».

«La ragione non la so, ma non era uno che faceva affari, aveva messo da parte parecchio, era ben pagato per il suo lavoro. Poi credo che anche la madre di Susanna avesse ereditato... non so, francamente».

«Continui».

«Dicevo: lei può immaginare dei rapitori che siano all'oscuro delle reali condizioni economiche della vittima? Che prendano un abbaglio? Ma via! Quelli ne sanno più degli agenti delle tasse!».

Il ragionamento filava.

«E poi c'è un'altra cosa» continuò il picciotto. «Almeno quattro volte sono andato ad aspettare Susanna sotto casa di Tina. Quando lei usciva, coi nostri due motorini ci dirigevamo verso la villa. Ogni tanto ci fermavamo e poi proseguivamo. Arrivati al cancello, la salutavo e me ne tornavo. Abbiamo sempre fatto la stessa strada. La più dritta, quella che Susanna faceva sempre. Ieri sera invece Susanna ha preso una strada diversa, solitaria, a tratti impraticabile, ci vuole un fuoristrada, scarsissimamente illuminata, assai più lunga rispetto all'altra. Non ne so il perché. Ma quella strada è un posto ideale per un rapimento. Forse si è trattato di un terribile incontro occasionale».

Aviva una bella testa funzionante, il picciotto.

«Quanti anni ha lei, Francesco?».

«Ventitré. Mi dia del tu, se vuole. Potrebbe essermi padre».

Con una fitta, Montalbano pinsò che, a quel punto della sò vita, mai sarebbe potuto addivintare patre di un picciotto accussì.

«Studi?».

«Sì, legge. L'anno venturo mi laureo».

«Cosa vuoi fare?».

Domandava solo per fargli allentare la tensione.

«Quello che fa lei».

Cridì di non aviri capito bene.

«Vuoi entrare nella Polizia?».

«Sì».

«Perché?».

«Perché mi piace».

«Auguri. Senti, tornando alla tua ipotesi di uno stupratore… solo un'ipotesi, bada bene…».

«Alla quale sicuramente anche lei avrà pensato».

«Certo. Susanna ti ha mai confidato di avere ricevuto proposte spinte, telefonate oscene, cose così?».

«Susanna è molto riservata. Complimenti ne riceveva, sì. Dovunque andava. È una bella ragazza. Certe volte me li riferiva e ne ridevamo. Ma sono sicuro che me ne avrebbe parlato, se le fossero capitate cose che potevano preoccuparla».

«La sua amica Tina è sicura che Susanna se ne sia andata di sua stessa volontà».

Francesco lo taliò sbalurduto, a vucca aperta.

«E perché?».

«Un cedimento improvviso. Il dolore, la tensione per la malattia della madre, la fatica fisica d'assisterla, lo studio. È una ragazza fragile, Susanna?».

«Tina la pensa così? Ma è evidente che a Susanna non la conosce! I nervi di Susanna sono destinati a cedere, questo è sicuro, ma è altrettanto sicuro che l'esaurimento le capiterà solo dopo la morte della madre! Fino a quel momento lei resterà al suo capezzale. Perché quando si mette in testa una cosa e ne è convinta, diventa di una determinazione... Altro che fragile! No, mi creda, è un'ipotesi assurda».

«A proposito, cos'ha la madre di Susanna?».

«Commissario, sinceramente non ci ho capito nulla. Quindici giorni fa lo zio di Susanna, Carlo, il medico, ha fatto una specie di consulto con due specialisti venuti uno da Roma e l'altro da Milano. Hanno allargato le braccia. Susanna mi ha spiegato che la madre muore di una malattia incurabile, che è il rifiuto della vita. Una sorta di depressione mortale. E quando io gliene ho chiesto il motivo, di questa depressione, perché credo che ci sia sempre un motivo, mi ha risposto evasivamente».

Montalbano riportò il discorso sulla picciotta.

«Come hai conosciuto Susanna?».

«Per caso, in un bar. Lei era con una ragazza che ho frequentato».

«Quando è stato?».

«Sei mesi fa».

«E avete simpatizzato subito?».

Francesco fece un sorriso tirato.

«Simpatia? Amore a prima vista».

«Lo facevate?».

«Cosa?».

«L'amore».

«Sì».

«Dove?».

«A casa mia».

«Vivi solo?».

«Con mio padre. Che viaggia, va spesso all'estero. È un grossista di legname. Attualmente è in Russia».

«E tua madre?».

«Sono divorziati. Mia madre si è risposata e sta a Siracusa».

Francesco parse voler aggiungere qualichi altra cosa, raprì e chiuì la vucca.

«Vai avanti» l'incitò Montalbano.

«Però non...».

«Dimmi».

Il picciotto esitò, era chiaro che s'affruntava a parlari di un argomento accussì privato.

«Quando sarai nella Polizia, vedrai che anche tu sarai costretto a fare domande indiscrete».

«Lo so. Volevo dire che non l'abbiamo fatto spesso».

«Lei non vuole?».

«Non è precisamente così. A chiederle di venire a casa mia sono sempre stato io. Ma ogni volta l'ho sentita, non so, distante, assente. Stava con me per farmi piacere, ecco. Ho capito che la malattia della madre la condizionava. E mi sono vergognato di pretendere che... Solo ieri pomeriggio...».

S'interruppe. Fece una facci stramma, tanticchia perplessa.

«Che strano» murmuriò.

Il commissario aviva appizzato le grecchie.

«Solo ieri pomeriggio?...» incalzò.

«È stata lei a dirmi se andavamo a casa mia. E io le ho risposto di sì. Avevamo poco tempo, dato che lei era stata in banca e poi doveva andare da Tina a studiare».

Il picciotto era ancora stunato.

«Forse ha voluto ripagarti per la tua pazienza» disse Montalbano.

«Può darsi che lei abbia ragione. Perché stavolta, per la prima volta, Susanna c'era. Interamente. Con me. Mi capisce?».

«Sì. Scusami, mi pare che hai detto che prima d'incontrarti era passata in banca. Sai perché ci è andata?».

«Doveva ritirare dei soldi».

«E l'ha fatto?».

«Certo».

«Sai quanto ha ritirato?».

«No».

Allura pirchì il patre di Susanna gli aviva detto che la figlia aviva in sacchetta massimo una trentina di euro? Forse non sapiva che era passata dalla banca? Si susì, il picciotto l'imitò.

«Va bene, Francesco, puoi andare. È stato un vero piacere conoscerti. Se ho bisogno di te, ti telefono».

Gli pruì la mano, Francesco la stringì.

«Mi permette di domandarle una cosa?» spiò.

«Certo».

«Perché, secondo lei, il motorino di Susanna stava messo in quel modo?».

Sarebbe addivintato un bravo sbirro, Francesco Lipari, non c'era dubbio.

Telefonò a Marinella. Livia era appena rientrata, felice.

«Ho scoperto un posto meraviglioso, sai?» fece. «Si chiama Kolymbetra. Pensa, prima era una vasca gigantesca, scavata dai prigionieri cartaginesi».

«Dov'è?».

«Proprio lì, ai templi. Ora è una specie di enorme giardino dell'eden, da poco aperto al pubblico».

«Hai pranzato?».

«Non ho pranzato. A Kolymbetra, ho comprato un panino. E tu?».

«Macari io solo un panino mangiai».

La farfantaria gli era vinuta fora pronta, spontanea. Per quali scascione non le aviva detto che si era abbuttato di cuscus e triglie, trasgredendo quella specie di dieta alla quale lei l'obbligava? Pirchì? Forsi un tutt'insieme di vrigogna, di vigliaccaggine e di voglia di non provocare azzuffatine.

«Poverino! Torni tardi?».

«Non credo proprio».

«Allora preparo qualcosa».

Ecco l'immediata punizione per la farfantaria: avrebbe espiato mangiando la cena priparata da Livia. Che non è che cucinasse malissimo, ma tirava al dissapito, al picca condito, al liggero liggero, al sento e non sento. Più che cucinare, Livia alludeva alla cucina.

Addecise di fare un salto alla villa per vidiri a che punto stavano le cose. Pigliò la machina e quanno arrivò nei paraggi accominciò a notare che c'era troppo trafico. E infatti, parcheggiate sulla strata allato alla villa, c'erano una decina di auto e davanti al cancello chiuso sei o sette pirsone s'ammuttavano, telecamere in spalla, per inquatrare il vialetto e il giardino. Montalbano chiuì i vetri e proseguì, sonando il clacson alla dispirata, fino ad andare quasi a sbattere contro il cancello.

«Commissario! Commissario Montalbano!».

Voci attutite l'invocavano, un fotografo cornuto l'accecò con una mitragliata di flash. Fortunatamente l'agente di Montelusa che era di guardia l'arriconobbe e gli raprì. Il commissario trasì con la machina, fermò, scinnì.

Nel salone trovò Fazio assittato nella solita poltrona, era giarno in facci, le occhiaie, mostrava d'essiri stanco assà. Stava con l'occhi chiusi, la testa narrè, appuiata alla spalliera. Al telefono ora erano collegati aggeggi varii, un registratore, una cuffia. Un altro agente, che non era del commissariato di Vigàta, era addritta, vicino a una porta-finestra, e taliava una rivista. Contemporaneamente alla sò trasuta, squillò il tilefono. Fazio sobbalzò, in un vidiri e svidiri si mise la cuffia, azionò il registratore, sollevò la cornetta.

«Pronto?».

Ascutò un attimo.

«No, il signor Mistretta non è in casa... No, non insista».

Riattaccò e vitti il commissario. Si levò la cuffia e si susì.

«Ah, dottore! È da tre ore che il telefono sona in continuazione! Ho la testa 'ntronata! Io non so com'è stato, ma tutti, in tutt'Italia, hanno saputo di 'sta scomparsa e telefonano per intervistare quel poviro disgraziato del patre!».

«Dov'è il dottor Minutolo?».

«A Montelusa, a piprararisi una valigetta. Stanotte voli dormire qua. È andato via da poco».

«E Mistretta?».

«Acchianò ora ora dalla moglie. Si è arrisbigliato da un'orata».

251

«È riuscito a dormire?!».

«Per poco, ma l'hanno fatto dormire. All'ora di mangiare si è presentato il fratello, il medico, con un'infirmera che passerà la notte con la malata. E il medico ha voluto fare una gnizione calmante al fratello. Si vede che gli ha fatto viniri sonno. Lo sapi, dottore, c'è stata una specie di discussione tra i due fratelli».

«Non si voleva far fare l'iniezione?».

«Macari per quello. Ma prima il signor Mistretta si era risentito quando aviva visto l'infirmera. Ha detto al fratello che non aviva i soldi per pagarla e quello ha ribattuto che ci avrebbe pinsato lui. Allora il signor Mistretta si è messo a chiangiri, ha detto che era ridotto alla limosina... Mischino, mi fa una pena!».

«Senti, Fazio, pena o non pena, tu stasera smonti e te ne vai a casa a riposare, d'accordo?».

«D'accordo, d'accordo. Ecco il signor Mistretta».

Il sonno non gli aviva giovato, a Mistretta. Cimiava, caminava con le ginocchia di ricotta e le mano gli trimavano. Vitti a Montalbano e s'allarmò.

«O Dio mio! Che è successo?».

«Niente, mi creda. Non si agiti. Dato che sono qui, le vorrei fare una domanda. Se la sente di rispondere?».

«Ci provo».

«Grazie. Si ricorda che lei stamattina mi disse che Susanna poteva avere con sé al massimo una trentina di euro? Era la cifra che abitualmente sua figlia si portava appresso?».

«Sì, glielo confermo. La cifra è quella, più o meno».

«Lo sa che nel pomeriggio di ieri è andata in banca?».

Mistretta fici una facci imparpagliata.

«Nel pomeriggio? Non lo sapevo. Chi glielo ha detto?».

«Francesco, il ragazzo di Susanna».

Il signor Mistretta parse sinceramente strammato. S'assittò sulla prima seggia che gli venne a tiro, si passò una mano sulla fronte. Stava facenno un grosso sforzo per capacitarsi.

«A meno che...» murmuriò.

«A meno che?».

«Ecco, ieri mattina ho detto a Susanna di passare in banca e vedere se mi avevano accreditato alcuni arretrati della pensio-

252

ne. Il conto è intestato a me e a lei. Se i soldi c'erano, doveva ritirare tremila euro e pagare dei debiti che, francamente, non volevo più avere. Mi pesavano».

«Mi perdoni, che debiti?».

«Mah, la farmacia, i fornitori... Non che hanno mai fatto pressioni, ma sono io che... A mezzogiorno, quando Susanna è tornata a casa, non le ho domandato se l'aveva fatto, forse...».

«... forse se l'è scordato e ci ha pensato solo nel pomeriggio» concluse per lui il commissario.

«Sarà certamente andata così» disse Mistretta.

«Questo significa però che Susanna aveva con sé tremila e passa euro. Che non è una grossa cifra, certo, però per un balordo...».

«Ma ci avrà pagato i conti!».

«No, non l'ha fatto».

«Come fa a esserne sicuro?».

«Perché uscita dalla banca è stata a... a chiacchierare con Francesco».

«Ah».

Doppo, battì le mano una contro l'altra.

«Però... si può controllare telefonando a...».

Si susì faticoso, andò al telefono, fece un nummaro, parlò con una voci tanto vascia che si sentì solamente: «Pronto? Farmacia Bevilacqua?».

Riattaccò quasi subito.

«Ha ragione lei, commissario, non è passata in farmacia a pagare il conto che abbiamo in sospeso... e se non è stata in farmacia, non sarà andata nemmeno dagli altri».

E tutto 'nzemmula gridò:

«O Madonna mia!».

Pareva impossibile: ma la sò facci, giarna al massimo, arriniscì ad addivintari, di colpo, ancora più giarna. Montalbano si scantò che gli stava pigliando un sintòmo.

«Che c'è?».

«Ora non mi crederanno!» gemette Mistretta.

«Chi non la crederà?».

«I rapitori! Perché io ho detto al giornalista...».

253

«Quale giornalista? Ha parlato coi giornalisti?!».

«Sì, a uno solo. Il dottor Minutolo mi ha autorizzato».

«Ma perché, santo Dio?».

Mistretta lo taliò imparpagliato.

«Non dovevo? Volevo mandare un messaggio ai rapitori... dire che stanno facendo un terribile errore, che io non ho il denaro per il riscatto... ora se la trovano che ha in tasca... capirà, una ragazzina che va in giro con tutti quei soldi... non mi crederanno! Povera... figlia... mia!».

I singhiozzi gli impedirono di continuare, ma per il commissario aviva parlato macari assà.

«Buonasera» disse.

E niscì dal salone, pigliato da una raggia che non arrinisciva a controllare. Ma che minchia gli era passato per la testa a Minutolo di autorizzare quella dichiarazione? Figurati ora come ci avrebbero arraccamato tutti, giornali e televisioni! E capace che i sequestratori s'incarognivano e chi ne avrebbe patuto di più sarebbe stata la povira Susanna. Sempre che si trattava di una facenna di riscatto da pagare. Dal giardino, chiamò l'agente che liggiva vicino alla porta-finestra:

«Vai a dire al tuo collega di tenermi spalancato il cancello».

Trasì in machina, mise in moto, aspittò tanticchia e doppo partì che parse Schumacher in Formula 1. I giornalisti e gli operatori si scansarono santianno per non essere scrafazzati.

«Ma che è, pazzo? Ci vuole ammazzare?».

Invece di proseguire sull'istissa strata che aviva fatto all'andata, girò a mancina, imboccando la trazzera indovi era stato ritrovato il motorino. Effettivamente era impercorribile per una machina normale, bisognava caminare alla minima velocità e fare manopere complicate e continue per non cadiri con le rote dintra fossi enormi e avvallamenti tipo dune del deserto. Ma il peggio doviva vinire. A circa mezzo chilometro dall'entrata in pàisi, la trazzera era tagliata da un ampio scavo. Evidentemente uno di quei «lavori in corso» che da noi hanno la particolarità di continuare a essiri in corso macari quanno tutto l'universo è andato fuori corso. Per passarlo, Susanna doviva essere scinnuta dal motorino portandolo a mano. O aviva dovuto fari un giro ancora più largo, pirchì chi era stato necessitato di passari per quel punto aviva creato, a forza di andare avanti e narrè, una specie di sentiero bypass in aperta campagna. Ma che senso aviva? Pirchì Susanna aviva fatto quella strata? Gli vinni una pinsata. Girò la machina con tali e tante manopere che la spalla ferita ripigliò a fargli mali, tornò narrè, la trazzera gli parse addivintata infinita, finalmente incrociò la strata principale e si fermò. Già principiava a fare scuro. Era indeciso. A fare di pirsona quello che gli era venuto in mente ci avrebbe impiegato come minimo un'orata, il che veniva a significare che sarebbe arrivato tardo a Marinella con conseguente azzuffatina con Livia. E lui propio non aviva gana di sciarra. D'altra parte non si trattava che di un semplice controllo che qualisisiasi omo del commissariato avrebbe potuto fare. Rimise in moto e si diresse all'ufficio.

«Mandami subito il dottor Augello» disse a Catarella.

«Dottori, di pirsona pirsonalmenti non c'è».

«Chi c'è?».

«Glielo dico in ordini flabetico?».

«Dillo come ti pare».

«E dunque ci sarebbiro Gallo, Galluzzo, Germanà, Giallombardo, Grasso, Imbrò...».

Sciglì Gallo.

«Mi dica, dottore».

«Senti, Gallo, devi tornare in quella trazzera dove mi hai accompagnato stamattina».

«Che devo fare?».

«Lungo quella trazzera ci sono una decina di casuzze di campagna. Tu ti fermi a ogni casa e domandi se qualcuno conosce Susanna Mistretta o se hanno visto passare aieri a sira una picciotta in motorino».

«Va bene, dottore, domani mattina...».

«No, Gallo, forse non mi sono spiegato. Ci vai subito e poi mi telefoni a casa».

Arrivò a Marinella tanticchia prioccupato per il terzo grado al quale l'avrebbe sottoposto Livia. E infatti quella attaccò subito, doppo avirlo vasato in un modo che a Montalbano parse distratto.

«Perché sei dovuto andare a lavorare?».

«Perché il Questore m'ha richiamato in servizio».

E aggiungì, a titolo precauzionale:

«Solo temporaneamente».

«Ti sei stancato?».

«Per niente».

«Hai dovuto guidare?».

«Mi sono sempre mosso con la macchina di servizio».

Fine dell'interrogatorio. Altro che terzo grado! Una cosa all'acqua di rose.

Cinque

«Hai sentito il notiziario?» spiò a sua volta, visto lo scampato piricolo.

Livia gli arrispunnì che non l'aviva manco addrumata, la televisione. Abbisognava perciò aspittari il telegiornale delle dieci e mezza di «Televigàta», perché sicuramente Minutolo aviva scigliuto il giornalista della televisione sempre filogovernativa, quale che era il governo in carica. A parte che la pasta era tanticchia scotta e il suco acitisco, a parte che la carne assomigliava a un pezzo di cartone e del cartone aviva lo stisso 'ntifico sapore, la cena priparata da Livia non potiva considerarsi istigazione all'omicidio. Per tutta la mangiata, Livia gli parlò del giardino di Kolymbetra, tentando di comunicargli tanticchia dell'emozione che aviva provato.

Tutto 'nzemmula s'interruppe, si susì e se ne andò sulla verandina.

Montalbano si addunò con un certo ritardo che aviva smesso di parlargli. Senza susirisi, spiò a Livia ad alta voce, convinto che quella era nisciuta pirchì c'era stata qualichi rumorata all'esterno:

«Che c'è? Che hai sentito?».

Livia riapparse con l'occhi che le gettavano foco.

«Niente ho sentito. Che dovevo sentire? Ho sentito il tuo silenzio, questo sì! Io ti parlo e tu non mi stai ad ascoltare o, se fingi d'ascoltarmi, rispondi con incomprensibili mugolii!».

Oddio, la sciarriatina, no! Bisognava scansarla a tutti i costi! Forse, mittendosi a fare il tragediatore... Tragediatore completo no, pirchì c'era un funno di virità: si sintiva stanco supra 'u serio.

«No, no, Livia» disse.

Appuiò i gomiti sulla tavola, si pigliò la facci tra le mano. Livia s'impressionò, di subito cangiò tono.

«Ma ragiona, Salvo, una ti parla e tu...».

«Lo so, lo so. Perdonami, perdonami, ma sono fatto così e non mi rendo conto che...».

Parlò con voci assufficata, le mano tenute più forte sull'occhi. E, doppo, di scatto, si susì e corse a inserrarsi in bagno. Si lavò la facci, niscì.

Livia, pintuta, era darrè la porta. Aviva fatto tiatro bono, la spettatrice era commossa. S'abbrazzarono, persi, dumannannosi pirdono a vicenda.

«Scusami, è che oggi ho avuto una giornata...».

«Scusami tu, Salvo».

Passarono dù ore sulla verandina a chiacchiariare. Doppo trasirono e il commissario addrumò la televisione sintonizzandola su «Televigàta». Il sequestro di Susanna Mistretta era naturalmente la prima notizia. Il cronista parlò della picciotta e sullo schermo apparse l'immagine di lei. Montalbano si rese conto a quel punto di non avere mai avuto la curiosità di vidiri com'era fatta. Era una gran bella picciotta, bionda, l'occhi azzurri. Certo che le facivano i complimenti strata strata, come aveva detto Francesco. Aviva però un'espressione sicura, determinata, che le faciva addimostrare qualche anno chiossà. Doppo apparsero le immagini della villa. Il cronista non ebbe mai il minimo dubbio nel dire che si trattava di un sequestro, a malgrado che alla famiglia non fosse ancora arrivata una richiesta di riscatto. Concluse annunziando la dichiarazione in esclusiva del padre della rapita. E apparse il geologo Mistretta.

Fin dalle prime parole che disse, Montalbano stunò. Ci sono pirsone che davanti a una telecamera si perdono, balbuziano, addiventano strabici, sudano, dicono minchiate – e lui apparteneva a questa categoria d'infelici – e altre invece che restano normalissime, parlano e si cataminano come fanno sempre. Po' c'è una terza categoria di eletti: quelli cioè che davanti alla telecamera acquistano lucidità e chiarezza. Bene, il geologo apparteneva a quest'ultima. Poche parole, nette, precise. Disse che chi aviva sequestrato a sò figlia Susanna aviva fatto uno sbaglio: qualisisiasi somma avessero addimannato per la liberazione, la famiglia non era assolutamente in grado di racimolarla. Che i rapitori s'informassero meglio. L'unica era quindi rimettere Susanna in libertà, subito. Se invece i rapitori volivano qualichi altra cosa che lui ignorava, e che non arrinisciva manco a immaginare, che lo dicessero. Avrebbe fatto l'impossibile per soddisfare le loro richieste. Tutto qua. La voci era ferma, l'occhi asciutti. Turbato sì, ma non scantato. Con quella dichiarazione, il geologo si era guadagnato la stima e la considerazione di quelli che l'avivano sintuto.

«Questo signore è un vero uomo» fece Livia.

Riapparse il cronista il quale disse che le altre notizie le avrebbe date doppo il commento a quello che era indiscutibilmente il fatto del giorno. Apparse la facci a culo di gaddrina del notista principe dell'emittente, Pippo Ragonese. Il quale partì da una premessa e cioè che era cosa cognita a tutti la modestia dei mezzi del geologo Mistretta la cui moglie, ora gravemente malata, e alla quale lui inviava un doviroso augurio, era stata un tempo ricca, ma doppo aviva perso tutto per un rovescio di fortuna. E dunque, come aviva giustamente detto il poviro patre nel suo appello, il sequestro della picciotta – se era fatto a scopo di lucro, e lui non se la sintiva di fare un'altra tirribili supposizione – arrisultava un tragico sbaglio. Ora chi potiva ignorare che la famiglia del geologo Mistretta era praticamente ridotta a una dignitosa povirtà? Solo gli stranieri, gli extracomunitari evidentemente male informati. Pirchì era innegabile che da quanno c'erano questi sbarchi di clandestini, una vera e propia invasione, la criminalità aviva raggiunto e superato il livello di guardia. Che aspittavano i responsabili locali del governo ad applicare severamente una legge che già c'era? Lui personalmente però traeva ragione di conforto da una notizia a margine del sequestro: l'indagine era stata affidata al valente commissario Filippo Minutolo della Questura di Montelusa e non al cosiddetto commissario Montalbano, noto più per le sue discutibili alzate d'ingegno e per le sue opinioni poco ortodosse, spesso decisamente eversive, che per la capacità di risolvere i casi che gli vinivano affidati. E con ciò, bonanotti a tutti.

259

«Che bastardo!» commentò Livia astutando il televisore.

Montalbano preferì non rapriri vucca. Oramà quello che diciva di lui Ragonese non gli faciva più né cavudo né friddo. Sonò il telefono. Era Gallo.

«Dottore, finii ora ora. Solo in una casa non c'era gente, però m'è parsa disabitata da tempo. La risposta è stata uguale. Non conoscono Susanna e aieri a sira non hanno visto passare nessuna picciotta in motorino. Però c'è stata una signora che m'ha detto che il fatto che lei non l'abbia vista non significa necessariamente che non sia passata».

«Perché me lo riferisci?».

«Dottore, quelle sono case che hanno tutte l'orto e la cucina dalla parte di darrè e non dalla parte della strata».

Riattaccò. Fu una piccola disillusione che gli fece calare una granni stanchizza.

«Che ne diresti di andarcene a letto?».

«Sì» disse Livia «ma perché non mi hai detto niente di questo sequestro?».

«Perché tu non me ne hai dato spazio» gli venne d'arrispunniri, ma arriniscì a tenersi a tempo. Quelle parole sarebbero state sicuramente il principio di una sciarriatina feroci. Si limitò a fare un gesto vago.

«È vero che sei stato escluso dall'indagine come ha detto quel cornuto di Ragonese?».

«Complimenti, Livia».

«Perché?».

«Vedo che ti stai vigatizzando. Hai dato del cornuto a Ragonese. Dare del cornuto a uno è tipico degli aborigeni».

«Mi hai evidentemente contagiato. Dimmi se è vero che sei stato...».

«Non è esatto. Devo collaborare con Minutolo. L'indagine è stata affidata a lui sin dall'inizio. E io ero in licenza».

«Raccontami del sequestro mentre metto in ordine».

Il commissario le contò tutto quello che c'era da contare. Alla fine Livia parse turbata.

«Se chiedono il riscatto, ogni altra supposizione risulterebbe inutile, vero?».

Macari a lei era vinuto in testa che potivano aviri sequestrato Susanna per farle violenza. Montalbano voliva dirle che la richiesta di riscatto non escludeva la violenza, ma preferì che andasse a corcarsi senza questo pinsèro.

«Certo. Vuoi andare tu per prima in bagno?».

«Va bene».

Montalbano raprì la porta-finestra della verandina, niscì, s'assittò, s'addrumò una sicaretta. La nottata era serena come il sonno di un picciliddro 'nnuccenti. Arriniscì a non pinsari a Susanna, all'orrore che invece quella nottata rappresentava per lei.

Doppo tanticchia sentì una rumorata viniri dall'interno. Si susì, trasì, s'apparalizzò. Livia, nuda, stava in mezzo alla càmmara. Ai sò pedi, una piccola pozzanghera. Evidentemente aviva lasciato la doccia a mità per qualichi cosa che le era passato per la testa. Bellissima, ma Montalbano non osò cataminarsi. L'occhi di Livia, arriduciuti a fessura, erano signo di tempesta imminente, oramà lo sapiva bene.

«Tu... tu...» fece Livia col vrazzo tiso e l'indice accusatore.

«Io cosa?».

«Quando hai saputo del rapimento?».

«Stamattina».

«Quando sei arrivato al commissariato?».

«No, prima».

«Prima quando?».

«Ma come, non ti ricordi?».

«Voglio sentirlo da te».

«Quando hanno telefonato e tu ti sei svegliata e sei andata a preparare il caffè. Prima era Catarella e non ci ho capito niente, dopo Fazio che m'ha detto della scomparsa della ragazza».

«E tu che hai fatto?».

«Ho fatto la doccia e mi sono vestito».

«Eh no, schifoso ipocrita! Tu mi hai stesa sul tavolo di cucina! Mostro! Ma come può venirti in mente di fare l'amore con me mentre una povera ragazza...».

«Livia, cerca di ragionare. Quando mi hanno telefonato io non ho capito la gravità...».

«Lo vedi che ha ragione il giornalista, quello lì, come si chiama, quello che ha detto che sei un incapace, uno che non capisce niente! Anzi no, tu sei peggio! Tu sei un bruto! Un essere immondo!».

Niscì, il commissario sintì girare la chiave della càmmara di letto. Si mosse, tuppiò alla porta.

«Dai, Livia, non ti pare di stare esagerando?».

«No. E stanotte dormi sul divano».

«Si dorme scomodissimi! Dai, Livia! Non potrò chiudere occhio!».

Nisciuna reazione. Allora si giocò la carta della pietà.

«Sicuramente mi ripiglierà a far male la ferita!» fece con voci piatosa.

«Peggio per te».

Sapiva che non sarebbe mai arrinisciuto a farle cangiare idea. Doviva rassegnarsi. Santiò a voce vascia. Come in risposta, il telefono squillò. Era Fazio.

«Ma non ti avevo detto di andarti a riposare?».

«Non me la sono sentita di lasciare, dottore».

«Che vuoi?».

«Hanno telefonato ora ora. Il dottor Minutolo dice se può fare un salto».

Arrivò sparato davanti al cancello inserrato. A metà strata gli tornò a mente che non aviva avvertito Livia della nisciuta. A malgrado della sciarriatina, avrebbe dovuto farlo. Macari al semplici scopo d'evitari un'altra azzuffata, capace che Livia si faciva pirsuasa che lui, per ripicca, se ne era andato a dormiri in albergo. Pacienza.

E ora come farisi raprire? Taliò alla luce dei fari, non c'era un campanello, un citofono, nenti. L'unica era il clacson, spirando di non doviri sonari fino ad arrisbigliare l'intero paìsi. Dette un primo, timido e rapido colpo e quasi subito intravitti un omo che nisciva dalla casa. L'omo armiggiò con la chiavi, raprì il cancello, Montalbano trasì con la machina, si fermò, scinnì. L'omo che aviva rapruto si presentò.

«Sono Carlo Mistretta».

262

Il fratello medico era un cinquantacinquino ben vestito, bassotto, occhiali sottili, facci rosea e di scarso pilo, tanticchia di panza, pariva un viscovo in borghese. Proseguì:

«Il suo collega mi ha informato della telefonata dei rapitori e mi sono dovuto precipitare perché Salvatore si è sentito male».

«Come sta ora?».

«Spero d'averlo messo in condizioni di dormire».

«E la signora?».

Il medico allargò le vrazza senza arrispunniri.

«Ancora non è stata informata del...».

«No, ci mancherebbe altro. Salvatore le ha detto che Susanna è a Palermo per gli esami, ma non è che la mia povera cognata sia molto lucida, ha ore di assoluta assenza».

Nel salone c'erano solamente Fazio che si era addrummisciuto sulla solita poltrona e Fifì Minutolo che, nell'altra poltrona, si stava fumando un sicarro. Le porte-finestre erano spalancate, trasiva una pungente friscanzana.

«Siete riusciti a sapere da dove veniva la telefonata?» fu la prima cosa che spiò Montalbano.

«No. È stata troppo breve» arrispunnì Minutolo. «Ora ascoltala e dopo ne parliamo».

«D'accordo».

Appena percepì la prisenza di Montalbano, Fazio, per una specie di riflesso armalisco, raprì l'occhi e satò addritta.

«Dottore, arrivò? Voli sintiri? S'assittasse al posto mio».

E senza aspittari risposta, azionò il registratore.

Pronto? Chi parla? Qui casa Mistretta. Chi parla?
...
Ma chi parla?
Stammi a sentire senza interrompere. La ragazza è qui con noi e per ora sta bene. Riconosci la sua voce?
...
Papà... papà... ti prego... aiuta...
...
L'hai sentita? Prepara un sacco di soldi. Ti telefono dopodomani.
...

263

Pronto? Pronto? Pronto?

...

«Rimettila da capo» disse il commissario.

Non aviva gana di risintiri tutta l'abissale disperazione che c'era nella voci della picciotta, ma doviva farlo. Per prudenza, si mise una mano davanti all'occhi, casomai gli viniva una botta di commozione.

Alla fine del secondo ascolto il dottor Mistretta, la facci affunnata nelle mano, le spalle scosse dal chianto, sinni niscì, quasi di corsa, in giardino.

Minutolo commentò:

«Vuole molto bene alla nipote».

E doppo, taliando a Montalbano:

«E allora?».

«Il messaggio è registrato. Sei d'accordo?».

«Perfettamente».

«La voce dell'uomo è contraffatta».

«Evidente».

«Sono, come minimo, in due. La voce di Susanna è in secondo piano, tanticchia lontana dal registratore. Quando quello che registra dice "riconosci la sua voce?" passa qualche secondo prima che Susanna parli, il tempo che il complice le abbassi il bavaglio. E dopo glielo rimette, troncandole a metà la parola, che sicuramente è "aiutami". E tu che hai da dire?».

«Che può darsi invece che sia uno solo. Dice: "riconosci la sua voce?" e va a levare il bavaglio».

«Non è possibile, perché allora tra la domanda del sequestratore e la voce di Susanna ci dovrebbe essere più pausa».

«D'accordo. La sai una cosa?».

«No, l'esperto sei tu».

«Non stanno seguendo la prassi abituale».

«Spiegati meglio».

«Allora. Come si fa un sequestro abitualmente? C'è una manovalanza, diciamo gruppo B, che è incaricata di operare materialmente il sequestro. Quindi il gruppo B trasferisce la persona sequestrata al gruppo C, vale a dire a quelli che sono incaricati di nasconderla e custodirla, altra bassa manovalanza. A questo punto si fanno vivi quelli del gruppo A, cioè a dire i capintesta, gli organizzatori che chiedono il riscatto. Per fare tutti questi passaggi, è necessaria una certa quantità di tempo. E quindi la richiesta di riscatto in genere avviene a distanza di qualche giorno dal sequestro. Qui invece sono passate in definitiva solo poche ore».

«E questo che significa?».

«A mio parere significa che il gruppo che ha sequestrato Susanna è il gruppo stesso che la tiene prigioniera e ne domanda il riscatto. Forse non è una grossa organizzazione. Capace che è una cosa fatta in famiglia, tirando al risparmio. E se non sono professionisti, tutto si complica e diventa più rischioso per la ragazza. Mi spiego?».

«Alla perfezione».

«E questo sta macari a significare che non la tengono lontana».

Fece una pausa, pinsoso.

«Però non ha manco le caratteristiche del sequestro-lampo. In quei casi la cifra richiesta per il riscatto avviene sempre al primo contatto. Non hanno tempo da perdere».

«Questa storia che hanno fatto sentire la voce di Susanna» spiò Montalbano «è normale? A me non pare che...».

«Hai ragione» fece Minutolo. «Non succede, è una cosa che si vede nei film. Quello che capita è che se tu non vuoi pagare, doppo tanticchia, per convincerti, ti fanno scrivere due righe dal sequestrato. Oppure ti spediscono un pezzo d'orecchio. E queste sono le uniche forme di contatto tra chi è sequestrato e la sua famiglia».

«Hai notato come parlava?» spiò ancora Montalbano.

«Come parlava?».

«In perfetto italiano. Senza inflessioni dialettali».

«Già» fece pinsoso Minutolo.

«E ora che farai?».

«Che vuoi che faccia? Telefono al Questore e gli dico la novità».

«Sta telefonata m'ha lasciato più confuso che pirsuaso» disse a conclusione dei sò pinsèri Montalbano.

«Macari a mia» s'accordò Minutolo.

«Levami una curiosità. Perché hai permesso che Mistretta parlasse con un giornalista?».

«Per smuovere le acque, accelerare i tempi. Non mi piace che una picciotta accussì bella stia troppo a lungo in balia di gente come quella».

«Glielo dici ai giornalisti di questa telefonata?».

«Manco per sogno».

Per il momento, non c'era altro. Il commissario s'avvicinò a Fazio che aviva ripigliato a dormiri, lo scotì per una spalla.

«Sveglia, ti riaccompagno a casa».

Fazio tentò una debole resistenza.

«E se arriva qualche chiamata importante?».

«Dai, tanto fino a dopodomani non si rifaranno vivi. Te l'hanno detto, no?».

Lasciato Fazio, si diresse a Marinella. Trasì senza fare rumorata, andò in bagno e doppo fece per corcarsi sul divano. Era troppo stanco macari per mittirisi a santiare. Si fermò mentri si stava livanno la cammisa, aviva notato che la porta della càmmara di letto era mezza aperta, ma allo scuro. Si vede che Livia si era pintuta d'averlo mandato in esilio. Andò in bagno, finì di spogliarsi, trasì a pedi leggio nella càmmara di letto, si corcò. Doppo tanticchia si stinnicchiò adascio adascio allato a lei che dormiva profondamente. Chiuì l'occhi e s'arritrovò di subito in viaggio nel paese del sonno. E tutto 'nzemmula: tac. La molla del tempo s'inceppò. Senza bisogno di taliare il ralogio, seppe che erano le tri, ventisette primi e quaranta secondi. Quanto aviva durmuto? Pi fortuna si riaddrummiscì quasi subito.

Verso le setti del matino Livia s'arrisbigliò, Montalbano macari. E ficiro paci.

Davanti al commissariato l'aspittava Francesco Lipari, lo zito di Susanna.

I calamari nìvuri sutta i sò occhi denunziavano il nirbùso e le nottate in bianco.

«Mi scusi, commissario, ma stamattina presto ho chiamato il padre di Susanna che m'ha detto della telefonata e allora…».

«Ma come?! Se Minutolo non voleva che si sapesse!».

Il picciotto si stringì nelle spalle.

«Va bene, vieni. Ma non raccontare a nessuno che c'è stata questa telefonata».

Trasendo, il commissario avvertì Catarella che non voliva essiri disturbato.

«Hai qualcosa da dirmi?».

«Niente di particolare. Mi è tornato a mente che l'altra volta non le ho detto una cosa. Non so quanto possa essere importante…».

«In questo caso tutto può essere importante».

«Quando ho scoperto il motorino di Susanna, non sono subito andato alla villa ad avvertire il padre. Mi sono fatta la trazzera da lì fino a Vigàta e appresso l'ho rifatta tornando indietro».

«Perché?».

«Mah. Inizialmente è stata una cosa istintiva, ho pensato che forse poteva essere svenuta, che poteva essere caduta e avere perso la memoria e allora mi sono messo a cercarla su quella trazzera, al ritorno invece non cercavo più lei ma il…».

«… il casco che portava sempre» disse Montalbano.

Il picciotto lo taliò con l'occhi sbarracati.

Sei

«Ci ha pensato macari lei?».

«Io? Vedi, io sono arrivato sul posto che già da tempo c'erano i miei uomini. E quando hanno saputo dal padre che Susanna si metteva sempre il casco, l'hanno cercato, senza trovarlo, non solo lungo la trazzera, ma perfino tra i campi dietro i muretti».

«Io non ce li vedo i sequestratori che si portano in macchina Susanna che urla e si dimena col casco in testa».

«Manco io, se è per questo» disse Montalbano.

«Ma lei non ha proprio nessuna idea su come sono andate le cose?» spiò Francesco, tra l'incredulo e lo spiranzoso.

«I picciotti d'oggi! Come sono pronti alla fiducia e come facciamo di tutto per disilluderli!» pinsò il commissario.

Per non fargli vidiri la commozione (ma non potiva trattarsi di un principio di rincoglionimento senile e non di una conseguenza della ferita?) si calò a taliare alcune carte dintra a un cascione. Parlò solo quanno fu ben sicuro d'aviri la voci ferma.

«Ci sono troppe cose che ancora non si spiegano. La prima di tutte è: perché Susanna per tornare a casa pigliò una strada che non aveva mai fatto prima?».

«Forse da quelle parti abita qualcuno che…».

«Nessuno la conosce. E non l'hanno manco vista passare col motorino. Può darsi che qualcuno di loro non dica la verità. Allora quello stesso che non dice la verità è corresponsabile del sequestro, forse solo come basista, perché è l'unico a sapere che Susanna in quel dato giorno e in quella data ora passerà su quella trazzera. Chiaro?».

«Sì».

«Ma se Susanna ha pigliato la trazzera senza un perché, il rapimento nascerebbe da un incontro del tutto casuale. Però le cose non possono essere andate così».

«Perché?».

«Perché stanno dimostrando d'avere un minimo d'organizzazione, d'avere premeditato il sequestro. Dalla telefonata si capisce che non si tratta di un sequestro-lampo. Non hanno urgenza di liberarsi subito di Susanna. Questo significa che hanno un posto sicuro dove tenerla. E un posto così sicuro non è possibile che l'abbiano trovato in poche ore».

Il picciotto non disse nenti. Ragionava sulle parole che sintiva con una tale concentrazione che al commissario parse di percepire la rumorata degli ingranaggi del ciriveddro. Doppo Francesco tirò la conclusione.

«Dal suo ragionamento viene fuori che Susanna è stata molto probabilmente sequestrata da qualcuno che sapeva che lei quella sera avrebbe pigliato la trazzera. Qualcuno che abita da quelle parti. E allora bisognerebbe andare a fondo, sapere i nomi di tutti, accertarsi che...».

«Fermati. Se ti metti a ragionare, a fare ipotesi, devi saper prevedere macari il fallimento».

«Non ho capito».

«Ti spiego. Metti conto che apriamo un'indagine accuratissima su tutti coloro che abitano lungo la trazzera. Di loro veniamo a sapere vita morte miracoli e quanti peli hanno nel culo e alla fine viene fuori che non c'è mai stato alcun contatto tra Susanna e uno di quelli, niente; che fai? Ricominci da capo? T'arrendi? Ti spari?».

Il picciotto non mollò.

«Secondo lei allora che bisogna fare?».

«Formulare contemporaneamente altre ipotesi e verificarle, portarle tutte avanti nello stesso tempo, senza dare la preferenza a una, manco se si presenta come la più probabile».

«E lei ne ha fatte?».

«Certo».

«Me ne può dire qualcuna?».

«Se la cosa ti consola... Allora, se Susanna si viene a trovare su quella trazzera è perché qualcuno le ha dato un appuntamento proprio lì, che è un posto dove non ci passa quasi nessuno...».

«Non è possibile».

«Che cosa non è possibile? Che Susanna avesse un appuntamento? Tu pensi di conoscere tutto della tua picciotta? Ci puoi mettere la mano sul foco? Bada che non sto dicendo che si trattava di un appuntamento amoroso, può darsi che Susanna si voleva incontrare con una persona per ragioni che non sappiamo. Susanna ci va non sapendo che le hanno preparato un tranello. Arriva, appoggia il motorino, si leva il casco tenendolo in mano, perché si tratta evidentemente di un incontro brevissimo, si avvicina all'auto e viene sequestrata. Ti funziona?».

«No» disse fermo Francesco.

«E perché?».

«Perché, e ne sono sicuro, quando ci siamo visti nel pomeriggio lei me l'avrebbe sicuramente detto, di questo incontro stabilito in precedenza. Mi creda».

«Ti credo. Ma può darsi che Susanna non abbia avuto la possibilità d'avvertirti».

«Non capisco».

«L'hai accompagnata tu a studiare dalla sua amica?».

«No».

«Susanna aveva un cellulare che non abbiamo ritrovato, giusto?».

«Giusto».

«Può avere ricevuto una telefonata mentre, uscita da casa tua, andava a casa dell'amica per studiare ed essersi accordata solo allora sull'appuntamento. E siccome dopo non vi siete più visti, lei non ha avuto modo di dirtelo».

Il picciotto ci pinsò supra tanticchia. Doppo s'addecise.

«Non posso escluderlo».

«E allora che mi vieni a contare con i tuoi dubbii?».

Francesco non arrispunnì. Si pigliò la testa tra le mano. Montalbano ci mise il carrico da undici.

«Ma può darsi che ci stiamo sbagliando su tutta la linea».

Il picciotto satò sulla seggia.

«Che sta dicendo?!».

«Sto semplicemente dicendo che può darsi che partiamo da un presupposto sbagliato. E cioè che Susanna, per tornare alla villa, abbia fatto quella trazzera».

«Ma se il motorino è stato trovato là!».

«Questo non significa necessariamente che Susanna, partendo da Vigàta, abbia imboccato la trazzera. Ti faccio il primo esempio che mi passa per la testa. Susanna esce dalla casa dell'amica e fa la strada di tutti i giorni. Questa strada serve a molti che abitano nelle case allocate prima e dopo la villa e finisce tre chilometri appresso in una specie di quartiere campagnolo di Vigàta, mi pare che si chiama La Cucca. È una strada di pendolari, di viddrani e di gente che pur travagliando a Vigàta preferisce abitare in campagna. Tra di loro si conoscono tutti, capace che fanno avanti e narrè negli stessi orari».

«Sì, ma che c'entra questo con...».

«Lasciami finire. I sequestratori è da qualche tempo che seguono Susanna per rendersi conto del traffico che c'è all'ora del suo rientro e qual è il posto migliore per agire. Quella sera hanno fortuna, il piano può realizzarsi proprio all'incrocio con la trazzera. Bloccano in qualche modo Susanna. Sono almeno in tre. Due scendono e la costringono a salire nella macchina che riparte probabilmente pigliando la trazzera nella direzione di Vigàta. Uno dei due però rimane a terra, afferra il motorino e lo lascia a un certo punto della trazzera. E questo tra l'altro spiega perché il motorino è stato posizionato come se andava verso Vigàta. Poi macari lui sale in macchina e addio».

Francesco parse dubitoso.

«Ma perché si preoccupano del motorino? Che gliene importa? Il loro interesse è quello di andarsene prima che possono».

«Ma se ho appena finito di dirti che quella è una strada di pendolari! Non potevano lasciare il motorino a terra. Qualcuno avrebbe pensato a un incidente, qualcun altro l'avrebbe potuto riconoscere come il motorino di Susanna... insomma, l'allarme scattava immediatamente e loro non avevano il tempo di andarsi ad ammucciare bene. E dato che c'erano, tanto valeva spostarlo sulla trazzera dove non passa nessuno. Ma si possono fare altre ipotesi».

«Ancora?!».

«Quante ne vuoi. Tanto stiamo facendo accademia. Prima devo farti una domanda. Tu mi hai detto che hai accompagnato Susanna qualche volta sino alla villa».

«Sì».

«Il cancello lo trovava aperto o chiuso?».

«Chiuso. Susanna apriva con la sua chiave».

«Allora si può macari pensare che Susanna ha appena appoggiato il motorino e sta pigliando la chiave per aprire il cancello che sopraggiunge a piedi e di corsa uno che lei ha qualche volta visto su quella strada, un pendolare. L'omo la supplica di accompagnarlo in motorino alla trazzera, le conta una minchiata qualsiasi, che la mogliere si è sentita male in macchina mentre si dirigeva a Vigàta e ha domandato aiuto col cellulare, che suo figlio è andato a finire sotto una macchina... una storia così. Susanna non può tirarsi indietro, lo fa acchianare, parte per la trazzera ed è fatta. E macari stavolta avremmo la spiegazione per la posizione del motorino. Oppure...».

Montalbano s'interruppe di colpo.

«Perché non va avanti?».

«Perché mi sono stuffato. Non ti credere che è tanto importante come sono andate le cose».

«No?!».

«No, perché se uno ci ragiona sopra... I dettagli che ci sembrano essenziali, più li stiamo a esaminare e più perdono contorni, sfocano. Tu, per esempio, non eri venuto a domandarmi che fine aveva fatto il casco di Susanna?».

«Il casco? Sì».

«E come vedi, più i nostri discorsi andavano avanti e più il casco andava narrè, perdeva importanza. Tanto che non ne abbiamo più parlato. Il vero problema non è il come, ma il perché».

Francesco stava raprenno la vucca per spiare ancora, ma il botto della porta che si era rapruta con violenza sbattendo contro il muro lo scantò, lo fece susire di scatto.

«Che è stato?» spiò.

«Mi scappò la mano» fece compunto Catarella sulla soglia.

272

«Che c'è?» spiò a sua volta Montalbano.

«Siccome che lei mi disse che non voliva distrubbo qualisi-siasi da parte di qualisisiasi distrubbatori, ci devo viniri a fari una dimanna».

«Falla».

«Il giornalista signor Zito appartieni al categorico dei di-strubbatori opuro in caso contrario di no?».

«No, non disturba. Passamelo».

«Ciao, Salvo, sono Nicolò. Scusami, ma volevo dirti che so-no appena arrivato in ufficio...».

«Che me ne fotte a me dei tuoi orari d'ufficio? Dillo al tuo datore di lavoro».

«No, Salvo, non c'è da babbiare. Sono appena arrivato e la mia segretaria mi ha detto che... si tratta di una cosa che riguarda il sequestro di quella ragazza».

«Va bene, dimmi».

«No, è meglio se tu vieni qua».

«Cercherò di passare appena posso».

«No, subito».

Montalbano riattaccò, si susì, pruì la mano a Francesco.

«Retelibera», la televisione privata nella quale travagliava Nicolò Zito, era allocata a Montelusa, ma in una zona foramano. Mentre vi si dirigeva in machina, il commissario intuì quello che doviva essere capitato e che l'amico sò giornalista voliva fargli sapiri. E ci inzertò su tutta la linea. Nicolò l'aspittava sul por-tone e appena vitti arrivare la machina di Montalbano gli andò incontro. Pariva agitato.

«Che c'è?».

«Stamatina la segretaria era appena arrivata in ufficio quan-do c'è stata una chiamata anonima. Una voce mascolina le ha spiato se eravamo attrezzati per registrare una telefonata, lei ha risposto di sì e quello allora ha detto di preparare tutto perché avrebbe richiamato entro cinque minuti. E infatti richiamò».

Trasirono nell'ufficio di Nicolò. Sul tavolino c'era un regi-stratore portatile, ma professionale. Il giornalista l'azionò. Mon-talbano ascutò, come aviva previsto, la copia precisa 'ntifica della telefonata già arrivata a casa Mistretta, non una parola in più o una in meno.

«Fa impressione. Quella povira picciotta...» commentò Zito. E doppo spiò:

«I Mistretta l'hanno ricevuta? O quei cornuti vogliono che siamo noi a fare da tramite?».

«Aieri a sira tardo telefonarono».

Zito tirò un sospiro di sollievo.

«Meno male. Ma allora perché l'hanno mandata macari a noi?».

«Mi sono fatto preciso concetto» disse Montalbano «e cioè che i sequestratori vogliono far sapere a tutti, e non al solo padre, che la picciotta è nelle loro mani. In genere chi fa un sequestro di persona ha tutto da guadagnarci dal silenzio. Loro invece fanno le umane e divine cose per provocare scarmazzo. Vogliono che la voce di Susanna che domanda aiuto impressioni la gente».

«E perché?».

«Questo è il busillisi».

«E io ora che faccio?».

«Se vuoi fare il loro gioco, trasmetti la telefonata».

«Io non sono a servizio dei delinquenti».

«Bravo! Mi premurerò di far scolpire queste nobili parole sulla lapide della tua tomba».

«Ma quanto sei stronzo!» fece Zito agguantandosi i cabasisi.

«Allora, dato che ti dichiari un giornalista onesto, telefoni al giudice e al Questore, li avverti e metti la registrazione a loro disposizione».

«Farò accussì».

«Ti conviene farlo subito».

«Ti è venuta la prescia?» spiò Zito mentre faciva il numero della Questura.

Montalbano non arrispunnì.

«Ti aspetto fora» fece susennusi e niscenno.

Era proprio una matinata gentile, c'era un vento leggero di mano delicata. Il commissario s'addrumò una sicaretta e non ebbe il tempo di finirla che spuntò il giornalista.

«Tutto fatto».

«Che ti hanno detto?».

«Di non trasmettere nenti di nenti. Ora mandano un agente a prendere la cassetta».

«Rientriamo?» fece il commissario.

«Mi vuoi tenere compagnia?».

«No. Voglio vedere una cosa».

Quanno trasirono nell'ufficio, Montalbano disse a Nicolò d'addrumare il televisore e di sintonizzarsi su «Televigàta».

«Che vuoi sentire da quegli stronzi?».

«Aspetta e capirai perché avevo prescia di farti telefonare al Questore».

Sullo schermo spuntò una scritta che faciva:

«Tra pochi minuti edizione straordinaria del notiziario».

«Minchia!» disse Nicolò «hanno telefonato macari a loro! E questi grannissimi garrusi la mandano in onda!».

«Non te l'aspettavi?».

«No. E tu m'hai fatto bucare la notizia!».

«Ora vuoi tornare narrè? Deciditi, sei un giornalista onesto o disonesto?».

«Onesto, onesto, ma bucare volontariamente una notizia pesa assà!».

Il cartello con la scritta scomparse, partì la sigla del notiziario e, senza nessun avvertimento priparatorio, apparse la faccia del geologo Mistretta. Era la replica dell'appello che aviva già fatto il giorno appresso al sequestro. Di seguito, spuntò un giornalista.

«Vi abbiamo fatto risentire l'appello del padre di Susanna per una ragione precisa. Ora vi faremo ascoltare un documento terribile pervenuto in mattinata alla nostra redazione».

Sulle immagini della villa, si sentì la telefonata, la stissa pricisa 'ntifica che era stata fatta a «Retelibera». Quindi staccarono sulla faccia a culo di gaddrina di Pippo Ragonese.

«Vi dirò subito che in redazione siamo stati drammaticamente combattuti prima di addivenire alla decisione di trasmettere la telefonata che avete appena ascoltato. La voce angosciata e angosciante di Susanna Mistretta è qualcosa che dif-

275

ficilmente può sopportare la nostra coscienza di uomini che viviamo in una società civile. Ma ha prevalso il diritto di cronaca. Il pubblico ha il sacrosanto diritto di sapere e noi giornalisti abbiamo il sacrosanto dovere di rispettare questo diritto. Altrimenti perderemmo l'orgoglio di poterci dire giornalisti al servizio del pubblico. Abbiamo fatto precedere la telefonata dalla replica del disperato appello del padre. I sequestratori non si rendono conto, o non vogliono rendersi conto, che la loro richiesta di riscatto è destinata a cadere nel vuoto, stante le acclarate infelici condizioni economiche della famiglia Mistretta. In questo tragico stallo la nostra speranza è riposta nelle forze dell'ordine. Soprattutto nel dottor Minutolo, uomo di grande esperienza, al quale fervidamente auguriamo un pronto successo».

Riapparse il primo giornalista che disse:

«Questa edizione straordinaria sarà ritrasmessa ogni ora».

Agneddro e suco e finì il vattìo: partì un programma di musica rock.

Montalbano non finiva mai d'ammaravigliarsi di come erano fatti gli òmini che travagliavano in televisione. Pri sempio, ti facivano vidiri le immagini di un terremoto con migliaia di morti, pàisi interi scomparsi, picciliddri feriti e piangenti, cadaveri a pezzi e subito appresso: «Ecco a voi ora delle belle immagini del carnevale di Rio». Carri colorati, allegria, samba, culi.

«Bastardo e figlio di buttana!» fece Zito arrussicato in faccia e piglianno a càvuci una seggia.

«Aspetta che gli conzo la tavola» disse Montalbano.

Compose di cursa un nummaro di tilefono e sinni stetti tanticchia ad aspittari con la cornetta all'orecchio.

«Pronto? Montalbano sono. Il signor Questore, per favore. Sì, grazie. Sì, rimango in linea. Sì. Signor Questore? Buongiorno. Mi scusi se le arreco disturbo, le sto telefonando da "Retelibera". Sì, lo so che il giornalista Zito l'ha testé chiamata. Certo, è un cittadino che ha fatto il suo dovere. Ha anteposto ai suoi interessi di giornalista... certo, riferirò... Ecco, volevo dirle, signor Questore, che mentre stavo qua è pervenuta un'altra telefonata anonima».

Nicolò lo taliò imparpagliato e fece il gesto con la mano a ca-cocciola che veniva a significare: «ma quanno mai?».

«La stessa voce di prima» continuò al telefono Montalbano «ha detto di prepararsi per una registrazione. Senonché, quando hanno richiamato dopo cinque minuti, non solo la telefona-ta era molto disturbata e non si è capito niente, ma il registra-tore non ha funzionato».

«Ma che minchia ti stai inventando?» disse a voce vascia Ni-colò.

«Sì, signor Questore, io resto in loco in attesa che ci ripro-vino. Come dice? "Televigàta" ha appena trasmesso la telefo-nata?! Ma non è possibile! Ha anche ripetuto l'appello del pa-dre? Non ne sapevo niente. Ma questo, se mi consente, è inau-dito! Si configura come un reato! Loro dovevano consegnare la registrazione alle autorità, non trasmetterla! Come ha giustamente fatto il giornalista Zito! Dice che il giudice sta studiando i provvedimenti del caso? Bene! Benissimo! Ah, signor Questo-re, mi sorge un sospetto. Ma è solo un sospetto, badi. Se han-no testé ritelefonato a "Retelibera", certamente avranno fatto lo stesso con "Televigàta". E può darsi che a "Televigàta" sia-no stati più fortunati e siano riusciti a registrare la seconda te-lefonata... Che certo negheranno d'aver ricevuto perché se la vorranno giocare quando lo riterranno opportuno... Uno spor-co gioco, dice benissimo... Lungi da me l'idea di voler sugge-rire alcunché alla sua esperienza, ma credo che una perquisizione accuratissima negli uffici di "Televigàta" possa far saltare fuo-ri... sì... sì... I miei doverosi ossequi, signor Questore».

Nicolò lo taliò ammirativo.

«Sei un vero mastro d'opira fina!».

«Vedrai che tra i provvedimenti del giudice e la perquisizio-ne ordinata dal Questore non avranno manco il tempo di pisciare, altro che ritrasmettere l'edizione straordinaria!».

Risero, ma subito doppo Nicolò tornò serio.

«A sentire in fila prima il padre» disse «e appresso quello che dicono i sequestratori, pare un discorso tra sordi. Il padre dice che non ha una lira e quelli gli rispondono di preparare i soldi. Macari se quello si vende la villa, quanto potrà realizzare?».

«Tu sei della stessa opinione del tuo esimio collega Pippo Ragonese?».

«E cioè?».

«Che il rapimento è opera di sprovveduti extracomunitari che non sanno che hanno tutto da perdirci e nenti da guadagnarci?».

«Manco per sogno».

«Può darsi che i sequestratori non hanno una televisione e non hanno visto l'appello del padre».

«Potrebbe macari darsi...» principiò Nicolò, ma si fermò dubitoso.

Sette

«Allura?» l'incoraggiò Montalbano.

«Mi passò un'idea. M'affrunto però a dirtela».

«Ti assicuro che qualisisiasi minchiata dirai non nescirà da questa càmmara».

«Un'idea da pillicola miricana. Corre voce, in pàisi, che i Mistretta, fino a cinque, sei anni fa, se la passavano bona. Ma doppo furono costretti a vendersi ogni cosa. Non può darsi che a organizzare il rapimento sia stato qualcuno che è tornato a Vigàta dopo una lunga assenza e perciò all'oscuro della situazione della famiglia Mistretta?».

«A mia questa tua idea pare più da Totò e Peppino che da pillicola miricana. Ma ragiona! Un sequestro accussì non si fa da solo, Nicolò! Qualche complice l'avrebbe avvertito a quest'uomo che torna doppo tanto tempo che ai Mistretta a momenti viene a mancari macari il pane! A proposito, me lo dici come fu che i Mistretta persero tutto?».

«Lo sai che non ne ho la minima idea? M'è parso di capire che furono costretti a svendere, all'improvviso...».

«A svendere cosa?».

«Terreni, case, magazzini...».

«Costretti, hai detto? Che strammo!».

«Pirchì ti pari strammo?».

«È come se, sei anni fa, avessero già avuto urgente bisogno di soldi per pagare, che so, un riscatto».

«Sei anni fa però non c'è stato rapimento».

«Non c'è stato o nessuno l'ha saputo».

A malgrado che il giudice si era cataminato subito, «Televigàta» arriniscì a fare un'altra replica dell'edizione straordinaria, pri-

279

ma che arrivasse l'ordine di blocco da parte del magistrato. E stavolta davanti alle televisioni non solamente tutta Vigàta, ma l'intera provincia di Montelusa restò affatata a taliare e a sintiri: il passaparola era stato fulmineo. Se i sequestratori si erano fatto proposito di portare a conoscenza di tutti la situazione, c'erano arrinisciuti in pieno.

Un'orata appresso, invece di ritrasmettere per la terza volta l'edizione straordinaria, sul televisore apparse Pippo Ragonese con l'occhi che gli niscivano dalla testa. Sentiva il dovere, disse con voci arragatata, di portare a conoscenza di tutti che in quel preciso momento l'emittente era sottoposta a «una vessazione inaudita che si presentava come un sopruso, un'intimidazione, l'inizio di una persecuzione». Spiegò che per ordine della magistratura il nastro della telefonata dei rapitori era stato posto sotto sequestro e che forze di Polizia stavano procedendo a una perquisizione nella sede alla ricerca non si sapeva di che cosa. Concluse che mai e poi mai sarebbero arrinisciuti a soffocare la voce della libera informazione rappresentata da lui e da «Televigàta» e annunziò che avrebbe costantemente tenuto informato il suo pubblico sugli sviluppi della «grave situazione».

Montalbano si godì tutta la facenna da lui provocata nell'ufficio di Nicolò Zito. Appresso sinni tornò in commissariato. Era appena trasuto che ricivì una chiamata da Livia.

«Pronto, Salvo?».

«Livia! Che c'è?».

Se Livia lo chiamava in ufficio, veniva a dire che era capitato qualichi cosa di serio.

«Mi ha telefonato Marta».

Marta Gianturco era la mogliere di un ufficiale della Capitaneria, una delle poche amiche di Livia a Vigàta.

«Embè?».

«Mi ha detto di accendere di corsa il televisore e di guardare l'edizione straordinaria di "Televigàta". L'ho fatto».

Pausa.

«È stato terribile... la voce di quella povera ragazza... straziante...» continuò doppo tanticchia.

Che c'era da dire?

«Eh già… eh sì…» fece Montalbano tanto per farle capire che stava ad ascutare.

«Poi ho sentito anche Ragonese dire che state perquisendo i suoi uffici».

«Beh… veramente…».

«A che punto siete?».

«All'acqua al collo» avrebbe voluto rispondere. Invece disse: «Ci stiamo muovendo».

«Sospettate che sia stato Ragonese a rapire la ragazza?» spiò Livia con voci ironica.

«Livia, non è il caso di mettersi a fare del sarcasmo. Ti ho detto che ci stiamo muovendo».

«Lo spero» fece Livia con un'intonazione di tempesta, una voci come l'avrebbe potuta aviri una nuvola nìvura, carrica e vascia.

E riattaccò.

Ecco, ora Livia si metteva a fargli telefonate offensive e minatorie. Non era eccessivo definirla minatoria? No, non lo era. Passibile di denunzia era. Dai, non fare lo stronzo e fatti passare subito la raggia. Sei abbastanza calmo? Sì? Allura fai quello che avevi in mente di fare. Chiama a chi devi chiamare e lassa perdiri a Livia.

«Pronto? Il dottor Carlo Mistretta? Il commissario Montalbano sono».

«Ci sono novità?».

«Nessuna, mi dispiace. Vorrei parlare un poco con lei, dottore».

«Questa mattina sono impegnatissimo. E anche nel pomeriggio. Sto trascurando un po' troppo i miei pazienti. Potremmo fare in serata? Sì? Allora guardi, possiamo vederci a casa di mio fratello verso le…».

«Mi scusi, dottore. Ma vorrei parlarle da solo».

«Vuole che venga in commissariato?».

«Non c'è bisogno che si disturbi».

«Va bene. Allora passi da casa mia verso le venti. D'accordo? Abito in via... guardi è difficile da spiegare. Facciamo così. Ci vediamo al primo distributore che c'è sulla strada per Fela, appena fuori Vigàta. Alle venti».

Il telefono risquillò.

«Pronti, dottori? C'è una signora che ci voli parlari con lei di pirsona pirsonalmenti. Dice che è cosa pirsonali di pirsona».

«Ha detto come si chiama?».

«Piripipò mi parse, dottori».

Ma non era possibile! Mosso dalla curiosità di sapiri come si chiamava veramenti la signora al telefono, pigliò la comunicazione.

«Dutturi, vossia è? Cirrinciò Adelina sono».

La sò cammarera! Non la vedeva da quando era arrivata Livia. Che poteva esserle capitato? Oppure macari lei voleva fargli una minaccia tipo: se non liberi la picciotta entro dù jorni, io non vengo più a la tò casa a priparàrti il mangiari. La prospettiva l'atterrì. Macari pirchì s'arricordò di una delle frasi da lei preferite: «tilefunu e tiligramma portanu malanna». Quindi, se aviva messo mano al telefono, veniva a dire che la facenna che gli voliva comunicare era grossa.

«Adelì, che fu?».

«Dutturi, ci voliva dari parte e consolazioni che Pippina si sgravò».

E chi era Pippina? E pirchì viniva a contare a lui che aviva partorito? La cammarera capì la faglianza di memoria del commissario.

«Dutturi, se lo scordò? Pippina è la mogliere di mè figliu Pasquali».

Adelina aviva dù figli delinquenti che niscivano e trasivano dalla galera. E lui, al matrimonio del figlio minore, Pasquale, c'era andato. Erano già passati più di novi misi? Maria, come curriva il tempo! E s'ammalinconì per dù ragioni: la prima era che la vicchiaia s'avvicinava sempre di più e la secunna era che la vicchiaia gli faciva viniri in testa pinsèri banali e frasi fatte sul tipo di quella che aviva appena finito di formulare. E la raggia per aviri pinsato una banalità come quella tagliò la strata alla commozione.

«Masculo o fìmmina?».

«Masculo, dutturi».

«Complimenti e auguri».

«Aspittasse, dutturi. Pasquali e Pippina dicino ca u parrinu di lu vattìu avi a essiri vossia».

Insomma, aviva fatto trenta partecipando al matrimonio e ora quelli volivano che facisse trentuno come padrino al battesimo del neonato.

«E quann'è stu vattìu?».

«Tra una decina di jorni».

«Adelì, dammi dù jorni pi pinsarici, va beni?».

«Va beni. Quann'è ca sinni va a signurina Livia?».

S'apprisentò alla solita trattoria che Livia aviva già pigliato posto. Si vidiva da luntano, dalla taliata che gli lanciò appena si fu assittato che propio non era cosa.

«A che punto siete?» attaccò.

«Livia, ma se ne abbiamo parlato nemmeno un'ora fa!».

«Che significa? In un'ora possono accadere tante cose».

«Ma ti pare il posto adatto per parlarne?».

«Sì. Perché quando torni a casa non mi dici niente del tuo lavoro. O vuole che venga a parlarne in commissariato, dottore?».

«Livia, veramente si sta facendo il possibile. In questo momento buona parte dei miei uomini, compreso Mimì, sta battendo, con quelli di Montelusa, le campagne vicine alla ricerca di...».

«E com'è che mentre i tuoi uomini battono le campagne tu te ne stai tranquillo a mangiare in trattoria con me?».

«Il Questore ha voluto così».

«Il Questore ha voluto che mentre i tuoi uomini lavorano e quella ragazza vive nell'orrore tu te ne vada in trattoria?».

Bih, che camurria!

«Livia, non smurritiare!».

«Ti nascondi dietro il dialetto, eh?».

«Livia, come agente provocatore saresti insuperabile. Il Questore ha diviso i compiti. Io collaboro con Minutolo, che è il responsabile delle indagini, mentre Mimì Augello, con altri, si dedica alle ricerche. Ed è un lavoro duro».

«Povero Mimì!».

Tutti poveri, per Livia. La ragazza, Mimì... Lui solo non era degno di compatimento. Allontanò il piatto di semplici spaghetti con l'aglio e l'oglio, che aviva dovuto ordinari data la presenza di Livia, ed Enzo, il trattore, s'apprecipitò prioccupato.

«Che c'è, dottore?».

«Niente, non ho tanto pititto» mentì.

Livia non disse né ai né bai, continuò a mangiari. Nel tentativo di alleggerire l'atmosfera, e mettersi in condizione di gustare il secondo che aviva ordinato, aiole con un suchetto del quale gli pervenivano buone notizie col sciauro che viniva dalla cucina, decise di contare a Livia la telefonata che gli aviva fatto la cammarera. Partì col pedi sbagliato.

«Stamattina in ufficio mi ha telefonato Adelina».

«Ah».

Secco, sparato come un colpo di revorbaro.

«Che significa questo ah?».

«Significa che Adelina ti telefona in ufficio e non a casa, perché a casa potrei rispondere io e lei ne resterebbe sconvolta».

«Va bene, lasciamo perdere».

«No, sono curiosa. Che voleva?».

«Vuole che io faccia da padrino di battesimo a un suo nipotino, il figlio di suo figlio Pasquale».

«E tu che le hai risposto?».

«Le ho chiesto due giorni di tempo per pensarci. Ma ti confesso che sarei propenso a dire di sì».

«Tu sei pazzo!» esplose Livia.

Lo disse a voce troppo alta. Il ragionier Militello, assittato al tavolo allato a mancina, restò con la forchetta a mezz'aria e la vucca aperta; al dottor Piscitello, assittato al tavolo allato a dritta, andò di traverso il muccuni di vino che si stava bevendo.

«Perché?» spiò strammato Montalbano che non s'aspittava quella reazione violenta.

«Come perché? Pasquale, questo figlio della tua beneamata

donna di servizio, non è un delinquente abituale? Tu stesso non lo hai arrestato diverse volte?».

«E con ciò? Io sono il padrino di un neonato che sino a prova contraria non ha avuto il tempo per diventare un delinquente abituale come suo padre».

«Non sto dicendo questo. Tu lo sai cosa significa fare il padrino di battesimo?».

«Che ne so? Tenere il bambino in braccio mentre il prete...».

Col dito indice, Livia fece 'nzinga di no.

«Caro, fare il padrino di battesimo, significa assumersi delle precise responsabilità. Lo sapevi?».

«No» fece Montalbano, sincero.

«Il padrino, in caso di impedimento del padre, deve sostituirsi a lui per tutto ciò che riguarda il bambino. Diventa una specie di vice padre».

«Davvero?!» spiò il commissario impressionato.

«Informati, se non mi credi. Quindi ti può capitare che tu arresti questo Pasquale, ma mentre lui sta in galera tu ti devi preoccupare dei bisogni, delle necessità di suo figlio, della sua condotta... Ti rendi conto?».

«Che faccio, vi porto le aiole?» spiò Enzo.

«No» disse Montalbano.

«Sì» disse Livia.

Livia arrefutò d'essiri accompagnata in machina e sinni tornò a Marinella con la circolare. Montalbano, visto e considerato che non aviva mangiato nenti, rinunziò alla passiata sul molo e s'appresentò in ufficio che non erano manco le tri. Venne bloccato sul portone da Catarella.

«Dottori dottori ah dottori! Il signori e questori tilifonò!».

«Quando?».

«Ora ora, al tilefono è!».

Pigliò la tilefonata dallo sgabuzzino che veniva spacciato come centralino.

«Montalbano? Si attivi immediatamente» disse la voci imperiosa di Bonetti-Alderighi.

Come faciva ad attivarsi? Spingendo un pulsante? Azionando una manovella? I cabasisi che principiavano a girargli a elica appena sintiva la voci del Questore non erano già un'attivazione?

«Agli ordini».

«Mi è stato in questo momento comunicato che il dottor Augello, nel corso delle ricerche, è caduto e si è fatto male. Va immediatamente sostituito. Ci vada provvisoriamente lei. Non prenda iniziative. Provvederò entro poche ore a mandare qualcuno più giovane».

Ah, com'era gentile e delicato il signor Questore! «Qualcuno più giovane». Ma lui che credeva, di essere ancora un picciliddro con pannolino e biberon?

«Gallo!».

E ci mise, nel chiamare quel nome, tutta l'arraggiatina che gli sbommicava da dintra. Gallo comparse di volata.

«Che c'è dottore?».

«Informati dove si trova il dottor Augello. Pare che si sia fatto male. Dobbiamo andare subito a rilevarlo».

Gallo aggiarniò.

«Matre santa!» disse.

Pirchì s'apprioccupava tanto per Mimì Augello? Il commissario si provò a consolarlo.

«Ma, sai, non credo assolutamente che si tratti di qualcosa di grave. Dev'essere scivolato e…».

«Dottore, io dicevo per mia».

«Che hai?».

«Dottore, non so che mangiai… il fatto è che ho lo stomico suttasupra… vado continuamenti a gabinetto».

«Viene a dire che ti tieni».

Niscì murmuriannosi e tornò doppo pochi minuti.

«Il dottor Augello e la sua squadra sono in contrada Cancello, sulla strada per Gallotta. A tri quarti d'ora da qua».

«Andiamoci. Piglia la machina di servizio».

Stavano marciando sulla provinciale da passata mezzura che Gallo si voltò verso Montalbano e disse:

«Dottore, non ce la faccio più».

«Quanto manca per contrada Cancello?».

«Tri chilometri scarsi, ma io...».

«Va bene, fermati appena puoi».

A mano dritta si partiva una specie di viottolo segnato all'inizio da un àrbolo supra il quale stava inchiovato un pezzo di tavola indovi c'era scritto con la vernice rossa «ova frischie». La campagna era incolta, una foresta di piante serbagge.

Gallo imboccò il viottolo, si fermò doppo pochi metri, scinnì di cursa, scomparse darrè una macchia di erbasanta. Montalbano scinnì macari lui, s'addrumò una sicaretta. A una trentina di metri c'era un dado bianco, una casuzza di campagna con un piccolo slargo davanti. Era lì che si vendevano ova frischi. Si spostò sul ciglio del viottolo e si raprì la cerniera dei pantaloni. Che s'impigliò nella cammisa e arrefutò di continuare a raprirsi. Montalbano calò la testa a taliare in che consisteva l'intoppo e, nel fare quel movimento, una lama di luce riflessa lo colpì nell'occhi. Finito ch'ebbe, l'intoppo si ripresentò e la facenna si ripeté intifica: il commissario calò la testa e la lama di luce lo ferì di nuovo. Allura taliò da indovi partiva il riflesso. Ammucciata a metà dalla parte vascia di un cespuglio c'era una forma rotondeggiante. Capì subito di cosa si trattava, in due passi arrivò al cespuglio. Era un casco di motociclista. Piccolo, per una testa di fìmmina. Doviva stare lì da pochissimi giorni pirchì era solo leggermente impruvolazzato. Novo e nenti ammaccature. Cavò dalla sacchetta il fazzoletto, se ne cummigliò la mano dritta, dita comprese, si acculò, pigliò il casco, lo voltò. Si mise a panza sutta per taliarne più da vicino l'interno. Pariva pulitissimo, non c'erano macchie di sangue. Dù o tri capelli biondi, lunghi, erano impidugliati dintra, spiccavano contro il nìvuro dell'imbottitura. Ebbe la certezza, come se c'era la firma, che quello era il casco di Susanna.

«Dottore, dov'è?».

Era la voce di Gallo. Rimise il casco come l'aviva trovato, si susì.

«Vieni qua».

Gallo s'avvicinò 'ncuriusutu. Montalbano gli indicò il casco.

«Credo sia quello della picciotta».

«Ammazza, che culo!» non poté tenersi Gallo.

«Il tuo» disse il commissario «onore al suo merito investigativo».

«Ma se il casco è qua viene a dire che la picciotta è tenuta nelle vicinanze! Chiamo rinforzi?».

«È quello che vogliono farti cridiri, gettando il casco da queste parti. Cercano di creare una falsa pista».

«Allora che facciamo?».

«Mettiti in contatto con la squadra di Augello, che mandino di corsa un agente a piantonare. Tu, fino a che quello non arriva, non ti cataminare da qui, non vorrei che il casco se lo piglia qualcuno che si trova a passare. Macari sposta la machina perché così impedisci il passaggio».

«E chi vuole che passa da qua?».

Montalbano non arrispunnì, pigliò a caminare.

«E lei dove va?».

«Io vado a vidiri se veramente hanno ova frischi».

Mentre si avvicinava alla casuzza, si faciva sempre più forte un co co co di gaddrine che però non si vidivano, il pollaio doviva essiri allocato nella parte di darrè. Arrivato allo spiazzo, dalla porta aperta della casuzza niscì una picciotta. Era una trentina alta, nìvura di capelli ma chiara di pelle, un gran bel corpo, vestita di tutto punto con una certa eleganza, scarpe con tacco alto. Per un attimo, Montalbano pinsò a una signora che era vinuta ad accattarsi le ova. Ma quella, sorridendo, spiò:

«Pirchì lassò la machina luntano? La potìva mettiri cca davanti».

Montalbano fece un gesto vago.

«S'accomodi» fece la fìmmina precedendolo.

La casuzza era divisa in due càmmare da un tramezzo. Quella anteriore, che doviva essiri la càmmara di mangiari, aviva al centro un tavolino, supra il quale ci stavano quattro cestini con ova frischi, e po' ancora seggie impagliate, cridenza con supra un telefono, frigorifero, in un angolo una cucinetta a gas. Un altro angolo era cummigliato da una tenda di plastica. L'unica cosa che stonava nella càmmara di mangiari era una brandina assistimata a divano. Tutto sparluccicava di pulizia. La picciotta lo taliava fisso, ma non diciva nenti. Doppo tanticchia s'addecise a spiare con un surriseddro che il commissario non seppe interpretare:

«Voli ova opuro...».

Che voliva viniri a dire con quell'oppure? L'unica era provare a vidiri che capitava.

«Opuro» disse Montalbano.

La fìmmina si mosse, andò a dari una rapida taliata nella càmmara di darrè e appresso chiuì la porta. Il commissario pinsò che nell'altra càmmara, evidentemente quella di dormiri, ci stava qualichiduno, forsi un picciliddro addrummisciuto. Quindi la fìmmina s'assittò sulla branda, si levò le scarpe, principiò a sbottonarsi la cammisetta.

«Chiui la porta di fora. Si ti vò lavari, c'è tuttu darrè la tenda» disse a Montalbano.

Ora il commissario sapiva il significato di quell'opuro. Isò un vrazzo.

«Basta accussì» disse.

289

Otto

La fìmmina lo taliò imparpagliata.

«Il commissario Montalbano sono».

«Madonna biniditta!» fece la fìmmina arrussicando e scattando addritta come una molla.

«Non ti scantare. Ce l'hai la licenza per vendere le ova?».

«Sissi. Ce la vado a pigliare».

«Questo è l'importante. No, io non ho bisogno di vederla, ma altri miei colleghi sicuramente te la domanderanno».

«Ma pirchì? Che successe?».

«Prima rispondi a mia. Vivi sola qua?».

«Nonsi, cu mè marito».

«Dov'è ora?».

«Drabbanna».

Di là? Nell'altra càmmara? Montalbano strammò. Ma come, il marito sinni stava di là frisco e sereno mentre di qua sò mogliere ficcava col primo che capitava?

«Chiamalo».

«Nun po' viniri».

«Pirchì?».

«Unn'avi gammi».

Non ha gambe.

«Ci li dovittiro tagliari doppo la disgrazia» continuò la fìmmina.

«Che disgrazia?».

«Travagliava cu 'u tratturi 'n campagna e 'u tratturi s'arribaltò».

«Quand'è successo?».

«Tri anni fa. Doppu dù anni ca n'avivamu maritatu».

«Fammelo vedere».

290

La fìmmina andò a rapriri la porta e si misi di lato. Il commissario trasì, sintendosi assugliari il naso da una zaffata di tanfo di medicinali. Dintra a un letto matrimoniali ci stava un omo mezzo addrummisciuto, respirava pisante. In un angolo della càmmara c'era un televisore con davanti una poltrona. Il ripiano di una toletta era letteralmente cummigliato da medicinali e siringhe.

«Ci tagliaro macari la mano mancina» disse a voci vascia la fìmmina «jorno e notti patisce dulura terribili».

«Perché non lo tieni in ospedale?».

«Ci dugnu adenzia meglio iu. Però i medicinali costanu. E iu non glieli vogliu fari ammancari. A costu di vinnirimi macari l'occhi. Pi chistu arricivu l'òmini. 'U dutturi Mistretta mi dissi di farici 'na gnizioni quanno non regge al duluri. Un'orata fa faciva comu 'na Maria, chiangiva, mi prigava d'ammazzarlu, vuliva muriri. E iu ci fici la gnizioni».

Montalbano taliò verso il ripiano della toletta. Morfina.

«Andiamo di là».

Tornarono nella prima càmmara.

«Hai saputo che hanno sequestrato una picciotta?».

«Sissi. Alla televisioni».

«In questi ultimi giorni hai notato qualcosa di strammo da queste parti?».

«Nenti».

«Sicuro?».

La fìmmina esitò.

«L'autra notti... ma po' essiri 'na fissaria».

«E tu dilla lo stesso».

«L'autra notti eru vigliante e sintii ca stava arrivannu 'na machina... pinsai a qualichiduno ca mi viniva a truvari e mi susii dal lettu».

«Ricevi i clienti macari di notte?».

«Sissi. Ma sunnu pirsone perbene, civili, ca nun si vonnu fari vidiri di jorno. Prima di viniri però tilefonano. Perciò m'ammaravigliai di 'sta machina, dato ca nun aviva tilefonato nisciuno. Ma la machina arrivò qua davanti e tornò narrè, pirchì solamenti qua c'è lo spaziu pi fari manovra».

Impossibile che quella povirazza e quel disgraziato sconciato in funno a un letto avivano a chi fare col rapimento. La casa inoltre era esposta, troppo frequentata da stranei con la luce e con lo scuro.

«Senti» fece Montalbano «dove ho fatto fermare la macchina abbiamo trovato una cosa che forse appartiene alla picciotta sequestrata».

La fìmmina si fici bianca come un linzolo.

«Nuatri nun ci trasemu» disse ferma.

«Lo so. Ma sarai interrogata. Racconta la storia dell'automobile, però non dire che di notte qualcuno ti viene a trovare. Non ti fare vedere vestita accussì, levati il trucco e 'ste scarpe col tacco. La brandina portala in càmmara di dormiri. Tu vendi solamente ova, chiaro?».

Sintì una rumorata di machina e niscì fora. Era arrivato l'agente chiamato da Gallo. Ma con l'agente c'era macari Mimì Augello.

«Stavo venendo a darti il cambio» disse Montalbano.

«Non ce n'è più bisogno» fece Mimì. «È stato mandato Bonolis con l'incarico di coordinare le ricerche. Evidentemente il Questore non aveva gana di darti il comando manco per un minuto. Noi possiamo tornarcene a Vigàta».

Mentre Gallo faciva vidiri al collega il posto indovi c'era il casco, Mimì trasbordò nell'altra machina aiutato da Montalbano.

«Ma che ti è successo?».

«Sono caduto in un fosso pieno di pietre. Devo essermi scassata qualche costola. L'hai comunicato che hai trovato il casco?».

Montalbano si dette una gran manata sulla fronte.

«Me ne scordai!».

Augello accanosceva troppo bene a Montalbano per sapiri che quello, quanno si scordava di una cosa, era pirchì non aviva gana di farla.

«Vuoi che chiami io?».

«Sì. Telefona a Minutolo e contagli la facenna».

Avivano principiato il viaggio di ritorno, quanno Augello disse, con ariata indifferente:

«La sai una cosa?».

«Lo fai apposta?».

«Che cosa?».

«A spiarmi se so una cosa. È una domanda che mi fa arraggiare».

«Va bene, va bene. Un due orate fa i Carrabinera hanno comunicato che hanno ritrovato lo zainetto della picciotta».

«Sicuro che è il suo?».

«Come no?! Dintra c'era la carta d'identità!».

«E che altro?».

«Nenti. Vacante».

«Meno male» fece il commissario. «Uno a uno».

«Non ho capito».

«Una cosa l'abbiamo trovata noi e una i Carrabinera. Partita patta. Dov'è che era lo zainetto?».

«Sulla strata per Montereale. Darrè la pietra che indica il quarto chilometro. Era abbastanza visibile».

«Cioè all'opposto di dov'era il casco!».

«Appunto».

Calò silenzio.

«Questo tuo dire "appunto" significa che pensi la stessa precisa cosa che penso io?».

«Appunto».

«Mi provo a tradurre questa tua sinteticità in parole più chiare. E cioè che tutte queste ricerche, tutte queste battute sono solo una perdita di tempo, una solennissima minchiata».

«Appunto».

«Continuo a tradurre. I sequestratori, secondo noi due, la notte stessa del sequestro, hanno pigliato una machina e se ne sono andati in giro gettando qua e là oggetti che appartenevano a Susanna per creare una serie di false piste. Il che viene a dire...».

«... che la picciotta non è tenuta prigioniera vicino ai posti dove vengono ritrovate le sue cose» concluse Mimì. E aggiunse:

«E bisognerebbe cercare di convincere il Questore, altrimenti quello ci manda a battere macari l'Aspromonte».

Ad aspittarlo in ufficio trovò Fazio che già sapiva dei ritrovamenti. Aviva in mano una valigetta.

«Parti?».

«Nonsi, dottore. Torno alla villa, il dottor Minutolo vuole che al telefono ci sto io. Qua dintra ci ho tanticchia di biancheria di ricambio».

«Dovevi dirmi qualcosa?».

«Sissi. Dottore, dopo la trasmissione straordinaria di "Televigàta" il telefono della villa si è intasato... nenti d'interessante, richieste d'interviste, parole di solidarietà, gente che prega, cose accussì. Ma ce ne sono state due di tono diverso. La prima era di un ex dipendente amministrativo della Peruzzo».

«E che è la Peruzzo?».

«Non lo so, dottore. Ma lui si qualificò accussì, mi chiarì che il suo nome non importava. E mi disse di dire al signor Mistretta che l'orgoglio fa bene, ma troppo orgoglio porta danno. Tutto qua».

«Boh. E l'altra?».

«Una voci di fìmmina anziana. Voliva parlari con la signora Mistretta. Finalmenti si persuase che quella non potiva viniri al telefono e allora mi disse che io le dovevo ripetere queste precise parole: la vita di Susanna è nelle tò mani, leva le cose di mezzo e fai il primo passo».

«Ci hai capito qualcosa?».

«Nenti. Dottore, io vado. Vossia passa dalla villa?».

«Non credo in serata. Senti una cosa, hai parlato di queste telefonate al dottor Minutolo?».

«Nonsi».

«E perché?».

«Perché ho pensato che non le giudicava importanti. Mentre a vossia, forse, potevano pariri interessanti».

Fazio niscì.

Bravo sbirro, aviva capito che quelle dù telefonate erano sì incomprensibili, però avivano qualichi cosa in comune, questo era picca ma sicuro. Infatti sia l'ex dipendente della Peruzzo che l'anziana signora invitavano i Mistretta, marito e mogliere, a cangiare atteggiamento. Il primo consigliava al marito una maggiore arrendevolezza, la seconda suggeriva alla mogliere addirittura di pigliare l'iniziativa, di «levare le cose di mezzo». Forse l'inchiesta, fino ad allora tutta proiettata verso l'esterno, doviva cangiare senso di marcia, andare cioè a taliare all'interno della famiglia della rapita. A questo punto era importante poter parlare con la signora Mistretta. Ma la malata in che condizioni era? E po': come avrebbe giustificato le sue domande se la signora era all'oscuro del rapimento della figlia? Un serio aiuto poteva darglielo il dottor Mistretta. Taliò il ralogio. Erano le otto meno venti.

Telefonò a Livia che avrebbe portato ritardo per la cena. S'agliuttì, senza reagire pirchì non aviva tempo d'attaccare turilla, l'irritata reazione di lei.

«Mai una volta che si possa cenare in orario!».

Il telefono squillò nuovamente: era Gallo. Allo spitale di Montelusa avivano voluto trattenere a Mimì in osservazione.

Arrivò alle otto spaccate, con puntualità di ralogio svizzero, al primo distributore di benzina sulla strada per Fela, ma del dottor Mistretta manco l'ùmmira. Passati deci minuti e dù sicarette, il commissario accomenzò a prioccuparsi. Coi medici non c'è mai da fidarsi. Se ti danno un appuntamento nel loro gabinetto per una visita, come minimo ti fanno aspittari un'orata; se ti danno un appuntamento fora, s'apprisentano l'istesso un'orata doppo con la scusa di un paziente arrivato all'ultimo minuto.

Il dottor Mistretta fermò il suo fuoristrada allato all'auto di Montalbano con un ritardo di solo mezzora.

«Mi scusi, ma all'ultimo minuto un paziente...».

«Capisco».

«Mi segue?».

E partirono, uno avanti e l'altro narrè. E sempre l'uno avanti e l'altro narrè caminarono e caminarono, lassarono la nazionale, lassarono la provinciale, imboccarono trazzere e se le lassarono alle spalle. Finalmente arrivarono a un posto di campagna solitario, davanti al cancello chiuso di una villa assà più grande di quella del fratello geologo e meglio tenuta. Era circondata da un alto muro. Ma questi Mistretta se non abitavano in ville di campagna si sentivano menomati? Il dottore scinnì, raprì il cancello, trasì con l'auto facenno 'nzinga a Montalbano di trasire macari lui con l'auto.

Parcheggiarono nel giardino che non era maltenuto come a quello dell'altra villa, ma picca ci mancava.

A mano dritta si vedeva un'altra grande costruzione col tetto vascio, forse ex stalle. Il dottore raprì il portone, addrumò le luci, fece accomodare il commissario in un grande salone.

«Un attimo, vado a richiudere il cancello».

Era chiaro che non aviva famiglia, viveva da solo. Il salone era bene arredato e ben tenuto, una parete era interamente occupata da una ricca collezione di vetri dipinti. Montalbano s'incantò a taliare quei colori squillanti, quei segni a un tempo ingenui e raffinati. Un'altra parete era semicummigliata da scaffalature di libri. Non di medicina o scientifici, come aviva supposto, ma romanzi.

«Mi scusi» fece il dottore rientrando «posso offrirle qualcosa?».

«No, grazie. Lei non è sposato, dottore?».

«Non ho mai avuto, da giovane, l'intenzione di sposarmi. Poi, un giorno, mi sono reso conto che ero andato troppo in là negli anni per farlo».

«E qui vive solo?».

Il dottore sorrise.

«Capisco quello che intende dire. Questa casa di campagna è troppo grande per una sola persona. Una volta attorno c'erano vigneti, oliveti... Nella costruzione che ha visto accanto alla casa ci sono rimasti palmenti, cantine e frantoi ormai inutilizzati... Il piano di sopra è chiuso da tempo immemorabile. Sì, negli ultimi anni ci vivo da solo. Alle faccende di casa accudisce una cameriera che viene al mattino per tre giorni la settimana. Per i pasti... mi arrangio».

Fece una pausa.

«Oppure vado a mangiare da una mia amica. Tanto prima o poi lo verrebbe a sapere. Una mia amica vedova con la quale ho una relazione che dura oramai da oltre dieci anni. E questo è tutto».

«Dottore, la ringrazio, ma lo scopo mio, venendo a trovarla, è quello di sapere qualcosa circa la malattia di sua cognata, sempre che lei voglia e possa...».

«Guardi, commissario, non c'è nessun segreto professionale da rispettare. Mia cognata è stata avvelenata. Un avvelenamento irreversibile che la sta portando inesorabilmente alla morte».

«L'hanno avvelenata?!».

Una mazzata in testa, una petra caduta dal cielo, un cazzotto in facci. La botta 'mprovisa e violenta di quella rivelazione fatta pacatamente, quasi senza partecipazione emotiva, colpì fisicamente il commissario, tanto che le grecchie gli fecero driiin. O quel driiin brevissimo c'era stato pi davero? Forse avivano sonato il campanello del cancello? Forse il telefono che stava su un tangèr aviva accennato a squillare? Ma il dottore parse che non aviva sintuto nenti.

«Perché usa il plurale?» spiò sempre senza alterarsi, come un maestro che sottolinea un errore liggero nel tema. «Ad avvelenarla è stato solo un uomo».

«E lei ne conosce il nome?».

«Certo» fece con un sorriso.

No, a taliarlo meglio non era un sorriso quello che si era stampato sulla facci di Carlo Mistretta ma una smorfia. O più precisamente un ghigno.

«Perché non l'ha denunziato?».

«Perché non è legalmente perseguibile. Chi ci crede, può solamente denunziarlo al Padreterno il quale, tra l'altro, dovrebbe essere già a conoscenza di tutto».

Montalbano accomenzò a capire.

«Quando lei dice che la signora è stata avvelenata ricorre a una specie di metafora, vero?».

«Diciamo meglio che non mi attengo a termini doverosamente scientifici. Adopero parole, espressioni che da medico non dovrei usare. Ma lei non è qui per conoscere un referto».

«E da cosa sarebbe stata avvelenata la signora?».

«Dalla vita. Come vede, continuo a usare parole inaccettabili per una diagnosi. Dalla vita. O meglio: c'è stato qualcuno che l'ha costretta crudelmente a intraprendere la traversata di un territorio osceno dell'esistenza. E Giulia, a un certo punto, si è rifiutata di proseguire. Ha abbandonato ogni difesa, ogni resistenza, si è lasciata completamente andare».

Era bravo, Carlo Mistretta, a parlare. Però il commissario aviva nicissità di sintiri fatti, non belle frasi.

«Mi perdoni, dottore, ma sono costretto a domandarle di più. È stato il marito, magari involontariamente a...».

Le labbra di Carlo Mistretta scoprirono appena i denti. Questo invece era il modo sò di sorridere.

«Mio fratello? Scherza? Darebbe la vita per sua moglie. E quando saprà tutta la storia, vedrà che il suo è stato un sospetto assurdo».

«Un amante?».

Il dottore parse 'ntronato.

«Eh?».

«Dicevo: un altro uomo, una delusione amorosa, mi scusi ma...».

«Credo che l'unico uomo della vita di Giulia sia stato mio fratello».

E qui Montalbano perse la pacienza. Si era stuffato di giocare ad acqua acqua foco foco. E, tra l'altro, non è che Carlo Mistretta gli faciva propio simpatia. Stava per raprire la vucca e accomenzare a fari domande meno riguardose, quanno il dottore, quasi aviva capito il cangiamento del commissario, isò una mano a fermarlo.

«Il fratello» disse.

Gesù! E da dovi nisciva fora questo fratello? E po': il fratello di chi?

L'aviva capito di subito che in quella storia tra fratelli, zii, cognati, nipoti ci avrebbe perso la testa.

«Il fratello di Giulia» proseguì il dottore.

«La signora ha un fratello?».

«Sì. Antonio».

«E come mai non...».

«Non si è fatto vedere neanche in questa drammatica circostanza perché non si frequentano più da tempo. Da molto tempo».

E qui a Montalbano capitò una cosa che ogni tanto, mentre faciva un'indagine, gli succedeva. E cioè che nel ciriveddro sò alcuni dati apparentemente incollegabili tra loro improvvisamente si saldavano e ogni pezzo s'assistimava al posto giusto nel puzzle da comporre. E questo avveniva prima ancora che ne aviva perfetta coscienza. Sicché furono le labbra del commissario, quasi indipendentemente da lui, a dire:

«Diciamo da sei anni?».

Il dottore lo taliò sorpreso.

«Lei sa già tutto?».

Montalbano fece un gesto che non significava nenti.

«No, non da sei anni» precisò il dottore. «Ma sei anni fa è cominciato tutto. Vede, mia cognata Giulia e suo fratello Antonio, che è minore di lei di tre anni, rimasero orfani ch'erano bambini. Una disgrazia, i genitori morirono in un incidente ferroviario. Avevano qualche piccola proprietà. Gli orfani vennero presi in casa da uno zio materno, scapolo, che li trattò sempre con molto affetto. Giulia e Antonio crebbero legatissimi tra loro, come spesso succede agli orfani. Poco dopo che Giulia aveva compiuto sedici anni, lo zio morì. Soldi ne avevano assai pochi e Giulia abbandonò la scuola per far continuare a studiare Antonio, si mise a lavorare come commessa. Salvatore, mio fratello, la conobbe che lei aveva vent'anni e se ne innamorò. Anzi: si innamorarono. Ma Giulia si rifiutò di sposarlo se prima non vedeva Antonio laureato e sistemato. Non accettò mai il più piccolo aiuto economico dal futuro marito, fece tutto lei. Poi Antonio divenne ingegnere, trovò un buon lavoro e così Giulia e Salvatore poterono sposarsi. Dopo circa tre anni di matrimonio, a mio fratello venne offerto di andare a lavorare in Uruguay. Accettò e partì con la moglie. Intanto...».

Il trillo del tilefono, nel silenzio della villa e della campagna torno torno, parse una raffica di kalashnikov. Il dottore si susì di scatto, andò al tangèr indovi ci stava l'apparecchio.

«Pronto?... Sì, mi dica... Quando?... Sì, vengo subito... C'è qui da me il commissario Montalbano, vuole parlargli?».

Era aggiarniato. Si voltò senza parlare, pruiendogli la cornetta. Era Fazio.

«Dottore? L'ho cercata in commissariato e a casa, ma non hanno saputo dirmi… I rapitori hanno telefonato manco dieci minuti fa… È meglio se viene macari lei».

«Arrivo».

«Solo un momento» disse Carlo Mistretta «vado di là a prendere dei medicinali per Salvatore, è sconvolto».

Niscì. Avivano telefonato in anticipo. Pirchì? Forse per loro qualichi cosa stava andando per il verso sbagliato e non avivano più tanto tempo a disposizione? Oppure era una semplice tattica per confondere le idee a tutti? Tornò il dottore con una valigetta.

«Vado avanti io e lei mi segue con la sua auto. Da qui c'è una strada più breve per raggiungere la casa di mio fratello».

Nove

Ci arrivarono in una mezzorata scarsa. A raprire il cancello venne un agente di Montelusa che non accanosceva il commissario. Fece passari al dottore e doppo bloccò la machina di Montalbano.

«Lei chi è?».

«Quanto darei per saperlo io stesso! Diciamo che, convenzionalmente, il commissario Montalbano sono».

L'agente lo taliò strammato, ma lo lasciò trasire con l'auto. Nel salone c'erano solamente Minutolo e Fazio.

«Dov'è mio fratello?» spiò il dottore.

«Guardi» fece Minutolo «mentre ascoltava la telefonata ha quasi perso i sensi. Allora sono andato di sopra a chiamare l'infermiera che l'ha rianimato e l'ha convinto ad andarsi a distendere».

«Io salgo» disse il dottore.

E sinni niscì con la sò valigetta. Intanto Fazio aviva priparato gli aggeggi vicino al tilefono.

«Macari questo è un messaggio registrato» premise Minutolo. «E stavolta vengono al dunque. Sentilo e dopo ne parliamo».

Ascoltatemi attentamente. Susanna sta bene in salute, ma è disperata perché vorrebbe stare accanto alla madre. Preparate sei miliardi. Ripeto sei miliardi. I Mistretta sanno dove trovarli. A presto.

La stessa voci mascolina contraffatta della prima telefonata.

«Sono riusciti a rintracciare da dove veniva?» spiò Montalbano.

«Che domande inutili che fai!» disse di rimando Minutolo.

«Stavolta non hanno fatto sentire la voce di Susanna».

«Già».

«E parlano di miliardi».

«E di che vuoi che parlino?» spiò ironico Minutolo.

«Di euro».

«Ma non è lo stesso?».

«No, non lo è. A meno che tu non appartenga a quella categoria di negozianti che fanno equivalere mille lire a un euro».

«Spiegati meglio».

«Niente, un'impressione».

«Dilla».

«Chi ci manda il messaggio ha la testa che funziona all'antica, gli viene naturale contare in lire e non in euro. Non ha detto tre milioni di euro, ha detto sei miliardi. Insomma, per me, viene a significare che chi telefona ha una certa età».

«O che è così furbo da farci fare questi ragionamenti» disse Minutolo. «Ci piglia per il culo come ha fatto col casco che ha lasciato da una parte e lo zainetto che ha abbandonato dall'altra».

«Posso nesciri tanticchia? Ho bisogno d'aria. Cinque minuti e torno. Tanto se qualcuno telefona, ci siete voi» fece Fazio. Non è che ne avisse veramente di bisogno, ma non gli pariva cosa giusta starsene a sintiri i discorsi dei dù superiori.

«Vai, vai» dissero 'nzemmula Minutolo e Montalbano.

«Ma in questa telefonata c'è un elemento di novità che mi pare abbastanza serio» ripigliò Minutolo.

«Già» disse Montalbano. «Il sequestratore è sicuro che i Mistretta sanno dove andare a trovare i sei miliardi».

«Mentre noi non ne abbiamo la minima idea».

«Ma potremmo averla».

«E come?».

«Mettendoci dalla parte dei sequestratori».

«Vuoi babbiare?».

«Pi nenti. Dicevo che macari noi potremmo costringere i Mistretta a fare i passi necessari nella direzione giusta, quella in fondo alla quale è possibile avere i denari per il riscatto. E questi passi potrebbero chiarirci molte cose».

«Non ti ho capito».

«Riassumo, accussì capisci. I sequestratori lo sapevano benissimo in partenza che i Mistretta non erano in grado di pagare il riscatto, eppure hanno rapito lo stesso la picciotta. Perché? Perché erano a conoscenza che i Mistretta, in caso di necessità, avevano la possibilità di entrare in possesso di una grossa cifra. Fino a qua sei d'accordo?».

«D'accordo».

«Guarda che a conoscere questa possibilità dei Mistretta non sono solamente i rapitori».

«Ah, no?».

«No».

«E tu come lo sai?».

«Fazio mi ha riferito di due telefonate stramme. Fattele ripetere».

«E perché non le ha dette macari a me?».

«Gli sarà passato di mente» mentì Montalbano.

«In concreto, cosa dovrei fare?».

«Hai avvertito il giudice di questa telefonata?».

«Ancora no. Lo faccio subito».

E fece per sollevare la cornetta.

«Aspetta. Gli dovresti suggerire che, ora che i sequestratori hanno fatto una precisa richiesta, dovrebbe mettere il blocco sui beni del signor Mistretta e di sua moglie. E comunicare immediatamente alla stampa il provvedimento».

«Che ce ne viene in sacchetta? I Mistretta non hanno una lira, lo sanno porci e cani. Sarebbe un atto puramente formale».

«Certo. Sarebbe formale se restasse tra te, me, il giudice e i Mistretta. Ma io ho detto che il provvedimento bisogna farlo conoscere. L'opinione pubblica sarà macari una stronzata, come qualcuno sostiene, ma conta. E l'opinione pubblica comincerà a domandarsi se è vero che i Mistretta sanno dove trovare i soldi e se è vero perché non fanno quello che va fatto per entrarne in possesso. Capace che gli stessi sequestratori siano costretti a dire quello che i Mistretta devono fare. E qualcosa finirebbe per venire allo scoperto. Perché questo, mio caro, a occhiu e cruci, non mi pare un semplice sequestro».

«Allora che è?».

«Non lo so. Mi dà l'impressione di un gioco di bigliardo, quando si tira la palla sulla sponda che c'è davanti perché quel tiro la dovrà fare arrivare al lato opposto».

«Sai che ti dico? Appena si ripiglia tanticchia, io metto sotto torchio il padre di Susanna».

«Tu fallo. Però tieni a mente una cosa: macari se venissimo a sapere tra cinque minuti la verità dai Mistretta, questo non cangia che il giudice proceda come abbiamo stabilito. Io, se permetti, parlo col dottore appena scende. Ero a casa sua quando Fazio gli ha telefonato. Mi stava facendo un discorso interessante, vale la pena continuarlo».

In quel momento trasì nel salone Carlo Mistretta.

«Ma è vero che hanno chiesto sei miliardi?».

«Sì» disse Minutolo.

«Povera nipote mia!» esclamò il dottore.

«Venga a prendere un po' d'aria» l'invitò Montalbano.

Il dottore lo seguì che pareva sonnambulo. S'assittarono su una panchina. Montalbano vitti a Fazio che s'affrettava a rientrare nel salone. Stava per raprire vucca quanno il dottore, ancora una volta, l'anticipò.

«La telefonata che mi ha riferito mio fratello entra proprio nel merito del discorso che le stavo facendo a casa mia».

«Me ne sono convinto» disse il commissario. «Sarebbe perciò necessario, se se la sente...».

«Me la sento. Dove eravamo rimasti?».

«Che suo fratello e la moglie si erano trasferiti in Uruguay».

«Ah, sì. Dopo nemmeno un anno Giulia scrisse una lunga lettera ad Antonio. Gli proponeva di raggiungerli in Uruguay, c'erano ottime prospettive di lavoro, il paese era in via di sviluppo, Salvatore si era guadagnato la stima di persone importanti ed era in grado d'aiutarlo... Dimenticavo di dirle che Antonio si era laureato in ingegneria civile, sa, ponti, viadotti, strade... Bene, accettò e partì. Nei primi tempi mia cognata lo sostenne senza risparmiarsi. Rimase in Uruguay cinque anni. Pensi che a Montevideo avevano comprato due appartamenti in uno stesso palazzo, per essere vicini. Tra l'altro Salvatore, per il suo lavoro, stava mesi interi lontano da casa e si sentiva più tranquillo sapendo di non lasciare sola la sposina. A farla breve, in quei cinque anni Antonio fece una fortuna. Non tanto come ingegnere, mi spiegò poi mio fratello, quanto coll'abilità dimostrata nel destreggiarsi tra le zone franche che lì erano tante... un modo più o meno legale di evadere e far evadere le tasse».

«Perché lasciò?».

«Lui disse che aveva una gran nostalgia di tornare in Sicilia. Che non ce la faceva più. E che con tutti i quattrini che aveva adesso poteva mettersi in proprio. Ma mio fratello sospettò dopo, ma non allora, che ci fosse stata una ragione più seria».

«E cioè?».

«Che avesse fatto un passo falso. Che temesse per la sua vita. Nei due mesi che precedettero la partenza era diventato d'umore impossibile, ma Giulia e Salvatore l'attribuivano all'imminente distacco. Erano un'unica famiglia. E infatti Giulia soffrì molto per la partenza del fratello. Tanto che Salvatore accettò un'offerta di lavoro in Brasile solo per farla vivere in un ambiente nuovo e diverso».

«E non si videro più fino a...».

«Ma che dice?! A parte il fatto che si telefonavano e si scrivevano in continuazione, Giulia e Salvatore venivano in Italia almeno ogni due anni e trascorrevano le vacanze con Antonio. Pensi che quando nacque Susanna...».

E nel dire quel nome la voce del dottore s'incrinò.

«... quando nacque Susanna, che arrivò tardi, non ci speravano più d'avere figli, portarono qua la bambina per farla battezzare da Antonio che era troppo impegnato per muoversi. Otto anni fa mio fratello e Giulia tornarono definitivamente a vivere qui. Si erano stancati, avevano girato per quasi tutto il Sudamerica, volevano che Susanna crescesse da noi e del resto Salvatore aveva messo da parte molto».

«Poteva dirsi un uomo ricco?».

«Sinceramente, sì. Ero io che mi occupavo di tutto. Investivo le sue rimesse in titoli, terreni, case... Appena arrivati, Antonio comunicò loro che si era fidanzato e che si sarebbe sposato prestissimo. La notizia stupì molto Giulia: perché suo fratello non le aveva mai accennato d'aver conosciuto una ragazza che intendeva sposare? La risposta l'ebbe quando Antonio le presentò Valeria, la futura moglie. Una ragazzina bellissima, ventenne. E lui, Antonio, navigava verso i cinquanta. E per quella ragazzina aveva letteralmente perso la testa».

«Sono ancora sposati?» spiò Montalbano con involontaria malignità.

«Sì. Ma Antonio scoprì ben presto che per tenersela stretta doveva coprirla di regali, esaudire ogni suo desiderio».

«E si rovinò?».

«No, le cose non sono andate così. Capitò Mani pulite».

«Un momento» interruppe Montalbano. «La storia di Mani pulite è cominciata a Milano più di dieci anni fa, quando ancora suo fratello e la signora stavano all'estero. E prima del matrimonio di Antonio».

«D'accordo. Ma ha presente com'è fatta l'Italia? Tutto quello che succede nel nord, fascismo, liberazione, industrializzazione, da noi arriva con molto ritardo, come un'onda pigra. E quindi anche da noi qualche magistrato si risvegliò. Antonio aveva vinto molti appalti di opere pubbliche, non mi chieda come abbia fatto perché non lo so e non voglio saperlo, anche se è facile intuirlo».

«Venne indagato?».

«Fece lui la prima mossa. È un uomo molto abile. La sua salvezza da un'eventuale indagine che sicuramente l'avrebbe portato all'arresto e alla condanna consisteva nel far scomparire alcune carte. Così confessò, in lacrime, alla sorella, una sera di sei anni fa. E aggiunse che il costo dell'operazione era di due miliardi. Da trovare entro un mese al massimo, perché lui non aveva in quel momento liquidi e non voleva chiedere denaro alle banche. Erano giorni nei quali qualsiasi cosa facesse poteva essere interpretata male. Disse che gli veniva da ridere e da piangere, perché due miliardi erano una sciocchezza rispetto alle somme enormi che gli passavano per le mani. Eppure quei due miliardi rappresentavano la salvezza. E poi erano un prestito. Entro tre mesi s'impegnava a restituire l'intera somma, maggiorata dalle perdite subite per la svendita fatta in tutta fretta. Giulia e mio fratello passarono la notte in piedi a discutere. Ma Salvatore avrebbe dato il vestito che indossava pur di non assistere alla disperazione della moglie. Il mattino dopo mi chiamarono e mi misero al corrente della richiesta di Antonio».

«E lei?».

«Io, lo confesso, in un primo tempo reagii male. Poi mi venne un'idea».

«Quale?».

«Dissi che quella richiesta mi pareva una follia, una cosa assurda. Bastava che Valeria, la moglie, vendesse la Ferrari, la barca, qualche gioiello e quei due miliardi si raggiungevano facilmente. Oppure, se non si arrivava a quella cifra, la differenza l'avrebbero potuta coprire loro, ma solo la differenza. Insomma, ho cercato di limitare il danno».

«E ci è riuscito?».

«No. Giulia e Salvatore quel giorno stesso parlarono con Antonio e gli esposero la mia proposta. Ma Antonio si mise a piangere, in quei giorni aveva il pianto facile. Disse che se avesse accettato, non solo perdeva Valeria, ma che la cosa si sarebbe saputa in giro e lui avrebbe perso anche il credito di cui godeva. Avrebbero detto che era sull'orlo del fallimento. E così mio fratello si decise a svendere tutto».

«Per pura curiosità: quanto realizzarono?».

«Un miliardo e settecentocinquanta milioni. Entro un mese non possedevano più niente, solo la pensione di Salvatore».

«Ancora una curiosità, mi scusi. Sa come reagì Antonio quando gli venne consegnata una somma inferiore?».

«Ma a lui furono dati i due miliardi che voleva!».

«E chi coprì la differenza?».

«È proprio necessario dirlo?».

«Sì».

«Io» fece di malavoglia il dottore.

«E poi che capitò?».

«Capitò che passati i tre mesi, Giulia chiese ad Antonio se poteva restituire il prestito, almeno in parte. Il fratello domandò una proroga di una settimana. Badi che non c'era niente di scritto, impegni, cambiali, assegni postdatati, niente. L'unico scritto era la ricevuta dei duecentocinquanta milioni che mio fratello aveva insistito per rilasciarmi. Dopo quattro giorni Antonio ricevette un avviso di garanzia. Era accusato di varie cose, tra le quali corruzione di pubblico ufficiale, falso in bilancio e via di questo passo. Quando Giulia, dopo cinque mesi, volendo mandare Susanna a studiare a Firenze in un collegio esclusivo, tornò a chiedere almeno parte del prestito, Antonio le rispose sgarbatamente che quello non era proprio il momento. E Susanna restò a studiare qua. Insomma, a farla breve, quel momento non venne mai».

«Mi sta dicendo che quei due miliardi non sono stati ancora restituiti?».

«Esattamente. Antonio se la cavò al processo, molto probabilmente perché aveva fatto sparire i documenti che l'accusavano, ma misteriosamente una sua ditta fallì. Per una sorta di effetto domino, le altre sue società fecero la stessa fine. Rimasero fregati tutti, creditori, fornitori, impiegati, operai. Inoltre sua moglie era stata contagiata dal vizio del gioco, aveva perduto somme incredibili. Tre anni fa ci fu una scenata tra fratello e sorella, i rapporti tra i due cessarono e Giulia cominciò ad ammalarsi. Non voleva più vivere. E come le sarà facile capire, non era per una semplice faccenda di soldi».

«Come vanno ora gli affari di Antonio?».

«Magnificamente. Due anni fa trovò altri capitali, io credo che i fallimenti erano stati tutti pilotati e in realtà lui aveva esportato illegalmente il suo denaro all'estero. Poi, con la nuova legge, l'ha fatto rientrare, ha pagato la percentuale e si è messo in regola. Come i molti disonesti che hanno fatto lo stesso, una volta che, per legge, l'illegalità è diventata legale. Tutte le sue società, per i precedenti fallimenti, sono ora intestate alla moglie. Ma noi, ripeto, non abbiamo visto una lira».

«Come fa Antonio di cognome?».

«Antonio? Peruzzo. Antonio Peruzzo».

Quel nome gli era cognito. Glielo aviva fatto Fazio riferendogli la telefonata dell'ex «dipendente amministrativo della Peruzzo» che arricordava al geologo Mistretta come e qualmente il troppo orgoglio faciva male. Ora tutto principiava a pigliare senso.

«Lei capisce» proseguì il dottore «che la malattia di Giulia complica la situazione presente».

«In che modo?».

«Una madre è sempre una madre».

«Mentre un padre qualche volta lo è e qualche volta no?» spiò brusco il commissario che si era tanticchia urtato per quella consunta frase fatta appena sintuta.

«Volevo dire che se Giulia non fosse così tanto malata, di fronte al pericolo di vita che corre Susanna, non avrebbe esitato un attimo a chiedere l'aiuto di Antonio».

«Lei pensa che invece suo fratello non lo farà?».

«Salvatore è un uomo che ha molto orgoglio».

La stessa parola adoperata dall'anonimo ex dipendente della Peruzzo.

«Lei crede che non cederebbe in nessun caso?».

«Oddio, nessun caso! Forse, sotto una forte pressione...».

«Come ad esempio ricevere per lettera un orecchio della figlia?».

Frase detta apposta. Il modo col quale il dottore si era messo a contare tutta la facenna gli aviva fatto smorcare il nirbùso, quello pariva che non ci trasisse nenti in tutta la storia, macari se lui di pirsona ci aveva rimesso duecentocinquanta milioni. Si agitava solo quanno si faciva il nome di Susanna. Stavolta però il dottore sussultò accussì forte che Montalbano lo percepì dal leggero scotersi della panchina sulla quale stavano assittati.

«Possono arrivare a tanto?».

«Se vogliono, possono andare anche oltre».

C'era arrinisciuto a smoviri al dottore. Nella splapita luce che viniva dalle dù porte-finestre del salone, lo vitti infilarsi una mano 'n sacchetta, cavarne un fazzoletto, passarselo sulla fronte. Bisognava trasire in quel varco che si era aperto nell'armatura di Carlo Mistretta.

«Dottore, le parlo con chiarezza. Così come stanno le cose adesso, noi non abbiamo la più lontana idea né dei sequestratori né del posto dov'è tenuta prigioniera Susanna. Nemmeno un'idea approssimativa, anche se abbiamo trovato il casco e lo zainetto di sua nipote. Sapeva di questi ritrovamenti?».

«No, l'apprendo in questo momento da lei».

E qui calò una vera e propria pausa di silenzio. Pirchì Montalbano s'aspittava una domanda da parte del medico. Una domanda naturale, che qualisisiasi pirsona avrebbe fatto. Il medico però non raprì vucca. Allura il commissario s'addecise a continuare.

«Se suo fratello non prende nessuna iniziativa, questo potrà essere interpretato dai sequestratori come dichiarata volontà di non collaborare».

«Che si può fare?».

«Cerchi di persuadere suo fratello a fare qualche passo verso Antonio».

«Sarà dura».

«Gli dica che, in caso contrario, quel passo sarà costretto a farlo lei. O anche a lei pesa troppo?».

«Sì, anche a me costa, sa? Ma certamente non quanto a Salvatore».

Si susì, rigido.

«Rientriamo?».

«Preferisco prendere ancora un po' d'aria».

«Allora io vado. Passo prima a vedere come sta Giulia e poi, se Salvatore è sveglio, ma ne dubito, gli riferisco quello che mi ha detto lei. Altrimenti lo farò domattina. Buonanotte».

Montalbano non ebbe il tempo di finirsi una sicaretta che vitti la sagoma del dottore nesciri dal salone, infilarsi nel fuoristrada, partire.

Evidentemente non aviva trovato Salvatore vigliante e non era arrinisciuto a scambiarci parola.

Si susì macari lui e trasì in casa. Fazio liggiva un giornali, Minutolo aviva la testa infilata dintra a un romanzo, l'agente taliava una rivista di viaggi.

«Mi dispiace interrompere la quiete di questo circolo di lettura» disse Montalbano.

E doppo, rivolto a Minutolo:

«Ti devo parlare».

S'appartarono in un angolo del salone. E il commissario gli contò tutto quello che aviva saputo dal dottore.

Taliò il ralogio mentre guidava verso Marinella. Matre santa, come era tardo! Sicuramente Livia si era già corcata. Meglio accussì, pirchì se era restata vigliante, sicuro come la morte che ci scappava la classica azzuffatina. Raprì a leggio la porta. La casa era allo scuro, ma la lampadina esterna della verandina era addrumata. Livia stava lì, assittata sulla panchina, si era messa un maglione pisanti e aviva davanti mezzo bicchiere di vino.

Montalbano si calò a vasarla.

«Scusami».

Lei ricambiò la vasata. Il commissario si sintì cantare dintra, non ci sarebbe stata sciarra. Però Livia gli parse malinconica.

«Sei rimasta a casa ad aspettarmi?».

«No. Mi ha telefonato Beba dicendomi che Mimì era all'ospedale. Sono andata a trovarlo».

Dieci

Una fitta di gilusia immediata. Assurda, certo, ma non ci potiva fari nenti. Possibile che Livia era malinconica pirchì Mimì stava in un letto di spitali?

«Come sta?».

«Ha due costole rotte. Domattina lo dimettono. Si curerà a casa».

«Hai cenato?».

«Sì, non ce l'ho fatta ad aspettarti» disse Livia e si susì.

«Dove vai?».

«Vado a riscaldarti…».

«Ma no. Mi piglio io qualcosa dal frigorifero».

Tornò con un piatto pieno di aulive, passaluna e caciocavallo di Ragusa. Nell'altra mano un bicchiere e una bottiglia di vino. Il pane l'aviva infilato sutta l'asciddra. S'assittò. Livia taliava il mare.

«Non faccio che pensare a quella ragazza sequestrata» disse senza voltarsi. «E non riesco a levarmi dalla testa una cosa che mi dicesti la prima volta che parlammo del sequestro».

In un certo senso, Montalbano si sintì tranquillizzato. Livia era ammalanconuta non per Mimì ma per Susanna.

«Che ti dissi?».

«Che il pomeriggio di quel giorno nel quale è stata sequestrata, la ragazza è andata nell'appartamento del suo fidanzato per fare l'amore».

«Embè?».

«Però tu mi hai detto che ogni volta era il ragazzo a chiedere, mentre invece quel giorno è stata Susanna a prendere l'iniziativa».

«Questo che significa, secondo te?».

«Che forse ha avuto come il presentimento di quello che le sarebbe accaduto».

Montalbano preferì non arrispunniri, lui ai presentimenti, ai sogni premonitori e cose accussì non ci cridiva.

Doppo tanticchia di silenzio, Livia spiò:

«A che punto siete?».

«Fino a due ore fa non avevo né bussola né sestante».

«E ora invece ce l'hai?».

«Me lo auguro».

E principiò a contare quello che aviva saputo. Alla fine della parlata, Livia lo taliò 'mparpagliata.

«Non capisco a quali conclusioni puoi giungere dalla storia che ti ha raccontato questo dottor Mistretta».

«Nessuna conclusione, Livia. Ma ci sono molti punti di partenza, molti spunti che prima non avevo».

«E cioè?».

«Ad esempio, e di questo me ne sono convinto, che non hanno voluto sequestrare la figlia di Salvatore Mistretta, ma la nipote di Antonio Peruzzo. È lui che ha i quattrini. E non è detto che il sequestro sia stato fatto solo per i soldi del riscatto, ma anche per vendetta. Quando Peruzzo fallì dovette mettere molta gente nei guai. E la tecnica che stanno usando i rapitori è quella di tirare in ballo lentamente Antonio Peruzzo. Lentamente, per non far capire che già fin dall'inizio volevano arrivare a lui. Chi ha organizzato il sequestro sapeva quello che era successo tra Antonio e sua sorella, sapeva che Antonio aveva degli obblighi verso i Mistretta, sapeva che Antonio, quale padrino di battesimo di Susanna...».

S'interruppe di botto, avrebbe voluto muzzicarisi la lingua. Livia lo taliò soave, pariva un angilo.

«Perché non continui? Ti è venuto in mente che hai accettato anche tu di fare da padrino di battesimo al figlio di un delinquente e che perciò ti dovrai assumere degli obblighi pesanti?».

«Per favore, vuoi lasciar perdere questo discorso?».

«No, proseguiamolo invece».

Lo proseguirono, si sciarriarono, fecero la pace, andarono a corcarsi.

Alle tri, ventisette primi e quaranta secondi la molla del tempo scattò. Ma stavolta il tac sonò lontano, l'arrisbigliò a mezzo.

Parse che il commissario aviva parlato con le ciàule. Si crede infatti, a Vigàta e dintorni, che le cornacchie, uccelli ciarlieri, comunichino, a chi sa intenderle, le ultime novità dei fatti che capitano agli òmini perché loro, a vol d'uccello appunto, hanno una chiara visione d'insieme. Fatto sta che verso le deci del matino appresso, mentre Montalbano s'attrovava in ufficio, scoppiò letteralmente la bumma. Gli telefonò Minutolo.

«Sai niente di "Televigàta"?».

«No. Perché?».

«Perché hanno interrotto le trasmissioni. C'è solo un cartello che dice che tra dieci minuti faranno un'edizione straordinaria del notiziario».

«Si vede che ci hanno pigliato gusto».

Riattaccò e chiamò Nicolò Zito.

«Cos'è questa storia dell'edizione straordinaria?».

«Non so nenti».

«I sequestratori si sono fatti vivi con voi?».

«No. Ma dopo che l'altra volta non gli abbiamo dato soddisfazione…».

Quanno arrivò al bar, la televisione era addrumata e si vidiva il cartello. C'erano una trentina di pirsone macari loro in attesa dell'edizione straordinaria, evidentemente la voci era curruta in un biz. Il cartello scomparse, partì la sigla del notiziario con supra scritto «edizione straordinaria». Finita la sigla, si materializzò la facci a culo di gaddrina di Pippo Ragonese.

«Cari ascoltatori, un'ora fa, con la posta del mattino, ci è giunta in redazione una normalissima busta, spedita da Vigàta, senza indicazione del mittente, indirizzo scritto a stampatello. Dentro c'era una foto scattata con una polaroid. Era una foto di Susanna prigioniera. Non siamo in grado di mostrarvela perché, ligi alla legge, l'abbiamo immediatamente fatta pervenire al magistrato che conduce le indagini. Riteniamo però che sia nostro dovere di giornalisti mettervi a conoscenza di questo fatto. La ragazza ha una pesante catena alla caviglia e giace in fon-

314

do a una specie di pozzo asciutto. Non è bendata né imbavagliata. È seduta per terra su degli stracci, le ginocchia strette tra le braccia, e guarda in alto, piangendo. Sul retro della foto, sempre a stampatello, c'è scritta questa frase all'apparenza enigmatica: a chi di dovere».

Fece una pausa, la camera strinse su di lui. Primissimo piano. Montalbano ebbe l'impressione che dalla vucca di Ragonese potiva nesciri da un momento all'altro un ovo cavudo cavudo.

«Non appena avuta notizia del sequestro della povera ragazza, la nostra solerte redazione si è messa in moto. Che senso ha – ci siamo chiesti – sequestrare una ragazza la cui famiglia non è assolutamente in grado di pagare il riscatto? E così subito abbiamo indirizzato le nostre ricerche proprio nella direzione giusta».

«Manco per il cazzo, cornuto!» fece dintra di sé Montalbano. «Tu, di subito, hai pinsato agli extracomunitari!».

«E oggi siamo in possesso di un nome» continuò Ragonese con voci da pillicola horror. «Il nome di chi è in grado di pagare il riscatto richiesto. Che non è certo il padre, ma forse il padrino. È a lui indirizzata la frase sul retro della foto: a chi di dovere. Noi, per il rispetto che sempre abbiamo avuto e continuiamo ad avere per la privacy, non ne faremo il nome. Ma lo supplichiamo d'intervenire, come deve e come può, im-me-dia-ta-men-te».

La facci di Ragonese scomparse, nel bar calò silenzio, Montalbano niscì e tornò al commissariato. I sequestratori avivano ottenuto quello che volivano. Era appena trasuto che lo chiamò di nuovo Minutolo.

«Montalbano? Il giudice mi ha fatto avere ora ora la foto di cui ha parlato quel cornuto. Vuoi vederla?».

Nel salone c'era Minutolo, solo.

«E Fazio?».

«È sceso in pàisi, doveva mettere una firma per una storia di un suo conto corrente» arrispunnì Minutolo pruiendogli la foto.

«E la busta?».

«Se l'è tenuta la Scientifica».

La fotografia, rispetto a quello che aviva contato Ragonese, ammostrava qualichi differenza. Anzitutto arrisultava evidente che non si trattava di un pozzo, ma di una sorta di vasca profonda almeno tre metri e cementata. Certamente non usata da molto tempo pirchì propio dall'orlo, a mano manca, si partiva una crepatura longa che scinniva verso il fondo una quarantina di centimetri e che si faciva più larga nel tratto terminale.

Susanna era nella posizione descritta, ma non chiangiva. Anzi. Nella sò espressione Montalbano s'addunò di una determinazione ancora più forte di quella che aviva notato nell'altra fotografia. Stava assittata non su stracci, ma su un vecchio matarazzo.

E non c'era nisciuna catina alla sò caviglia. La catina se l'era inventata Ragonese, una nota di colore, come si usa dire. Mai e po' mai la picciotta sarebbe arrinisciuta a nesciri da sola. Allato a lei, ma quasi fora campo, c'erano un piatto e un bicchiere di plastica. I vistiti erano gli stessi di quando l'avivano pigliata.

«Il padre l'ha vista?».

«Vuoi babbiare? Non solo non gli ho fatto vedere la foto, ma manco la televisione. Ho detto all'infermiera di non farlo uscire dalla sua camera».

«Lo zio l'hai avvertito?».

«Sì, mi ha risposto che non potrà venire prima di due ore».

Mentre faciva domande, il commissario continuava a taliare la fotografia.

«Probabilmente la tengono in una vasca d'acqua piovana che oramai non viene più adoperata» disse Minutolo.

«In campagna?» spiò il commissario.

«Beh, sì. Forse una volta a Vigàta c'erano di queste vasche, ma adesso non credo proprio. E poi non è imbavagliata. Potrebbe mettersi a gridare. In un centro abitato le sue grida si sentirebbero».

«Se è per questo, non la tengono manco bendata».

«Non significa niente, Salvo. Può darsi che quando vanno a trovarla si mettono un cappuccio in testa».

«Per farla scendere giù devono avere adoperato una scala a pioli» disse Montalbano. «Che rimettono per farla risalire quando ne ha bisogno. E le danno da mangiare probabilmente calandole un panaro legato a uno spago lungo».

«Allora se siamo d'accordo» fece Minutolo «domando al Questore d'intensificare le ricerche nelle campagne. Soprattutto nelle case dei viddrani. Almeno la foto è servita a dirci che non la tengono dentro a una grotta».

Montalbano fece per restituire la fotografia, ma ci ripinsò e continuò a taliarla attentamente.

«C'è qualcosa che non ti quadra?».

«La luce» arrispunnì Montalbano.

«Ma avranno calato una qualsiasi lampada!».

«D'accordo. Ma non una lampada qualsiasi».

«Non mi dirai che hanno adoperato un riflettore!».

«No, hanno usato una lampada di quelle che hanno i meccanici… sai quando devono taliare un motore nel garage… quelle col filo lungo… vedi queste ombre regolari che s'intersecano… è la proiezione della rete a maglie molto larghe che protegge la lampada dagli urti».

«E con ciò?».

«Non è questa luce che non mi quadra. Ci deve essere un'altra fonte luminosa, quella che proietta un'ombra sull'orlo opposto. Vedi? Ti dico come stanno le cose. Quello che fa la foto non sta in piedi sull'orlo, ma è addritta allato all'orlo, piegato in avanti per inquadrare Susanna in fondo. Questo significa che i bordi della vasca sono piuttosto larghi e leggermente sopraelevati rispetto al terreno. Per proiettare un'ombra così, bisogna che l'uomo che scatta la foto abbia una luce alle sue spalle. Attento: se fosse una luce concentrata, l'ombra sarebbe più forte e definita».

«Non capisco dove vuoi andare a parare».

«Che il fotografo aveva una finestra spalancata alle sue spalle».

«E con ciò?».

«E con ciò ti pare logico che si mettono a fare fotografie a una picciotta sequestrata tenendo la finestra aperta e senza imbavagliarla?».

317

«Ma questo avvalora la mia ipotesi! Se la tengono in uno sperso casolare di campagna quella può gridare quanto vuole! Nessuno la sente macari con tutte le finestre aperte!».

«Mah» fece Montalbano girando la foto.

A CHI DI DOVERE

Scritto a stampatello, con una biro, da una pirsona che certamente era abituata a scrivere in taliàno. Ma nella grafia c'era qualichi cosa di strammo, di forzato.

«L'ho notato macari io» disse Minutolo. «Non ha voluto contraffare la scrittura, mi pare piuttosto un mancino che si sforza di scrivere con la mano destra».

«A me pare una scrittura rallentata».

«Cioè?».

«Non so come spiegarmi. È come se uno che ha una brutta grafia, quasi illeggibile, si sia sforzato di scrivere ogni lettera chiaramente e quindi abbia dovuto rallentare il suo naturale ritmo di scrittura. E poi c'è un'altra cosa. La lettera *D* di "dovere" mostra una correzione. Prima, si vede chiaro, aveva scritto una *R*. Aveva in testa "a chi di ragione" e l'ha invece cangiato in "a chi di dovere". Che è più mirato. Chi ha sequestrato o fatto sequestrare Susanna non è un quaquaraqua, ma uno che conosce il valore delle parole».

«Sei bravissimo» disse Minutolo. «Ma ora come ora dove ci portano queste tue deduzioni?».

«Ora come ora, a niente».

«Allora vogliamo pensare a quello che c'è da fare? Secondo me la prima cosa è pigliare contatto con Antonio Peruzzo. D'accordo?».

«Perfettamente. Hai il numero?».

«Sì. Mentre ti aspettavo, ho preso informazioni. Dunque, al momento attuale Peruzzo ha tre o quattro società che fanno capo a una sorta di sede centrale a Vigàta che si chiama "Progresso Italia"».

Montalbano sghignazzò.

«Che c'è?».

«Come poteva essere diversamente? In regola coi tempi. Il progresso d'Italia affidato a un imbroglione!».

«Ti sbagli, perché ufficialmente tutto è intestato alla moglie, Valeria Cusumano. Anche se sono convinto che la signora non abbia mai messo piede in quell'ufficio».

«Vabbè, telefona».

«No, telefona tu. Fatti dare un appuntamento e vacci a parlare. Questo è il numero».

Sul pizzino che gli pruì Minutolo i nummari di telefono erano quattro. Scigliì di fare quello che corrispondeva a «Direzione generale».

«Pronto? Il commissario Montalbano sono. Avrei bisogno di parlare con l'ingegnere».

«Quale?».

«Ce n'è più di uno?».

«Certo, l'ingegnere Di Pasquale e l'ingegnere Nicotra».

E il caro Antonio cos'era, un fantasima?

«Veramente io volevo parlare con l'ingegnere Peruzzo».

«L'ingegnere è fuori».

A Montalbano acchianò il colpo di nirbùso.

«Fuori ufficio? Fuori città? Fuori di testa? Fuori dai...».

«Fuori città» troncò la segretaria, sostenuta e tanticchia offisa.

«Quando rientra?».

«Non saprei».

«Dov'è andato?».

«A Palermo».

«Sa dov'è sceso?».

«All'Excelsior».

«Ha un cellulare?».

«Sì».

«Me lo dia».

«Io veramente non so se...».

«Allora sa che faccio?» disse Montalbano facendo la voci sibilante di chi sta sguainando un pugnale nell'ombra. «Vengo lì a domandarglielo di persona».

«No, no, glielo do subito!».

Avutolo, telefonò all'Excelsior.

«L'ingegnere non è in albergo».

«Sa quando torna?».

«Per la verità non è rientrato nemmeno stanotte».

Il cellulare risultò astutato.

«E ora che facciamo?» spiò Minutolo.

«Ci facciamo una bella minata» disse, ancora nirbùso, Montalbano.

In quel momento arrivò Fazio.

«Un paìsi a rumore c'è! Tutti parlano dell'ingegnere Peruzzo, lo zio della picciotta. A malgrado che in televisione non ne hanno fatto il nome, l'hanno raccanosciuto lo stesso. Si sono fatti due partiti: uno dice che l'ingegnere deve essere lui a pagare il riscatto, l'altro che l'ingegnere non ha nessun dovere verso la nipote. Ma sono di più assà i primi. Nel cafè Castiglione a momenti finiva a botte».

«E sono riusciti a fottere Peruzzo» fu il commento di Montalbano.

«Gli faccio mettere i telefoni sotto controllo» disse Minutolo.

Ci volle picca e nenti pirchì l'acqua di cielo che aviva accomenzato a cadiri sull'ingegnere Peruzzo si cangiasse in un vero e proprio sdilluvio universali. E l'ingegnere, stavolta, non aviva fatto a tempo a priparasi un'arca di Noè.

Patre Stanzillà, il parrino più vecchio e più saggio del paìsi, a tutti i fideli che l'andarono a trovare in chiesa a spiargli come la pinsava, arrispose che non sussisteva dubbio né umano né divino: toccava allo zio pagare il riscatto, datosi che era stato lui il padrino di vattìo della picciotta. Inoltre, pagando quello che volivano i sequestratori, non faciva altro che restituire alla matre e al patre di Susanna una grossa somma che aviva loro carpito con l'inganno. E contava a tutti la facenna del prestito di dù miliardi, facenna della quale era perfettamente al corrente, macari nei minimi particolari. Insomma, ci mise supra un bel carrico da undici. E bono per Montalbano che Livia non aviva amicizie con fìmmine chiesastre che potivano riferirle la pinione di patre Stanzillà.

Nicolò Zito, a «Retelibera», annunziò all'urbi e all'orbo che l'ingegnere Peruzzo, messo di fronte a un suo preciso dovere, si era reso irreperibile. Ancora una volta non si era smentito. Però questa fuga, davanti a una questione di vita o di morte, non solo non lo esentava dalla responsabilità, ma la rendeva ancora più pesante.

Pippo Ragonese, a «Televigàta», proclamò che, essendo stato l'ingegnere una vittima della magistratura rossa che era riuscito a rifarsi una fortuna mercé l'impulso dato dal nuovo Governo all'imprenditoria privata, era suo dovere morale dimostrare che la fiducia delle banche e delle istituzioni verso di lui era stata ben riposta. Tanto più che si parlava, e non era certo un segreto, di una sua prossima candidatura alle politiche, tra le fila di quelli che stavano rinnovando l'Italia. Un suo gesto che avrebbe potuto essere interpretato come un rifiuto dall'opinione pubblica, poteva avere conseguenze fatali per le sue aspirazioni.

Titomanlio Giarrizzo, venerando ex Presidente del tribunale di Montelusa, dichiarò con voce ferma, ai soci del Circolo degli scacchi, che se ai suoi tempi gli fossero capitati in aula i sequestratori lui li avrebbe certamente condannati a severissime pene, ma li avrebbe anche elogiati per avere portato allo scoperto il vero volto di un filibustiere emerito come l'ingegnere Peruzzo.

La signora Concetta Pizzicato che al mercato del pisci aviva un banco con supra un cartello che diciva: «Da Cuncetta chiromante chiaroviggente pisci vivo», ai clienti che le spiavano se l'ingegnere avrebbe pagato il riscatto, accomenzò ad arrispunniri: «Cu al sangu sò fa mali / mori mangiatu da li maiali».

«Pronto? Progresso Italia? Il commissario Montalbano sono. Si hanno per caso notizie dell'ingegnere?».
«Nessuna. Nessuna».
La voci della picciotta era l'istissa di prima, solo che ora aviva un tono acuto, quasi isterico.

«Ritelefonerò».

«No, guardi, è inutile, l'ingegnere Nicotra ha ordinato di staccare i telefoni tra dieci minuti».

«Perché?».

«Riceviamo decine e decine di telefonate... insulti, oscenità».

A momenti si mittiva a chiangiri.

Undici

Verso le cinco di doppopranzo Gallo riferì a Montalbano che in paìsi si era sparsa una filama che aviva addrumato, se ancora ce n'era bisogno, l'animo di tutti contro l'ingegnere. E cioè che Peruzzo, per non pagare il riscatto, aviva domandato al giudice il blocco dei sò beni. E che il giudice si era arrefutato. Una cosa che non stava né 'n celu né 'n terra. Però il commissario volle sincerarsi.

«Minutolo? Montalbano sono. Sai per caso come il giudice intende agire nei riguardi di Peruzzo?».

«Guarda, mi ha appena telefonato, era fuori dalla grazia di Dio. Qualcuno gli ha riferito una voce che corre...».

«La conosco».

«Beh, mi ha detto che non ha avuto nessun contatto, né diretto né indiretto, con l'ingegnere. E che, al momento attuale, lui non è in grado di ordinare il blocco dei beni né dei parenti dei Mistretta, né degli amici dei Mistretta, né dei conoscenti dei Mistretta, né dei paesani dei Mistretta... Non la finiva più, un fiume in piena».

«Senti, la foto di Susanna ce l'hai ancora?».

«Sì».

«Me la puoi prestare fino a domani? La voglio taliare meglio. Mando Gallo a prenderla».

«Ti sei amminchiato per quella storia della luce?».

«Sì».

Era una farfantaria, non era una facenna di luce, ma d'ombra.

«Mi raccomando, Montalbà. Non me la perdere. Altrimenti chi lo sente al giudice?».

«Ecco la foto» disse Gallo una mezzorata doppo pruiendogli una busta.

«Grazie. Mandami Catarella».

Catarella arrivò in un biz, la lingua di fora come i cani quanno sentono la friscata del patrone.

«Agli ordini, dottori!».

«Catarè, quel tuo amico affidato, quello bravo... quello che sa ingrandire le fotografie... come si chiama?».

«Il nomi suo di lui stesso è Cicco De Cicco, dottori».

«È ancora alla Questura di Montelusa?».

«Sissi, dottori. Ancora pirmanenti in loco è».

«Benissimo. Lascia Imbrò al centralino e tu portagli ora stesso questa foto. Ti spiego bene quello che deve fare».

«C'è un picciotto che le vuole parlare. Si chiama Francesco Lipari».

«Fallo passare».

Francesco era addivintato più sicco, i calamari sutta all'occhi oramà gli pigliavano mezza facci, pariva l'uomo mascherato, quello dei fumetti.

«Ha visto la foto?» spiò senza manco salutare.

«Sì».

«Come stava?».

«Guarda, anzitutto non era incatenata come ha detto quello strunzo di Ragonese. Non la tengono in un pozzo, ma dintra a una vasca funnuta oltre tre metri. Compatibilmente con la situazione, m'è parso che sta bene».

«Posso vederla anche io?».

«Se arrivavi prima... L'ho mandata a Montelusa per un'analisi».

«Che analisi?».

Non poteva mettersi a contargli tutto quello che gli passava per il ciriveddro.

«Non riguarda Susanna, ma l'ambiente nel quale è stata fotografata».

«Si capisce se l'hanno... se le hanno fatto male?».

«Lo escluderei».

«Si vedeva la faccia?».

«Certo».

«Com'era lo sguardo?».

Quel picciotto veramente sarebbe diventato un bravo sbirro.

«Non era scantata. È forse la prima cosa che ho notato. Anzi, aveva uno sguardo estremamente...».

«... determinato?» disse Francesco Lipari.

«Esatto».

«Io la conosco. Significa che non si arrenderà alla situazione, che prima o poi lei stessa cercherà di venirne fuori. Quelli che l'hanno sequestrata dovranno starci molto attenti».

Fece una pausa. Doppo spiò:

«Pensa che l'ingegnere pagherà?».

«Da come si stanno mettendo le cose, non ha altra strada che accollarsi il riscatto».

«Lo sa che Susanna non mi ha mai parlato di questa storia tra suo zio e sua madre? Ci sono rimasto un po' male».

«Perché?».

«M'è parsa una mancanza di confidenza».

Quanno Francesco lasciò l'ufficio tanticchia più sollevato di quanno era trasuto, Montalbano restò a pinsari a quello che gli aviva detto il picciotto. Susanna non c'era dubbio ch'era coraggiosa e la sò taliata nella fotografia lo confermava. Coraggiosa e risoluta. Ma allora pirchì nella prima telefonata la sò vuci era quella di una pirsona dispirata che domandava aiuto? Non c'era contraddizione tra la vuci e l'immagine? Forse era una contraddizione solamente apparente. Probabilmente la telefonata risaliva a qualichi ora appresso il sequestro e Susanna, in quei momenti, ancora non aviva ripigliato il controllo di se stessa, era ancora sutta un violento shock. Non si può essiri curaggiusi ininterrottamente vintiquattruri su vintiquattru. Sì, questa era l'unica spiegazione possibile.

«Dottori, disse accussì Cicco De Cicco che lui ci s'appleca di subito e che pirciò le fotorafie saranno di prontezza domani a matino inverso le novi».

«Ci torni tu a ritirarle».

Di colpo Catarella pigliò un'ariata misteriosa, si calò in avanti, disse a voci vascia:

«È cosa riserbata infra di noi, dottori?».

Montalbano fece 'nzinga di sì con la testa, Catarella sinni niscì con le vrazza scostate dal corpo, le dita delle mano allargate, le ginocchia rigide. L'orgoglio di condividere un segreto col suo capo lo cangiava da cani in un pavone che faciva la rota.

Si mise in machina per tornare a Marinella perso darrè un sò pinsèro. Ma potiva definirsi un pinsèro quella sorta di striatura confusa fatta di parole senza senso e d'immagini indefinibili che a tratti gli passava per il ciriveddro? Gli pareva che la sò testa era addivintata come quanno, mentre si talia la televisione, lo schermo viene traversato da una striscia sabbiosa, a zig zag, una specie di fastiddiosa, nebulosa interferenza che t'impedisce di vidiri con chiarezza quello che stai taliando e nello stesso tempo ti suggerisce una visione splapita di un altro e contemporaneo programma e tu ti trovi costretto a travagliare con le manopole e i pulsanti per capire la causa del disturbo e farlo scomparire.

E tutto 'nzemmula il commissario non seppe più indovi s'attrovava, non riconobbe più il paesaggio consueto della strata per Marinella. Le case erano diverse, i negozi erano diversi, le pirsone erano diverse. Gesù, indovi era andato a finire? Aviva certamente sbagliato, imboccato un'altra via. Ma com'era possibile, se quella strata per anni l'aviva fatta minimo minimo dù volte al jorno?

Accostò, fermò, si taliò torno torno e doppo capì. Senza volerlo, senza saperlo, si era diretto verso la villa dei Mistretta. Le sò mano che reggevano il volanti, i sò pedi che premevano i pidali per un attimo avivano agito di testa loro, senza che lui se ne rendesse minimamente conto. Qualichi volta gli capitava, il sò corpo si mittiva ad agire in perfetta autonomia, come se non dipendeva dal ciriveddro. E quanno faciva accussì, non bisognava opporsi pirchì una ragione finiva coll'esserci. E ora che fare? Tornare narrè o proseguire? Naturalmente proseguì.

Nel salone, quanno trasì, c'erano sette pirsone che stavano a sentiri a Minutolo, tutti addritta attorno a un grande tavolo che dall'angolo indovi s'attrovava era stato spostato al centro. Sul tavolo, una carta topografica gigante di Vigàta e dintorni, di quelle tipo militare, con supra segnati persino i pali della luce e i viottoli indovi ci andavano a pisciare solamente i cani e le capre.

Dal suo quartiere generale, il comandante in capo dottor Minutolo impartiva gli ordini per più serrate e, si sperava, fruttuose ricerche. Fazio era al posto sò, oramà addiventato un tutt'uno con la poltrona davanti al tavolinetto del telefono e dei relativi aggeggi. Minutolo parse sorpreso di vidiri a Montalbano. Fazio accennò a susirisi.

«Che c'è? Che fu?» spiò Minutolo.

«Nenti, nenti» fece Montalbano altrettanto sorpreso di attrovarsi in quel posto.

Qualichiduno dei presenti lo salutò, lui arrispunnì vago.

«Sto dando disposizioni per...» principiò Minutolo.

«Ho capito» disse Montalbano.

«Vuoi dire qualcosa?» l'invitò, gentile, Minutolo.

«Sì. Di non sparare. Per nessuna ragione».

«Posso chiederle perché?».

A fare la domanda era stato un picciotteddro, un giovane, rampante vicecommissario, ciuffo sulla fronte, elegante, scattante, palestrato, con un'ariata da manager arrivista. Oramà in giro sinni vidivano tanti, una razza di stronzi che proliferava rapidamente. A Montalbano fece una 'ntipatia sullenne.

«Perché una volta uno come lei sparò e ammazzò un disgraziato che aveva sequestrato una ragazza. Si fecero ricerche, ma invano. Chi poteva dire dove era tenuta la ragazza non era più in grado di parlare. Venne ritrovata un mese dopo, mani e piedi legati, morta di fame e di sete. Soddisfatto?».

Calò pisanti silenzio. Che minchia ci era vinuto a fare nella villa? Oramà vecchio, principiava a girare a vacante come una vite spanata dall'uso?

Sentì il bisogno di tanticchia d'acqua. Doviva esserci una cucina da qualichi parte. L'attrovò in funno a un corridoio e dintra c'era una 'nfirmera, cinquantina, grassoccia, la facci coll'espressione aperta, di fìmmina amiciunara.

«Vossia il commissario Montalbano è? Voli qualcosa?» spiò con un sorriso di simpatia.

«Un bicchiere d'acqua, per favore».

La fìmmina glielo versò da una bottiglia di minerale tirata fora dal frigorifero. E mentre Montalbano viviva, inchì d'acqua bollente una boule e fece per nesciri.

«Un momento» disse il commissario. «Il signor Mistretta?».

«Dorme. Il dottori voli accussì. E ha ragioni. Io ci dugnu i tranquillanti e i sonniferi come mi disse lui di fare».

«E la signora?».

«Che viene a dire?».

«Sta meglio? Sta peggio? Ci sono novità?».

«L'unica novità che può esserci pi 'sta povira sbinturata è la morti».

«Ci sta con la testa?».

«Momenti sì, momenti no. Ma macari quanno pare che capisce, secunno mia non capisce».

«Potrei vederla?».

«Mi venga appresso».

A Montalbano nascì un dubbio. Ma sapiva benissimo che era un dubbio finto, dettato dalla gana di ritardare un incontro per lui difficile assà.

«E se mi domanda chi sono?».

«Voli sgherzare? Sarebbe un miracolo».

A metà del corridoio una scala larga e comoda portava al piano di supra. Macari qui un corridoio, però con sei porte.

«Questa è la càmmara di letto del signor Mistretta, questo è il bagno e questa è la càmmara della signora. È meglio pi l'assistenza, si la signura sta sula. Quelle 'n facci sono la càmmara della figlia, mischina, un altro bagno, e una per gli ospiti» spiegò la 'nfirmera.

«Posso taliare la càmmara di Susanna?» gli venne di spiare.

«Certo».

Girò la maniglia, mise la testa dintra, raprì la luce. Un lettino, un armuàr, dù seggie, un tavolinetto con supra libri e una libreria. Tutto in perfetto ordine. E tutto quasi anonimo, come una càmmara d'albergo solo provvisoriamenti occupata. Nenti di personale, un poster, una fotografia. La cella di una suora laica. Astutò, chiuì. La 'nfirmera raprì l'altra porta con dilicatezza. Nell'istisso momento la fronti e le mano del commissario si vagnarono di sudatizzo. Sempre lo pigliava questo ingovernabile scanto quanno s'attrovava di fronte a una pirsona che era in punto di morte. Non sapeva che farci, doviva impartire ordini severissimi alle sò gambe per impedire che si mettessero autonomamente in fuga trascinandolo con loro. Un corpo morto non gli faciva 'mpressione, era l'imminenza della morte che lo stravolgeva dal profondo, o meglio, da una profondità abissale.

Arriniscì a controllarsi, varcò la soglia e principiò la sua personale discesa agli inferi. L'assuglió immediato l'istisso insopportabile tanfo che aviva sintuto nella càmmara dell'omo senza gambe, il marito della fìmmina che vinniva ova, solo che qua il tanfo era più denso, te lo sintivi impicciare alla pelle impalpabile e inoltre aviva un colore marrone-giallastro striato da lampi di rosso foco. Un colore in movimento. Non gli era mai capitato prima, i colori sempre avivano corrisposto agli odori come già pittati in un quadro, fermi. Ora invece le striature rosse stavano principiando a disegnare una specie di gorgo. Il sudore oramà gli vagnava la cammisa. Il letto della villa era stato sostituito da un littino di spitali il cui bianco tagliò in due la memoria di Montalbano, tentò di riportarlo narrè, ai jorni del ricovero sò. Allato c'erano bombole d'ossigeno, trespoli per fleboclisi, un complicato machinario supra a un tavolinetto. Un carrello (macari lui bianco, Cristo!) era letteralmente cummigliato di flaconi, boccettine, garze, bicchieri millimetrati, contenitori di varie grannizze. Dalla posizione nella quale si era fermato, a dù passi appena dalla porta, gli parse che il letto era vacante. Sutta alla coperta ben tirata non si vidiva nisciun rigonfiamento di corpo umano, ammancavano persino le dù punte a collinetta che fanno i pedi di chi sta corcato a panza all'aria. E quella specie di palla grigia scordata supra il cuscino era troppo nica, troppo piccola per essere una testa, forse era una vecchia, grossa peretta da clistere che aviva perso colore. Avanzò di altri dù passi e l'orrore l'apparalizzò. Era invece una testa umana che però nenti aviva più d'umano quella cosa sul cuscino, una testa senza capelli, rinsecchita, un ammasso di rughe tanto profonde da parere scavate col trapano. La vucca era aperta, un pirtuso nìvuro, privo di un minimo biancore di denti. Una volta, su una rivista, aviva visto qualichi cosa di simile, il risultato del travaglio che i cacciatori di teste facivano sulle loro prede. Mentri stava a taliari incapace di cataminarsi, quasi non credendo a quello che l'occhi sò vidivano, dal pirtuso ch'era la vucca niscì un sono che veniva fatto solo con la gola arsa, totalmente abbrusciata:

«Ghanna...».

«Chiama la figlia» fece la 'nfirmera.

Montalbano arretrò a gambe rigide, le ginocchia s'arrefutarono di piegarsi. Per non cadiri, s'appuiò a un tangèr.

E capitò l'inatteso. Tac. Lo scatto della molla inceppata dintra alla sò testa rimbombò come una revorberata. E pirchì? Non erano certo le tri, vintisette primi e quaranta secondi, di questo era sicuro. E allura? Il panico l'assugliò con la cattiveria di un cane arraggiato. Il disperato rosso dell'odore divenne un vortice che poteva risucchiarlo. Il mento principiò a trimargli, le gambe da rigide gli addivintarono di ricotta, per non cadiri si mise con le vrazza appuiate al marmo del tangèr. Per fortuna la 'nfirmera non si addunava di nenti, era inchiffarata con la moribunna. Doppo, quella parte di ciriveddro non ancora pigliato da quello scanto cieco, reagì, gli permise di dari la risposta giusta. Era stato un signali, quel Qualcosa che l'aviva marchiato mentre il proiettile gli spurtusava la carni voliva dirgli che era macari lì, dintra a quella càmmara. Agguattato in un angolo, pronto a comparire al momento giusto e sutta la forma più adatta, pallottola di revorbaro, tumore, foco che brucia le carni, acqua che annega. Era solo una manifestazione di prisenza. Non riguardava lui, non toccava a lui. E questo bastò a dargli tanticchia di forza. E fu allora che vitti sul ripiano del tangèr una fotografia dintra a una cornice d'argento. Un omo, il geologo Mistretta, che teneva la mano di una picciliddra decina, Susanna, la quale a sua volta teneva la mano di una fìmmina bella, sana, sorridente e china di vita, la matre, la signora Giulia. Il commissario continuò pi tanticchia a taliare quel volto felice per cancellare l'immagine dell'altro volto sul cuscino, se ancora accussì si potiva chiamare. Doppo girò le spalle e niscì, scordandosi di salutare la 'nfirmera.

Currì come un dispirato verso Marinella, arrivò alla casa, fermò, scinnì ma non trasì dintra, si mise a curriri verso la ripa di mari, si spogliò, lasciò che per tanticchia l'aria fridda della notte gli agghiazzasse la pelle e doppo principiò ad avanzare dintra all'acqua lentamente. A ogni passo il gelo lo tagliava con cento lame, ma aviva bisogno di puliziarisi pelle, carni, ossa e ancora più dintra, fino a dintra all'arma.

Po' pigliò a natare. Dette una decina di bracciate, ma una mano munita di pugnali tutto 'nzemmula dovette emergere dal nìvuro delle acque e colpirlo nello stesso 'ntifico posto della ferita. Almeno accussì gli parse, tanto improviso e violento fu il duluri. Partì dalla ferita e si diffuse in tutto il corpo, insostenibile, apparalizzante. Il braccio mancino gli si bloccò, arriniscì a stento a girarsi panza all'aria e a fare il morto.

O stava morendo pi davero? No, oramà oscuramente lo sapiva che il sò destino non era quello della morte per acqua.

A lento a lento poté cataminarsi.

Allura sinni tornò a riva, raccolse i vistita, si sciaurò un vrazzo e gli parse di sentire ancora l'orrendo feto della càmmara della moribunna, il salino dell'acqua di mare non era arrinisciuto a farlo scomparire, doviva assolutamente lavarsi uno per uno i pori della pelle, acchianò col sciato grosso i scaluna della verandina, tuppiò alla porta-finestra.

«Chi è?» spiò dall'interno Livia.

«Aprimi, sto congelando».

Livia raprì, se lo vitti davanti nudo, assammarato, viola di friddo. Si mise a chiangiri.

«Dai, Livia...».

«Tu sei pazzo, Salvo! Tu vuoi morire! E vuoi farmi morire! Ma che hai fatto? Perché? Perché?».

Dispirata, lo seguì in bagno. Il commissario si cummigliò tutto il corpo di sapuni liquito e una volta che fu addivintato tutto giallo trasì nella doccia, la raprì, principiò a scorticarsi la pelle con un pezzo di petra pomice. Livia non chiangiva più, lo taliava impietrita. L'acqua scurrì a longo, il cassone sul tetto quasi si svacantò. Appena nisciuto dalla doccia, Montalbano spiò con l'occhi spiritati:

«Mi odori?».

E mentre faciva quella domanda si sciaurava lui stisso un vrazzo. Pariva un cani da caccia.

«Ma che ti ha preso?» disse Livia angosciata.

«Odorami, ti prego».

Livia obbedì, fece scorrere il naso sul torace di Salvo.

«Che senti?».

«L'odore della tua pelle».

«Sicuro sicuro?».

Finalmente il commissario si persuase, si rivestì di biancheria pulita, s'infilò una cammisa e un paro di jeans.

Andarono in càmmara da pranzo. Montalbano s'assittò nella poltrona, Livia s'assistimò nell'altra allato. Per un pezzo non raprirono vucca. Doppo Livia spiò, con voci ancora incerta:

«Passato?».

«Passato».

Ancora tanticchia di silenzio. E sempre Livia:

«Hai appetito?».

«Spero che tra un po' mi venga».

Un altro picca di silenzio. E appresso Livia azzardò:

«Mi dici?».

«Mi viene difficile».

«E tu provaci, per favore».

E lui glielo disse. E ci mise tempo, pirchì era veramente difficile trovare le parole giuste per contare quello che aviva visto. E quello che aviva provato.

E alla fine Livia fece una domanda, una sola, ma era quella che centrava la situazione:

«Mi spieghi perché sei andato a vederla? Che necessità c'era?».

Necessità. Era la parola giusta o la parola sbagliata? Non c'era stata nisciuna nicissità, era vero, ma nello stesso tempo c'era stata, inspiegabilmente.

«Domandalo alle mie mani e ai miei piedi» avrebbe dovuto risponderle. Meglio non addentrarsi nella facenna, troppa confusione ancora nella sò testa. Allargò le braccia.

«Non saprei spiegartelo, Livia».

E mentre diceva quelle parole, capì che erano solo in parte la verità.

Parlarono ancora, il pititto però a Montalbano non smorcò, aviva lo stomaco sempre stritto.

«L'ingegnere, secondo te, pagherà?» spiò Livia mentre stavano andando a corcarsi.

Era la domanda del giorno, inevitabile.

«Pagherà, pagherà».

«Sta già pagando» aviva gana d'aggiungere, ma non disse nenti.

Mentre la tiniva stritta e la vasava ed era appena trasuto dintra di lei, Livia si sentì trasmettere una richiesta dispirata di conforto.

«Non lo senti che sono qua?» gli sussurrò all'orecchio.

Dodici

S'arrisbigliò che già era jorno fatto. Forse il tac della molla quella notti non c'era stato o se c'era stato non aviva fatto una rumorata accussì forti da fargli raprire l'occhi. Era l'ora di susirisi, preferì però starsene ancora corcato. Non lo disse a Livia, ma gli facivano mali le ossa, certo conseguenzia del bagno della sira avanti. E la cicatrice frisca alla spalla era addivintata viola e doleva. Livia s'addunò che qualichi cosa non funzionava, ma preferì non fare domande.

Tra una facenna e l'altra, arrivò tanticchia tardo in ufficio.

«Dottori ah dottori! L'ingradinimenti fotorafici che fece fare a Cicco De Cicco sul tavolo suo di lei sono!» fece Catarella appena lo vitti trasire, taliandosi torno torno cospirativo.

De Cicco aviva fatto effettivamente un ottimo travaglio. Dal quale arrisultava che la crepa del cimento appena sutta il bordo della vasca pariva sì una spaccatura, ma non lo era pi nenti. Era un effetto di luci e ùmmira ingannevole. Si trattava in realtà di un pezzo di spaco grosso attaccato a un chiovo. Lo spaco a sua volta teneva la parte superiore di un grande termometro, di quelli che servivano a misurare la temperatura del mosto. Tanto lo spaco quanto il termometro erano addivintati nìvuri prima per l'uso e doppo per il pruvolazzo che ci si era accumulato supra.

Montalbano non ebbe dubbio: la picciotta era stata catafottuta dai sò sequestratori dintra a una vasca di raccolta del mosto da tempo non utilizzata. Quindi allato, e in posizione sopraelevata, doviva macari esserci un palmento, il loco indovi la racina viene pistiata. Perché non si erano prioccupati di livari il termometro? Forse non ci avivano fatto caso, troppo abituati erano a

334

vidiri la vasca accussì come oramà s'appresentava. Una cosa che tieni sempre sutta all'occhi finisce che non la noti manco più. Ad ogni modo, questo riduceva di molto il campo delle ricerche, bisognava circare non più una casuzza spersa di campagna, ma una vera e propia massarìa, macari mezzo sdirrupata.

Fece immediatamente una telefonata a Minutolo, informandolo della sò scoperta. Minutolo trovò la cosa assà importante, disse che questo restringeva di molto il campo delle ricerche e che avrebbe immediatamente dato nuove disposizioni agli òmini impegnati a battere le campagne.

Doppo spiò:

«Che ne dici della novità?».

«Quale novità?».

«Non hai visto "Televigàta" stamatina alle otto?».

«Ma figurati se mi metto a taliare la televisione di prima matina!».

«I sequestratori hanno telefonato a "Televigàta". Quelli hanno registrato tutto. E la registrazione l'hanno mandata in onda. La solita voce contraffatta. Dice così che "chi di dovere" ha tempo fino a domani sera. Altrimenti nessuno rivedrà più Susanna».

Montalbano sintì uno scorsone friddo acchianargli lungo la schina.

«Si sono inventati il sequestro multimediale. Non hanno detto altro?».

«Ti ho riferito esattamente la telefonata, né una parola più né una meno. Anzi, tra poco mi mandano il nastro, se vuoi venire a sentirlo... Il giudice è fora dalla grazia di Dio, voleva spedire in galera a Ragonese. E la vuoi sapere una cosa? Sto cominciando a preoccuparmi seriamente».

«Macari io» disse Montalbano.

I sequestratori non si degnavano più manco di telefonare a casa Mistretta. Il loro scopo, che era quello di coinvolgere l'ingegnere Peruzzo senza averlo mai nominato, l'avevano raggiunto. L'opinione pubblica era tutta contro di lui. Montalbano era sicuro che a quel punto se i sequestratori avissero ammazzato a Susanna, la gente se la sarebbe pigliata non con loro, ma con lo zio che si era arrefutato d'intromettersi nella facenna facendo il doviri sò. Ammazzato? Un momento. I rapitori quel verbo non l'avivano usato. E manco uccidere. E manco liquidare. Era gente che il taliano l'acconosceva bene e sapiva come adoperarlo. Loro avivano detto che la picciotta non sarebbe stata più rivista. E rivolgendosi alla gente comune, un verbo come ammazzare avrebbe certamente fatto più 'mpressione. Allora pirchì non l'avivano usato? S'aggrappò a quel fatto linguistico con la forza della disperazione. Era come tenersi a un filo d'erba per non cadiri in uno sbalanco. Forse i sequestratori intendevano lasciare un margine di trattativa e lo facivano evitando di dire un verbo definitivo, senza possibilità di ritorno. Ma ad ogni modo bisognava fare presto. Sì, ma cosa fare?

Nel doppopranzo Mimì Augello, che si era stuffato di tambasiare casa casa, s'arricampò in commissariato con dù notizie.

La prima era che nella tarda matinata la signora Valeria, mogliere dell'ingegnere Antonio Peruzzo, mentre in un parcheggio di Montelusa stava raprendo la sò machina, era stata riconosciuta da tri fìmmini le quali l'avivano circondata, spintonata, fatta cadiri 'n terra e pigliata a sputazzate, gridandole di vrigognarsi e di consigliare al marito di pagare il riscatto senza perdiri tempo. Altre pirsone erano nel frattempo sopraggiunte e avivano dato man forte alle tri fìmmini. A salvare la signora era stata una pattuglia di Carrabinera di passaggio. Allo spitale avivano riscontrato alla mogliere dell'ingigneri contusioni, ecchimosi, lacerazioni.

La secunna notizia era che dù grossi camion della società di Peruzzo erano stati dati alle fiamme. Per evitare equivoci e false interpretazioni, in loco era stato trovato scritto su un pezzo di muro: «Paga subito cornuto!».

«Se ammazzano a Susanna» conclude Mimì «è sicuro che l'ingigneri mori linciato».

«Tu pensi che la facenna possa andare a finire a schifìo?» gli spiò Montalbano.

Mimì Augello arrispunnì pronto, senza pinsarici:

«No».

«Ma metti caso che l'ingegnere non tira fora una lira? Quelli hanno mandato una specie di ultimatum».

«Gli ultimatum sono fatti apposta per non essere rispettati. Vedrai che si metteranno d'accordo».

«Beba come va?» fece il commissario cangiando discorso.

«Benino, tanto oramà è solo questione di jorni. A proposito, è venuta a trovarci Livia e Beba le ha detto della nostra intenzione di domandarti di fare da padrino di battesimo a nostro figlio».

Bih, chi camurria! Tutto il pàisi si era fissato a fargli fare da patrino?

«E me lo dici accussì?» reagì il commissario.

«Perché, dovevo fare domanda in carta bollata? Non l'immaginavi che Beba e io te l'avremmo domandato?».

«Sì, certo, ma…».

«D'altra parte, Salvo, ti conosco bene: se non te lo domandavo, tu restavi offiso e mi avresti messo la funcia».

Montalbano pinsò che era meglio sviare il discorso dal carattere sò che si prestava assà a interpretazioni contrastanti.

«E Livia che ha detto?».

«Ha detto che tu ne saresti stato felicissimo, tanto più che così potevi pareggiare il conto. Io quest'ultima frase non l'ho capita».

«Manco io» mentì Montalbano.

E invece l'aviva capita benissimo: un figlio di delinquente e un figlio di poliziotto, entrambi vattiati da lui. Conto paro, secondo il ragionamento di Livia che, quanno ci si mittiva, sapiva essiri carogna quanto e più di lui.

Si era fatta sira. Stava per nesciri dal commissariato e tornarsene a Marinella che lo chiamò Nicolò Zito.

«Non ho tempo di spiegarti, sto andando in onda» disse sbrigativo. «Senti il mio notiziario».

S'appreciptò al bar, c'erano una trintina di pirsone, la televisione era sintonizzata su «Retelibera». Una scritta diciva: «Tra pochi minuti un'importante dichiarazione sul sequestro Mistretta». Ordinò una birra. La scritta spirì e partì la sigla del notiziario. Doppo si vitti a Nicolò assittato darrè al solito tavolino di vitro. Aviva la facci delle grandi occasioni. «Questo pomeriggio siamo stati contattati dall'avvocato Francesco Luna, che ha più volte difeso gli interessi dell'ingegnere Antonio Peruzzo. Egli ci pregava di dargli spazio per una dichiarazione. Non un'intervista, si badi bene. Poneva anche la condizione che la dichiarazione non doveva essere seguita da un nostro commento. Abbiamo deciso di accettare, pur con queste limitazioni, perché in questo momento così cruciale per la sorte di Susanna Mistretta le parole dell'avvocato Luna possono essere estremamente chiarificatrici e recare un notevole contributo alla felice soluzione del delicato e drammatico caso».

Stacco. Apparse uno studio avvocatisco, tipico. Scaffali di ligno nìvuro, chini di libri mai liggiuti, raccolte di leggi che risalivano alla fine dell'ottocento ma sicuramente ancora in vigore pirchì nel nostro pàisi delle liggi di cent'anni passati non si buttava mai nenti, come si fa con i porci. L'avvocato Luna era esattamente come il suo cognome diciva: una luna. Facci di luna piena, corpo di luna obesa. Evidentemente suggestionato, il datore di luce aviva immerso tutto in una luce di plenilunio. L'avvocato strasbordava da una poltrona. Tra le mano tiniva un pizzino sul quale, mentre liggiva, ogni tanto lassava cadiri l'occhio.

«Parlo in nome e per conto del mio cliente ingegnere Antonio Peruzzo. Il quale si vede costretto a uscire dal suo doveroso riserbo per arginare la montante canizza di menzogne e malvagità scatenata contro di lui. L'ingegnere vuole rendere noto a tutti che fin dal giorno successivo al rapimento della nipote si è messo a totale disposizione dei rapitori, ben conoscendo le reali, disagiate condizioni economiche della famiglia Mistretta. Purtroppo alla pronta disponibilità dell'ingegnere non ha corrisposto, inspiegabilmente, una eguale sollecitudine da parte dei sequestratori. L'ingegnere Peruzzo, stando così le cose, non può che ribadire l'impegno già preso, prima che con i rapitori, con la sua stessa coscienza».

Tra tutti quelli che si trovavano nel bar scoppiò una risata gigantesca che non fece sintiri la notizia successiva.

«Se l'ingigneri pigliò un impegno con la sò cuscienzia, la picciotta è futtuta!» disse uno, riassumendo il pinsèro di tutti.

Oramà la situazione era chista: se l'ingigneri si dicidiva a pagare il riscatto sutta all'occhi di tutti, davanti alla televisione, tutti avrebbero pinsato che stava pagando con banconote fàvuse.

Tornò in ufficio, telefonò a Minutolo.

«Ha chiamato ora ora il giudice che macari lui ha sentito la dichiarazione dell'avvocato. Vuole che io vada subito da Luna per avere chiarimenti, delucidazioni, una visita diciamo così informale. E rispettosa. Insomma, bisogna che ci mettiamo i guanti. Ho telefonato e Luna, che mi conosce, si è detto disponibile. A te ti conosce?».

«Mah, di vista».

«Vuoi venire macari tu?».

«Certo. Dammi l'indirizzo».

Minutolo l'aspittava sutta al portone, era venuto con la sò machina, come Montalbano. Saggia precauzione pirchì a molti tra i clienti dell'avvocato Luna, a vidiri ferma sutta la sò casa un'auto con supra scritto «Polizia», capace che gli pigliava un sintòmo. Casa arredata pesantemente e lussuosamente. Una cammarera vistuta da cammarera li introdusse nello studio già visto in televisione. Fece 'nzinga ai dù d'accomidarsi.

«L'avvocato arriva subito».

Minutolo e Montalbano s'assittarono sulle poltrone di una specie di salottino che c'era in un angolo. In realtà si persero dintra alle rispettive gigantesche poltrone, fatte a misura d'elefanti e dell'avvocato. La parete darrè allo scrittoio era interamente cummigliata da fotografie di diversa grannizza ma tutte debitamente incorniciate. Minimo minimo erano una cinquantina, parivano ex voto appinnuti a memoria e ringrazio a qualichi santo miracoloso. La sistemazione delle luci nella càmmara non permetteva di capire chi erano le pirsone arritrattate. Forse erano di clienti salvati dalle patrie galere da quel misto di oratoria, furberia, corruzione e «saper campare» che era l'avvocato Luna. Dato però che l'arrivo del patrone di casa tardava, il commissario non seppe resistere. Si susì e andò a taliare da vicino le foto. Erano tutte di uomini politici, senatori, deputati, ministri e sottosegretari ex o in carica. Tutte con firma e dedica che variava dal «caro», al «carissimo». Montalbano tornò ad assittarsi, ora capiva pirchì il Questore aviva raccumannato prudenza.

«Amici carissimi!» fece l'avvocato trasenno. «Comodi! Comodi! Posso offrirvi qualcosa? Ho tutto quello che volete».

«No, grazie» fece Minutolo.

«Sì, grazie, un daiquiri» disse Montalbano.

L'avvocato lo taliò 'mparpagliato.

«Veramente non...».

«Non importa» concesse il commissario facendo un gesto simile a quello di chi scaccia una musca.

Minutolo, mentre l'avvocato si calava sul divano, lanciò un'occhiatazza a Montalbano, come a dirgli di non accomenzare a fari lo spiritoso.

«Allora, parlo io o domandate voi?».

«Parli lei» disse Minutolo.

«Posso pigliare appunti?» spiò Montalbano portando la mano in una sacchetta indovi non tiniva assolutamente nenti.

«Ma no! Perché?» scattò Luna.

Minutolo supplicò con l'occhi a Montalbano di finirla di scassari i cabasisi.

«Va bene, va bene» fece conciliativo il commissario.

«Dove eravamo arrivati?» spiò l'avvocato che si era perso.

«Non siamo ancora partiti» disse Montalbano.

Luna dovette intuire la sisiata, ma fece finta di nenti. Montalbano capì che l'altro aviva capito e addecise di finirla con lo sbromo.

«Ah, sì. Dunque. Il mio assistito verso le dieci del mattino del giorno successivo al rapimento di sua nipote ha ricevuto una telefonata anonima».

«Quando?!» spiarono Minutolo e Montalbano in coro.

«Verso le dieci del mattino del giorno successivo al rapimento».

«Cioè, appena quattordici ore dopo?» fece, ancora strammato, Minutolo.

«Esattamente» proseguì l'avvocato. «Una voce maschile l'avvertiva che, essendo i sequestratori a conoscenza del fatto che i Mistretta non erano in condizione di pagare il riscatto, a tutti gli effetti lui veniva ritenuto l'unica persona in grado di soddisfare le loro richieste. Avrebbero richiamato alle tre del pomeriggio. Il mio assistito...».

Ogni volta che diciva «il mio assistito» faciva la facci di una 'nfirmera che, al capezzale di un moribunno, gli asciuca il sudore.

«... si è precipitato qui da me. Assai rapidamente siamo pervenuti alla conclusione che il mio assistito era stato abilmente incastrato. E che i sequestratori avevano tutte le carte in mano per coinvolgerlo. Sottrarsi alle responsabilità sarebbe stato un grave vulnus alla sua immagine, del resto già in precedenza danneggiata da alcuni spiacevoli episodi. E avrebbe potuto irrimediabilmente compromettere le sue ambizioni politiche. Come credo che sia successo, purtroppo. Avrebbe dovuto essere messo in lista, in un collegio blindato, alle prossime elezioni».

«Inutile che le domandi con quale partito» disse Montalbano, taliando verso la foto del Presidente in tenuta da jogging.

«Infatti, la sua è una domanda inutile» fece duro l'avvocato. E proseguì:

«Gli ho dato dei suggerimenti. Alle tre il sequestratore ha ritelefonato. A una precisa richiesta, da me suggerita, ha risposto che la prova dell'esistenza in vita della ragazza sarebbe stata data pubblicamente attraverso "Televigàta". Il che, tra l'altro, è puntualmente avvenuto. Hanno fatto una richiesta di sei miliardi. Hanno voluto che il mio assistito comprasse un cellulare nuovo e che si recasse immediatamente a Palermo, senza comunicare con nessuno, se non con le banche. Un'ora dopo hanno ritelefonato per avere il numero del cellulare. Il mio assistito non ha potuto fare altro che obbedire, e a tempo di record ha ritirato i sei miliardi richiesti. La sera del giorno seguente è stato richiamato, lui ha detto di essere pronto a pagare. Ma non ha ricevuto ancora, ripeto come detto in tv, inspiegabilmente, nessuna disposizione».

«Perché lei non è stato autorizzato prima dall'ingegnere a rilasciare la dichiarazione che ha fatto stasera?» spiò Minutolo.

«Perché era stato diffidato dai sequestratori in tal senso. Non doveva rilasciare né interviste né altro, doveva scomparire anche lui per qualche giorno».

«E ora la diffida è stata tolta?».

«No. È un'iniziativa del mio assistito che sta rischiando grosso... Ma non ne può più... soprattutto dopo la vile aggressione alla moglie e l'incendio dei camion».

«Sa dove si trova adesso l'ingegnere?».

«No».

«Conosce il numero del suo cellulare, quello nuovo?».

«No».

«Come fate a tenervi in contatto?».

«Mi telefona lui. Da cabine pubbliche».

«L'ingegnere ha un'e-mail?».

«Sì, ma il suo personal computer l'ha lasciato a casa. Gli è stato detto di fare così e ha obbedito».

«In conclusione, lei ci sta dicendo che un eventuale provvedimento di blocco dei beni non avrebbe effetto pratico in quanto l'ingegnere ha già con sé la somma richiesta?».

«Esattamente».

«Lei pensa che l'ingegnere le telefonerà non appena saprà dove e quando dovrà consegnare il riscatto?».

«A che scopo?».

«Lei sa che se questo avvenisse avrebbe il dovere d'informarci immediatamente?».

«Certo che sì. E sono pronto a farlo. Solo che il mio assistito non mi telefonerà se non, forse, a cose fatte».

Aviva sempre spiato Minutolo. Stavolta Montalbano s'addecise a raprire vucca.

«Che tagli?».

«Non ho capito» fece l'avvocato.

«Lo sa che tipo di banconote hanno voluto?».

«Ah, sì. Da cinquecento euro».

Era una cosa stramma. Banconote di grosso taglio. Più facili da portare, ma assà più difficili da spendere.

«Sa se il suo assistito...».

L'avvocato fici subito la facci di 'nfirmera.

«... è riuscito ad annotare i numeri di serie?».

«Non lo so».

L'avvocato taliò il Rolex d'oro, fici una smorfia.

«E questo è quanto» disse susennosi.

Si fermarono tanticchia a chiacchiariare sutta la casa dell'avvocato.

«Poviro 'ngingneri!» disse a commento il commissario «ha cercato subito di pararsi il culo, spirava in un sequestro lampo in modo che la gente non ne sapisse nenti, e invece...».

«Questa è una cosa che mi preoccupa» fece Minutolo. E principiò a chiarire:

«Da quello che ci ha detto l'avvocato, se i sequestratori hanno pigliato contatto immediatamente con Peruzzo...».

«Quasi dodici ore avanti che ci facessero la prima telefonata» precisò Montalbano. «Ci hanno trattato come pupi dell'opira dei pupi. Si sono serviti di noi come comparse da tiatro. Pirchì loro, con noi, hanno fatto tiatro. Fin dal primo momento hanno saputo chi era la persona giusta alla quale far pagare il riscatto. A noi due hanno fatto perdere tempo, a Fazio hanno fatto perdere sonno. Sono stati bravi. A conti fatti, i messaggi inviati a casa Mistretta erano più che altro la messinscena di un vecchio copione. Quello che noi volevamo vedere, quello che ci aspettavamo di sintiri».

«A quanto ci ha detto l'avvocato» ripigliò Minutolo «a meno di ventiquattro ore dal sequestro i rapitori avevano teoricamente la situazione in pugno. Bastava una telefonata all'ingegnere e quello consegnava i soldi. Senonché non si sono più fatti vivi con lui. Perché? Si trovano in difficoltà? Forse i nostri uomini che battono le campagne ostacolano la loro libertà di movimento? Non sarebbe meglio allentare la maglia?».

«Ma di che ti scanti, in sostanza?».

«Che quelli, vistisi in pericolo, fanno qualche stronzata».

«Tu ti scordi una cosa fondamentale».

«E cioè?».

«Che i sequestratori hanno continuato a farsi vivi con le televisioni».

«Ma perché allora non si mettono in contatto con l'ingegnere?».

«Perché vogliono prima farlo cociri a foco lento nel sò brodo» disse il commissario.

«Ma più tempo passa e più i sequestratori corrono rischi!».

«Lo sanno benissimo. E penso che sanno macari che hanno tirato la corda al massimo. Io sono pirsuaso che oramà è questione di ore e Susanna torna a casa».

Minutolo lo taliò intordonuto.

«Ma come?! Stamatina non mi parevi per niente...».

«Stamatina l'avvocato non aviva ancora parlato in televisione e non aviva usato un avverbio che ha ripetuto parlando con noi. È stato furbo, ha detto indirettamente ai sequestratori di finirla col loro gioco».

«Scusa» fece Minutolo completamente strammato «che avverbio ha adoperato?».

«Inspiegabilmente».

«E che viene a significare?».

«Viene a significare che lui, l'avvocato, la facenna se la stava spiegando benissimo».

«Non ci ho capito un'amata minchia».

«Lascia perdiri. Che fai ora?».

«Vado a riferire al giudice».

Tredici

Livia non era a casa. La tavola era conzata per dù pirsone e allato al sò piatto c'era un pizzino. «Sono andata al cinema con la mia amica. Aspettami per cenare». Si andò a fare una doccia, s'assittò davanti al televisore. Su «Retelibera» c'era un dibattito sul sequestro di Susanna, moderato da Nicolò. Vi partecipavano un monsignore, tri avvocati, un giudice in pinsione e un giornalista. Doppo una mezzorata, il dibattito apertamente si cangiò in una specie di processo all'ingigneri Peruzzo. Più che un processo, un autentico linciaggio. A conti fatti, nisciuno cridiva a quello che aviva contato l'avvocato Luna. Nisciuno dei presenti s'addimostrò pirsuaso della storia che Peruzzo aviva i soldi pronti, ma che i sequestratori non si facivano vivi. A filo di logica, il loro interesse stava nell'agguantare il denaro prima possibile, liberare la picciotta e scomparire. Più tempo perdevano e più rischiavano. E dunque? Veniva spontaneo pinsare che responsabile del ritardo della liberazione di Susanna era propio l'ingigneri che – come insinuò il monsignore – forse la tirava a longo per ottenere un qualche miserabile sconticino sul riscatto. Avrebbe ottenuto sconticini, doppo aver agito come stava agendo, il giorno che sarebbe comparso davanti al giudizio di Dio? A conclusione, apparse chiaro che a Peruzzo, una volta liberata la picciotta, non restava altro da fare che cangiare aria.

Altro che ambizioni politiche andate a farsi catafottere! Montelusa, Vigàta e dintorni non erano più cosa per lui.

Il tac delle tri, ventisette primi e quaranta secondi stavolta l'arrisbigliò. S'addunò d'aviri la testa lucita, perfettamente funzionante, e ne approfittò per ripassarsi tutta la facenna del ra-

345

pimento, sin dalla prima telefonata di Catarella. Finì d'arragiunari alle cinque e mezzo per una botta di sonno improvisa. Stava per sprufunnari, quanno il telefono squillò e per fortuna Livia non lo sentì. Il ralogio signava le cinque e quarantasette. Era Fazio, molto emozionato.

«Susanna è stata liberata».

«Ah, sì? Come sta?».

«Bene».

«Ci vediamo» concluse Montalbano.

E tornò a corcarsi.

A Livia lo disse appena la vitti cataminarsi nel letto dando i primi segni d'arrisbiglio. Quella satò fora addritta come se aveva attrovato un ragno tra i linzoli.

«Quando l'hai saputo?».

«Mi ha chiamato Fazio. Erano quasi le sei».

«Perché non me l'hai detto subito?».

«Dovevo svegliarti?».

«Sì. Tu sai con quanta ansia ho seguito questa storia. L'hai fatto apposta a lasciarmi dormire!».

«Va bene, se la pensi così, ammetto la mia colpa e non ne parliamo più. Ora calmati».

Ma Livia aviva gana di fare catunio. Lo taliò sdignusa.

«E poi non capisco come fai a restartene a letto, a non andare da Minutolo per sapere, per informarti...».

«Di che? Se vuoi informazioni, apri la televisione».

«Certe volte la tua indifferenza mi manda in bestia!».

E andò ad addrumare la televisione. Montalbano invece s'inserrò nel bagno, se la pigliò commoda. Per farlo evidentemente arraggiare, Livia teneva il volume alto: in cucina, mentre si stava vivendo il cafè, gli arrivavano voci alterate, sirene, frenate. A malappena arriniscì a sintire lo squillo del telefono. Andò in càmmara di mangiare: ogni cosa vibrava per la rumorata infernale che viniva dall'apparecchio.

«Livia, per favore, vuoi abbassare?».

Murmuriannosi, Livia eseguì. Il commissario sollevò il ricevitore.

«Montalbano? Che fai, non vieni?».

Era Minutolo.

«Che vengo a fare?».

Minutolo parse imparpagliato.

«Mah... non so... credevo ti facesse piacere...».

«E poi ho l'impressione che siate assediati».

«Questo è vero. Davanti al cancello ci sono decine di giornalisti, fotografi, operatori... Ho dovuto far venire rinforzi. Tra poco arrivano il giudice e il Questore. Un casino».

«Susanna come sta?».

«Tanticchia provata, ma sostanzialmente bene. Suo zio l'ha visitata e l'ha trovata in buone condizioni fisiche».

«Come è stata trattata?».

«Dice che non hanno mai fatto un gesto violento. Anzi».

«Quanti erano?».

«Lei ha visto sempre due persone incappucciate. Chiaramente contadini».

«Come l'hanno rilasciata?».

«Ha raccontato che stanotte lei dormiva. È stata svegliata, le hanno fatto indossare un cappuccio, le hanno legato le mani dietro la schiena, l'hanno fatta uscire dalla vasca, l'hanno costretta a entrare nel bagagliaio di una macchina. Hanno viaggiato, secondo lei, per oltre due ore. Poi la macchina si è fermata, l'hanno fatta scendere, l'hanno fatta camminare per una mezzora, poi le hanno allentato i nodi della corda ai polsi, l'hanno fatta sedere e se ne sono andati».

«In tutto questo non le hanno mai rivolto la parola?».

«Mai. Susanna ci ha messo un po' a liberarsi le mani e a levarsi il cappuccio. Era notte fonda. Non aveva la minima idea di dove si trovava, ma non si è persa d'animo. È riuscita a orientarsi e a dirigersi verso Vigàta. A un tratto ha capito che si trovava nelle vicinanze di La Cucca, sai quel villaggio...».

«Lo so, vai avanti».

«È a poco più di tre chilometri dalla sua villa. Se li è fatti, è arrivata al cancello, ha chiamato e Fazio è andato ad aprire».

«Tutto secondo copione, dunque».

«Che vuoi dire?».

«Che continuano a farci vedere il teatro che noi siamo abituati a vedere. Uno spettacolo finto, quello vero l'hanno recitato per un solo spettatore, l'ingegnere Peruzzo, e l'hanno chiamato a partecipare. Poi c'è stato un terzo spettacolo destinato all'opinione pubblica. Sai come ha fatto la sua parte Peruzzo?».

«Montalbà, sinceramente non capisco quello che stai dicendo».

«Siete riusciti a mettervi in contatto con l'ingegnere?».

«Ancora no».

«E ora che succede?».

«Succede che il giudice sentirà Susanna e nel doppopranzo ci sarà una conferenza stampa. Tu non vieni?».

«Manco sparato».

Era appena arrivato alla porta della sò càmmara in commissariato che il telefono sonò.

«Dottori? C'è al tilefono uno che dici d'essire la luna. E io, cridenno che sghirzava, ci arrispunnii che ero lu suli. S'incazzò. Pazzo, mi pare».

«Passamelo».

Che voliva da lui il divoto 'nfirmere dei sò assistiti?

«Dottor Montalbano? Buongiorno. Sono l'avvocato Luna».

«Buongiorno, avvocato, mi dica».

«Anzitutto, complimenti per il telefonista».

«Vede, avvocato...».

«*Non ti curar di lor, ma guarda e passa*, come dice il sommo. Lasciamo perdere. Le telefono solo per farle ricordare il suo inutile, offensivo sarcasmo di iersera, tanto nei miei riguardi quanto nei riguardi del mio assistito. Sa, ho la disgrazia, o la fortuna, di avere una memoria d'elefante».

«Ma lei è un elefante» avrebbe voluto arrispunniri il commissario, però arriniscì a tenersi.

«Si spieghi meglio, per favore».

«Lei, iersera, quando è venuto a casa mia col suo collega, era convinto che il mio assistito non avrebbe pagato e invece, come ha visto...».

«Avvocato, errore c'è. Io ero convinto che il suo assistito, vo-

348

lente o nolente, avrebbe pagato. È riuscito a mettersi in contatto con lui?».

«Mi ha telefonato stanotte, dopo aver fatto il suo dovere, quello che la gente si aspettava da lui».

«Possiamo parlargli?».

«Ancora non se la sente, ha dovuto subire un'esperienza terribile».

«Un'esperienza terribile come sei miliardi in banconote da cinquecento euro?».

«Sì, messe dentro una valigia o un borsone, non so».

«Sa dove gli hanno detto di lasciare il denaro?».

«Guardi, gli hanno telefonato iersera verso le nove, gli hanno minutamente descritto la strada che doveva fare per raggiungere un piccolo cavalcavia, l'unico che c'è lungo la strada per Brancato. Pochissimo frequentata. Sotto il cavalcavia avrebbe trovato una specie di pozzetto coperto da una lastra facilmente sollevabile. Non doveva fare altro che metterci dentro la valigia o il borsone, richiudere e andarsene. Poco prima di mezzanotte il mio assistito è arrivato sul posto, ha eseguito alla lettera quanto gli era stato ordinato e si è affrettato ad andarsene via».

«La ringrazio, avvocato».

«Mi scusi, commissario. Sono a chiederle un favore».

«Quale?».

«Che lei collabori, onestamente, dicendo quello che sa, non una parola in più non una in meno, al restauro dell'immagine del mio assistito così gravemente compromessa».

«Posso chiederle chi sono gli altri restauratori?».

«Io, il dottor Minutolo, lei, tutti gli amici di partito e no, coloro insomma che hanno avuto modo di conoscere…».

«Se se ne presenterà occasione, non mancherò».

«Le sono grato».

Il telefono sonò nuovamente.

«Dottori, c'è il signori e dottori Latte con la esse in funno».

Il dottor Lattes, capo di gabinetto del Questore, detto «Latte e miele», omo chiesastro e dolciastro, abbonato all'«Osservatore romano».

«Carissimo! Come sta? Come sta?».

«Non mi posso lamentare».

«Ringraziamo la Madonna! E la famiglia?».

Che camurria! Lattes era fissato che lui aviva famiglia, non c'era verso di scoterlo da questa convinzione. Sapiri che Montalbano era scapolo forse gli avrebbe dato una scossa letale.

«Bene, ringraziando la Madonna».

«Ecco, a nome del signor Questore, la invito alla conferenza stampa che si terrà in Questura oggi alle diciassette e trenta per il felice esito del sequestro Mistretta. Il signor Questore desidera precisare però che lei dovrà limitarsi ad essere presente, non le verrà data la parola».

«Ringraziando la Madonna» murmuriò Montalbano.

«Che ha detto? Non ho capito».

«Ho detto che ho un dubbio. Come lei sa, io sono in convalescenza e sono stato richiamato in servizio solo per...».

«Lo so, lo so. E quindi?».

«Quindi potrei essere esentato dalla conferenza stampa? Mi sono un po' stancato».

Lattes non arriniscì ad ammucciare la cuntintizza che quella richiesta gli faciva. Montalbano, in queste parlate ufficiali, era sempre considerato un pericolo.

«Come no, come no! Si riguardi, carissimo! Ma si consideri ancora in servizio fino a nuovo ordine».

Il «Manuale del perfetto investigatore» sicuramente qualichiduno ci aviva pinsato a scriverlo. Doviva esistere, come esistiva il «Manuale delle Giovani Marmotte». E di sicuro l'avivano scrivuto i miricani, che sono capaci di stampari manuali su come infilare i bottoni nelle asole. Montalbano però questo manuale dell'investigatore non l'aviva liggiuto. Ma certamente in qualichi capitolo del manuale, l'autore raccomandava all'investigatore che la ricognizione di uno scenario delittuoso prima si fa e meglio è. Prima cioè che gli elementi naturali, pioggia, vento, sole, l'omo, gli armali, alterino quello scenario fino a rendere indecifrabili i segni, talvolta già di per sé appena percepibili.

Attraverso quello che gli aveva detto l'avvocato Luna, Montalbano, l'unico tra gli investigatori, era vinuto a conoscere il loco indovi l'ingignери aviva lasciato i soldi del riscatto. Il suo doviri, ragionò, era quello d'avvertire immediatamente Minutolo di questa informazione. Nelle vicinanze del cavalcavia della strata per Brancato i sequestratori c'erano sicuramente restati a longo, ammucciati, prima per controllare che nei dintorni non c'era appostata la Polizia, doppo per aspittare l'arrivo della machina di Peruzzo e appresso ancora facendo passari tempo per assicurarsi che tutto era tranquillo avanti di nesciri allo scoperto e andare a recuperare la valigia. E sicuramente qualichi traccia della loro prisenza sul loco l'avivano lasciata. Necessitava perciò andare subito a ispezionare il posto, prima che lo scenario venisse alterato (vedi suddetto «Manuale»). Un momento, si disse mentre la sò mano stava pigliando il telefono, e se Minutolo non può andarci subito? Non era meglio mettersi in machina e andare a dare una prima taliata di pirsona? Una semplice ricognizione superficiale: se invece scopriva qualichi cosa d'importante allura avrebbe avvertito a Minutolo per una ricerca più approfondita.

E accussì tentò di mettiri a posto la sò cuscenza che da un pezzo stava a murmuriarsi.

La quali cuscenza però, tistarda, non solo non si lasciò mettiri a posto, ma espresse chiaramente il pinsèro sò:

«Inutile che pigli scuse, Montalbà: tu vuoi semplicemente fottere a Minutolo, ora che non c'è più pericolo per la picciotta».

«Catarella!».

«Agli ordini, dottori!».

«Tu la conosci la strada più breve per Brancato?».

«Quali Brancato, dottori? Brancato àvuta o Brancato vascia?».

«È così grande?».

«Nonsi, dottori. Cincocento bitanti fino a aieri. Il fatto è che siccome che Brancato àvuta dalla muntagna sinni sta calando dabbasso...».

«Che significa? Frana?».

«Sissi, datosi che c'è 'sta cosa che dice vossia, hanno flabbicato un paìsi novo sutta alla muntagna. Ma cinquanta vecchi non hanno voluto lassari le case e accussì ora come ora i bitanti stanno che bitano tutti spartuti, quattrocentoquarantanovi dabbasso e cinquanta di supra».

«Un momento, manca un abitante».

«E io non ci dissi cincocento fino a aieri? Aieri ne morse uno, dottori. Mi l'accomuniquò mè cuscino Michele che bita a Brancato vascia».

Figurarsi se Catarella non aviva un parente macari in quel pàisi sperso!

«Senti, Catarè, venendo da Palermo che s'incontra prima, Brancato alta o Brancato bassa?».

«La vascia, dottori».

«E come ci si arriva?».

La spiegazione fu longa e laboriosa.

«Senti, Catarè, se telefona il dottor Minutolo, digli di chiamarmi al cellulare».

Pigliò la scorrimento veloce per Palermo che era traficata assà. Era una normalissima strata a dù corsie leggermente più larghe del normale, ma, va a sapiri pirchì, tutti la consideravano una specie d'autostrata. E, di conseguenza, come su un'autostrata si comportavano. Tir che si surpassavano, machine che currivano a centocinquanta all'ora (dato che un ministro, quello cosiddetto competente, aviva dichiarato che a tanto si potiva andare sulle autostrate), trattori, vespe, camioncini scassati in mezzo a uno sdilluvio di motorini. La strata era, tanto a mano dritta quanto a mano manca, costellata da lapiduzze ornate da mazzetti di fiori, non per billizza, ma a segnare il loco esatto indovi decine di disgraziati, in machina o in motorino, ci avivano perso la vita. Un memento continuo, del quali però tutti altamente se ne stracatafottevano.

Girò al terzo bivio a destra. La strata era asfaltata, ma non c'era segnaletica. Bisognava fidarsi delle indicazioni di Catarella. Ora il paesaggio era cangiato, c'era un acchiana e scinni di collinette, qualche vigneto. Di pàisi, invece, manco l'ùmmira. Non aviva ancora incrociato una machina. Accomenzò a prioccuparsi, oltretutto non si vidiva anima criata alla quali spiare un'informazione. Di colpo, gli passò la gana di prosecutare. Propio mentre stava per fare dietrofront e tornarsene a Vigàta, vitti in luntananza un carretto che procedeva nella sò direzione. Addecise di addumannari al carritteri. Proseguì tanticchia, arrivò all'altizza del cavaddro, fermò, raprì lo sportello e scinnì.

«Buongiorno» disse al carritteri.

Il quali carritteri manco pariva aviri notato l'arrivo del commissario, taliava fisso davanti a lui, le retini in mano.

«A vui» ricambiò l'omo sul carretto, un sissantino arrustuto dal soli, sicco, vistuto di fustagno, con un assurdo Borsalino in testa che doviva risalire agli anni cinquanta.

Ma non accennò a fermarsi.

«Volevo domandare un'informazione» disse Montalbano standogli allato.

«A mia?!» spiò l'omo tra sorpriso e costernato.

E a chi sennò? Al cavallo?

«Sì».

«Ehhh» fece il carritteri tirando le retini. La vestia si fermò. L'omo non raprì vucca. Sempre taliando avanti, aspittò che gli faciva la domanda.

«Senta, mi potrebbe indicare la strada per Brancato bassa?».

Di malavoglia, come se la cosa gli costava una faticata enormi, il carritteri disse:

«Sempri drittu. Terza strata a manca. Bongiorno. Ahhh!».

Quell'ahhh era rivolto al cavallo che ripigliò a caminare.

Una mezzorata appresso Montalbano vitti a distanza comparire qualichi cosa a mezza via tra un cavalcavia e un ponte. Del ponte non aviva le spallette, ma c'erano grandi reti metalliche di protezione; del cavalcavia non aviva la forma, pirchì era fatto ad arco come un ponte. In funno spiccava una collina sulla quale, in un equilibrio impossibile, stavano i dadi bianchi di alcune casuzze mezzo sciddricate a valle. Sicuramente si trattava delle abitazioni di Brancato alta, mentre ancora di quella bassa non si vidiva manco un tetto. Ad ogni modo, doviva attrovarsi da quelle parti. Montalbano fermò a una vintina di metri di distanza dal cavalcavia, scinnì, pigliò a taliarsi torno torno.

353

La strata era sdisolantemente vacante, da quanno aviva svoltato al bivio aviva incontrato solamente il carritteri. Doppo si era addunato che c'era macari un viddrano che azzappava. E basta. Appena calava il soli e viniva lo scuro, in quella strata non si doviva vidiri nenti di nenti. Non c'era nessun tipo d'illuminazione, non c'erano case dalle quali potiva arrivare tanticchia di luce. E allura indovi si erano appostati i sequestratori per controllare se l'auto dell'ingigneri arrivava? E soprattutto: come potivano fare per sapiri con cirtizza che era la machina di Peruzzo e non un'altra che, per puro miracolo, si trovava a passari da quelle parti?

Vicino al cavalcavia, del quali non si arrinisciva a capire la nicissità, il pirchì e il pircome a qualichiduno era vinuto in testa di costruirlo, non c'erano né cespugli né muretti che davano la possibilità d'ammucciarsi. Macari nello scuro della notte, quel posto non offriva possibilità di non essiri visti dai fari di un'auto. E allura?

Un cane abbaiò. Spinto dal bisogno di taliare un essere vivente, Montalbano lo circò con l'occhi. E lo vitti. Stava sul principio del cavalcavia, a mano dritta, e sinni vidiva solo la testa. Possibile che l'avivano costruito solo per consentire il transito di cani e gatti? E pirchì no, in quanto a opere pubbliche l'impossibile addiventa possibile nel nostro bel paìsi. E tutto 'nzemmula il commissario capì che i sequestratori si erano ammucciati propio dove c'era il cane.

Si mosse campagna campagna, incrociò una trazzera, arrivò a indovi si partiva il cavalcavia che era costruito a dorso d'asino, quindi con una forte curvatura. Uno che si metteva propio al comincio del cavalcavia non potiva essiri viduto dalla strata. Taliò attentamente 'n terra mentre il cane s'allontanava ringhiando, ma non trovò nenti, manco uno scramozzone di sicaretta. E come fai a trovare uno scramozzone di sicaretta oggi che ognuno si scanta a fumare per via di quelle scritte che compaiono supra i pacchetti, tipo «Il fumo ti fa morire di cancro»? Macari i sdilinquenti perdono il vizio del fumo e al poviro poliziotto vengono perciò a mancari indizi essenziali. E se scriviva un esposto al ministro della Salute?

Ispezionò macari la parte opposta del cavalcavia. Nenti. Tornò al punto di partenza e si stinnicchiò a panza sutta. Taliò dabbasso appuiando la testa alla rete. Vitti, quasi a perpendicolo, una lastra di pietra che inserrava un pozzetto. Certamente i sequestratori, appena era arrivata l'auto dell'ingigneri, erano acchianati supra il cavalcavia e avivano fatto come lui, si erano stisi 'n terra. Da lì avivano visto, alla luce dei fari, Peruzzo che isava la lastra, infilava la valigia nel pozzetto e sinni ripartiva. Di certo era andata accussì. Ma lo scopo per il quale era arrivato fino a lì non era stato raggiunto: i sequestratori non avivano lasciato traccia.

Scinnì dal cavalcavia, ci andò sutta. Considerò la lastra che inserrava il pozzetto. Gli parse troppo piccola per farci trasire una valigia. Fece un rapido calcolo: sei miliardi equivalevano, più o meno, a tre milioni e centomila euro. Se ogni mazzetta era fatta da cento biglietti da cinquecento euro, questo significava che abbastavano sessantadue mazzette. Perciò non necessitava una grossa valigia, anzi. La lastra era facilmente sollevabile pirchì ci stava una specie di anello di ferro. C'infilò un dito, tirò. La lastra venne via. Montalbano taliò dintra al pozzetto e strammò. C'era un borsone e non pariva vacante. I soldi di Peruzzo erano ancora lì? Possibile che i sequestratori non li avivano ritirati? E pirchì allura avivano liberato la picciotta?

S'inginocchiò, calò il vrazzo, agguantò il borsone che pesava, lo sollevò, lo posò sul terreno. Tirò un respiro funnuto e lo raprì. Era stipato di mazzette. Non di banconote, ma di ritagli di vecchie riviste patinate.

Quattordici

La sorprisa gli dette una specie d'ammuttuni che lo fece cadiri culo a terra. Con la vucca aperta per lo stupore, accomenzò a farisi domande. Che veniva a dire quella scoperta? Che l'ingigneri, invece di euro, dintra al borsone ci aviva messo carta straccia? Per quel picca che ne sapiva di lui, si spiò, Peruzzo era omo capace di un gioco d'azzardo estremo che metteva a rischio la vita della nipote? Ci pinsò supra tanticchia e arrivò alla conclusione che l'ingigneri ne era capace sì, e macari di questo e altro. Allura divintava inspiegabile il modo d'agire dei sequestratori. Pirchì i casi erano dù e non si scappava: o i rapitori avivano aperto il borsone sul posto, si erano addunati dell'inganno e malgrado tutto avivano addeciso di lasciari libera la picciotta o i sequestratori erano caduti nel trainello, vale a dire che avivano viduto l'ingigneri mettiri il borsone nel pozzetto, non avivano avuto modo di controllare subito il contenuto e, fidandosi, avivano dato l'ordine di mettere in libertà a Susanna.

O forse Peruzzo in qualichi modo sapiva che i sequestratori non sarebbero stati in grado di raprire immediatamente il borsone e taliare quello che c'era dintra e aviva giocato sul tempo? Calma, ragiunamento completamente sbagliato. Nisciuno potiva impedire ai rapitori di andari a raprire il pozzetto quanno gli viniva più comodo. La consigna del riscatto non significava di nicissità l'immediata liberazione della picciotta e perciò su quale «tempo» giocava l'ingigneri? Su nisciun tempo. Da qualisisiasi parti lo si taliava, il trucco dell'ingigneri era insensato.

Mentre stava accussì, intordonuto, con le domande che gli mitragliavano a raffica il ciriveddro, sentì un sono strammo di campanelli che non capì da indovi viniva. Si fece convinto che stava arrivanno un gregge di pecori. Ma il sono non s'avvicinava, macari se restava vicinissimo. Allura si rese conto che a sonari era il cellulare che non usava mai e che solo per quell'occasione si era messo in sacchetta.

«Dottore, lei è? Sono Fazio».

«Che c'è?».

«Dottore, il dottor Minutolo vuole che la informi di un fatto che è successo un tri quarti d'ora fa. L'ho cercata in commissariato, a casa, poi finalmente Catarella si è ricordato che…».

«Va bene, dimmi».

«Ecco, il dottor Minutolo ha telefonato all'avvocato Luna per avere notizie dell'ingigneri Peruzzo. E l'avvocato gli ha detto che l'ingigneri ha pagato stanotti il riscatto e gli ha macari spiegato dovi ha lasciato i soldi. E allora il dottor Minutolo si è apprecipitato sul posto, che è sulla strata per Brancato, per un sopralloco. Purtroppo appresso a lui sono partiti macari i giornalisti».

«Ma insomma, che vuole Minutolo?».

«Dice che gli fa piaciri se lei lo raggiunge. Le spiego qual è la strata migliore per…».

Ma il commissario aviva già chiuso. Minutolo, i sò òmini, una caterva di giornalisti, fotografi e operatori potivano arrivare da un momento all'altro. E se lo vidivano, come avrebbe potuto spiegare la sò prisenza?

«Uh, che bella sorpresa! Ero qui ad arare i campi…».

Infilò di prescia il borsone nel pozzetto, lo chiuì con la lastra di pietra, si mise a curriri fino alla machina, mise in moto, principiò la manopera per tornari narrè, ma si fermò. Se rifaceva la strada di prima, sicuramente avrebbe incrociato la festosa carovana di auto con Minutolo in testa. No, la meglio era proseguire per Brancato vascia.

Ci arrivò doppo manco deci minuti. Un paisuzzo pulito, con una piazza nica nica, la chiesa, il municipio, un cafè, una banca, una trattoria, un negozio di scarpe. Torno torno alla piazza c'erano panchine di granito. Supra le panchine, una decina di òmini in tutto, anziani, vecchi e decrepiti. Non parlavano, non si cataminavano. Per una frazione di secondo Montalbano pinsò che si trattava di statue, mirabili esempi di arte iperrea-

lista. Ma uno, appartenente alla categoria decrepiti, tutto 'n-
zemmula tirò la testa narrè appuiandola di botto allo schienale
della panchina. O era morto, come pariva probabile, o era stato pigliato da una botta di sonno subitanea.

L'aria di campagna gli aviva fatto smorcare il pititto. Taliò il
ralogio, mancava picca all'una. Si diresse verso la trattoria ma
si bloccò. E se a qualichi giornalista viniva in mente di viniri a
fare le sò telefonate a Brancato bassa? Sicuramente a Brancato alta di osterie manco a parlarne, però non se la sintiva di restare a longo a stomaco vacante, l'unica era correre il rischio e
trasire nella trattoria che aviva davanti.

Con la coda dell'occhio vitti a uno che nisciva dalla banca e
che si fermava a taliarlo. Doppo l'omo, un quarantino grasso,
gli si avvicinò con un gran sorriso:

«Ma lei non è il commissario Montalbano?».

«Sì, ma...».

«Che piaciri! Io sono Michele Zarco».

Declamò nome e cognome col tono di chi è universalmente
canosciuto all'urbi e all'orbo. E datosi che il commissario continuava a taliarlo senza dire né ai né bai, chiarì:

«Sono il cuscino di Catarella».

Michele Zarco, geometra e vicesinnaco di Brancato, fu la sal-
vizza. In primisi, se lo portò a la sò casa per mangiari alla bona, vale a dire quello che c'era, nenti di spiciali, come disse. La
signora Angila Zarco, biunna fino allo splapito, di rara parola,
servì in tavola cavatuna col suco, tutt'altro che disprezzabili,
seguiti da cuniglio all'agro-duci del giorno avanti. Ora priparare il cuniglio all'agro-duci è facenna difficile pirchì tutto si basa sull'esatta proporzione tra acìto e miele e nel giusto amalga-
ma tra i pezzi del coniglio e la caponata dintra alla quale deve
cuocere. La signora Zarco ci aviva saputo fare, e per buon piso ci aviva sparso supra una graniglia di mennuli atturrati. In
più, è cognito che il cuniglio all'agro-duci se si mangia appena
fatto è una cosa, ma se si mangia il jorno appresso è tutt'altra
cosa, pirchì ne guadagna assà in sapori e in odori. Insomma, Montalbano se la scialò.

In secundisi, il vicesinnaco Zarco propose al commissario una visita a Brancato alta, tanto per digerire. Naturalmente ci andarono con la machina di Zarco. Doppo aviri fatto una strata tutta curve e ricurve che pariva la radiografia di un intestino, si fermarono al centro di un gruppo di case che avrebbe fatto la filicità di uno scenografo del cinema espressionista. Non c'era una casa che stava a filo, tutte pendevano verso dritta o verso mancina con inclinazioni tali che quella della torre di Pisa sarebbe parsa perfettamente a perpendicolo. Tri o quattro case addirittura erano attaccate al fianco della collina e sporgevano in fuori orizzontali, forse a tenerle c'erano delle ventose ammucciate nelle fondamenta. Dù vecchi caminavano parlando tra di loro, ma a voce alta, pirchì stavano col corpo inclinato uno a dritta e l'altro a manca, forse condizionati dalla diversa pendenza delle case nelle quali abitavano.

«Torniamo a pigliarci un cafè? Mè mogliere lo fa bono» propose il geometra Zarco quanno vitti che Montalbano principiava macari lui a caminare stortignaccolo, suggestionato dall'ambiente.

Quanno la signora Angila raprì loro la porta, a Montalbano parse un disigno fatto da un picciliddro: quasi albina e con le trecce, aviva i pomelli arrussicati e pariva agitata.

«Che hai?» spiò il marito.

«Ora ora la tilivisione disse che la picciotta è stata libirata ma che il riscatto non è stato pagato!».

«Come?!» spiò il geometra taliando a Montalbano.

Il quali si strinse nelle spalle e allargò le vrazza come a dire che lui della facenna non sapiva nenti di nenti.

«Sissignore» proseguì la fìmmina. «Dice che la Polizia ha ritrovato il borsone dell'ingigneri, l'ha trovato proprio qua vicino, e che dintra c'era carta di giornali. Il giornalista si è spiato allura com'è che la picciotta è stata liberata e pirchì. Ma è chiaro che quella cosa fitusa dello zio invece ha rischiato di farla ammazzare!».

Non più Antonio Peruzzo. Non più l'ingegnere. Ma «quella cosa fitusa», la merda innominabile, il liquame delle fogne. Se veramente l'ingegnere aviva voluto giocare d'azzardo, aviva perso la partita. Macari se la picciotta era libera, lui oramà era prigioniero pi sempre del disprezzo assoluto, totale della gente.

Addecise di non tornare in ufficio, ma di andarsene a Marinella per vidirsi in pace alla televisione la conferenza stampa. In vicinanza del cavalcavia guidò accorto se per caso c'era qualichi ritardatario. Ma i segni che l'orda di poliziotti, giornalisti, fotografi e operatori era stata da quelle parti c'erano tutti, barattoli di cocacola vacanti, bottiglie di birra rotte, pacchetti di sigarette accartocciati. Un munnizzaro. Avivano macari spaccato la lastra di pietra che inserrava il pozzetto.

Mentre stava raprenno la porta di casa, aggelò. Per tutta la matinata non aviva telefonato a Livia, gli era passato di mente d'avvertirla che non faciva a tempo a tornare per il pranzo. E ora la sciarriatina sarebbe stata inevitabile e lui non aviva giustificazioni. Ma la casa era vacanti, Livia era nisciuta. Trasenno in càmmara di letto, notò la valigia di lei fatta a metà. E di colpo s'arricordò che la matina appresso Livia doviva ripartirsene per Boccadasse, i giorni di ferie che si era fatta anticipare, per stargli allato allo spitali e nella prima convalescenza, erano oramà finiti. Ne ebbe un improvviso stringimento di cori, la botta di commozione lo pigliò, come sempre a tradimento. Meno male che lei non c'era, accussì si potiva sfogare senza affruntarsi. E si sfogò. Doppo si andò a lavari la facci e s'assittò nella seggia davanti al telefono. Taliò nell'elenco, l'avvocato aviva dù nummari, quello di casa e quello di studio. Compose il nummaro di quest'ultimo.

«Studio dell'avvocato Luna» fece una voci fimminina.

«Il commissario Montalbano sono. C'è l'avvocato?».

«Sì, ma è in riunione. Provo a vedere se mi risponde».

Rumorate varie, musichetta registrata.

«Amico carissimo» fece l'avvocato Luna. «Ora come ora non posso parlare con lei. È in ufficio?».

«No, sono a casa. Vuole il numero?».

«Sì».

Montalbano glielo dette.

«La richiamerò tra una decina di minuti» fece l'avvocato.

Il commissario notò che Luna, durante la breve conversazione, non l'aviva mai chiamato né per nome né per qualifica. Va a sapiri con quali assistiti si trovava in riunione, sicuramente si sarebbero sturbati a sintiri la parola «commissario».

Passò chiossà di una mezzorata prima che il telefono squillasse nuovamente.

«Dottor Montalbano? Mi scusi il ritardo, ma prima avevo delle persone e poi ho pensato che era meglio chiamarla da un telefono sicuro».

«Che mi dice, avvocato? I telefoni del suo studio sono sotto controllo?».

«Non ne ho la certezza, ma coi tempi che corrono... Che mi voleva dire?».

«Niente che lei non sappia già».

«Si riferisce al ritrovamento del borsone coi giornali?».

«Esattamente. Lei capisce che questa scoperta rende assai difficile quell'opera di restauro dell'immagine dell'ingegnere che lei mi aveva sollecitato».

Silenzio, come se la linea era caduta.

«Pronto?» disse Montalbano.

«Sono ancora qua. Commissario, mi risponda sinceramente: lei pensa che se avessi saputo che dentro a quel pozzetto c'era un borsone con della carta straccia io l'avrei detto a lei e al dottor Minutolo?».

«No».

«E dunque? Appena appresa la notizia del ritrovamento, il mio assistito mi ha telefonato sconvolto. Piangeva. Si era reso conto che quella scoperta significava cementargli i piedi e buttarlo in acqua. Farlo morire per affogamento, senza possibilità di tornare a galla. Commissario, il borsone non è il suo, lui i denari li aveva messi in una valigia».

«Può dimostrarlo?».

«No».

«E come lo spiega che al posto della valigia si è trovato un borsone?».

«Non se lo spiega».

«E in questa valigia aveva messo i denari?».

«Certamente. Diciamo all'incirca sessantadue mazzette di biglietti da cinquecento, pari a tre milioni, novantottomila euro e 74 centesimi, arrotondati a un euro, equivalenti a sei miliardi di vecchie lire».

«E lei ci crede?».

«Commissario, io devo credere al mio assistito. Ma il problema non è se ci creda io. Il problema è che non ci crede la gente».

«Ma un modo per dimostrare che il suo assistito dice la verità potrebbe esserci».

«Ah, sì? Quale?».

«Semplice. L'ingegnere ha dovuto racimolare in breve tempo, come lei stesso mi ha detto, i soldi necessari per il riscatto. Quindi esistono i documenti bancari, con tanto di data, che attestano il prelievo di quella cifra. Basterà renderli pubblici e il suo assistito avrà così dimostrato a tutti la sua assoluta buona fede».

Silenzio pisanti.

«Avvocato, mi ha sentito?».

«Certo. È la stessa soluzione che io ho prontamente suggerito al mio assistito».

«E allora, come vede...».

«C'è un problema».

«Quale?».

«Che l'ingegnere non si è rivolto alle banche».

«Ah, no? E a chi?».

«Il mio assistito si è impegnato a non fare i nomi di chi, generosamente, si è prestato a soccorrerlo in un momento delicato. A farla breve, non ci sono carte scritte».

Da quale fitusa, lurida fogna era nisciuta la mano che aviva dato i soldi a Peruzzo?

«Mi pare allora che la situazione sia disperata».

«Anche a me, commissario. Tanto che mi sto domandando se sia ancora utile la mia assistenza all'ingegnere».

Quindi macari i surci si stavano priparanno ad abbannunari la nave che affunnava.

La conferenza stampa principiò alle cinque e mezza spaccate. Darrè un granni tavolino c'erano Minutolo, il giudice, il Que-

362

store e Lattes. La càmmara della Questura era stipata di giornalisti, fotografi e operatori. C'erano Nicolò Zito e Pippo Ragonese, a debita distanza l'uno dall'altro. Attaccò a parlare Bonetti-Alderighi, il Questore, che ritenne opportuno accomenzare dal comincio, cioè contare come era avvenuto il sequestro. Precisò che questa prima parte del racconto si basava sulle dichiarazioni fatte dalla picciotta. La sera del rapimento Susanna Mistretta stava facendo ritorno a casa in motorino percorrendo la strada solita, quando, all'incrocio con la trazzera San Gerlando, a pochi metri dalla sua abitazione, un'auto le si era affiancata costringendola, per evitare uno scontro, a svoltare nella trazzera. Qui Susanna faceva appena in tempo a fermarsi, ancora agitata e confusa per l'accaduto, che dall'auto scendevano due uomini col volto coperto da passamontagna. Uno la sollevava di peso e la scaraventava dentro l'auto.

Susanna era troppo stordita per reagire. L'uomo le levò il casco, le premette contro il naso e la bocca un batuffolo di cotone, l'imbavagliò, le legò le mani dietro la schiena, la fece distendere ai suoi piedi.

Confusamente, la ragazza sentì l'altro uomo rientrare in macchina, mettersi al volante e ripartire. Perse i sensi. Evidentemente il secondo uomo, ma questa era una ipotesi degli investigatori, aveva provveduto a togliere dalla strada il motorino.

Susanna si era risvegliata nel buio totale. Era sempre imbavagliata, i polsi però slegati. Capì che si trovava in un luogo isolato. Muovendosi al buio, si era resa conto di essere stata messa all'interno di una specie di vasca di cemento, profonda oltre tre metri, e che sul pavimento c'era un vecchio materasso. Passò la notte così, disperata non tanto per la sua personale situazione, quanto per il pensiero della madre morente. Poi dovette appisolarsi. Si svegliò perché qualcuno aveva acceso una luce. Una lampada di quelle usate dai meccanici per poter illuminare da vicino i motori. C'erano due uomini incappucciati che l'osservavano. Uno di loro estrasse un registratore tascabile, l'altro scese calando una scala a pioli. Quello col registratore disse qualcosa, l'altro levò il bavaglio a Susanna, la ragazza gridò aiuto, il bavaglio le venne rimesso. Poco dopo tornarono. Uno calò la solita scala a pioli, le tolse il bavaglio, risalì. L'altro scattò una foto polaroid. Non le rimisero più il bavaglio. Per portarle da mangiare, sempre scatolame, usavano la scala che calavano ogni volta. In un angolo della vasca c'era un bugliolo. Da quel momento la luce venne sempre lasciata accesa.

Susanna, per tutto il periodo del sequestro, non subì maltrattamenti, ma non ebbe modo di accudire minimamente all'igiene personale. E non ha mai sentito parlare tra di loro i suoi rapitori. I quali del resto non hanno mai risposto alle sue domande né le hanno mai rivolto la parola. Non le hanno nemmeno detto, quando l'hanno fatta risalire dalla vasca, che sarebbe stata libera da lì a poco. Susanna ha saputo indicare agli inquirenti il posto dove è stata rilasciata. E infatti gli inquirenti hanno ritrovato lì la corda e il fazzoletto col quale era stata imbavagliata. In conclusione il Questore disse che la ragazza stava abbastanza bene, compatibilmente con la terribile esperienza vissuta.

Appresso Lattes indicò un giornalista che si susì e spiò perché non era possibile intervistare la picciotta.

«Perché le indagini sono in corso» arrispunnì il giudice.

«Ma insomma, questo riscatto è stato pagato o no?» domandò Zito.

«Segreto istruttorio» disse ancora il giudice.

A questo punto si susì Pippo Ragonese. La sò vucca a culo di gaddrina era stritta stritta, tanto che le parole niscivano smuzzicate.

«A quest proposit dev fare non un dmand ma un dichiaraz...».

«Più chiaro, più chiaro» fece il coro greco dei giornalisti.

«Devo fare una dichiarazione, non una domanda. Poco prima che venissi qua, la nostra redazione ha ricevuto una telefonata che mi è stata passata. Ho riconosciuto la voce del sequestratore che già in precedenza mi aveva telefonato. Ha testualmente dichiarato che il riscatto non è stato pagato, che chi doveva pagare li ha ingannati e che loro hanno deciso lo stesso di lasciare libera la ragazza perché non se la sono sentita di avere un cadavere sulla coscienza».

Esplose un virivirì di vociate. Gente addritta che gesticolava, gente che curriva fora dalla càmmara, il giudice che inveiva contro a Ragonese. La battaria era tale che non si capiva manco una parola. Montalbano astutò il televisore, andò ad assittarsi sulla verandina.

Livia arrivò un'orata appresso e l'attrovò che taliava il mare. Non pariva pi nenti arrabbiata.

«Dove sei stata?».

«Sono andata a salutare Beba e poi ho fatto un salto a Kolymbetra. Promettimi che un giorno o l'altro ci vai. E tu? Non mi hai neanche telefonato per dirmi che non venivi a pranzo».

«Scusami, Livia, ma…».

«Non ti scusare, non ho nessuna voglia di litigare con te. Sono le ultime ore che passiamo insieme. E non intendo sciuparle».

Girettò tanticchia casa casa, appresso fece una cosa che non faciva quasi mai. Andò ad assittarglisi sulle ginocchia e l'abbrazzò stritto stritto. Sinni stette un pezzo accussì, in silenzio. E doppo:

«Andiamo dentro?» gli sussurrò a una grecchia.

Prima di trasire in càmmara di letto, Montalbano, per il sì o per il no, staccò la spina del telefono.

Stinnicchiati abbrazzati, ficiro passare l'ora di cena. E macari quella del dopocena.

«Sono contenta che il sequestro di Susanna si sia risolto prima della mia partenza» disse a un certo momento Livia.

«Già» fece il commissario.

Per qualichi orata, il rapimento gli era nisciuto di testa. E fu grato istintivamente a Livia di averglielo arricordato in quel momento. Ma pirchì? Che ci trasiva la gratitudine? Non seppe spiegarselo.

Mangiarono scangiandosi poche parole, a tutti e dù pisava la partenza.

Livia si susì e andò a finire di priparari la valigia. A un certo momento la sentì spiare ad alta voce:

«Salvo, l'hai preso tu il libro che stavo leggendo?».

«No».

Era un romanzo di Simenon, *Il fidanzamento del signor Hire*.

Livia venne ad assittarsi allato a lui nella verandina.

«Non riesco a trovarlo. Vorrei portarmelo e finirlo».

Al commissario venne una mezza idea di dove si potiva attrovare. Si susì.

«Dove vai?».

«Torno subito».

Il libro era indove aviva pinsato: in càmmara di dormiri, caduto dal comodino e incastrato tra la parete e il piede del letto. Si calò, lo pigliò, lo posò sulla valigia già chiusa. Tornò nella verandina.

«L'ho trovato» disse.

E fece per assittarsi nuovamente.

«Dove?» spiò Livia.

E Montalbano s'apparalizzò. Folgorato. Un pedi tanticchia isato, il corpo leggermente calato in avanti. Come in una botta di cervicale. Era accussì immobile che Livia si scantò.

«Salvo, che hai?».

Non potiva assolutamente cataminarsi, le gambe addivintate di chiummo, pisantissime, ma il ciriveddro invece in moto, a gran velocità, con tutti i sò ingranaggi che giravano, felici di poter finalmente firriare per il verso giusto.

«Salvo, Dio mio, stai male?».

«No».

Lentamente sentì che il sò sangue non era più pietrificato, scorreva nuovamente. Arriniscì ad assittarsi. Ma sulla facci doviva aviri un'espressione di sbalordimento infinito e non volle che Livia la vidiva.

Posò la testa supra la sò spalla e le disse:

«Grazie».

E in quell'attimo capì macari pirchì, prima, mentre stavano corcati, aviva provato quel sentimento di gratitudine che, a prima botta, gli era parso inspiegabile.

Quindici

Lo scatto della molla del tempo alle tri, ventisette primi e quaranta secondi quella notti non poté arrisbigliare a Montalbano in quanto lui era vigliante, non ce l'aviva fatta a pigliare sonno, si sarebbe voluto arramazzare dintra al letto facendosi trasportare dalle ondate di pinsèri che si succedevano l'una appresso l'altra, come cavalloni di un mare agitato, ma non potiva smaniare con le vrazza e le gambe, si obbligava a non cataminarsi per non portare fastiddio a Livia che invece era quasi subito partita per il paese del sonno.

La sveglia sonò alle sei, la jornata s'appresentava discreta, alle sette e un quarto erano già sulla strada per l'aeroporto di Punta Raisi. Guidava Livia. Durante il viaggio parlarono picca e nenti. Montalbano con la testa già persa darrè a quello che voliva immediatamente fare per arrinesciri a capire se quello che gli era venuto in mente era fantasia assurda o altrettanto assurda virità, Livia macari lei a pinsari a quello che l'aspittava a Genova, al travaglio attrassato, alle cose lasciate a metà per la necessità imprevista di dover stare a longo a Vigàta allato a Salvo.

Prima che Livia passasse nella sala d'imbarco, s'abbrazzarono in mezzo alla gente come due picciotti innamorati. Tenendola tra le vrazza, Montalbano provò dù sentimenti contraddittorii, dù sentimenti che non era naturale che stavano 'nzemmula eppure ci stavano. Da un lato una profonda malinconia per il fatto che Livia se ne partiva, sicuramente la casa di Marinella avrebbe in ogni occasione sottolineato la sò assenza e lui, ora che si avviava ad addivintare un signore di una certa età, accomenzava a sintiri pesare la solitudine; l'altro sentimento invece era una sorta di prescia, d'urgenza perché Livia se ne partisse subito, senza perdiri tempo, e lui potesse tornarsene di corsa a Vigàta a fare quello che doviva fare, completamente libero, non più obbligato a rispondere a orari e domande di lei.

Poi Livia si staccò, lo taliò, si avviò verso il passaggio di controllo. Montalbano rimase fermo dov'era. Non per seguirla fino all'ultimo con l'occhi, ma per una specie di stupore subitaneo che interruppe il suo movimento successivo, quello di voltare le spalle e avviarsi all'uscita. Pirchì gli era parso di cogliere, in fondo allo sguardo di lei, ma propio in funno in funno, un brillìo, uno sbrilluccichio che non doviva esserci. Era durato un attimo, subito astutato, cummigliato dal velo opaco della commozione. Ma il commissario quel lampo, attutito sì ma sempre lampo, aviva avuto il tempo di percepirlo e di restarne strammato. Vuoi vidiri che macari Livia, mentre sinni stavano abbrazzati, provava gli stessi sentimenti opposti che provava lui? Che macari lei era ammaraggiata per il distacco e nello stisso tempo smaniosa di ripigliarsi la sò libertà?

Prima s'arrabbiò, doppo gli venne da ridere. Come faciva quella frase latina? Nec tecum nec sine te. Né con te né senza di te. Perfetta.

«Montalbano? Sono Minutolo».

«Ciao. Siete riusciti ad avere qualche informazione utile dalla picciotta?».

«Montalbà, questo è il problema. Un poco perché scossa dal sequestro, e questo è logico, e un poco perché da quando è tornata non ha più dormito, non è che sia riuscita a dirci molto».

«Perché non ha più dormito?».

«Perché sua madre si è aggravata e lei non si è voluta staccare un attimo dal suo capezzale. Perciò stamattina, quando mi hanno telefonato che la signora Mistretta era morta stanotte...».

«... ti sei precipitato, con molto tatto e senso dell'opportunità, a interrogare Susanna».

«Montalbà, io queste cose non le faccio. Sono venuto qua perché mi è parso doveroso. A forza di stare in questa casa...».

«... sei diventato come uno di famiglia. Bravo. Ma ancora non sono riuscito a capire perché mi stai telefonando».

«Ecco, dato che il funerale sarà domani mattina, io vorrei co-

minciare a interrogare seriamente Susanna a partire da dopodomani. Il giudice è d'accordo. E tu?».

«Che c'entro io?».

«Non devi venire anche tu?».

«Non lo so. Lo deciderà il Questore se devo o non devo. Anzi,
fammi un piacere: telefonagli, fatti dare istruzioni e poi mi chiami».

«Dutturi, vossia è? Cirrinciò Adelina sono».

La cammarera Adelina! Come aviva fato a sapiri già che Livia
era partita? A fiuto? A vento? Meglio non indagare, altrimenti
veniva a scoprire che in pàisi acconoscevano macari il motivo che
cantarellava quanno stava assittato supra la tazza del retrè.

«Che c'è, Adelì?».

«Dutturi, pozzu viniri doppupranzu a puliziari la casa e a pri-
pararici 'u mangiari?».

«No, Adelì, oggi no, vieni domani mattina».

Aviva bisogno di starsene tanticchia a pinsari senza a nisciuno torno torno.

«Dutturi, addecise po' pi la facenna del vattìu di mè niputi?» continuò la cammarera.

Non ebbe un attimo d'esitazione. Livia, pinsando di fare la
spiritosa, aviva invece finito col fornirgli un'ottima ragione
con la storia del conto in pareggio.

«Ho deciso, d'accordo».

«Maria, chi cuntintizza!».

«Avete stabilito la data?».

«Dutturi, dipenni da vossia».

«Da me?».

«Sissi, da quannu vossia è liberu».

«No, dipende da quando è libero tuo figlio» avrebbe voluto
rispondere il commissario dato che Pasquali, il padre, non faciva altro che trasiri e nesciri dalla galera. Ma si limitò a dire:

«Stabilite voi tutto e doppo mi fate sapiri. Io ora tempo ne
ho quanto ne voglio».

Francesco Lipari più che assittarsi crollò sulla seggia davanti
al tavolo del commissario. Aviva la facci giarna giarna e perciò

i calamari sutta all'occhi erano di un nìvuro denso, come pittato col lucito da scarpe. Il vistito era stazzonato, forse si era corcato senza levarselo. Montalbano sinni stupì, si l'aspittava sereno e sollevato per la liberazione della picciotta e invece...

«Stai male?».

«Sì».

«Perché?».

«Susanna non mi vuole parlare».

«Spiegati meglio».

«Che c'è da spiegare? Da quando ho saputo che l'hanno rilasciata ho telefonato una decina di volte. Mi ha risposto il padre o lo zio o qualcun altro, mai lei. E ogni volta mi è stato detto che Susanna era impegnata e non poteva venire al telefono. Macari stamattina, quando ho saputo che sua madre era morta...».

«Come l'hai saputo?».

«L'ha detto una radio locale. Ho subito pensato: meno male che ha fatto in tempo a vederla ancora viva! E le ho telefonato, volevo esserle vicino, ma ho avuto la stessa risposta. Non era disponibile».

Si pigliò la facci tra le mano.

«Ma che le ho fatto per trattarmi così?».

«Tu niente» disse Montalbano. «Ma dovresti sforzarti di capirla. Il trauma del sequestro è molto forte e difficile da superare. Lo dicono tutti quelli che hanno patito la stessa esperienza. Ci vuole tempo».

E il buon samaritano Montalbano tacque, contento di sé. Della facenna stava elaborando una pinione ardita e strettamente pirsonale, perciò preferì non esporla al picciotto e tenersi sul generico.

«Ma avere accanto una persona che le vuole veramente bene non l'aiuterebbe a superare questo trauma?».

«La vuoi sapere una cosa?».

«Certo».

«È una confessione che ti faccio: anch'io, come Susanna, credo che vorrei starmene da solo a considerare le ferite».

«Ferite?!».

«Sì. E non solo le ferite ricevute, ma macari quelle inferte agli altri».

Il picciotto lo taliò completamente perso.

«Non ci ho capito niente».

«Lascia perdere».

Il buon samaritano Montalbano non aviva intinzioni di sprecare tutt'intera la sua dose di bontà quotidiana.

«Volevi dirmi altro?».

«Sì. Lo sa che l'ingegnere Peruzzo è stato escluso dalla lista dei candidati del suo partito?».

«No».

«E lo sa che la Finanza da aieri doppopranzo si trova negli uffici dell'ingegnere? Corre voce che hanno già trovato, a prima botta, tale e tanto materiale da spedirlo in galera».

«Non ne sapevo niente. E allora?».

«E allora io mi faccio 'na poco di domande».

«E vuoi da me le risposte?».

«Se è possibile».

«Sono disposto a risponderti a una sola domanda, sempre che sia in grado. Sceglila».

Il picciotto la domanda la fece immediatamente, si vede che era la prima della lista.

«Lei crede che sia stato l'ingegnere a mettere nel borsone i giornali al posto dei soldi?».

«Tu non ci credi?».

Francesco tentò un sorriso, ma non ci arriniscì, turcì la vucca in una smorfia.

«Non risponda a una domanda con una domanda».

Era sperto, il picciotto, sveglio e capace. Un piaciri parlare con lui.

«Perché non dovrei crederci?» disse Montalbano. «L'ingegnere, a quanto è venuto fora di lui, è omo di scarsi scrupoli e portato a imprese pericolose. Può darsi che si sia tirato il paro e lo sparo. Per lui era essenziale non essere coinvolto nella faccenda perché una volta che c'era dentro non avrebbe fatto altro che rimetterci comunque. E allora perché non rischiare ancora e risparmiare sei miliardi?».

371

«Ma se quelli ammazzavano a Susanna?».

«Avrebbe sostenuto alla disperata che lui aveva pagato il riscatto e che a mancare di parola erano stati i sequestratori. Perché capace che Susanna ne aveva riconosciuto uno e perciò la sua eliminazione era diventata necessaria. Si sarebbe messo a piangere, a disperarsi davanti alle telecamere e qualcuno avrebbe finito col crederci».

«E tra questi qualcuno ci sarebbe stato macari lei, commissario?».

«Mi appello al quinto emendamento» disse Montalbano.

«Montalbano? Sono Minutolo. Ho parlato col Questore».

«Che ha detto?».

«Che non vuole approfittare oltre della tua cortese disponibilità».

«Il che tradotto in lingua volgare significa che prima mi levo dai cabasisi e meglio è?».

«Esattamente».

«Amico mio, che vuoi che ti dica? Me ne torno a fare il convalescente e ti faccio tanti auguri».

«Ma se ho necessità di scambiare qualche idea con te posso...».

«Quando vuoi».

«Lo sai che pare che la Finanza ha trovato il virivirì negli uffici dell'ingegnere Peruzzo? È opinione comune che stavolta si sia fottuto definitivamente».

Pigliò gli ingrandimenti fotografici che aviva fatto fare a Cicco De Cicco e li mise dintra a una busta che arriniscì a infilare, con difficoltà, in una sacchetta.

«Catarella!».

«Ai comandi, dottori».

«C'è il dottor Augello?».

«Nonsi, dottori. È a Montelusa che lo volli il signori e questori in quanto che il dottori Augello è facente finzioni».

Il signori e quistori oramà l'aviva finalmente emarginato, escluso, e parlava solamente con Mimì, il facente finzioni.

«E Fazio?».

«Manco esso c'è, dottori. È recatosi momentaneo in via Palazzolo propio in facci alla scola alimentari».

«E perché?».

«Ci fu che un negozianti arrefutatosi di pagamento di pizzo sparò a quello colui che gli spiava i soldi ma non lo pigliò».

«Meglio così».

«Meglio accussì, dottori. In compensazione però pigliò nel vrazzo a uno che s'attrovava in transito».

«Senti, Catarè, io me ne torno in convalescenza a Marinella».

«Subito subito?».

«Sì».

«Posso venire ad attrovarlo quando che me ne viene spinno di vidirla di pirsona pirsonalmente?».

«Vieni quando vuoi».

Prima di tornarsene a casa, passò dalla putìa indovi si serviva qualichi volta. S'accattò aulive virdi, passuluna, caciocavallo, pani frisco con la giuggiulena supra e un barattolo di pesto trapanisi.

A Marinella, mentre la pasta si cociva, conzò la tavola sulla verandina. La jornata, doppo qualichi iniziale tira e molla, si era definitivamente arresa a un sole da primavera avanzata. E non c'era una nuvola, non passava un filo di vento. Il commissario scolò la pasta, la condì col pesto, si portò il piatto fora, accomenzò a mangiari. C'era uno che passava a ripa di mare e per un attimo si fermò, lo sguardo fisso sulla verandina. Che c'era di strammo in lui che quello lo taliava come se era un quatro, una pittura? O forse una pittura lo era veramente e si sarebbe potuta intitolare: «Il pasto del pensionato solitario». Il pinsèro, di colpo, gli fece passare il pititto. Continuò a mangiarisi la pasta, ma svogliato.

Squillò il telefono. Era Livia che gli disse che era arrivata bene, tutto a posto, stava puliziando la casa, avrebbe richiamato in serata. Telefonata breve, ma bastevole a fare arrifriddare la pasta.

Non se la sentì di mangiarne ancora, gli era vinuta una botta di malumore nìvuro che gli consentiva sì e no un bicchiere di vino e tanticchia di pane con la giuggiulena. Spezzò il pane, se ne mise in bocca un pezzo, masticò a lungo, doppo si vippi un muccuni di vino mentre col dito indice della mano dritta circava la giuggiulena caduta dalla crosta, la premeva tra tovaglia e dito, la faciva aderire, se la portava in bocca. La billizza del mangiari pani con la giuggiulena consiste soprattutto in questo rito.

C'era, propio impicciato al muro di dritta della verandina, ma dalla parte esterna, un cespuglio serbaggio che col tempo si era fatto grosso e fitto e tanto àvuto da arrivare all'altizza di una pirsona assittata sulla panchina.

Diverse volte Livia aviva detto che bisognava estirparlo, ma ora la cosa era addivintata difficile assà a farsi, il cespuglio doviva oramà aviri radici grosse e longhe come a quelle di un àrbolo. Montalbano non seppe mai pirchì gli venne improvisa la gana di taliarlo. Gli abbastò girare a dritta di un minimo la testa e il cespuglio trasì tutt'intero nel suo campo visivo. La pianta serbaggia stava rinascendo, in mezzo al giallore del siccume spuntava qua e là qualche punto verde. Tra dù rametti quasi in cima sbrilluccicava al sole un'argintata ragnatela. Montalbano fu sicuro che il giorno avanti non c'era pirchì Livia se ne sarebbe addunata e, per lo scanto che aviva dei ragni, l'avrebbe distrutta con la scopa. Sicuramente era stata fatta nel corso della nottata.

Il commissario si susì e andò ad appoggiarsi alla balaustra per poterla taliare più da vicino. Era una costruzione geometrica sbalorditiva.

Affatato, il commissario contò una trintina di fili a cerchi concentrici che passavano gradualmente a circonferenze più piccole via via che s'avvicinavano al centro. La distanza tra un filo e l'altro era sempre uguale, ma aumentava, e di molto, nella zona centrale. Inoltre la tessitura dei fili a cerchi era come tenuta e scandita da fili radiali che si partivano dal centro e arrivavano alla circonferenza estrema della ragnatela.

Montalbano stimò che i fili radiali erano una ventina e la distanza tra loro era uniforme. Il centro della ragnatela era costituito dai punti di convergenza di tutti i fili, tenuti assieme da un filo diverso dagli altri, fatto a spirale.

La pazienza che aviva dovuto aviri il ragno!

Pirchì di certo ostacoli ne aviva incontrato, un colpo di vento che rompeva le filame, un armàlo che si trovava a passare e spostava un ramo... Ma lui nenti, era andato avanti lo stisso nel suo travaglio notturno, oramà deciso a fabbricare ad ogni costo la sò ragnatela, ostinato, cieco e sordo a ogni altro stimolo.

Ma dov'era, il ragno? Per quanto si sforzasse, il commissario non arriniscì a vidirlo. Se ne era già andato, abbandonando tutto? Era stato mangiato da un altro armàlo? O se ne stava ammucciato sutta a qualichi foglia gialla a taliare torno torno attentissimo, coi suoi otto occhi disposti a diadema e con le sue otto zampe pronte a scattare?

Tutto 'nzemmula, la ragnatela principiò a vibrare, a trimuliare leggerissimamente. Non era per un alito improvviso di vento, pirchì le foglie più vicine, macari le più leggie, non si cataminavano. No, era un movimento artificiale, provocato apposta. E da chi, se non dal ragno stisso? Evidentemente il ragno invisibile voliva che la ragnatela fosse scangiata per qualichi cosa d'altro, un velo di brina, un vapore acqueo, e con le zampe smoviva le filame. Un trainello.

Montalbano si voltò verso il tavolino, pigliò un pezzo minuscolo di mollica, lo frantumò ancora in pezzetti più piccoli e li lanciò verso la ragnatela. Erano troppo leggeri e si dispersero nell'aria, solo uno rimase impigliato proprio nel filo a spirale del centro, ma ci restò una frazione di secondo, prima c'era e subito doppo non c'era più, un punto grigio partitosi fulmineamente dall'alto della ragnatela, indovi questa restava cummigliata da alcune foglie, aviva inglobato la muddrica di pane ed era scomparso. Ma più che percepirlo, il commissario aviva intuito il movimento. Restò sbalordito dalla velocità con la quale quel punto grigio si era mosso. Addecise di vidiri meglio l'azione del ragno. Pigliò un altro pezzetto di muddrica, ne fece una pallottolina tanticchia più grossa della precedente, la lanciò con precisione nel centro della ragnatela che vibrò tutta. Il punto grigio scattò nuovamente, arrivò al centro, cummigliò il pane col suo corpo, ma non tornò ad ammucciarsi. Rimase fermo, assolutamente in vista, in mezzo alla sò mirabile costruzione di aeree geometrie. A Montalbano parse che il ragno lo taliasse trionfante.

E allura con una lintizza da incubo, come in una interminabile dissolvenza-assolvenza cinematografica, la tistuzza del ragno principiò a cangiare colore e forma, dal grigio passando al rosa, il pelo mutandosi in capelli, l'occhi da otto assommandosi a due, fino a rappresentare una minuscola faccia umana che sorrideva soddisfatta del bottino che teneva stritto tra le zampe.

Montalbano atterrì. Stava vivendo un incubo o aviva senza rendersene conto bevuto troppo vino? E tutto 'nzemmula gli tornò a mente un passo d'Ovidio studiato a scola, quello della tessitrice Aracne cangiata in ragno da Atena… Possibile che il tempo si fosse messo a correre narrè, fino a risalire alla scura notte dei miti? Ebbe una specie di capogiro, di vertigine. Fortunatamente durò picca quella vista mostruosa e subito l'immagine accomenzò a farsi incerta pirchì principiava la trasformazione inversa. Ma prima che il ragno tornasse a essere ragno, prima che scomparisse nuovamente tra le foglie, Montalbano aviva avuto il tempo di riconoscere quella faccia. No, non era quella di Aracne, ne era certo.

S'assittò sulla panchetta con le gambe che non lo reggevano, dovette vivirisi un bicchieri intero di vino per ritrovare tanticchia di forza.

E pinsò che macari a quell'altro ragno, quello del quale aviva intravisto per un attimo il volto, l'idea di fabbricare una gigantesca ragnatela era vinuta sicuramente di notte, una delle tante e tante notti d'angoscia, di tormento, di rabbia.

E con pazienza, con tenacia, con determinazione, senza arretrare davanti a nenti, la ragnatela l'aviva alla fine costruita. Un prodigio geometrico, un capolavoro di logica.

Ma era impossibile che in quella costruzione non ci fosse un errore sia pure minimo, un'imperfezione appena appena visibile.

Si susì, trasì in casa, si mise a circari una lente d'ingrandimento che da qualichi parte doviva esserci. Da Sherlock Holmes in poi un poliziotto non è un vero poliziotto se non ha una lente d'ingrandimento a portata di mano.

Raprì casciuna e casciuneddri, mise tutto in disordine, gli capitò tra le mano una littra di un amico sò che risaliva a sei mesi avanti e che non aviva ancora aperta, la raprì, la liggì, apprese che l'amico sò Gaspano era addivintato nonno (minchia! ma lui e Gaspano non erano coetanei?), circò ancora e po' addecise che era inutile continuare. Evidentemente doveva dedurne che non era un vero poliziotto. Elementare, Watson. Tornò alla verandina, si appuiò sulla balaustra, si sporgì col busto in avanti fino a trovarsi col naso quasi al centro della ragnatela. Si tirò tanticchia narrè, scantandosi che il ragno, fulmineo, gli pizzicasse il naso scangiandolo per una preda. Taliò attentamente, fino a farsi lacrimare l'occhi. No, la ragnatela pareva geometricamente perfetta, ma in realtà non lo era. In almeno tre o quattro punti la distanza tra una filama e l'altra non era regolare e addirittura dù filame, per piccolissimi tratti, zigzagavano.

Si sentì rassicurato, sorrise. E doppo il sorriso si cangiò in risata. La ragnatela! Non c'era luogo comune più usato e abusato di quello per dire di un piano tramato all'oscuro. Mai lui l'avrebbe adoperato. E il luogo comune si era voluto vendicare del suo disprezzo concretizzandosi e costringendolo a essiri pigliato in considerazione.

Sedici

Dù orate appresso era in machina sulla strata per Gallotta con l'occhi sgriddrati pirchì non s'arricordava più del punto indovi doviva girare. A un certo momento rivitti, a mano dritta, l'àrbolo col pezzo di tavola inchiovato supra il quale stava scritto, con la vernice rossa, «ova frischie».

Il viottolo che si partiva dalla strata non portava ad altro che al dado bianco della casuzza di campagna dov'era stato. E lì finiva. A distanza notò che sullo spiazzo davanti alla casuzza era parcheggiata un'auto. Si fece il viottolo tutto in salita, fermò la sò machina vicino all'altra, scinnì.

La porta era inserrata, forse la picciotta stava intrattenendo un cliente che aviva 'ntinzioni diverse da quelle d'accattare ova.

Non tuppiò, addecise d'aspittari tanticchia fumandosi una sicaretta appuiato alla machina. Mentre gettava lo scramuzzuni 'n terra, gli parse di notare qualichi cosa che apparse e scomparse darrè la minuscola finestra con le grate che c'era allato all'ingresso e che sirviva a dare aria alla càmmara quanno la porta era chiusa, una facci, forse. Doppo la porta si raprì e niscì un cinquantino distinto, grassutteddru, occhiali d'oro, rosso pipirone per la vrigogna. In mano tiniva il sò alibi: una confezione d'ova. Raprì la machina, ci s'infilò dintra, partì di gran cursa. La porta restò mezza rapruta.

«Pirchì non trase, commissario?».

Montalbano trasì. La picciotta era assittata sulla brandina-divano che aviva la coperta in disordine, un cuscino era caduto sul pavimento. Lei stava riabbottonandosi la cammisetta, i capelli nìvuri e longhi sciolti sulle spalle, i lati della vucca lordi di rossetto.

«Ho taliato dalla finestra e l'ho raccanosciuta subito. Mi scusasse un mumentu sulu».

Si susì per rimettere ordine. Era elegante come il commissario l'aviva vista la prima volta.

«Come sta tò maritu?» spiò Montalbano taliando verso la porta della càmmara di darrè che era chiusa.

«Comu voli ca sta, mischinu?».

E quanno finì di mettiri rizzettu ed essersi puliziata la vucca con un fazzoletto di carta, spiò con un sorriso:

«Ci lu priparu un cafè?».

«Grazie. Ma non ti voglio portare disturbo».

«Ma chi fa, babbìa? Vossia nun pari sbirru. S'assittasse» fece pruiendogli una seggia impagliata.

«Grazie. Non so come ti chiami».

«Angela. Di Bartolomeo Angela».

«I mè colleghi ti hanno poi interrogata?».

«Dutturi miu, iu fici comu mi dissi vossia di fari, mi cangiai, mi vistiu malamenti, spostai la brandina nell'autra càmmara... Ma non ci fu versu. Misiru la casa suttasupra, circaru perfinu sutta a 'u lettu indovi ci stava mè maritu, mi ficiru dumanni pi quattru ore filate, circaro nel gaddrinaru e mi ficiru scappari le gaddrine, mi ruppiro tri panara d'ova... e po' cinni era unu, un grannissimo figliu di buttana, mi pirdunasse, ca, appena putiva e ristavimu suli, sinni apprufittava».

«Come, se ne approfittava?».

«Sissi, mi tuccava 'u pettu. Iu, a un certu mumentu, nun ci la fici cchiù e mi misi a chiangiri. Ammatula ci arripitiva ca iu mali a la niputi di lu dutturi Mistretta nun cinni avissi fattu mai pirchì 'u dutturi macari i midicinala a gratis ci dava a mè maritu... nenti, nun ci putiva raggiuni».

Il cafè era ottimo.

«Senti, Angila, ho nicissità che tu fai uno sforzo di memoria».

«Pi vossia, chiddru ca voli».

«Te l'arricordi che mi dicesti che, doppo che Susanna fu rapita, una notte arrivò qua una machina e tu pensasti che era un cliente?».

«Sissi».

«Ecco, ora che le cose si sono calmate, puoi ripensare con tranquillità a quello che facesti quando sentisti il rumore del motore?».

«Non ce lo dissi?».

«Tu mi hai detto che ti susisti dal letto pirchì pinsasti a un cliente».

«Sissi».

«Un cliente che però non ti aviva avvertita prima della sò visita».

«Sissi».

«Ti susisti dal letto e che facisti?».

«Vinni ccà e addrumai la lampadina».

E questo era il fatto nuovo, quello del quale il commissario era andato in cerca. Dunque qualichi cosa doviva macari aver visto, non solo sintuto.

«Fermati qua. Quale lampadina?».

«Chiddra di fora, chiddra ca c'è supra la porta e quannu c'è scuru servi a fari luci a tuttu lo spiazzu. Quanno mè maritu era bonu, di stati ci cunzavamu la tavula. L'interrutturi è chiddru, lo vidi?».

L'indicò. Era sulla parete tra la porta e la finestrella.

«E doppo?».

«Doppo taliai dalla finestra ch'era mezza aperta. Ma la machina si era già girata, la vitti a malappena di darrè».

«Angela, tu ne capisci di machine?».

«Iu?!» fece la picciotta. «Ma quannu mai!».

«Ma la sagoma posteriore di quella machina sei arrinisciuta a vidirla, me l'hai appena detto».

«Sissi».

«Te l'arricordi di che colore era?».

Angela ci pinsò tanticchia.

«Commissariu, nun ci lu sacciu diri. Putiva essiri blu, nìvura, virdi scuru... Di una cosa sugnu sicura: nun era un culuri chiaru».

Ora viniva la dumanna più difficile.

Montalbano pigliò sciato e la fece. E Angila arrispunnì, tanticchia sorpresa di non averci pinsato prima.

«Sissi. Veru è!».

E subito appresso fici una facci confusa, 'mparpagliata.

«Ma... che ci trase?».

«Infatti non ci trase» si affrettò a rassicurarla il commissario. «Te l'ho spiato perché la machina che cerco le assomiglia assà».

Si susì, le pruì la mano.

«Ti saluto».

Macari Angela si susì.

«Lu voli un ovo frisco frisco?».

E prima che il commissario putissi arrispunniri, l'aviva tirato fora da un panaro. Montalbano lo pigliò, lo sbattì dù volte a leggio sul tavolino, se lo sucò. Erano anni che non gustava un ovo accussì.

Sulla via del ritorno, a un bivio vitti un cartello che diciva: «Montereale km 18». Girò e pigliò quella strata. Forse era stato il sapuri dell'ovo a fargli tornare a mente che da tempo non andava nella putìa di don Cosimo, una putìa minuscola ma indovi si potivano ancora attrovare cose a Vigàta oramà scomparse, come per esempio l'origano a mazzetti, lo strattu di pummadoro fatto siccare al sole, e soprattutto l'acìto ottenuto con la fermentazione naturale del vino rosso ad alta gradazione, pirchì aviva visto che nella buttiglia in cucina cinni restavano un dù dita scarsi. Necessitava perciò urgente rifornimento.

Arrivò a Montereale doppo aviricci impiegato un tempo incredibile, la strata se l'era fatta a passo d'omo, tanticchia pirchì pinsava alle implicazioni di quello che aviva avuto confermato da Angela e tanticchia pirchì gli piaciva gustarisi il paisaggio novo. Dintra il paìsi, quanno fici per imboccare il vicolo che portava alla putìa, si addunò dell'indicazione di senso vietato. Una novità, prima non c'era mai stata. Avrebbe dovuto perciò fare un giro longo. Meglio lasciare la machina nella piazzetta indovi s'attrovava e farsi quattro passi. Accostò, fermò, raprì lo sportello e si vitti davanti un vigile in divisa.

«Qui non può parcheggiare».

«No? E perché?».

«Non lo vede quel cartello? Divieto di sosta».

Il commissario si taliò torno torno. Nella piazzetta sostavano tri machine: un camioncino, un maggiolone e un fuoristrada.

«E quelle?».

Il vigile fici la facci severa.

«Sono autorizzate».

Ma pirchì oramà ogni paìsi, macari se aviva ducento abitanti, si cridiva d'essiri minimo minimo Nuovaiorca e stabiliva complicatissime regole per il traffico che ogni quinnici jorni cangiavano?

«Senta» fece conciliante il commissario. «Si tratta di una sosta di pochi minuti. Devo andare nel negozio di don Cosimo ad accattare…».

«Non può».

«È vietato macari andare nel negozio di don Cosimo?» spiò Montalbano completamente pigliato dai turchi.

«Non è vietato» disse il vigile. «Il fatto è che il negozio è chiuso».

«E quando apre?».

«Non penso che apre più. Don Cosimo è morto».

«Gesù! E quando?».

«Lei è un parente?».

«No, ma…».

«Perché si meraviglia tanto? Don Cosimo, bonarma, aviva novantacinco anni. E tri misi fa morse».

Mise in moto santianno. Per nesciri fora dal paìsi dovitti fare una specie di percorso labirintico che a un certo punto gli fece veniri il nirbùso. Ritrovò la calma quanno accomenzò a percorrere la strata litoranea che lo portava a Marinella. Tutto 'nzemmula gli tornò in mente che Mimì Augello, quanno gli aviva comunicato che i Carrabinera avivano attrovato lo zainetto di Susanna, aviva specificato che lo zainetto era darrè la pietra che segnava il quarto chilometro della strata che stava percorrendo. C'era quasi. Rallentò, andò a fermarsi propio nel punto indicatogli da Mimì. Scinnì. Non si vidivano case nelle vicinanze. A mano dritta criscivano troffe d'erba serbatica e doppo esplodeva la spiaggia gialla oro fino che era la stissa di quella di Marinella. E ancora appresso il mare che arrisaccava con un respiro pigro, già presentendo il tramonto. A mano manca invece correva un muro alto, interrotto da un grande cancello di ferro battuto, spalancato, e dal quale si partiva una strata asfaltata che s'inoltrava in mezzo a un vero e proprio bosco curatissimo verso una villa che però non era a vista. Allato al cancello c'era un'enorme targa di bronzo con una scritta in rilievo.

Montalbano non ebbe bisogno di traversare la strata per andare a leggiri quello che ci stava scritto.

Si rimise in machina e partì.

Che diciva spissu Adelina? «L'omu è sceccu di consiguenza». Come un asino che fa sempre la stessa strata e a quella si abitua, così l'omo è portato a fare sempre gli stessi percorsi, gli stessi gesti senza riflettere, per abitudine.

Però quello che aviva appena scoperto casualmente e quello che gli aviva detto Angela, potivano costituire prove?

No, concluse, assolutamente no. Ma conferme, questo sì, lo erano.

Alle sette e mezza addrumò la televisione per sentiri il primo notiziario.

Dissero che non c'erano novità sulle indagini, che Susanna non era ancora in grado di collaborare con gli investigatori e che si prevedeva una folla enorme ai funerali della povira signora Mistretta a malgrado che la famiglia aviva fatto sapiri di non voliri assolutamente a nisciuno né in chiesa né in camposanto. In margine, dissero macari che l'ingigneri Peruzzo si era reso irreperibile per sfuggire all'arresto imminente. Ma la notizia non aviva avuto conferme ufficiali. Il notiziario dell'altra emittente, alle otto, ripitì le stisse cose però in ordine diverso: per prima la notizia dell'irreperibilità dell'ingigneri e appresso il fatto che la famiglia voliva fare funerali privati. Nisciuno potiva trasire in chiesa, nisciuno potiva accedere al camposanto.

Il telefono squillò propio mentre stava niscenno per andare in trattoria. Gli era smorcato il pititto, a mezzojorno non aviva praticamente mangiato nenti e l'ovo frisco di Angela gli aviva fatto da aperitivo.

«Commissario? So... sono Francesco».

Non l'arraccanuscì, era una voci rauca, esitante.

«Francesco chi?» spiò sgarbato.

«Francesco Li... Lipari».

Il ragazzo di Susanna. E pirchì parlava accussì?

«Che è successo?».

«Susanna...».

S'interruppe. Montalbano sentì chiaramente che tirava su col naso. Stava chiangendo.

«Susanna m'ha de... detto...».

«L'hai vista?».

«No. Ma mi ha fi... finalmente risposto al te... telefono».

E stavolta arrivarono i singhiozzi.

«Mi... mi... scu...».

«Calmati, Francesco. Vuoi venire qua da me?».

«No, gra... zie. Non sono... Ho be... bevuto. Mi ha detto che non vu... vuole più vedermi».

Montalbano si sentì aggelare, forse pejo di quanto si era aggelato Francesco. Che viniva a diri? Che Susanna aviva un altro omo? E se aviva un altro omo, tutti i sò ragionamenti, tutte le sò supposizioni sinni ivano a buttane. Non erano che ridicole, miserevoli fantasie di un vecchio commissario che principiava a non starci più con la testa.

«È innamorata di un altro?».

«Peggio».

«Come peggio?».

«Non c'è ne... nessun altro. È un voto, anzi una decisione che ha pigliato mentre era prigioniera».

«È religiosa?».

«No. È una promessa che ha fatto a se stessa... se riusciva a essere liberata in tempo per rivedere sua madre ancora viva... tra un mese al massimo parte. E mi parlava anzi come se fosse già partita, lontana».

«Ti ha detto dove va?».

«In Africa. Ri... nunzia a studiare, rinunzia a maritarsi, a fare figli, ri... nunzia a tutto».

«Ma che va a fare?».

«A rendersi utile. M'ha detto proprio così: "vado a render-mi finalmente utile". Se ne va con una organizzazione di volontariato. E lo sa che la domanda preparatoria l'aveva già fatta due mesi fa senza dirmelo? Stava con me e intanto pensava di lasciarmi per sempre. Ma che le ha preso?».

Non c'era dunque nessun altro omo. E tutto tornava a quatrare. Più di prima.

«Pensi che possa cambiare idea?».

«No, commissario. Se avesse sentito la sua voce... E poi io la conosco bene, quando ha preso una de... decisione... Ma per amor di Dio, che significa, commissario? Che significa?».

L'ultima domanda fu un grido. Montalbano sapiva benissimo, oramà, cosa significava, ma non potiva rispondere a Francesco. Sarebbe stato troppo complicato e, soprattutto, incredibile. Ma per lui, Montalbano, tutto era addivintato più semplice. La vilanza, che era stata a longo in equilibrio, ora era calata con forza tutta da un lato. Quello che gli aviva appena detto Francesco lo confermava nella giustizza della sò prossima mossa. Che andava fatta subito.

Prima di cataminarsi però doviva metterne a parte Livia. Posò la mano supra il telefono, ma non lo sollevò. Aviva ancora bisogno di parlari con se stesso. Quello che da lì a poco avrebbe fatto – si spiò – viniva a significare in qualichi modo che, arrivato alla fine, o quasi, della sò carriera, all'occhi dei superiori, all'occhi stessi della liggi, rinnegava i princìpi ai quali per anni e anni aviva obbedito? Ma lui, di questi princìpi, era stato *sempre* rispettoso? Non c'era stata una volta che Livia l'aviva aspramente accusato di agire come un dio minore, un piccolo dio che si compiaciva di alterare i fatti o di disporli diversamente? Livia si sbagliava, non era un dio, assolutamente. Era solo un omo che aviva un pirsonale criterio di giudizio supra a ciò che era giusto e ciò che era sbagliato. E certe volte quello che lui pinsava giusto arrisultava sbagliato per la giustizia. E viceversa. Allura, era megliu essiri d'accordo con la giustizia, quella scritta supra i libri, o con la propia cuscenza?

No, Livia forse non avrebbe capito e macari sarebbe stata capace di portarlo, parlando, alla conclusione opposta a quella alla quale voliva arrivare.

Meglio scriverle. Pigliò un foglio di carta e una biro e principiò.

Livia amore mio,

e non arriniscì a continuare. Strazzò il foglio e ne pigliò un altro.

Livia adorata,

e si bloccò nuovamente. Pigliò un terzo foglio.

Livia,

e la biro s'arrefutò di andare oltre.

No, non era cosa. Le avrebbe contato tutto a voce, quanno si sarebbero rivisti, taliandola nell'occhi.

Pigliata quella decisioni, si sentì riposato, sereno, affrancato. Un momento, si disse. Questi tre aggettivi «riposato, sereno, affrancato», non sono tò, stai facendo una citazione. Sì, ma da che cosa? Si sforzò di pinsari, tinendosi la testa tra le mano. Doppo, forte della sò memoria visiva, andò quasi a colpo sicuro. Si susì, addritta davanti alla libreria pigliò *Il Consiglio d'Egitto* di Leonardo Sciascia, lo sfogliò. Eccolo qua, a pagina centovintidù della prima edizione del 1966, quella che aviva liggiuta a sidici anni e che si era sempre portata appresso per rileggerla di tanto in tanto.

Era la straordinaria pagina di quanno l'abate Vella piglia la decisione di rivelare a monsignor Airoldi un fatto che stravolgerà la sua esistenza e cioè che il codice arabo era un'impostura, un falso da lui stesso fabbricato. Ma prima di andare da monsignor Airoldi, l'abate Vella si fa un bagno e si vivi un cafè. Macari lui, Montalbano, s'attrovava a un punto di svolta.

Sorridendo, si spogliò nudo e s'infilò sutta alla doccia. Si cangiò tutto, macari le mutanne, mittendosi tutta roba pulita. Per l'occasione che era, si sciglì una cravatta seria. Appresso si fici un cafè e se lo vippi con gusto. E stavolta i tre aggettivi, «riposato, sereno, affrancato», gli appartennero completamente. Gliene mancava però uno che non c'era nel libro di Sciascia: sazio.

«Che ci posso sirviri, dottore?».

«Tutto».

Risero.

Antipasto di mare, zuppa di pesce, un purpiteddru bollito e condito con oglio e limone, quattro triglie (dù fritte e dù arrostu), dù bicchierini abbondanti di un liquore di mandarino a livello alcolico esplosivo, orgoglio e vanto di Enzo il trattore. Che si congratulò col commissario.

«La vedo tornato in forma».

«Grazie. Mi fai un piaciri, Enzo? Mi cerchi sull'elenco i nummari del dottor Mistretta e me li scrivi su un pezzo di carta?».

Mentre Enzo travagliava per lui, si vippi un terzo bicchierino con commodo. Il trattore tornò, gli pruì il pizzino.

«In pàisi si dice una cosa del dutturi».

«E cioè?».

«Ca stamatina andò dal notaro per fari le pratiche pi arrigalare la villa indovi abita. Lui sinni va a stari con sò frati, il geologo, ora che ristò vidovo».

«A chi l'arrigala la villa, si sa?».

«Mah, pari a un orfanotrofio di Montelusa».

Dal telefono della trattoria chiamò prima lo studio e appresso la casa del dottor Mistretta. Non arrispunnì nisciuno. Di certo il dottore era nella villa del fratello per la veglia funebre. E altrettanto sicuramente nella casa c'era solo la famiglia, senza poliziotti o giornalisti. Fece il numero. Il telefono squillò a lungo prima che il ricevitore fosse sollevato.

«Casa Mistretta».

«Montalbano sono. È lei, dottore?».

«Sì».

«Ho bisogno di parlarle».

«Guardi, domani pomeriggio possiamo…».

«No».

La voce del dottore si fece 'mparpagliata.

«Vorrebbe incontrarmi ora?».

«Sì».

Prima di ripigliare a parlare, il dottore lasciò passari tanticchia di tempo.

387

«Va bene, per quanto trovi la sua insistenza sconveniente. Lo sa che domattina ci sono i funerali?».

«Sì».

«Sarà una cosa lunga?».

«Non so dirglielo».

«Dove vuole che ci vediamo?».

«Vengo io tra una ventina di minuti al massimo».

Niscenno dalla trattoria, notò che il tempo era cangiato. Nuvole carriche d'acqua avanzavano dalla parte di mare.

Ultimo

La villa, a taliarla di fora, era completamente allo scuro, una massa nìvura contro il cielo nìvuro di notte e di nuvole. Il dottor Mistretta aviva aperto il cancello e sinni stava lì davanti in attesa dell'arrivo della machina del commissario. Montalbano trasì, parcheggiò e scinnì, ma restò nel giardino ad aspittare il dottore che inserrava il cancello. Da una sola finestra con le persiane accostate passava scarsa luce, era quella della morta che il marito e la figlia vigliavano. Una delle dù porte-finestre del salone era inserrata, l'altra era accostata, ma la luce che da essa arrivava fino al giardino era splapita pirchì il lampadario centrale non era addrumato.

«Si accomodi».

«Preferisco restare fuori. Se viene a piovere, rientriamo» disse il commissario.

In silenzio, raggiunsero le panchine di ligno, s'assittarono come la volta precedente. Montalbano tirò fora il pacchetto di sicarette.

«Ne vuole?».

«No, grazie. Ho deciso di non fumare più».

Si vede che, a causa del sequestro, tanto lo zio quanto la nipote avivano fatto i loro voti.

«Che ha di così urgente da dirmi?».

«Suo fratello e Susanna dove sono?».

«In camera di mia cognata».

Chissà se avivano raputo la finestra per dare aria alla càmmara. Chissà se ancora c'era quello spavintoso, insopportabili, denso fetu di medicinali e di malatia.

«Sanno che sono qui?».

«A Susanna l'ho detto. A mio fratello no».

389

Di quante cose era stato, e continuava a essiri, tinuto allo scuro il poviro geologo?

«Allora, vuole dirmi?».

«Devo fare una premessa. Non sono qui in veste ufficiale. Ma posso esserlo se lo voglio».

«Non ho capito».

«Capirà. Dipende dalle sue risposte».

«Allora si decida a farmi le domande».

E questo era il busillisi. La prima domanda era come un primo passo supra una strata senza ritorno. Chiuì l'occhi, tanto quello non lo potiva vidiri, e principiò.

«Lei ha un paziente che vive in una casupola sulla strada per Gallotta, uno che in seguito al ribaltamento del trattore...».

«Sì».

«Conosce la clinica "Il buon Pastore" che è a quattro chilometri da...».

«Che domande! Certo che la conosco. Ci vado spesso. E allora? Vuole fare l'elenco dei miei pazienti?».

No. Niente elenco dei pazienti. «L'omu è sceccu di consiguenza». *E tu quella notte, dintra al tò foristrata, col sangue grosso per quello che stai facendo, col cori all'impazzata, che devi lasciari il casco e lo zainetto in dù punti diversi, quali strate pigli se non quelle che acconosci? Ti pare quasi che non sei tu a guidare la machina, ma è la machina che sta guidando a tia...*

«Le volevo semplicemente far notare che il casco di Susanna è stato ritrovato sul viottolo che porta alla casupola del suo cliente mentre lo zainetto è stato rinvenuto quasi davanti al cancello della clinica "Il buon Pastore". Lo sapeva?».

«Sì».

Matre santa, che passo falso! Non ci avrebbe mai sperato.

«E come l'ha saputo?».

«Dai giornali, dalla televisione, non ricordo».

«Impossibile. Giornali e televisioni non hanno parlato mai di questi ritrovamenti. Siamo riusciti a non far trapelare niente».

«Aspetti! Ora mi ricordo! Me lo disse lei, mentre stavamo seduti qua, su questa stessa panchina!».

«No, dottore. Io le dissi che quegli oggetti erano stati ritrovati, ma non le dissi dove. E sa perché? Perché lei non me lo domandò».

E questa era stata la smagliatura che allura lui aviva percepito come una specie di disagio e che non aviva sul momento saputo spiegarsi. Una domanda che sarebbe stato naturale fare e che invece non era stata fatta. Che addirittura non faceva più correre il discorso, come un rigo saltato in una pagina. Ma se macari Livia gli aviva spiato indovi aviva ritrovato il romanzo di Simenon! E l'omissione era dovuta al fatto che il dottore sapiva benissimo indovi erano stati lasciati casco e zainetto.

«Ma... ma commissario! Possono esserci decine di spiegazioni sul perché io non le domandai dove! Si rende conto dello stato d'animo nel quale mi trovavo? Lei vuole costruire chissà che cosa su un debolissimo filo di...».

«... ragnatela, dice? Lei non sa quanto sia calzante la sua metafora. Pensi che la mia costruzione ha poggiato, inizialmente, su un filo ancora più debole».

«Se l'ammette per primo lei...».

«Sì. E riguarda il comportamento di sua nipote. Una cosa che mi disse Francesco, il suo ex ragazzo. Sa che Susanna l'ha lasciato?».

«Sì. Me ne aveva già parlato».

«È un argomento delicato. L'affronto con una certa riluttanza, ma...».

«Ma deve fare il suo mestiere».

«E lei crede che se io stessi facendo il mio mestiere mi comporterei in questo modo? La frase che volevo dire terminava così: ma voglio conoscere la verità».

Il dottore non replicò.

E in quel momento una figura di fìmmina si profilò sulla soglia della porta-finestra, avanzò di un passo, si fermò.

Cristo, ma si riproponeva l'incubo! Era una testa senza corpo, i lunghi capelli biondi, sospesa nell'aria! Precisa 'ntifica a come l'aviva vista al centro della ragnatela! Ma di subito capì che Susanna era vistuta di nìvuro, a lutto stritto, e il vistito faciva tutt'uno con lo scuro della notte.

La picciotta ripigliò a caminare, si dirigì verso di loro, s'assittò supra una panchina. Lì la luce non arrivava, i capelli solo si potevano indovinare, un punto leggermente meno denso d'oscurità. Non salutò. E Montalbano addecise di andare avanti facendo come se lei non c'era.

«Come capita tra fidanzati, Susanna e Francesco avevano rapporti intimi».

Il dottore si agitò, a disagio.

«Ma lei non ha nessun diritto di... E poi che importanza ha per le sue indagini?» fece irritato.

«Ha importanza. Vede, Francesco mi ha detto che era sempre lui a domandare, mi spiego? E invece, nel pomeriggio del giorno nel quale fu sequestrata, fu lei a prendere l'iniziativa».

«Commissario, sinceramente, non riesco a capire cosa c'entri il comportamento sessuale di mia nipote. Mi domando se lei sta sragionando o se è cosciente di quello che dice. Torno a chiederle. Che importanza ha?».

«È importante. Francesco, quando me lo raccontò, disse che forse Susanna aveva avuto un presentimento... ma io non credo ai presentimenti, era un'altra cosa».

«Cos'era secondo lei?» spiò sarcastico il dottore.

«Un addio».

Come aviva detto Livia la sira avanti di partire? «*Sono le ultime ore che passiamo insieme. E non intendo sciuparle*». *Aviva voluto fare l'amore. E dire che si trattava di una separazione breve, tra loro due. E se invece era un lungo, definitivo addio? Pirchì era già nella testa di Susanna il proposito che il progetto sò, sia che finiva bene sia che finiva male, comportava inevitabilmente la fine del loro amore. Che quello era il prezzo, infinitamente alto, da pagare.*

«Perché era da due mesi che aveva fatto domanda per andarsene in Africa. Due mesi. Sicuramente da quando le è venuta in testa quell'altra idea».

«Ma quale idea? Senta, commissario, non le pare di stare abusando di...».

«L'avverto» disse gelido Montalbano. «Lei sta sbagliando tanto le domande quanto le risposte. Io sono venuto qua a parlarle a carte scoperte, a dirle dei miei sospetti... anzi no, della mia speranza».

Pirchì aviva usato quella parola, spiranza? Pirchì era quella che aviva fatto pendere la vilanza tutta da un lato, a favore di Susanna. Pirchì era quella parola che l'aviva definitivamente pirsuaso.

Quella parola strammò completamente il dottore che non fu capace di dire nenti. E nel silenzio, dall'ùmmira, per la prima volta arrivò la voci della picciotta, una voci esitante ma come carrica di spiranza, appunto, di essiri capita fino alla radice del cori.

«Ha detto... speranza?».

«Sì. Che un'estrema capacità d'odiare voglia veramente trasformarsi in estrema capacità d'amare».

Dalla panchina indovi stava assittata la picciotta si sintì una specie di singhiozzo, subito fermato. Montalbano s'addrumò una sicaretta, vitti, alla luce dell'accendino, che la mano gli trimava leggermente.

«Ne vuole?» spiò al dottore.

«Le ho detto di no».

Erano fermi nei loro propositi, i Mistretta. Meglio accussì.

«Io so che non c'è stato nessun sequestro. Quella sera lei, Susanna, per tornare a casa fece una strada diversa, la trazzera pochissimo frequentata, dove l'aspettava suo zio col fuoristrada. Ha lasciato il motorino, è salita in macchina, si è rannicchiata dietro. Vi siete diretti alla villa del dottore. Lì, in quel fabbricato allato alla casa, avevate preparato da tempo tutto: le provviste, un letto. La donna delle pulizie non aveva assolutamente ragione di metterci piede. E poi, a chi sarebbe potuto venire in mente di cercare la sequestrata in casa dello zio? E lì avete registrato i messaggi, tra l'altro lei, dottore, contraffacendo la voce, ha parlato di miliardi, difficile a una certa età abituarsi a calcolare in euro. Lì avete scattato la foto con la polaroid e lei, sul retro, ha scritto quella frase cercando meglio che poteva di rendere comprensibile la sua grafia che è, come quella di tutti i medici, illeggibile. Non sono mai entrato in quel fabbricato, dottore, ma potrei dirle con certezza che c'è una derivazione telefonica fatta installare recentemente...».

«Come fa a dirlo?» spiò Carlo Mistretta.

«Lo so perché avete avuto una vera e propria alzata d'ingegno per stornare da voi eventuali sospetti. Avete colto al volo un'occasione. Susanna, saputo che io sarei venuto nella sua villa, ha fatto la telefonata col messaggio registrato, quello con la cifra del riscatto, mentre mi trovavo a parlare con lei. Ma io ho sentito, e non l'ho subito capito, il suono che fa una derivazione quando la cornetta viene sollevata. Ma del resto non ci vuole niente ad avere la conferma, basta domandare alla società dei telefoni. E questa potrebbe diventare una prova, dottore. Vuole che vada avanti?».

«Sì».

Ma era stata Susanna a rispondere.

«So pure, perché me l'ha detto lei, dottore, che in quel fabbricato esiste un palmento in disuso. E il palmento deve per forza avere un vano attiguo dove c'è la vasca di fermentazione del mosto. E io sono pronto a scommettere che questo vano è dotato di una finestra. Che lei, dottore, ha aperto per scattare la foto, dato che era giorno. Ha adoperato anche, per meglio illuminare l'interno della vasca, una lampada da garagista. Ma avete trascurato un dettaglio di questa, del resto accurata, convincente, messinscena».

«Un dettaglio?».

«Sì, dottore. Nella foto polaroid, proprio sotto l'orlo della vasca, appare una specie di crepa. Ho fatto ingrandire quel particolare. Non è una crepa».

«Cos'è?».

Sentì che macari Susanna era stata in punto di fare quella domanda. Ancora non si capacitavano dell'errore fatto. Intuì il movimento della testa del dottore verso Susanna, l'interrogativo che doviva esserci nei sò occhi, ma che non si potiva vidiri.

«È un vecchio termometro da mosto. Irriconoscibile, coperto di spesse ragnatele, annerito, incrostato alla parete, diventato tutt'uno con essa. E perciò invisibile ai vostri occhi. Ma è lì, è ancora lì. E questa è la prova risolutiva. Basterà che io mi alzi, vada dentro, sollevi il telefono, faccia venire due miei uomini a piantonarvi, chiami il magistrato per l'autorizzazione e vada a perquisire la sua villa, dottore».

«Sarà un bel passo avanti nella sua carriera» fece beffardo Mistretta.

«Ancora una volta lei sbaglia tutto. La mia carriera non ha più da fare passi, né avanti né indietro. Quello che sto cercando di fare lo faccio non per lei».

«Lo fa per me?».

La voci di Susanna era come meravigliata.

Sì, per te. Pirchì sono rimasto affatato dalla qualità, dall'intensità, dalla purezza del sentimento tò di odio, sono pigliato da quello di dannato che è capace di passare pi la tò testa, dalla friddizza e il coraggio e la pazienza coi quali hai eseguito quello che volivi, dall'aviri messo in conto il prezzo da pagari e di essiri già pronta a pagarlo. E l'ho fatto macari pi mia, pirchì non è giusto che ci sia sempri chi patisce e chi godi a prezzo del patimento dell'altri e col favore della cosiddetta liggi. Può un omo, arrivato oramà alla fine della sò carriera, arribbillarsi a uno stato di cose che ha contribuito a mantiniri?

E dato che il commissario non arrispunniva, la picciotta disse una cosa che non era manco una domanda.

«L'infermiera mi ha detto che lei ha voluto vedere la mamma».

Ho voluto vidirla, sì. Vidirla nel sò letto, stracangiata, non più un corpo ma quasi una cosa, una cosa però che si lamintiava, che orribilmente pativa... Ho voluto vidiri, ma allura non lo capivo chiaramente, il posto indovi il tuo odio ha accomenzato a mettere radici, a crisciri inarrestabile mentre più crisciva nella càmmara il tanfo delle medicine, degli escrementi, del sudore, della malatia, del vommito, del pus, della cancrena che aviva devastato il cori di quella cosa che stava dintra al letto, l'odio del quali hai contagiato chi ti stava vicino... no, tò patre no, tò patre non ha mai saputo nenti, non ha mai saputo che era tutta una finta, dolorosamente si è angosciato per quello che cridiva un sequestro vero... ma macari questo era un prezzo da pagare e da far pagare pirchì l'odio veru, come l'amuri, non s'arresta manco davanti alla disperazioni e al chianto di chi è 'nnuccenti.

«Volevo rendermi conto».

Dalla parte di mari accomenzò a truniari. I lampi erano lontani, ma l'acqua si stava avvicinando.

«Perché l'idea di vendicarsi di suo zio l'ingegnere ha cominciato a pigliare corpo lì dentro, in una di quelle terribili notti che lei passava ad assistere sua madre. Non è così, Susanna? Prima le sarà parsa un effetto della stanchezza, dello scoramento, della disperazione, ma quell'idea era sempre più difficile cancellarla. E allora, quasi per ingannare il tempo, ha cominciato a pensare come poteva realizzare quell'idea fissa. Ha definito il piano, notte appresso notte. E ha domandato a suo zio d'aiutarla perché...».

Fermati. Questo pirchì non puoi dirlo. Ti è venuto in testa in questo priciso momento, dovresti ragiunarci prima di...

«Lo dica» fece piano, ma fermo, il dottore. «Perché Susanna aveva capito che io da sempre ero innamorato di Giulia. Un amore senza speranza, ma che mi ha impedito d'avere una vita mia».

«E quindi lei, dottore, ha collaborato di slancio alla distruzione dell'immagine dell'ingegnere Peruzzo. Con una regìa perfetta dell'opinione pubblica. E il colpo di grazia è stata la sostituzione della valigia coi soldi con il borsone pieno di carta straccia».

Cominciò a stizzichiare. Montalbano si susì.

«Ma prima di andarmene, per la mia coscienza...».

La voci gli era nisciuta troppo sullenne, ma non gli arriniscì di cangiarla.

«Per la mia coscienza non posso permettere che quei sei miliardi rimangano a...».

«A noi?» terminò Susanna. «I soldi non sono più qua. Non abbiamo trattenuto nemmeno il denaro che venne prestato da mamma e che non fu mai restituito. Zio Carlo ha provveduto con l'aiuto di un suo cliente che non parlerà mai. Sono stati suddivisi e in gran parte già trasferiti all'estero. Credo che stiano arrivando, anonimamente, a una cinquantina di organizzazioni assistenziali. Se vuole, vado in casa e le faccio vedere l'elenco».

«Bene» disse il commissario. «Io vado».

Intravitti al dottore e alla picciotta che macari loro si susivano.

«Verrà domani al funerale?» spiò Susanna. «Mi piacerebbe che...».

«No» disse il commissario. «Mi auguro solo che lei, Susanna, non tradisca la speranza».

Capì che stava dicenno parole di vecchio, ma stavolta sinni futtì.
«Buona fortuna» fece a voci vascia.

Voltò loro le spalle, andò alla machina, raprì, mise in moto, partì, ma davanti al cancello chiuso dovitti fermarsi. Vitti arrivare la picciotta sutta all'acqua oramà forti, i sò capelli parsero incendiarsi come foco quanno pigliarono la luce dei fari. Raprì il cancello senza voltarsi a taliarlo. E manco lui firriò la testa.

Sulla strata per Marinella, l'acqua si misi a cadiri a catate. A un certo punto dovitti fermarsi pirchì i tergicristalli non ce la facivano. Doppo finì, di colpo. Trasuto nella càmmara di mangiari, s'addunò che aviva lasciata rapruta la porta-finestra della verandina e il pavimento si era vagnato. Si doviva mettiri ad asciucari. Addrumò la luci di fora e niscì. L'acquata violenta si era portata via la ragnatela, i rami erano puliti puliti, si stiddravano di gocce.

Nota

Questo è un romanzo inventato di radica, almeno lo spero.

E perciò i nomi e i cognomi dei personaggi, i nomi di ditte e società, le situazioni, le vicende del libro non hanno attinenza con la realtà.

Se qualcuno troverà un qualche riferimento a fatti realmente accaduti, posso assicurare che non è stato intenzionale.

A. C.

La luna di carta

Uno

La sveglia sonò, come tutte le matine da un anno a 'sta parti, alle setti e mezza. Ma lui si era arrisbigliato una frazione di secunno prima dello squillo, era abbastato lo scatto della molla che mittiva in moto la soneria. Ebbe perciò, prima di satare dal letto, il tempo di girari l'occhi alla finestra, dalla luce accapì che la jornata s'appresentava bona, senza nuvoli. Doppo, il tempo fu appena appena bastevole per priprararisi il cafè, vivirisinni una cicarata, andare a fari i sò bisogni, farisi la varba e la doccia, vivirisi n'autra cicarata, addrumarisi una sicaretta, vistirisi, nesciri fora, mittirisi in machina, arrivari alle novi in commissariato: il tutto con la velocità di una comica di Ridolini o di Charlot.

Fino a un anno avanti, la procedura dell'arrisbigliata matutina aviva invece caminato secunno regole diverse e, soprattutto, senza affanno e senza currute da centometrista.

In primisi, nenti uso della sveglia.

Montalbano aviva la bitudine di raprire l'occhi doppo la durmuta in modo naturale, senza bisogno di stimoli esterni: una specie di sveglia c'era sì, ma sinni stava dintra di lui, ammucciata certo nel sò ciriveddro, gli bastava puntarla prima di addrummiscirisi, «ricordati ca dumani ti devi arrisbigliari alle sei», e alle sei spaccate s'attrovava con l'occhi rapruti. Aviva sempre considerato la sveglia, quella di metallo, praticamente un oggetto di tortura: le tri o quattro volte che si era dovuto arrisbigliare con quel sono a trivella pirchì Livia, dovenno partiri, non si era fidata della sò sveglia interiore, era ristato tutta la jornata col malo di testa. Allura Livia, doppo una sciarra, aviva accattato una sveglia di plastica che invece di squillare faciva un sono elettronico, una specie di biiiiip che non finiva mai, quasi come il ronzio di una muschitta che si era inzeccata dintra la grecchia e ci era ristata imprigionata. Cosa di nesciri pazzi. L'aviva ittata dalla finestra, innescando n'autra lite memorabile.

In secunnisi, lui si autoarrisbigliava, volutamente, con un certo anticipo, minimo minimo una decina di minuti.

Erano i meglio deci minuti della jornata che l'aspittava. Ah, quant'era bello starsene stinnicchiato sutta le linzola a pinsari minchiate! Questo libro che tutti dicono un capolavoro me l'accatto o no? Oggi vado a mangiari in trattoria o torno a Marinella e mi sbafo quello che m'ha priparato Adelina? Glielo dico o non glielo dico a Livia che il paro di scarpe che m'ha arrigalato non me lo posso mittiri pirchì mi stanno stritte? Ecco, cose accussì. Tambasiate col pensiero. Evitanno però accuratamente di farisi comparire nella mente qualichi cosa che arriguardasse sesso e fìmmine: quello potiva addivintari, a quell'ora, tirreno periglioso da esplorare, a meno che non c'era Livia che dormiva allato a lui e che sarebbe stata ben contenta d'affrontarne le conseguenze.

Una matina di un anno avanti le cose però erano cangiate di colpo. Aviva appena rapruto l'occhi, calcolanno che potiva dedicare un quarto d'ora scarso alle tambasiate mentali, quanno un pinsero improviso gli passò per la testa, non un pinsero completo, ma un principio di pinsero, un pinsero che accomenzava con queste 'ntifiche parole:

«Quanno viene il jorno della tò morti...».

E che ci trasiva questo pinsero in mezzo agli altri? Era una vigliaccata! Era come se uno, mentre faciva all'amuri, s'arricordava di botto che non aviva pagato la bolletta del telefono. Non è che l'idea della morti lo scantava in modo particolare, ma la matina alle sei e mezza non era il posto sò, se uno accomenzava a ragiunari della propria morti alle sett'albe, sicuro che alle cinco di doppopranzo o si sparava o si ittava in mare con una màzzara in collo. Arrinisci a non farla andare avanti, quella frase, la bloccò mittennosi a contare precipitosamente da uno a cinquemila, l'occhi inserrati, i pugna stritti. Doppo capì che l'unica era mittirisi a fare le cose che doviva fare, su di esse concentrandosi come se era una questione di salvamento di vita. L'indomani matino la facenna fu più tradimentosa. Il primo pinsero che gli vinni fu che nel brodo del pisci che aviva mangiato la sira avanti mancava un condimento. Ma quali? E in quel priciso momento tornò, a tradimento, il mallitto pinsero:

«Quanno viene il jorno della tò morti...».

Da allura in po' capì che quel pinsero non se ne andava mai più, capace che sinni stava ammucciato in un giracatigira del sò ciriveddro per uno o dù jorni per poi nesciri allo scoperto mentre non se l'aspittava. Vai a sapiri pirchì, si fici pirsuaso che era necessario, per la sò stissa sopravvivenza, che quella frase non doviva arrivare a compiutezza, se ci arrivava, lui moriva 'nzemmula all'ultima parola. E quindi, la sveglia. Per non lassari a quel dannato pinsero la minima crepa temporale dintra la quale infilarsi.

Livia, vinuta a passari tri jorni a Marinella, mentri che sfaciva la valigia puntò un dito verso il commodino e spiò:

«Che ci fa quella sveglia?».

Lui le disse una farfantaria.

«Sai, una settimana fa mi sono dovuto alzare molto presto e...».

«E dopo una settimana quella vecchia sveglia ha ancora carica?».

Quanno ci si mittiva, Livia era pejo di Sherlock Holmes. Tanticchia affruntato, le disse la virità, tutta la virità, nient'altro che la virità. Livia s'infuriò.

«Ma tu sei un demente!».

E fici spiriri la sveglia infilandola dintra a un cascione dell'armuàr.

L'indomani a matino invece della sveglia fu Livia ad arrisbigliari a Montalbano. E fu una bellissima arrisbigliata con pinseri di vita e no di morti. Ma appena Livia ripartì, la sveglia tornò sul comodino.

«Dottori ah dottori dottori!».

«Che fu, Catarè?».

«C'è una signura che l'aspetta».

«A mia?».

«A vossia di pirsona pirsonalmenti non lo disse, disse che voliva parlari con uno della Polizia».

«E non potevi farti dire tu?».

«Dottori, mi disse che voliva parlari con uno superiori a mia».

«Non c'è il dottor Augello?».

«Nonsi, dottori, tilefonò che arriva tardo in ritardo datosi che ritardò».

«E perché?».

«Dice che stanotti il picciliddro si sentì malo e che stamatina ci va il medico dottori».

«Catarè, non c'è bisogno che dici medico dottori, basta e superchia che dici dottore».

«Non abbasta, dottori. Si fa confusione. Vossia, prisempio, è dottori ma non è medico».

«Ma la madre? Beba? Non può aspettare lei la visita del dott... del medico?».

«Sissi, dottori, la signora Beba c'è. Ma dice che ci voli essiri di prisenza macari lui».

«E Fazio?».

«Fazio è appresso a un picciotto».

«Che ha fatto questo picciotto?».

«Lui nenti, dottori. Morto è».

«E com'è morto?».

«Overodose, dottori».

«Va bene, facciamo accussì. Io vado nel mio ufficio, tu fai passare una decina di minuti e poi fai entrare la signora».

Era arraggiato con Mimì Augello. Da quanno gli era nato il picciliddro, ci stava appresso chiossà di quanto una volta stava appresso alle fìmmine. Aviva perso la testa per sò figlio Salvo. Già, pirchì non solo glielo avivano fatto vattiare, ma gli avivano macari fatto la bella surprisa di chiamarlo come a lui.

«Mimì, ma non gli potete mettere il nome di tuo padre?».

«Capirai, si chiama Eusebio».

«Allora quello del padre di Beba».

«Peggio che andar di notte. Si chiama Adelchi».

«Mimì, fammi capire. La vera ragione per la quale lo chiamate come a mia è perché gli altri nomi sono nomi che vi parino strammi?».

«Ma non dire minchiate! Prima di tutto c'è l'affetto che ho per te che sei per me come un padre e poi...».

Un padre? Con un figlio come Mimì?

«Ma vaffanculo!».

Alla notizia che il nascituro si sarebbe chiamato Salvo, Livia era stata invece pigliata da una gran botta di chianto. C'erano delle speciali occasioni che la commuovevano assà.

«Quanto ti vuole bene Mimì! E tu invece...».

«Ah, mi vuole bene? Tu lo sai chi sono Eusebio e Adelchi?».

E da quanno il picciliddro era nasciuto, Mimì in commissariato compariva e scompariva in un vidiri e svidiri, ora Salvo (junior, naturalmente) aviva la cacarella, ora aviva macchie rosse sul sederino, ora aviva rigurgiti, ora non voliva sucari il latti...

Se n'era lamintiato, per telefono, con Livia.

«Ah, sì? E che hai da dire su Mimì? Vuol dire che è un padre amorevole, un padre coscienzioso! Io non so se tu, al suo posto...».

Aviva riattaccato.

Taliò la posta del matino che Catarella gli aviva lassato supra il tavolo. Per un patto fatto coll'ufficio postale, dato che certe volte stava dù jorni senza tornari a la casa, la posta privata indirizzata a Marinella gliela portavano in commissariato. C'erano solo littre ufficiali e le mise da parte, non aviva gana di leggerle, le avrebbe passate a Fazio appena che tornava.

Squillò il telefono.

«Dottori, c'è il dottori Latte con la esse in funno».

Lattes, il capo di gabinetto del Questore. Con orrore e stupore, Montalbano aviva scoperto, qualichi tempo avanti, che Lattes aviva un clone in un onorevole portavoce che compariva sempre in tv, la stissa ariata di sagristia, la stissa pelli roseo-maialisca per mancanza di varba, la stissa vuccuzza a pirtuso di culo, la stissa untuosità, una stampa e una figura.

«Caro Montalbano, come va, come va?».

«Bene, dottore».

«E in famiglia? I bambini? Tutto bene?».

Glielo aviva spiegato un milione di volte che non era né maritato né aviva figli spuri, ma non c'era verso. Era fissato.

«Tutto bene».

«Ringraziando la Madonna. Senta, Montalbano, il signor Questore le vorrebbe parlare oggi pomeriggio alle diciassette».

E pirchì gli voliva parlari? Il signor Questore Bonetti-Alderighi evitava accuratamente d'incontrarlo, preferiva convocare Mimì. Doviva trattarsi di qualichi gran camurria.

La porta venne aperta con violenza, sbattì contro il muro, lui satò sulla seggia. Comparve Catarella.

«Mi pirdonasse, dottori, la mano mi scappò. I deci minuti passaro ora ora come vossia mi disse».

«Ah, sì? Sono passati deci minuti? E che me ne fotte?».

«La signura, dottori».

Se n'era completamente scordato.

«È tornato Fazio?».

«Ancora non ancora, dottori».

«Falla entrare».

Una quasi quarantina, a prima vista una superstite figlia di Maria, occhi vasci darrè l'occhiali, capelli col tuppo, mano stritte sulla borsetta, insaccata in un vistitazzo largo e grigio che non lassava accapire quello che c'era sutta, ma le gambe, a malgrado delle calze spesse e delle scarpe senza tacco, erano lunghe e belle. Ristò indecisa sulla porta a taliare la striscia di marmaro bianco che separava i maduna del corridoio da quelli dell'ufficio di Montalbano.

«Avanti, avanti. Chiuda la porta e s'accomodi».

Lei eseguì, assittandosi in pizzo in pizzo supra a una delle dù seggie che c'erano davanti al tavolo.

«Mi dica, signora...».

«Signorina. Michela Pardo. E lei è il commissario Montalbano, vero?».

«Ci siamo conosciuti?».

«No, però l'ho vista in televisione».

«L'ascolto».

Parse imbarazzata ancora chiossà di prima. Assistimò meglio le natiche sulla seggia, si taliò la punta di una scarpa, agliuttì dù volte, raprì la vucca, la chiuì, la raprì nuovamente.

«Si tratta di mio fratello Angelo».

E si fermò, come se al commissario abbastava sapiri che sò frati si chiamava Angelo per agguantare in un lampo tutta la facenna.

«Signorina Michela, lei certamente capisce che…».

«Capisco, capisco. Angelo è… è scomparso. Da due giorni. Mi scusi, sono molto preoccupata e confusa e…».

«Quanti anni ha suo fratello?».

«Quarantadue».

«Vive con lei?».

«No, per conto suo. Io vivo con mamma».

«Suo fratello è sposato?».

«No».

«Ha una fidanzata?».

«No».

«Perché dice che è scomparso?».

«Perché non passa giorno che non venga a trovare mamma. E quando non può, telefona. E se deve partire, ci avverte. Da due giorni non si fa vivo».

«Ha provato a chiamarlo lei?».

«Sì. A casa e al cellulare. Non risponde nessuno. Sono anche andata a casa sua. Ho suonato a lungo, prima di decidermi ad aprire».

«Ha le chiavi di casa di suo fratello?».

«Sì».

«E cosa ha trovato?».

«Tutto in perfetto ordine. Ho avuto paura».

«Suo fratello soffre di qualche malattia?».

«Per niente».

«Che lavoro fa?».

«L'informatore».

Montalbano strammò. Fare l'informatore, la spia, era addivintato un mestiere riconosciuto, con tredicesima e ferie pagate, come pri sempio il pentito a stipendio fisso? Avrebbe chiarito appresso.

«Si muove spesso?».

«Sì, ma si occupa di un'area ristretta. Praticamente non oltrepassa i confini della provincia».

«Insomma, lei vorrebbe sporgere denunzia di scomparsa?».

«Non... non saprei».

«La devo avvertire però che noi non possiamo muoverci subito».

«Perché no?».

«Perché suo fratello è maggiorenne, indipendente, sano di corpo e di mente. Può avere preso la decisione d'andarsene di sua volontà per qualche giorno, capisce? E finché noi non siamo sicuri che...».

«Capisco. Lei che mi consiglia?».

E, facenno la domanda, finalmente lo taliò. Montalbano sintì dintra di lui una specie di vampata. Era un paro d'occhi preciso 'ntifico a un lago viola e funnuto nel quale sarebbe parso a tutti i mascoli bellissima cosa tuffarsi e annigare in quelle acque. Meno mali che l'occhi la signorina Michela li tiniva quasi sempre vasci. Mentalmente il commissario dette dù vrazzate e tornò a riva.

«Beh, io le consiglierei di tornare a vedere in casa di suo fratello».

«L'ho fatto anche ieri. Non sono entrata, ma ho suonato a lungo».

«Sì, ma potrebbe essere macari in condizione di non poter rispondere».

«E perché?».

«Mah... può essere scivolato nel bagno e non è in grado di camminare, può avere un attacco di febbre alta...».

«Commissario, non ho solo suonato. L'ho anche chiamato. Se era caduto nel bagno, avrebbe risposto. L'appartamento di Angelo non è poi tanto grande».

«Mi permetta d'insistere».

«Da sola non ci vado. Perché non mi accompagna lei?».

Lo taliò nuovamente. E stavolta Montalbano, di colpo, s'attrovò che stava affunnanno, l'acqua gli arrivò al collo. Ci pinsò supra tanticchia, doppo s'addecise.

410

«Senta, facciamo così. Se nel frattempo non ha avuto notizie di suo fratello, stasera verso le sette ripassi. L'accompagnerò».

«Grazie».

Si susì e gli pruì la mano. Montalbano la pigliò ma non ebbe cori di stringerla, pariva un pezzo di carne senza vita.

Doppo manco deci minuti s'arricampò Fazio.

«Un picciotteddro di diciassetti anni. Se ne è acchianato sul terrazzo condominiale e si è sparato un'overdose. Non abbiamo potuto fare niente, mischino, quando siamo arrivati era già morto. È il secondo in tre giorni».

Montalbano lo taliò imparpagliato.

«Il secondo? C'è stato un primo? E com'è che non ne ho saputo niente?».

«L'ingegnere Fasulo. Ma per lui è stata la cocaina» fece Fazio.

«Cocaina? Ma che mi conti? L'ingegnere è morto d'infarto!».

«Certo. Accussì dice il certificato medico, accussì dice la famiglia, accussì dicono gli amici. Ma tutto il pàisi sapi che è morto per droga».

«Roba tagliata male?».

«Questo non glielo so dire, dottore».

«Senti, tu lo conosci un tale che si chiama Angelo Pardo, ha quarantadue anni e fa l'informatore?».

Fazio non s'addimostrò sorpriso del mestiere di Angelo Pardo. Forse non aviva capito bene.

«Nonsi. Perché me lo domanda?».

«Perché è spiruto da dù jorni e la sorella è preoccupata».

«Vuole che…».

«No, poi, se non dà notizie, vediamo».

«Dottor Montalbano? Sono Lattes».

«Mi dica».

«I suoi stanno bene?».

«Mi pare che ne abbiamo parlato un due orette fa».

«Ah, già. Senta, le devo comunicare che il signor Questore oggi non può riceverla come lei aveva chiesto».

«Guardi, dottore, che è stato il Questore a convocarmi».

411

«Ah, sì? È lo stesso. Può venire domattina alle undici?».

«Senz'altro».

All'idea che non avrebbe visto il Questore, i purmuna gli si slargarono e gli smorcò un potenti pititto al quale potiva far fronte solo Enzo, il trattore.

Niscì dal commissariato. La jornata era colorata coi colori dell'estati, ma senza essiri cavuda assà. Se la pigliò commoda, un pedi leva e l'avutru metti, pregustando quello che avrebbe mangiato. Quanno arrivò davanti alla porta della trattoria, si sentì cadiri il cori 'n terra. Era chiusa, inserrata. E che minchia era capitato? Per la raggia, detti un gran càvucio alla porta, voltò le spalli, principiò ad allontanarsi santianno. Ma doppo dù passi si sentì chiamare.

«Commissario! Chi fici, se lo scurdò che oggi semu chiusi?».

Se l'era scordato, mannaggia!

«Ma si voli mangiari cu mia e mè mogliere...».

Si precipitò. E mangiò tanto che mentre mangiava s'affruntava, si vrigugnava, ma non potiva farci nenti. Alla fine, Enzo quasi si congratulò:

«E con bona saluti, commissario!».

La passiata al molo fu, di nicissità, longa.

Passò il resto del doppopranzo che ogni tanto l'occhi gli addivintavano a pampineddra e la testa gli principiava a capuzziare per le botte di sonno improvise. Allura si susiva e andava a lavarisi la facci.

Alle sette di sira Catarella gli comunicò che era tornata la signura della matinata.

Michela Pardo, appena trasuta, disse una sola parola:

«Niente».

Non s'assittò, aviva prescia di curriri in casa del fratello e questa prescia voliva trasmettere al commissario.

«E va bene» fece Montalbano. «Andiamo».

Passando davanti allo sgabuzzino, avvertì Catarella.

«Io vado con la signora. Dopo, se avete bisogno, mi trovate a Marinella».

«Viene in macchina con me?» spiò Michela Pardo indicando una Polo blu.

«Forse è meglio che io prendo la mia e la seguo. Dove abita suo fratello?».

«Un po' lontano. Nel nuovo quartiere. Conosce Vigàta 2?».

Conosceva Vigàta 2. Un incubo generato da un palazzinaro in preda ai peggiori allucinogeni. Lui non ci avrebbe abitato manco sotto forma di catafero.

Due

No, pi fortuna sò e del commissario, che mai e po' mai sarebbe stato più di minuti cinco dintra a una delle càmmare accupuse e di dù metri per tri, definite sui dépliant pubblicitari «ampie e soleggiate», di Vigàta 2, Angelo Pardo abitava dopo il novo complesso residenziale, in una villetta ottocintisca restaurata, a dù piani. Il portone era chiuso, mentre Michela lo rapriva con la chiave, Montalbano vitti che il citofono aviva sei cartoncini coi nomi, il che viniva a significare che in tutto c'erano sei appartamenti, dù al pianoterra e quattro negli altri piani.

«Angelo abita all'ultimo, non c'è ascensore».

La scala era granni e commoda, la casa pariva disabitata, non si sintiva una voce, non c'era una rumorata di televisione addrumata. Eppure era l'ora che la gente s'appriparava per il mangiare serale.

Sul pianerottolo dell'ultimo piano c'erano dù porte. Michela si dirigì verso quella di mancina, prima di raprire indicò al commissario una finestrella con la grata che c'era allato alla porta blindata. La finestrella non aviva le imposte inserrate.

«L'ho chiamato da qui. Mi avrebbe certamente sentito».

Raprì, prima con una chiave, doppo con un'altra, quattro mandate, ma non trasì, si fece da parte.

«Può andare avanti lei?».

Montalbano ammuttò la porta, cercò l'interruttore, addrumò, trasì. Annusò l'aria come un cane. E si fece di colpo pirsuaso che dintra l'appartamento non c'era prisenza d'essere umano, né vivo né morto.

«Mi segua» disse a Michela.

Dall'ingresso si partiva un largo corridoio. A mano manca una càmmara di letto matrimoniali, un bagno, un'altra càmmara di

414

letto. A mano dritta uno studio, una cucina, un bagnetto, un saloncino. Tutto in ordine perfetto, puliziato e sparluccicante.

«Suo fratello ha una donna delle pulizie?».

«Sì».

«Quand'è venuta l'ultima volta?».

«Non glielo saprei dire».

«Senta, signorina, lei viene spesso qua a trovare suo fratello?».

«Sì».

«Perché?».

La dumanna fece imparpagliare a Michela.

«Come perché? È... mio fratello!».

«D'accordo, ma lei ha detto che Angelo viene a casa sua e di sua madre praticamente un giorno sì e l'altro no. Allora è lei che nei giorni no lo viene a trovare qua. È così?».

«Beh... sì. Ma non con questa regolarità».

«D'accordo. Ma perché avete bisogno d'incontrarvi senza che vostra madre sia presente?».

«Oddio, commissario, detto così... Ma è un'abitudine che ci portiamo appresso da piccoli... tra Angelo e me c'è sempre stata una specie di...».

«... complicità?».

«Beh, si potrebbe definire così».

E fece una risateddra. Montalbano addecise di cangiare argomento.

«Vuole vedere se manca una valigia? Se i suoi vestiti ci sono tutti?».

La seguì nella càmmara matrimoniali. Michela raprì l'armuàr, taliò uno per uno i vestiti e Montalbano notò che era roba di sartoria, fina, costosa.

«C'è tutto. Anche quello grigio che aveva quando venne a trovarci l'ultima volta, tre giorni fa. Credo che manchi solo un paio di jeans».

Supra all'armuàr, incartate nel cellophane, c'erano dù valigie di pelle, eleganti, una granni e una cchiù nica.

«Le valigie sono qua».

«Ha una ventiquattrore?».

«Sì, in genere la tiene nello studio».

Trasirono nello studio. La valigetta era allato allo scrittoio. Una parete dello studio era cummigliata da una scaffalatura come quelle delle farmacie, chiusa da un vetro scorrevole trasparente. E dintra alla scaffalatura infatti c'era una gran quantità di confezioni di medicinali, scatole, scatolette, flaconcini.

«Ma lei non mi ha detto che suo fratello fa l'informatore?».

«Esattamente. Fa l'informatore medico-scientifico».

E Montalbano accapì. Angelo faciva quello che una volta si chiamava rappresentante di case farmaceutiche. Ma il sò mestiere, come gli spazzini addivintati operatori ecologici o le cammarere promosse a collaboratrici domestiche, era stato nobilitato con un nome diverso, cchiù adeguato all'eleganza dei tempi. La sustanzia, però, ristava la stissa.

«Era… è medico, ma ha esercitato per poco tempo» si sintì in doviri di aggiungere Michela.

«Bene. Come vede, signorina, suo fratello qui non c'è. Se vuole, possiamo andarcene».

«Andiamocene».

Lo disse di malavoglia, taliannosi torno torno quasi pinsasse di scoprire all'ultimo momento che sò frati s'era ammucciato dintra a una confezione di pinnuli contro il malo di fìcato.

Stavolta Montalbano la precedette, aspittanno che lei diligentemente astutava le luci e richiuiva la porta con le dù chiavi. Scinnero le scali in silenzio nel gran silenzio della casa. Ma era vacante o erano tutti morti? Appena fora, Montalbano, a vidirla accussì sdisolata, ebbe un'improvisa botta di pena.

«Vedrà che suo fratello si farà vivo prestissimo» le murmuriò pruiendole la mano.

Lei non la pigliò, scotì la testa ancora cchiù sconsolata.

«Senta… ma suo fratello… si vede con qualche… ha una relazione?».

«Non che io sappia».

E lo taliò. E mentre lo taliava e Montalbano disperatamente natava per non affogari, l'acque del lago tutto 'nzemmula si fecero scure scure quasi che era calata la notte.

«Che c'è?» spiò il commissario.

Lei non arrispunnì, sbarracò l'occhi. E il lago si cangiò in mare aperto.

Nuota, Salvo, nuota.

«Che c'è?» ripeté tra una vrazzata e l'altra.

Manco stavolta lei arrispunnì. Gli voltò le spalle, raprì nuovamente il portone, acchianò le scale, arrivò all'ultimo piano ma non si fermò. Allura il commissario vitti che da una rientranza del muro si partiva una scala a chiocciola che finiva davanti a una porta a vetri. Michela infilò la chiave, non arrinisci a raprire.

«Faccio io».

Raprì e si trovò supra un terrazzo granni quanto tutta la casa. Michela l'ammuttò di lato e currì verso una càmmara, una specie di grosso dado quatrato, che stava quasi in mezzo al terrazzo. C'era una porta e macari, di lato, una finestra. Ma erano chiuse.

«Non ho la chiave» disse Michela. «Non l'ho mai avuta».

«Ma perché vuole?...».

«Questo una volta era il lavatoio. Angelo l'ha affittato col terrazzo e l'ha trasformato. Ci viene qualche volta a leggere, a pigliare il sole».

«Va bene, ma se non ha la chiave...».

«Per carità, sfondi la porta».

«Signorina, guardi che io non posso in nessun modo...».

Lei lo taliò. Abbastò. Montalbano, con una spallata, mandò a catafascio la porta che era di compensato. Trasì, ma prima ancora di circari tastianno l'interruttore e addrumari la luci, gridò:

«Non entri!».

Pirchì dintra alla càmmara aviva percepito il feto della morti.

Ma Michela, pur nello scuro, qualichi cosa doviva averla intraviduta pirchì Montalbano la sintì prima fare una specie di lamento assuffucato e doppo la sintì che cadiva 'n terra, sbinuta.

«E ora che fazzo?» si spiò santianno.

Si calò, pigliò in putiri a Michela, la portò fino alla porta a vetri. Ma a tenerla accussì, come nelle pillicole lo sposo teni in braccio la sposa, non ce l'avrebbe mai fatta a scinniri la scala a chiocciola. Troppo stritta. Allura mise addritta la fìmmina, l'abbrazzò passandole le vrazza darrè la schina e la sollevò da terra. Accussì, e con prudenza, ce la potiva fare. Certe volte fu costretto a stringerla a lui ancora di cchiù ed ebbe modo di notare che, sutta a quel vistito cammisone, Michela ammucciava un corpo sodo, da picciotta. Finalmente arrivò davanti alla porta dell'altro appartamento dell'ultimo piano e sonò il campanello, spirando che c'era qualcuno vivo o che la sonata l'arrisbigliasse dal sarcofago.

«Cu è?» fece una voce di mascolo arragatato.

«Il commissario Montalbano sono. Può aprire, per favore?».

La porta si raprì e comparse Re Vittorio Emanuele III preciso 'ntifico, gli stissi baffi, la stissa nanizza. Solo che era in borgisi. Vitti a Montalbano abbrazzato a Michela e capì tutto arriversa. Arrussicò violentemente.

«Mi lasci entrare, per favore» fece il commissario.

«Cosa?! Vuole che la lascio entrare?! Lei è pazzo! Ha la pretesa di venire a scopare a casa mia?».

«No, guardi, Maestà, che…».

«Si vergogni! Ora chiamo la Polizia!».

E richiuì la porta sbattennola.

«Grandissimo stronzo!» si sfogò Montalbano mollando una gran pidata alla porta.

Ci mancò picca e nenti che non cadissi 'n terra con Michela, il piso del corpo della fìmmina lo squilibrava. Arripigliò a Michela in putiri e accomenzò a scinniri cautamente la scala. Tuppiò alla prima porta che gli vinni davanti.

«Chi è?».

Voci di picciliddro, massimo massimo decino.

«Sono un amico di papà. Puoi aprire?».

«No».

«E perché?».

«Perché mamma e papà m'hanno detto di non aprire a nessuno quando loro non ci sono».

Solo allora Montalbano si rese conto che, prima di sollevare da terra a Michela, si era infilato la sò borsetta nel vrazzo. Eccola qui, la soluzione. Si carricò nuovamente a Michela, acchianò la scala, appuiò la fìmmina contro il muro, la tinni addritta premendola col propio corpo, cosa pi nenti spiacevoli, raprì la borsetta, pigliò il mazzo di chiavi, raprì la porta dell'appartamento di Angelo, si trascinò a Michela nella càmmara matrimoniali, la stinnicchiò sul letto, andò in bagno, pigliò un asciucamano, lo vagnò sutta il rubinetto, tornò, mise l'asciucamano sulla fronti di Michela e crollò macari lui supra il letto, morto di stanchizza per la faticata. Aviva il sciato grosso, era assammarato di sudore.

E ora? Non potiva certo lassare la fimmina sola e andare supra il terrazzo a vidiri come stavano le cose. Il problema gli venne subito arrisolto.

«Eccolo qua!» fece Sua Maestà comparendo sulla porta. «Lo vede? Si appresta a violentarla!».

Darrè di lui, Fazio, pistola in pugno, si mise a santiare.

«Torni a casa sua, signore».

«Che fa, non l'arresta?».

«Torni a casa sua, subito!».

Vittorio Emanuele III ebbe un'altra alzata d'ingegno.

«È un complice! Lei è un complice! Ora chiamo i Carabinieri!» fece niscenno di cursa dalla càmmara.

Fazio gli currì appresso. Tornò doppo cinco minuti.

«L'ho persuaso. Ma che è successo?».

Montalbano glielo contò. E notò che Michela accomenzava a ripigliarsi.

«Sei venuto solo?».

«No, giù in macchina c'è Gallo».

«Fallo acchianare».

Fazio lo chiamò al cellulare e Gallo arrivò di cursa.

«Tu bada a questa fimmina. Quando si ripiglia, non la fare in nessun modo salire sul terrazzo. Capito?».

Seguito da Fazio, si rifece la scala a chiocciola. Sul terrazzo c'era scuro fitto. Oramà era notti.

Trasì nella càmmara, addrumò la luce. Un tavolo cummigliato da giornali e riviste. Un frigorifero. Un divano letto a un posto. Quattro lunghe tavole infisse alla parete di fondo facivano da libreria. Un piccolo mobile con bottiglie e bicchieri. Un lavabo in un angolo. Una granni pultruna di pelle da ufficio, come usavano una volta. Si era organizzato bene, Angelo. Il quale Angelo sinni stava sprofunnato nella pultruna. Il colpo che l'aviva ammazzato gli aviva macari asportato mezza faccia. Era in cammisa e jeans. La lampo dei jeans era aperta, lo stigliolo gli pinniva tra le gambe.

«Che faccio, chiamo?» spiò Fazio.

«Chiama» disse Montalbano. «Io me ne vado di sotto».

Che ci stava a fare lì? Tanto, tra picca, arrivava il circolo questre al completo, il pm, il medico legale, la Scientifica, il novo capo della Mobile, Giacovazzo, che avrebbe assunto l'indagine... Se avivano bisogno di lui, sapivano indovi circarlo.

Quanno trasì nella càmmara matrimoniali, Michela stava assittata supra il letto, giarna da fare scanto. Gallo era addritta, a dù passi dal letto.

«Tu vai sul terrazzo a dare una mano a Fazio. Qua resto io».

Sollevato, Gallo sinni niscì.

«È morto?».

«Sì».

«Come?».

«Gli hanno sparato».

«Oh Dio Dio Dio» fece lei pigliannosi la faccia tra le mano.

Però era una fìmmina forte. Si vippi tanticchia d'acqua da un bicchiere che evidentemente le aveva portato Gallo.

«Perché?» spiò.

«Perché cosa?».

«Perché l'hanno ammazzato? Perché?».

Montalbano allargò le vrazza. Ma Michela venne pigliata da un altro subitaneo pinsero.

«La mamma! Oh Dio mio! Come faccio a dirglielo?».

«Non glielo dica».

«Ma devo dirglielo!».

«Stia a sentire me. Le telefoni. Le dica che abbiamo scoperto che Angelo ha avuto un brutto incidente stradale. Che è ricoverato in gravi condizioni. Che lei passerà la notte in ospedale. Non le dica quale. Sua madre ha una parente?».

«Sì, una sorella».

«Abita a Vigàta?».

«Sì».

«Telefoni a questa zia, le dica la stessa cosa. E la preghi di andare a fare compagnia a sua madre. Lei passi la notte qui, è meglio. Vedrà che domattina troverà la forza e le parole giuste per dire la verità a sua madre».

«Grazie» disse Michela.

Si susì, Montalbano la sentì andare allo studio indovi c'era il telefono.

Macari lui niscì dalla càmmara matrimoniali, andò nel salottino, s'assittò supra una pultruna, s'addrumò una sicaretta.

«Dottore? Dov'è?».

Era la voce di Fazio.

«Sono qua. Che c'è?».

«Dottore, ho avvertito. Massimo tra una mezzorata saranno qua. Però il dottor Giacovazzo non viene».

«Come mai?».

«Ha parlato col Questore e il Questore l'ha dispensato. Pare che il dottor Giacovazzo abbia una facenna delicata tra le mano. Insomma, di questa indagine, zarazabara, se ne deve occupare lei».

«Va bene. Quando arrivano, mi chiami».

Sintì che Michela nisciva dallo studio e s'inserrava nel bagno tra le dù càmmare di letto. La sintì arrivari passati una decina di minuti. Si era data una lavata, indossava una vestaglia di fìmmina. Michela notò la taliata del commissario.

«È mia» spiegò. «Qualche volta mi sono fermata qua a dormire».

«Ha parlato con sua madre?».

«Sì. L'ha presa bene, tutto sommato. E zia Jole sta già andando da lei. Vede, mamma non ci sta tanto con la testa. Certe volte è lucidissima, certe volte invece è come assente. Quando le ho detto di Angelo è stato come se le avessi parlato di un conoscente. Meglio così. Lo vuole un caffè?».

«Grazie, no. Se ha un po' di whisky...».

«Certo. Lo prendo anch'io».

Niscì, tornò con un vassoio supra il quale c'erano dù bicchieri e una bottiglia da raprire.

«Vado a vedere se c'è del ghiaccio».

«Io lo bevo liscio».

«Anch'io».

Se non era che nel terrazzo c'era un morto sparato, la scena potiva pariri un preludio amoroso. Ammancava solo la musica in sottofondo. Michela fece un suspiro funnuto, appuiò la testa alla spallera della pultruna, chiuì l'occhi. E fu allora che Montalbano addecise di tirarle la botta.

«Suo fratello è stato ammazzato durante o alla fine di un rapporto sessuale. O di un atto di autoerotismo».

Lei satò addritta di colpo, una furia.

«Ma che dice, imbecille?».

Montalbano parse non aviri sintuto l'offisa.

«Di che si meraviglia? Suo fratello era un uomo di quarantadue anni. E lei, che pure lo frequentava quotidianamente, mi ha detto che Angelo non aveva amicizie femminili. Allora le rivolgo nuovamente la domanda: aveva amicizie maschili?».

Fu pejo. Lei accomenzò a trimari tutta, stinnì un vrazzo, l'indice puntato come un revorbaro contro il commissario.

«Lei è un... è un...».

«Chi vuole coprire, Michela?».

Lei cadì sulla pultruna, chiangenno, le mano sulla faccia.

«Angelo... povero fratello mio... Angelo mio...».

Dalla porta ch'era ristata aperta arrivò la rumorata di gente che acchianava le scale.

«Io devo andare» fece Montalbano. «Ma lei non vada a letto. Tra un po' ritorno e ripigliamo il discorso».

«No».

«Senta, Michela, lei non può rifiutarsi. Suo fratello è stato assassinato e noi dobbiamo...».

«Io non mi sto rifiutando. Ho detto no al fatto che lei ritorni a farmi domande chissà quando mentre io invece ho bisogno di farmi una doccia, pigliarmi un sonnifero e andare a dormire».

«Va bene. Ma l'avverto, domani sarà una giornata dura per lei. Tra l'altro, dovrà identificare il corpo».

«Oddio. Oddio. Oddio. E perché?».

Ci voliva una pacienza di santo con quella fìmmina.

«Michela, lei ha riconosciuto con certezza suo fratello quando ho sfondato la porta?».

«Con certezza? C'era troppo scuro. Ho intravisto... m'è parso di vedere un corpo sulla poltrona e...».

«E quindi lei non può affermare che si tratta di suo fratello. Teoricamente, non potrei dirlo manco io. Mi sono spiegato?».

«Sì» disse lei.

Grosse lagrime avivano pigliato a colarle sulla faccia. Murmuriò qualichi cosa che il commissario non accapì.

«Che ha detto?».

«Elena» ripeté lei cchiù chiaramente.

«E chi è?».

«Una donna che mio fratello...».

«Perché voleva coprirla?».

«È sposata».

«Da quando avevano una relazione?».

«Da sei mesi, non di più».

«Andavano d'accordo?».

«Angelo m'ha detto che ogni tanto litigavano... Elena era... è molto gelosa».

«Lei sa tutto di questa donna? Come si chiama il marito, dove abita?».

«Sì».

«Me lo dica».

Glielo disse.

«Lei in che rapporti è con questa Elena Sclafani?».

«La conosco solo di vista».

«Quindi non ha nessuna ragione per avvertirla di quello che è successo a suo fratello?».

«No».

«Bene. Vada pure a dormire. Domattina passerò da qua a prenderla verso le nove e mezza».

Tre

Qualichiduno doviva aviri scoperto indovi stava l'interruttore che addrumava le dù lampade che davano luce a una parte del terrazzo, quella cchiù vicina alla càmmara ex lavatoio. Il giudice Tommaseo sinni stava a passiari avanti e narrè nella zona illuminata, evitando accuratamente di sconfinare nello scuro circostante; assittati sulla balaustra, con le sicarette addrumate, c'erano dù òmini in càmmisi bianco, dovivano essiri quelli dell'ambulanza che aspittavano il via libera per aggauntare il catafero e portarselo all'obitorio.

Fazio e Gallo sinni stavano addritta vicino alla trasuta della càmmara. La porta l'avivano levata dai cardini e appuiata al muro. Montalbano vitti che il dottor Pasquano aviva finuto la ricognizione del corpo e ora si stava lavanno le mano. Pariva cchiù arraggiato del solito, forsi era stato obbligato a interrompere la partita di tressette e briscola che si faciva ogni giovedì sira.

Tommaseo s'apprecipitò verso il commissario.

«Che le ha detto la sorella?».

Si vidi che Fazio gli aviva spiegato indovi s'attrovava e che faciva.

«Niente. Non l'ho interrogata».

«Perché?».

«Non mi sarei mai permesso senza la sua presenza, dottor Tommaseo».

Il pm s'impettì, pirito gonfiato d'autorità, parse un gallinaccio.

«Che ha fatto allora tutto questo tempo con lei?».

«L'ho messa a letto».

Tommaseo dette una fulminea taliata torno torno, si calò cospirativo verso il commissario.

«Carina?».

«Non è l'aggettivo giusto, ma direi di sì».

Tommaseo si liccò le labbra.

«Quando potrò... interrogarla?».

«Domani verso le dieci e mezza l'accompagno a Montelusa nel suo ufficio. Le va bene? Io purtroppo però alle undici sono convocato dal Questore».

«Faccia pure, non importa».

E tornò a liccarsi le labbra. Arrivò Pasquano.

«Allora?» spiò Tommaseo.

«Allora che? Non ha visto macari lei? Gli hanno sparato in faccia. Un colpo. Ed è stato bastevole».

«Sa da quando è morto?» fece il commissario.

Pasquano lo taliò malamente e non arrispunnì.

«A occhio» patteggiò Montalbano.

«Che giorno è oggi?».

«Giovedì».

«A occhio, direi che gli hanno sparato nella tarda serata di lunedì».

«Tutto qua?» intervenne ancora Tommaseo, deluso.

«Non credo che ci siano altre ferite da zagaglia o boomerang» fece sgarbato Pasquano.

«No, no, mi riferivo al fatto che ha il membro...».

«Ah, quello? Lei vuole sapere perché ce l'aveva di fuori? Aveva appena finito un atto sessuale».

«Lei dice che l'hanno sorpreso che aveva appena terminato di masturbarsi e l'hanno ucciso?».

«Io non ho parlato di masturbazione» fece Pasquano. «Può essersi trattato di un rapporto orale».

L'occhi di Tommaseo accomenzarono a sparlucciacare come quelli di un gatto. In questi fatti ci sguazzava, ci godeva, se la scialava.

«Dice? Ma allora l'assassina gli ha sparato appena finito di...».

«Perché pensa che sia un'assassina?» spiò Pasquano che non era cchiù arraggiato e stava principianno a divertirsi. «Può essere stato benissimo un rapporto omosessuale».

«È vero» ammise di malavoglia Tommaseo.

425

Era chiaro che l'ipotesi mascolina non gli piaciva.

«E poi non è detto che si sia trattato solo di un rapporto orale».

Pasquano aviva ghittato l'amo e quello di subito abboccò.

«Lei dice?».

«Eh già. Può darsi che la donna, ammettiamo pure per ipotesi che si tratta di una donna, stava a cavalcioni sull'uomo».

L'occhi di Tommaseo erano addivintati completamente gattischi.

«È vero! E la donna, mentre lo faceva godere e lo guardava negli occhi, aveva già la mano sull'arma che...».

«Mi scusi, ma perché ha detto che la donna guardava negli occhi la sua vittima?» l'interruppe Pasquano con un'ariata d'angilo sarafino.

Montalbano sintì che non ce l'avrebbe fatta cchiù a reggere ancora quella pigliata per il culo e si sarebbe messo a ridiri.

«Ma non poteva essere diversamente, data la posizione!» fece Tommaseo.

«Non siamo però sicuri che la posizione era quella».

«Ma se lei stesso ha appena finito di...».

«Guardi, dottor Tommaseo, la donna può essersi benissimo messa a cavalcioni dell'uomo, ma non sappiamo come, se frontalmente o voltandogli le spalle».

«È vero».

«In questo secondo caso non avrebbe potuto guardare la vittima negli occhi, non le pare? E tra l'altro, in quella posizione, l'uomo non aveva che l'imbarazzo della scelta. Beh, io vado. Buonanotte. Vi farò sapere».

«Eh, no! Lei si deve spiegare meglio! Che significa l'imbarazzo della scelta?» fece Tommaseo currendogli appresso.

Scomparsero nello scuro. Montalbano s'avvicinò a Fazio.

«La Scientifica s'è persa?».

«Stanno per arrivare».

«Senti, io me ne vado a Marinella. Tu resta qua. Ci vediamo domani in ufficio».

Arrivò a tempo per gli ultimi telegiornali locali. Naturalmente, ancora nisciuno sapiva nenti della morte di Angelo Pardo. Ma le dù reti, «Televigàta» e «Retelibera», continuavano a parlare di un'altra morte, questa sì eccellente.

Verso le otto della sira avanti, mercoledì, l'onorevole Armando Riccobono era andato a trovari il sò collega di partito, senatore Stefano Nicotra, che da cinco e passa jorni sinni stava nella sò casa di campagna allocata tra Vigàta e Montereale per pigliarisi tanticchia d'abbento doppo un'intensa attività politica. Si erano sintuti per telefono la duminica matina e avivano stabilito d'incontrarsi il mercoledì sira.

Sittantino, vidovo, senza figli, il senatore Nicotra, vigatese, era una specie di gloria locale e patria. Una volta ministro dell'Agricoltura e dù volte sottosegretario, aviva abilmente navicato tra tutte le correnti della vecchia Democrazia cristiana arriniscendo a ristari a galla macari in mezzo alle cchiù spavintose tempeste. Durante il tirribilio dell'uragano di Mani pulite si era trasformato in sottomarino, navicando sott'acqua a quota periscopio. Era assumato solo quanno aviva visto che c'era la possibilità di gettare l'ancora in un porto sicuro: quello appena appena costruito da un ex palazzinaro milanisi, doppo addivintato proprietario delle tre maggiori televisioni private italiane e doppo ancora deputato, capo di un partito personale e primo ministro. Appresso a Nicotra erano andati altri superstiti del grande naufragio: Armando Riccobono era uno di questi.

Arrivato alla villa, l'onorevole aviva tuppiato a longo senza nisciuna risposta. Allarmato, pirchì sapiva che il senatore sinni stava da solo, aviva fatto il giro della casa e da una finestra aviva viduto l'amico sò 'n terra, sbinuto o morto. Dato che l'età non gli permetteva di scavalcare la finestra e trasiri, aveva chiamato aiuto col cellulare.

A farla breve, il senatore Nicotra era stato, come si dice in stile giornalistico, «stroncato da un infarto», la sira della stissa duminica nella quali aviva parlato con l'onorevole Riccobono. Nisciuno era andato a trovarlo né il lunedì e nemmanco il martedì: lui stisso aviva ditto al sò sigritario che voliva starsene in santa pace e che avrebbe, in ogni caso, staccato il telefono. Se avissi avuto qualichi cosa di bisogno, si sarebbe fatto vivo lui.

«Televigàta», per bocca a culo di gaddrina del sò commentatore politico Pippo Ragonese, spiegava all'urbi e all'orbo come qualmente grandissima era stata la commozione in tutta Italia alla notizia della scomparsa dell'eminente omo politico. Il capo del Governo, l'istisso nel cui partito il senatore era passato armi e ba-
gagli, aviva mandato un telegramma di cordoglio alla famiglia.

«Quale?» si spiò Montalbano.

Era cosa cognita che il senatore non aviva famiglia. E sarebbe stato eccessivo supporre, anzi era senz'altro da escludere, che
il capo del Governo aviva mandato un telegramma di condoglianze alla famiglia mafiosa dei Sinagra, con la quale il senatore pare che aviva avuto, e continuava ad aviri, lunghi e pro-
ficui, ma mai provati, legami.

Pippo Ragonese concluse dicenno che i funerali sullenni ci sarebbero stati il jorno appresso, venerdì, a Montelusa.

Astutato il televisore, il commissario sintì che non aviva gana di mangiari nenti. Sinni stette tanticchia assittato nella verandina a godirsi la friscanzana dell'aria di mare e doppo andò
a corcarsi.

Alle sette e mezza la sveglia sonò e Montalbano satò dal letto come sparato da un meccanismo a molla. Non erano manco
le otto che il telefono squillò.

«Dottori ah dottori! Ora ora chiamò il dottor Latte con la esse in funno!».

«Che voleva?».

«Disse che siccome che stamatina al senatori che morse ci fanno il servizio funereo e datosi che il signori e questori devi essiri prisenti di pirsona pirsonalmenti al suddetto funereo, il signori e questori non può arriviciviri a vossia siccome che era stabilito. Fui chiaro?».

«Chiarissimo, Catarè».

La jornata era bona, ma appena posò il telefono gli apparse
addirittura celestiale. La prospettiva di non dovirisi incontrare
con Bonetti-Alderighi lo rese quasi imbecille di gioia, tanto da
fargli comporre un distico assolutamente ignobile, sia sotto il
profilo dell'intelligenza sia sotto il profilo della metrica:

«Un senatore morto al giorno
leva il questore d'attorno».

Michela gli aviva detto che Emilio Sclafani, professore di greco, insegnava al liceo classico di Montelusa e quindi ogni matina sinni partiva con la machina per andare a fari lezione. Perciò, quanno verso le otto e quaranta tuppiò alla porta dell'interno 6 di via Autonomia Siciliana 18 era ragionevolmente certo che la signora Elena, mogliere del professore e amante del
fu Angelo Pardo, doviva essiri sula in casa. Il fatto fu che alla
tuppiata non arrispunnì nisciuno. Il commissario ci riprovò. Nenti. Accomenzò a squietarsi, capace che la signora aviva addimannato un passaggio al marito e si era fatta portari a Montelusa. Tuppiò una terza volta. Ancora nenti. Santianno, voltò le
spalle per ripigliare la scala quanno sintì una voce fimminina viniri dall'interno dell'appartamento:
«Chi è?».
Questa non è una domanda alla quale è sempre facili rispunniri. In primisi pirchì può capitare che chi deve rispondere è in
quel momento in preda a una momentanea perdita d'identità e
in secundisi pirchì non sempre dire chi si è veramente facilita
le cose.
«Amministrazione» disse.
Nelle società cosiddette civili c'è sempre un amministratore
che ti amministra, pinsò Montalbano. Può essere l'amministratore del condominio o quello della giustizia, sostanzialmente
non fa differenzia pirchì l'importante è che c'è, che ci sta, e che
ti amministri cchiù o meno oculatamente opuro occultamente,
pronto a fariti pagari l'errore che macari ignori d'aviri fatto. Jo-
seph K. ne sapiva qualichi cosa.
La porta si raprì e comparse una trentina biunna e bella in
un assurdo chimono, labbra imbronciate di un rosso foco pur
senza un filo di trucco, occhi cilestri assunnati. Si era susuta dal
letto per viniri a rapriri, e del letto portava ancora un sciauro
penetrante. Il commissario si sintì leggermente a disagio, oltretutto, a malgrado che era scàvusa, era cchiù alta di lui.
«Che vuole?».

Il tono della domanda fece capire che non aviva 'ntinzioni di perdiri tempo, tiniva prescia di tornare a corcarsi.

«Polizia. Il commissario Montalbano sono. Buongiorno. Lei è la signora Elena Sclafani?».

Lei aggiarniò, fece un passo narrè.

«Oh Dio, è successo qualcosa a mio marito?».

Montalbano strammò, non se l'aspittava.

«A suo marito? No. Perché?».

«Perché ogni mattina che si mette in macchina per andare a Montelusa io... non sa guidare... Da quando ci siamo sposati, quattro anni fa, ha avuto una decina di piccoli incidenti e allora...».

«Signora, non sono venuto per parlarle di suo marito, ma di un altro uomo. E ho molte cose da domandarle. Forse è meglio se entriamo».

Lei si fece di lato e guidò Montalbano verso un salottino nico ma abbastanza elegante.

«Si accomodi, torno subito».

Ci mise deci minuti a cangiarsi. Tornò con cammisetta e gonna tanticchia supra al ginocchio, scarpe col tacco alto, capelli a crocchia. S'assittò supra una pultruna in faccia al commissario. Non mostrava né curiosità né un minimo di preoccupazione.

«Lo vuole un caffè?».

«Se è pronto...».

«No, lo vado a fare. Ne ho bisogno, io se prima di tutto la mattina non bevo una tazza di caffè non connetto».

«La capisco benissimo».

Andò a trafichiari in cucina. In casa sonò un telefono, lei arrispunnì. Tornò col cafè, ognuno mise lo zucchero nella sò tazza, non parlarono fino a quanno non l'ebbero vivuto.

«Poco fa, al telefono, era mio marito. Mi avvertiva che stava per cominciare la lezione. Lo fa ogni giorno, per rassicurarmi che tutto è andato bene».

«Posso fumare?» spiò Montalbano.

«Certo. Fumo anch'io. Allora» fece Elena appuiandosi con la schina alla pultruna, la sicaretta addrumata tra le dita. «Che ha combinato Angelo?».

430

Montalbano la taliò a vucca aperta, sbalorduto. Da un quarto d'ora stava a strumentiare come principiari a parlari dell'amante della fìmmina e quella sinni nisciva con una domanda accussì esplicita?

«Come ha fatto a capire che...».

«Commissario, nella mia vita attualmente ci sono due uomini. Lei ha precisato che non è venuto a parlarmi di mio marito, quindi non può essere qui che per Angelo. È così?».

«Sì, è così. Ma vorrei da lei, prima di andare avanti, la spiegazione di un avverbio: attualmente. Che significa?».

Elena sorrise. Aviva denti bianchissimi, da giovane armàlo sarbatico.

«Significa che ora come ora ci sono Emilio, mio marito, e Angelo. Più spesso però ce n'è uno solo: Emilio».

Mentre Montalbano ragiunava sul senso di quelle parole, Elena spiò:

«Lei conosce mio marito?».

«No».

«È una persona straordinaria, buona, intelligente, comprensiva. Io ho ventinove anni, lui sessanta. Potrebbe essere mio padre. Lo amo. E cerco di essergli fedele. Cerco. Non sempre ci riesco, però. Come vede, le sto parlando con assoluta lealtà, prima ancora di sapere il motivo della sua visita. A proposito, chi le ha detto di me ed Angelo?».

«Michela Pardo».

«Ah».

Astutò la sigaretta nel portacenere, se ne addrumò un'altra. Ora una ruga le increspava la bella fronte. Stava pinsando con estrema concentrazione. Oltre che bella, doviva essiri molto intelligente. Di colpo, allato alle labbra le comparsero altre dù rughe.

«Che è successo ad Angelo?».

Ci era arrivata.

«È morto».

Lei vibrò come per una forte scarica elettrica, inserrò l'occhi.

«L'hanno ammazzato?».

Stava chiangenno quietamente, senza singhiozzi.

«Perché pensa a un delitto?».

«Perché se si trattava di un incidente o di morte naturale un commissario non si sarebbe presentato alle otto e mezza del mattino a interrogare l'amante del morto».

Tanto di cappello.

«Sì, l'hanno ammazzato».

«Ieri sera?».

«L'abbiamo scoperto ieri, ma la morte risale a lunedì sera».

«Come?».

«Gli hanno sparato».

«Dove?»

«In faccia».

Lei ebbe un sussulto, trimò come per un addrizzuni di friddo.

«No, dicevo, dove è successo?».

«A casa sua. Conosce quella camera che aveva sul terrazzo?».

«Sì. Una volta me l'ha fatta vedere».

«Senta, signora, devo farle alcune domande».

«Sono qui».

«Suo marito sapeva?».

«Della mia storia con Angelo? Sì».

«Glielo aveva detto lei?».

«Sì. Non gli ho mai nascosto niente».

«Era geloso?».

«Certo. Ma sapeva controllarsi. Del resto, Angelo non era il primo».

«Dove vi vedevate?».

«A casa sua».

«Nella camera sul terrazzo?».

«No, lì mai. Una volta, glielo ho già detto, me la mostrò. Mi disse che ci andava a leggere e a pigliare il sole».

«Qual era la frequenza dei vostri incontri?».

«Variava. In realtà, quando uno di noi due ne aveva voglia, telefonava. Certe volte stavamo anche quattro o cinque giorni senza vederci o perché io avevo degli impegni oppure perché lui era partito per i suoi giri in provincia...».

«Lei era gelosa?».

«Di Angelo? No».

«Eppure Michela mi ha detto che lei lo era. E che spesso, negli ultimi tempi, tra voi due c'erano stati dei litigi».

«Michela io non la conosco, non l'ho mai incontrata. Me ne parlava Angelo. Credo che abbia equivocato».

«Su cosa?».

«Sui litigi. Non erano per motivi di gelosia».

«Perché allora?».

«Perché volevo lasciarlo».

«Lei?!».

«Perché si meraviglia tanto? Mi stava passando, ecco tutto. E poi...».

«E poi?».

«E poi mi rendevo conto che Emilio soffriva troppo, anche se non lo dava a vedere. Era la prima volta che stava così male».

«Angelo non voleva che lei lo lasciasse?».

«No. Credo che lui avesse cominciato a nutrire per me un sentimento che, all'inizio, non aveva messo in conto. Sa una cosa? Angelo, in fatto di donne, era molto inesperto».

«Mi perdoni la domanda. Dov'era lunedì sera?».

Lei sorrise.

«Mi domandavo quando me l'avrebbe chiesto. Non ho alibi».

«Mi può dire che ha fatto? È rimasta a casa? Ha visto degli amici?».

«Sono uscita. Avevamo stabilito con Angelo che ci saremmo visti da lui lunedì sera verso le nove. Sono uscita da casa, ma mentre guidavo, quasi inconsciamente, ho preso un'altra strada. Ho proseguito imponendomi di non tornare indietro. Volevo capire se ce la facevo a rinunziare veramente ad Angelo che m'aspettava per fare l'amore. Ho girato a vuoto per due ore, poi sono rientrata».

«Lei non si è stupita che Angelo non si sia fatto vivo né la mattina appresso né i giorni seguenti?».

«No. Ho pensato che non mi telefonasse per ripicca».

«Non ha provato a chiamare lei?».

«Non l'avrei mai fatto. Sarebbe stato un errore. Forse, era veramente finita tra noi due. E la cosa mi dava sollievo.

Quattro

Si sintì nuovamente squillare il telefono.

«Mi permetta» fece Elena susennusi.

Ma prima di nesciri dalla càmmara, spiò:

«Ha molte domande ancora da farmi? Perché questa è sicuramente una mia amica con la quale devo...».

«Una decina di minuti al massimo».

Elena niscì, andò a rispunniri al telefono, tornò, s'assittò. Da come caminava, da come parlava, pariva completamente rilassata. Aviva fatto di prescia a metabolizzare la notizia della morti violenta del sò amanti, forse era vero che di quell'omo non gliene fotteva cchiù nenti. Meglio, non avrebbe avuto né pudori né reticenze.

«C'è una cosa che ora mi risulta, come dire, singolare, mi perdoni io con gli aggettivi non mi ci ritrovo, o forse appare singolare solo a me che sono... che non potrei...».

Era veramente imparpagliato, non sapiva come esporre la questione davanti a quella bella picciotta che dava piaciri solo a taliarla.

«Mi dica» l'incoraggiò lei con un surriseddro.

«Ecco. Lei mi ha detto che lunedì sera è uscita di casa per andare da Angelo che l'aspettava per fare l'amore. È così?».

«È così».

«Aveva intenzione di passare la notte con lui?».

«Ma no! Non l'ho mai fatto! Verso la mezzanotte sarei tornata a casa».

«Quindi lei sarebbe rimasta con Angelo un tre ore».

«All'incirca. Ma perché?...».

«Le era mai capitato di arrivare tardi a un appuntamento con lui?».

«Qualche volta».

«E Angelo in questi casi come si è comportato?».

«Come voleva che si comportasse? Lo trovavo nervoso, irritato, poi a poco a poco si calmava e...».

Sorrise in modo completamente diverso da come aviva sorriso fino a quel momento, un sorriso mezzo ammucciato, segreto, rivolto a se stessa, l'occhi le sparluccicarono, divertiti.

«... e cercava di rifarsi del tempo perduto».

«Se io le dicessi che Angelo quella sera non l'ha aspettata?».

«In che senso, scusi? Non credo che sia uscito perché lei ha detto che l'hanno trovato in terrazzo...».

«È stato ammazzato subito dopo un rapporto sessuale».

O era una grande attrice alla Duse o era ristata veramente sconvolta. Fece rapidamente una quantità di gesti senza senso, si susì e s'assittò, si portò alle labbra la tazzina di cafè vacante, la posò come se avissi vivuto, tirò fora dal pacchetto una sicaretta ma non l'addrumò, si susì e s'assittò, capovolse una scatoletta di ligno che c'era sul tavolinetto, la taliò, la posò.

«È assurdo» disse alla fine.

«Vede, Angelo si è comportato come se aveva la certezza assoluta che lei lunedì sera non sarebbe più andata da lui. Per una sorta di risentimento verso di lei, per ripicca, per sfregio, può avere chiamato un'altra donna. Ora lei mi deve rispondere con sincerità: quella sera, mentre girava in macchina, ha telefonato ad Angelo dicendogli che non sarebbe andata a casa sua?».

«No. Per questo dico che è assurdo. Una volta sono arrivata con due ore di ritardo, sa? E lui era fuori dalla grazia di Dio, ma mi aspettava. Lunedì sera non era in grado di sapere della mia decisione, potevo piombare a casa sua in qualsiasi momento e sorprenderlo!».

«Questo no» disse Montalbano.

«E perché?».

«In qualche modo Angelo una precauzione l'aveva pigliata, se ne era salito nella camera sul terrazzo. E la porta a vetri che dà sul terrazzo era chiusa a chiave. Lei ha quella chiave?».

«No».

«Vede? Anche se lei arrivava all'improvviso, non aveva nessuna possibilità di sorprenderlo. Ha le chiavi dell'appartamento?».

«Nemmeno quelle».

«E quindi lei non avrebbe potuto fare altro che bussare alla porta dell'appartamento senza che nessuno venisse ad aprirle. Dopo un po' si sarebbe convinta che Angelo non era in casa, era uscito, forse per smaltire la rabbia, e avrebbe desistito. Nella camera sul terrazzo, Angelo era al sicuro da lei».

«Ma non dall'assassino» fece Elena quasi arraggiata.

«Questo è un altro discorso» disse Montalbano. «E lei può essermi utile».

«In che senso?».

«Da quando c'era questa relazione tra lei e Angelo?».

«Da sei mesi».

«In questo periodo lui ha avuto modo di farle conoscere qualche suo amico o amica?».

«Commissario, forse non sono stata abbastanza chiara. I nostri incontri erano, come dire, mirati. Andavo a casa sua, bevevamo un whisky, ci spogliavamo, andavamo a letto. Non siamo mai andati assieme in un cinema, in un ristorante. Negli ultimi tempi lui avrebbe voluto, io no. E questo ci ha anche fatto litigare».

«Perché non voleva uscire con lui?».

«Per non dare alla gente motivo di ridere di Emilio».

«Ma le avrà parlato di qualche amica o amico!».

«Questo sì. Mi disse che, quando ci siamo conosciuti, aveva da poco interrotto una storia con una certa Paola, la rossa la chiamava lui, per il colore dei capelli, mi parlò anche di un tale Martino col quale andava spesso a pranzo e a cena, ma soprattutto mi parlava di sua sorella Michela. Erano molto legati, fin da quando erano bambini».

«Che sa di questa Paola?».

«Tutto quello che so, glielo ho già detto. Paola, capelli rossi».

«Del suo lavoro le parlava?».

«No. Una volta mi disse che rendeva bene, ma che era noioso».

«Lo sa che per un certo periodo aveva esercitato come medico e poi aveva lasciato?».

«Sì. Ma non aveva lasciato, quell'unica volta che me ne parlò accennò a una storia confusa, non ci ho capito niente e non ho approfondito perché non m'interessava, a causa della quale era stato costretto a non poter più esercitare».

Questa era una novità assoluta. Sulla quale abbisognava sapiri di cchiù.

Montalbano si susì.

«La ringrazio per la sua disponibilità. Rara, mi creda. Penso però che avrò bisogno di un altro incontro con lei».

«Come crede, commissario. Ma mi faccia un favore».

«A disposizione».

«La prossima volta non si presenti di mattina così presto. Può venire anche nel pomeriggio. Mio marito, come le ho detto, sa tutto. Mi scusi, ma sono una dormigliona».

Arrivò davanti all'abitazione di Angelo Pardo con una mezzorata e passa di ritardo. Se la potiva pigliari commoda, tanto la convocazione del Questore era stata rimandata. Citofonò, Michela gli raprì. Acchiananno le scali, la casa gli parse ancora morta, nisciuna voce, nisciuna rumorata. Chissà se Elena, vinenno a trovari ad Angelo, aviva mai incontrato qualichiduno degli altri inquilini. Michela l'aspittava sulla porta.

«È in ritardo».

Montalbano notò che indossava un vistito diverso, ma sempre fatto in modo d'ammucciare l'ammucciabile. Macari le scarpe erano cangiate.

Ma allura lei nell'appartamento di sò frati teneva un guardaroba intero?

Michela accapì quello che passava per la testa di Montalbano.

«Stamattina presto sono andata a casa mia. Volevo sapere come mamma aveva trascorso la notte. Ne ho approfittato per cambiarmi».

«Senta, stamattina deve andare dal pm Tommaseo. Avevo pensato d'accompagnarla, ma ritengo inutile la mia presenza».

«Che vuole da me questo signore?».

«Farle alcune domande su suo fratello. Posso usare il telefono? Avverto Tommaseo che lei sta arrivando».

437

«Ma dove devo andare?».

«A Montelusa, al palazzo di giustizia».

Trasì nello studio e subito sintì che c'era qualichi cosa di strammo, di cangiato. Ma non accapì cosa. Telefonò a Tommaseo, l'avvertì che non potiva essiri prisenti all'incontro con la fìmmina. Il pm, naturalmente, macari se non lo detti a vidiri, ne fu contento. In corridoio, Michela era già pronta.

«Mi dà per favore le chiavi di questo appartamento?».

Lei per un attimo ristò incerta, doppo raprì la borsetta e gli pruì il mazzo.

«E se ho bisogno di tornare qua?».

«Verrà in commissariato e io le darò le chiavi. Oggi pomeriggio dove la posso trovare?».

«A casa».

Chiuì la porta darrè a Michela, currì verso lo studio.

Da sempre il commissario aviva una specie d'occhio fotografico incorporato: quanno trasiva putacaso in una càmmara che gli era nova, con una taliata era capace di fotografare non solo la disposizione dei mobili, ma puro quella degli oggetti che c'erano supra. E arricordarsene macari se era passato tempo.

Si fermò sulla soglia, s'appuiò con la spalla dritta allo stipite, taliò attentamente e di subito scoprì quello che non combaciava.

La ventiquattrore.

La sira avanti la valigetta stava posata dritta 'n terra allato allo scrittoio, ora stava invece completamente sutta allo scrittoio. Non c'era alcun motivo per spostarla, non dava fastiddio manco se uno doviva adoperare il telefono. Quindi Michela l'aviva pigliata per vidiri che c'era dintra e doppo non l'aviva rimessa a posto come prima.

Santiò. Minchia, che grosso sbaglio che aviva fatto! Non avrebbe dovuto lassare sula la fìmmina in casa del morto ammazzato. Le aviva dato tutta la comodità di fari scomparire ogni cosa che potiva arrisultare in qualichi modo compromettente per il fratello.

Pigliò la ventiquattrore, la posò sullo scrittoio, la valigetta si raprì subito, non era chiusa a chiave. Dintra, una gran quantità di carte con diverse intestazioni di case farmaceutiche, foglietti illustrativi di medicinali, dépliant pubblicitari, ordinativi, ricevute.

C'erano macari due agende, una grossa e una nica. Taliò per prima la grossa. La rubrica degli indirizzi era fitta di nomi e numeri di telefono di medici di tutta la provincia, di spitali, di farmacie. Inoltre Angelo Pardo signava scrupolosamente tutti gli appuntamenti di travaglio.

La mise da parte e sfogliò quella cchiù nica. Questa era l'agenda privata. C'erano il nome e il numero di telefono di Elena Sclafani, quello di sò soro Michela e di tanti altri che non accanosceva. Taliò la pagina che si riferiva al lunedì passato. C'era scritto: «Ore 21 E». Quindi la facenna che gli aviva detto Elena dell'appuntamento con Angelo corrispondeva. Mise da parte macari l'agenda nica e pigliò in mano il telefono.

«Catarè, Montalbano sono. Passami Fazio».

«Subitaneo, dottori».

«Fazio, mi puoi raggiungere immediatamente in casa di Angelo Pardo?».

«Sul terrazzo?».

«No, sotto, nel suo appartamento».

«Arrivo».

«Ah, fai venire macari Catarella».

«Catarella?!».

«Perché, è intrasportabile?».

La scrivania aviva tri cascioni. Raprì quello di destra. Macari qui carte e documenti che riguardavano il sò misteri di, come si diceva ora?, ah, «informatore medico-scientifico». Quello centrale non si raprì, era chiuso a chiave e la chiave non era a vista. Probabilmente se l'era portata via Michela. Che grannissimo strunzo che era stato! Fece per raprire il cassetto di sinistra e lo squillo del telefono supra lo scrittoio fu accussì improviso e forte che lo scantò. Sollevò la cornetta.

«Sì?» fece stringendosi le nasche con l'indice e il pollice della mano ritta in modo di stracangiare la voce.

«Arrifriddato sei?».

«Sì».

«Pi chisto aieri a sira non vinisti, bastardo? T'aspetto stasira. E bada di viniri macari se ti piglia la purmunia».

Fine della telefonata. Una voce d'omo di scarsa e perigliosa parola, una voce di cumanno. Certo un medico che non vede arrivare l'informatore medico-scientifico non lo chiama bastardo. Montalbano pigliò l'agenda grossa, taliò la pagina corrispondente al jorno avanti, giovedì. Nella parte serale era bianca, non c'era scritto nenti, mentre invece nella matinata era segnato un appuntamento a Fanara con un certo dottor Caruana.

Fece per raprire il cascione di mancina e il telefono squillò nuovamente. A Montalbano venne il sospetto che il cascione e il telefono erano in qualichi modo collegati.

«Sì?» disse facendo il solito mutuperio alle nasche.

«Il dottor Angelo Pardo?».

Una voce di fimmina, cinquantina e severa.

«Sì, io».

«Ha una voce strana».

«Raffreddato».

«Ah. Sono l'infermiera del dottor Caruana di Fanara. Il dottore ieri mattina l'ha aspettata a lungo e lei non ci ha neanche avvertito che non sarebbe più passato».

«Faccia le mie scuse al dottore, ma questo raffreddore... Mi farò viv...».

S'interruppe. Ma se parlava a nome di un morto, come potiva questo morto farsi vivo?

«Pronto?» fece l'infermera.

«Appena posso, telefono. Buongiorno».

Riattaccò. Tutt'altra cosa che il tono usato dallo sconosciuto nella prima telefonata. Che era interessante assà. Ma ce l'avrebbe mai fatta a raprire il cascione? Spostò cautamente la mano tenendola fora vista del telefono.

Stavolta ci arriniscì.

Era stipato di carte. Tutte le ricevute possibili e immaginabili di quello che serve per mandare avanti una casa, affitto, luce, gas, telefono, condominio. Ma niente che riguardava lui, Angelo, di pirsona pirsonalmenti, per dirla con Catarella. Forse le carte o le cose che più direttamente lo riguardavano le teneva nel cascione centrale.

Chiuì e il telefono squillò. Forse l'apparecchio si era addunato in ritardo che lui l'aviva fregato e ora si stava piglianno la rivincita.

«Sì?».

Sempre con le nasche attuppate.

«Ma si può sapere dove cazzo sei andato a finire, stronzo?».

Voce di quarantino, arraggiato. Fece per arrispunniri, ma quello continuò:

«Aspetta un momento che ho una chiamata sull'altra linea».

Montalbano appizzò le grecchie, ma gli arrivò solamente un confuso murmuriare. Poi una sola parola chiara:

«Minchia!».

E all'altro capo riattaccarono. Che veniva a significari? Bastardo e stronzo. Chissà come avrebbero definito Angelo alla terza telefonata anonima. In quel momento sonò il citofono che era allato alla porta d'entrata. Il commissario andò a raprire. Erano Fazio e Catarella.

«Dottori, ah, dottori! Fazio mi disse che propio propio di mia di pirsona pirsonalmenti è abbisognevole!».

Era emozionato e sudatizzo per l'alto onore che il commissario gli stava facenno chiamandolo a partecipare all'indagine.

«Venitemi appresso».

Li guidò nello studio.

«Tu, Catarè, piglia quel portatile che c'è sullo scrittoio e vedi di dirmi tutto quello che ci sta dintra. Ma non lo fare qui, vattene in salotto».

«Dottori, mi posso portari macari la stampante?».

«Piglia quello che ti serve».

Nisciuto Catarella, Montalbano contò a Fazio ogni cosa, dalla minchiata che aviva fatto lassanno sola Michela in casa di Angelo a quello che gli aviva contato Elena Sclafani. E gli riferì macari delle telefonate. Fazio ristò pinsoso.

«Mi dicisse nuovamenti la secunna telefonata» fece doppo tanticchia.

Montalbano gliela ricontò.

«Faccio un'ipotesi» disse Fazio. «Mettiamo che l'omo che telefonò la seconda volta si chiama Giacomo. Allora, questo Giacomo non sa che Angelo è stato sparato. Lo chiama e si senti arrispunniri. Giacomo è arrabbiato perché da qualche giorno non riesce a mettersi in contatto con Angelo. Quando sta per parlargli, dice ad Angelo di aspettare un momento all'apparecchio perché ha una chiamata su un'altra linea. Giusto?».

«Giusto».

«Parla sull'altra linea e gli dicono qualcosa che non solo impressiona Giacomo, ma gli fa interrompere la comunicazione. La domanda è: che gli hanno detto?».

«Che Angelo era stato ammazzato» disse Montalbano.

«Macari io la penso accussì».

«Senti, Fazio, la notizia dell'omicidio è arrivata ai giornalisti?».

«Beh, qualcosa sta venendo fuori. Ma per tornare al nostro discorso, quando Giacomo si rende conto che sta parlando con un finto Angelo riattacca subito».

«La domanda è: perché ha riattaccato?» disse Montalbano. «Facciamo una prima pinsata. Mettiamo che Giacomo è uno che non ha niente da ammucciare, un innocente amico di mangiate e di avventure fimminine. Mentre crede di star parlando con Angelo, gli comunicano che Angelo è stato assassinato. Un amico vero non avrebbe riattaccato, ma avrebbe spiato al finto Angelo chi era veramente e perché si spacciava per Angelo. Allora bisogna fare una seconda pinsata. E cioè che Giacomo, appena saputo della morte di Angelo, dice minchia e riattacca perché si scanta di tradirsi, di farsi identificare continuando a parlare. Quindi non si tratta di un'amicizia 'nnuccenti, ma di qualcosa di losco. E la prima telefonata non mi persuade manco».

«Che possiamo fare?».

«Possiamo cercare di sapere da dove provenivano le telefonate. Fatti dare le autorizzazioni e procedi con la società dei telefoni. Non è detto che la cosa sia possibile, ma va tentata».

«Ci provo ora stesso».

«Aspetta, non è finita. Bisogna sapere tutto di Angelo Pardo. Secondo quello che mi ha accennato la Sclafani, deve essere stato cancellato dall'Ordine dei Medici o quello che è. Non è un provvedimento che viene pigliato per minchiate».

«Va bene, ci provo».

«Aspetta. Si può sapere pirchì hai tutta 'sta prescia? Voglio macari sapere vita morte e miracoli del professore Emilio Sclafani che insegna greco al liceo di Montelusa. L'indirizzo lo trovi sull'elenco telefonico».

«Va bene» disse Fazio senza accennare più a cataminarsi.

«Senti una cosa. Il portafoglio di Angelo?».

«Ce l'aveva nella sacchetta di darrè dei jeans. Se lo pigliò la Scientifica».

«La Scientifica si pigliò altro?».

«Sissi. Un mazzo di chiavi e il cellulare che c'era sul tavolino».

«Oggi stesso rivoglio chiavi, cellulare e portafoglio».

«Benissimo. Posso andare?».

«No. Cerca di raprire il cascione centrale della scrivania. È chiuso a chiave. Devi fare in modo di poterlo aprire e richiudere come se nessuno ci avesse messo mano».

«Ci vuole tanticchia di tempo».

«E tu tempo ne hai quanto ne vuoi».

Mentre Fazio principiava ad armiggiari, andò in salotto. Catarella aviva addrumato il portatile e macari lui armiggiava.

«Dottori, difficillimissimo è».

«Pirchì?».

«Pirchì c'è la guardia ai passi».

Montalbano strammò. Quale guardia? Quali passi?

«Catarè, che minchia dici?».

«Dottori, ora ci lo spiego. Quanno uno non voli che uno gli talia le cose intime che ci ha dintra, ci mette una guardia ai passi».

Montalbano accapì.

«Una password?».

«E io che dissi? La stissa cosa dissi. E si uno non ci dice la palora d'ordine, la guardia non ti fa passari».

«Allora siamo fottuti?».

«Non è ditto, dottori. Gli bisognerebbe un foglio indovi che c'è scritto nomi e cognomi del propietario, data di nascita, nomi della mogliere o della zita e del frati e della soro e della matri e del patre, del figlio mascolo se ne ha, della figlia fìmmina se ne ha...».

«Va bene, oggi doppopranzo ti farò avere tutto. Intanto portati il computer in commissariato. A chi lo dai il foglio?».

«A chi lo devo dari, dottori?».

«Catarè, tu hai detto: "gli bisognerebbe". Chi è questo gli?».

«Questo gli io sono, dottori».

Fazio lo chiamò dallo studio.

Cinque

«Fui fortunato, dottore. Trovai una chiave mia che pareva fatta apposta. Nessuno s'addunerà che è stato aperto».

Il cascione s'appresentava tinuto con molto ordine.

Passaporto, dal quale il commissario trascrisse i dati per Catarella; contratti che stabilivano percentuali sui prodotti venduti; due documenti notarili dai quali Montalbano copiò, sempre a beneficio di Catarella, nomi e date di nascita di Michela e di sò matre che di nome faciva Assunta; la pergamena di laurea, ripiegata in quattro, che risaliva a sedici anni avanti; la littra dell'Ordine, di deci anni prima, che comunicava all'ex dottor Angelo Pardo l'avvenuta cancellazione senza spiegare né comu né pirchì; una busta con dintra mille euro in biglietti da cinquanta; dù raccoglitori di fotografie a ricordo di un viaggio in India e un altro in Russia; tri littre della signora Assunta al figlio indovi che si lamintiava della convivenza con Michela e altre cose accussì, tutte personali ma tutte, come dire, assolutamente inutili all'occhi di Montalbano. C'era macari una vecchia denunzia di rinvenimento in casa di un revorbaro appartenuto al patre. Ma dell'arma non c'era traccia, forse Angelo se ne era liberato.

«Ma questo signore non aveva un conto corrente?» spiò Fazio. «Com'è che non c'è un blocchetto d'assegni, non ci sono manco le matrici di blocchetti usati o un rendiconto qualsiasi?».

La domanda non ebbe risposta in quanto Montalbano si stava facendo la stissa domanda e non sapiva rispondere né a sé né a Fazio.

Una cosa che invece strammò il commissario, e assà, e fece imparpagliare macari a Fazio, fu la scoperta di un libriceddro consunto intitolato *Le più belle canzoni italiane di tutti i tempi*.

In salotto c'era la televisione, ma in giro non si vidivano né dischi né lettori e manco radio.

«Nella càmmara in terrazzo c'erano dischi, cuffie, apparecchi?».

«Nenti, dottore».

Allura pirchì uno si tiene in un cascione chiuso a chiave un libretto di parole per canzoni? Oltretutto il libriceddro pariva spisso consultato, dù pagine staccate erano state accuratamente incollate al loro posto con lo scotch trasparente. In più, negli stretti margini erano stati scritti dei numeri. Montalbano se li studiò e ci mise picca a capire che Angelo si era macari appuntato la metrica dei versi.

«Puoi richiudere. A proposito, hai detto che avete trovato nella càmmara di supra un mazzo di chiavi?».

«Sissi, dottori. Se lo pigliò la Scientifica».

«Te lo ripeto: oggi doppopranzo voglio portafoglio, cellulare e chiavi. Che stai facendo?».

Fazio, invece di inserrare nuovamente il cascione, lo stava svacantando mettendo supra allo scrittoio, ordinatamente, le cose che ci stavano dintra.

«Un attimo solo, dottore. Voglio vidiri una cosa».

Quando il cascione fu completamente vacante, Fazio lo tirò fora dalle guide, lo capovolse. Sutta, all'esterno del piano, c'era una chiave cromata, tozza e dintata, tenuta attaccata da dù pezzi di scotch incrociati a X.

«Bravo Fazio».

Mentre il commissario considerava la chiave che aviva staccata, Fazio rimise tutte le cose dintra al cascione nello stisso ordine di prima, lo chiuì con la sò chiave che si rinfilò in sacchetta.

«Secunno mia, questa è la chiave che apre una piccola casciaforte a muro» concluse il commissario.

«Macari secunno mia» disse Fazio.

«E lo sai che viene a significare?».

«Che bisogna mettersi a travagliare» fece Fazio levannosi la giacchetta e rimboccandosi le maniche.

Doppo dù ore di quatri spostati, di specchi spostati, di mobili spostati, di tappita spostati, di medicinali spostati, di libri spostati, la lapidaria conclusione di Montalbano fu:

«Qui non c'è un'amata minchia».

Si assittarono, esausti, supra il divano del salotto. Si taliarono. E a tutti e dù vinni lo stesso pinsero:

«La càmmara di supra».

Acchianarono la scala a chiocciola. Montalbano raprì, s'attrovarono sul terrazzo. La porta della càmmara non era stata rimessa nei cardini, stava solo appuiata al posto sò con sopra appizzata una carta che diciva che era proibito l'ingresso e che tutto era sotto sequestro giudiziario. Fazio scostò la porta e trasirono.

Ebbiro dù fortune. La prima, che la càmmara era nica epperciò non si sdirrinarono a spostare troppi mobili. La secunna, che il tavolo non aviva cascioni. Accussì non pirdettiro troppo tempo. Ma il risultato fu lo stisso 'ntifico di quello ottenuto nell'appartamento di sutta e che il commissario aviva brillantemente, macari se non elegantemente, commentato con poche parole. Solo che si ficiro una gran sudata dato che in quella càmmara il sole ci batteva forti.

«E se invece è la chiave di una cassetta di banca?» azzardò Fazio quanno tornarono nell'appartamento di sutta.

«Non mi pare. In genere in quelle chiavi c'è un numero, una sigla, un qualcosa che alla gente del mestiere le fa riconoscere. Questa invece è liscia, anonima».

«E allora che si fa?».

«Che si va tutti a magnà» disse Montalbano in un empito poetico.

Doppo una mangiata esaustiva e una lenta passiata meditativo-digestiva, un pedi leva e l'autro metti fino ad arrivari al faro e ritorno, andò in ufficio.

«Dottori, me lo portò il foglio che gli abbisogna?» spiò Catarella appena lo vitti.

«Sì, daglielo».

Dove, secondo il complesso linguaggio catarelliano, il «gli» stava per lui stisso, Catarella.

S'assittò, cavò la chiave trovata da Fazio, la posò sulla scrivania, si mise a taliarla fissa, pariva che voliva pinnotizzarla. Invece capitò arriversa, che la chiave pinnotizzò lui. Infatti, doppo tanticchia, s'arritrovò con l'occhi chiusi, assugliato da una gran botta di sonno. Si susì, andò a lavarsi la faccia e fu allura che fece la bella pinsata. Chiamò Galluzzo.

«Senti, lo sai dove abita Orazio Genco?».

«Il latro? Certo che lo so, ci sono andato ad arrestarlo una para di volte».

«Lo devi andare a trovare, domandargli come sta e portargli i miei saluti. Lo sai che Orazio da un anno non si susi più dal letto? Non me la sento di vidiri com'è ridotto».

Galluzzo non si maravigliò, sapiva che il commissario e il vecchio latro di case si facivano sangue, erano a modo loro amici.

«Gli devo solo portare i suoi saluti?».

«No, fagli macari vidiri questa chiave».

La pigliò, gliela pruì.

«Fatti dire che chiave è, che cosa apre, secondo lui».

«Mah!» fece Galluzzo dubitoso. «Questa è una chiave moderna».

«Embè?».

«Orazio è vecchio, e da anni non esercita».

«Non ti preoccupare, so che si tiene al corrente».

Mentre lo stava ripigliando il sonno, comparse inaspettato Fazio con un sacchetto di plastica in mano.

«Sei andato a fari la spisa?».

«Nonsi dottore, sono andato a Montelusa a farmi dare dalla Scientifica quello che lei voleva. È tutto qua dentro».

Posò sul tavolino il sacchetto.

«E le voglio macari dire che ho parlato con la società dei telefoni. Ho ottenuto l'autorizzazione. Dice che ci provano a identificare da quali apparecchi sono venute le telefonate».

«E le notizie su Angelo Pardo ed Emilio Sclafani?».

«Dottore, purtroppo non sono il Patreterno. Arrinescio a fare una cosa a volta. Ora vado in giro e comincio a informarmi. Ah, le volevo dire una cosa. Tre».

E gli mostrò il pollice, l'indice e il medio della mano dritta.

Montalbano lo taliò pigliato dai turchi.

«Ti metti a dare i numeri? Che significa tre? Vuoi giocare a morra?».

«Dottore, si ricorda di quel picciotto che è morto per un'overdose e si ricorda che le dissi che macari l'ingegnere Fasulo, a malgrado che la cosa passò per infarto, era morto macari lui per droga?».

«Sì, lo ricordo. E il terzo chi è?».

«Il senatore Nicotra».

La vucca di Montalbano addivintò a forma di O.

«Vuoi babbiare?».

«Nonsi, dottore. Era cosa cognita che il senatore con la droga ci bazzicava. Ogni tanto s'inserrava nella sò villa e si faciva tri jorni di viaggio solitario. Stavolta si vede che si scordò di pigliari il biglietto di ritorno».

«Ma è sicuro?».

«Vangelo».

«Ma tu pensa! Uno che non faciva altro che parlare di morale e di moralità! Levami una curiosità: quando siete andati dal picciotto, avete trovato le solite cose, il laccio, la siringa?».

«Sissi, dottore».

«Per Nicotra dev'essersi trattato di altra roba, macari tagliata male. Ma io non ci capisco nenti, di queste facenne. Comunque, paci all'anima sò».

Niscenno, Fazio sulla porta quasi si scontrò con Augello.

«Mimì! La billizza! Beati l'occhi ca ti vidino!».

«Lassami perdiri, Salvo, sono dù notti che non dormo».

«Il picciliddro sta male?».

«No, ma chiangi sempre. Senza ragione».

«Questo lo dici tu».

«Ma se i medici...».

«Lascia perdere i medici. Si vede che il picciliddro non era d'accordo con voi sul fatto di essere messo al mondo. E considerato com'è il mondo, non mi sento di dargli torto».

«Senti, pi carità, non ti mettiri a fare lo spiritoso. Ti volevo riferire che cinque minuti fa mi ha telefonato il Questore».

«E a mia che me ne futti delle tue telefonate amorose? Oramà

449

tu e Bonetti-Alderighi siete culo e camicia, solo che ancora non si capisce chi è il culo e chi la camicia».

«Ti sei sfogato? Posso parlare? Sì? Il Questore mi ha detto che domani mattina, verso le undici, viene qua da noi il commissario Liguori».

Montalbano annuvolò.

«Quello stronzo dell'antidroga?».

«Quello stronzo dell'antidroga».

«E che vuole?».

«Non lo so».

«Io non lo voglio vedere manco stampato».

«Appunto per questo sono venuto a dirtelo. Tu, domani, dalle undici in poi, non ti fare vedere da queste parti. Ci parlo io».

«Ti ringrazio. Salutami Beba».

Chiamò Michela Pardo. Voleva incontrarla non solamente pirchì aviva domande da farle, ma macari per capiri se aviva fatto scompariri qualichi cosa dall'appartamento del fratello. Gli pisava assà la minchiata che aviva fatto consentendole di dormiri in casa di Angelo.

«Com'è andata stamattina col pm Tommaseo?».

«Mi ha fatto aspettare mezzora in anticamera e poi mi ha mandato a dire che la convocazione era spostata a domani alla stessa ora. Commissario, ha fatto bene a chiamarmi, le avrei telefonato io».

«Che c'è?».

«Volevo sapere quando potremo riavere Angelo. Per il funerale».

«Sinceramente non glielo so dire. M'informerò. Senta, può passare in commissariato?».

«Dottor Montalbano, ho pensato che era meglio dire a mamma che Angelo è morto. Le ho raccontato che si è trattato di un incidente d'auto. Ha avuto un contraccolpo violentissimo, ho dovuto chiamare il nostro medico. Le ha dato dei sedativi, sta riposando. Non me la sento di lasciarla sola. Non potrebbe passare lei da me?».

«Sì. Quando?».

«Quando vuole, tanto non posso muovermi da casa».

«Sarò da lei verso le diciannove. Mi dia l'indirizzo».

Doppo un'orata s'arricampò Galluzzo.

«Come sta Orazio?».

«Dottore, più in là che qua. Aspetta una sua visita».

Cavò dalla sacchetta la chiave, la detti al commissario.

«Secondo Orazio questa è la chiave di una cassetta blindata portatile marca Exeter di 45 centimetri per 30 e di 25 centimetri d'altizza. Dice che sono cassette che non si raprono manco con una mina anticarro. A meno che uno non abbia la chiave».

Lui e Fazio avivano perquisito l'appartamento e la càmmara supra il terrazzo alla ricerca di una casciaforte a muro. Ma una cassetta blindata di quelle dimensioni l'avrebbero sicuramente vista. E questo viniva a significari che qualichiduno se l'era portata via. Ma per farne che, se non aviva la chiave? Oppure chi se l'era pigliata era in posesso di una copia della chiave? E Michela non ne sapiva nenti? Addivintava sempre cchiù necessario parlari con quella fìmmina. Le aviva promisso d'informarsi per il funerale epperciò telefonò a Pasquano.

«Dottore, la disturbo?».

Con Pasquano abbisognava andarci quatelosamente, aviva un carattere decisamente fituso e instabile.

«Certo che mi disturba. Anzi, preciso: mi scassa i cabasisi. Mi sta facendo allordare di sangue la cornetta».

Un altro che non lo conosceva avrebbe riattaccato imbarazzato, con tante scuse. Ma il commissario lo praticava da tanti anni e sapiva che certe volte era meglio metterci il carico di undici.

«Dottore, me ne fotto».

«Di che?».

«Se l'ho disturbata o meno».

C'inzertò. Pasquano si fece una bella, grassa risata.

«Che vuole?».

«La famiglia di Angelo Pardo vorrebbe sapere quando potremo restituirle il corpo per il funerale».

«Cinque» disse Pasquano.

Ma che gli pigliava a Fazio e al dottore? Erano addivintati sibille cumane? Pirchì si mittivano a dari i nummari?

451

«Che significa?».

«Glielo spiego io, che significa. Significa che prima di quella di Pardo ho da fare cinque autopsie. Perciò i famigliari devono ancora aspettare. Dica loro che il caro congiunto non se la passa male in frigorifero. Ah, dato che c'è, le dico che mi sono sbagliato».

Madonnuzza santa, la pacienza ca ci vuliva!

«Su cosa, dottore?».

«Sul fatto che Pardo aveva avuto un rapporto sessuale poco prima d'essere ammazzato. Mi dispiace deludere il dottor Tommaseo che già era partito in quarta».

«Allora l'ha esaminato!».

«Superficialmente e solo per la parte che m'aveva incuriosito».

«Ma allora perché?...».

«Perché ce l'aveva di fuori, dice?».

«Appunto».

«Mah, capace che è andato a pisciare in un angolo del terrazzo e non gli hanno dato il tempo di rimetterselo dentro. Oppure capace che era intenzionato a darsi tanticchia di piacere solitario ma l'hanno preceduto sparandogli. E poi non è una cosa che mi riguarda. È lei, signor commissario, che fa l'indagine o no?».

Riattaccò senza salutare.

A pensarci bene, allura Elena aviva ragione nel non volere cridiri al fatto che Angelo si era incontrato con un'altra fìmmina mentre aspittava lei. Però manco l'ipotesi del dottor Pasquano reggeva.

Nella càmmara ex lavatoio non c'era bagno, solo un lavabo. Se ad Angelo gli scappava e non aviva gana di scinniri nell'appartamento, non c'era bisogno di andarla a fare in una parte scura del terrazzo, potiva doperare il lavabo come tazza.

E non lo convinceva manco l'ipotesi della masturbazione.

Ma in tutti e dù i casi era strammo assà che non aviva avuto il tempo di ricomporsi. No, la spiegazione doviva essiri un'altra. E certamente non era accussì semplice come quelle di Pasquano.

Sulla porta ricomparse Mimì Augello.

«Che vuoi?».

Aviva i calamari sutta all'occhi, pejo di quanno andava a fìmmine.

«Sette» disse Mimì.

Di colpo, Montalbano parse nisciuto pazzo. Si susì di scatto, russo in faccia, e gridò che dovittiro sintirlo insino al porto:

«Diciotto, ventiquattro e trentasei! Minchia! E macari sittanta!».

Augello si scantò, mentre nel commissariato si scatinava un tirribilio, porte sbattute, passi di corsa. In un attimo ficiro la loro comparsa Galluzzo, Gallo, Catarella.

«Che fu?».

«Che successe?».

«Che capitò?».

«Nenti, nenti» fece Montalbano assittandosi. «Tornate ai vostri posti, mi è venuto un attacco di nirbùso. Passò».

I tre sinni andarono. Mimì lo taliava ancora ammammaloccuto.

«Che ti pigliò? Che significano i numeri che davi?».

«Ah, io do i numeri? Io? E tu non sei trasuto qua dicendo sette?».

«E che è, peccato mortale?».

«Lasciamo perdere. Che volevi dirmi?».

«Che dato che domani arriva Liguori, mi sono documentato. Lo sai quanti sono stati i morti per droga in provincia negli ultimi dieci giorni?».

«Sette» disse Montalbano.

«Esatto. Come lo sai?».

«Mimì, me l'hai detto tu. Non facciamo un dialogo alla Campanile».

«Quale campanile?»

«Lasciamo perdere, Mimì, vasannò mi ripiglia il nirbùso».

«E lo sai che si dice del senatore Nicotra?».

«Che è morto della stessa malattia degli altri sei».

«E questo spiega perché l'antidroga di Montelusa ha deciso di principiare a cataminarsi. Tu non hai nessuna idea in proposito?».

«No. E manco la voglio avere».

Mimì niscì, il telefono squillò.

«Dottor Montalbano? Sono Lattes. Tutto bene?».

«Tutto bene, dottore, ringraziando la Madonna».

«I cuccioli?».

Ma di che minchia parlava? Dei figli? E quanti pinsava che ne aviva? Ad ogni modo, che fanno i cuccioli?

«Crescono, dottore».

«Bene, bene. Le volevo dire che il signor Questore l'aspetta domani pomeriggio tra le diciassette e le diciotto».

«Ci sarò senz'altro».

Si era fatta l'ora di nesciri per andare da Michela.

Passando davanti allo sgabuzzino di Catarella lo vitti con la testa sprufunnata nel computer di Angelo Pardo.

«A che punto siamo, Catarè?».

Catarella sobbalzò, satò addritta.

«Dottori ah dottori! All'acqua al collo siamo, dottori. La guardia ai passi non mi fa passari! Impetrenabilissima è!».

«Pensi di non farcela?».

«Dottori, a costo di fare nuttata ristando vigliante senza chiudiri occhio io la palora sicreta per il primo l'attrovo!».

«Catarè, perché dici per il primo?».

«Dottori, i fàili con la guardia ai passi tri sono».

«Fammi capire. Se tu ci metti una decina di ore per trovare la password di un file, questo viene a dire che ti servono minimo una trentina di orate per trovarle tutte e tre?».

«Priciso come dice vossia, dottori».

«Auguri. Ah, se trovi la prima, telefonami a qualsiasi ora della notte, non ti fare scrupolo».

Sei

Si mise in machina, partì, fatti un centinaro di metri si dette una manata sulla fronti, santiò, principiò una pericolosa svolta a U mentre tri automobilisti che stavano darrè di lui a gran
voce gli rivelavano che:
primo, era un grandissimo cornuto,
secondo, sò matre era stata una fìmmina di facili costumi,
terzo, sò soro era pejo della matre.
Tornato al commissariato, passò davanti a Catarella senza che
quello lo notasse, perso com'era nel computer. Praticamente un
reggimento di malavitosi sarebbe potuto penetrare in quegli uffici senza colpo ferire.
Nella sò càmmara, raprì il sacchetto che gli aviva portato Fazio e pigliò il mazzo di chiavi che era appartenuto ad
Angelo. Notò subito una chiave pricisa 'ntifica a quella che
aviva in sacchetta e che sirviva a raprire la cassetta blindata. In genere, quelle cassette venivano vendute dotate di due
chiavi solamente. Quindi quella che avivano trovata sutta
al cascione era la chiave di riserva che Angelo tiniva ammucciata.
Di conseguenza, aviva fatto un pinsero sbagliato su Michela, non era stata lei a fare scomparire la cassetta, non avrebbe
avuto modo di raprirla.
Forse la cassetta blindata non era scomparsa dall'appartamento
di Angelo perché non c'era mai stata, la tiniva altrove.
Altrove dove?
E qui si dette un'altra gran botta sulla fronte. Stava portando avanti quell'indagine da autentico rimbambito, uno che si
scordava le cose elementari. Angelo faciva il rappresentante e
batteva l'intera provincia, no? Come mai non gli era vinuto in

455

mente prima che di nicissità Angelo doviva aviri una machina e forsi aviva macari un garage?

Svacantò sul tavolo il sacchetto. Il cellulare. Il portafoglio. E le chiavi di un'auto. Come volevasi dimostrare: era un rincoglionito.

Rimise tutto dintra il sacchetto e se lo portò appresso. Manco stavolta Catarella lo notò.

Michela indossava una specie di vestaglia ampia e sformata, che un nodo largo e lento cangiava in una specie di cammisone da carzarata, e un paro di ciabatte. Tiniva bassi l'occhi perigliosi. Ma che piccati, o meglio, che mali intinzioni aviva il sò corpo per doverlo castigari ammucciandolo in questo modo?

Lo fece accomodare in salotto. Mobili di bona fattura ma vecchi, di certo erano di famiglia, tramandati da patre a figlio.

«Mi scusi se la ricevo vestita così, ma dovendo continuamente accudire alla mamma...».

«Si figuri! Come sta la signora?».

«Per fortuna in questo momento riposa. È l'effetto dei sedativi. È il dottore che vuole così. Però è un sonno agitato, come se avesse degli incubi, si lamenta».

«Mi dispiace» disse Montalbano che in questi casi non sapiva che dire e si tiniva sulle generali.

Fu lei ad attaccare la questione. Direttamente.

«Ha trovato qualcosa in casa di Angelo?».

«Qualcosa in che senso?».

«Qualcosa che possa aiutarla a capire chi è stato a...».

«No, ancora niente».

«Lei mi aveva fatto una promessa».

Montalbano capì a volo.

«Ho telefonato a Montelusa. Ci vorranno ancora almeno tre giorni prima che venga data l'autorizzazione per la riconsegna della salma. Non dubiti: la terrò informata».

«Grazie».

«Lei poco fa mi ha domandato se abbiamo trovato qualcosa nell'appartamento di suo fratello e io le ho risposto che non abbiamo trovato niente. Ma non abbiamo trovato manco quello che avrebbe dovuto esserci».

Aviva ghittato amo ed esca. Ma quella non abboccò. Ristò solo tanticchia stupita, com'era giusto.

«Per esempio?» spiò.

«Suo fratello guadagnava abbastanza?».

«Abbastanza. Ma non equivochi, commissario. Forse è meglio dire: in modo sufficiente per i suoi e i nostri bisogni».

«Dove li teneva i soldi?».

Michela lo taliò, solo un attimo per fortuna, sorpresa dalla domanda.

«In banca, li teneva».

«E come lo spiega che non abbiamo trovato un libretto d'assegni, un estratto di conto corrente, niente?».

Inaspettatamente, Michela sorrise e si susì.

«Torno subito» disse.

Quanno si ripresentò, tiniva nelle mano una grossa cartella che posò sul tavolinetto. La raprì, tirò fora un libretto d'assegni della Banca dell'Isola, circò ancora, pigliò un foglio e pruì libretto e foglio al commissario.

«Angelo ha un conto corrente in quella banca, le ho dato anche l'ultimo estratto conto».

Montalbano taliò la cifra corrispondente alla voce «avere»: novantunomila euro.

Restituì le dù cose a Michela che le rimise nella cartella.

«Questi soldi non sono soltanto guadagno di Angelo. Circa cinquantamila euro sono miei, un'eredità di un mio zio che mi voleva particolarmente bene. Come vede, con mio fratello facevamo cassa comune. Infatti il conto corrente è a doppia firma».

«Come mai tiene tutto lei?».

«Sa, Angelo spesso era fuori Vigàta per lavoro e non poteva quindi rispettare certe scadenze. Provvedevo io e poi gli davo le ricevute. Le ha trovate?».

«Quelle sì. Oltre all'appartamento e alla camera sul terrazzo, aveva anche un garage?».

«Certo. Nella parte posteriore della casa ci sono tre garage. Il primo da sinistra è il suo».

Lo vedi che sei un vecchio rimbambito, mio caro Montalbano?

«Perché dice che Angelo spesso non poteva trovarsi a Vigàta per certe scadenze? Non faceva solo viaggi brevi, limitati dentro i confini della provincia?».

«Non è precisamente così. Almeno una volta ogni tre mesi andava all'estero».

«Dove?».

«Mah, Germania, Svizzera, Francia... Dove in genere sono le grandi case farmaceutiche. Lo convocavano».

«Capisco. Stava fuori molto?».

«Variava. Da tre giorni a una settimana. Non di più».

«Tra le chiavi di suo fratello ne abbiamo trovata una molto particolare».

Cavò quella che aviva in sacchetta, la pruì alla fimmina.

«La riconosce?».

Lei la taliò con curiosità.

«Proprio riconoscerla, direi di no. Però devo averne intravista una quasi uguale tra le sue chiavi».

«Non gli ha domandato a che servisse?».

«No».

«Questa chiave apre una cassetta blindata portatile».

«Davvero?!».

Lo taliò. Acque chiare, invitanti, all'apparenza, per niente perigliose. Però attento, Montalbano, sutta, ammucciati, ci sono probabilmente grovigli d'alghe giganti dai quali non arriniscirai mai cchiù a tirare fora i pedi.

«Non ho mai saputo che Angelo avesse una cassetta blindata. Non me l'ha mai detto e non l'ho mai vista nel suo appartamento».

Montalbano si ostinò a taliarsi la punta della scarpa mancina.

«L'avete trovata?».

«No. Abbiamo trovato le chiavi ma non la cassetta. Non le sembra strano?».

«Effettivamente».

«E questa è un'altra di quelle cose che avrebbero di certo dovuto esserci nell'appartamento e invece non c'erano».

Michela dette segno d'aviri capito indovi Montalbano voliva andare a parare. Tirò la testa narrè, aviva un collo bellissimo, modiglianesco, lo taliò con l'occhi fortunatamente socchiusi.

«Non starà pensando che l'abbia presa io?».

«Beh, vede, io ho commesso un errore».

«Quale?».

«L'ho lasciata sola per una notte in casa di suo fratello. Non avrei dovuto farlo. Lei così può avere avuto tutto il tempo di...».

«Di fare sparire alcune cose? E perché?».

«Perché lei di Angelo sa assai di più di quanto ne sappiamo noi».

«Certo. Che scoperta! Siamo cresciuti assieme. Siamo fratello e sorella».

«E perciò tende a coprirlo, anche inconsciamente. Lei mi ha detto che suo fratello, a un certo momento, decise di non fare più il medico. Invece le cose non sono andate precisamente così. Suo fratello è stato radiato».

«Chi glielo ha detto?».

«Elena Sclafani. Le ho parlato stamattina, prima di venire da lei».

«Le ha spiegato il motivo?».

«No. Perché non lo sapeva. Angelo glielo accennò, ma a lei la faccenda non interessava e così non domandò altro».

«Povero angioletto! A lei la faccenda non interessava, però si è premurata di metterla in sospetto. Tira il sasso e nasconde la mano».

Aviva parlato con una voce che il commissario non le accanosceva, una voce che pariva prodotta non da corde vocali ma da dù fogli di carta vetrata sfregati con forza l'uno contro l'altro.

«Me lo dica lei, il motivo».

«Aborto».

«Mi dica di più».

«Angelo mise incinta una ragazzina minorenne, tra l'altro sua paziente. La ragazzina, che apparteneva a una famiglia di un certo tipo, non osava dire nulla a casa e nemmeno poteva ricorrere a una struttura pubblica. Non restava che l'aborto clandestino. Senonché la ragazza, tornata dai suoi, ebbe una violenta emorragia. Venne accompagnata dal padre all'ospedale e così si seppe la verità. Angelo si assunse tutte le responsabilità».

«Che significa che si assunse le responsabilità? Mi pare evidente che erano tutte sue!».

«No, non tutte. Aveva chiesto a un suo collega e amico, si erano conosciuti all'università, di far abortire la ragazza. Quello non voleva, ma Angelo riuscì a convincerlo. Così, quando la faccenda si riseppe, mio fratello dichiarò che era stato lui a praticare l'aborto. E quindi venne condannato e radiato».

«Mi dica il nome e il cognome della ragazza».

«Ma commissario, sono passati più di dieci anni! So che la ragazza si è sposata, non vive più a Vigàta... perché vuole?...».

«Non è detto che debba interrogarla, ma se sarà necessario, userò molta discrezione, glielo prometto».

«Teresa Cacciatore. Ha sposato un imprenditore, Mario Sciacca. Vive a Palermo. Ha un bambino».

«La signora Sclafani mi ha detto che gli incontri con suo fratello avvenivano nell'appartamento di lui».

«Sì, è così».

«Com'è che lei non l'ha mai incrociata?».

«Ero io a non volerla incontrare. Nemmeno per caso. Avevo pregato Angelo d'avvertirmi sempre quando Elena andava da lui».

«Perché non voleva?».

«Antipatia. Avversione. Decida lei».

«Ma se l'ha vista solo una volta!».

«M'è bastato. E poi Angelo mi parlava spesso di lei».

«Che le diceva?».

«Che a letto era inarrivabile, ma troppo avida di soldi».

«Suo fratello la pagava?».

«Le faceva regali costosissimi».

«Ad esempio?».

«Un anello. Una collana. Una biposto».

«Elena mi ha confidato che ormai era decisa a lasciare Angelo».

«Non ci creda. Non l'aveva ancora spremuto tutto. Gli faceva continue scenate di gelosia per tenerselo stretto».

«Anche Paola la rossa le stava antipatica?».

Satò, letteralmente, sulla pultruna.

«Chi... chi le ha parlato di Paola?».

«Elena Sclafani».

«La troia!».

Le era tornata la voce di carta vetrata.

«Scusi, a chi si riferisce?» spiò angelico il commissario. «A Paola oppure a Elena?».

«A Elena che l'ha tirata in mezzo. Paola era... è una persona perbene che si era veramente innamorata di Angelo».

«Perché suo fratello l'ha lasciata?».

«La storia con Paola durava da troppo... la conoscenza di Elena è capitata in un momento di stanchezza... ha rappresentato per Angelo una novità, una curiosità alla quale non ha saputo resistere, malgrado che io...».

«Mi dica cognome e indirizzo di Paola».

«Commissario! Ma lei pretende che io le dia le generalità di tutte le donne che hanno frequentato Angelo? Di Maria Martino? Di Stella Lojacono?».

«Non di tutte. Di quelle che ha detto».

«Paola Torrisi-Blanco abita a Montelusa, via Millefiori 26. È insegnante d'italiano al liceo».

«Sposata?».

«No. Sarebbe stata una moglie ideale per mio fratello».

«A quanto pare, lei ha conosciuto bene Paola».

«Sì. Siamo diventate amiche. E ho continuato a frequentarla anche dopo che mio fratello l'ha lasciata. Stamattina le ho telefonato e le ho detto che Angelo era stato assassinato».

«A proposito, si è fatto vivo qualche giornalista con lei?».

«No. Hanno saputo?».

«La notizia comincia a trapelare. Si rifiuti di rispondere».

«Certo».

«Mi dia gli indirizzi, se ce li ha, o i numeri di telefono delle altre due donne che ha ricordato».

«Non li ho presenti, devo cercare nelle vecchie agende. Le va bene se glieli faccio avere domani?».

«D'accordo».

«Commissario, le posso fare una domanda?».

«La faccia».

«Perché concentra l'indagine sulle amicizie femminili di Angelo?».

«Perché tu ed Elena non fate altro che fornirmi nomi di fìmmine su un piatto, anzi no, su un letto» avrebbe voluto rispondere, ma non lo fece.

«Pensa che sia un errore?» spiò invece.

«Non so se sia un errore o meno. Ma è certo che ci sono molte altre ipotesi da fare sul possibile movente dell'assassinio di mio fratello».

«Quali?».

«Mah, che so... qualcosa che riguardi i suoi affari... un concorrente magari invidioso...».

A questo punto il commissario addecise di barare, calando supra il tavolo una carta truccata. Pigliò un'ariata impacciata, di chi vorrebbe dire ma non se la senti.

«A farci privilegiare ehm ehm la pista femminile...».

Si congratulò con se stesso, gli erano vinute le parole giuste, macari gli ehm ehm tipo poliziotto 'nglisi gli erano nisciuti dalla gola alla perfezione. Proseguì nel sò capolavoro di tiatro.

«... è stato appunto ehm ehm un particolare che ehm ehm ma forse è meglio che io non...».

«Dica, dica» fece Michela assumendo a sua volta l'ariata di chi è pronta ad ascutari le pejo cose.

«Ecco, suo fratello, quando è stato ucciso, aveva appena avuto un ehm ehm rapporto sessuale».

Era una farfantaria, il dottor Pasquano gli aviva contato un'altra cosa. Ma lui voliva vidiri se si ripeteva l'effetto che avivano avuto la prima vota le sue parole. E l'effetto ci fu.

La fìmmina scattò addritta. La vestaglia le si raprì. Di sutta, era completamente nuda, nenti mutandine, nenti reggiseno, un corpo splendido, citrigno, compatto. Si arcuò. Nel movimento, macari i capelli le si scioglierono sulle spalle. Tiniva i pugni sirrati, le vrazza stise lungo i scianchi. L'occhi erano sbarracati. Pi fortuna, non taliavano verso il commissario. Montalbano, come da una finestra di sguincio, vitti in quell'occhi scatinarsi un gran mari in tempesta, ondate di raggia forza otto si susivano a picco, muntagne, ricadivano in valanghe di spuma, si riformavano, ricadivano. Il commissario si scantò, gli tornò a mente un ricordo di scola, quello delle tri terribili Erinni. Doppo pinsò ch'era un ricordo sbagliato, le Erinni erano laide e vecchie. Ad ogni modo, si tinni stritto ai braccioli della pultruna. Michela fece fatica a parlari, la furia le tiniva inserrati i denti.

«È stata lei!».

I dù fogli di carta vitrata si erano cangiati in dù macine di petra.

«È stata Elena ad ammazzarlo!».

Il petto le era addivintato un mantice. E tutto 'nzemmula la fimmina cadì narrè, sbattenno la testa sulla pultruna e rimbalzando con forza prima di abbannunarsi completamente sbinuta.

Sudatizzo per la scena alla quali aviva assistito, Montalbano niscì dal salotto, vitti una porta mezza aperta, capì ch'era un bagno, trasì, vagnò un asciucamano, tornò, s'agginucchiò allato a Michela, principiò a passarle l'asciucamano sulla faccia. Oramà era addivintata un'abitudine. A lento a lento la fimmina parse calmarsi, raprì l'occhi e la prima cosa che fece fu di ricummigliarsi con la vestaglia.

«Sta meglio?».

«Sì. Mi scusi».

Aviva una incredibile capacità di ricupero. Si susì.

«Vado a bere».

Tornò e s'assittò, tranquilla, fridda, come se un attimo prima non aviva avuto quell'incontrollabile, scantusa botta di raggia, al limite di un vero e propio attacco epilettico.

«Sapeva che lunedì sera suo fratello ed Elena si dovevano incontrare?».

«Sì, Angelo mi aveva telefonato per avvertirmi».

«Elena dice che quell'incontro non c'è stato».

«Che storia le ha raccontato?».

«Che è uscita sì di casa, ma che mentre era in macchina ha deciso di non andare all'appuntamento. Voleva capire se ce la faceva a lasciare per sempre suo fratello».

«E lei ci crede?».

«Ha un alibi che ho controllato».

Era un'altra sullenne farfantaria, ma voliva evitare che Michela si faciva viniri un'altra botta di raggia davanti a qualichi giornalista e faciva il nome di Elena.

«Sicuramente è falso».

«Lei mi ha riferito che Angelo faceva costosi regali ad Elena».

«È così. Crede che il marito, con lo stipendio che ha, possa permettersi di regalarle una macchina come quella?».

«Allora, se le cose stavano così, che motivo aveva Elena d'ammazzarlo?».

«Commissario, era Angelo che voleva troncare la relazione. Non ne poteva più. Elena l'assillava con la sua gelosia. Angelo mi disse che una volta lei gli aveva scritto minacciandolo di morte».

«Gli ha mandato una lettera?».

«Se è per questo, due o tre volte».

«Lei le ha lette?».

«No».

«Non abbiamo trovato lettere di Elena nell'appartamento di suo fratello».

«Angelo le avrà buttate via».

«Credo d'averla disturbata troppo a lungo» fece Montalbano susennosi.

Macari Michela si susì. Di colpo parse sfinita, si passò una mano sulla fronte come per estrema stanchizza, cimiò leggermente.

«Un'ultima cosa» disse il commissario. «A suo fratello piacevano le canzonette?».

Forse era troppo provata per strammarsi di quella domanda.

«Ogni tanto le ascoltava».

«Ma in casa non c'era niente per sentire musica».

«E infatti non la sentiva a casa».

«E dove allora?».

«In macchina, quando viaggiava. Gli tenevano compagnia. Aveva parecchie cassette».

Sette

Michela aviva ditto che il garage di sò frati era il primo a mancina. A dritta e a manca della saracinesca c'erano dù serrature, al commissario bastò picca per trovare la chiave adatta nel mazzo che si era portato appresso.

Raprì, doppo infilò una chiavuzza in un'altra serratura che c'era sul muro allato alla saracinesca e questa principiò a sollevarsi a lento, troppo a lento per la curiosità del commissario. Quanno la saracinesca finì d'acchianare, Montalbano trasì e trovò subito l'interruttore. La luce al neon era forte. Il garage era spazioso e tinuto in perfetto ordine. Con una ràpita occhiata torno torno il commissario si fece capace che non c'era nisciuna cassetta blindata e nisciuna possibilità d'ammucciarla.

La machina era una Mercedes abbastanza nova, di quelle che in genere vinivano affittate con autista. Nel vano portaoggetti tra il posto di guida e quello del passeggero c'erano una decina di cassette di canzoni. Nel cassetto del cruscotto, i documenti della machina e una quantità di carte stratali. Per scrupolo, raprì macari il portabagagli ch'era pulitissimo: la rota di scorta, il cric, il triangolo.

Tanticchia deluso, Montalbano rifece arriversa tutto il mutuperio che aviva fatto per raprire e s'arritrovò nuovamente nella sò machina diretto a Marinella.

Erano le novi e un quarto di sira e non aviva pititto. Si levò i vistita, s'infilò una cammisa e un paro di jeans e, a pedi nudi, dalla verandina scinnì in spiaggia.

Il lume di luna era scarso, le luci della sò casa infatti brillavano come se ogni càmmara era illuminata non da lampadine, ma da proiettori di cinema. Arrivato a ripa, sinni stette un pezzo accussì, con il mari che gli vagnava i pedi e il frisco che gli acchianava lungo il corpo fino ad arrivargli alla testa.

A filo d'orizzonte, la luce di qualichi lampara spersa. Lontanissima, una voci di fìmmina lamentiosa chiamò dù volte: «Stefanu! Stefanu!».

Le arrispunnì, pigramente, un cane.

Immobile, Montalbano aspittava che la risacca gli trasisse nel ciriveddro e, sciacquettando, glielo puliziasse a ogni passata. E finalmente gli arrivò la prima onda liggera come una carizza, sciiiafff, e si portò ritirannosi, glogloglo, Elena Sclafani e la sò billizza, sciiiafff glogloglo e scomparsero le minne, la panza, il corpo arcuato, l'occhi di Michela Pardo. Cancellato l'omo Montalbano, doviva solo ristare il commissario Montalbano, una funzione quasi astratta, colui che è preposto solo a risolvere il caso, senza sentimenti pirsonali. Ma mentre se lo diciva, sapiva benissimo che non ne sarebbe mai stato capace.

Tornò a la casa, raprì il frigorifero. Adelina doviva essiri stata colpita da un'acuta forma di vegetarianesimo. Caponatina e un sublime pasticcio di cacoccioli e spinaci. Conzò il tavolino della verandina e si sbafò la caponatina mentre il pasticcio si quadiava. Appresso, si liccò col pasticcio. Sconzò e andò a pigliare il portafoglio di Angelo dal sacchetto di plastica. Lo svacantò rovesciandolo e infilando le dita dintra agli scomparti. Carta d'identità. Patente. Codice fiscale. Carta di credito della Banca dell'Isola (lo vedi che sei rimbecillito? Perché non hai taliato subito nel portafoglio? Ti risparmiavi la malafiura con Michela). Dù biglietti da visita, uno del dott. Benedetto Mammuccari, medico chirurgo a Palma e l'altro di Valentina Bonito, ostetrica a Fanara. Tre francobolli, dù normali e uno di posta prioritaria. Una fotografia di Elena in topless. Duecentocinquanta euro in biglietti da cinquanta. La ricevuta di un pieno di benzina.

E basta. E stop. E ti fermi.

Tutto ovvio, tutto normale. Tutto troppo ovvio, troppo normale per un omo che viene trovato sparato in faccia e con l'affare comunque di fora, sia che gli era servito per uno scopo sia per un altro. Sempre di fora ce l'aviva. Va bene che oggi come oggi farsi sorprendere con lo stigliolo esposto non sorprendeva cchiù nisciuno e c'era stato macari un onorevole, appresso addivintato un'alta carica dello Stato, che l'aviva fatto vidiri all'urbi e all'orbo in una foto comparsa supra alcuni rotocalchi, va bene, ma erano le dù cose 'nzemmula, l'ammazzatina e l'esposizione che facivano il caso particolare.

O la particolarità del caso. O meglio: la particolarità del cazzo. Assorto in accussì complesse variazioni sul tema, il commissario, che stava rinfilando tutto dintra al portafoglio, arrivato ai cinco biglietti da cinquanta, si fermò di colpo.

Quanto c'era nel conto corrente che gli aviva fatto vidiri Michela? Circa novantamila euro dei quali però cinquantamila erano della stissa Michela. Quindi Angelo in banca aviva solo quarantamila euro. Ottanta milioni scarsi, a contare con le vecchie lire. C'era qualichi cosa che non quatrava. Probabilmente, il guadagno di Angelo Pardo consisteva nelle percentuali sui prodotti farmaceutici che arrinisciva a piazzare. E Michela aviva accennato al fatto che sò frati guadagnava quello che abbastava per campare agevolmente. D'accordo, ma abbastava per pagare i regali preziosi, sempre a detta di Michela, che Angelo faciva a Elena? Di sicuro no. Oggi come oggi, andare al mercato e fare la spisa per una simana corrispondeva a quello che una volta si spinniva in un misi intero. Allura? Come faciva uno che non aviva tanti soldi ad accattare gioielli e machine sportive? O Angelo stava asciucando il conto in banca, e questo potiva giustificare il risentimento di Michela, o Angelo aviva qualichi altro introito, con relativo conto in banca, della cui esistenzia però non c'era traccia. E della cui esistenzia manco Michela sapiva nenti. O faciva finta di non sapiri nenti?

Trasì dintra e raprì la televisione, appena a tempo per l'ultimo notiziario di «Retelibera». Il sò amico giornalista Nicolò Zito prima parlò di un incidente tra un camion e una machina, quattro morti, e doppo accennò all'omicidio di Angelo Pardo le cui indagini, disse, erano state affidate al capo della Mobile di Montelusa. E questo spiegava pirchì a Montalbano nisciun giornalista gli aviva ancora scassato i cabasisi. Si capiva che il poviro Ni-

467

colò della facenna sapiva picca e nenti, infatti arrangiò dù frasi e passò ad altro. Meglio accussì.

Il commissario astutò, telefonò a Livia per il solito saluto sirale che non ebbe conseguenze d'azzuffatine, anzi fu tutto un vasa-vasa, e andò a corcarsi. Certo per effetto della telefonata che l'appacificò, sprufunnò nel sonno come un picciliddro.

Il quali picciliddro s'arrisbigliò di colpo alle dù di notti e invece di mittirisi a chiangiri come tutti i picciliddri di chisto munno, si misi a pinsari.

Gli era tornata a mente la visita al garage. Era certo d'aviri trascurato un dettaglio. Un particolare che sul momento gli era parso senza importanza ma che ora invece sintiva ch'era importante, e importante assà.

Si ripassò, a memoria, tutto quello che aviva fatto dal momento che era trasuto nel garage fino a quanno era nisciuto. Nenti.

«Dumani ci torno» si disse.

E si voltò su un scianco per ripigliari sonno.

Doppo manco un quarto d'ora, vistuto alla sanfasò, era in machina diretto alla casa di Angelo, santianno come un pazzo.

Se gli abitanti dei dù piani, tri considerato macari il pianoterra, parivano morti durante la jornata, figurarsi alle tri del matino o poco meno. Ad ogni modo, lui s'approccupò di fare la meno rumorata possibile.

Addrumata la luce del garage, principiò a taliare ogni cosa, taniche vacanti, vecchie latte di oglio da motore, pinze e chiavi 'nglisi, come se aviva in mano una lenti d'ingrandimento. Non scoprì nenti che potiva in qualichi modo essiri pigliato in considerazioni. Una tanica vacante era, desolatamente, una pura e semplici tanica vacante che fitiva ancora di benzina.

Allura passò alla Mercedes. Nelle carte stratali del cruscotto non c'erano sottolineati percorsi particolari, i documenti della machina erano a posto. Abbassò il parasole, taliò una per una le cassette delle canzoni, mise le mano nelle sacche laterali, tirò fora i posacenere, scinnì, raprì il cofano anteriore, c'era solo il motore. Passò darrè, raprì il portabagagli: la rota di scorta, il cric e il triangolo. Chiuì.

Provò una specie di scossa elettrica leggia leggia e raprì nuovamente il portabagagli. Ecco il particolare trascurato. Di sutta al tappetino di gomma spuntava un triangolo di carta. Si calò a taliare meglio: era l'angolo di una busta telata. La sfilò con dù dita. Era indirizzata al signor Angelo Pardo e il signor Angelo Pardo, dopo avirla aperta, l'aviva riutilizzata per metterci dintra tri littre tutte indirizzate a lui. Montalbano tirò fora la prima e andò a vidiri la firma. Elena. La rimise a posto nella busta telata, richiuì la machina, astutò il garage, abbassò la saracinesca e con la busta telata nella mano s'avviò verso la sò machina che aviva lassato a pochi metri dal garage.

«Fermati, ladro!» fece una voce che gli parse viniri dal cielo.

Si fermò e taliò. All'ultimo piano c'era una finestra aperta e, controluce, il commissario riconobbe S. M. Vittorio Emanuele III che gli puntava contro un fucile da caccia.

Che ti vuoi mettere a discutere a distanza di dù piani e a quell'ora di notti con un pazzo maniaco? E po' quello, quanno amminchiava, non c'erano santi. Montalbano gli voltò le spalli e proseguì.

«Fermati o sparo!».

Montalbano continuò a caminare e Sua Maestà gli sparò. Era cosa cognita, del resto, che l'ultimi Savoia avivano il fucile facile. Fortunatamente Vittorio Emanuele non aviva la mira bona. Il commissario si tuffò dintra alla machina, mise in moto, partì sgommando che manco nelle pillicole miricane, mentre un secondo colpo andava a finiri a trenta metri di distanza.

Appena arrivato a Marinella, accomenzò a leggiri le littre di Elena ad Angelo. Tutte e tri avivano lo stisso andamento diviso in dù tempi.

Il primo tempo era una specie di delirio erotico passionale, arrisultava chiaro che Elena aviva scritto le littre subito doppo un incontro particolarmente 'nfucato, arricordava, con larghezza di particolari, quello che avivano combinato e quanto, quanto godiva mentre Angelo le praticava un lunghissimo tric-troc.

Qui Montalbano si fermò, perplesso. Per quanto ne potiva sapiri dall'esperienza pirsonali e dalla lettura di qualichi classico dell'erotismo, non arriniscíva a capiri in che consistiva il tric-troc.

Ma forse era un'espressione del gergo segreto che sempre si crea tra dù amanti.

Il secunno tempo invece era di tutt'altro tono. Elena supponeva che Angelo, nei sò viaggi nei pàisi della provincia, aviva amanti a tinchitè in ogni posto, allo stisso modo dei marinari che si dice che hanno una fìmmina in ogni porto, e lei nisciva pazza dalla gilusia. E lo diffidava: se arrivava ad aviri le prove che Angelo la tradiva, l'avrebbe ammazzato.

Nella prima littra, anzi, sosteneva di aviri seguito Angelo, con la sò machina, sino a Fanara e gli faciva una precisa domanda: pirchì si era firmato per un'ora e mezza in una casa di via Libertà 82 dato che lì non c'era né una farmacia né uno studio medico? Ci abitava un'altra amante? Ad ogni modo, che Angelo se lo tenesse bene a mente: la scoperta del tradimento equivaleva a morte violenta e subitanea.

Al termine della lettura, Montalbano si sintì cchiù confuso che pirsuaso. Certo, quelle littre davano ragione a Michela ma non corrispondevano a come gli era parsa Elena. Erano come scritte da un'altra pirsona.

E po': pirchì Angelo le tiniva ammucciate nella Mercedes? Non voliva che sò soro Michela le leggisse? Forse s'affruntava della prima parte di quelle littre, indovi si parlava delle sò acrobazie tra le linzola con Elena? Potiva essiri una spiegazione. Ma era spiegabile che Elena, attaccata ai soldi, ammazzasse chi i soldi, sia pure sotto forma di regali, abbondantemente gli passava?

Senza manco rendersene conto, agguantò il telefono.

«Pronto, Livia? Salvo sono. Ti volevo domandare una cosa. Secondo te è logico che una donna alla quale il suo amante fa regali costosi l'ammazzi per gelosia? Tu che faresti?».

Ci fu una pausa lunghissima.

«Pronto, Livia?».

«Non so se ammazzerei un uomo per gelosia, ma perché ti sveglia alle cinque del mattino, sì» disse Livia.

E riattaccò.

Arrivò in ufficio tanticchia tardo, era arrinisciuto a pigliari sonno solamente verso le sei, era stato tutto un arramazzarsi con un pinsero fitto 'n testa e cioè che, secondo le più elementari regole, avrebbe dovuto mettere a parte il pm Tommaseo della situazione di Elena Sclafani. E invece non ne aviva gana. E la cosa gli faciva smorcare quel tanto di nirbùso che gli impediva di dormiri.

Tutto il commissariato, al solo vidirlo in faccia, si fece pirsuaso che quel jorno non era cosa.

Nello sgabuzzino, al posto di Catarella, c'era Minnitti, un calabrisi.

«Dov'è Catarella?».

«Dottore, è rimasto tutta la notte in commissariato e stamattina è crollato».

Forse si era portato appresso il computer di Angelo pirchì non si vidiva da nisciuna parte. Si era appena assittato che trasì Fazio.

«Dottore, due cose. La prima è che il commendator Ernesto Laudadio è vinuto stamatina qua».

«E chi è il commendatore Ernesto Laudadio?».

«Dottore, vossia lo conosce bene. È quello che ci chiamò perché si era fissato che lei voleva violentare la sorella dell'ammazzato».

Sua Maestà Vittorio Emanuele III si chiamava accussì! E mentre laudava Dio, scassava i cabasisi al prossimo.

«Che è venuto a fare?».

«A sporgere denunzia contro ignoti. Pare che qualcuno stanotte ha tentato di forzare il garage dell'ammazzato, ma il commendatore ha sventato il colpo sparando due colpi di fucile contro lo sconosciuto e mettendolo in fuga».

«L'ha ferito?».

Fazio arrispunnì con un'altra domanda.

«Dottore, vossia ferito è?».

«No».

«Allora il commendatore non ha ferito a nisciuno, ringrazianno Dio. Mi spiega che c'era andato a fare nel garage?».

«C'ero passato prima a cercare la cassetta blindata, perché tanto tu quanto io ci siamo scordati di andarla a cercare lì».

«Vero è. La trovò?».

«No. Appresso ci sono tornato perché mi era venuto a mente tutto 'nzemmula un particolare».

Non gli disse di che si trattava e Fazio non glielo spiò.

«E la seconda cosa che mi volevi dire?».

«Ho avuto qualche informazione su Emilio Sclafani, il professore».

«Ah, dimmi».

Fazio s'infilò una mano in sacchetta e il commissario lo fulminò con una mala taliata.

«Se ora tiri fora un foglietto sul quale c'è scritto il nome del padre del professore, il nome del nonno del professore, il nome del catanonno del professore, io ti…».

«Pace» fece Fazio livando la mano dalla sacchetta.

«Quando ti passerà questo vizio d'impiegato d'anagrafe?».

«Mai, dottore. Dunque, il professore è recidivo».

«In che senso?».

«Ora vengo e mi spiego. Il professore si è maritato due volte. La prima volta, che aveva trentanove anni e insegnava a Comisini, con una picciotta di diciannove, sua ex allieva al liceo. Si chiamava Maria Coxa».

«Che nome è?».

«Albanese, dottore. Ma il padre era nato in Italia. Il matrimonio durò esattamente un anno e tre mesi».

«Che capitò?».

«Capitò che non capitava nenti. Accussì almeno si dice. Dopo un anno di matrimonio la sposina si fece capace che era strammo assà che ogni sira il marito le si corcava allato, le diceva bonanotte amore mio, la vasava sulla fronte e dopo s'addrummisciva. Mi spiegai?».

«No».

«Dottore, il professore non consumava».

«Davero?!».

«Accussì si dice. Allora la giovanissima mogliere, che aviva bisogno di consumare…».

«Si cercò un altro bar».

«Esatto, dottore. Un collega del marito, insegnante di ginnastica, non so se mi spiego. Pare che il professore lo venne a sapere, ma non reagì. Però un jorno, tornando fora orario a la sò casa, il professore trovò la mogliere che provava col collega un esercizio particolarmente difficile. Finì a schifìo e arriversa».

«Che viene a dire arriversa?».

«Che il nostro professore non toccò la mogliere, ma se la pigliò col collega e lo massacrò. Tenga presente che l'insegnante di ginnastica era più forte e allenato, ma Emilio Sclafani lo mandò allo spitali. Si era scatenato, qualichi cosa l'aviva fatto cangiare da cornuto pacinziuso che era in una vestia feroce».

«Come si concluse?».

«Il professore di ginnastica non lo denunziò, lui si separò dalla mogliere, si fece trasferire a Montelusa e ottenne il divorzio. E ora, col secondo matrimonio, è venuto a trovarsi nella stissa 'ntifica situazione del primo. Per questo ho detto che è recidivo».

Trasì Mimì Augello, Fazio se ne andò.

«Che ci fai ancora qua?» spiò Mimì.

«Perché, dove dovrei essere?».

«Dove vuoi tu, ma non qua. Tra un quarto d'ora arriva Liguori».

Lo stronzo dell'antidroga!

«Me n'ero scordato! Faccio due telefonate e scappo».

La prima a Elena Sclafani.

«Montalbano sono. Buongiorno, signora. Ho bisogno di parlarle».

«Stamattina?».

«Sì. Posso passare da lei tra una mezzora?».

«Commissario, sono impegnata fino alle tredici. Se vuole, possiamo vederci nel pomeriggio».

«Potrei in serata. Ma suo marito ci sarà?».

«Le ho già detto che non c'è problema. Ad ogni modo, torna stasera. Ah, senta, mi è venuta un'idea. Perché non mi invita a pranzo?».

Si misero d'accordo.

La seconda telefonata fu per Michela Pardo.

«Commissario, mi scusi, sto uscendo, devo andare a Montelusa dal dottor Tommaseo. Fortunatamente mia zia ha potuto... Mi dica».

«Lei conosce Fanara?».

«Il paese? Sì».

«Sa chi abita in via Libertà 82?».

Silenzio, nisciuna risposta.

«Pronto, Michela?».

«Sì, sono qua. Il fatto è che lei mi ha preso alla sprovvista... sì, lo so chi abita in via Libertà 82».

«Me lo dica».

«Zia Anna, l'altra sorella di mia madre. È paralitica. Angelo è... era molto legato a lei. Quando si trovava a Fanara andava sempre a farle visita. Ma come ha fatto a sapere...».

«Normale indagine, mi creda. Naturalmente ho molte altre cose da domandarle».

«Può passare oggi pomeriggio».

«Sono stato convocato dal Questore. Domattina, se non ha niente in contrario».

Niscì di cursa dall'ufficio, si mise in machina, partì. Addecise che doviva andare a dare un'altra taliata nell'appartamento di Angelo. Pirchì? Pirchì sì, l'istinto gli cumannava accussì.

Trasì nel portone, acchianò le scale silenziose della casa morta, raprì senza fare rumorata, quatelosamente, la porta dell'appartamento di Angelo con lo scanto che Sua Maestà Vittorio Emanuele III nisciva di colpo dal sò appartamento con un cutiddrazzo in mano e lo pugnalava alla schina. Si dirigì verso lo studio, s'assittò darrè lo scrittoio e accomenzò a pinsari.

Al solito, sintiva che c'era qualichi cosa che non quatrava, ma non arriniscìva a metterla a foco. Allura si susì, si mise a firriari casa casa tambasiando. A un certo momento raprì la persiana del balcone che c'era nel salotto e niscì fora.

Sulla strata, propio davanti al portone, si era fermata una machina scoperta e dù picciotti, un mascolo e una fìmmina, si stavano vasanno. Tinivano la musica della radio o di quello che era al volume massimo.

Montalbano fece un sàvuto narrè. Non pirchì si era scannaliato di quello che stava videnno, ma pirchì finalmente aviva capito la ragione per cui aviva sintuto la nicissità di tornare nell'appartamento.

Ritrasì nello studio, s'assittò, dal mazzo di chiavi di Angelo circò quella giusta, l'infilò nel cascione centrale, lo raprì, pigliò tra le mano il libriceddro intitolato *Le più belle canzoni italiane di tutti i tempi*, lo sfogliò.

«Signorinella pallida / dolce dirimpettaia del quinto piano...».

«Oggi la carrozza può sembrare / un curioso avanzo dell'antichità...».

«Non dimenticar le mie parole / bimba tu non sai cos'è l'amor...».

Erano canzoni che risalivano agli anni '40-50. Forse lui, Montalbano, non era manco nasciuto quanno ancora qualichiduno s'arricordava di quelle canzonette. E, cosa importante, o almeno accussì gli parse, non avivano nenti a che fare con le cassette che c'erano nella Mercedes, tutte di musica rock.

Otto

Nello stritto margine bianco di ogni pagina del libriceddro c'erano scrivuti dei nummari. La prima volta che li aviva taliati al commissario era parso che si trattava di una specie di analisi della metrica, ora invece si addunò che i nummari arriguardavano solamente i primi dù versi di ogni canzonetta. Allato a «Signorinella pallida / dolce dirimpettaia del quinto piano» c'erano scritti rispettivamente i nummari 19 e 31, allato a «Oggi la carrozza può sembrare / un curioso avanzo dell'antichità» i nummari 25 e 28, mentre «Non dimenticar le mie parole / bimba tu non sai cos'è l'amor» corrispondevano a 24 e 22. E accussì di seguito per tutte le altre novantasette canzoni contenute nel libriceddro. La soluzione gli vinni sin troppo facile: quei numeri erano la somma di tutte le lettere che componevano le parole dei versi. Un codice, evidentemente. Cchiù complicato era invece arrinesciri a capiri a che serviva. Se lo mise in sacchetta.

Montalbano stava per trasire alla trattoria «da Enzo» quanno si sintì chiamare. Si fermò e si voltò. Elena Sclafani stava scinnenno da una specie di siluro rosso, scoperto, che aviva appena parcheggiato. Indossava una tuta e scarpe da ginnastica, i lunghi capelli sciolti sulle spalli tenuti da una fascia azzurra appena supra la fronti. L'occhi cilestri erano sorridenti, le labbra rosse che parivano pittate avivano perso il broncio.

«Non sono mai venuta a mangiare qua. Vengo dalla palestra e la palestra mi mette appetito».

Un armàlo sarbatico giovane e pericoloso. Come tutti gli armàli sarbatici.

«E, in funno, come tutti i giovani» pinsò il commissario con una punta di malinconia.

Enzo li fece assittare a un tavolo tanticchia isolato, del resto non c'era ancora tanta gente.

«Che vogliono?».

«Non c'è il menu?» spiò Elena.

«Qua non usa» fece Enzo taliandola malamente.

«Vuole degli antipasti di mare? Li fanno ottimi» disse Montalbano.

«Io mangio tutto» dichiarò Elena.

La taliata che le rivolgeva Enzo si cangiò di colpo, addivintò non solo benevola, ma quasi affettuosa.

«Allura, lassassi fari a mia».

«C'è un problema» disse Montalbano che voliva mettiri le mano avanti.

«Quale?».

«Lei mi ha proposto di andare a pranzo assieme e io sono stato ben felice d'accettare. Ma...».

«Coraggio, fuori il problema. Sua moglie...».

«Non sono maritato».

«Storie serie?».

«Sì. Una».

Pirchì le arrispunniva?

«Il problema è che, mentre mangio, non mi piace parlare».

Lei sorrise.

«È lei che deve fare le domande. Se lei non me le fa, io non ho da rispondere. E poi, se proprio ci tiene a saperlo, quando faccio una cosa mi piace fare solo quella cosa».

La conclusione fu che si sbafarono l'antipasto, gli spaghetti alle vongole, le triglie fritte croccanti scangiandosi suoni inarticolati tipo ahm, ehm, ohm, uhm che variavano solo d'intensità e colore. E certe volte ficiro ohm ohm 'nzemmula, taliandosi. Alla fine Elena stirò le gambe sutta al tavolo, socchiuse l'occhi, fece un sospiro funnuto. Doppo, come una gatta, tirò fora la punta della lingua e se la passò sulle labbra. Picca mancò che si mittiva a fare ronron.

Una volta il commissario aviva liggiuto un racconto di un autore italiano che contava di un pàisi indovi fare all'amore in pubblico non solo non portava scannalo, ma era la cosa cchiù na-

turali del munno, mentre invece mangiare in prisenza d'altri era
ritenuto contrario alla morale pirchì cosa troppo intima. Gli venne quasi d'arridiri per una domanda che gli passò per la testa:
vuoi vidiri che l'età l'avrebbe in breve tempo portato a godiri
di una fìmmina contentannosi di mangiarici allo stisso tavolo,
supra la stissa tovaglia?

«E ora dove parliamo?» spiò Montalbano.

«Lei ha da fare?».

«Non subito».

«Le faccio un'altra proposta. Andiamo a casa mia, le offro il
caffè. Emilio è a Montelusa, mi pare di averglielo già detto. Lei
ha la macchina?».

«Sì».

«Allora mi segua, così potrà andare via quando vuole».

Andare appresso al siluro non fu facile. Montalbano decise a
un certo momento di lasciarlo perdere, tanto accanosceva la strata. Difatti, quanno arrivò, Elena lo stava aspittanno davanti al
portone, una borsa sportiva supra la spalla.

«Lei ha proprio una bella macchina» fece Montalbano mentre acchianavano in ascensore.

«Me l'ha regalata Angelo» disse la picciotta mentre rapriva
la porta, quasi indifferente, come se stava parlando di un pacchetto di sicarette o di una cosa senza importanza.

«Ma questa mi taglia l'erba sutta ai pedi!» pinsò Montalbano arraggiando sia pirchì aviva pinsato a una frase fatta e sia
pirchì la frase fatta in definitiva corrispondeva alla virità.

«Gli sarà costata molto».

«Penso di sì. Dovrò rivenderla al più presto».

Lo fece trasire in salotto.

«Perché?».

«Costa troppo per le mie tasche. A momenti consuma quanto un aereo. Sa, quando Angelo me la regalò, io per accettarla
misi una condizione: che ogni mese mi rimborsasse i soldi della benzina e del garage. L'assicurazione l'aveva già pagata».

«E lui lo fece?».

«Sì».

«Una curiosità: come la rimborsava? In assegni?».

478

«No, liquidi».

Mannaggia, una bona occasione di sapiri se Angelo aviva altri conti in altre banche era andata persa.

«Senta, commissario, io vado a preparare il caffè e poi mi cambio. Se lei intanto vuole darsi una rinfrescata…».

Lo guidò in un bagnetto per ospiti proprio allato alla càmmara di mangiari.

Se la pigliò commoda, si levò giacchetta e cammisa, infilò la testa sutta al rubinetto. Quanno tornò in salotto, lei ancora non c'era. Arrivò cinco minuti appresso col cafè. Si era fatta una ràpita doccia e si era infilata una specie di giacchittuni che le arrivava a mezza coscia. E basta. Era a pedi nudi. Le gambe, longhe di natura sò, niscenno fora da quel giacchittuni rosso, parivano interminabili. Gambe nervose, vivaci, da ballerina o da atleta. E il bello era, di questo Montalbano se ne fece immediatamente pirsuaso, che in Elena non c'era nisciun intento, nisciun tentativo di seduzione. Non ci trovava nenti di sconveniente a starsene accussì davanti a un omo che canosceva appena. Come se gli stava liggendo nel pinsero, Elena disse:

«Sto bene con lei. Mi trovo a mio agio. Eppure non dovrebbe essere così».

«Già» fece il commissario.

Macari lui s'attrovava bene. Troppo. E non era cosa. Fu Elena ancora una volta a tornare all'argomento.

«Allora? Queste domande?».

«Oltre alla macchina, Angelo le ha fatto altri regali?».

«Sì e anche questi abbastanza costosi. Gioielli. Se vuole, vado di là, li prendo e glieli faccio vedere».

«Non c'è bisogno, grazie. Suo marito lo sapeva?».

«Dei regali? Sì. D'altra parte, un anello avrei potuto nasconderlo, ma una macchina come quella…».

«Perché?».

Lei capì a volo. Era di un'intelligenza pericolosa.

«Lei non ha mai fatto regali alla sua donna?».

Montalbano s'infastidì. Livia non doviva trasirci manco per sbaglio nelle sordide, meschine storie sulle quali indagava.

«Trascura un particolare».

«Quale?».

Volle essiri, apposta, offensivo.

«Che quei regali erano un modo di pagare le sue prestazioni».

Aviva messo in conto tutte le possibili reazioni della fìmmina, non che Elena si mittiva a ridere.

«Forse Angelo sovrastimava le mie prestazioni, come dice lei. Mi creda, non sono una fuoriclasse».

«E allora torno a domandarle perché».

«Commissario, c'è una spiegazione ed è molto semplice. Questi regali me li ha fatti negli ultimi tre mesi, cominciando dalla macchina. Mi pare che l'altra volta le dissi che in Angelo era subentrato negli ultimi tempi... insomma, si era innamorato di me. Non voleva perdermi».

«E lei?».

«Mi pare di averle detto anche questo. Più diventava possessivo e più io tendevo ad allontanarmi. Non sopporto le briglie, tra l'altro».

Non c'era stato un antico poeta greco che aviva scritto una poesia d'amuri per una cavallina di Tracia che appunto non sopportava le briglie? Ma non era il momento di pinsari alla poesia.

Quasi controvoglia, il commissario infilò una mano in sacchetta, tirò fora le tri littre che si era portate appresso, le posò sul tavolinetto.

Elena le taliò, le riconobbe, non dette il minimo segno di turbamento, le lassò dov'erano.

«Le ha trovate nell'appartamento di Angelo?».

«No».

«E dove?».

«Nascoste nel portabagagli della Mercedes».

Di colpo, tre rughe: una sulla fronte, dù ai lati della vucca. Per la prima volta parse sinceramente strammata.

«Perché nascoste?».

«Mah, non saprei. Potrei azzardare una spiegazione. Forse Angelo non voleva che le leggesse la sorella, sa, per certi particolari che potevano metterlo in imbarazzo».

«Ma che dice, commissario?! Tra quei due c'era una confidenza totale!».

«Senta, lasciamo perdere i perché e i percome. Io le ho trovate dentro a una busta telata nascosta sotto il tappetino del portabagagli. Le cose stanno così. Ma la domanda è un'altra e lei lo sa».

«Commissario, quelle lettere le ho scritte praticamente sotto dettatura».

«Di chi?».

«Di Angelo».

Ma che cridiva quella fìmmina? Che potiva fargli ammuccare la prima minchiata che le passava per la testa? Si susì di scatto, arraggiato.

«Domattina alle nove l'aspetto in commissariato».

Si susì macari Elena. Era addivintata giarna, la fronti lucita di sudore.

Montalbano s'addunò che trimava leggermente.

«No, per favore, in commissariato no».

Tiniva la testa vascia, i pugni inserrati, le vrazza stise lungo il corpo, una picciliddra troppo crisciuta che si scantava di un castigo.

«Non la mangiamo in commissariato, sa?».

«No, no, per carità, no».

Una vuciddra sottili sottili che si cangiò in piccoli singhiozzi. Ma non avrebbe mai finito di strammarlo quella picciotta? Che c'era di tanto tirribili nel dovirsi prisintare in commissariato? Come si fa appunto con i piccilìddri, le mise una mano sutta al mento, le isò la testa. Elena tiniva l'occhi inserrati, ma la faccia era vagnata di lacrime.

«Va bene, niente commissariato, ma non mi racconti storie assurde».

Tornò ad assittarsi. Lei ristò addritta, ma si avvicinò a Montalbano, gli si mise davanti fino a quasi toccargli le ginocchia con le gambe. Che si aspittava? Che lui le spiava qualichi cosa in cangio di non averla obbligata ad andare in commissariato? Improviso gli arrivò lo sciauro della pelle di lei, dava uno stordimento leggio. Si scantò di se stesso.

«Torni al posto» disse severo, sintendosi improvvisamente addivintare un preside di scola.

Elena ubbidì. Assittata, si tirò con le dù mano il giacchittuni nel vano tentativo di cummigliarisi tanticchia le cosce. Ma, appena lassata, la stoffa risalì e fu pejo.

«Allora, cos'è questa incredibile storia di Angelo che le avrebbe dettato lui stesso le lettere?».

«Io non l'ho mai seguito con l'auto. Tra l'altro, quando abbiamo preso a frequentarci, non avevo più la macchina da un anno. Avevo avuto un brutto incidente che l'aveva resa inservibile, un rottame. E mi mancava il denaro per ricomprarmene un'altra, anche di seconda mano. La prima di queste tre lettere, quella dove dico che l'ho seguito a Fanara, può controllare la data, risale a quattro mesi fa e Angelo allora non mi aveva ancora regalato la macchina. Ma per rendere più verosimile la storia, Angelo mi disse di scrivere che lui era andato in una certa casa, ora non ricordo l'indirizzo, e che io mi ero insospettita».

«Le disse chi abitava in quella casa?».

«Sì, una sua zia, una sorella della madre, mi pare».

Si era rinfrancata, era tornata ad essiri quella di sempre. Ma pirchì l'idea del commissariato l'aviva scantata tanto?

«Ammettiamo per un momento che Angelo le abbia suggerito di scriverle quelle lettere».

«Ma è vero!».

«E io ci credo, provvisoriamente. Lui evidentemente le fece scrivere quelle lettere perché qualcun altro le leggesse. Chi?».

«Sua sorella Michela».

«Come fa ad esserne così sicura?».

«Perché me lo disse lui. Avrebbe fatto in modo che capitassero sotto gli occhi di lei, ma come per caso. Ecco perché mi sono stupita quando lei mi ha detto che le teneva nascoste nel bagagliaio della Mercedes. Lì difficilmente Michela avrebbe potuto trovarle».

«Cosa cercava di ottenere Angelo da Michela dopo la lettura delle lettere? Insomma, a che dovevano servire? Glielo domandò?».

«Certo».

«Che spiegazione le diede?».

«Mi diede una spiegazione assolutamente stupida. Mi disse che gli servivano per dimostrare a Michela che io l'amavo alla follia, al contrario di quanto sosteneva lei. E io feci finta di contentarmi di quella spiegazione perché in fondo di quella storia non m'importava niente».

«Lei pensa che in realtà il motivo era un altro?».

«Sì. Avere degli spazi».

«Può spiegarsi meglio?».

«Ci provo. Vede, commissario, Michela e Angelo erano attaccatissimi. Da quanto sono riuscita a sapere, quando la loro madre stava bene Michela dormiva spessissimo in casa del fratello, andava in giro con lui, sapeva in ogni momento dove si trovava. Lo controllava. A un certo momento Angelo deve essersi stancato oppure ha avuto bisogno di una maggiore libertà di movimento. E io, con la mia finta, ma assillante gelosia, diventavo un buon alibi perché lui potesse muoversi senza la sorella a rimorchio. Le altre due lettere me le fece scrivere prima di due viaggi che fece, uno in Olanda e l'altro in Svizzera. Forse erano un pretesto per evitare che la sorella andasse con lui».

Tornava il motivo per cui le littre erano state concordate? Tornava, sia pure in modo storto, 'nturciuniato a cuda di porcu. Ma l'ipotesi del vero scopo fatta da Elena risultava convincente.

«Mettiamo momentaneamente da parte le lettere. Noi, naturalmente, abbiamo dovuto fare delle indagini a ventaglio e...».

«Posso?» l'interruppe lei facendo 'nzinga verso le littre sul tavolino.

«Certo».

«Vada pure avanti, l'ascolto» disse Elena mentre pigliava una littra, la sfilava dalla busta e principiava a liggirla.

«... e così siamo venuti a conoscere alcune cose su suo marito».

«Su quello che gli capitò col primo matrimonio?» spiò lei continuanno a leggiri.

Altro che erba, 'sta picciotta macari la terra gli livava da sutta i pedi!

Di colpo, Elena tirò la testa narrè, si mise a ridiri.

«Che ci trova di tanto divertente?».

«Il tric-troc! Chissà a cosa avrà pensato!».

«Io non ho pensato a niente» fece Montalbano arrussicando leggermente.

«È che ho l'ombelico molto sensibile e allora...».

Montalbano avvampò. L'ombelico sensibile che a lei piaciva aviri vasato e liccato! Ma era pazza? Non si faciva capace che quelle littre potivano spedirla in càrzaro per trent'anni? Altro che tric-troc!

«Tornando a suo marito...».

«Emilio mi ha raccontato tutto» fece Elena posando la littra. «Lui perse la testa per quella sua ex allieva, Maria Coxa, e se la sposò sperando in un miracolo».

«Che miracolo, mi scusi?».

«Commissario, Emilio è sempre stato impotente».

La franchezza brutale della picciotta fu per il commissario come una petra di cielo, di quelle che ti pigliano in mezzo alla fronti e non ti capaciti da dov'è vinuta. Montalbano raprì e chiuì la vucca senza arrinesciri a parlari.

«Emilio non aveva detto niente a Maria. Ma dopo un po' di tempo non poté più trovare scuse per nascondere la sua disgrazia. E allora fecero un patto».

«Si fermi un attimo, per favore. Ma la signora non poteva chiedere l'annullamento, che so, il divorzio? Tutti le avrebbero dato ragione!».

«Commissario, Maria era poverissima, la sua famiglia aveva fatto la fame per mantenerla agli studi. Meglio il patto».

«In che consisteva?».

«Che Emilio le avrebbe fatto conoscere un uomo col quale andare a letto. E le presentò il suo collega, l'insegnante di ginnastica. Gli aveva in precedenza parlato».

Montalbano allucchì. Per quanto ne aviva viste e passate in tanti anni di Polizia, le complicatissime storie di sesso e corna non finivano mai di ammaravigliarlo.

«In poche parole, gli offrì la moglie?».

«Sì, ma a una condizione. Che gli incontri tra Maria e il collega gli dovevano essere comunicati in precedenza».

«O matre santa! E perché?».

«Perché così ai suoi occhi la cosa non era più un tradimento».

Eh, già. Da un certo punto di vista, il ragionamento del professore Emilio Sclafani filava col vento in puppa. Del resto, non era da quelle parti che era nasciuto un tale che di nome faciva Luigi Pirandello?

«Come spiega allora che il collega rischiò d'essere ammazzato?».

«Quell'incontro non era stato comunicato a Emilio. Era un incontro, come dire, clandestino. Ed Emilio reagì da marito che sorprende la moglie in flagrante adulterio».

«Il gioco delle parti». Non si intitolava accussì una commedia del suddetto Pirandello?

«Posso farle una domanda personale?».

«Con lei non ho tanti pudori».

«Suo marito le rivelò d'essere impotente prima o dopo il matrimonio?».

«Prima. A me lo disse prima».

«E lei accettò lo stesso?».

«Sì. Mi disse anche che avrei potuto avere altri uomini. Con discrezione, naturalmente, e a patto che lo mettessi sempre a parte di tutto».

«Lei ha rispettato l'impegno?».

«Sì».

E Montalbano ebbe la netta impressione che quel sì era una farfantaria che la picciotta gli aviva detto. Ma la cosa non gli parse che aviva tanta importanza, se Elena s'incontrava clandestinamente con qualichiduno che non diciva al marito, fatti sò.

«Senta, Elena, ho il dovere di essere più esplicito».

«Faccia pure».

«Perché una splendida ragazza come lei, certamente molto corteggiata e desiderata, accetta di sposare un uomo non ricco, assai più grande di lei e per di più non in grado di...».

«Commissario, ha mai pensato di trovarsi in mezzo alle onde in tempesta perché la sua barca ha fatto naufragio?».

«Ho una scarsa immaginazione».

«Cerchi di fare uno sforzo. Ha nuotato a lungo, ma proprio non ce la fa più. Capisce che sta per annegare. E a un tratto si trova vicino qualcosa che galleggia e che può sostenerla. Che fa? Ci si aggrappa. E non si domanda se si tratta di una tavola di legno fradicio o di una zattera col radar».

Nove

«Era arrivata a questo punto?».

«Sì».

Chiaro che di quell'argomento non voliva parlari, le pisava. Ma il commissario non potiva fari finta di nenti, non potiva sorvolare, aviva nicissità d'accanosciri ogni cosa passata e prisenti delle pirsone implicate nell'ammazzatina. Era il misteri sò, macari se in certe particolari occasioni si sintiva come a uno dell'inquisizione. E la cosa non gli faciva nisciun piaciri.

«Come conobbe Emilio?».

«Emilio, dopo lo scandalo di Comisini, venne in un primo tempo trasferito a Fela. Lì mio padre, che è un suo secondo cugino, gli parlò di me, della mia situazione, del fatto che era stato costretto a mandarmi in una comunità particolare, per minorenni».

«Si drogava?».

«Sì».

«Che età aveva?».

«Sedici anni».

«Perché ha cominciato?».

«Lei mi fa una domanda precisa alla quale non è possibile rispondere con la stessa precisione. Difficile spiegare perché ho cominciato. Anche a me stessa. Forse sono stati tanti fatti che hanno concorso a... Prima di tutto, la morte improvvisa di mamma quando non avevo ancora dieci anni. Dopo, l'assoluta incapacità di mio padre a voler bene a qualcuno, mamma compresa. Poi, la curiosità. E l'occasione che capita in un momento di debolezza. Il compagno di scuola, quello che credi di amare, che ti spinge a provare...».

«Quanto c'è rimasta in comunità?».

«Un anno filato. Ed Emilio è venuto a trovarmi tre volte, la prima volta per conoscermi, accompagnato da papà, poi da solo».

«E dopo?».

«Sono scappata dalla comunità. Ho preso un treno, sono arrivata a Milano. Ho conosciuto diversi uomini. Alla fine mi sono messa con uno di quarant'anni. La Polizia mi ha fermato due volte. La prima volta mi hanno rispedito al paese e riconsegnato a papà, dato che ero minorenne, ma se la convivenza prima era stata drammatica, dopo è diventata impossibile. Allora sono andata via di nuovo. Sono tornata a Milano. Quando mi hanno fermato la seconda volta...».

Si bloccò, aggiarniò in faccia, le tornò il leggero trimolizzo, agliuttì senza parlari.

«Basta così» disse Montalbano.

«No. Voglio spiegarle perché... La seconda volta, mentre due agenti in macchina mi stavano portando al commissariato, proposi loro un baratto. Può immaginare quale. Prima finsero di non accettare, "devi venire in commissariato", ripetevano. Io continuai a supplicarli e quando capii che ci godevano a sentirsi pregare perché potevano disporre di me come volevano, feci scena, mi misi a piangere, m'inginocchiai lì, dentro la macchina. Finalmente accettarono, mi portarono in un posto solitario. Fu... terribile. Mi usarono per ore come mai prima. Ma la cosa peggiore fu il loro disprezzo, la loro sadica volontà di umiliarmi... Alla fine uno mi orinò in faccia».

«La prego, basta così» ripeté Montalbano a voce vascia.

Provava un senso di vrigogna profunna del suo essiri omo. Sapiva che la picciotta non si stava inventando quello che contava, purtroppo era già capitato. Ma ora capiva macari pirchì al solo sintiri diri la parola commissariato, a momenti Elena sbiniva.

«La Polizia perché la fermava?».

«Prostituzione».

Lo disse con assoluta semplicità, senza affruntarsi, senza disagio. Era una cosa che aviva fatto come tante altre.

«Quando eravamo a corto di soldi» continuò «il mio amico mi faceva prostituire. Con discrezione, naturalmente. Non sulla strada. Ma ci furono delle irruzioni e due volte mi presero».

«Come incontrò nuovamente Emilio?».

Lei fece un surriseddro che Montalbano non capì di subito.

«Commissario, ora tutta la storia diventa come un fumetto, una telenovela sui buoni sentimenti. La vuole proprio sentire?».

«Sì».

«Ero da un sei mesi tornata in Sicilia. Avevo proprio in quel giorno compiuto vent'anni ed ero entrata in un supermercato coll'intenzione di rubare qualcosa per festeggiare. Ma appena mi guardai attorno incrociai lo sguardo di Emilio. Non mi vedeva dai tempi della comunità, eppure mi riconobbe subito. E, cosa strana, anche io lo riconobbi. Che dirle? Da allora non mi ha più lasciata. Mi ha fatto disintossicare, curare. Per cinque anni ha badato a me con una dedizione, un affetto che non so dire a parole. Quattro anni fa mi ha chiesto di sposarlo. Ecco tutto».

Montalbano si susì, si rimise in sacchetta le littre.

«Devo andare».

«Non può restare ancora un po'?».

«Purtroppo ho un impegno a Montelusa».

Elena si susì, gli si avvicinò, calò leggermente la testa, posò per un attimo le sò labbra supra a quelle di Montalbano.

«Grazie» disse.

Era appena trasuto dintra al commissariato che l'urlo improvviso di Catarella l'apparalizzò.

«Dottori! La futtiiiiiii!».

«A chi futtisti, Catarè?».

«Alla guardia di passo, dottori!».

Addritta, dintra al sò sgabuzzino, Catarella pariva un orso ballerino, saltellava per la filicità ora supra un pedi ora supra l'altro.

«La parola attrovai! La scrissi e la guardia scomparse!».

«Vieni da me».

«Di subito immediatissimamenti, dottori! Ma prima abbisogna che ci stampo il fàili».

Meglio levarsi di mezzo, le pirsone che niscivano e trasivano dal commissariato li taliavano tanticchia imparpagliate.

Prima di andare nella sò càmmara, s'affacciò in quella di Augello. Che, stranamente, c'era. Si vede che il picciliddro stava bene.

«Che voleva stamatina Liguori?».

«Sensibilizzarci».

«Sarebbe a dire?».

«Che dobbiamo mirare più in alto».

«Cioè?».

«Che dobbiamo entrare in profondità».

Montalbano perse la pacienza di botto.

«Mimì, se non parli chiaro, lo sai in quale profondità ti entro?».

«Salvo, nelle alte sfere di Montelusa pare che non sono contenti di noi per quello che riguarda il nostro contributo alla lotta allo spaccio».

«Che ci vengono a contare? Ma se nell'ultimo mese abbiamo messo dentro sei spacciatori!».

«Non basta, secondo loro. Liguori ha detto che noi facciamo solo piccolo cabotaggio».

«E quale sarebbe il grande?».

«Non limitarsi ad arrestare casualmente qualche spacciatore, ma agire seguendo un piano preciso, fornito naturalmente da lui, che possa portare all'individuazione dei grossisti».

«Ma questo non è compito suo? Non è il capo dell'antidroga? Perché viene a scassare i cabasisi a noi? Si fa il suo piano e invece di passarcelo lo mette in pratica coi suoi òmini».

«Salvo, pare che in base alle sue indagini uno dei grossisti più importanti si trova qua da noi, a Vigàta. E vuole la nostra collaborazione».

Montalbano ristò pinsoso a taliarlo.

«Mimì, 'sta storia mi fete. Dobbiamo parlarne, ora però non ho tempo. Voglio vedere una cosa con Catarella e appresso devo correre a Montelusa perché il Questore mi ha convocato».

Catarella l'aspittava davanti alla porta della càmmara, sempri abballanno come un orso. Trasì appresso a lui, posò sul tavolo dù fogli stampati. Il commissario li taliò e non ci capì nenti. Erano una fila di nummari di sei cifre scritti uno sutta all'altro e a ogni nummaro corrispondeva un altro nummaro:

213452   136000
431235   235000

e via di questo passo. Accapì che per studiare la facenna doviva liquitare a Catarella, la sò danza tribale gli dava fastiddio.

«Bravissimo! Complimenti, Catarella!».

Da orso, quello si cangiò in pavone: non avendo la coda per fare la rota, isò e tese le vrazza, allargò le dita, firriò su se stesso.

«Come trovasti la parola d'ordine?».

«Ah dottori dottori! Il morto addannare mi fici, il morto frubbo assaissimo era! La palora erasi il nome di lei della soro di lui il morto che chiamavasi Michela in unioni unita con il jorno mesi e anno di nascenza della di lei di lui soro Michela del morto scrivuto senza nummari, tutto littre».

Siccome, per la cuntintizza d'aviri attrovata la soluzione, disse la frase tutta con un solo sciato, il commissario ci accapì a malappena quel tanto che abbastava.

«Mi pare di ricordare che mi hai detto che ci volevano tre password…».

«Sissi, dottori. Il travaglio continuativo è».

«Va bene, vallo a continuare. E grazie ancora».

Visibilmente, Catarella barcollò.

«Ti firria la testa?».

«Tanticchia, dottori».

«Ti senti bene?».

«Sissi».

«E allora perché ti gira la testa?».

«Perché vossia mi ha fatto il ringrazio, dottori».

Niscì dalla càmmara che pariva 'mbriaco. Montalbano detti un'altra taliata ai dù fogli. Ma siccome s'era fatta l'ora di andare a Montelusa, se li infilò in sacchetta indovi già tiniva il libriceddro delle canzoni. Che era, ci potiva giurari, il codice per capirci qualichi cosa di tutti quei nummari.

«Carissimo! Come va, come va? Tutti bene a casa?».

«Benissimo, dottor Lattes».

«Si accomodi pure».

«Grazie, dottore».

Si assittò. Lattes lo taliò e lui taliò a Lattes. Lattes gli sorridì e lui macari.

«A che dobbiamo il piacere della sua visita?».

Montalbano ammammalucchì.

«Veramente avevo... il signor Questore mi aveva...».

«È venuto per la convocazione?» spiò Lattes ammaravigliato.

«Eh, sì».

«Ma come? Il centralinista lì, Cavarella...».

«Catarella».

«Non l'ha avvertita? Io ho telefonato in tarda mattinata per farle sapere che il signor Questore è dovuto partire per Palermo e che l'aspetta domani a questa stessa ora».

«No, non sono stato avvertito».

«Ma è gravissimo! Prenda provvedimenti!».

«Li prenderò, non dubiti, dottore».

Che minchia di provvedimenti volevi pigliare con Catarella? Era l'istisso che insignari a un grancio a caminare dritto.

Dato che s'attrovava a Montelusa, addecise d'andare a trovari il sò amico giornalista Nicolò Zito. Parcheggiò davanti all'uffici di «Retelibera» e appena trasì la segretaria gli disse che Zito aviva un quarto d'ora libero prima di andare in onda col notiziario.

«È da un pezzo che non ti fai vivo» lo rimproverò Nicolò.

«Scusami, ma ho avuto chiffari».

«Ti posso essere utile in qualcosa?».

«No, Nicolò. Avevo semplicemente voglia di vederti».

«Senti, tu dai una mano a Giacovazzo nell'indagine sull'ammazzatina di Angelo Pardo?».

Il capo della Mobile era stato gentile a non smentire che l'indagine gli era stata affidata, accussì aviva risparmiato a Montalbano d'essiri assugliato dai giornalisti. Ma al commissario pisò lo stisso di dover diri una farfantaria all'amico.

«Nessuna mano, sai com'è fatto Giacovazzo. Perché me lo domandi?».

«Perché a Giacovazzo non si tira fora una parola manco con le tinaglie».

Certo, il capo della Mobile non parlava coi giornalisti pirchì non aviva nenti di cui parlari.

«Eppure» continuò Zito «penso che, considerato quello che ora sta succedendo, un'idea lui ce l'abbia».

«E che sta succedendo?».

«Ma non li leggi i giornali?».

«Non sempre».

«Un'indagine in tutta Italia ha messo in stato d'accusa quattromila e passa tra medici e farmacisti».

«Sì, ma che c'entra?».

«Salvo, ragiona! Qual era il mestiere dell'ex dottore Angelo Pardo?».

«L'informatore medico-scientifico».

«Appunto. E infatti l'accusa che fanno ai medici e ai farmacisti è quella di comparaggio».

«Sarebbe a dire?».

«Sarebbe a dire che si sono lasciati corrompere da alcuni informatori medico-scientifici. In cambio di denaro o di altri regali, questi medici e farmacisti sceglievano e prescrivevano i medicinali segnalati dagli informatori. E quando questo capitava, venivano lautamente compensati. Ti è chiaro il meccanismo?».

«Sì. Gli informatori non si limitavano a informare».

«Esatto. Certo non tutti i medici sono corrotti e non tutti gli informatori sono corruttori, ma il fenomeno si è rivelato assai vasto. E naturalmente ci sono implicate potentissime case farmaceutiche».

«E tu pensi che Pardo possa essere stato ammazzato per questo?».

«Salvo, ti rendi conto degli interessi che ci sono dietro a una faccenda come questa? Ad ogni modo, io non penso niente. Dico solo che potrebbe essere un aspetto che merita d'essere approfondito».

Tutto sommato, considerò il commissario mentre sinni tornava a Vigàta a deci chilometri orari, l'andata a Montelusa non era stata a vacante, il suggerimento di Nicolò era una strata alla quale non aviva minimamente pinsato e che invece abbisognava pigliari in considerazioni. Ma come procedere? Raprire l'agenda granni di Angelo, quella indovi ci stavano scritti nomi, indirizzi e telefoni di medici e farmacisti, sollevare la cornetta e accomenzare a spiare:

«Scusi, lei per caso si è lasciato corrompere dall'informatore medico-scientifico Angelo Pardo?».

Questo modo di procedere sicuramente non avrebbe dato risultati. Forse doviva addimannare una mano d'aiuto a chi di questo tipo d'indagini se ne intendeva.

Appena in ufficio, chiamò il comando della Guardia di Finanza di Montelusa.

«Il commissario Montalbano sono. Vorrei parlare col capitano Aliotta».

«Le passo subito il maggiore».

Si vidi che l'avivano promosso.

«Caro Montalbano!».

«Congratulazioni, non sapevo della promozione».

«Grazie. È vecchia di un anno».

Rimprovero implicito: cornuto, è da un anno che non ti fai sentire.

«Volevo sapere se il maresciallo Laganà è ancora in servizio».

«Ancora per poco».

«Siccome in passato mi ha dato un notevole aiuto, desideravo domandargli se poteva ancora, naturalmente col tuo permesso...».

«Ma certo. Te lo passo, ne sarà contentissimo».

«Laganà? Tutto bene? Avrebbe una mezzoretta per me? Sì? Non sa quanto le sono grato. No, no, posso venire io da lei a Montelusa. Domani verso le diciotto e trenta le va bene?».

Appena riattaccò, Mimì Augello trasì con la faccia scurusa.

«Che hai?».

«Mi ha telefonato Beba che Salvuccio le pare tanticchia agitato».

«La sai una cosa, Mimì? Gli agitati siete tu e Beba e a furia d'agitarvi a questo picciliddro lo farete nesciri pazzo. Per il suo compleanno, gli arrìgalo una camicia di forza nica nica, confezionata su misura, accussì si abitua sin da piccolo».

Mimì non apprezzò la battuta, da scurusa che era la faccia gli addivintò decisamente nìvura.

«Cangiamo discorso, va bene? Che voleva il Questore?».

«Non ci siamo visti, è dovuto andare a Palermo».

494

«Spiegami meglio la storia che la venuta qua di Liguori ti fete, non ti persuade».

«Spiegare una sensazione viene difficile».

«Provaci».

«Mimì, Liguori si precipita da noi dopo che a Vigàta è morto, per droga ma non bisogna dirlo, il senatore Nicotra. L'hai pensato macari tu, mi pare. Prima di Nicotra ne erano morti altri due, ma loro si precipitano solo appresso la morte del senatore. La domanda è: a che scopo?».

«Non ho capito» fece Augello imparpagliato.

«Sarò più chiaro. Questi vogliono scoprire chi è stato a vendere la roba, chiamiamola avariata, al senatore per evitare che altri, a livello del senatore, gente importante come lui, facciano la stessa fine. È chiaro che sono stati messi sotto pressione».

«E non ti pare che fanno bene?».

«Benissimo, fanno. Solo che c'è un problema».

«Quale?».

«Che ufficialmente Nicotra è morto per cause naturali. E quindi chi gli ha venduto la roba non è responsabile della sua morte. Se noi invece l'arrestiamo, viene fuori che lui vendeva la droga non solo al senatore, ma macari a tanti altri amiciuzzi suoi, politici, imprenditori, gente altolocata. Uno scandalo. Un gran casino».

«Allora?».

«Allora, quando noi l'arrestiamo e viene fora il burdello, ci andiamo di mezzo macari noi. Noi che l'abbiamo arrestato, non Liguori e soci. Uno ci verrà a dire che potevamo agire con maggiore prudenza, un altro ci accuserà di essere come i giudici di Milano, tutti comunisti che volevano distruggere il sistema… A fartela breve, il Questore e Liguori si saranno parati il culo e a noi ce lo faranno come il traforo del Sempione».

«Allora che dobbiamo fare?».

«Dobbiamo? Mimì, Liguori con te ha parlato, che sei l'astro sorgente del commissariato. Io non c'entro».

«Va bene. Che devo fare?».

«Attieniti alla migliore tradizione».

«Cioè?».

«Conflitto a fuoco. Voi stavate procedendo all'arresto, quello ha aperto il fuoco, voi avete reagito e siete stati costretti ad ammazzarlo».

«Ma via!»

«Perché?».

«Prima di tutto perché agire così non è cosa mia e in secondo luogo perché non si è mai visto uno spacciatore, macari grosso, che tenta di non farsi arrestare mettendosi a sparare».

«Hai ragione. Allora, sempre secondo tradizione, tu l'arresti ma non lo porti subito dal giudice. Fai sapere discretamente a tutti che te lo tieni qua per due giorni. La mattina del terzo giorno lo fai tradurre in carcere. Quelli intanto hanno avuto tutto il tempo di organizzarsi e tu non dovrai fare altro che startene ad aspettare».

«Ma aspettare cosa?».

«Che in carcere gli portino il caffè. Un buon caffè. Come quello di Pisciotta o di Sindona. E così l'arrestato ovviamente non potrà più rivelare l'elenco dei suoi clienti. E tutti vissero felici e contenti. Stretta è la foglia, larga la via, dite la vostra, che ho detto la mia».

Mimì, che fino a quel momento era stato addritta, s'assittò di colpo.

«Senti, ragioniamo tanticchia».

«Adesso no. Pensaci stanotte. Tanto Salvuccio ti terrà vigliante. Ne riparliamo domani matino a mente frisca. È meglio. Ora vatinni c'aiu a fari 'na telefonata».

Augello niscì incerto e sturduto.

«Michela? Montalbano sono. La disturbo se passo da lei cinque minuti? No, nessuna novità. Solo per... Va bene, tra un quarto d'ora sarò da lei».

Dieci

Citofonò, trasì, acchianò. Michela l'aspittava sulla porta. Era vistuta come il primo jorno che Montalbano l'aviva accanosciuta.

«Buonasera, commissario. Mi aveva detto che oggi non poteva passare da me, vero?».

«Infatti. Ma l'incontro col Questore non c'è stato e allora...».

Pirchì non l'invitava a trasire in casa?

«Sua madre come sta?».

«Meglio, compatibilmente con la situazione. Tanto che si è lasciata convincere dalla zia ad andare a dormire da lei».

Non si addecideva a dirgli di trasire.

«Volevo dirle che sapendomi sola, è venuta a trovarmi una mia amica. È di là. Posso mandarla via, se lo desidera. Ma siccome non ho nulla da nasconderle, può agire come se lei non ci fosse».

«Mi sta dicendo che posso parlare apertamente davanti a questa sua amica?».

«Esattamente».

«Allora, per me, non c'è problema».

Solo allora Michela si fici di lato per lassarlo passari. La prima cosa che il commissario vitti trasenno in salotto fu una gran massa di capelli russi.

«Paola la rossa!» si disse, l'amante di Angelo soppiantata da Elena.

Paola Torrisi-Blanco a taliarla bene era quarantina, ma per come s'appresentava a prima vista una decina d'anni potiva livarseli con tutta tranquillità. Bella fìmmina, non c'era discussione, e addimostrava che ad Angelo piacivano quelle di prima scelta.

«Se sono di troppo...» fece Paola susennosi e pruienno la mano al commissario.

«Per carità!» disse cirimoniuso Montalbano. «Oltretutto mi risparmia un viaggio a Montelusa».

«Ah, sì? Perché?».

«Perché mi ero ripromesso di scambiare due chiacchiere con lei».

S'assittarono tutti, si scangiarono muti sorrisi di complimento. Una gran bella riunione tra amici. Passato il tempo giusto, il commissario attaccò con Michela.

«Com'è andata col pm Tommaseo?».

«Non me ne parli! Quell'uomo è un... ha una sola cosa in testa... ti fa certe domande... è imbarazzante».

«Che ti ha chiesto?» spiò, maliziusa, Paola.

«Poi te lo dico» disse Michela.

Montalbano s'immaginò la scena. Tommaseo perso dintra all'occhio-mare di Michela, russo in faccia, respiro corto, circando d'immaginare le forme delle sò minne sutta al vistito da penitente, che le spia:

«Ha un'idea perché suo fratello ce l'aveva completamente di fuori mentre l'ammazzavano?».

«Le ha detto Tommaseo quando potrete fare il funerale?».

«Non prima di tre giorni. Ci sono novità?».

«Per l'indagine? Attualmente è tutto fermo. E sono venuto a trovarla per cercare di fare qualche passo avanti».

«A sua disposizione».

«Michela, se si ricorda, quando le domandai quanto guadagnava suo fratello, lei mi rispose che portava a casa quello che poteva servire a mantenere decentemente tre persone e due appartamenti. È così?».

«Sì».

«Potrebbe essere più precisa?».

«Non è facile, commissario. Non si trattava di guadagni fissi, di stipendi mensili, oscillavano. Lui aveva un minimo garantito, il rimborso spese e una percentuale sui prodotti che riusciva a fare accettare. Naturalmente a incidere considerevolmente e in modo positivo era proprio la percentuale. C'erano anche, di tanto in tanto, dei premi di produzione. Ma non saprei tradurre tutto questo in cifre».

«Devo farle una domanda delicata. Lei mi ha detto che Angelo faceva ad Elena regali molto costosi. Ho avuto la conferma dalla...».

«Dalla puttana?» concluse Michela.

«Via!» fece Paola ridendo.

«Perché non dovrei chiamarla così?».

«Non mi pare il caso».

«Ma se per un certo periodo l'ha fatto veramente! Commissario, quando Elena, ancora minorenne, se ne scappò a Milano...».

«So tutto» troncò il commissario.

Macari se Elena aviva potuto confidare ad Angelo i sò trascorsi giovanili, difficile che Angelo li aviva fatto sapiri alla sorella. Si vede che Michela era stata capace di rivolgersi a qualichi agenzia per aviri informazioni supra l'amante di sò frati.

«Comunque, a me non ha mai fatto un regalo» fece a questo punto Paola. «Anzi no. Una volta mi regalò un paio d'orecchini comprati in una bancarella, a Fela. Tremila lire, mi ricordo, ancora non c'era l'euro».

«Torniamo all'argomento che mi interessa» disse Montalbano. «Per fare questi regali ad Elena, Angelo prelevava il denaro dal vostro conto in comune?».

«No» fece decisa Michela.

«Allora da dove li prendeva?».

«Quando gli arrivavano gratifiche o premi di produzione in assegni, li cambiava e teneva i liquidi in casa. Appena raggiungevano una certa cifra, comprava un regalo a quella...».

«Quindi lei esclude che aveva un conto personale in una qualche banca a lei sconosciuta?».

«Lo escludo».

Pronta, ferma, decisa. Forse troppo pronta, troppo ferma, troppo decisa.

Possibile che non le era mai vinuto il minimo dubbio? O forse le era vinuto, eccome, ma siccome poteva fari nasciri un qualichi sospetto, una qualichi ùmmira sul fratello, tanto valiva negare.

Montalbano principiò un tentativo d'aggiramento di quella posizione fortificata. Si rivolse a Paola.

«Mi ha appena detto che Angelo le comprò un paio d'orecchini a Fela. Come mai a Fela? Lei l'aveva accompagnato?».

Paola fece un surriseddro.

«Da me, al contrario di Elena, si faceva accompagnare spesso nei suoi giri in provincia».

«Da quella non si faceva accompagnare perché era lei a seguirlo!» scattò Michela.

«Naturalmente, se ero libera dai miei impegni scolastici» concluse Paola.

«Lo vide mai entrare in una banca?».

«Che io ricordi, no».

«Aveva rapporti d'amicizia con qualcuno dei medici o dei farmacisti che andava a trovare?».

«Non ho capito».

«C'era qualcuno tra i suoi chiamiamoli clienti col quale intratteneva rapporti più amichevoli?».

«Sa, commissario, io non li ho conosciuti tutti. Mi presentava come la sua fidanzata. E, in un certo senso, era vero. Ma mi è parso che trattasse tutti allo stesso modo».

«Quando la portava con sé, la faceva assistere a ogni singolo incontro?».

«No. Certe volte mi diceva di restare in macchina o di andare a fare una passeggiata».

«Gliene spiegava il motivo?».

«Mah, ci scherzava su. Diceva che doveva andare a trovare un dottore giovane e bello e allora temeva che... oppure mi spiegava che si trattava di un medico cattolicissimo e bigotto che non avrebbe approvato la mia presenza...».

«Commissario» intervenne Michela. «Mio fratello distingueva nettamente gli amici dalle persone con le quali faceva affari. Non so se ha notato che nel cassetto teneva due agende, una con gli indirizzi degli amici, dei familiari e l'altra...».

«Sì, l'ho notato» disse Montalbano. E appresso, sempre a Paola:

«Lei, mi pare, insegna al liceo di Montelusa?».

«Sì. Italiano».

Fece un altro sorriseddro.

«Capisco dove vuole arrivare. Emilio Sclafani non solo è mio collega, ma siamo, in un certo senso, amici. Una sera invitai a cena Emilio e la sua giovane moglie. C'era anche Angelo. Tra loro due cominciò tutto allora».

«Senta, Elena mi ha detto che suo marito sapeva tutto della relazione con Angelo. Lei, per caso, è in grado di confermare?».

«È così. Tanto che è successa una cosa assurda».

«Cioè?».

«Venni a sapere che Angelo era diventato l'amante di Elena proprio da Emilio, glielo aveva detto poche ore prima la moglie. Non ci volevo credere, ho pensato che Emilio voleva farmi uno scherzo imbecille. Il giorno dopo Angelo mi telefonò, mi disse che per qualche tempo non ci saremmo potuti vedere. Allora sbottai e gli ripetei quello che mi aveva detto Emilio. Confermò, balbettando. Ma mi supplicò di portare pazienza, che si trattava di una sbandata... Ma io fui irremovibile. E qui la mia storia con lui finì».

«Non vi siete più visti?».

«No. E non ci siamo mai più parlati».

«Lei ha mantenuto rapporti d'amicizia col professore Sclafani?».

«Sì. Però non l'ho più invitato a cena».

«L'ha rivisto dopo la morte di Angelo?».

«Sì. Anche stamattina».

«Come le è parso?».

«Turbato».

Montalbano non s'aspittava una risposta accussì pronta.

«In che senso?».

«Commissario, non si faccia venire idee sbagliate. Emilio è turbato perché sua moglie ha perduto l'amante, tutto qua. Forse Elena gli ha confidato quanto teneva ad Angelo, quanto fosse gelosa...».

«Chi glielo ha detto che era gelosa? Il professore?».

«Emilio non mi ha mai parlato dei sentimenti di Elena verso Angelo».

«Sono stata io» intervenne Michela.

«Mi ha anche fatto una specie di riassunto delle lettere di Elena» aggiungì Paola.

501

«A proposito, le ha trovate?» spiò Michela.

«No» fece Montalbano dicendo una farfantaria.

Sull'argomento, intuiva a istinto, a pelle, che più intrubbolava l'acque e meglio era.

«Sicuramente le ha fatte sparire lei» disse Michela convinta.

«A che scopo?» spiò il commissario.

«Come a che scopo?» reagì Michela. «Quelle lettere possono essere una prova a carico!».

«Ma, vede» disse Montalbano con la faccia d'angileddro 'nnuccenti. «Elena ha ammesso di averle scritte. Espressioni di gelosia e minacce di morte comprese. Se l'ammette, che ragione ha di far sparire le lettere?».

«E lei allora che aspetta?» fece Michela tirando fora la voci spiciali, quella di carta vitrata.

«A fare che?».

«Ad arrestarla!».

«C'è un problema. Elena dice che le lettere le ha scritte quasi sotto dettatura».

«Di chi?».

«Di Angelo».

Le dù fimmine ebbero dù reazioni completamente diverse.

«Troia! Infame! Bugiarda!» gridò Michela susennosi di scatto.

Paola invece sprufonnò di cchiù nella pultruna.

«E che gliene veniva, ad Angelo, a farsi scrivere lettere di gelosia?» spiò, cchiù incuriusuta che cunfunnuta.

«Questo nemmeno Elena ha saputo spiegarmelo» fece Montalbano dicenno un'altra farfantaria.

«Non ha saputo spiegarglielo perché non è assolutamente vero!» quasi gridò Michela.

Dalla carta vitrata stava pericolosamente passando all'impiego delle dù macine. Montalbano, che non aviva nisciunissima gana d'assistere a un'altra scena di tragedia greca, pinsò che per quella sira si potiva contintare.

«Mi ha preparato gli indirizzi?» spiò a Michela.

La fimmina lo taliò imparpagliata.

«Si ricorda? Le due donne, una mi pare che si chiamava Stella...».

«Ah, sì. Un momento».

Niscì dalla càmmara.

E allura Paola, calannosi leggermente in avanti, disse a voci vascia:

«Le devo parlare. Mi telefona a casa domani mattina che non ho scuola? Mi trova sull'elenco».

Michela tornò con un foglio che pruì al commissario.

«Eccole l'elenco degli ex amori di Angelo».

«Ce n'è qualcuna che non conosco?» spiò Paola.

«Credo che Angelo non ti abbia nascosto niente della sua storia amorosa».

Montalbano si susì. Passarono ai cari saluti.

Era smorcata un'umidità tale che continuare a stari nella verandina, a malgrado che era coperta, non era propio cosa. Il commissario sinni trasì, s'assittò al tavolo. Tanto, o fora o dintra, il ciriveddro funzionava l'istisso. Da una mezzorata infatti dintra di lui si stava svolgendo un animato dibattito incentrato sul tema:

«Nel corso di un'indagine, un vero poliziotto deve prendere appunti o no?».

Lui, per esempio, non l'aviva mai fatto. Non solo, ma gli davano fastiddio quelli che lo facivano e che macari erano poliziotti migliori di lui.

Questo, nel passato. Pirchì ora, da qualichi tempo, sintiva la nicissità di farlo. E pirchì sintiva la nicissità di farlo? Elementare, Watson. Pirchì si era fatto capace che principiava a scordarsi di alcune cose importanti. Ahi, amico mio, commissario egregio, siamo arrivati alle cinque de la tarde, al punto dolente di tutta l'intera facenna. Uno principia a scordarsi le cose quanno il piso dell'età accomenza a farisi sintiri. Che diciva, suppergiù, un poeta?

Come pesa la neve sopra ai rami,
come pesano gli anni sulle spalle che ami
gli anni della giovinezza sono anni lontani.

Forse era più giusto cangiare leggermente il titolo del dibattito:

«Nel corso di un'indagine, un *vecchio* poliziotto deve prendere appunti o no?».

Messa in conto la vicchiaia, il pigliari appunti parse meno disdicevole a Montalbano. Ma questo viniva a significari una resa incondizionata all'età avanzante. Abbisognava trovare una soluzione di compromesso. Allura ebbe un'alzata d'ingegno. Pigliò carta e pinna e si scrissi una littra.

Caro commissario Montalbano,

so che in questo momento le girano vorticosamente i cabasisi per fatti del tutto personali dovuti all'idea della vecchiaia che tuppia testardamente alla sua porta, ma mi pregio con la presente di richiamarla ai suoi doveri sottoponendole alcune osservazioni che riguardano l'indagine in corso sull'omicidio di Angelo Pardo.

Primo. Chi era Angelo Pardo?

Ex medico radiato dall'Ordine per la storia di un aborto su una ragazza da lui messa incinta (*parlare assolutamente con Teresa Cacciatore che vive a Palermo*).

Si mette a fare l'informatore medico-scientifico, guadagnando assai di più di quello che dice alla sorella: all'ultima amante, Elena Sclafani, fa infatti regali assai costosi.

È molto probabile che aveva un conto corrente in una banca che non si riesce a individuare.

Possedeva certamente una cassetta blindata piuttosto grande che non si è più ritrovata.

È stato assassinato con un colpo in faccia (*vuole significare qualcosa?*).

Inoltre, al momento della morte, aveva il pisello di fuori (*e questo sicuramente significa qualche cosa, ma cosa?*).

Motivi possibili dell'omicidio:

a) faccende di fìmmine;

b) losco traffico di comparaggi, ipotesi non trascurabile formulata da Nicolò (*da verificare col maresciallo Laganà*).

Adopera sicuramente un codice (*per che cosa?*).

Ha tre file con password. Il primo, che Catarella è riuscito ad aprire, è tutto in codice.

Il che sta a significare che Angelo Pardo qualche cosa da tenere con cura ammucciata ce l'aveva.

Un'ultima nota: perché le tre lettere di Elena sono state nascoste sotto il tappetino del bagagliaio della Mercedes? (*sento che è un punto di una certa importanza, ma non so spiegarne il perché*).

La prego di scusarmi, caro commissario, se questo paragrafetto dedicato al morto risulta alquanto disordinato, ma ho scritto le cose via via che mi venivano a mente, non seguendo una linea logica.

Secondo. Elena Sclafani.

Lei, naturalmente, si sarà domandato perché scrivo il nome di Elena Sclafani al secondo posto. Lo so, carissimo, che a lei quella picciotta fa, come si dice dalle parti nostre, molto sangue. È bella (bellissima, d'accordo, nulla in contrario ad accettare le sue correzioni) e lei farebbe carte false per non metterla in cima all'elenco degli indiziati. Le piace la sincerità con la quale parla di sé, ma non le è mai venuto il dubbio che certe volte la sincerità sia un metodo mirato a rendere più distante la scoperta della verità, esattamente come il metodo in apparenza opposto, cioè la menzogna? Dice che sto facendo filosofia?

Allora sarò brutalmente sbirro.

È indubbio che esistono lettere nelle quali Elena, per gelosia, minaccia di morte il suo amante.

Elena sostiene che queste lettere le ha scritte sotto dettatura di Angelo. Ma non c'è una prova di quanto dice, sono solo affermazioni che sfuggono a ogni possibilità di verifica. E le spiegazioni che dà circa il motivo per il quale Angelo le avrebbe fatto scrivere le lettere sono molto, lo confessi, caro signor commissario, molto fumose.

Per la sera dell'omicidio, Elena non ha un alibi. (*Attenzione: lei ha avuto l'impressione che nascondesse qualcosa, non lo dimentichi!*). Dice che se ne è andata in giro in macchina, senza una meta precisa, al solo scopo di provare a se stessa che poteva fare a meno di Angelo. Le sembra niente la mancanza di un alibi proprio quella sera?

Sulla cieca gelosia di Elena, a parte le lettere, c'è anche la testimonianza di Michela. Testimonianza discutibile, è vero, ma che davanti al pm avrebbe il suo peso.

Vuole, caro commissario, che le tracci uno scenario che le riuscirà indubbiamente sgradito? Per un attimo, mi faccia assumere le vesti del pm Tommaseo.

Ormai sicura che Angelo la tradisca, folle di gelosia, Elena quella sera si arma, dove e come si procura l'arma lo appureremo in seguito, e si apposta sotto casa di Angelo. Ma prima ha telefonato all'amante dicendogli che non potrà andare da lui. Angelo ci casca, fa venire l'altra donna e se la porta, per maggiore sicurezza, nella camera sul terrazzo. Per ragioni che forse scopriremo o forse no, i due non fanno all'amore. Ma questo Elena non lo sa. E comunque la cosa è, in un certo senso, ininfluente. Quando la donna va via, Elena entra in casa, sale nella camera sul terrazzo, litiga o no con Angelo, gli spa-

505

ra. E quindi, come ultimo oltraggio, gli tira giù la lampo dei jeans e porta alla luce l'oggetto, diciamo così, del contendere.

Questa ricostruzione, lo so da me, fa acqua. Ma vuole che Tommaseo non ci inzuppi il pane? Quello, in una storia così, ci si butta cavallo e carretto.

La vedo messa male la sua Elena, egregio.

E lei, mi consenta, non sta facendo il suo dovere, che sarebbe quello di raccontare al pm le cose come stanno. E il peggio è, dato che mi trovo nella sfortunata circostanza di conoscerla benissimo, che lei non ha nessunissima intenzione di farlo, il dovere suo.

Non mi resta quindi che prendere atto di questo suo deplorevole, e partigiano, modo d'agire.

A lei non rimane altra strada che scoprire, e al più presto, che cosa rappresenta il codice contenuto nel libriccino delle canzonette, a cosa si riferisce e che minchia viene a significare il primo file aperto da Catarella.

Terzo. Michela Pardo.

Malgrado l'indubbia inclinazione che la donna manifesta verso la tragedia greca, lei non la ritiene, allo stato dei fatti, capace di fratricidio. Ma è fuor di dubbio che Michela è disposta alla qualunque purché il nome del fratello non venga macchiato. E certamente sa al riguardo dei traffici di Angelo più cose di quante dice. Tra l'altro lei, egregio amico, ha il sospetto che Michela abbia fatto scomparire, approfittando della sua dabbenaggine, qualcosa che forse sarebbe stata risolutiva per l'indagine.

E qui mi fermo.

Con i migliori auguri di buona riuscita, mi creda di lei devot.mo

SALVO MONTALBANO

Undici

La matina appresso la sveglia sonò, Montalbano s'arrisbigliò, ma invece di susirisi di cursa a scanso di mali pinseri di vicchiaia, decrepitezza, Alzheimer e morte, ristò corcato.

Gli era vinuto a menti l'esimio professori Emilio Sclafani, che ancora non aviva avuto il piaciri d'accanosciri di pirsona pirsonalmente, ma che meritava però che ci si ragiunava supra. Eh, sì, il professori tanticchia di considerazione di sicuro se la miritava.

In primisi, pirchì era un impotenti intestato a maritarsi con picciotteddre, di primo o di secunno pilo non aviva importanza, che potivano essiri, in tutti e dù i casi, figlie sò. Le dù mogliere avivano una cosa in comune e cioè che l'incontro col professori significava per loro arrinisciri a tirarsi fora da situazioni perlomeno difficili: la prima mogliere appartiniva a una famiglia di morti di fame, la secunna stava pirdennosi in un pozzo nìvuro di prostituzione e droga. Maritandosele, il professori come prima cosa si assicurava la loro gratitudine. Le vogliamo adoperari le parole giuste sì o no? Il professori veniva a fare loro una specie di ricatto indiretto: le salvava dalla povertà o dal disordine a patto che restavano con lui macari sapendo com'era. Altro che bontà e comprensione di cui parlava Elena!

In secunnisi, il fatto che era stato lui a indicare con quale omo la prima mogliere potiva soddisfare le sò naturali nicissità di picciotta giovane non era pi nenti signo di generosità: era invece un raffinato modo di tinirla ancora cchiù stritta al guinzaglio. Era tra l'altro un modo di adempiere, come si usa dire, al dovere coniugale per interposta persona da lui all'uopo delegata. E inoltre la mogliere doviva avvertirlo di ogni incontro con l'amante e macari contarglielo in dettaglio doppo che c'era stato. Tant'è vero che quando il professori aviva scoperto un incontro del quale non era a canoscenza, era finita a schifìo.

Alla secunna mogliere il professori, doppo l'esperienza fatta con la prima, aviva lassato invece libertà di scelta mascolina, fermo restando l'obbligo della comunicazione preventiva dei giorni e delle ore di monta (la cosa si potiva chiamare diversamente?).

Ma pirchì l'emerito professori, accanoscenno la completa faglianza della natura sò, si era voluto maritare dù volte?

La prima volta aviva forse criduto che potiva capitare un miracolo, tanto per usare le parole di Elena, e quindi passi. Ma la secunna volta? Come mai non si era fatto cchiù accorto? Pirchì non si era rimaritato metti conto con una vidova di una certa età e dai sensi oramà abbondantemente placati? Aviva bisogno di sintiri allato a lui nel letto il sciauro della carne giovane? Chi si cridiva d'essiri, Mao Tze-Tung?

E po', dalla parlata fatta la sira avanti con Paola la rossa (a proposito, ricordati che vuole che le telefoni) era emersa una contraddizione che forse aviva importanza o forse no. Questa: Elena aviva sostenuto che non era mai voluta andare a cinema o al ristorante con Angelo per non dare modo alla gente di sorridere alle spalli del marito, mentre Paola invece aviva detto che a darle notizia della relazione tra sò mogliere e Angelo era stato propio il professori. Allora: mentre la mogliere faciva di tutto pirchì le corna messe al marito non venissero a canoscenza del paìsi, il marito non esitava a dichiarare che la mogliere gli mittiva le corna.

E inoltre il professori, secondo Paola, era parso turbato per la morte violenta dell'amante della mogliere. Ma vi pare cosa?

Si susì, si vippi il cafè, si fici la doccia e la varba ma quanno fu pronto per nesciri gli vinni una botta di lagnusìa. Di colpo gli passò la gana di andare in ufficio, vidiri pirsone, parlari.

S'affacciò sulla verandina: la jornata pariva fatta di porcellana. Pigliò la decisione che gli dettava tutto il corpo sò.

«Catarella? Montalbano sono. Stamattina vengo più tardi».

«Dottori ah dottori, ci voliva diri…».

Riattaccò, pigliò i dù fogli che gli aviva stampato Catarella e il libriceddro delle canzonette e andò a posarli sul tavolinetto della verandina.

Trasì nuovamente dintra, consultò l'elenco telefonico, attrovò il nummaro che circava, lo compose. Mentre il telefono sonava, taliò il ralogio: le novi, l'ora giusta per chiamare una professoressa che non è andata a scola.

Il telefono sonò a longo senza risposta e Montalbano ci stava pirdenno le spranze, quanno sintì che all'altro capo la cornetta viniva sollevata.

«Pronto?» fece una voci mascolina, leggermente arragatata.

Il commissario non se l'aspittava e ristò tanticchia strammato.

«Pronto?» arripeté la voci mascolina, ora non solo leggermente arragatata ma macari leggermente infastiduta.

«Il commissario Montalbano sono. Vorrei...».

«Vuole Paola?».

«Sì, se non...».

«Gliela chiamo».

Passarono tri minuti di silenzio.

«Pronto?» fici una voci fimminina che il commissario non raccanoscì.

«Parlo con la professoressa Paola Torrisi?» si sincerò, dubitoso.

«Sì, commissario, sono io, grazie per avermi chiamata».

Ma non era la voci della sira avanti! Questa era tanticchia roca, vascia, sensuale, come di chi... E tutto 'nzemmula capì che forse le novi del matino non era l'ora giusta per una professoressa che quel jorno, non andando a scola, si occupava d'altro.

«Mi scusi se l'ho disturbata...».

Risateddra di lei.

«Non è gravissimo. Le vorrei dire una cosa. Ma per telefono non mi va. Possiamo incontrarci? Potrei passare io dal commissariato».

«Stamattina non vado in ufficio. Potremmo vederci nella tarda mattinata a Montelusa. Dica lei dove».

S'intisiro per un cafè che stava sulla Passeggiata. A mezzojorno. Accussì la professoressa potiva finiri di fari con comodo

509

quello che aviva principiato a fari quanno la telefonata l'aviva interrotta. E macari concedersi un bis.

E dato che c'era, s'addecise ad affrontare, meglio per telefono che di prisenza, il dottor Pasquano.

«Dottore, che mi conta?».

«Quello che vuole lei. O Cappuccetto rosso o Biancaneve e i sette nani».

«No, dottore, intendevo...».

«Lo so che intendeva. Ho già comunicato a Tommaseo che ho fatto quello che dovevo fare e che domani avrà il referto».

«E io?».

«Se ne faccia dare copia da Tommaseo».

«Ma non potrei sapere...».

«Che cosa? Non lo sa che gli hanno sparato in piena faccia a distanza ravvicinata? O vuole che adoperi termini tecnici dei quali non capisce una minchia? E inoltre, non glielo ho già detto che pur avendocelo di fuori non l'aveva usato?».

«Ha trovato il proiettile?».

«Sì. E l'ho fatto avere alla Scientifica. È penetrato dall'occhio sinistro, ha fatto una devastazione».

«Nient'altro?».

«Se glielo dico, promette di non scassarmi i cabasisi per almeno dieci giorni?».

«Lo giuro».

«Beh, non l'hanno ammazzato subito».

«Che intende dire?».

«Gli hanno infilato un grande fazzoletto o uno straccio bianco in bocca per impedirgli di gridare. Ho trovato dei fili di un tessuto bianco incastrati tra i denti. Li ho mandati alla Scientifica. E dopo avergli sparato gli hanno levato lo straccio dalla bocca e se lo sono portato via».

«Posso farle una domanda?».

«L'ultima».

«Perché ha adoperato il plurale? Pensa che l'assassino non era solo?».

«Vuole proprio saperlo? Per confonderle le idee, carissimo».

Carogna era, Pasquano, e ci s'addivirtiva a esserlo.

Ma la facenna dello straccio cafuddrato a forza dintra alla vucca di Angelo non era cosa di scarso piso.

Viniva a significare che l'ammazzatina non era stata fatta d'impeto. Arrivo, ti sparo, minni vaiu. E bonanotti.

No. Chi era andato a trovare Angelo aviva domande da fargli, da lui voliva sapiri qualichi cosa. Aviva bisogno d'aviri a disposizione un certo tempo. Perciò l'aviva messo in condizione di stare a sintiri quello che gli diciva o addumannava, lo straccio glielo avrebbe livato dalla vucca solamente quanno Angelo si sarebbe deciso ad arrispunniri.

E forse Angelo aviva risposto, ma era stato ammazzato l'istisso. O forse non aviva voluto o potuto arrispunniri e perciò era stato ammazzato. Ma pirchì l'assassino non gli aviva lassato lo straccio dintra alla vucca? Pirchì spirava di mettere la Polizia supra una pista meno precisa? O meglio, pirchì aveva tentato di creare una falsa pista di delitto passionale che, macari se avvalorata dall'uccello fora dalla gabbia, sarebbe stata comunque smentita se lo straccio viniva ritrovato dintra alla vucca? Opuro pirchì quello straccio straccio non era? Macari si trattava di un fazzoletto con le cifre arraccamate che avrebbe potuto portare al nome e al cognome dell'assassino?

Arrinunziò ad andare oltre e sinni niscì sulla verandina.

S'assittò e taliò sconsolato i dù fogli che gli aviva stampato Catarella. Coi nummari non ci aviva mai caputo nenti di nenti. Al liceo, ricordò, quanno già i sò cumpagni s'occupavano di accise, no, fermo, le accise sunno un'àutra cosa, le tasse sulla benzina mi pare, allura come si chiamavano?, ascisse, ecco, quanno i sò cumpagni si occupavano di ascisse e coordinate lui aviva ancora qualichi difficoltà con la tabellina dell'8.

Nel primo foglio, a mano manca, c'era una colonna di 38 nummari alla quale corrispondeva, a mano dritta, una secunna colonna di 38 nummari.

Nel secunno foglio i nummari a manca erano 32 e 32 erano quelli scritti a mano dritta. Se la matematica non era una pinione, fatta la somma dei dù fogli, i nummari a manca arrivavano a un totale di 70. E 70 ce n'erano a mano dritta. Montalbano si congratulò con se stesso, pur dovendo ammettere a

denti stritti che avrebbe potuto giungere a quella stissa 'ntifica conclusioni macari un picciliddro della terza limentari.

Doppo una mezzorata, arrivò a una scoperta che gli dette una
soddisfazioni pari a quella di Marconi quanno capì che aveva
inventato il telegrafo senza fili o qualichi cosa di simile. E cioè
che i nummari delle colonne a manca non erano uno diverso dal-
l'altro, ma che si trattava di quattordici nummari ognuno dei
quali s'arripitiva cinco volte. Le ripetizioni non erano una appresso all'altra, ma sparse come a caso all'interno delle dù colonne.

Pigliò uno dei nummari della colonna di manca e lo trascrisse nel retro di uno dei dù fogli, per tutte le volte che era ripi-
tuto. Allato ci scrisse i nummari della colonna di dritta.

213452	136000
213452	80000
213452	200000
213452	70000
213452	110000

Gli parse evidente che mentre il nummaro a manca era in codice, quello a dritta era in chiaro e si riferiva a somme di denaro. Il totale faciva 596.000. Troppo poco se si trattava di lire. Più di un miliardo se si trattava di euro, com'era cchiù probabile. Quindi tra Angelo e il signor 213452 correvano affarucci
di quella portata. Ora siccome signori cifrati ce n'erano altri tredici e le cifre corrispondenti a mano dritta erano suppergiù le
stisse di quelle pigliate in esame, questo viniva a significari che
Angelo aviva un giro d'affari di oltre dodici-tredici miliardi. Da
tiniri però accuratamente ammucciato. Sempre che tutto corrispondeva alle sò supposizioni, non era infatti da escludere che
quelle cifre significavano un'altra cosa.

Si addunò che l'occhi principiavano a fargli pupi pupi, la sò
vista non reggeva la lettura dei nummari, si stancava. Di questo passo, riflettì, ci sarebbero voluti dai tri ai cinco anni per
arrinisciri a decrittare il codice delle canzonette e alla fine sarebbe sicuramente addivintato un cieco col vastuni bianco e portato a spasso da un cane.

Riportò dintra tutto, chiuì la verandina, niscì di casa, pigliò la machina, partì. Era tanticchia in anticipo sull'appuntamento con Paola e perciò andò a una velocità inferiore ai deci chilometri orari, facenno nesciri pazzi tutti quelli che si vinivano a trovare darrè a lui. Ogni automobilista, appena arrinisciva a sorpassarlo, si sintiva in doviri di definirlo:

garruso, secondo un camionista;

stronzo, secondo un parrino;

cornuto, secondo una gentile signora;

be... be... be, secondo uno che era balbuziente;

ma tutte quelle offise a Montalbano da una grecchia ci trasivano e dall'àutra ci niscivano. Solo una lo fece veramente arraggiare. Un tale, un sissantino distinto, l'affiancò e gli disse:

«Asino!».

Asino? Ma come si pirmittiva? Il commissario fici un vano tentativo d'inseguirlo premendo l'acceleratore fino a trenta orari, ma doppo preferì tornari alla sò abituale velocità di crociera.

Arrivato alla Passeggiata, non trovò da parcheggiare e dovitti firriari a longo prima di trovari un posto, lontanissimo dal loco dell'appuntamento. In conclusione, quanno arrivò, Paola già l'aspittava assittata a un tavolino.

Lei ordinò un prosecco, Montalbano si associò.

«Stamattina Carlo, quando ha sentito che al telefono c'era un commissario, si è preso uno spavento enorme».

«Mi dispiace, non volevo...».

«Ma è lui che è fatto così! È un caro ragazzo, buonissimo, ma la vista, che so, di un carabiniere che gli passa accanto lo turba profondamente. È un fenomeno inspiegabile».

«O forse si potrebbe spiegare facendo ricerche nel suo DNA» disse Montalbano. «Probabilmente tra i suoi avi ci sarà stato qualche fuorilegge. Glielo chieda».

Risero. E accussì, quello che occupava il tempo libero della professoressa quanno non andava a scola si chiamava Carlo. Chiuso l'argomento, si passò all'ordine del giorno.

«Ieri sera» fece Paola «quando è venuta fuori la storia che Elena avrebbe scritto le lettere ad Angelo sotto sua dettatura, io mi sono sentita veramente a disagio».

«Perché?».

«Perché, malgrado l'opinione diversa di Michela, io credo che Elena abbia detto la verità».

«Come fa a saperlo?».

«Vede, commissario, durante la nostra storia, ho scritto parecchie lettere ad Angelo. Mi piaceva scrivergli».

«Non le ho trovate quando ho perquisito l'appartamento».

«Mi erano state restituite».

«Da Angelo?».

«No, da Michela. Quando la mia storia con suo fratello finì. Non voleva che capitassero tra le mani di Elena».

Ma chista Elena propio propio stava sui cabasisi di Michela! Posto indovi, essenno Michela fìmmina, teoricamente Elena non avrebbe potuto stari.

«Non mi ha ancora detto il motivo del suo disagio».

«Una di quelle lettere me la dettò Angelo».

Bel punto a favore di Elena! E soprattutto che non era possibile mettere in discussione pirchì signato a suo favore dalla rivale sconfitta.

«O meglio» proseguì Paola «lui me ne indicò le linee generali. E io di questo piccolo complotto, dopo che ci siamo lasciati con Angelo, non ne ho mai parlato a Michela».

«Poteva farlo ieri sera».

«Mi crede se le dico che me ne è mancato il coraggio? Michela era così sicura che Elena mentiva...».

«Può dirmi il contenuto della lettera?».

«Certo. Angelo doveva andare in Olanda per una settimana. E Michela aveva manifestato l'intenzione di partire con lui. Allora mi fece scrivere una lettera nella quale gli dicevo che avevo chiesto dieci giorni di congedo alla scuola per accompagnarlo nel viaggio. Non era vero in quel caso, si era sotto esami, figurati se mi davano dieci giorni, ma lui l'avrebbe mostrata alla sorella e questo gli avrebbe permesso di andarsene da solo come voleva».

«Senta, ma se Michela l'incontrava a Montelusa mentre Angelo era in Olanda che spiegazione avrebbe dato?».

«Ci avevamo pensato con Angelo. Avrei detto che all'ultimo momento la scuola non mi aveva accordato il permesso».

«E lei non aveva niente in contrario che lui se ne andasse da solo?».

«Certo, un poco mi dispiaceva. Ma capivo che per Angelo era importante liberarsi per qualche giorno dall'assillante presenza di Michela».

«Assillante?».

«Non saprei definirla diversamente, commissario. Aggettivi come assidua, affettuosa, amorosa non rendono l'idea, restano al di sotto. Per Michela era una specie di dovere assoluto vigilare sul fratello, come se Angelo era un bambino di pochi anni».

«Ma che temeva?».

«Niente, credo. Mi sono data una spiegazione che però non ha nessuna base scientifica, non mi intendo di psicoanalisi. Secondo me, si trattava di una sorta di maternità agognata ma delusa e quindi rovesciata interamente e apprensivamente sul fratello».

Fece la solita risateddra.

«Spesso ho pensato che se mi fossi sposata con Angelo sarebbe stato per me assai difficile liberarmi dalla morsa non della suocera che, poverina, non conta, ma della cognata».

Fece una pausa. E Montalbano capì che stava pinsanno alle parole pisate per diri quello che aviva in testa.

«Dopo la morte di Angelo m'aspettavo che Michela crollasse. Invece è accaduto il contrario».

«Cioè?».

«Si è disperata, ha gridato, ha pianto, certo, ma nello stesso tempo ho sentito in lei come un senso di liberazione, a livello inconscio. Si era quasi sgravata da un peso, rasserenata, più libera, mi spiego?».

«Si spiega benissimo».

E, va a sapiri pirchì, gli venne in mente una domanda.

«Michela ha avuto in passato un fidanzato?».

«Perché me lo chiede?».

«Mah, non so, così».

«Mi ha raccontato che a diciannove anni si è innamorata di un ragazzo di ventuno. Sono stati fidanzati ufficialmente per tre anni».

«Sa perché si sono lasciati?».

«Non si sono lasciati. Lui è morto. Gli piaceva correre troppo con la moto, anche se pare fosse un motociclista di una abilità straordinaria. I dettagli dell'incidente non li conosco. Ad ogni modo, dopo di allora, Michela non ha voluto più accanto a sé altri uomini. E credo che da allora abbia moltiplicato la sua vigilanza sul povero Angelo, sino a farla diventare asfissiante».

«Lei è una donna intelligente, è completamente fuori dall'inchiesta, ha avuto tutto il tempo per riconsiderare la sua storia finita» fece Montalbano taliandola nell'occhi.

«Questa sua premessa m'inquieta» disse Paola col solito surriseddro. «A che mira?».

«A una risposta. Chi era Angelo Pardo?».

Lei non parse sorpresa della domanda.

«Me lo sono domandata anch'io, commissario. E non quando mi ha lasciata per Elena. Perché fino a quel momento io Angelo sapevo chi era. Un uomo ambizioso, prima di tutto».

«Non l'avevo mai considerato sotto questo aspetto».

«Perché non voleva apparirlo. Credo che abbia molto sofferto per la radiazione dall'Ordine, gli ha troncato una carriera che prometteva bene. Ma vede, anche con questo mestiere che faceva… Per esempio, entro l'anno avrebbe avuto l'esclusiva della rappresentanza di due multinazionali farmaceutiche per tutta l'isola e non più per la sola provincia di Montelusa».

«Glielo disse lui?».

«No, ho ascoltato però parecchie telefonate con Zurigo e Amsterdam».

«E quand'è che ha cominciato a domandarsi chi era Angelo Pardo?».

«Dopo che l'hanno ammazzato. Allora ti appaiono in una prospettiva diversa certe cose delle quali ti eri data una spiegazione e che ora, dopo la sua morte, non ti spieghi più tanto facilmente».

«Per esempio?».

«Per esempio, certe zone d'ombra. Era capace di scomparire per qualche giorno e al ritorno non ti diceva niente, non gli strappavi una parola. Impenetrabile. Perciò finivo per convincermi che si incontrava con qualche altra donna, che aveva avuto un'avventura passeggera. Ma è chiaro che dopo che l'hanno ammazzato in quel modo non sono più tanto sicura che si trattava d'incontri galanti».

«E di che allora?».

Paola allargò le vrazza in un gesto sconsolato.

Dodici

Prima di andare a mangiare, passò dal commissariato. Catarella dormiva davanti al computer, la testa narrè, la vucca rapruta, tanticchia di saliva gli colava sul mento. Non l'arrisbigliò, ci avrebbe pinsato la prossima telefonata.

Supra il sò tavolo c'era una vurza blu scura, di tila. Una targhetta di corio, impicccicata nella parti di davanti, portava scritto «Salmon House». La raprì e s'addunò ch'era una borsa termica. Dintra c'erano cinco contenitori rotondi, di plastica trasparente, indovi si intravidivano filetti di grosse aringhe marinate e navicanti in salsette variopinte. Inoltre ci stava un salmone affumicato, ma ancora intero. Avvolta nel cellophane, una busta.

La raprì.

«Dalla Svezia con amore. Ingrid».

Si vede che Ingrid aviva attrovato a qualichiduno che viniva da quelle parti e ne aviva approfittato per fargli aviri quel pinsero. Gli venne una tale botta di nostalgia di Ingrid da fargli passare la gana di raprire subito uno qualunque dei contenitori e fare un primo assaggio. Quanno si dicidiva la svidisa a tornari?

Non era cchiù il caso di andare in trattoria, doviva correre a Marinella a svacantare la vurza nel frigorifero. La sollevò e vitti che sutta c'erano dù fogli. Il primo era un biglietto di Catarella.

Dottori, datosi che non posso acconoscere se lei di pirsona pirsonalmenti passa o non passa di pirsona le lasso il secondo fàili stappato che ci ho meso la nottata vigliante a compattere con la guardia di passo ma alla fini ce l'ho missa in quel posto alla guardia.

Gli altri dù fogli erano tutti nummari. Le solite dù colonne. Le cifre a mano manca gli parsero perfettamente uguali a quel-

518

le del primo file. Cavò dalla sacchetta i fogli sui quali aviva travagliato nella matinata e controllò.

Identici. Cangiavano solamente i nummari della secunna colonna. Ma non aviva gana di farsi viniri il malo di testa.

Lassò fogli vecchi, fogli novi e canzoniere-codice supra il tavolo, agguantò la vurza e niscì dalla càmmara. Passanno davanti allo sgabuzzino all'entrata sintì che Catarella faciva voci:

«Nonsi, nonsi, sono spiacevole, ma il dottori non c'è, stamatina disse che non passava stamatina disse. Sissi, arrifirisco certevolmente. Non porti dubitanza, arrifiririrò».

«Catarè, era per me?» spiò il commissario comparendogli davanti.

Catarella lo taliò come se vidiva a Lazzaro risuscitato.

«Matre santa, dottori, da indovi spuntò?».

Troppo complicato spiegargli che quanno era trasuto lui dormiva, esausto per il combattimento notturno con la guardia del passo. E inoltre Catarella mai e po' mai avrebbe ammesso di essersi addrummisciuto di colpo sul sò travaglio di solerte centralinista.

«Chi era?» rispiò nuovamente.

«Il dottori Latte con la esse in funno. Dice accussì che il signori e questori manco oggi, che sarebbe questa jornata che è, può arricivirla com'era stabilizzato e che sinni parla per domani, che sarebbe la jornata che viene, alla stissa pricisa 'ntifica ora di oggi che sarebbe il jorno che è».

«Catarè, lo sai che sei stato bravissimo?».

«Per come che ci spiegai la tilifonata del dottori Latte con la esse in funno?».

«No, perché sei riuscito ad aprire il secondo file».

«Ah dottori dottori! Tutta la nottata ci piniai! Vossia non po' manco capirla la faticata che ci feci! Trattavasi di una guardia di passo che pariva una e invece...».

«Catarè, me la conti dopo».

Si scantava a perdiri tempo, capace che dintra alla vurza le aringhe e il salmone principiavano a guastarsi.

Ma appena arrivò a Marinella e raprì il primo contenitore, il sciauro suadente che gli colpì le nasche lo fece capace che abbisognava munirsi di subito di un piatto, di una forchetta e di una scanata di pane frisco.

La mità almeno del contenuto dei contenitori non andava riposta in frigorifero, ma immessa direttamente nella sò panza. Dintra al frigorifero ci mise solamente il salmone, il resto se lo portò sulla verandina doppo aviri conzato la tavola.

Le aringhe, di grosso calibro, arrisultarono tutte marinate in composte diverse che spaziavano dalla salsetta agrodolce alla mostarda. Se la scialò. Il sò disiderio era di sbafarsele tutte, ma poi pinsò che avrebbe passato il doppopranzo e la sira ad addisidirari acqua come uno perso da jorni nel deserto. Rimise quello che era ristato nel frigorifero e sostituì la passiata al molo con una longa passiata a ripa di mari.

Appresso si fici una doccia, tambasiò casa casa e doppo sinni tornò in commissariato che si erano fatte le quattro e mezza. Catarella non era al posto sò. In compenso incrociò nel corridoio Mimì Augello con la facci nìvura nìvura.

«Che fu, Mimì?».

«Ma tu dove campi, che fai?» gli spiò di rimando Augello nirbùso mentre lo seguiva in ufficio.

«Campo a Vigàta e faccio il commissario» canticchiò Montalbano supra l'aria di «Signorinella pallida».

«Sì, sì, fai lo spiritoso. Guarda, Salvo, che non è proprio il caso».

Montalbano s'apprioccupò.

«Salvuccio non sta bene?».

«Salvuccio sta benissimo. Sono io che stamattina ho dovuto reggere la botta di Liguori che pariva nisciuto pazzo».

«E perché?».

«Lo vedi che avevo ragione a domandarti dove campi? Lo sai che è successo ieri sera a Fanara?».

«No».

«Non hai aperto la tv?».

«No. Ma che è capitato?».

«È morto l'onorevole Di Cristoforo».

Di Cristoforo! Sottosegretario alle Comunicazioni! Astro nascente del partito al Governo nonché, dicivano le malelingue, picciotto stimato in quegli ambienti indovi la stima va di pari passo col salvamento di vita.

«Ma non aveva manco cinquant'anni! Di che è morto?».

«Ufficialmente d'infarto. Per lo stress dovuto ai molteplici impegni politici nei quali generosamente profondeva... eccetera eccetera. Ufficiosamente, della stissa malatia di Nicotra».

«Minchia!».

«Esattamente. Ora tu capisci che Liguori, sintennosi abbrusciari la seggia sutta a 'u culu, pretende d'arrestare lo spacciatore prima che faccia altre vittime illustri».

«Senti, Mimì, ma questi signori non si facivano di coca?».

«Certo».

«Ma io ho sempre sentito dire che la coca non...».

«Macari io la pinsavo accussì. Ma Liguori, che è strunzo di suo, però le cose del mestiere sò le capisce, mi ha spiegato che la coca quando non è saputa tagliare o quando la si taglia con certe sostanze, può addivintare veleno. E infatti tanto Nicotra quanto Di Cristoforo sono morti per avvelenamento».

«Ma fammi capire, Mimì. Che interesse ha lo spacciatore a perdere i clienti ammazzandoli?».

«E infatti la cosa non è stata intenzionale. Sarebbe una specie d'incidente di percorso. Secondo Liguori, il nostro spacciatore non si è limitato a spacciare, ma ha, privatamente e con mezzi non adatti, tagliato ulteriormente la merce, l'ha quantitativamente duplicata e l'ha messa sul mercato».

«Quindi ci possono essere altre morti».

«Sicuro».

«E quello che mette il pepe al culo a tutti è che questo spacciatore fornisce un giro alto come politici, imprenditori, affermati professionisti e via di questo passo».

«L'hai detto».

«Ma Liguori com'è arrivato alla convinzione che lo spacciatore si trova a Vigàta?».

«Mi ha solo accennato d'averlo in qualche modo dedotto da certe mezze parole di un informatore».

«Auguri».

«Come, auguri? Non mi dici altro?».

«Mimì, quello che ti dovevo dire te l'ho detto aieri. Stai attento a come ti catamini. Questa non è un'operazione di Polizia».

«Ah, no? E che è?».

«Mimì, è un'operazione da servizi. Di quelli che travagliano nello scuro e sono seguaci di Stalin».

Mimì 'ngiarmò.

«Che c'entra Stalin?».

«Mimì, pare che Baffone diciva che se si dà il caso che un omo diventa un problema, abbasta eliminare l'omo per eliminare il problema».

«E che ci accucchia?».

«Te l'ho già detto e te lo ripeto: l'unica è ammazzarlo o farlo ammazzare, a questo spacciatore. Rifletti. Tu l'arresti seguendo tutte le regole, ma quando ti trovi a stendere il rapporto non puoi scriverci che lui è il responsabile della morte di Nicotra e di Di Cristoforo».

«No?».

«No. Mimì, hai la testa cchiù dura di un calabrisi. Il senatore Nicotra e l'onorevole Di Cristoforo erano persone rispettabili, onorate, esempi di virtù, tutte chiesa, politica, famiglia, mai fatto uso di droghe di nessun genere. All'occorrenza, ci sarebbero diecimila testimoni a loro favore. Allora tu ti tiri il paro e lo sparo e arrivi alla conclusione che è meglio sorvolare sulla faccenda dei morti, ci scrivi solo che l'hai arrestato perché è uno spacciatore e basta. Ma se quello davanti al pm si mette a parlare? E tira fuori i nomi di Nicotra e Di Cristoforo?».

«Nessuno volontariamente si autoaccusa di due omicidi macari se sono preterintenzionali! Che mi vieni a contare?».

«Va bene, mettiamo che non si autoaccusa. Ma il rischio che qualcun altro possa collegare lo spacciatore alle due morti esiste sempre. Mimì, ricordati che Nicotra e Di Cristoforo erano due òmini politici che avevano molti nemici. E la politica da noi, ma non solo da noi, è l'arte di seppellire nella merda l'avversario».

«E io che c'entro con la politica?».

«C'entri, macari se non lo sai. In una facenna come a questa ti rendi conto cosa rappresenti tu?».

«Che rappresento?».

«Il fornitore di merda».

«Mi pare eccessivo».

«Eccessivo? Dopo che si viene a scoprire che Nicotra e Di Cristoforo facevano uso di droga e che per questo sono morti, succede un unanime sputtanamento della loro memoria che va di pari passo con l'elogio altrettanto unanime per te che hai arrestato lo spacciatore. Passati massimo massimo tre mesi, qualcuno, della stessa parte politica di Nicotra e Di Cristoforo, comincia col rivelare che Nicotra assumeva piccolissime dosi di droga a scopi terapeutici e che Di Cristoforo faceva lo stesso perché aveva l'unghia del piede incarnita. Non di vizio si trattava, ma di medicina. A picca a picca la loro memoria viene riabilitata e si comincia a dire che sei stato tu a gettare fango sui due poveri morti».

«Io?!».

«Tu, sissignore, tu, operando un arresto perlomeno incauto».

Augello ristò muto e Montalbano ci mise il carrico di undici.

«Hai visto che gli sta capitando ai giudici di Mani pulite? Gli viene rinfacciato che sono loro i responsabili dei suicidi e delle morti d'infarto di alcuni imputati. Sul fatto che gli imputati erano corrotti e corruttori e si meritavano il carcere si sorvola: secondo queste anime belle il vero colpevole non è il colpevole che, in un momento di vergogna, si suicida, ma il giudice che l'ha fatto vergognare. E ora basta parlare di questa storia, se l'hai capita, l'hai capita. Se non l'hai capita, io non ho più gana di rispiegartela. E ora lassami travagliare».

Senza rapriri vucca, Mimì si susì e niscì dalla càmmara, cchiù nìvuro di prima. E Montalbano si trovò a taliare quattro fogli fitti di nummari dai quali non arrinisciva a tirari fora nenti di nenti.

Doppo cinco minuti li allontanò disgustato e chiamò il centralino. Gli arrispunnì una voce che non acconosceva.

«Senti, mi devi trovare il numero telefonico di un imprenditore di Palermo, Mario Sciacca».

«Quello di casa o dell'impresa?».

«Quello di casa».

«Va bene».

«Senti, il numero me lo devi solo procurare, chiaro? Se ai telefoni non risulta il numero di casa, rivolgiti ai colleghi di Palermo. Poi chiamo io sul diretto».

«Ho capito, dottore. Non vuole far sapere che a chiamare è la Polizia».

Sperto e pronto, il picciotto.

«Dimmi il nome».

«Sciacca, dottore».

«No, il tuo».

«Amato, dottore. Sono in servizio qua da un mese».

Si appromise di parlari con Fazio di questo Amato, forse era un picciotto meritevole di trasire nella squatra. Doppo tanticchia squillò il telefono. Amato gli aviva trovato il numero di casa di Mario Sciacca. Lo fece.

«Chi parla?» spiò una voci fimminina anziana.

«Casa Sciacca?».

«Sì».

«Mi chiamo Antonio Volpe, vorrei parlare con la signora Teresa».

«Mè nora nun c'è».

«È uscita?».

«No, è a Montelusa. Sò patre sta mali».

«Grazie, signora. Richiamerò».

Che gran botta di culo! Capace che si risparmiava uno stufficoso viaggio a Palermo. Circò sull'elenco il nummaro. Cacciatore ce n'erano nominati quattro. Abbisognava farli tutti con santa pacienza.

«Casa Cacciatore?».

«No, casa Mistretta. Guardi che questa storia è una grandissima rottura di cabasisi» fece una voci masculina arraggiata.

«Quale storia, scusi?».

«Che continuate a chiamare qua quando da un anno i Cacciatore hanno cangiato casa».

«Sa per caso il loro numero?».

Il signor Mistretta chiuì il telefono senza manco arrispunniri. Si cominciava bene, non c'era dubbio. Montalbano compose il secunno nummaro.

«Casa Cacciatore?».

«Sì» fece una voci fimminina gradevole.

«Signora, mi chiamo Antonio Volpe. Ho cercato a Palermo la signora Teresa Sciacca e mi hanno detto che...».

«Sono io Teresa Sciacca».

E a Montalbano ci venne a mancari la parola, pigliato alla spruvista dalla troppa fortuna.

«Pronto?» fece Teresa.

«Come sta suo padre? Mi hanno detto che...».

«Sta assai meglio, grazie. Tanto che domattina presto riparto per Palermo».

«Le devo assolutamente parlare prima che parta».

«Signor Volpe, io...».

«Non mi chiamo Volpe, il commissario Montalbano sono».

Teresa Sciacca fece una specie di sugliuzzo tra scanto e surprisa.

«Oddio! Che è successo a Mario?».

«Signora, si calmi. Suo marito sta benissimo. Le devo parlare per una storia che riguarda lei».

«Me?!».

Teresa Cacciatore parse veramente strammata.

«Signora, ha saputo che Angelo Pardo è stato assassinato?».

Una pausa lunghissima. Doppo un «sì» che era un soffio, un sospiro.

«Mi creda, avrei fatto a meno di rimestare sgradevoli ricordi, ma...».

«Capisco».

«Le garantisco che si tratta di un incontro che resterà riservato e inoltre le do la mia parola d'onore che non farò mai il suo nome in questa inchiesta, per nessun motivo».

«Non vedo in che cosa io possa esserle utile. Sono anni e anni che... Ad ogni modo, non posso riceverla qua».

«Ma lei può uscire?».

«Sì. Per un'oretta potrei assentarmi».

«Allora dica lei dove vuole che ci vediamo».

Teresa fece il nome di un cafè allocato in una strata della parte àvuta di Montelusa. Alle cinque e mezza. Il commissario taliò il ralogio, aviva sì e no il tempo di mittirisi in machina e partiri. La strata, per arrivare a tempo, se la doviva fare alla folle media di sissanta-sittanta chilometri orari.

Teresa Cacciatore maritata Sciacca era una trentottina dall'ariata di fìmmina bona matre di famiglia, ariata che si capiva subito che non era facciata ma sustanzia. Era assà imbarazzata per quell'incontro e Montalbano le andò subito in aiuto.

«Signora, tra dieci minuti al massimo potrà tornarsene a casa».

«La ringrazio, ma non vedo che rapporto possa esserci tra quello che capitò vent'anni fa e la morte di Angelo».

«Non c'è rapporto, infatti. Ma mi è indispensabile conoscere certi comportamenti, capisce?».

«No, ma mi domandi».

«Come reagì Angelo quando lei gli disse che aspettava un figlio?».

«Ne fu felice. E parlammo immediatamente di sposarci. Tanto che io, il giorno appresso, mi misi a cercare casa».

«I suoi familiari sapevano?».

«I miei ignoravano tutto, non conoscevano nemmeno Angelo. Poi, una sera, lui mi disse che ci aveva ripensato, che sposarci era un'assurdità che gli avrebbe rovinato la carriera. Prometteva molto bene come medico, questo è vero. E cominciò a parlare d'aborto».

«E lei?».

«Io reagii male. Successe un litigio spaventoso. Quando ci calmammo, io gli dissi che allora avrei detto tutto ai miei. Si spaventò molto, papà non era uomo col quale si poteva scherzare, mi pregò di non farlo. Gli detti tre giorni di tempo».

«Per fare che?».

«Per pensarci. Mi telefonò il pomeriggio del secondo giorno, era un mercoledì, me lo ricordo benissimo, mi chiese d'incontrarlo. Quando ci vedemmo, mi disse subito che aveva trovato una soluzione e che era necessario che io l'aiutassi. La soluzione era questa: la domenica che veniva io e lui ci saremmo presentati ai miei genitori raccontando tutto. Quindi Angelo avrebbe loro spiegato le ragioni per le quali non poteva sposarmi subito. Aveva bisogno di due anni almeno di libertà da ogni vincolo, c'era un luminare che lo voleva come assistente, ma per diciotto mesi doveva starsene all'estero. Insomma, una volta partorito, io sarei rimasta ad abitare in casa dai miei fino a quando Angelo non si fosse sistemato. Lui mi disse anche che era pronto a fare un riconoscimento di paternità per tranquillizzare i miei. Insomma, nel giro di un due anni ci saremmo sposati».

«Lei come la prese?».

«Mi sembrò una buona soluzione. E glielo dissi. Non avevo motivo di dubitare della sua sincerità. Lui allora propose di festeggiare anche con Michela, sua sorella».

«Vi eravate già conosciute?».

«Sì, e ci eravamo anche viste qualche volta, sebbene lei non mostrasse molta simpatia per me. L'appuntamento era per le nove di sera nello studio medico di un collega di Angelo, terminate le visite».

«Perché non nel suo?».

«Perché non l'aveva. Lavorava in una stanzetta che gli aveva ceduta questo suo collega. Quando arrivai, il collega era già andato via e Michela non era ancora arrivata. Angelo mi offrì un'aranciata amara. La bevvi e tutto principiò a essere nebbioso, confuso, non potevo muovermi, reagire... Mi ricordo Angelo che indossa il camice e...».

Proseguì a tentare di contare fino a quando Montalbano non l'interruppe.

«Ho capito. Non vada oltre».

Si addrumò una sicaretta. Teresa s'asciucò l'occhi col fazzoletto.

«Cosa ricorda dopo?».

«Ho ricordi sempre confusi. Michela in camice bianco, come un'infermiera, e Angelo che diceva qualcosa... poi mi ricordo d'essere nella macchina di Angelo... mi ritrovo nella casa di Anna, una mia cugina che sapeva tutto di me... Ho dormito da lei... Anna aveva telefonato ai miei dicendo che io avrei passato la notte a casa sua... Il giorno dopo mi venne una terribile emor-

ragia, mi portarono all'ospedale e io dovetti raccontare tutto a
papà. E papà denunziò Angelo».

«Dunque lei non vide mai il collega di Angelo?».

«Mai».

«Grazie, signora. È tutto» fece Montalbano susennusi.

Lei parse sorpresa e sollevata. Gli pruì la mano per salutarlo. Ma il commissario, invece di stringerla, gliela vasò.

Tredici

Arrivò tanticchia anticipato all'appuntamento col maresciallo Laganà.

«La trovo bene» fece il maresciallo taliandolo.

Montalbano si squietò. Gli capitava spisso, nell'ultimi tempi, che quella frase non gli sonava giusta. Se uno ti dice che ti trova bene, viene a significari implicitamente che pinsava di trovarti peggio. E pirchì lo pinsava? Pirchì sei arrivato a un'età indovi il peggio ti può capitare dalla sira alla matina. Tanto per fari un esempio: fino a un certo jorno della tò vita, sciddrichi, cadi, ti susi e non ti sei fatto niente, invece po' arriva il jorno che sciddrichi, cadi e non ti puoi cchiù susiri pirchì ti sei rotto il femore. Che è capitato? È capitato che hai varcato il confine invisibile da un'età all'altra.

«Macari a lei la trovo bene» mentì, con una certa sodisfazioni, il commissario.

Davanti ai sò occhi, in realtà Laganà apparse assà invicchiato dall'ultima volta che l'aviva visto.

«Sono a sua disposizione» fece il maresciallo.

Montalbano gli contò dell'omicidio di Angelo Pardo. E gli disse che il giornalista Zito, parlando con lui in via privata, gli aviva fatto nascere il sospetto che il movente dell'ammazzatina potiva attrovarsi nel travaglio che Pardo svolgeva. La stava piglianno alla larga, ma Laganà capì tutto a volo e l'interruppe:

«Comparaggio?».

«Potrebbe essere un'ipotesi» fece cauto il commissario.

E gli contò dei regali superiori ai guadagni fatti all'amante, della cassetta blindata scumparsa, del conto corrente che doviva aviri con una banca che non era arrinisciuto a individuare. E alla fine, cavò fora dalla sacchetta i quattro fogli stampati dal computer e il libriceddro-codice e glieli mise supra il tavolo.

«Non si può dire che la trasparenza piacesse tanto a questo signore» fu il commento del maresciallo doppo averli esaminati.

«Può aiutarmi?» spiò Montalbano.

«Certo» disse il maresciallo «ma non si aspetti una cosa rapida. Però per procedere mi occorrono alcuni dati elementari ma essenziali. Per conto di quali case lavorava? Con quali medici e farmacie era in contatto?».

«In macchina ho una grossa agenda di Pardo dalla quale si può ricavare buona parte di quello che l'interessa».

Laganà lo taliò strammato.

«Perché l'ha lasciata in macchina?».

«Volevo prima essere sicuro che la cosa l'interessava. Gliela vado a pigliare».

«Sì, mentre io intanto faccio una fotocopia di questi fogli e del canzoniere».

E dunque, ricapitolò mentre sinni tornava a Vigàta, la signora, pardon, signorina Michela Pardo non solo gli aviva contato la mezza missa per quanto riguardava l'aborto fatto fare a Teresa Cacciatore, ma aviva macari omesso completamente la parte da lei avuta come coprotagonista. Per Teresa doviva essere stata una scena da pillicola dell'orrore, prima l'inganno e la trappola, doppo, in crescendo, lo zito che si cangia in carnefice e accomenza a strufugliare dintra di lei che, stinnicchiata nuda sul lettino, non è manco capace di raprire vucca, la futura cognata in càmmisi bianco che pripara i ferri... Ma che rapporti di complicità c'erano stati tra Angelo e Michela? Da quale distorto istinto di fraternità erano nati e si erano saldati? Fino a che punto erano arrivati a stringiri il loro legame? E se tanto mi dà tanto: di cosa altro erano stati capaci?

Però, a pinsarci bene, tutto questo che aviva a che fare con l'indagine? Dalle parole di Teresa, che non c'era dubbio che diciva la virità, viniva fora che Angelo era un farabutto, e questo Montalbano da tempo lo pinsava, e che la sorellina non avrebbe esitato ad ammazzare pur di fari un piaciri al fratellino, e macari questo Montalbano da tempo lo pinsava. Quello che gli aviva contato Teresa era una conferma su com'erano fatti frati e soro, ma non faciva avanzare di un millimetro l'inchiesta.

«Dottori ah dottori!» vociò Catarella dallo sgabuzzino. «Ci devo diri una cosa d'importanzia!».

«Hai vinto la terza guardia di passo?».

«Ancora nonsi, dottori. Compilessa è. Ci voliva diri che tilifonò il dottori Arquaraquà».

E che succedeva? Il capo della Scientifica gli telefonava? Si scopron le tombe, si levano i morti...

«Arquà, Catarè, si chiama Arquà».

«Come si chiama si chiama, dottori, tanto vossia lo capisce lo stesso».

«E che voleva?».

«Non me lo disse, dottori. Mi lassò ditto che se vossia lo chiamava quanno che era tornato di ritorno».

«C'è Fazio?».

«Mi pari che c'è».

«Cercalo e fallo venire da me».

In attesa, chiamò la Scientifica a Montelusa.

«Arquà, m'hai cercato?».

Non si facivano sangue e quindi, di comune e tacito accordo, quanno s'incontravano o si parlavano, saltavano i saluti.

«Forse saprai che il dottor Pasquano ha trovato incastrati tra i denti di Angelo Pardo due fili di tessuto».

«Sì».

«Abbiamo analizzato i due fili e abbiamo individuato il tessuto. Si tratta di crilicon».

«Viene da Krypton?».

Gli era scappata la battuta cretina. Arquà, che non leggeva evidentemente i fumetti e non sapiva dell'esistenza di Superman, inturdunì.

«Che hai detto?».

«Niente, lascia perdere. Perché la cosa ti pare importante?».

«Perché è un tessuto speciale che viene adoperato principalmente per un particolare indumento».

«Cioè?».

«Mutandine da donna».

Arquà riattaccò, ma Montalbano ristò 'ngiarmato col microfono in mano.

Un'altra pillicola noir? Posò il telefono mentre si rappresentava la scena.

TERRAZZA CON CAMERA. *Esterno-interno notte.*

Dall'esterno del terrazzo la mdp inquadra, attraverso la porta aperta, l'interno della camera ex lavatoio. Angelo è seduto sul bracciolo della poltrona. La donna, di spalle, in piedi davanti a lui, posa la borsa sul tavolo e, con movimenti lentissimi, si toglie prima la camicetta e quindi il reggiseno. La mdp stringe sull'interno.

(Musica sensuale)

Angelo guarda voglioso la donna che si slaccia la gonna, la lascia cadere a terra. Angelo scivola dal bracciolo, affonda nella poltrona, quasi vi si distende.

La donna si leva le mutandine che però continua a tenere in mano.

Angelo abbassa la lampo dei jeans e si prepara all'amplesso.

(Musica sensualissima)

La donna apre la borsa e ne estrae qualcosa che non vediamo. Quindi si mette a cavalcioni su Angelo che l'abbraccia.

Lungo bacio appassionato, le mani di Angelo carezzano la schiena della donna. La quale a un tratto si scioglie dall'abbraccio e punta la pistola che prima aveva preso dalla borsetta in faccia ad Angelo.

PP di Angelo atterrito.

ANGELO Che... che vuoi fare?

LA DONNA Apri la bocca.

Angelo esegue meccanicamente. La donna gli infila in bocca le mutandine che teneva in mano.

Angelo tenta di gridare, ma non ci riesce.

LA DONNA Ora ti faccio una domanda. Se mi vuoi rispondere, mi fai un cenno con la testa e io ti libero la bocca.

La mdp segue il movimento di lei che si china in avanti. Lei gli sussurra qualcosa all'orecchio.

Lui sgrana gli occhi, fa disperati cenni di diniego con la testa.

(*Musica drammatica*)

LA DONNA Ti ripeto la domanda.

Si china ancora in avanti, accosta la sua bocca all'orecchio di Angelo, muove le labbra.

PP di Angelo che continua a negare, in preda a un panico incontrollabile.

LA DONNA Come vuoi tu.

Si alza, arretra di un passo, spara in faccia ad Angelo.

PPP della testa di Angelo devastata, al posto dell'occhio un buco nero e sanguinolento.

(*Musica tragica*)

DETTAGLIO della bocca semiaperta di Angelo. Due dita affusolate penetrano in quella bocca, ne estraggono le mutandine. La donna, per indossarle, si è girata verso la mdp, solo che l'inquadratura è angolata in modo che la sua faccia non si veda. La donna continua a rivestirsi senza alcuna fretta, nei suoi gesti non c'è traccia di nervosismo.

PPP della testa di Angelo, orribile a vedersi.

DISSOLVENZA LENTA.

Va bene, era una pessima sceneggiatura di una pellicola erotico-poliziesca di serie B. Capace però che avrebbe potuto incontrari una bona fortuna in televisione, tra le varie fitinzie che trasmettevano. Come li chiamavano? Ah, ecco, TV movies. Si consolò pinsando che se doviva andarsene dalla Polizia potiva spirimintari questo novo misteri.

Quanno dal cinematografo privato tornò nella sò càmmara, vitti a Fazio che lo taliava 'ncuriusuto, addritta davanti al tavolo.

«A che pensava, dottore?».

«Niente, mi stavo vedendo una pellicola. Che vuoi?».

«Dottore, è lei che mi ha fatto chiamare».

«Ah, sì. Assettati. Hai novità per me?».

«Lei mi disse che voleva sapere tutto quello che arrinisciva a conoscere sul professore Sclafani e su Angelo Pardo. A proposito del professore, ci devo aggiungere un'altra cosina a quello che le dissi già».

«Che è 'sta cosina?».

«S'arricorda che il professore mandò allo spitale l'amante della mogliere?».

«Sì».

«Ma macari lui è stato mandato allo spitale».

«E da chi?».

«Da un marito giluso».

«Ma non è possibile! Il professore non...».

«Dottore, ci assicuro che è accussì. Gli capitò prima che si maritasse la seconda volta».

«Venne sorpreso a letto con una fìmmina dal marito?».

Non si faciva capace che Elena gli aviva contato una farfantaria accussì grossa, una farfantaria che rimetteva tutto in discussione.

«Nonsi, dottore. Non si trattò di cosa di letto. Il professori abitava in un granni casamento, due finestre davano sul cortiglio. Vossia se la ricorda una pillicola...».

Un altro film? Allora non era cchiù un'indagine, ma uno dei tanti festival del cinema!

«... indovi c'è un fotografo con la gamma rotta che passa tempo a taliare dalla sò finestra quello che capita nel cortile e scopre l'omicidio di una fìmmina?».

«Sì, è *La finestra sul cortile* di Hitchcock».

«Il professore si era accattato un binocolo potente, però taliava solamente dintra alla finestra di fronte alla sua, indovi ci stava una sposina vintina la quali, non sapennosi taliata, caminava casa casa quasi nuda. Senonché un jorno il marito si addunò della sisiata, s'apprisintò in casa del professori e gli spaccò la facci e il binocolo».

E allora Montalbano ebbe la quasi cirtizza che il professori Sclafani pretendeva dalla mogliere Elena il dettagliato resoconto di quello che lei faciva a ogni incontro con l'amante. Pirchì Elena non glielo aviva detto? Forse pirchì questo dettaglio (chiamalo dettaglio!) mittiva il marito sotto una luce diversa da quella dell'impotente comprensivo e faciva assumere tutto il trubbolo che il professori tiniva nel funno dell'animo sò?

«E di Angelo Pardo che mi dici?».

«Nenti».

«Come nenti?».

«Dottore, nisciuno mi ha detto una minima cosa contro di lui. Per quanto riguarda il presente, si guadagnava bene il pane come rappresentante, si godeva la vita e non aveva nemici».

Montalbano accanosceva troppo bene a Fazio per lassare passare una cosa che quello aviva detto, e precisamente: «per quanto riguarda il presente».

«E per quanto riguarda il passato?».

Fazio gli surridì, il commissario ricambiò. Si erano caputi a volo.

«Nel sò passato ci sono due fatti. Uno lei l'accanosce già e riguarda la facenna della condanna per l'aborto».

«Sorvola, so tutto sull'argomento».

«L'altro fatto risale ancora cchiù narrè. Alla morte dello zito di Michela, la soro di Angelo».

Montalbano sintì una specie di scossa lungo la spina dorsale. Appizzò le grecchie.

«Lo zito si chiamava Roberto Anzalone» continuò Fazio. «Studiava ingegneria e gli piaceva partecipare, da dilettante, a gare motociclistiche. Per questo l'incidente nel quale trovò la morte parse strammo».

«Perché?».

«Dottore mio, le pare normale che un motociclista bravo come lui, dopo un rettifilo di tre chilometri, invece di seguire la strata piglianno la curva prosegue dritto e va a catafottersi in uno sbalanco di cento metri?».

«Un guasto meccanico?».

«La moto si era accussì scassata in seguito all'incidente che i periti non arriniscirono a capirci nenti».

«E l'autopsia?».

«Qui venne il bello. Anzalone, quanno gli capitò l'incidente, aveva appena finito di mangiare in una trattoria con un amico. Dall'autopsia arrisultò che probabilmente aviva abusato di alcol o qualcosa di simile».

«Che significa qualcosa di simile? O era alcol o non lo era».

«Dottore, chi fece l'autopsia non seppe precisare. Scrisse che trovò qualcosa di simile all'alcol».

«Boh. Vai avanti».

«Senonché la famiglia Anzalone, quando lo venne a sapere, dichiarò che Roberto era astemio e pretese una nuova autopsia. Oltretutto macari il cammareri della trattoria dichiarò che non aveva servito né vino né altri tipi di alcolici a quel tavolo».

«Ottennero la seconda autopsia?».

«Sissi dottore, ma dovettero passare tre mesi prima che fosse fatta. E anzi, rispetto a tutte le autorizzazioni che abbisognavano, fu una cosa veloce. Fatto sta che stavolta l'alcol o quello che era non arrisultò più. E perciò l'inchiesta venne chiusa».

«Levami una curiosità. Lo sai chi era l'amico che mangiò con lui?».

L'occhi di Fazio si misiro a sbrilluccicari. Gli capitava accussì quanno sapiva che le sò parole avrebbero provocato un colpo di scena. Se lo godiva anticipato.

«Era…» principiò.

Montalbano, che sapiva essiri carogna quanno ci si mittiva, addecise di fottergli l'effetto.

«Basta così, lo so» disse.

«Come ha fatto a capirlo?» spiò Fazio tra deluso e maravigliato.

«Me l'hanno detto i tuoi occhi» fece il commissario. «Era il futuro cognato, Angelo Pardo. Venne interrogato?».

«Naturalmente. Confermò la dichiarazione del cammareri e cioè che a tavola non avevano bevuto né vino né altri alcolici. Ad ogni modo, per il sì e per il no, Angelo Pardo, nel fare le

536

tre deposizioni che fece davanti al giudice, si portò sempre l'avvocato appresso, che era nientemeno che il senatore Nicotra».

«Nicotra?!» s'ammaravigliò il commissario. «Un personaggio troppo grosso per una testimonianza in fondo di poco conto».

Fazio non seppe mai che, facenno il nome di Nicotra, si era pigliata la rivincita per la delusione di tanticchia prima. Ma, se qualichiduno avissi spiato a Montalbano pirchì gli aviva fatto tanto effetto sapiri che il senatore Nicotra e Angelo s'accanoscevano da tanto tempo, il commissario non avrebbe saputo come spiegarlo.

«Ma Angelo dove avrà trovato i soldi per fare scomodare a un avvocato come il senatore Nicotra?».

«Non gli costò una lira, dottore. Il padre di Angelo era stato, politicamente, un grande elettore del senatore, tanto che erano diventati amici. Le famiglie si frequentavano. Tant'è vero che il senatore lo difese macari quando lo denunziarono per l'aborto».

«C'è altro?».

«Sissi».

«Me lo dici gratis o ti devo pagare?» spiò Montalbano visto che l'altro non s'addecideva a continuare.

«Nonsi, dottore, compreso nel mio stipendio è».

«Allora parla».

«È una cosa che mi è stata detta da una sola pirsona, non ho trovato nessuna conferma».

«E tu dimmela per quello che vale».

«Pare che da un anno Angelo aveva pigliato il vizio del gioco e che perdeva regolarmente».

«Molto?».

«Assà assà».

«Puoi essere più preciso?».

«Decine di milioni di lire».

«Aveva debiti?».

«Non pare».

«Dove giocava?».

«In una bisca di Fanara».

«Tu conosci a qualcuno da quelle parti?».

«A Fanara? Nonsi, dottore».

«Peccato».

«Pirchì?».

«Perché mi ci gioco i cabasisi che Angelo aviva un'altra banca oltre a quella che conosciamo. Dato che a quanto pare non faceva debiti, da dove li pigliava i soldi che perdeva? O quelli per fare regali all'amante? Ora, dopo quello che mi hai detto, penso che questa misteriosa banca sia proprio a Fanara. Vedi di farci una pinsata».

«Ci provo».

Fazio si susì. Quanno arrivò alla porta, Montalbano disse a voci vascia:

«Grazie».

Fazio si fermò, si voltò, lo taliò.

«Di che? È tutto compreso nello stipendio, dottore».

Sinni tornò di prescia a Marinella. Il salmone che gli aviva mandato Ingrid l'aspittava trepidante.

Quattordici

Stava sdilluviando. E lui che s'assammarava biastemianno, santianno, con l'acqua che gli scinniva dai capelli dintra al colletto e po' gli sciddricava lungo la schina, provocandogli addrizzuna di friddo, i cazùna vagnati che oramà filtravano acqua che assuppava l'interno delle scarpi, nenti, la porta della sò casa di Marinella non si rapriva pirchì le chiavi manco arriniscivano a trasire nella toppa, e se trasivano non firriavano, ne aviva già provate quattro una appresso all'altra, non c'era verso. Potiva continuari accussì a infracidirisi e senza mettiri pedi 'n casa?

Allura s'addecise finalmente a considerare il mazzo di chiavi che tiniva in mano e s'addunò, strammanno, che non era il mazzo sò, l'aviva sicuro scangiato con quello di qualichi altro, ma indovi era capitato lo scangio?

Ecco, gli tornò a mente che lo scangio potiva essiri capitato a Boccadasse, dintra a un bar che ci facivano un cafè bono. Ma a Boccadasse c'era stato quinnici jorni avanti, possibile che da quinnici jorni che stava a Vigàta non era mai tornato nella sò casa di Marinella?

«Dove sono le mie chiavi?» gridò.

Gli parse che nisciuno potiva sintirlo, tanto forte era la tammuriniata della pioggia supra il tetto, supra la sò testa, 'n terra, supra le foglie degli àrboli. Doppo gli parsi di sintiri una voce fimminina luntana luntana che andava e viniva a secunno dell'intensità degli scrosci:

«Gira l'angolo! Gira l'angolo!».

Ma che viniva a diri? Ad ogni modo, perso per perso, fici quattro passi e firriò l'angolo. S'arritrovò dintra al bagno della casa di Michela. La fìmmina, nuda, aviva infilata una mano nell'acqua della vasca per sintiri la temperatura. E accussì facenno gli offriva un panorama collinoso notevole, supra il quale l'occhi si firmavano vulanteri.

«Dai, entra».

S'addunò che macari lui era nudo, ma non se ne ammaravigliò. Trasì nella vasca, ci si stinnicchiò. Meno male che venne di subito cummigliato dalla scumazza del sapone, s'affruntava che la fìmmina potiva vidiri la mezza erezione che gli era vinuta a contatto con l'acqua càvuda.

«Vado a prenderti le chiavi e il regalo» disse Michela.

E niscì. Di quali rigalo parlava? Vuoi vidiri che oggi era il jorno del sò compleanno? Ma quann'era nasciuto? Se l'era scordato. Non insistì a spiarselo, chiuì l'occhi, abbannunannosi al ristoro che provava. Doppo, quanno la sintì tornare, raprì l'occhi a pampineddra. Ma di subito li sbarracò, sulla porta del bagno non c'era Michela ma Angelo, la faccia devastata dalla pallottola, il sangue che ancora gli colava sulla cammisa, la lampo dei jeans aperta con l'affare di fora, un revorbaro nella mano dritta puntato contro di lui.

«Che vuoi?» spiò scantato.

L'acqua della vasca era addivintata tutto 'nzemmula polare. Angelo fece 'nzinga di aspittare con la mano mancina, doppo se la portò alla vucca e dalla vucca tirò fora un paro di mutandine. Fici dù passi avanti.

«Apri la bocca!» gli ordinò.

Lui, serrando i denti, scotì la testa. Mai e po' mai si sarebbe fatto infilare nella vucca le mutandine già vagnate dalla sputazza di quell'essere che, a rigore di logica, essendo catafero, non aviva nisciun diritto di minazzarlo con un'arma. E manco il diritto di caminare aviva, a considerare bene tutta la facenna. Macari se era un morto che tutto sommato s'apprisintava conservato ancora bene, dato che dall'ammazzatina erano passati jorni e jorni. Ad ogni modo era chiaro che lui ora si trovava in un trainello priparato da Michela per favorire qualichi losco trafico di sò frati.

«L'apri o no?».

Lui fece nuovamente signo di no e quello gli sparò. Un botto assordante.

540

Montalbano s'arrisbigliò susennosi a mezzo nel letto, il cori che correva al galoppo, sudatizzo. La persiana, per un colpo di vento, aviva battuto contro il muro, fora si era infatti scatinato un temporale.

Erano le cinco del matino. Il commissario di natura sò non cridiva ai sogni premonitori, ai presentimenti e in genere a tutto il paranormale, gli pariva già abbastanza anormale la cosiddetta normalità. Di una cosa però si era fatto capace: che certe volte i sogni che faciva non erano altro che lo sviluppo, paradossale o fantastico, di un ragionamento principiato nella sò testa prima d'addrummiscirisi. E per quanto riguardava l'interpretazione di questi sogni, aviva cchiù fiducia nello smorfiatore del gioco del lotto che in Sigmund Freud.

Allora, che stava a significari quel 'mpapocchio di sogno?

Doppo una mezzorata di pensa ca ti ripensa, arriniscì a isolare dù elementi che gli parsero importanti.

Il primo si doviva riferire alle chiavi di Angelo. Il mazzo del morto, doppo che gli era stato restituito dalla Scientifica, ce l'aviva ancora lui. L'altro mazzo, quello che si era fatto dari da Michela, glielo aviva ridato. Pariva tutto normale, eppure qualichi cosa gli era scattato in testa propio a proposito delle chiavi, qualichi cosa che non quatrava e che non arrinisciva a mettiri a foco. Abbisognava tornari a ripinsarci.

L'altro elemento era una parola, regalo, che Michela gli aviva detto niscenno dal bagno. Ma Michela, quanno aviva parlato di rigali, si era sempre riferita ai rigali costosi che Angelo faciva a Elena... Fermati qua, Montalbà, che quasi ci sei, acqua acqua focherello focherello focherello foco foco! Ci era arrivato! Minchia, se ci era arrivato!

Ne provò tali e tanta sodisfazioni che pigliò la sveglia, abbasciò il pulsante della soneria in modo d'annullare lo squillo, posò la testa supra il cuscino e s'addrummiscì di colpo.

Elena gli venne a raprire. A pedi scàvusi, indossava il periglioso giacchittuni a mezza coscia dell'altra volta, aviva ancora sulla faccia qualichi goccia d'acqua per la doccia che si era appena fatta, doviva essirisi susuta poco prima, ed erano le deci del matino. Sciaurava di pelle giovane e frisca in un modo tale che al commissario parse insopportabile. Appena lo vitti, sorrise, gli pigliò una mano e, senza lassarla, lo tirò dintra, chiuì la porta, se lo portò appresso fino al salotto.

«Ho già pronto il caffè» disse.

Montalbano si era appena assittato che quella ricomparse col vassoio. Si vippiro il cafè senza parlari.

«La sa una cosa strana, commissario?» fece Elena posando la tazzina svacantata.

«Me la dica».

«Poco fa, quando mi ha telefonato che passava, mi sono sentita contenta. Mi è mancato».

Il cori di Montalbano fici l'istisso 'ntifico di quanno un aereo incontra un vuoto d'aria. Però non replicò, finse di concentrarsi sull'ultimo muccuni di cafè, posò macari lui la tazzina.

«Ci sono novità?» spiò lei.

«Qualcuna» disse quateloso il commissario.

«Io invece non ne ho» fece Elena.

Montalbano fici la facci interrogativa, non aviva capito il senso di quelle parole. Elena si mise a ridere di cori.

«Che faccia buffa che ha fatto! Volevo semplicemente dire che da due giorni Emilio non fa che domandarmi se ci sono novità e io gli dico di no, che non ce ne sono».

Montalbano si sintì cchiù confuso che pirsuaso, la spiegazione di Elena aggravugliava le cose, non le chiariva.

«Non sapevo che suo marito s'interessava tanto all'indagine».

Elena ridì ancora cchiù forti.

«Non gli interessa l'indagine, gli interessa di me».

«Non ho capito».

«Commissario, Emilio vuole sapere se ho già provveduto a sostituire Angelo o se ho in mente di farlo presto».

Di questo perciò si trattava! Il vecchio porco era evidentemente in crisi di astinenza di storie vastase contate dalla mogliere. Addecise di darle tanticchia di corda.

«Perché non l'ha ancora fatto?».

S'aspittava che arridisse ancora, invece Elena addivintò seria.

«Non voglio creare equivoci e desidero sentirmi tranquilla. Aspetto che finisca questa inchiesta».

Tornò a sorridere.

«Perciò si sbrighi».

E pirchì una sò nova relazione con un altro omo avrebbe potuto creare equivoci? La risposta alla domanda l'ebbe incrociando la taliata di lei. Non c'era una fìmmina assittata supra la pultruna davanti a lui, c'era una gattoparda a riposo, ancora sazia, ma che appena avrebbe sintuto gli stimoli del pititto sarebbe balzata sulla preda da tempo individuata. La quale preda era lui, Montalbano Salvo, tremante e goffo armaluzzo domestico che mai e po' mai sarebbe arrinisciuto a curriri cchiù forte di quelle scattanti, lunghissime gambe, pardon zampe, che per il momento sinni stavano ingannevolmente accavallate. E, constatazione cchiù 'ntipatica di tutte, una volta aggangato da quei denti e principiato a essiri assaggiato, certamente sarebbe arrisultato scipito per i gusti della gattoparda e deludente nel racconto che la gattoparda doppo ne avrebbe fatto al professori marito. L'unica da fari era fingersi fissa pi non andari alla guerra, dare la 'mpressioni di non aviri capito.

«Sono venuto per due motivi».

«Poteva venire lo stesso anche se non aveva motivi».

L'aviva puntato la gattoparda, l'armàlo sarbaggio, e non c'era verso che si distraiva.

«Lei mi ha detto che, oltre alla macchina, Angelo le aveva regalato dei gioielli».

«Sì. Li vuole vedere?».

«Non mi interessa vederli, mi interessano le scatole che li contenevano. Le ha ancora?».

«Sì, vado a prendergliele».

Si susì, pigliò il vassoio, se lo portò via. Tornò subito e pruì al commissario dù piccole scatole nere, vacanti e già aperte. La parte interna dei coperchi era foderata di seta bianca e c'era stampata la stissa scritta:

«Gioielleria A. Dimora - Montelusa».

Era quello che voliva sapiri e che gli era stato suggerito dal sogno. Ridesi le scatole a Elena che le posò supra il tavolinetto.

«E l'altro motivo?» spiò la fìmmina.

«È più difficile a dirsi. Dall'esame autoptico è venuto fuori un particolare importante. Impigliati tra i denti del morto sono stati trovati due fili di tessuto. La Scientifica mi ha informato che si tratta di un tessuto particolare, quasi esclusivamente adoperato per mutandine da donna».

«Che significa?» fece Elena.

«Significa che qualcuno, prima di spargargli, gli ha infilato in bocca un paio di mutandine per non farlo gridare. A questo va aggiunto che il morto è stato trovato come se stesse per fare un atto sessuale. E quindi, essendo perlomeno impensabile che qualcuno vada in giro con un paio di mutandine da donna in tasca, vuol dire che ad ammazzare non è stato qualcuno ma qualcuna».

«Ho capito» disse Elena. «Si tratterebbe di un delitto passionale».

«Esattamente. A questo punto dell'inchiesta però è mio dovere riferire al pm lo stato delle indagini».

«E dovrà fare il mio nome».

«Certamente. E il pm Tommaseo la convocherà subito. Le minacce di morte che lei ha rivolto nelle sue lettere ad Angelo saranno viste come una prova a suo carico».

«Che devo fare?».

L'ammirazione che Montalbano provava per lei acchianò di qualichi grado. Non era scantata o agitata, domandava un'informazione e basta.

«Scelga un buon avvocato».

«A lui posso dire che le lettere me le fece scrivere Angelo?».

«Sicuro. E in quell'occasione gli suggerisca di fare qualche domanda a Paola Torrisi».

Elena 'ngiarmò.

«L'ex di Angelo? E perché?».

Montalbano allargò le vrazza, non potiva dirglielo. Sarebbe stato troppo. Ma il meccanismo della testa di Elena funzionava meglio di un ralogio svizzero.

«Ha fatto scrivere anche a lei delle lettere come le mie?».

Montalbano tornò ad allargare le vrazza.

«Il problema vero è che lei, Elena, non ha un alibi per la sera del delitto. Mi ha detto che ha girato in macchina per qualche ora e quindi non ha potuto incontrare nessuno. Però...».

«Pero?».

«Io non ci credo».

«Pensa che sia stata io ad ammazzare Angelo?».

«Io non credo che lei quella sera non abbia incontrato nessuno. Sono convinto che lei sarebbe in grado di produrre un alibi, ma non vuole farlo».

Lei lo taliò sbarracando l'occhi.

«Come... come fai a...».

Era passata al tu senza manco rendersene conto. Ora sì che era agitata. E il commissario si sintì contento per averci 'nzirtato.

«L'altra volta ti ho domandato se avevi incontrato qualcuno durante il tuo girovagare in macchina. E tu mi hai risposto di no. Ma prima di parlare, hai avuto una certa esitazione. È stata la prima e ultima volta. E ho capito che non mi volevi dire la verità. Stai attenta, però: la mancanza di un alibi può costarti l'arresto».

Lei addivintò giarna di colpo. Bisogna battere il ferro finché è caldo, si disse Montalbano odiandosi e per la frase fatta e per la parte di carnefice che stava recitando.

«Dovrebbero accompagnarti in commissariato...».

Non era vero, non era la procedura, ma erano le parole magiche, le parole mammalucchigne. E infatti Elena principiò a trimari leggermente, un velo sudatizzo le comparse sulla fronte.

«Non l'ho detto a Emilio e non volevo che lo sapesse».

Che ci trasiva il marito? Il professori era distinato a spuntari da tutte le parti come il famoso pupu di Pierino, una storia che gli contavano da nicareddro?

«Che cosa?».

«Che quella sera sono stata con un uomo».

«Chi è?».

«Un benzinaio. Lungo la strada per Giardina, l'unico che c'è. Si chiama Luigi. Il cognome non lo so. Mi sono fermata al distributore, stava chiudendo, ma ha riaperto per me. Ha cominciato a fare lo spiritoso e io non ho detto di no. Volevo... insomma, volevo scordarmi di Angelo, definitivamente».

«Quanto tempo siete stati insieme?».

«Un due ore».

«Può testimoniare?».

«Credo che non abbia problemi, è molto giovane, è un ventenne, non è nemmeno sposato».

«Raccontalo all'avvocato. Forse potrà trovare un modo per non fare arrivare la cosa all'orecchio di tuo marito».

«Mi dispiacerebbe molto se lo venisse a sapere. Ho tradito la sua fiducia».

Ma come ragiunavano marito e mogliere? Si sintì pigliato dai turchi. E tutto 'nzemmula Elena si misi a ridiri di cori, arrovescianno la testa narrè.

«Fai ridere pure me».

«Ad Angelo una donna avrebbe infilato le sue mutandine in bocca per non farlo gridare?».

«Così pare».

«Lo dico solo a te perché non posso essere stata io».

Ebbe un'altra botta di risate che la ficiro quasi lacrimiare.

«Forza, parla».

«Perché quando sapevo di dovermi incontrare con Angelo non indossavo le mutandine. E poi, guarda. Ti pare che con queste si possa imbavagliare qualcuno?».

Si susì, sollevò in alto il giacchittuni, fici un giro completo su se stessa, tornò ad assittarsi. Compì il movimento con assoluta naturalizza, senza pudicizia e senza impudicizia. Le sò mutandine erano ancora più minuscole di un tanga. Con quelle dintra alla vucca, un omo avrebbe potuto l'istisso recitari tutte le catilinarie o cantare celeste Aida.

«Devo andare» fece il commissario susennosi.

Doviva assolutamente pigliari il fujuto da quella fìmmina, campanelli d'allarme e signalazioni luminose di piriColo si erano messi in funzione dintra a lui. Macari Elena si susì e gli si avvicinò. Non potendola tiniri a distanza con le vrazza stise, la fermò con le parole.

«Un'ultima cosa».

«Dimmi».

«Ci è stato riferito che Angelo, negli ultimi tempi, giocava e perdeva molto».

«Davvero?!».

Parse veramente strammata.

«Quindi tu non ne sai niente».

«Non l'ho mai nemmeno sospettato. Giocava qui, a Vigàta?».

«No, dicono a Fanara. In una bisca clandestina. Tu l'hai accompagnato a Fanara?».

«Sì, una volta. Ma siamo tornati a Vigàta la sera stessa».

«Sei in grado di ricordarti se quel giorno Angelo andò in una banca di Fanara?».

«L'escludo. Mi lasciò in macchina davanti a tre studi di medici e a due farmacie. E io mi sono mortalmente annoiata. Ah, mi è tornato in mente, perché ho saputo dalla televisione che è morto, che ci siamo anche fermati davanti alla villa dell'onorevole Di Cristoforo».

«Lo conosceva?!».

«Evidentemente sì».

«Quanto tempo è rimasto nella villa?».

«Pochi minuti».

«Ti disse perché ci era andato?».

«No. E io non glielo chiesi, mi dispiace».

«Un'altra domanda, ma questa è veramente l'ultima».

«Fammene ancora quante ne vuoi».

«Secondo te Angelo tirava?».

«No. Nessuna droga».

«Ne sei certa?».

«Certissima. Ricordati che sono stata, al riguardo, assai competente».

Fece un passo avanti.

«Ciao, a presto» disse Montalbano currendo verso la porta, raprendola e trovandosi fora, supra il pianerottolo, prima che la gattoparda saltasse ad artigliarlo e a mangiarselo vivo.

La gioielleria Dimora di Montelusa – fondata nel 1901, c'era scritto supra la vecchia insegna religiosamente rimessa a nuovo – era la più nota di tutta la provincia. E si faciva un vanto dei sò cento e passa anni, il mobilio infatti era l'istisso di un secolo avanti. Solo che per trasirici dintra ora era pejo che trasiri in una banca. Porte blindate, vetri oscurati a prova di kalashnikov, sorveglianti in divisa con revorbaroni al fianco accussì grossi che facivano scanto solo a taliarli.

I commessi erano tri, tutti distintissimi: un sittantino, un quarantino e una picciotta vintina. Evidentemente erano stati scigliuti apposta pirchì ognuno di loro sirbisse i clienti d'età corrispondente. Allura pirchì gli rivolse la parola il sittantino invece del quarantino, come gli spittava di diritto?

«Desidera vedere qualcosa in particolare, signore?».

«Sì, il proprietario».

«Il signor Arturo?».

«Se il proprietario è lui, va bene il signor Arturo».

«Lei chi è, mi perdoni?».

«Il commissario Montalbano sono».

«Mi segua, per favore».

Lo seguì nel retro che era una specie di salottino elegantissimo. Mobili liberty. Una scala larga, di ligno nìvuro, cummigliata da una guida rosso scuro, finiva in un pianerottolo supra il quale c'era una porta massiccia, inserrata.

«Si accomodi».

Il sittantino acchianò a rilento, sonò un campanello allato alla porta che si raprì con uno scatto, trasì, chiuì nuovamente. Doppo dù minuti ci fu un altro scatto, la porta si raprì, ricomparse il sittantino.

«Può salire».

La càmmara nella quale s'attrovò il commissario era spaziusa e china di luce. C'era un grande tavolo di vitro, modernissimo, con supra un computer. Dù pultrune e un divano di quelli che si vidino solamente nelle riviste d'architettura. Una casciaforte enorme, ultimo modello, che non l'avrebbe potuta raprire manco un razzo terra-aria. Un'altra casciaforte, patetica, certamente risaliva al 1901, che si potiva raprire con una spilla da balia. Arturo Dimora, un trentino che pariva un figurino, si susì, gli pruì la mano.

«A sua disposizione, commissario».

«Non le farò perdere tempo. Le risulta se tra i suoi clienti, negli ultimi tre o quattro mesi, ci sia stato un Angelo Pardo?».

«Un attimo».

Tornò darrè al tavolo di vitro, armiggiò al computer.

«Sì. Ha comprato da noi...».

«Lo so quello che ha comprato. Vorrei sapere come ha pagato».

«Un momento. Ecco, sì. Due assegni della Banca popolare di Fanara. Vuole il numero di conto?».

Quindici

Nisciuto fora dal gioielliere, si tirò il paro e lo sparo. Che fare? Macari partendo subito per Fanara, capace che arrivava doppo l'una e mezza, vale a diri quanno la banca era chiusa. Quindi la meglio era tornarsene a Vigàta e mettersi in machina per Fanara la matina del jorno appresso. Ma l'impazienza di arrinesciri a sapiri qualichi cosa certamente d'importante dalla banca se lo stava mangianno vivo, sicuramente il nirbùso gli avrebbe fatto passare una nuttata vigliante. Tutto 'nzemmula gli tornò a mente che le banche, con le quali aviva scarsa frequentazione, facivano un'orata di apertura pomeridiana. Quindi la cosa giusta era partirsene immediatamente per Fanara puntando decisamente sulla locale trattoria chiamata «da Cosma e Damiano» indovi che aviva mangiato dù volte e ci si era attrovato benissimo e doppo, verso le tri, apprisintarsi alla banca. Arrivato alla machina parcheggiata, lo pigliò un pinsero fastiddioso assà e cioè che aviva un appuntamento col Questore al quale non era detto che sarebbe potuto arrivari a tempo. Allura, come la mittiva? La mittiva che della chiamata del signori e questori se ne sarebbe stracatafottuto: se quello non aviva fatto altro che rimandare di jorno in jorno il mallittissimo appuntamento, non era concesso a lui di fallarne uno? Trasì nella machina e partì.

Passari dal trattori Enzo di Vigàta ai trattori Cosma e Damiano di Fanara era uguale 'ntifico che spostarsi da un continente all'altro. Spiari a Enzo un piatto come quel coniglio alla cacciatora che si stava sciroppando sarebbe stato come ordinare costate di maiale o cotechino in un ristorante di Abu Dhabi.

Quanno si susì dal tavolo, ebbe immediato bisogno di una passiata al molo. Ma il fatto era che a Fanara non c'era molo per il simplici motivo che il mari era a ottanta chilometri di distanza. Si era già vivuto un cafè nella trattoria, ma stimò meglio pigliarisinni un altro in un bar che stava propio allato alla banca.

Alla porta, di quelle girevoli di vitro e con l'allarme, dovitti arrinisciri 'ntipatico a prima vista.

«Allarme sistema! Depositare gli oggetti metallici!» intimò la porta riaprennosi alle sò spalli.

La guardia ch'era assittata dintra a uno sgabuzzino di vitro blindato, isò l'occhi da un cruciverba e lo taliò. Lui raprì uno sportello, c'infilò dintra una mezza chilata di centesimi di euro che gli sfunnavano la sacchetta, chiuì con la chiavetta di plastica, trasì nella porta a tubo.

«Allarme sistema!» fece quella riaprennosi. Allura ce l'aviva con lui! Quella porta aviva amminchiato a scassargli i cabasisi! La guardia accomenzò a taliarlo priooccupata. Tirò fora le chiavi di casa, le infilò nella cassettina, trasì dintra la porta, il mezzo tubo si chiuì alle sò spalli, la porta non parlò, ma l'altro mezzo tubo, quello di davanti, non si raprì. Prigioniero! La porta l'aviva fatto prigioniero e se non lo libiravano entro pochi secondi era distinato a una morte orribile per mancanza d'aria. Attraverso il vitro, vitti la guardia intrissata sulle paroli crociate, non si era addunata di nenti e dintra alla banca non si vidiva anima criata. Isò il ginocchio e mollò un potenti càvucio alla porta. La guardia intisi la rumorata, accapì quello che stava capitando, primì il bottone di un congegno che aviva davanti e il mezzo tubo finalmente si raprì permettendo al commissario la trasuta nella banca. La quale era costituita da una prima entrata, con un tavolino e vari seggie, sulla quale si raprivano dù porte: quella di dritta mostrava un ufficio con dù scrivanie vacanti, quella di mancina aviva il solito divisorio di ligno e vitro con dù sportelli, supra i quali ci stava scritto Sportello 1 e Sportello 2, caso mai uno si sbagliava. Ma uno solo aviva l'impiegato assittato darrè e precisamente lo sportello nummaro 1. Non si putiva diri in cuscienza che c'era tanto trafico, in quella banca.

«Buongiorno, vorrei parlare col direttore. Il commissario...».

«Montalbano sei!» fece il cinquantino darrè lo sportello.

551

Il commissario lo taliò strammato.

«Non ti ricordi di mia, ah, non ti ricordi?» disse l'impiegato susennosi e principianno a dirigersi verso un'apertura alla fine del divisorio.

Montalbano si spirtusò il ciriveddro, ma non gli venne a menti nisciun nome. Intanto l'impiegato gli si era fermato davanti, grasso, la varva non fatta, la cravatta allintata e storta, le vrazza mezzo aperte pronte a serrarsi nell'abbrazzo all'amico ritrovato. Ma non si rendono conto questi che pretendono d'essiri raccanosciuti doppo quarant'anni che il tempo supra la loro faccia ha fatto il travaglio sò? Che quaranta inverni, come dice il poeta, hanno scavato trincee profonde nel campo di quella che fu l'adorabile giovinezza?

«Proprio non ti ricordi, ah? Ti do un aiutino».

Aiutino? E che erano a un quiz televisivo?

«Cu… Cu…».

«Cucuzza?» sparò alla cieca il commissario.

«Cumella! Giogiò Cumella!» fece l'altro balzandogli d'incoddro e stritolandolo in una morsa pitonesca.

«Cumella! Come no!» bofonchiò Montalbano.

In realtà non s'arricordava un'amata minchia. Notte e nebbia.

«Andiamo a pigliare qualcosa al bar. Bisogna festeggiare! Matre santa, quanti anni!».

Passanno davanti al gabbiotto della guardia, Cumella l'avvisò:

«Lullù, io sono al bar allato col mio amico. Se viene qualcuno, gli dici d'aspettare».

Ma cu era 'sto Cumella? Un compagno di scola? D'università? Un ex sissantottino?

«Ti sei maritato, Salvù?».

«No».

«Io sì, tri figli, dù mascoli e una fimmina. La fimmina, la cchiù nica, è una billizza, si chiama Natascia».

Natascia a Fanara, come Ashanti a Canicattì, come Samantha a Fela, come Jessica a Gallotti. Possibile che nisciuna picciliddra si chiamava cchiù Maria, Giuseppina, Carmela, Francesca?

«Che pigli?».

«Un cafè».

A quell'ora di notti, un cafè di più uno di meno non portava pinione.

«Io macari. Perché sei venuto in banca, commissario? Ti ho visto qualche volta in televisione».

«Ho bisogno di un'informazione. Forse il direttore…».

«Sono io il direttore. Di che si tratta?».

«Uno dei vostri clienti, Angelo Pardo, è stato assassinato».

«L'ho saputo».

«A casa sua non ho trovato i vostri estratti conto».

«Non voleva che glieli spedissimo. Ci aveva dato quest'ordine attraverso lettera raccomandata, figurati! Passava lui a ritirarli».

«Ah, ho capito. Potrei sapere quanto ha sul conto e se ha fatto qualche investimento?».

«No, a meno che tu non abbia l'autorizzazione dal magistrato».

«Non ce l'ho».

«E quindi non posso dirti che fino al giorno della sua morte aviva da noi una cifra che si aggirava sulle ottocentomila».

«Lire?» spiò Montalbano tanticchia diluso.

«Euro».

Le cose cangiarono di colpo aspetto. Oltre un miliardo e mezzo.

«Investimenti?».

«Nessuno. I soldi gli occorrevano pronta cassa».

«Perché hai precisato fino al giorno della sua morte?».

«Perché tre giorni avanti aveva prelevato centomila euro. E da quello che ho saputo, se non lo sparavano, entro altri tre giorni sarebbe venuto a fare un nuovo prelievo».

«Che avevi saputo?».

«Che se li era persi al gioco, nella bisca di Zizino».

«Sai dirmi da quanto tempo era vostro cliente?».

«Da meno di sei mesi».

«È mai andato in rosso?».

«Mai. E comunque noi in banca non avevamo problemi, qualsiasi cosa fosse capitata».

«Spiegati meglio».

«Quando aveva aperto il conto, era venuto accompagnato dall'onorevole Di Cristoforo. E ora basta, parliamo tanticchia dei vecchi tempi».

Parlò sempre Cumella, arricordando storie e pirsone delle quali il commissario non aviva cchiù memoria, ma gli abbastò, per fingere di aviri tutto presente, ogni tanto diri «come no?» opuro «ma certo che mi ricordo!».

Alla fine della discurruta, si salutarono abbrazzandosi e facenno sullenne promissa di telefonarisi.

Sulla strata del ritorno non solo non arriniscì a godirisi la scoperta fatta, ma addivintò d'umore sempre cchiù nìvuro. Appena si misi in machina e partì, principiò a firriargli 'n testa come una muschitta fastiddiosa una domanda: pirchì Giogiò Cumella s'arricordava dei tempi del ginnasio e lui invece no? Da qualichi nome che Giogiò aviva ditto, da qualichi fatto che aviva riesumato, a tratti, a sprazzi, fuggevoli lampi di memoria gli erano tornati, ma come pezzi di un puzzle irrisolvibile pirchì privo di disigno priciso, e questi lampi gli avivano fatto circoscrivere al ginnasio il tempo della sò canuscenza con Cumella, stando a quello che l'altro asseriva. La risposta, purtroppo, non potiva che essiri una: stava accomenzando a perdiri la memoria. Signo indiscutibile di vicchiaia. Ma non dicevano che la vicchiaia ti faciva scordari quello che avivatu fatto il jorno avanti e ti faciva arricordari cose di quanno èratu nicareddro? Beh, si vede che non era sempre accussì. C'era evidentemente vicchiaia e vicchiaia. Come si chiamava quella malatia che ti scordi macari che sei vivo? Quella che aviva il presidente Reagan? Come si chiamava? Ecco, lo vidi? Accomenzi a scordarti macari le cose di oggi.

Per distrarsi, si fici viniri in testa una considerazione. Filosofica? Forse sì, ma appartenente alla latata del pinsero debole, anzi, del pinsero stremato. A questa considerazione detti macari un titolo: «La civiltà d'oggi e la cerimonia dell'accesso». Che voliva diri? Voliva diri che oggi, per trasiri in un posto qualisisiasi, un aeroporto, una banca, un gioielliere, un ralogiaio, uno si deve sottoporre a una particolare cerimonia di controllo. Pirchì cerimonia? Pirchì concretamente non serve a niente, un latro, un dirottatore, un terrorista, se hanno 'ntinzioni di trasire, trasino comunque. La cerimonia non serve manco a proteggere chi sta dall'altra parte dell'accesso. Allura a chi serve? Serve proprio a chi sta trasendo, per fargli cridiri che, una volta dintra, potrà sintirisi al sicuro.

«Dottori ah dottori! Ci voliva diri che tilifonò il dottori Latte con la esse in funno! Disse accussì che il signori e questori oggi non ce la faciva».

«A fare che?».

«Non me lo disse, dottori. Disse però che domani alla stissa ora il signori e questori ce la fa».

«Va bene. A che punto sei col file?».

«Ce la sto perfacendo. In pizzo in pizzo sono! Ah, a momenti faciva sdimenticanza! Tilifonò anche e macari il dottori Gommaseo, dice che se lo chiama quanno che lei è vinuto se lo chiama».

Si era appena assittato che trasì Fazio.

«Dalla società dei telefoni hanno risposto che tecnicamente non è possibile risalire alle chiamate ricevute da lei quand'era in casa di Angelo Pardo. Mi hanno macari detto la ragione, ma non ci ho capito niente».

«Quella che telefonò era gente che ancora non aveva saputo che Angelo era stato sparato. Uno ha addirittura interrotto la comunicazione. Se non aveva qualcosa da nascondere, non l'avrebbe fatto. Pazienza».

«Dottore, le volevo pure dire che non ho conoscenti a Fanara».

«Non importa, ho risolto io».

«Come ha fatto?».

«Ho saputo per certo che Angelo aveva un conto presso la Popolare di Fanara. Ci sono andato, il direttore è un mio vecchio compagno di scuola, un caro amico, abbiamo ricordato i bei tempi della giovinezza».

Una farfantaria gigante. Ma sirviva a fari cridiri a Fazio che lui aviva ancora una mimoria di ferro.

«Quanto ci aveva nel conto?».

«Un miliardo e mezzo di vecchie lire. E giocava forte assai, come mi hai riferito tu. Soldi che non si guadagnava certo facendo l'informatore medico-scientifico».

«Domani mattina c'è il funerale. Ho visto gli avvisi».

«Vacci».

«Dottore, si vede solo nelle pellicole che l'assassino va al funerale della persona che ha ammazzato».

«Non fare lo spiritoso, ci vai lo stesso. E guarda le scritte sui nastri delle corone e dei cuscini».

Nisciuto Fazio, telefonò a Tommaseo.

«Montalbano! Ma che fa, è scomparso?».

«Dottore, ho avuto da fare, mi scusi».

«Senta, la voglio mettere al corrente di un fatto che mi pare molto serio».

«Mi dica».

«Lei giorni fa mi ha mandato la sorella di Angelo Pardo, Michela, si ricorda?».

«Come no, dottore».

«Bene, l'ho interrogata tre volte. L'ultima proprio questa mattina. Donna inquietante, vero?».

«Eh, sì».

«Direi con un che di torbido, vero?».

«Eh, sì».

E tu in quel torbido te la sei scialata, maialino di latte sotto le togate vesti di austero pm.

«Ha uno sguardo abissale, vero?».

«Eh, sì».

«Stamattina è esplosa».

«In che senso?».

«Nel senso che a un certo momento si è alzata, ha tirato fuori una voce stranissima, le si sono sciolti i capelli. Impressionante».

E quindi macari Tommaseo aviva visto una scena di tragedia greca.

«E che ha detto?».

«Si è messa a inveire contro un'altra donna, Elena Sclafani,

556

amante di suo fratello. Sostiene che è lei l'assassina. Lei l'ha interrogata?».

«Alla Sclafani? Certamente».

«Perché non mi ha informato?».

«Beh, vede...».

«Com'è?».

«Bellissima».

«La convoco subito».

E come ti sbagli? A pisci, Tommaseo si sarebbe ghittato su Elena.

«Guardi, dottore, che...».

«No, caro Montalbano, niente scuse, tra l'altro la devo informare che Michela Pardo l'accusa di proteggere la Sclafani».

«Le ha detto il movente per il quale la Sclafani avrebbe...».

«Sì, la gelosia. Mi ha anche detto che lei, Montalbano, è in possesso di lettere scritte dalla Sclafani nelle quali la donna minaccia di morte il suo amante. È vero?».

«Sì».

«Me le faccia avere subito».

«Va bene, ma...».

«Torno a ripeterle: niente scuse. Ma si rende conto del suo modo d'agire? Lei mi ha tenuto celato...».

«Non pisci fora dal rinale, Tommaseo».

«Non ho capito».

«Mi faccio capire meglio, le ho detto di non pisciare fuori dall'orinale. Io non le nascondo niente. È solo che Elena Sclafani, per la sera nella quale Pardo è stato ammazzato, mi ha fornito un alibi che le piacerà moltissimo».

«Che significa che l'alibi della Sclafani mi piacerà moltissimo?».

«Vedrà. Si faccia raccontare bene i dettagli. Buonasera».

«Dottor Montalbano? Sono Laganà».

«Buonasera, maresciallo. Che mi racconta?».

«Che ho avuto un colpo di fortuna».

«In che senso?».

«Del tutto casualmente ieri sera mi è giunto all'orecchio che domani sarebbe stata resa nota alla stampa una nostra vasta operazione che coinvolge oltre quattromila persone tra medici, farmacisti e informatori, tutti accusati di comparaggio. Allora oggi ho telefonato a Roma a un mio amico. Ebbene, le case farmaceutiche delle quali Angelo Pardo era rappresentante non sono coinvolte».

«Questo significa che Pardo non può essere stato ammazzato da un collega rivale o per percentuali non corrisposte».

«Esattamente».

«E dei quattro fogli cifrati che le ho dati che mi dice?».

«Li ho passati a Melluso».

«E chi è?».

«Un mio collega che di queste cose se ne intende. Spero di poterle dire qualcosa domani».

«Aaaaaaaaaahhhhhhhhh!».

Un urlo altissimo, prolungato, straziante, atterrì tutti quelli che ancora si attrovavano nel commissariato. Veniva dall'ingresso. Agghiazzato dallo scanto, Montalbano si precipitò scontrandosi nel corridoio con Fazio, Mimì, Gallo e una para d'agenti.

Dintra allo sgabuzzino c'era Catarella addritta, impicciato con le spalli contro il muro, che ora non gridava cchiù ma si lamentiava come una vestia firuta, l'occhi sgriddrati, indicando con un dito trimante il computer di Angelo Pardo aperto supra il tavolinetto.

Matre santa! E che gli era comparso sullo schermo per scantarlo accussì? Il diavolo? Osama bin Laden?

«Restate fuori!» ordinò Montalbano trasenno nello sgabuzzino.

Taliò lo schermo. Era bianco, non c'era nenti.

Forse il ciriveddro di Catarella, a furia di circari di vincere la battaglia con le guardie di passo, si era completamente fuso. Del resto, non ci voliva molto, a fonderlo.

«Andate via!» fece il commissario ai suoi.

Quanno fu solo con Catarella, l'abbrazzò, sintì che trimava, l'obbligò ad assittarsi.

«Buono, buono» murmuriò carizzandogli la testa.

E quello, priciso 'ntifico a un cane, principiò a calmarsi. Quanno vitti che non trimava cchiù, Montalbano gli spiò:

«Mi dici che è capitato?».

Catarella fici un gesto di disolazione.

«Dai, prova a parlare. Vuoi tanticchia d'acqua?».

Catarella fici 'nzinga di no con la testa, agliuttì dù volte.

«Si... si... scancillò, dottori» disse con una voce che stava per rompersi in un pianto scorato.

«Su, su, coraggio. Che cosa si cancellò?».

«Il terzo fàili, dottori. E scancillò macari l'altri due».

Quindi si era perso tutto quello che potiva esserci d'interessante dintra al computer.

«Ma com'è possibile?».

«Possibilissimo è, dottori. Si vidi che c'era un pogramma di polizia».

Ma non erano loro la Polizia? Forse che Angelo Pardo, oltre che essere un informatore medico-scientifico, era macari un loro informatore e lui non lo sapiva?

«Che c'entra la Polizia?».

«Dottori, come si dice quanno uno scopa pi terra?».

«Che fa pulizia».

«E io che dissi? Accussì dissi. C'è un pogramma di polizia pogrammato a scancillari quello che dive essiri scancillato nel pogramma di scancillazione pogrammato tempo una simana, un misi, dù misi, tri misi... Mi spiegai?».

«Ti sei spiegato benissimo. Un programma di cancellazione a tempo».

«Chisto ca vossia disse è. Ma non fu colpanza o trascuranza mia, dottori! Ci lo giuro!».

«Lo so, Catarè, lo so. Tranquillo».

Gli carizzò ancora una volta la testa e sinni tornò nella sò càmmara. Aviva pigliato tutte le precauzioni possibili e immaginabili Angelo Pardo pirchì non si viniva a canuscenza di come faciva ad aviri i soldi che gli abbisognavano per giocare a carti e fari rigali alla sò amante.

Sedici

Arrivò a Marinella e per prima cosa attaccò il salmone. Una fetta abbunnanti condita con limoni frisco e un oglio d'oliva speciali che gli aviva arrigalato uno che lo produceva («la verginità di quest'oglio è stata attestata da visita ginecologica», c'era scritto nel pizzino d'accompagno). Doppo aviri mangiato, sbarazzò il tavolino della verandina, sostituendo al piatto e alle posate una bottiglia nova nova di J&B e un bicchieri. Sapiva, finalmente, di tiniri nella mano il capo di un lungo filo, «e se ti viene in mente di chiamarlo filo d'Arianna datti una cutiddrata 'n facci» intimò a se stesso, che avrebbe potuto guidarlo se non alla soluzione, almeno almeno al principio della strata giusta.

Era stato il pm Tommaseo a pruirgli, senza sapirlo, il capo del filo. Gli aviva riferito che, nell'ultimo interrogatorio, Michela aviva fatto una scena greco-isterica, gridando che lui, Montalbano, non voliva procedere contro Elena a malgrado che era in posesso delle littre nelle quali Elena minazzava d'ammazzare Angelo. Che lui aviva le littre compromettenti era assolutamente vero, però c'era un piccolo particolare non trascurabile: Michela non avrebbe dovuto saperlo.

Pirchì lui, jorni avanti, alla domanda di Michela se aviva trovato le littre, aviva risposto di no, accussì, tanto per tiniri le acque trùbbole. E questo se l'arricordava benissimo, altro che vicchiaia o Alzheimer (ecco, gli era vinuta come si chiama quella minchia di malatia)! E prisenti c'era macari Paola la rossa che potiva testimoniare.

L'unica a sapiri che aviva trovato le littre pirchì gliele aviva fatte vidiri era Elena. Ma le dù fìmmine non si parlavano. E allura? Non c'era che una risposta, una sola. Era stata Michela ad andare a controllare nel garage se nel portabagagli della

560

Mercedes c'era ancora la busta con le tri littre e quanno non l'aviva vista era arrivata alla logica conclusione che era stato il commissario a scoprirla e a pigliarisilla.

Fermati un attimo, Montalbano. Come faciva Michela a sapiri che le littre si trovavano ammucciate sutta al tappetino della Mercedes? La fimmina aviva una volta detto che Angelo tiniva le littre in uno dei cascioni della scrivania. Angelo non aviva nisciun motivo logico di spostarle dalla scrivania della sò casa alla Mercedes nel garage, ammucciandole sì, ma facendo in modo che non lo erano del tutto, accussì se uno circava con tanticchia d'attenzione l'attrovava. Quindi le aviva spostate Michela. E quanno l'aviva fatto? La notti stissa che Angelo era stato trovato sparato, quanno lui, Montalbano, aviva fatto la minchiata sullenne di lassarla sola nell'appartamento di sò frati.

E pirchì Michela aviva fatto tutto questo mutuperio?

Pirchì uno ammuccia una cosa facendo in modo che possa essiri ritrovata come per caso? Certamente per dari cchiù importanza al fatto del ritrovamento. Spiegati meglio, Salvo.

Se lui rapriva il cascione della scrivania, ci attrovava le littre e se le liggiva, era tutto normale. Valore delle parole delle littre, mettiamo dieci. Ma se lui quelle littre l'attrovava doppo essersi addannato l'arma a circarle pirchì erano state ammucciate, viniva a significare che quelle littre non dovivano essiri lette e perciò il valore delle parole acchianava a cinquanta. In questo modo le minazze di morte acquistavano piso e virità, non erano cchiù le generiche frasi di un'amante gilusa.

Complimenti a Michela. Come tentativo di fottere l'odiata Elena era geniale. Ma l'eccesso di odio l'aviva fatta tradiri davanti a Tommaseo. Per lei era stato facile trasire nel garage dato che era in posesso della copia di tutte le chiavi di Angelo...

Un momento. L'altra notti, doppo il sogno del bagno in casa di Michela, gli era vinuta in testa qualichi cosa che arriguardava una chiave. Ma una chiavi di chi?

Commissario Montalbano, si ripassi tutto dall'inizio. Dal principio principio? Sissignore, dal principio principio.

Permette che prima mi versi un altro whisky?

Dunque, un giorno si presenta nel mio ufficio la signora («prego, signorina») Michela Pardo la quale mi dice che sò frati Angelo da dù jorni non si fa vivo. Mi dice macari che è trasuta nel sò appartamento, dato che ha una copia delle chiavi, ma ha trovato tutto in ordine. La sira stissa si riappresenta. Andiamo 'nzemmula a taliari nell'appartamento. Ancora tutto in ordine, non c'è traccia di partenza impruvisa. Quanno siamo fora dalla casa e stiamo per salutarci, a lei viene in mente che non abbiamo taliato in una càmmara che Angelo ha supra il terrazzo, càmmara e terrazzo che lui ha pigliato in affitto. Acchianiamo nuovamenti. La porta a vetri che dà supra il terrazzo è chiusa, Michela la rapre con una sò chiavi. La porta della càmmara è inserrata, ma di questa Michela mi dice che non ha la chiavi. Io allura la sfunno. E trovo...

Fermati, Montalbano, questo è l'intoppo, come direbbe Amleto, questo è il punto della storia che non quatra.

Che senso ha che Michela è in posesso solo della chiavi della porta del terrazzo, assolutamente inutile se non è accompagnata macari dalla chiavi della càmmara ex lavatoio? Se ha *tutte* le chiavi che appartengono a sò frati, deve pi forza aviri quella della càmmara sul terrazzo. Tanto cchiù che lì Angelo ci andava per leggiri o pigliari 'u suli, come aviva detto la stissa Michela. Non ci andava per incontrarsi con le sò fìmmine. E questo che viniva a significari?

Si addunò che aviva nuovamenti il bicchieri vacanti. Lo inchì, scinnì dalla verandina sulla rina e, vivennosi ogni tanto un muccuni di whisky, arrivò a ripa di mari. La notti era scurusa, ma si stava bene. Le luci delle varche a filo d'orizzonte parivano stiddre vascie vascie.

Ripigliò il filo del ragionamento. Se Michela era in posesso della chiavi della càmmara, ma gli aviva detto di no, la farfantaria stava a significari che la fìmmina voliva che era lui, Montalbano, a sfunnari la porta e a trovari ad Angelo sparato. E questo pirchì Michela sapiva già che dintra alla càmmara c'era il catafero di sò frati. Facendo tutto questo tiatro, tentava d'appariri, all'occhi del commissario, completamente estranea alla facenna, mentre invece c'era dintra fino al collo.

Tornò alla verandina, s'assittò, si versò un altro whisky. Come potivano essiri andate le cose?

Michela dice che quel lunedì Angelo le telefonò avvertendola che da lui, in sirata, doviva andare Elena. Perciò Michela non si fici vidiri. Ma se invece Angelo, videnno che Elena non arrivava, e fattosi capace che non sarebbe cchiù vinuta, aviva nuovamente telefonato a sò soro e questa era andata a trovarlo? E forse Angelo l'aviva avvertita che se ne acchianava a pigliari il frisco nella càmmara supra il terrazzo. Quanno Michela arriva, trova a sò frati morto ammazzato. Si fa pirsuasa che è stata Elena, la quale, arrivata in ritardo, ha avuto una discussione con Angelo. Tanto cchiù che Angelo deve avere voluto fari sesso con la picciotta, questo è fin troppo evidente. E allura addecide di mittirici il carrico di undici per evitare che Elena se la possa scapolare. Chiude tutto a chiavi, scinni nell'appartamento di sutta, passa la nuttata a fari scompariri ogni cosa che può rivelare i loschi trafici di Angelo, principalmente la cassetta blindata, porta le littre nel garage pirchì servano come prova a carrico di Elena...

E qui Montalbano tirò un sospiro di sodisfazioni. Michela pi fari i fatti sò aviva avuto tutto il tempo che le abbisognava prima di denunziare la scomparsa di sò frati, probabilmente nella notti che lui le aviva fatto passari nell'appartamento di Angelo lei aviva durmuto filici e contenta, tanto aviva già fatto ogni cosa. Restava sempre una sullenne minchiata, ma senza diretta conseguenzia.

Ma pirchì Michela era certa che Angelo faciva qualichi cosa di losco? La risposta era semplice. Quanno era vinuta a sapiri che sò frati aviva fatto rigali costosissimi a Elena e si era addunata che i soldi non erano stati prelevati dal conto comune, si era fatta pirsuasa che Angelo aviva un conto segreto indovi tiniva tanti, troppi soldi che non potiva aviri guadagnato onestamente. La facenna delle provvigioni e dei premi di produzione che aveva contato a lui, Montalbano, era una balla. Troppo intelligente quella fìmmina per non sintiri feto d'abbrusciato.

Ma pirchì si era portata via la cassetta blindata? Macari a questo c'era una risposta: pirchì non era arrinisciuta a scopriri indovi era ammucciata la secunna chiavi, quella arritrovata da Fazio impicciata sutta al cascione. E po', a considerari bene...

La considerazione qui principiò e qui finì. Improvisamente l'occhi di Montalbano accomenzaro a fari pampineddra, la testa gli capuzziò. L'unica cosa da pigliari in seria considerazione era il letto.

Ebbe la sfortuna d'arrisbigliarisi qualichi minuto prima che sonasse la sveglia. Pinsò che quella matina c'era il funerali di Angelo Pardo. La parola funerali gli evocò la morti... Satò dal letto, currì sutta la doccia, si lavò, si fici la varba, si pigliò il cafè, si vistì col ritmo frenetico di una comica di Ridolini, tanto che a un certo momento gli parsi di sintiri il sono saltellante dell'immancabile pianoforte d'accompagno, niscì fora di casa, e ritrovò finalmente il sò tempo giusto appena s'attrovò a guidare verso Vigàta.

Fazio non c'era in commissariato, Mimì era andato a Montelusa pirchì l'aviva chiamato Liguori, Catarella era mutanghero dato che ancora non si era ripigliato dalla botta avuta il jorno avanti col computer di Pardo, quanno le guardie di passo si erano ritirate di colpo e lui era restato a taliare lo schermo vacante come il famoso deserto dei tartari. Insomma, un mortorio.

Verso la mezza matinata arrivò la prima telefonata.

«Carissimo, tutti bene a casa?».

«Benissimo, dottor Lattes».

«E ringraziamo sempre la Madonna! Le volevo dire che oggi purtroppo il signor Questore non potrà riceverla. Facciamo domani alla stessa ora?».

«Facciamo pure, dottore».

Ringraziando la Madonna, macari per quel giorno gli era stata risparmiata la vista della faccia del signori e questori. Però gli era vinuta curiosità di sapiri che voliva da lui. Certamente nenti d'importanti, se arrimannava l'incontro con tanta facilità.

«Speriamo che prima che io mi metta in pinsione, o che a lui lo trasferiscano, arrinesci a dirmelo» pinsò.

Subito appresso, arrivò la secunna.

564

«Sono Laganà, commissario. Il mio amico, Melluso, quello al quale avevo dato i fogli da decifrare, si ricorda?...».

«Mi ricordo benissimo. È riuscito a capire come funziona il codice?».

«Non ancora. Ma intanto ha fatto una scoperta che mi è parsa importante per le sue indagini».

«Davvero?».

«Sì. Ma gliene vorrei parlare di presenza».

«Posso passare da lei verso le cinque e mezza di doppopranzo?».

«D'accordo».

A mezzojorno e mezzo, arrivò la terza.

«Montalbano? Sono Tommaseo».

«Mi dica, dottore».

«Stamattina alle nove ho convocato la signora Elena Sclafa-ni... Dio mio!».

Gli era mancato di colpo il sciato. Montalbano s'apprioccupò.

«Che c'è dottore?».

«Ma quella donna è bellissima, è una creatura che... che...».

Tommaseo era ancora suttusupra, non solo gli ammancava il sciato, ma gli fagliavano macari le parole.

«Com'è andata?».

«Benissimo!» fece entusiasta il pm. «Meglio di così!».

A stritto rigore di logica, se un pm doppo un interrogatorio s'addichiara contento e sodisfatto, veni a diri che l'accusato si è venuto a trovari a malo partito.

«Ha trovato elementi di colpevolezza?».

«Ma quando mai!».

Allura abbisognava mettiri da parte il rigore della logica: il pm Tommaseo si era messo a pinnuliari tutto a favore di Elena.

«La signora si è presentata con l'avvocato Traina. Il quale si è portato appresso un benzinaio, tale Luigi Diotisalvi».

«L'alibi della signora».

«Esatto, Montalbano. Non ci resta che invidiare il Diotisal-vi e aprire anche noi un distributore di benzina, nella speranza che la signora un giorno o l'altro abbia bisogno di un rifornimento ah ah ah».

Ridì, ancora 'ntronato dalla prisenza di Elena.

«La signora ci teneva che il suo alibi non venisse in nessun modo a conoscenza del marito» gli ricordò il commissario.

«Certo. Ho rassicurato ampiamente la signora. La conclusione però è che siamo tornati in alto mare. Che facciamo, Montalbano?».

«Nuotiamo, dottore».

All'una meno un quarto, Fazio s'arricampò dal funerali.

«C'era gente?».

«Bastevole».

«Corone?».

«Nove. Un solo cuscino, ma era della matre e della soro».

«Li pigliasti i nomi dei nastri?».

«Sissi. Sei sono di persone scognite, ma tre sono nomi cogniti».

L'occhi principiarono a sbrilluccicargli. Signo che stava per fari un botto grosso.

«Avanti».

«Una corona era della famiglia del senatore Nicotra».

«Non c'è nenti di strammo. Lo sai macari tu che erano amici. Il senatore l'aveva difeso...».

«Un'altra era della famiglia dell'onorevole Di Cristoforo».

Se Fazio s'aspittava che il commissario s'ammaravigliava, ristò deluso.

«Lo sapevo già che si conoscevano. A presentare Pardo al direttore della banca di Fanara era stato l'onorevole Di Cristoforo».

«E la terza corona era della famiglia Sinagra. Proprio quei Sinagra che noi conosciamo bene» sparò Fazio.

E stavolta Montalbano ammammalucchì.

«Minchia!».

Se i Sinagra erano nisciuti allo scoperto sino a questo punto voliva diri che Angelo Pardo era per loro un amico considerato. Era stato il senatore Nicotra a far conoscere Pardo ai Sinagra? E Di Cristoforo perciò era della stissa comarca? Di Cristoforo-Nicotra-Pardo, un triangolo la cui area era la famiglia Sinagra?

«Sei andato macari al cimitero?».

«Sissi. Ma non l'hanno potuto seppellire, l'hanno lasciato in deposito per qualche giorno».

«Perché?».

«Dottore, i Pardo hanno una tomba di famiglia. Ma al momento di fari trasire il tabbuto nella purpania, non ci sono riusciti. Il tabbuto era troppo alto di coperchio, dovranno allargarla».

Montalbano ristò pinsoso.

«Te lo ricordi com'era Angelo Pardo?» spiò.

«Sissi, dottore. Circa un metro e sittantacinco d'altizza, un'ottantina di chila di piso».

«Normalissimo. E ti pare che per un morto accussì c'è bisogno di un tabbuto super?».

«Nonsi, dottore».

«Fammi capire, Fazio. Da dov'è partito il funerale?».

«Dalla casa della matre di Pardo».

«Il che significa che da Montelusa l'avevano già portato qua a Vigàta».

«Sissignore, l'hanno fatto ieri sera».

«Senti, puoi farmi avere il nome dell'impresa funebre?».

«Lo conosco già, dottore. Sorrentino Angelo e Figli».

Montalbano lo taliò con l'occhi a fessura.

«Come mai lo conosci già?».

«Perché la cosa non mi ha per niente quatrato. Qua dintra sbirro non c'è solo lei, dottore».

«Allora telefona a questo Sorrentino, ti fai dire i nomi di chi si è materialmente occupato prima del trasporto da Montelusa a qua e poi del funerale. Queste persone me le convochi per oggi doppopranzo alle tre e mezza».

Da Enzo si tenne leggio, non avrebbe avuto tempo per farisi la solita passiata digestivo-meditativa lungo il molo fino a sutta il faro. Mentre mangiava, ripinsò alla coincidenza che al funerale di Angelo Pardo c'erano le corone delle famiglie Nicotra e Di Cristoforo, macari loro colpite di lutto recente. Tri pirsone, che in qualichi modo tra loro avivano rapporti d'amicizia, erano morte in meno di una simanata. Un momento, si dis-

567

se. Era provato e straprovato che il senatore Nicotra era amico di Pardo, aviva saputo che Di Cristoforo era amico macari lui di Pardo, ma Nicotra e Di Cristoforo erano tra loro amici? A rifletterci bene, le cose forse stavano diversamente.

Doppo lo sconquasso di Mani pulite, Nicotra era passato al partito del palazzinaro milanisi e aviva continuato a fari politica, sempre e comunque appoggiato dalla famiglia Sinagra. Di Cristoforo, ex socialista, era passato a un partito di centro contrario a quello di Nicotra. E in più di una occasione aviva attaccato più o meno scopertamente Nicotra per i sò rapporti con i Sinagra. Quindi la situazione era che Di Cristoforo stava da una parte, Nicotra e i Sinagra dall'altra e non avivano altro punto in comune che Angelo Pardo. Non era il triangolo che si era prima immaginato. Allora, che cosa rappresentava Angelo Pardo per Nicotra e cosa rappresentava per Di Cristoforo? Teoricamente, se era amico di Nicotra, non avrebbe potuto esserlo di Di Cristoforo. E viceversa. L'amico di un mio nemico è mio nemico. A meno che non fa qualichi cosa che torna commodo ad amici e nemici.

«Io mi chiamu Filippu Zocco».

«E io Nicola Paparella».

«Siete stati voi a portare a Vigàta la salma di Angelo Pardo dall'obitorio di Montelusa?».

«Sissi» ficiro in coro.

I dù tabbutara cinquantini erano vistuti con una specie di divisa: doppio petto nìvuro, cravatta nìvura, cappeddro nìvuro. Parivano dù gangster di pillicula miricana troppo caratterizzati.

«Com'è che la cassa non è potuta entrare?».

«Parlo io o parli tu?» spiò Paparella a Zocco.

«Parla tu» disse Zocco.

«La signura Pardo tilifonò al patrone, il signor Sorrentino, che ci andò a casa e si misiro d'accordo sul tabbuto e gli orari. Alli setti d'aieri doppopranzo andammo al bitorio, 'ncasciammo il morto e lo portammo qua, 'n casa di chista signura Pardo».

«Si usa così?».

«Nonsi, commissariu. Qualichi volta si fa, ma non si usa».

568

«E come si usa?».

«Noi pigliamo il morto dal bitorio e lo portiamo direttamente ni la chiesa indovi che si tiene il funerali».

«Vada avanti».

«Quanno arrivammo, la signura disse che il tabbuto le pariva vascio. Ne voliva uno cchiù àvuto».

«E lo era basso?».

«Nonsi, commissario. Ma i parenti dei morti certe volte si fissano su minchiate. Comunque la signura parlò al tilefono col patrone e si misero d'accordo. Doppo una mezzorata arrivò un altro tabbuto che alla signura stette beni. Allura livammo il morto dal primo tabbuto e lo misimo nel secunno. Però la signura nun lo volli 'ncuperchiato. Dissi ca vuliva vigliari tutta la notti, ma non davanti a una cascia chiusa. Ci disse di turnari la matina verso le setti per 'ncuperchiari. E nni desi cento euri a testa pi lu distrubbo. E accussì ficimo. Stamatina turnammo e 'ncupirchiammo. Doppo, capitò che al camposanto...».

«Lo so quello che capitò. Quando stamattina siete andati a chiudere la cassa, avete notato niente di strano?».

«Commissariu, c'era qualichi cosa di stranu che nun era stranu».

«Non ho capito».

«Certi volti i parenti mettono cose nel tabbuto, cose che piacivano al mortu quann'era vivu».

«E nel caso specifico?».

«Nel caso spicifico il morto pariva a momenti susuto a mezzo».

«Cioè?».

«La signura gli aviva infilata qualichi cosa di grosso sutta la testa e le spalli. Una cosa arravugliata in un linzolo. Inzumma, era comu se ci aviva mittuto un cuscinu darrè».

«Un'ultima curiosità. Nel primo tabbuto il morto ci sarebbe potuto stare in questa posizione?».

«No» ficiro, nuovamenti in coro, Zocco e Paparella.

Diciassette

«Ah, commissario! Puntualissimo! S'accomodi!» fece Laganà. Mentre Montalbano s'assittava, il maresciallo compose un nummaro.

«Puoi venire?».

«Allora, maresciallo, che avete scoperto?».

«Se non ha nulla in contrario, preferisco che sia il mio collega a dirglielo, dato che il merito è suo».

Tuppiarono alla porta. Vittorio Melluso era una stampa e una figura con William Faulkner, ai tempi che gli avivano dato il Nobel. La stissa liganza di gentiluomo del sud, lo stisso sorriso cortese e distante.

«Il codice basato su quella raccolta di canzonette è estremamente difficile da capire come funziona proprio perché concepito in modo elementare e credo per uso personale».

«Non ho capito che significa per uso personale».

«Dottore, un codice in genere serve a due o tre persone per comunicare tra di loro senza timore che altri possano essere in grado di capire quello che si dicono. D'accordo?».

«Certo».

«Quindi di quel dato codice se ne fanno tante copie quante ne occorrono alle persone che devono scambiarsi informazioni. Chiaro?».

«Sì».

«Il codice che lei ha trovato credo sia monocopia. Serviva solo a chi l'aveva ideato per criptare dei nomi, quelli che compaiono nei due elenchi che Laganà mi ha dato».

«È riuscito a capirci qualcosa?».

«Guardi, credo di avere capito due cose. La prima è che ogni cognome corrisponde a una cifra, quella della colonna a sinistra.

Le cifre sono tutte composte da sei numeri, mentre i cognomi, a contarli lettera per lettera, hanno lunghezze diverse. Questo significa che ogni numero non corrisponde a una lettera. Probabilmente all'interno di ogni cifra ci sono dei numeri civetta».

«Cioè?».

«Numeri che non servono a niente, o almeno servono a depistare. In altre parole, si tratta di un codice dentro a un codice».

«Capisco. E la seconda cosa?».

Laganà e Melluso si scangiarono una rapidissima taliata.

«Glielo dici tu?» spiò Melluso.

«Il merito è tuo» disse Laganà.

«Commissario» attaccò Melluso «lei ci ha fatto avere due elenchi. In tutti e due gli elenchi le cifre di sinistra, quelle che nascondono i nomi, si succedono e si ripetono allo stesso modo. Le cifre di destra invece cambiano sempre. Esaminandole bene, sono arrivato a una conclusione e cioè che le cifre di destra del primo elenco indicano somme in euro, mentre le cifre di destra del secondo elenco rappresentano quantità. Mettendo a confronto per esempio le prime due cifre di destra dei due elenchi, si scopre che tra le due cifre c'è un rapporto preciso, basato…».

«… sul prezzo corrente di mercato» concluse il commissario.

Laganà, che da cinque minuti non staccava l'occhi da supra a Montalbano, si misi a ridiri.

«Te l'avevo detto, Melluso, che il commissario qua capisce a volo!».

Melluso calò tanticchia la testa verso Montalbano, in segno di omaggio.

«Allora» concluse il commissario «nel primo elenco ci stanno i nomi dei clienti e la somma pagata da ognuno, nel secondo elenco c'è la quantità di volta in volta fornita. C'era un terzo elenco nel computer, ma purtroppo si è autodistrutto».

«Adesso immagina cosa conteneva?» spiò Laganà.

«Adesso sì. Sicuramente c'erano segnate le date e la quantità di merce che il fornitore, diciamo meglio il grossista, gli consegnava».

«Vado avanti a cercare di decrittare i nomi?» fece Melluso.

«Certo. E le sono molto grato».

Ma non disse che di quei quattordici nomi, dù di sicuro l'accanosceva già.

Arrivò in commissariato che già scurava. Sollevò il ricevitore, fici il nummaro di Michela.

«Pronto? Montalbano sono. Come sta?».

«Come vuole che stia?».

La fìmmina aviva una voci diversa, pariva viniri di lontano ed era stanca come di una longa caminata.

«Ho bisogno di parlarle».

«Possiamo rimandare a domani?».

«No».

«Va bene, allora venga».

«Senta, Michela, facciamo così, vediamoci nell'appartamento di suo fratello tra un'ora, tanto ha le chiavi. Va bene?».

Capace che in casa di Michela c'era la matre, la zia di Vigàta, la zia di Fanara e macari amici in visita di condoglianza che avrebbero disturbato o addirittura impedito la parlata.

«Perché proprio lì?».

«Dopo glielo dico».

Currì a Marinella, si spogliò, s'infilò sutta la doccia, si rivistì indossando tutto pulito, mutanne, cammisa, quasette, vistito. Telefonò a Livia, le disse che l'amava e riattaccò, probabilmente lassandola ammammaloccuta. Doppo si versò un bicchiere di whisky e se l'andò a viviri sulla verandina fumannosi una sicaretta. Appresso si mise in machina. Ora c'era da fari scoppiare la pustola, la parti cchiù laida.

Arrivato davanti alla casa di Angelo, parcheggiò, niscì dalla machina, taliò verso il balcone e le finestre dell'ultimo piano. Ora era scuro fitto, in dù finestre si vidiva luce. Michela doviva già essiri arrivata. Epperciò invece di adoperare le chiavi sonò il citofono, ma nisciuno gli arrispunnì a voce. Solo lo scatto del portone che era stato raprùto. Acchianò le scale senza vita della casa morta e quanno arrivò al pianerottolo dell'ultimo piano, vitti a Michela che l'aspittava davanti alla porta.

Si scantò. Si scantò pirchì gli era parso, assurdamente, per la durata di un lampo, che la fìmmina che stava taliando non era Michela, ma la matre di lei. Che le era capitato?

Certo, la morti di sò frati l'aviva duramente colpita, ma fino al jorno avanti Montalbano l'aviva vista reagire bene, addifinnirisi con intelligenza e accusari con forza. Possibile che il lugubre cerimoniale del funerale gli aviva fatto pigliari solo allora cuscenzia della perdita definitiva, irrevocabile, di Angelo? Indossava uno dei soliti sò vistita larghi e sformati, come se li aviva accattati da una bancarella di abiti usati e aviva attrovato solo misure troppo grandi. Il colore del vistito era nìvuro, a lutto. Nìvure le calze, nìvure le scarpe di panno, senza tacco e con un bottone, alla figlia di Maria. Aviva raccolto i capelli dintra a un gran fazzulittuni, naturalmente nìvuro. Stava con le spalli curve, appuiata all'anta. Tiniva l'occhi vasci.

«Si accomodi».

Montalbano trasì, fermandosi nella prima entrata.

«Dove vuole che andiamo?» spiò.

«Dove vuole lei» arrispunnì Michela chiuienno la porta.

Il commissario sciglì il salotto. S'assittarono supra a dù pultrune ch'erano una 'n facci all'altra. E nisciuno dei dù parlò per un pezzo, il commissario pariva proprio uno vinuto a fari le condoglianze che si trattiene il tempo che ci vuole, muto e impacciato.

«E così è tutto finito» fece Michela a un tratto appuiannosi alla spalliera della pultruna e chiuienno l'occhi.

«Non tutto. L'indagine è ancora aperta».

«Sì, ma non si chiuderà mai nel modo giusto. O sarà archiviata o arresterete qualcuno che non c'entra niente».

«Perché dice questo?».

«Perché ho saputo che il dottor Tommaseo non ha mosso nessuna accusa ad Elena dopo averla interrogata. Si è schierato dalla sua parte, come del resto ha sempre fatto lei, commissario».

«A tirare in ballo Elena è stata lei, no?».

«Sì, perché se stavo ad aspettare lei!».

«Ha detto a Tommaseo che io ero in possesso delle lettere di Elena a suo fratello?».

573

«Non avrei dovuto?».

«Non avrebbe dovuto».

«E perché? Perché lei potesse continuare a tenere fuori Elena?».

«No, perché potesse continuare a tenersene fuori lei, Michela. Invece, dicendo al magistrato quello che ha detto, lei ha commesso un errore. Gli sportivi direbbero un autogoal».

«Me lo spieghi».

«Certo. Io non le ho mai comunicato d'avere ritrovato le lettere. E se io non glielo ho detto, come ha fatto lei a saperlo?».

«Ma sono sicura che è stato lei a farmelo sapere! Anzi, mi ricordo che con noi c'era Paola che...».

Montalbano scotì la testa.

«No, Michela, la sua amica Paola, se la vuole chiamare a testimoniare, non potrà che confermare che quella sera io, a una sua precisa domanda, negai d'avere ritrovato le lettere».

Michela non raprì vucca, sprufunnò maggiormente nella pultruna, l'occhi sempre chiusi.

«È stata lei, Michela» continuò il commissario «a pigliare le tre lettere che Angelo teneva nella scrivania, a infilarle dentro a una busta grande e ad andare a nasconderla nel garage sotto il tappetino del portabagagli della Mercedes. Ma ha fatto in modo che un angolo della busta restasse in evidenza. Lei voleva che fossero ritrovate. In modo che io, leggendole, mi domandassi chi aveva avuto interesse a tentare di nasconderle. E la risposta non poteva essere che una: Elena. Quando è andata a controllare e la busta non c'era più, ha avuto la certezza che ero entrato in possesso delle lettere».

«E quando avrei fatto tutto questo?» spiò lei con una voce tesa, improvvisamente tornata attenta, vigile.

Dirle la sua supposizione? Forse era prematuro. Preferì accollarsi una colpa che oramà sapiva senza importanza.

«La sera che scoprimmo Angelo. Quando la lasciai sola a dormire in quest'appartamento commettendo un grosso errore».

Lei si rilassò.

«La sua è una fantasia. Non ha prove».

«Delle prove parleremo tra poco. Come lei sa, ho cercato invano la cassetta blindata che Angelo teneva in casa. Suppongo che macari la cassetta l'abbia portata via lei, Michela, quella stessa notte nella quale s'impadronì delle lettere».

«Mi spiega allora» fece la fìmmina ironica «perché le avrei fatto ritrovare le lettere, a stare al suo ragionamento, e la cassetta no?».

«Perché le lettere potevano forse accusare Elena, ma il contenuto della cassetta avrebbe invece sicuramente accusato suo fratello».

«E che ci poteva essere di tanto compromettente nella cassetta, secondo lei? Soldi?».

«Soldi no. Quelli li teneva a Fanara, alla Banca popolare».

S'aspittava una reazione diversa da Michela. Come minimo, Angelo non le aveva rivelato d'avere un altro conto e quindi, dati i rapporti tra frati e soro, l'omissione era vicina assà al tradimento.

«Ah, sì?» fece solo tanticchia stupita la fìmmina.

Un'indifferenza che fitiva di farfantaria lontano un miglio. Michela dunque sapiva benissimo che Angelo aviva un altro conto. E quindi degli affaruzzi di sò frati doviva accanusciri la missa intera.

«Lei di quest'altro conto non sapeva niente, vero?».

«Niente. Ero certa che avesse solo quello a doppia firma, mi pare di averglielo anche fatto vedere».

«Secondo lei i soldi depositati a Fanara da dove provenivano?».

«Mah, saranno stati premi di produzione, gratifiche, percentuali extra, cose così. Io credevo che queste somme le tenesse in casa, invece si vede che le aveva depositate in banca».

«Lo sapeva che giocava forte?».

«No. No, assolutamente».

Un'altra farfantaria. Lo sapiva che sò frati aviva pigliato il vizio. E infatti si era limitata a nigari, non aviva spiato come Montalbano l'aviva saputo, indovi giocava, quanto pirdiva o vinciva.

«Se c'erano molti soldi nel conto» fece Michela «vuol dire che forse avrà avuto qualche serata fortunata al gioco».

Tirava bene di scherma, la fìmmina. Parava e immediatamente appresso era capace di un affondo, sfruttando la mossa avver-

575

saria. Tutto era disposta ad ammettere, basta che non si viniva a sapiri la vera provenienza di quei soldi.

«Torniamo alla cassetta blindata».

«Commissario, non so niente della cassetta, così come non sapevo niente del conto di Fanara».

«Secondo lei, cosa poteva esserci dentro la cassetta?».

«Non ne ho la minima idea».

«Io sì» disse Montalbano a mezza voce, come se non voliva dari importanza all'affermazione.

Lei non mostrò nisciuna curiosità di sapiri qual era l'idea del commissario.

«Sono stanca» disse invece con un sospiro.

Montalbano provò pena. Pirchì aviva sintuto in quelle dù parole un piso di stanchizza autentica, profunna, che non era solo del corpo, fisica, ma macari dei pinseri, dei sentimenti, dell'arma. Una stanchizza totale.

«Se vuole, io me ne...».

«No, resti. Prima la finiamo, meglio è. Ma la prego di una sola cosa, commissario, non giochi con me al gatto e al topo. Lei ormai ha capito tante cose, almeno così credo. Mi faccia domande precise e io le risponderò per quello che posso».

Montalbano non arriniscì a farisi pirsuaso se ora la fìmmina voliva semplicemente cangiari gioco o l'invitava veramente a concludere dato che non ce la faciva cchiù.

«Ci vorrà un po' di tempo».

«Ne ho quanto ne vuole».

«Vorrei principiare col dirle che ho preciso concetto sul posto dove attualmente si trova la cassetta. Avrei potuto controllare prima del nostro incontro e avere la conferma della mia supposizione. Non l'ho fatto».

«Perché?».

«Non è detto che questo controllo debba farlo per forza. Dipende da lei».

«Da me?! E dove suppone che si trovi la cassetta?».

«Al cimitero. Dentro il tabbuto. Sotto il corpo di Angelo».

«Ma via!» fece lei tentando macari un surriseddro che le dovitti costare una faticata enorme.

«Non ci siamo, Michela. Se lei continua così, io sarò costretto a fare quel controllo. Lo sa che significa? Che dovrò richiedere una quantità di permessi, la faccenda diventerà ufficiale, la cassetta sarà aperta e tutto quello che lei ha fatto per salvare il buon nome di suo fratello non sarà servito a niente».

Forse fu allora che Michela capì che la partita era persa. Raprì l'occhi e lo taliò per un attimo. Montalbano istintivamente agguantò i braccioli della pultruna come a volervisi ancorare. Invece non c'era mari in tempesta dintra a quell'occhi, ma una distesa liquita, gialliccia, densa, che si cataminava a lento, pariva respirari, isandosi e abbasciandosi. Non faciva scanto, ma dava l'impressione che quel liquito, se ci mittivi un dito dintra, te l'avrebbe abbrusciato all'osso. La fìmmina chiuì nuovamente l'occhi.

«Sa anche cosa c'è dentro la cassetta?».

«Sì, Michela. Cocaina. E non solo».

«Cioè?».

«Ci deve essere macari il materiale sbagliato col quale Angelo tagliò l'ultima partita di cocaina facendone, senza volerlo, un veleno mortale. E provocando così la morte di Nicotra, di Di Cristoforo e di altri di cui lui era il fornitore di fiducia».

La fìmmina si levò il fazzoletto dalla testa, la scotì, i capelli le cadirono sulle spalle.

«Come mai non avivo notato prima che aviva tanti fili bianchi?» si spiò il commissario.

«Sono stanca» ripitì Michela.

«Quand'è che Angelo cominciò a frequentare le bische?».

«L'anno scorso. Ci andò per curiosità. E fu l'inizio della sua fine. I soldi che guadagnava non gli bastarono più. E accettò un'offerta che gli venne fatta. Rifornire clienti importanti per grosse quantità. Dato il suo mestiere, poteva muoversi liberamente per tutta la provincia senza destare sospetti».

«Lei come fece a scoprire che Angelo...».

«Non lo scoprii, me lo disse. Non mi teneva nascosto niente».

«Lo sa chi gli fece la proposta?».

«Lo so, ma non glielo dico».

577

«Le disse macari che aveva adulterato l'ultima partita di cocaina?».

«No, non ne ebbe il coraggio».

«Perché?».

«Perché lo fece per la troia, per Elena. Aveva bisogno di molti soldi per farle altri regali e tenersela stretta. Con questo sistema raddoppiava la roba che quelli gli davano e la differenza se la teneva per sé».

«Michela, perché lei odia tanto Elena e non le altre donne con le quali suo fratello è stato?».

Prima d'arrispunniri, una smorfia di sofferenza le sturcì la vucca.

«Angelo di quella donna si era veramente innamorato. Era la prima volta che gli capitava».

Era arrivato il momento. Montalbano chiamò all'appello dintra di sé tutto quello che potiva chiamari, muscoli, sciato, nerbi. Un tuffatore in pizzo sul trampolino, un attimo prima di lanciarsi. Doppo, saltò.

«Angelo avrebbe dovuto amare soltanto lei, vero?».

«Sì».

Era fatta. Trasire in quel sottobosco scuroso fatto di radici intricciati, di serpenti, di tarantole, di nidi di vipere, di erba sarbatica, di troffe spinose era stato facile. Penetrare dintra alla selva oscura non aviva prisintato difficoltà. Ma caminaricci dintra esigeva coraggio.

«Lei però una volta non si era fidanzata? Non si era innamorata?».

«Sì. Ma Angelo...».

Ecco, sutta un àrbolo, scoperta la pianta maligna. Bella a vidirisi, ma, se te ne metti una foglia nella vucca, letale.

«Angelo aveva provveduto a eliminarlo. È così?».

«Sì».

Non ha confini, questa foresta malata che feti di morte. E cchiù ti ci addentri, cchiù t'aspetta l'agguato dell'orrore che non vorresti vidiri o sintiri.

«E quando Teresa restò incinta, fu lei a persuadere Angelo a fare abortire la ragazza tendendole un tranello?».

«Sì».

«Nessuno doveva intromettersi nel vostro... nel vostro...».

«Che fa, commissario?» disse lei in un sussurro. «Non trova la parola giusta? Amore, dottor Montalbano. La parola è amore».

Raprì l'occhi e tornò a taliarlo. Ora sulla superficie della distesa di liquito giallastro si formavano grosse bolle che scoppiavano come al rallentatore. Montalbano s'immaginò il feto che emettevano: quello dolciastro della decomposizione, delle ova marciute, delle polluzioni di paludi malate.

«Come ha saputo che avevano ammazzato Angelo?».

«Mi hanno telefonato. Il lunedì stesso, verso le nove di sera. Mi hanno detto che erano andati per parlare con Angelo, ma che l'avevano trovato già morto. Mi hanno ordinato di far scomparire tutto quello che poteva fare scoprire il lavoro che Angelo faceva per loro. E io ho obbedito».

«Non solo ha obbedito. Ma è andata nella camera dove suo fratello era stato appena ucciso e ha fabbricato false prove contro Elena. È stata lei a preparare tutta la messinscena delle mutandine in bocca, dei jeans aperti, del sesso di fuori».

«Sì. Volevo essere certa, sicura, che Elena fosse incolpata del delitto. Perché è stata lei. Quelli, ad Angelo, l'hanno trovato morto».

«Questo lo vedremo dopo. Possono averle mentito, sa? Intanto mi dica. Conosceva chi le telefonò avvertendola della morte di suo fratello?».

«Sì».

«Mi dica il nome».

Michela si susì con lintizza. Allargò le vrazza come stiracchiandosi.

«Torno subito» disse «vado a bere un po' d'acqua».

Niscì dirigendosi verso la cucina, le spalli ancora cchiù curve, i pedi che si strascinavano.

Montalbano non seppe né comu né pirchì, ma tutto 'nzemmula si susì, currì in cucina. Michela non c'era. S'affacciò al balcone rapruto. A illuminare lo spiazzo davanti ai garage c'era una lampadina addrumata. Ma quella splapita luce abbastò a fargli vidiri una specie di sacco nìvuro, immobile, 'n terra. Michela si era ghittata giù, senza diri una parola, senza fari un grido. E il commissario capì che la tragedia, quann'è recitata davanti alle pirsone, assume pose e parla alto, ma quanno è profondamente vera parla a voce vascia e ha gesti umili. Già, l'umiltà della tragedia.

Pigliò una rapida decisione: lui quella sera nell'appartamento di Angelo non c'era mai stato. Quanno scoprivano il corpo della fìmmina, avrebbero criduto che si era ammazzata pirchì non aviva saputo superare il duluri per la perdita del fratello. E accussì doviva essiri.

Chiuì adascio la porta dell'appartamento scantandosi che Sua Maestà lo sorprinniva, scinnì le scali morte, niscì fora, acchianò in machina, sinni partì per Marinella.

Diciotto

Appena trasì a la sò casa si sintì stanco assà, granni era la gana di andarisi a corcari, tirarisi la coperta fino a cummigliari la testa e starsene accussì, coll'occhi chiusi, nel tentativo di scancillari il mondo.

Erano le unnici di sira. Mentre si livava giacchetta, cravatta e cammisa arriniscì, come un prestigiatore, a fare il nummaro di Augello.

«Salvo, ma sei nisciuto pazzo?».

«Pirchì?».

«Telefonare a quest'ora! Arrisbigli il picciliddro!».

«L'arrisbigliai?».

«No».

«E allora che scassi la minchia? Ti devo dire una cosa importante. Vieni subito qua da me, a Marinella».

«Ma Salvo...».

Riattaccò. Chiamò Livia, ma non arrispunnì nisciuno. Forse era andata al cinema. Si spogliò completamente, si mise sutta la doccia, consumò tutta l'acqua del primo cassone, santiò, fece per raprire il secunno di riserva ma si fermò. E se in nuttata non davano l'acqua, come si lavava a matino? Meglio essiri prudenti.

Addecise, aspittando Mimì, di dedicarsi al taglio delle unghia di mano e di pedi. Quanno finì e sonarono alla porta, andò a raprire nudo com'era.

«Ma io sono maritato!» fece scannaliato Mimì. «Non mi aveva invitato per farmi vedere la sua collezione di farfalle?».

Montalbano gli voltò le spalle e andò a infilarsi un paro di mutanne e una cammisa.

«È cosa longa?» spiò Mimì.

«Bastevolmente».

«Allora dammi un whisky».

S'assittarono sulla verandina. Prima di viviri, Montalbano isò il bicchiere:

«Congratulazioni, Mimì».

«Di che?».

«Hai risolto il caso dello spacciatore all'ingrosso. Domani ti puoi cassiariare con Liguori».

«Vuoi babbiare?».

«Per niente. Peccato che l'hanno ammazzato, aviva tradito la fiducia della famiglia Sinagra».

«E chi era?».

«Angelo Pardo».

Augello strammò.

«Quello che hanno trovato sparato con la minchia di fora?».

«Esattamente».

«M'ero fatto persuaso ch'era un delitto passionale, una storia di fimmine».

«Ce lo volevano fare ammuccare».

Augello sturcì la vucca.

«Salvo, sei sicuro di quello che dici? Hai le prove?».

«Le prove sono in una cassetta blindata che si trova dintra al tabbuto di Angelo Pardo. Ti fai dare le autorizzazioni, lo rapri, pigli la cassetta, rapri macari questa con la chiave che ora stesso ti do e dentro ci trovi non solo la cocaina, ma macari l'altra roba che l'ha cangiata in veleno».

«Scusami, Salvo, ma chi ha messo la cassetta blindata nel tabbuto?».

«Sua sorella Michela».

«Allora è complice!».

«Ti sbagli. Lei non sapeva niente di quello che combinava il fratello. Ha pensato che la cassetta, della quale non aveva le chiavi, conteneva cose personali di Angelo e gliela ha messa dintra al tabbuto».

«Perché?».

«Perché accussì il morto, di tanto in tanto nell'eternità, potiva raprirla e, taliando le cose che c'erano dintra, si ricordava dei tempi belli di quando era in vita».

«Ci devo credere?».

«Alla storia del morto che di tanto in tanto rapre la cassetta?».

«Sto parlando del fatto che la sorella era all'oscuro del traficu di sò frati».

«No. Tu, no. Ma gli altri sì. Ci devono credere».

«E se Liguori l'interroga e quella cade in contraddizione?».

«Non ti preoccupare, Mimì, non sarà interrogata».

«Come fai a esserne sicuro?».

«Lo sono e basta».

«Allora raccontami tutto dal principio».

Gli contò quasi tutto, la mezza missa. Non gli disse che Michela dintra a quella merda ci era stata fino al collo ma solo fino alle ginocchia, gli spiegò che il bisogno di soldi di Angelo nasciva dal vizio del gioco, lassando accussì discretamente in ombra Elena, l'avvertì che il maresciallo della Guardia di Finanza Laganà e un suo collega potivano fornire a lui e a Liguori elementi utili.

«Ma Pardo com'è che conosceva la famiglia Sinagra?».

«Il padre di Pardo era un grande sostenitore politico del senatore Nicotra. E il senatore avrà fatto conoscere Angelo a qualcuno dei Sinagra. E i Sinagra, quando hanno capito che Pardo era a corto di soldi, l'hanno ingaggiato. Angelo ha tradito la loro fiducia e l'hanno fatto sparare».

«Mi pareva di aviri sintito dire che dintra alla vucca del morto hanno trovato due fili di un tessuto...».

«Tiatro, Mimì, messinscena per intrubbolari l'acque».

Parlarono ancora tanticchia, Montalbano gli detti il mazzo di chiavi di Angelo e mentri Mimì lo stava salutanno, il telefono squillò.

«Livia? Amore?» fece il commissario.

«Mi dispiace deluderla, dottore».

Era la voci di Fazio.

«Ma mi hanno comunicato ora ora che hanno ritrovato il corpo di Michela Pardo. Si è suicidata gettandosi giù dal balcone della casa del fratello. Io sono in commissariato, ma devo andare là. Le chiavi dell'appartamento ce le ha lei?».

«Sì. Te le mando col dottor Augello che casualmente si trova qui da me».

Riattaccò.

«Michela Pardo si è suicidata».

«Mischina! Diciamo che non ha retto al dolore?» spiò Augello.

«Diciamolo» fece Montalbano.

Nei quattro jorni che vennero appresso non capitò nenti di nenti. Il signori e questori rimandò a data da destinarsi l'incontro con Montalbano.

E manco Elena gli telefonò mai.

E questa era una cosa che, in un certo senso, gli dispiaceva. Gli era parso di capire che la picciotta l'aviva puntato e che rimandava l'attacco alla fine dell'indagine. «Per non creare equivoci» aviva ditto. O qualcosa di simile.

E aviva ragione: se avesse allora messo in opera con lui la sua capacità di seduzione, Montalbano potiva pinsare che lo faciva per farselo amico e complice. Ma ora che persino Tommaseo l'aviva scagionata, possibilità d'equivoco non ce n'era cchiù. E allora?

Vuoi vidiri che la preda che la gattoparda aviva adocchiata era un'altra? E che a equivocare era stato lui? Mettiamo che un coniglio vede una gattoparda che l'insegue e si mette a correre per scappare, scantato. Tutto 'nzemmula il coniglio non sente cchiù darrè di lui la vestia feroce. Si volta e vidi che la gattoparda si è messa ad assicutare un cerbiatto.

Ora la domanda è chista: pirchì il coniglio, invece d'essiri contento, si sente tanticchia diluso di non essiri cchiù la preda?

Il quinto jorno Mimì Augello arrestò a Gaetano Tumminello, omo della famiglia Sinagra, sospittato di quattro micidi, con l'accusa di aviri ammazzato ad Angelo Pardo.

Per ventiquattro ore Tumminello sostinni che mai era stato in casa di Angelo Pardo, anzi giurò che manco sapiva indovi abitava. La fotografia del presunto assassino apparse in televisione. Allura s'apprisentò in commissariato da Mimì il commendator Ernesto Laudadio, alias S. M. Vittorio Emanuele III, per dichiarare che la sira di quel lunedì lui non era potuto trasire nel sò garage pirchì davanti c'era parcheggiata una machina mai vista prima e della quale aviva pigliato il nummaro di targa. Si era messo a sonare il clacson e doppo tanticchia era comparso il proprietario, sissignore, l'omo della fotografia fatta vidiri in televisione, esattamente quello, il quale, senza diri né ai né bai, si era messo in machina ed era partuto.

Di conseguenzia, Tumminello dovitti cangiare versione. Disse che era andato da Angelo Pardo per parlargli di un certo affare, ma che l'aviva trovato già morto. Non sapiva nenti di mutanne messe dintra la vucca di Pardo. E precisò che quanno lui l'aviva visto, la lampo dei jeans di Pardo era chiusa. Tanto che quanno aviva sintuto dire che Pardo era stato trovato in posa oscena (disse proprio accussì, «posa oscena») lui, Tumminello, era rimasto scannaliato.

Nisciuno, naturalmente, gli criditti. Non solo aviva ammazzato a Pardo pirchì quello aviva messo nel giro cocaina mortale, a rischio di strage, ma aviva macari tentato di depistare le indagini. I Sinagra lo mollarono e Tumminello, com'era nella tradizione, scagionò i Sinagra: sostenne che l'idea della droga era stata sò e solamenti sò, sò l'idea di arrollare nell'affare ad Angelo Pardo che sapiva a curto di denari e che la Famiglia che gli aviva dato l'onore di accoglierlo come un figlio divoto e rispittoso era allo scuro di ogni cosa. Ma ribadì che lui, a Pardo, quando era andato per parlargli della grannissima minchiata che aviva fatto con la cocaina malo tagliata, l'aviva trovato già morto sparato.

«Andare a parlargli è un gentile eufemismo per dire che lei era andato da Pardo per ammazzarlo?» gli aviva spiato il pm.

Tumminello non arrispunnì.

Intanto il maresciallo Melluso, il collega di Laganà, era arrinisciuto a decifrare il codice di Angelo e le novi pirsone elencate si vinniro a trovari nei lacci. Per la virità i nomi dell'elenco erano quattordici, ma gli altri cinque (tra i quali l'ingigneri Fasulo, il senatore Nicotra e l'onorevole Di Cristoforo) appartenevano a pirsone che, grazie alle scarse capacità chimiche di Angelo Pardo, ora non era più possibile perseguire.

Una simanata appresso, Livia vinni a passari tri jorni a Vigàta. Non si sciarriarono manco una volta. La matina di lunedì, alle sett'albe, Montalbano l'accompagnò all'aeroporto di Punta Raisi e, doppo avirla vista partiri, si mise in machina per tornari al paìsi. Siccome però non aviva chiffari, addecise di fari una strata tutta interna, malannata certo ma che gli pirmittiva di godirisi ancora qualche chilometro del paisaggio che gli piaciva, quello fatto di terra arsa e di casuzze bianche. Caminò per tri ore con la testa vacanti di pinseri. Tutto 'nzemmula si rese conto che stava percorrendo la strata che da Giardina portava a Vigàta, quindi mancavano picca chilometri all'arrivo. Giardina?! Ma non era supra a quella strata che c'era il distributore di benzina indovi, la sira di quel lunedì, Elena aviva fatto all'amore col benzinaro, come si chiamava?, ah, Luigi?

«E conosciamolo, questo Luigi» si disse.

Guidò ancora cchiù a lento, taliando a dritta e a mancina. E alla fine vitti il distributore. Una tettoietta, per metà incoronata da tubi al neon astutati, sutta alla quale c'erano tre pompe. E basta. Trasì nello spiazzo e fermò. Il casotto dell'addetto era in muratura, quasi del tutto ammucciato dal tronco di un millennario aulivo saraceno. Dalla strata era quasi impossibile vidirlo. La porta era inserrata. Sonò, ma non s'appresentò nisciuno. Come mai? Niscì dalla machina, andò a tuppiare alla porta del casotto. Nenti, silenzio. Si voltò per tornare alla machina e vitti propio sul bordo dello spiazzo, al margine della strata, la parte di darrè di un rettangolo di metallo tenuto addritta da una sbarretta di ferro. Un cartello. Ci si mise davanti ma non arriniscì a liggirlo pirchì era cummigliato per tri quarti da una troffa d'erba sarbaggia che abbattì a pidate. Il cartello aviva perso la virnice, per mità lo macchiava la ruggine, ma la scritta ancora era chiara: lunedì chiuso.

Quann'era picciliddro, una volta sò patre, per babbiarlo, gli aviva contato che la luna 'n cielo era fatta di carta. E lui, che aviva sempre fiducia in quello che il patre gli diciva, ci aviva criduto. E ora, maturo, sperto, omo di ciriveddro e d'intuito, aviva nuovamente criduto come un picciliddro a dù fìmmine, una morta e l'altra viva, che gli avivano contato che la luna era fatta di carta.

La raggia gli vilava tanto la vista che una volta rischiò d'ammazzari a una vicchiareddra e un'altra volta d'andari a scontrarsi con un camion. Quanno parcheggiò davanti alla casa di Elena era l'una passata. Difficile che era nisciuta a quell'ora. Sonò il citofono e infatti lei gli arrispunnì.

L'aspittava sulla porta, in tenuta di palestra, sorridente.

«Salvo, che piacere! Vieni, accomodati».

Lo precedette. Di darrè, Montalbano vitti che il sò passo non era scattante e nirbùso come al solito, ma era morbido, rilassato. E macari il modo col quale s'assittò sulla pultruna era quasi languido, abbandonato. La gattoparda era evidentemente strasazia di carne frisca appena mangiata, al momento non rappresentava pericolo. Meglio accussì.

«Non mi hai avvertito e perciò non ho preparato il caffè. Faccio in un momento».

«No, grazie. Devo parlarti».

Sempre armàlo sarbaggio era, pirchì mostrò tutti i denti bianchissimi e affilati in una via di mezzo tra un sorriso e un soffio felino.

«Di noi due?».

Era chiaro che lo voliva provocare, ma accussì, per sgherzo, senza una vera 'ntinzioni.

«No, dell'indagine».

«Ancora?!».

«Sì. Devo parlarti del tuo finto alibi».

«Finto? Perché finto?».

Solo curiosità, quasi addivirtuta, niente imbarazzo, surprisa, scanto.

«Perché tu la sera di quel famoso lunedì non puoi avere incontrato il tuo Luigi».

Aviva 'ncarcato il «tuo», gli era scappato, si vede che tanticchia di gilusia gli era ristata dintra. Lei l'accapì e ci mise il carrico di undici.

«Ti assicuro che l'incontro c'è stato ed è stato piacevolissimo».

«Non lo metto in dubbio, ma non è stato di lunedì, perché il lunedì il distributore è chiuso. Turno di riposo».

Elena intrecciò le dita delle mano, isò le vrazza supra la testa, si stiracchiò.

«Quando l'hai scoperto?».

«Qualche ora fa».

«Luigi e io ci avevamo proprio giurato che a nessuno sarebbe venuto in mente di andare a controllare».

«Invece a me è venuto».

Una farfantaria detta non per vanteria, ma solo per non passari da stronzo completo davanti a lei.

«Un po' tardi, però, commissario. Comunque, questa grande scoperta che cambia?».

«Che non hai un alibi».

«Uffa! Ma non te lo dissi subito che non avevo un alibi? Te lo sei dimenticato? Non ti ho detto una cosa per un'altra. Ma tu a insistere, guarda che se non ce l'hai ti arrestano! Che vuoi da me? Alla fine me lo sono procurato, come volevi tu».

Abilissima, pronta, intelligente, bella. Appena sgarravi di un millimetro, lei ne approfittava. Ora dava a lui la colpa d'avirla costretta a mentire davanti a Tommaseo!

«Come hai fatto a convincere Luigi? Con la promessa di andarci a letto?».

Non arrinisciva a controllarsi, la punta di gilusia gli faciva diri paroli sbagliate. Il coniglio ancora non si faciva capace d'essiri stato arrefutato dalla gattoparda.

«Sbagliato, commissario. Tutto quello che ti avevo raccontato che mi era capitato lunedì era già successo il giorno prima, domenica. Mi ci è voluto poco per convincere Luigi a spostare di un giorno, davanti a Tommaseo, il nostro primo incontro. E sappi, se lo vuoi interrogare, che continuerà a giurare e spergiurare che ci siamo visti per la prima volta quel maledetto lunedì sera. Farebbe qualsiasi cosa per me».

Cosa fu a fargli drizzare le grecchie? Forse un particolare, inatteso cangiamento della sò voci quanno disse «quel maledetto lunedì sera» a fargli viniri improviso, in un vidiri e svidiri, un pinsero, un'illuminazione che quasi lo scantò.

«Tu, quella sera, sei andata da Angelo» disse la vucca del commissario prima ancora che il pinsero pigliasse forma compiuta nella sò testa.

Non una domanda, ma un'affermazione netta. Lei cangiò posizione, posò i gomiti supra le ginocchia, si pigliò la testa tra le mano e taliò a longo Montalbano. Stava studiandoselo. Sutta a quella taliata che valutava il sò piso d'omo, ciriveddro e cabasisi compresi, il commissario provò l'istisso disagio di quanno aviva passato la visita di leva, nudo davanti alla commissione, col medico che lo misurava e lo smaneggiava. Doppo lei s'addecise. Forse l'aviva trovato abile.

«Tu capisci che potrei insistere nella mia versione e nessuno potrebbe provare che è falsa» premise.

«Questo lo dici tu. Il cartello è ancora lì».

«Sì, ma farlo sparire sarebbe stato peggio. Così ci siamo accordati con Luigi. Lui dirà che si era scordato un libro nel casotto e che quel lunedì sera era andato a riprenderlo. Si sta preparando per gli esami all'università. Io l'ho visto e ho creduto erroneamente che il distributore stava chiudendo. Il resto lo sai. Funziona?».

Mallitta fìmmina, funzionava, eccome!

«Sì» disse di malavoglia.

«Allora posso andare avanti. Hai ragione tu, commissario. Quel lunedì sera, dopo avere girato in macchina per un'oretta, sono andata, con molto ritardo, all'appuntamento in casa di Angelo».

«Perché?».

«Avevo preso la decisione di dirgli che tra noi era veramente finita. Quello che era successo il giorno prima con Luigi mi aveva convinta che ormai Angelo non mi diceva più niente. Così, ci andai».

«Come entrasti?».

«Citofonai. Anche nella camera sul terrazzo c'è un citofono. Lui mi rispose, mi aprì e mi disse di raggiungerlo. Quando arrivai, lo trovai che provava e riprovava a fare un numero sul cellulare. Mi spiegò che, credendo che io non arrivavo più, aveva chiamato Michela perché lo andasse a trovare. Ora voleva avvertirla che c'ero io e che perciò era meglio se non si faceva vedere. Ma non ci riusciva, forse Michela aveva spento il suo telefonino. "Scendiamo giù?" mi propose. Voleva fare all'amore, Michela o non Michela. Io gli risposi di no, gli dissi che ero venuta per dirgli addio. E qui cominciò una scena lunghissima, fatta di pianti e implorazioni da parte sua. Arrivò a inginocchiarsi, a supplicarmi. A un certo punto mi propose di andarcene a vivere assieme, mi gridò che non ne poteva più di Michela, della sua gelosia. Disse che era una sanguisuga, una piattola. Poi cercò d'abbracciarmi. Io gli diedi una spinta e lui cadde sulla poltrona. Ne approfittai per andarmene, non ne potevo più. E questa è stata l'ultima volta che ho visto Angelo. Soddisfatto?».

Durante il racconto le sò labbra si erano fatte cchiù imbronciate, l'occhi le erano addivintati di un cilestre scuro, quasi cupo.

«Quindi, a tirare la conclusione del tuo racconto, ad ammazzare Angelo è stato Tumminello».

«Non credo».

Montalbano fici un sàvuto dalla pultruna. Che gli passava per la testa a Elena? Non era comodo per lei accodarsi alla comune pinione e dare la colpa al mafioso? Certo che lo era. E allura pirchì rimetteva in discussione l'intera facenna? Cosa la spingeva a parlare? Evidentemente non arrinisciva a tiniri a freno la sò natura.

«Non credo che sia stato lui» ribattì lei.

«E allora chi?».

«Michela. Commissario, non l'hai ancora capito che razza di rapporto avevano quei due? Si amavano, fino a quando Angelo non s'innamorò veramente di me. Quando uscii dalla camera, mi sembrò di vedere qualcosa in movimento nella parte buia del terrazzo. Un'ombra che si mosse velocemente. Credo che era Michela. Non aveva ricevuto la telefonata di Angelo ed era venuta a trovarlo. E aveva ascoltato i pianti e le terribili parole di lui contro di lei... Penso che sia scesa nell'appartamento, abbia preso il revolver e abbia aspettato che io me ne fossi andata».

«Non abbiamo trovato armi in casa di Angelo».

«Che importanza ha? L'avrà portato con sé e se ne sarà liberata. Ma il revolver Angelo ce l'aveva, lo teneva nel cassetto del comodino. Una volta me lo fece vedere, mi raccontò che l'aveva trovato per caso, dopo la morte di suo padre. E poi: perché credi che Michela si sia suicidata?».

E di colpo a Montalbano tornò a mente il foglio di carta bollata, con la denunzia del ritrovamento di un'arma, che aviva visto nel cascione della scrivania di Angelo. E al quale non aviva dato importanza. E invece ce n'aviva, importanza, e tanta, pirchì corrispondeva esattamente a quello che gli aviva detto Elena e dimostrava finalmenti che la luna non era cchiù di carta, la picciotta ora gli stava dicendo la virità.

«Allora, è finito l'interrogatorio? Te lo faccio questo caffè?» gli spiò lei.

Lui la taliò. Lei macari. Ora il colore dell'iride le era tornato cilestre chiaro, le labbra erano aperte in un surriseddro. Cielo di prima stati erano i sò occhi, un cielo aperto e chiaro che rifletteva il variare della jornata, ogni tanto arrivava una nuvoliceddra bianca, nica nica, ma una vintata liggera liggera bastava a farla di subito scomparire.

«Perché no?» disse Montalbano.

Nota

È la solita avvertenza che oramà mi sono stuffato di fari: questa storia me la sono inventata. Epperciò macari i personaggi (coi loro nomi e cognomi) e le situazioni nelle quali si vengono a trovare appartengono alla fantasia. Qualichi omonimia quindi è del tutto casuale.

A. C.

Indice

Questo volume è stato stampato
su carta Palatina
delle Cartiere Miliani di Fabriano
nel mese di novembre 2011

Stampa: Legoprint S.p.A. - Lavis (TN)
Legatura: IGF S.p.A. - Aldeno (TN)

Galleria

Gianrico Carofiglio. I casi dell'avvocato Guerrieri
Alicia Giménez-Bartlett. Tre indagini di Petra Delicado
Carlo Lucarelli. Il commissario De Luca
Friedrich Glauser. Il sergente Studer indaga. Tre romanzi polizieschi
Andrea Camilleri. Il commissario Montalbano. Le prime indagini
Augusto De Angelis. Il commissario De Vincenzi
Santo Piazzese. Trilogia di Palermo
Andrea Camilleri. Ancora tre indagini per il commissario Montalbano
Alicia Giménez-Bartlett. Altri casi per Petra Delicado
Maj Sjöwall-Per Wahlöö. I primi casi di Martin Beck
Margaret Doody. Aristotele detective. I primi casi
Alicia Giménez-Bartlett. Petra Delicado indaga ancora
Maj Sjöwall-Per Wahlöö. Martin Beck indaga a Stoccolma